# 翻身记事

梁 斌

中国青年出版社

### 图书在版编目（CIP）数据

翻身记事 / 梁斌著 . — 北京：中国青年出版社，2024.8
ISBN 978-7-5153-7240-2

Ⅰ . ①翻… Ⅱ . ①梁… Ⅲ . ①长篇小说 – 中国 – 当代 Ⅳ . ① I247.5

中国国家版本馆 CIP 数据核字（2024）第 046991 号

责任编辑：叶施水　夏　青
内文注释：聂晶晶　阎浩岗
封面设计：瞿中华

出版发行：中国青年出版社
社　　址：北京市东城区东四十二条 21 号
网　　址：www.cyp.com.cn
电子邮箱：jdzz@cypg.cn
编辑中心：010-57350406
营销中心：010-57350370
经　　销：新华书店
印　　刷：山东新华印务有限公司
规　　格：850mm×1168mm　1/32
印　　张：15.125
插　　页：2
字　　数：358 千字
版　　次：2024 年 8 月北京第 1 版
印　　次：2024 年 8 月山东第 1 次印刷
定　　价：48.00 元

如有印装质量问题，请凭购书发票与质检部联系调换
联系电话：010-57350337

# 1

  大会开完，人们散尽的时候，县大队队长周大钟才慢搭搭走出会场。走到门口，听到空中一声嘶哑的雁鸣，他猛地站住脚，抬起头来仰望，一只大雁呼扇着翅膀掠过天空。他不眨眼地一直看着那只大雁飞入天际，直到看不见影子。他仿佛若有所思，于是自言自语："哦！孤雁难鸣啊！……"回过头来，看了看会场的墙上贴着几幅用双红纸写的大字标语："坚决响应毛主席、党中央的号召，勇猛地掀起土改运动。""彻底消灭封建势力！消灭地主阶级！""彻底改革封建的土地所有制，把地主阶级的土地分给无地少地的农民。"看着看着，由不得喜上眉梢。他耸动了一下眉峰，睁开圆大的眼睛，对着乍午①的太阳辐射的光芒，伫立了片刻，微微抖动了下嘴唇，显出了笑意。对于今天县委在大会上给他的任务，忍不住感激之情，由不得泪水从眼角里渗了出来，他用力忍着不使泪珠滚出眼眶。映着日影，他的高大的身形铺在地上，显得那么魁梧。今天来得仓促，灰色棉军帽的翅儿忘了结带子，两边撒开向下垂着，走起路来颤颤巍巍的，看着心上由不得好笑起来，连忙从闪披着的大衣下抽出手来，把那两条帽带结上。正在这时，听得背后有脚步声，有人在他背上拍了一掌，说："老周！你在这里愣着什么？"

  周大钟缓缓地回过头来一看，是县委副书记景士昌和县委秘书李庆新，便说："我在想着县委今天在我肩头上搁的担子太重了，我一个大老粗儿，斗大的字不识二升，怎么能当土改

---

① 接近正午。

队长？"由于他淳厚的性格，他习惯用迟缓的动作和缓慢的语调。景士昌说："算了，老周！你是雇工出身，贫雇农嘛！你在青年时期就参加了穷人会，入了党，抢过地主的棉花，七七事变以后，你是第一批扛起枪来的游击队员。现在你是游击大队长，你能指挥几百人冲锋陷阵，就不能领导贫雇农向地主阶级冲锋吗？"好像他的记忆力很强，全县干部的档案都装在他的脑子里。

李庆新也跟上说："眼下组织土改队伍，你不去谁去？"

周大钟听了，敞开两只胳膊，仰面朝天张开大嘴哈哈笑了，说："老景，你算了吧！说起向敌人冲锋陷阵，我还比得了你？在我们这块，'五四指示'执行得不彻底，土地改革还是第一遭，外部的阶级斗争，内部的思想斗争，多么复杂的工作！毛主席著作，我学得不多，谁有这么高的政策水平呀！没的叫我下去搅浑了这一坑水？"他掀动厚嘴唇说到这里，景士昌走前几步，握住他的两只手，笑着说："说真的，我们在县委会上反复作了考虑，官渡口村在抗日战争时期是老根据地，因长时间人们不去了，村子虽然不大，现在阶级斗争变得复杂多端，在这一批土改村里是个老大难。在对敌斗争上，你外号叫周铁头，反'扫荡'里，有多少人垮下去了，你硬是指挥着部队坚持过来，保全了中队没有牺牲。在阶级斗争里，你的拳头像铁打钢铸的一般。在反黑地、反奸复仇、执行'五四指示'里，你几乎砸断了地主阶级的脊梁骨。今天要彻底消灭封建剥削制度，消灭四大家族的社会基础了，你想，你能不出马吗？为着粉碎蒋介石的反革命进攻，要坚决地解决土地问题。在我们这个地区，这是第一批土改村，还指着你们总结出经验来，推广全面哩！"说着，他由不得笑笑嘻嘻，脸上泛出高兴的神情，拍着周大钟的肩膀说："同志！没有说的了，去吧！工作就是斗争啊！谁都知道你这钟一敲就响！"

周大钟听了，慢慢返回身来，紧紧攥住景士昌的手说："这、这、这……当然没说的，不能讲价钱。可是这辆车要是涡在泥沟里，你们可得来横起膀子推一把呀！"他从大衣袋里掏出笔记本来，一页一页翻着说："你看！你看！又是访贫问苦，又是发动群众，又是划阶级定成分……又是斗地主，分浮财……这么多的政策问题，我这个大老粗能弄得了吗？再说，你看我那一队人马哪里离得开？"

景士昌把两手拍着膝盖笑了说："我估计你会说到这里，哪个干部没有单位？可也不能本位主义呀！光顾本位，中心工作谁去做？你下去了，李副政委留在机关上，一个顶俩还不行？"在革命战争里，军队和地方总是分不开的，他们正确地执行了毛主席的指示，军队战时是战斗队，平时是工作队。

话说到这里，也就不能往下说了。周大钟仰起头，两手拍着景士昌的两个肩膀，笑得钢声铜气，说："我的老同志！无怪乎上级叫你当县委副书记，政治工作做得好，木头人儿也得叫你说活了。你看，你在会上做的那报告，一下子把土改运动突出到第一位。为着巩固根据地，粉碎蒋介石的反革命进攻，为前线提供更多的人力、物力、财力，我们要坚决依靠贫雇农，掀起土改运动的高潮！"说着，他用力握了一下景士昌的手，又举起右手行了个军礼，转过身向岔路口走去。

县委秘书李庆新招着手，喊了一声："周队长！"周大钟又回过头来，说："干什么？小李！"李庆新说："你到我们老家去土改，我要是下去，也到你那个点上！"

周大钟蹒跚走着，说："来吧！我们欢迎。你自己的家乡，人熟地熟,对土改运动有特别的好处!"

李庆新说:"可是我只能抄抄写写的!"

周大钟说:"来吧!土改队里更需要有文化的人,毛主席说过,没有知识分子的参加,革命就不能成功嘛!"

自从解放战争一开始,我们的伟大领袖毛主席就屡次提出:应坚决地解决土地问题,消灭几千年的封建土地所有制,解放农民,发展现代化工业,建立独立、自由、民主、统一和富强的新中国。自此,各解放区动手试点,从点到面展开了自古未有的轰轰烈烈的农民运动。

周大钟边说边走,思想就像潮水一样涌起,一想到土地改革,由于他所处的阶级地位,以往的痛苦的经历,使他永久不能忘记:在那黑暗的旧社会里,苛捐杂税百出,租利奇重。一场大水冲走了田地里的庄稼。秋凉了,田里积水不泄,种不上小麦。一天晚上,老母亲把瓦罐里仅有的一点米面搋搭出来,熬了一锅菜粥,算是一家大人孩子都吃饱了。吃过饭,母亲在隔山墙上挂上一盏油灯,把大哥和二哥,大嫂、二嫂和孩子们叫到堂屋,大钟也坐在锅台上。老父亲从房屋里慢慢走过来,脸上淌着两行泪说:"今年我也是六十七岁的人了,扛了半辈子长工,受了多少年的苦,你们也苦巴苦曳了几年,才挣下这几亩土地。给你们成了家了,也都生儿养女了。可是这几年来兵荒马乱,不闹虫蝗,就闹旱涝,眼看今年谷子黄了,高粱红了,米谷就要到嘴头上,一场大水冲了个精光。眼下家无隔夜粮,欠地主的账还没有出项,我实在兜揽不住孩子们了,你们各奔前程吧⋯⋯"说到这里,老人扑簌簌落下满怀泪珠。这时周大钟才十五岁,穷苦的日子使他明白生活的道路是艰辛的,由不得眼里滚下泪珠,一滴滴落在屋子地上。

到这刻上,老母亲蹑悄悄从屋里走出来,拍着膝踝,一把鼻涕一把泪地说:"我儿!好孩子们!我离不开你们!可是落得大小耗子都饿得吱吱叫,又有什么办法,咱们抱在一块死吧!"话说到这里,就什么也说不出来了,哽哽咽咽地哭个不停。一家人哭得泪人儿似的,连几岁的孩子也懂得天灾人祸将要夺去他们的生命,抽咽得上气不接下气。

到这当口上,大哥蹲在地上打火抽着一袋烟,慢腾腾地站了起来,用衣襟擦红了眼窝,说:"爹娘的意思,我们都明白,辛苦了多少年,挣下这点土地家产,即使把它折变净了,又能多活几天?听爹的话,我们各奔一方去寻生活吧!大嫂二嫂带着孩子们暂回娘家,我和二兄弟去关东闯一趟,留着这点土地,有朝一日我们要是能回来……"说到这里,他哭得说不出话来。二哥抱着脑袋蹲在地上,连一句话也说不出来了。

在他们以往的心目中,只要有一身骨头架子,就能卖力气劳动,就会有饭吃,就能养儿育女。可是,如今军阀混战,地主阶级当权,兵匪就像梳篦,刮去人们的生活资料。贫苦农民耕种一年,吃不饱穿不暖,今秋大水堵住了人们生活的去路,只有妻离子散奔走四方了。

十五岁的周大钟听到这里,止不住地哭哭啼啼。虽然大哥并没说到年轻的弟弟,哥嫂们既然走了,他也只好离开家窝去寻食儿——到地主家扛长活挣碗饭吃。可是年龄小骨头嫩,哪里能干出大力气的活呢?只好帮厨做饭,当小做饭的。成天价碾米磨面,喂猪喂狗没个清闲,一到黑下,就累得两条腿爬不上炕沿。后来年纪大了,能挑正梁了,学会场里地里的活,才当了领青的。他深深体会到贫雇农的苦难,偷偷地加入了穷人会,抢了地主的棉花,参加了农民协会。一九三七年卢沟桥事变,他坚决离开地主家里，扛起枪来当了游击队员，学会出操打仗。可是他始终和农民兄弟们在一起，宣传抗日救国，参加扩军、征粮、献金运动。宣传有钱出钱，有人出人，有枪出枪，掀起抗日救国的高潮。在搞合理负担、统一累进税的时候，他和地主阶级撞了几膀子，逮捕了反动地主，保卫了贫雇农的利益。破交战和地道战，他都参加了，硬着头皮顶过了反"扫荡"，当了游击队的大队长。到目前他不只学会了出兵打仗，还是一个地方工作的能手，每次中心工作，他都踊跃参加。

他一边走着，回忆了半辈子生活的道路，走进县大队的门口，也没有注意门岗向他敬礼，一直走回办公室。李副政委正倒背着手在门口站着，远远看见他走进大院，笑了说："我猜你在会上接受了重大任务！"

周大钟走进屋里，脱下大衣，也笑着说："甭提了！看有多么重大罢！毛主席党中央号召我们消灭地主阶级，消灭封建所有制，巩固根据地，和蒋介石决一死战。这个硬任务，我们能不接受吗？"说着，把棉大衣挂在墙上。早春天气，太阳辐射着金色的光线，直晒得他身上出了轻汗，摘下棉帽子，头上冒出蒸腾热气。他又接着说："毛主席说了，凡是解决了土地问题的地方，广大农民群众都站在我们这一边。我们当然要拿出最大的力量把土改运动搞好。"

李副政委说："蒋介石外战消极，内战积极。他现在陈兵西北、东北、山东，要围攻解放区，管保他碰个头破血流！"说着，他在窗前走来走去。谈起战争，耸了耸肩膀，好像身上有多么大力气没处使去。

从历史上说，自从九一八事变，蒋介石以不抵抗政策断送了东北，节节退却，消灭了杂牌军，保存了他的实力。抗战八年，他蹲在峨眉山上观战，日本鬼子投降了，他就要下山摘桃子了。可是培育灌溉桃树的是八路军、新四军和解放区的人民，八年抗日战争期间，他们抗击了侵华日军的百分之五十六和伪军的百分之九十五。目前蒋介石要进攻解放区，他左手拿着刀，右手也拿着刀，中国人民也要按照他的办法拿起刀来。李副政委想到这里，继续说："我们寸土不让，和他血战到底！"说到这里，他觉得浑身是胆，又要脱光膀子上战场了。

周大钟笑笑说："就是，就是！"说着，洗了一把脸，警卫员小李摆上午饭来，小米干饭、干菜汤。炊事员听说要分地，今天高兴，特别加了一个菜，黑油炸辣椒。在抗战时期这是最高的伙食。故乡的农民有句老话，说："辣椒是送糠王！"周大钟吃口辣椒，咽两口小米饭，再喝一口干菜汤，干菜的香味蒸腾得满屋子喷香，吃得又香又甜，满头大汗，身上也汗津津的，觉得浑身舒畅。

县大队住在旧公安局里。今天周大钟高兴，吃过午饭也不睡午觉，看天气晴朗，打开窗户叫太阳晒得满屋子通亮。他在窗前的桌子上铺了块粗布手巾，把手枪拆开，把零件摆在手巾上，一件件抹上油。擦着枪，土改队员们来报到了。

首先走进大梢门来的是李蔚，嘴里唱着小曲儿，两条腿不慢不快走进大院，离远隔着窗户看见周大钟，弯了一下腰，哈哈笑着说："周队长！中午你也不休息一会儿？"这人三十多岁年纪，瘦棱窄骨，红岗脸儿，嘴唇挺薄，说起话来像撂上油儿。周大钟抬起头望着他说："哪里还有空闲休息，快用着枪了，该擦擦上油了！"他一个字一个字慢慢说着，又低下头擦枪。李蔚说："擦什么枪？你要去打地主？"周大钟说："土地改革嘛！一场战斗就要打响，你当是好玩的？"李蔚走到窗台跟前，倒背着手儿，在窗台外头走来走去，说："周队长！县委叫我来给你做个助手。"周大钟说："好嘛！县委派你来了，有什么说的？一块搭伙计呗！"李蔚不好意思地说："你知道，我是才犯过错误的，我老是右倾。"周大钟点点头说："犯了错误，改了就是了，有什么说的。你是读书识字的人，不，你还是个中学毕业生呢，好好工作吧！"

李蔚在富农家庭里出生，一九三八年参加工作，当了区助理员，入了党。可是"大扫荡"一来，他放下手枪扭头就回家了。"大扫荡"过去，一九四三年他又钻出来当了小学教员。当然了，他工作上有些经验，又有文化水平，卢政委原谅他，又叫他当了教育助理员。日本鬼子投降，执行"五四指示"时，他怕人家说他右倾，就拧着脖子向"左"里撇，使着劲地向地主身上开刀。在他说来，为了表现自己，要"有钢使在刀刃上"。就在这个时候，他却对舅舅的走私做了包庇。当时没有检查出他的这些错误，卢政委认为他还是有成绩的。他又当了副区长，后来为了开辟新区，大批干部外调，他就当了区委副书记。由于有人揭发了他的问题，在县委做了几次检查。组织部把他分配到土改队工作。可是他不从组织观点上看问题，而是把卢政委当成他的大恩人了。

李蔚的经历，周大钟完全知道。他伸开左手说："你看，在工作上使着劲地向外撇，这是什么问题？右了使党的工作受损失，'左'了同样使党的工作受损失。你正确执行党的政策嘛！再说，一个共产党员不能徇私。你检讨得不错，又叫你当土改队副队长，好好锻炼锻炼！"周大钟对他慢搭搭地，一个字一个字说着。话虽不多，却很诚恳。他一边说着，两手不闲，还是忙着擦枪，也不抬起头来看李蔚。别看是个庄稼老粗，多咱说起话来总是慢条斯理儿,绝不张开大嘴卷人。

李蔚听到这里,把脖子一梗,说:"看,我的大队长!我知道你是大队长了还不行,你还摁着人的脑袋硬批!"

周大钟说:"我这大队长还用你知道?老同志了,我不批你谁批你?一九三八年的老干部,枪声炮声听得不少,也不总结一下经验?"

李蔚说:"可说呢?现在你们这些老贫农吃开了,一土改就当队长,土改完了就是一个县委书记。不,分区司令员等着你呢?我们这个样的,一闹运动就挨整,先整思想,后整作风,要不就整立场,一条一段没个完了!"

周大钟说:"唉!别说了,整整有好处,'惩前毖后,治病救人'嘛!不挨骂长不大。这是为了打好土改仗做准备,不整顿思想怎么能建立土改队伍,怎么能上前线。百炼成钢,战斗里成长,锻炼里壮大。我这会儿说下话放着,你爱听不听,也许将来我能把你改造过来,成了朋友。也许改造不过你来,会成为……主动权在你。"

李蔚一听,张开两只手怔住,说:"咦!你怎么说这个?怎么你说这个?"他又好气又好笑,闹得蛮热闹,其实他的内心里还是满不在乎。

周大钟这时才抬起头来,慢搭搭地说:"怎么说?我们老同志了,我觉得应该把话说在桌面上。可你说了半天,老是言不由衷。在你的话里只有一滴是纯洁的真理,其余的都是混浊的大河!"

李蔚倒背起手儿,点头弯腰,嘻嘻哈哈,在窗台前头走来走去,又说:"算了,咱们这么着,一工作起来,你说怎么着咱们怎么着。你比我大几岁,你在头里走,我在后头踩着脚印跟着。

你看，不偏不移！"他连说带笑说了半天。

周大钟低头擦枪，听他说得还有几分诚意，说："怎么你这么？我这人可是有点发死。咱在毛泽东思想基础上团结，在工作上，你有什么意见提什么意见，该怎么说怎么说。咱按民主精神办事。"

话也说得差不多了，李蔚只好告辞，说："你说什么时候去吧？"

周大钟说："你做准备吧！洗洗衣裳，拆拆被子，后天就到村了，这是县委的统一规定。咱们按章执行，可能时间紧点儿！"他停了一刻又说："说是说，笑是笑，咱在一块工作了这些年，能不帮助你解决问题？我下决心帮助你，放心吧！"说着，他伸出宽大的手掌和他握了一下手。

李蔚说："好！咱就这么办吧。"说着，转回头悄悄地走了。

周大钟看着李蔚笑吟吟地走出大门，又盯着他的背影愣了一会子。继续擦枪上油，他在想着，怎么进村，怎么访贫问苦，怎么和党支部合作好……他还想到官渡口村党支部书记王二合，是他扛长工时候的一个老伙计……自从任务压在肩上，他的思想就老是停不住车。他的光头对着窗外的太阳发亮，晒得浑身暖洋洋的。这时冯文光和李乔说话答理儿走进梢门。

冯文光是老一辈的长工，五十多岁年纪，一九四三年被提拔到县工会工作，是增资斗争中的积极分子，外号大个子冯。李乔是农会干部，也是当了半辈子长工，是反黑地、反奸复仇运动里涌现出来的骨干，被提拔到县农会里当干事。周大钟看他们两人走进大院，迎着太阳睁开眼睛笑眯眯地说："你们二人一定欢迎土地改革！"

冯文光麻沙着嗓子哈哈大笑了，说："盼不得的！老雇工要是分了土地，我给你说吧！这心上要多痛快有多痛快！"

周大钟又问："老李呢？"

李乔说："得他娘不给得子娶媳妇，得急了！"

三个老长工在一块说了会子知心话，周大钟告诉他们做好准备，后天一定到村。

最后来的是闻小玉和罗慧，两个人笑眯眯地迈着轻悄的脚步走进来。自从日本鬼子投降后，进门时门岗也不拦阻。她们怕惊醒了游击队员的午睡，哑默悄声地走到窗台跟前，默默地站着，也不吭一声。周大钟听得轻轻的鼻息，慢慢抬起头来看了一眼，才知道立在他眼前的是两个年轻姑娘。一个是穿黑色粗布棉裤袄的闻小玉，一个是才从北京城里出来的大学生罗慧。闻小玉高个子，白净脸儿，两个圆眼睛，黑眼珠漆黑，白眼仁瓷白，亮晶晶的。她是抗日中学毕业的学生，打着游击上完了小学，又上了中学，成天价枪声炮声响个不绝，中学毕业，挑了一批优秀分子分在县各机关，但她还没有工作经验，只是在妇救会写钢板，推墨滚子。她见周大钟只管低着头擦枪，说："周队长！我们来报到了。"周大钟说："好！知道了。"说着，还是低头擦枪，也不抬起头来。

小玉看周大钟神态不冷不热的，喷地一下子笑出来，说："看你！怎么这么瞧不起人，只是低着头擦枪，也不抬起头来看我们一眼？真是官僚啊！"

周大钟听她说话刺耳，慢腾腾地放下枪，抬起静穆的脸庞，笑模悠悠地说："闺女们，叫我怎么看你们？小女嫩妇的，叫人看过来看过去的好吗？"

一句话把她俩说笑了，闻小玉眨巴眨巴黑眼睛，笑了说："看你说的，我们又不封建，还怕人看？要是有人多看我们几眼才好呢，表示人家瞧得起我们。告诉你说吧！县委把我们分在你这队上了，难道我们不来跟你报到？"

这时，周大钟可张开大嘴哈哈笑了，说："好样的，真是打倒封建了。县委在大会上宣布了名单，我就知道你要来了。你年纪小，却是老同志，是个见面熟，我就是不认识她？"他停下手来，打火抽着一袋烟，用小烟袋杆指了指罗慧。闻小玉紧接着说："她叫罗慧，是才从北京出来的。"

罗慧转着明亮的眼珠，点了一下头，脸颊上由不得晕红了，说："我们不得不出来了，日本军投了降，我们以为八路军一进城，天下就是我们的了。谁知道国民党派了接收大员来，南方的宪兵警察也跟着来了，我们闹学运，闹得红了，上级调我们到解放区来了。"她有二十几岁年纪，高身材大眼睛，满脑袋漆黑的头发发着蓝色的光亮。面容很是闪静、大方。

周大钟点了一下头说："是的！城市工作也是重要的。敌占城市，我占乡村，以乡村包围城市嘛！你们在里头隐蔽，等着里应外合。我们看见上级的通知了，叫各解放区收留你们，安排你们的工作，照顾你们的生活。过去你们在城市，经了不少风险，那里是敌人的天下，以后就在农村工作了，这是我们的天下，稳稳心吧！可是，城市、乡村，是两套工作，生活也不一样。"

罗慧笑了说："是呀！在城市里，无非是搞搞学运、工运，到了农村就做农民工作了。"说着，脸上又泛起了红晕，有些腼腆。停了一刻又说："过去读了一些历史资料，知道历代农民暴动都是因为贫富悬殊，贫雇农无吃无穿起来暴动。我想象不出贫苦农民要是分到土地，是多么样的高兴？我要为他们得到土地出一把血汗，也觉得说不出的光荣……改变几千年的历史呀！"

当罗慧说着话的时候，小玉瞪着两只眼睛看着。不等罗慧说完,她伸出两只手,哗啦地笑了,说:"那可好了,俺家也要分到土地了!"

周大钟问:"你是学生?"罗慧说:"唔!是北京大学文学系的。"周大钟看她虽然才从城里出来,却并不娇气,显得挺老练。他说:"唔!是写文章的,好好学习农村工作,尤其是在群众运动里真是锻炼人哪!"

罗慧说:"在学校只是学习书本知识,学生运动我才熟了一点,到了农村,在农民里进行工作,我还没有一点经验,也不知道能做些什么。"她说话口齿很是伶俐,满口北京官话。

周大钟紧接着说:"这土改运动里,工作多着呢,作宣传,写标语,印传单,搞统计,工作多得很。你们也要睡在农民的小茅屋里,吃吃农家的粗茶淡饭,做做农活,学学农民的劳动习惯,加强劳动观点,就和贫雇农相结合了,改造世界观也就快了。农村是大学校、大熔炉。"

罗慧轻轻笑着,点了点头。是的,她来到农村,是有所感触的。父亲是个大学教授,她自小读书,哪里想到过农村生活?来到解放区,面对着广大农村,她想不出这工作应该怎样下手,连想象也想象不出来,心里凄惶不安。

周大钟说:"毛主席的知识分子政策,革命队伍要吸收大批的知识分子,是党的既定方针,不能怀疑。既然来到解放区,就要安心学习、改造思想,按毛主席的指示办事。懂得吗?唔?你入党了吗?"

罗慧点了一下头说:"是去年入党的。"周大钟说:"你换一下衣服,穿着旗袍和皮鞋到农村去,农民们觉得稀罕,人们要看你。我给你写个条子吧,跟县委要一套粗布衣裳。"

闻小玉说:"甭写了,我们主任写过了。"

周大钟看这两个女青年，一个是水葱儿似的小姑娘，一个是年华充沛的大学生。虽然是党员，但还缺少工厂和农村的锻炼。他仰起头望着蓝色的天空说："唉呀！革命运动是个大熔炉呀，不论来自五湖四海，也无论是哪行哪业，只要接受党的改造，一入了这座马列主义的大熔炉，他的思想就要改变颜色了。"

闻小玉瓷着两只黑眼珠，笑了说："什么？我们不懂你的话？"周大钟说："你现在不懂，早晚会懂的。现在我也不给你们多说。"闻小玉生气说："别人不懂，你又不说。快告诉我们吧！什么时候动身？"周大钟说："准备吧！后天就到村了。"

罗慧弯下腰点头说："我们跟队长学习！"小玉也说："我们跟队长学习！"说完，也不招呼一声，两个人扭回头说着笑着，像两只喜鹊一样，叽叽呱呱地走出大梢门。

## 2

这是第三天的清晨，大院里还是静静的，墙角里和屋顶上的暗影还没有褪尽。周大钟就早早起了床，刷了牙洗了脸。把被褥折叠整齐，用一条缴获的黄色日本军毯包好，拿一条长绳把背包打起来。把牙刷、牙粉、瓷缸装在挎包里，把单衣服包了个小包袱。正在忙着，警卫员小李用手背揉着眼窝走进来，说："队长，忙什么？等我给你收拾吧！"

周大钟说："看你眵目糊[①]还没擦干净！等你，说不定等魂等到什么时候，年轻人睡起来没个醒。"

---

① 方言，指眼屎。

小李说:"都打点好了?"

周大钟拍拍背包说:"抗日八年,这就是我的全部家私;要是在过去,一个背包、一个挎包也就完了。可是一年发两身单衣一身棉衣,穿又穿不烂,没穿烂又发下来,就积了这么一包袱。带着吧,冬天当衬衣,夏天当单衣,一年四季就是它,这是群众的血汗呀!老太太们一条线一条线地纺出来,又一条线一条线地织成布,给我们穿,多么不容易啊!"周大钟越说越感觉心窝里暖烘烘。他时刻不能忘记,在那战争的年月里,十冬腊月睡在农民的热炕头上,吃在农民的灶膛门口,一年到头吃着农民金黄的小米。不管黑天半夜,到了一个村庄,开条子就要粮食。天一扑明儿,就远远听到枪声炮声,农民群众给挖下地道,敌人一来,整个大队就下去了;敌人一出村,游击队就追上去,瞅个冷不防儿给他个兜屁股枪,然后一个追击……咳呀!这是鱼水关系呀。对于广大的农民群众,是永远不能忘记啊!那时干部是农民,当兵的也是农民,吃的米烧的柴是农民的,没有广大农民群众,抗日战争能赢得胜利?尤其是"大扫荡"那年,年成不好,敌人又勒索得厉害,不依靠群众,这游击战争能坚持吗?这早晚要搞土地改革,使没地少地的农民得到土地,多么振奋人心呀?他想着想着,恨不得一下子插上双翅飞回农村,走进农民的小茅屋子。

警卫员小李端进早饭来,一片热气腾腾。干菜汤的香味刺激着他的鼻子,由不得自言自语:"小米干饭熬菜汤,总是吃不俗,多咱一想起来都流口水……"

正说着,李副政委迈步进来,坐在对过凳子上,拿碗盛着饭说:"就是嘛,常言说,要吃饭是家常饭,要穿衣是粗布衣呀。抗战八年,我们就是这么过来,小米加步枪硬是把日本鬼子打出去了。蒋该死要摘桃子,我们寸土必争!"他是织布工人出身,细高个子，紫糖色的脸。三七年入党，这年冬天自卫军一过来，他就离开家入了伍，后来又转到地方上。他从战火纷飞中成长起来，如今是大队的副政治委员了。

周大钟说："当然是寸土必争！"李副政委说："这次中心工作，本来我想去，县委愿叫你去，每次下乡都是你去，叫人怪馋得不行。再说也不好意思的。"周大钟说："不好意思的什么，同志们没有说的。无论怎么说，虽然土地革命斗争是激烈的，总不像和日本鬼子作战那样枪林弹雨，出生入死的。"李副政委说："话是这么说，可也得注意，垂死的野兽更加凶狠呀。我还想叫你带一班人去。"周大钟嘻嘻笑着说："我看用不着，我带一支搂子，小李子带一支盒子枪满够用了。土改队一进村，就抓紧访贫问苦，依靠贫雇农、依靠好党员和民兵，他地主阶级还能翻了天？"李副政委说："唔！是的，如果必要，你送个信来，我就把大队开去了。"周大钟说："是呀，党的武装就是土改运动的后盾呀！"

两个人说着话吃完了早饭。周大钟放下饭碗，喊了声"小李，背包打好了吗？"小李背着背包跑进来，转着身子说："你看，你看，怎么样？"周大钟走过去，拍拍小李的背包说："好！"他说着，迎着窗外初升的太阳，等着土改队员们来集合。天气已经不太凉了，猛地听得高高的云霄里，有嘹亮的雁鸣，他由不得抬头看了老半天，雁阵像人字，颤着两只翅膀，缓缓地飞行。为首的一只大雁，翅膀那么挺拔有力；队形和距离那么整齐、匀称。由不得想到："鸟无头不飞，人无头不走！"据说这种禽鸟纪律性非常强，而且成双成对。每一对大雁都遵守头雁的领导。它们白天在高空里飞翔，夜晚栖息在草原或麦田，孤雁轮流值夜。狡猾的猎人，隐身在远处，手上把香火一闪，值夜的大雁就咯啦咯啦地大叫,把雁群警惕起来,但是毫无动静,看不见敌人。于是群雁一齐啄那个值夜的。等雁群刚刚睡着,狡猾的猎人又把香火一闪,值夜的大雁就又大叫起来,猎人隐藏着,群雁又把值夜的大雁惩罚一顿。这样反复几次,那个值夜的大雁就再也不敢叫了。于是,猎人趁此时蹑悄悄走近雁群开枪射击,使雁群受到严重的损失。周大钟自幼就喜欢大雁,喜欢它们飞翔在蓝色的高空里高亢的长鸣,喜欢它们悠然自得的飞翔姿态,喜欢它们的纪律性。于是他就想到:如今我是一个村的土改队长,是标兵、是表率,我要当好这个带头人。大雁是禽鸟,会受到猎人的欺骗;土改队是毛主席派来的,不能受到坏人的蛀蚀和侵袭。他伸起两只胳膊,敞开胸怀,打了一个舒展,对着空中说:"咳呀!春天来了,我又要上前线了!"好像他身上有多么茁壮的用不完的力气。四十多岁的人了,虽然经历了残酷的抗日战争,经过几次宏大的群众运动,身体还是健壮得像青年,被压迫的半封建半殖民地农民的富于革命热情的血液在他心脏里吞吐,使他异常兴奋。

周大钟打着火镰抽着一袋烟,等不一会儿工夫,李蔚、冯文光、李乔都来到了。最后,闻小玉和罗慧也背着背包扭搭扭搭走来了。闻小玉嘻嘻笑着,三绺前刘海向下垂着,几乎遮住眼睛。周大钟离老远就向她们打招呼:"看女将们来了,罗慧也背上背包了!"罗慧说:"看看像个下乡的样子吗?"说着走到跟前。周大钟低头看了看,说:"嘿,乔装打扮了,这样人们就不会叫你小姐。你来解放区算是新兵,要慢慢操练。"罗慧说:"可不是嘛?这是第一次穿粗布背背包呢!"

看人们集合齐了,周大钟捎上挎包,背上背包。李蔚走过来说:"算了!你快骑上你那大马,一进官渡口显得多么威风,一下子就把老财们那股劲给镇住了！"周大钟说什么也不干，提起小包袱，刚刚走出屋门，李副政委忙送出来，笑着说："道儿远，叫驮骡给你们把背包送去吧！"小玉说："队长也不骑马了？"周大钟说："骑什么马？下农村骑马怎么接近群众？不嫌叫群众笑话？"听说周队长要下农村，游击队员们都走出来，拥拥挤挤地送他们出城。周大钟走出梢门，又站住脚说："好！不远送了吧！同志们在李副政委领导下好好练兵，练出一身硬本事。我们去农村，搞好土地改革。一个是军队，一个是土改队，虽然是两条战线，都是为的打倒蒋介石，建立新中国。"人们要送出城外，周大钟伸出两只胳膊拦住。

罗慧看这一群游击队员们，个个穿着灰色棉裤袄、布袜子、家做鞋，一个个脸上都是黑黝黝的，简单纯朴，显得那么健壮。大队长也背背包，在她的心目中是不可想象的。尤其，看到大队长、政委和游击队员们站在一起，就分不出哪个是官，哪个是兵，是一种新型的同志关系。她从城市里，从白色恐怖中走出来，今天也参加这一群了，真实地感到党和群众的温暖。年轻的血液在疾速地奔流，她觉得浑身热烘烘的。她下决心要投身到火热的群众运动的熔炉里锻炼自己，要开足马力，为打倒蒋介石，建设新中国付出全部血汗。

周大钟带着这个小小的队伍，走过城厢大街，人们都走出来看。自从游击队进城，人们只看见过大队长骑马，没看见过他背起背包下乡。当他们出了北关，到了大敌洼里，一阵东南风吹过来，旷野的风刮得那么清朗，觉得身上暖烘烘的。早春天气，土地开冻了。自从日本鬼子撤退了，交通壕已经几年不修理了，有的地方塌下来，壕里高低不平，一洼洼泛出潮湿，两只脚走上去，像是走在发面团上那么松泛。他们有时走在壕里，有时走在坡上。麦苗返青了，一行行油绿油绿的。蓝蓝的天上荡起片片白云。万里晴空，给他们带来了无尽的希望。

周大钟抽着小烟袋头里走着，几个人说话答理儿在后头跟着。别人不感觉怎么样，罗慧却真的感觉到一种新的境界：千里平原，万里高空，春天的风吹来黄土的香味。她用力敞开胸怀呼吸着清凉的空气。这些都是她在城市里享受不到的。在城市里参加了几年革命工作，由于党的培育，今天她穿上军装，背上背包，成了土改队的队员了，怎么能不叫一个青年知识分子，一个从城市里走出来的大学生心情上感到骄傲呢？又是多么新鲜呀，她这种心情就说明一个知识分子奔向农村、奔向工农兵群众的开始。这个问题对闻小玉却不怎么的；当她开始上小学的时候，八路军就来了。她又打着游击上完中学。一忽儿日本鬼子来了，一忽儿八路军又来了，成天价炮声枪声，就像过新年起五更放爆竹。从小学生的时候，就参加拥军拥政呀，做军鞋呀，护秋护麦呀，演出庆祝"五一"劳动节的节目呀……一个政治任务接着一个政治任务，她都积极参加了。抗日中学毕业了，就分配她到县妇救会工作，在她来说是一帆风顺的。当时一个青年人，艰苦生活过惯了，下乡搞土改，在没有接触工作以前，她还不明白工作的艰辛。一路上蹦蹦跳跳，又说又笑，总是合不上嘴儿。

一直走到天小晌午，远远看见黄色的长堤横在眼前，堤上老柳树枝条黄绿了。河堤两旁都是沙地，沙地上长满了一簇簇柳杆，紫色的柳条，迎着风摇摇摆摆。他们走下潮湿的河岸，在河边的土岗上等着渡船。河水开冻了，这条小河从遥远的西方缓缓地流来，是那么清澈，看得见河底的鱼群在凫游。周大钟两个指头捏住嘴唇，打了个尖厉的口哨。船上的老伯伯愣怔耳朵听到这个耳熟的暗号，撑起柳篙把船溜过来。拨动柳篙，把船头靠了岸,说:"来吧!上船吧!"当他抬起头来,一眼看见周大钟,猛地扔下柳篙跑过来,哆楞①着周大钟的两只手,耸动着花白胡子说:"你不是老周吗?"周大钟睁圆了眼睛愣了一刻,哈哈笑了说:"是呀!老槐大伯!你这么大年纪了,还在这里摆船?"老人敞开宽亮的嗓音笑着,腆出大拇指头说:"七十了!摆了一辈子船了,有日本兵的时候,我都没有离开这只破船。当我一听到你打口哨,我的心上一下子激灵起来。咳呀!八路军又来了!"他连忙拉紧绳缆,说:"来吧,来吧,忙上船吧!咳!有这么阵子不见了,叫人心里多么想你们呀!"老人等他们上去,跳上船头说:"坐好了!我要开船了。"说着,把篙戳在岸上支了一下,小船箭儿似的离开河岸,冲向中流。

柏老槐大伯,自幼就在这个渡口上,自从有老爷爷的时候,就住在这堤旁的黄土小屋里,撑着这只渡船过日子。北乡里人们上城下县都在这里渡河过水。他没有土地,逢年过节,爷俩拿着口袋,端着簸箕,挨门串户敛点粮食。老爷爷过世了,父亲又撑这只渡船,直等老父亲下世,他又撑起这只渡船来。一年一年,一天一天,撑过来撑过去。赶集的、上庙的、接闺女、送媳妇,谁不从这只渡船上经过?自从来了日本兵,他把这只渡船藏起来,远远看见日本兵、黄协军、白脖子们来了,他就哑默悄声地溜了。只要听见一声口哨响,他就又远远地跑过来,撑过渡船,把八路军或工作人员摆过河去。夏天,在暴烈的太阳下,他蹲在河边守候。临冬他披上老父亲留下的老羊皮袄,在河边上走来走去,单听一声口哨,连忙把渡船溜过来。直到河水结冰,一年到头才得休息。今天,他看见周大钟带着人过河,说不出有多么高兴。撑着篙笑花了眼睛,弯下腰去说:"老周!这次来,又有什

---

① 两手倒替着摆弄。

么重大任务？"

周大钟仰起脸，笑了说："大伯！什么也不瞒着你，我们来搞土地改革了，叫无地少地的农民有了田种，彻底实行耕者有其田呀！你看好吗？"

老槐大伯听了，举起右手拍了一下膝踝，腆起大拇指头说："嘿！盼了多少年才盼到了，光听得有这个音信，总也不见人下来，我几辈子没田种呀！毛主席老人家是从天上下来的，共产党总给咱贫雇农办好事呀！叫无地少地的农民有了田种，好嘛！这件事从八路军一来就想着，这早晚才盼到了。我们贫雇农永远跟着共产党呀！"说着，老人撑着船，笑笑咧咧，显得多么高兴。

周大钟用手遮住嘴唇说："大伯！这事目前只叫你知道，要是传到地主阶级耳朵里，他们就要转移财产了！"

老槐大伯掠了一下长长的花白胡子，笑着点头说："万无一失！咱是经过战争的，密话吹到我的耳朵里，就等于掉进葫芦儿里了。"说着话船到北岸，老槐大伯用膝踝扎住篙，说："上坡吧！小心滑倒！"等人们一个个跳上岸去，他拉住船缆拴在木桩上，说："走吧！到家里坐一会儿，吃了饭再走！"

周大钟棱起眼睛，看了看日头乍午，他说："不了，大伯！改日我们再来坐着说话儿。"

老槐大伯说："要说了解情况，那可容易，官渡口村几辈子的阶级斗争都在我心里装着。可是好多日子不见了，不吃饭就走，那可怪叫人过意不去的。"说着，跟人们一块走过潮湿的河坡，登上堤坝。堤下头就是他住了几辈子的小屋，用篱笆围着，坐北向阳。门前有一棵老柳树，几垛柴草。一只小花狗看见有生人来了，汪汪叫个不停。在战争里，工作人员走到这里，不管深更半夜，只要用烟锅把窗棂磕三下，老槐大伯就驼着背悄悄地从

021

小屋里开门出来,把藏好的渡船撑出来,送人过河。

别人不觉怎么的,罗慧面对着这位可敬的老人,看着他的家屋,看着老人和八路军、工作人员的关系,由不得惊讶了。心里想:"我们伟大的党真的在广大农民里扎下根了,伟大的祖国有几亿农民拥护共产党,就不愁打不败蒋介石。"这个问题,在过去,在大城市里,还是一个抽象的概念,到目前为止,她亲眼看到了,算是得到了深刻的认识,使她更加强了革命的信心。她再一次下定决心要为无产阶级的革命事业奋斗终生。这时,她的感情,如同久离家乡的人回到故乡一样的温暖。

周大钟和老人握了手,带着人们离开堤坝,向官渡口村走去。一边走着一边和李蔚商量:"你看咱们先找谁?先找村长还是先找党支部?"李蔚说:"依我说,咱谁也不找,悄悄地走进村里,在学堂里吃了饭,咱就秘密地进行扎根串联。"周大钟说:"依我说,咱先找党支部,把关系信交了,一切就好办了。这是正常的手续。刚一到村,不能艺高人胆大。支部书记是王二合,是个老同志,他就住在这东庄上。"这时,李蔚也不表示同意,也不表示反对,闭上口再也不说什么。

东庄上是官渡口村东南上一个小庄子,总共不过十几户人家,离官渡口只隔一个大苇塘。周大钟带着人们走上了一条庄稼小道,直向这个小庄子走去。到了村边,上了高坡,一带黄土墙头围着几间土坯北屋,坡沿上一溜子大柳树,坡下就是那一片大苇塘。周大钟叫人们停在大柳树底下等着,他一个人走进胡同。走到门口,停住脚步站了一刻,听到屋里有响亮的语声,高喉咙大嗓子,说:"看你说的!我怎么会没有工作做?共产党员一个时期有一个时期的工作,能叫你失业?反奸复仇一过去,看样子就是分地了。也到了时候了,贫雇农们等得眼儿发蓝……""你们成天价念叨分地分地,光是乱嚷嚷,上头不下来人能办得了吗?"周大钟听到这里,把栅栏一推,铃声叮叮一响,小黑狗赶到门口,汪汪一叫,从小屋里走出个人来:四十多岁年纪,个子不高,身子骨挺粗壮,因为多年来的风吹日晒,寒暑的熏蒸,使他的脸上透出古铜的颜色,紫黝黝的。乍蓬着胡子,扎煞①着两个宽肩膀,穿着破蓝布袄,黑棉裤脚上绽出棉花。当他一眼看见周大钟,两只眼睛愣了一刻,猛地喜色浮在脸上,迈开大步走过来,两手捉住周大钟的胳膊,哆楞着,抿着嘴笑模悠儿地说:"我的老伙计!真是稀客!什么风儿把你吹来了?"说着挺起胸膛轩然大笑,紧紧握住周大钟的手。周大钟说:"我带了工作队来了。"王二合一听,叉开大拇指头,抿起嘴就近周大钟耳朵说:"咳!是分地吧!是吧?"周大钟说:"是呀!算是叫你猜着了。"王二合抿起嘴来说:"嘿!这是规律!"说着,两人走到大柳树底下,周大钟一一做了介绍,最后对王二合说:"这是我们的副队长李蔚,他曾当过区委副书记,可是一把地方工作的能手呀!"王二合连忙走过来,和李蔚握了手,又拉起周大钟走进小院,敞开嗓门大喊了一声:"孩子他娘!来客了!"走进屋拿起笤帚扫扫炕沿,叫人们坐下,说:"快,先给同志们烧壶水喝,周队长来了!"

二合大嫂正在灶膛门口吹火做饭,听得说,慌忙走出来,抬起袖头子擦一下泪湿的眼睛,用力睁了睁。当她一眼看到周大钟,豁朗地笑了,说:"那不是老周吗?你们不是进了城吗?两年不见了,怎么又来了?没把人们忘了啊?你做上大官了,看不起俺这土乡村了。"

二合说:"你快少说废话吧!同志们大远的来了,快烧水

---
① 张开,伸开。

做饭!"

　　大嫂说:"当然是呀,自从日本鬼子来了,我的炕上哪天少了你们?可是日本兵一走,你们就不来了,可没把人想死。如今又来了,看样子又有重要的工作。"说着,又往锅里舀上两瓢水,在灶火膛里添上两把柴火,烧起火来。

　　周大钟和王二合在十几年前是一个棚子里的伙计,一块走上革命的道路,一块入了党。可是自从周大钟扛上枪参加了武装,王二合被派回家乡做发展地方党的工作,就自此分了手。在抗日战争里,一个人搞武装斗争,一个人做农村工作,虽然有时见面,毕竟不能天天打成疙瘩乱成块[①]了。

　　周大钟从怀里掏出信来交给王二合,说:"要说工作重要,当然是顶重要的工作,关系到百分之八十的人吃饭穿衣。"

　　王二合连忙接过信来,皱起浓厚的眉峰看,看着看着又哗啦地笑了,说:"好吗?要进行土地改革呀!使无地少地的人们得到田种。好,好,我正和你大嫂说着,消灭地主阶级,消灭封建剥削制度,依我说早该这么办!"这人心性刚直,敢说敢干。一看工作队来了,浑身的劲头就上来了。

　　二合大嫂听得说,连忙从灶膛门口探进头来,说:"要分地呀?说句实话,人们早等急了,自从共产党一来就说,将来要打土豪分田地,进行合作化,成立集体农庄,光是这么说,可没实行过。"二合大嫂两手不闲做着饭,又说又笑。可是突然,停止了说笑,先是把脸一扬,想着想着,又冷孤丁地一下子趴在锅台上,抽抽搭搭地号啕大哭起来。周大钟和王二合、罗慧、小玉一齐跑出来,说:"怎么了?刚才还好好的?""这是怎么了?"人们都大眼瞪着小眼儿。二合大嫂据起衣襟擦干眼泪,抽咽着

---

① 形容关系密切,不分彼此。

说:"说实情的,我这一辈子了,还没种过一亩好地,只是种点涩碱沙洼。咳!难死人了!这早晚毛主席领导分地了!"说到这里,一下子收起眼泪,哗哗笑了,说:"分地是好事呀,我怎么哭起来,我傻死了!"周大钟一下子笑了笑说:"光自高兴得你不行!"李蔚也说:"高兴得不知道怎么好了!"大嫂说:"可不是!可不是!"说着,搬了一个小吃饭桌放在炕上,抱了一摞黑碗来,用麻布擦抹干净,舀了一大壶开水放在桌上。

这时候,人们才转悲为喜。小玉走上去,提过壶来一碗碗倒上。挽了一下袖子走到堂屋里,说:"大嫂,你歇歇吧!你告诉我说吃什么饭?我们来做。"一边说着洗了手。罗慧也过去洗手帮忙。冯文光扫院子,李乔去担水,李蔚拿起笤帚扫屋子地。

二合大嫂说:"你看咱这人们多入派呀!大远的走累了,快坐在炕上歇歇脚。大嫂做了给你们吃。"

小玉说:"哪里,年轻人知道什么累?哪有叫小闺女们跷着脚等吃饭的?"

二合大嫂看了看小玉,又看了看罗慧说:"看!会说的!那就你们做吧,玉米窝窝、杂面汤、腌酸菜,外加上葱花炸辣椒。不瞒你们说,日子过得急窄,没有好的给你们吃。"

二合大嫂一边看着:小玉和杂面,罗慧泼面蒸窝窝,一下子笑了说:"好!好!闺女们不愧是共产党教育出来的,上炕拿针动剪,下炕做饭打食。人们都说咱八路军、共产党该有天下,看咱们人们多么有本事呀!"

罗慧听得说,觉得有些惭愧,说:"我可不行,我是才从城里出来的!"说着,脸上绯红,有点发热。

二合大嫂走过来,歪起头儿上下看看说:"看你手头巧的,虽然不在解放区长大,也是跟着共产党过来的。"

二合忙接上去说:"哪里?快别那么说,毛主席老人家说过:枪杆是一条战线,笔杆也是一条战线,有多少革命学生、知识分子死在敌人屠刀之下?如今开展土改运动,又是一条战线了。共产党的工作,缺什么也不行。"

土改队来了,二合和大嫂多么高兴,从屋里走到院里,从院里走进屋里,两脚不停,斟茶倒水,笑笑哈哈。小玉和罗慧蒸窝头、擀杂面……不一会儿工夫,把饭做熟了;先端上一小盆酸菜,一盔子葱花炸辣椒,一箅子玉米面窝窝,一大盆杂面汤。周大钟一见就高兴,说:"多少日子没下乡,一下乡就改善生活。"土改队员们见了今天的饭食,没有一个不高兴的。都说:"今天该咱会餐了!"

二合笑了说:"没鱼没肉,会什么餐?咱有什么献什么,家常便饭罢了。"二合大嫂说:"穷家事业的,有什么好吃的?吃得暖暖和和的就行了。"说着大嫂要给客人们盛饭,周大钟抢过马勺说:"哪里话?我来盛吧!"他一碗一碗盛上,才拿筷子吃饭。罗慧左手端着碗,右手拿着窝窝头,咬一口说:"这是黄金塔呀!"用筷子蘸一点葱花辣椒搁进嘴里,再喝一口杂面汤,品着这种乡土滋味,说:"虽然没有鱼肉,却比鱼肉还新鲜!"

二合大嫂说:"从城里出来,觉得什么都新鲜。日子过得不好,轻易的不来,没有好东西给你们吃,叫人怪不落意的!"

玉米面窝窝、杂面汤、葱花儿炸辣椒,在农民人家是上等饭食。周大钟、李蔚、李乔、冯文光、闻小玉,一个个吃得满头大汗,浑身发热,鼻子尖上挑着大汗珠子。周大钟用布手巾擦着,说:"咳呀!这是过年呀!要多美气有多美气!"警卫员小李吃得尤其高兴。

闻小玉说:"同样东西一到咱机关上就呆板滞,成天价不是小米干饭熬菜汤,就是熬菜汤小米干饭……"

土改队员们一个个吃得汤足饭饱,周大钟拿起烟袋打火抽烟,说:"同志们!没有别的,到了二合同志这里,咱们就听二合同志的领导了。"

二合说:"哪里的话?太客气了!上级的来了,我们就听你们的指挥了!"

周大钟说:"哪里?不能钦差大臣满天飞,提供真实情况还得依靠咱村一级组织呀!"

二合一听,笑了说:"咱们共同商量吧!"他又摊开两只手说:"咳!一言难尽呀!咱这支部不比过去了,盼着你们来,也该整整风了!"又拍拍他的大肚子说:"我有一肚子话,以后再说吧!"

周大钟说:"真是!几年不来,村乡里有了变化了?"

二合拍拍胸脯说:"这是上级常说的:封建思想、自发势力,你只要消灭不了它,它就要进攻你,这个仗一下打不完!"

才吃过饭,周大钟觉得身上燠热,从小屋里走出来散散风凉。院里一棵老香椿树,小窗上挂着一块红布儿,一串红辣椒,是去年迎春时候挂的。小院里没有犁耙、车辆、牛驴,只有两垛柴草,两个粪筐,一个粪叉子,一个小铁锹。小东屋窗上糊着窗纸,门却锁着。走出栅栏,就是那条东西胡同,墙根下一棵老槐树,向西一拐就是一塘苇坑,坡上一排老柳树,柳条向下垂着,也黄绿了。苇田上覆盖着黑色的坑泥,在滋养着芦根,抚育着幼芽的成长。隔河不远就是官渡口村,村上杨树、柳树雾雾罩罩的。周大钟站在高坡上大树底下抽了一袋烟,又慢慢走回来说:"二合同志,怎么不见其他小弟兄们?"

二合说:"过完了年,闺女上她姥姥家去了。通明和火亮哥俩扛上铡刀出去打短工，挣个零钱儿，不的话使什么打个油买个盐的？"又问："你有几个孩子了？"周大钟腼腆地说："我还没结婚呢！"王二合追问一句："你怎么还没结婚？光自把孩子也耽误了！"周大钟说："咱们在一块的时候，不是说过了吗，革命不成功，我就不结婚！"王二合说："你的老脾气还没改，日本兵不是打出去了吗？"周大钟说："看，打出日本兵，国民党又来了，前门出狼，后门入虎。到了社会主义我才结婚呢！"周大钟自幼是这个脾气，别看是个庄稼人，一谈起话来慢慢悠悠，腼腼腆腆。想干的事情一定干成，不想干的事情，说什么也不。工作起来总是稳稳当当地向前拱，你甭结记他迈错一只脚。外号叫"生铁牛"。

吃完了饭，说了一回子家长里短，周大钟和二合商量决定：土改队先住在学堂里，那里也是村公所，现盘着的锅，做饭也方便。不然，一下户就难免打草惊蛇，惊动地主阶级抵抗土改。先了解了社会情况再下户深入群众，有很多方便。

说着，人们背起背包，跟着二合走出小院，大嫂也跟出来。笑了说："可要常过来说话儿！"周大钟说："抬脚儿就来了。"二合迈开矫健的脚步头里走，土改队员们后头跟着。一行人下了坡，走过苇塘上那一条泥泞小道，穿过横街，一出村就是官渡口村小学堂。进了门，王二合敞开响亮的嗓音，喊着："王老师！你看谁们来了？"

# 3

土改队到了官渡口村，引起治安员刘登华的不安——他首先是惊怔，然后是不安。由不得一下子愣住，张开大嘴呆了半天，也忘记合上。一颗心紧紧吊在嗓子眼上，总也放不下来。右手拿着筷子，左手端着饭碗，一直坐了老半天，就像个木鸡儿。登华媳妇把午饭摆在桌上，只顾擦抹锅台，不停口地絮絮烦烦地叨唠："土改队来了，你也不去看看，还是没事人儿一大堆。听说还要整党哩！你当了这么几年治安员了，也不会看个眉眼高低。看着不顺劲，把党员保住，这个治安员咱不干了。官渡口村干部七裂八半，怎么能弄到一块？……"她用抹布擦抹了锅台，打扫了灶膛门口，又走过去擦抹案板，一切打扫干净，拍拍拍打衣襟，回过头一看登华这个架势，由不得喷地笑出来，说："怎么心里这么搁不住事儿，有什么了不起的大事，也值得这么着？快吃饭吧！"他们虽然是夫妻，毕竟是两个人隔着皮看不见瓤，刘登华做过的事情，有的她知道，有的是她不知道的。刘登华不让她知道的事，她一辈子也知道不了。

　　听到媳妇说，刘登华才猛醒过来，喝了一口面汤，润润嗓子，把饭碗往桌上一推，扭过头来看着他的小院出神，他觉得嗓子眼里像冒烟。屋子才用新砖墁了地，砌了台阶，院墙也垒好了。他觉得抗战几年不容易；原来他给地主刘作谦做过月工，靠打短工、卖豆腐丝养活一家人。在他的家族里，虽然没扛过长工，做个小买卖，打个短工，日子也并不好过，自幼苦巴苦曳，饥一顿饱一顿地过来。因为缺少吃穿，饿着肚子，身体没有发育完全，浑身又黑又瘦，干巴个子。他虽然做生意不多，思想上却显示着深刻的商人气质；人很聪明，账码挺清楚。经过合理负担和统累税，地主阶级受不住经济上的压力，不得不贱价出卖土地。本来刘登华也是官渡口村农会里的积极分子；他还年轻，心上也伶俐，可是他还不懂得这是地主阶级的诡计；嫁祸于人，逃避负担的法术。他花钱不多，买了刘作谦八九亩好地。钱是哪儿来的,也无人知道。自从有了土地,也就娶下媳妇,生下孩子了。自从当上治安员了,也就有人巴结了,三间土坯小屋也翻盖了。说是参加了抗日工作,可是经营他的小家私比抗日工作用的心思还多。官渡口村抗战几年来干部闹不团结,他哪头也不想得罪,两头说好话,像抹稀泥一样过去。实际上也过不去,他陷进家族观念的污泥里,拔不出腿来了。有时他也感到苦恼,可是因为他下不了决心,越陷越深,最后还是一边倒了。土改要整党,他有了预感;像大车陷在水沟里,再也难过去,生怕成了泥母猪。想到这里,他摇晃了一下脑袋,自言自语:"孙悟空还一个筋斗折十万八千里呢,我要打出老佛爷手心去!"

登华媳妇抱起孩子喂奶,也提个凳坐下来吃饭。说:"你也是穷人出身,抗战几年了,你也入了党了,你还怕什么?"

登华摇摇头说:"不准怎么样,走着瞧吧!"

登华媳妇说:"你学机灵点儿,看人眼色行事嘛,看你一天价肉的不行,那还行!"

登华吃着饭,冷笑一声说:"打肿脸充胖子,撑着劲儿闹呗,我心里没底儿!"

媳妇一下子噘起嘴来,说:"看你比豆腐还软,你挺住点劲,办事积极点儿,像顺毛驴一样,谁不喜欢。像丧门神似的,心上没有一点穿花①,你那机灵劲儿呢?还不如吃奶的孩子!"过去她是妇救会的骨干,是个积极分子。上了几年夜校,也识文断字了,人也聪明,说起话来像成串的玻璃珠子,又圆滑又在理。

登华说:"算了吧,我怎么也不如你……别絮叨了,我心里腻烦得慌!"说着把饭碗一推,啪地把筷子拍在桌子上。话虽这么说,其实他已经够机灵的了,看表现在谁面前。他认为在媳妇

---

① 通透,明白。

面前越表现得愚笨，越表现得老实越好。只有这样，他的隐秘才不会露出馅来。

媳妇听他说了几句丧气话，一下子撂下脸来，斜起白眼仁说："这是干什么？不知怎么的，像不是一个会上的人了，成天价不落家。耳朵里塞上驴毛了？说什么也听不进去。我早就看出来了，嫌我不好，破车挡着你的好道呢！"本来，他们也是自由结婚的，抗战开始，登华媳妇当小围女的时候，还是妇救会的组织委员，夫妻本来是团结的。可是自从这二年，登华像吃了什么迷糊药儿，心上说什么也拴不住笼头。作为一个女人，她是会有感触的，可是她没有办法。为了这个问题，她自己灭了灯在枕头上哭了不知多少次。

刘登华越听越不耐烦，端起屁股走出来，他思想上觉得像有小猫子抓心，烦躁不安。他也明白：土改队到村，早露面比晚露面好，等找到头上，就不好看了……一边想着走出小门，拐过胡同，顺着刘家大街去找青救会主任刘冬。一进小梢门，刘冬正端着碗圪蹴①在大车上吃饭，见登华进来，说："唔！登华哥在这吃饭吧！"

登华笑着说："什么好吃的？"

刘冬说："大年过了，小年过了，二月二过了，还有什么好吃的？糠菜半年粮呗！"

登华说："快吃吧，土改队来了，咱也该去点个卯②！"

刘冬说："唔，我想下午套车拉垫脚土呢？"

登华说："那，早半天晚半天不吃紧，这事去晚了不好，工作要紧啊！"

---

① 蹲着。
② 报个到。

031

听得说，刘冬他爹刘老范从屋里走出来，说："一天价光是闹工作，自家活谁做？看人家不当干部，庄稼长得黑油儿似的，当干部的庄稼长得黄蜡皮涨，也不觉得现眼？活该卖我这老骨头了。"他四十多岁了，倒腾了二十多年庄稼活，才端上饭碗了，又闹日本鬼子，两头负担不是容易，成天价放下杈耙拿扫帚，才维持住中农的生活。

登华说："快别埋怨了，大伯！庄稼是自己的事，工作是国家的事，工作做不好，怎么能当这个主任？怎么进入社会主义？"眼面前的话，他会说着呢。

刘冬他爹听了，鼓起嘴唇不高兴，说："不种庄稼使什么拿公粮呢？"刘冬也不听他，走进屋里，叫媳妇灵芝打开橱子拿个褂子出来换上，转着身叫灵芝看，说："看看怎么样？看看怎么样？"灵芝拿起笤帚给他扫了身上，看有个粥点儿没洗下来，用笤帚疙瘩刮擦了半天，说："快去吧！土改队来了，工作又该忙了。"又噘起嘴来说："看看快回来，别走到岔路上去！"这话有两层意思，说的人有心，听的人也有意，可是却装没事人儿。刘冬瞅了灵芝一眼，说："那么多废话？"灵芝说："走着瞧啊，我不管你，看组织上管你！"

抗日后期，新区扩大得快，干部调动多，刘冬在抗日高小毕了业，在儿童团里工作得挺积极，又有文化，就当上青救会主任兼剧团团长了。抗日战争时期，在一个村子里，青救会主任是一个惹人喜欢的角色，哪个姑娘不多看他两眼？灵芝和他是同班同学，当然比别人机会多，自从结了婚也还好。今天他不等听完话，掉头走出屋门，跟上登华就跑了，说："咱还去找王振山吧！"登华说："咱不去找他，姓王的别扭，咱去找村长吧！"说着就去找刘老迫。一进小梢门，登华敞开嗓子大喊："村长在家吗？"没有声音，老迫大娘走出来，站在台阶上说："他睡着了，屋里来坐吧！"

登华说："真是吃得饱睡得着，这么大事压在头顶上，还能睡得着！"

听得喊声，刘老迫从睡梦里惊醒过来，从炕上发了话，说："什么大事，也这么大惊小怪？光自把我吵醒了。"

登华和刘冬走进屋去，老迫还在躺着，大高个老头儿，五十多岁，胖大个子，红彤彤的脸盘。他说："天塌下来有地接着，工作什么时候有个完？工作忙啊！忙啊！忙着忙着减租减息闹过去了。又闹统累税，忙着忙着，统累税闹过去了，又是反'扫荡'。日本鬼子投降了，蒋介石又掉蛋……工作没个完！也不知道你们俩上哪儿去扇凉翅儿？土改队一来，二合就把我抓去了，扫了扫房子，弄米弄面，油盐柴菜……一直忙活了半天，你们也不着边儿。"

登华说："原来你早露了面儿？"

刘老迫说："当然是，我不去二合饶得了我？"

登华说："为什么也不通知我们一声？"

刘老迫说："你睁着眼说瞎话！土改队一进村就像打了个旱天雷，你听不见？"

刘冬说："我就不知道。"

老迫说："你，你一天价躺在媳妇炕上孵窝，还肯出门？土改队一来，你们就该做眼面前的事了。"

刘冬说："哪里，大伯！俺是真不知道。咱可先说下，有个大事小情的，你可得包着我点儿，吭！好大伯！"

老迫一听，睁开大眼睛，喝了他一顿，说："你好小子！哪里学来的这么一套，这是什么作风？我看是猴儿拉稀，你小人儿坏了肠子了！我不包着，你小子能当青救会主任？我不包着你，灵芝跟你？小闺女多水灵！娶上媳妇就革命成功了？二十多岁的人就想退坡，能不受批评？"

说得刘冬龇开牙哧哧地笑个不停。登华说："老头儿又生气了，那我们就去了。"说着移动脚步向外走。老迫说："忙去吧！工作积极点儿，年幼的人们浑身带着力气，怕个什么？叫我多么费劲？老是像拉着懒驴上磨一样。再说二合是领导，你们不佩服人家；人家搬砖你搬坏，人家打狗你打鸡，人家说东你说西。人家搬砖我也搬砖，人家打鸡我也打鸡，你搬八块，我搬十块，这还不会？"登华听到这里把脖子一挺说："我搬十二块，等他饶过我？"

说着，刘冬和登华走出老迫的门，走过小胡同到了王家街上，一群人在庙台上晒太阳。这是一座很大的诸葛亮庙；庙门锁着，门窗因为风雨的剥蚀，褪了色了，墙上的红坨泥也脱落了，黄绿琉璃瓦的庙顶还整齐。庙前有青石台阶，阶下满铺着大方青石。两棵老槐树也有几百年了，树上吊着一口大铁钟。在抗战过程里，经历过残酷的岁月，日本鬼子一进村，刘老迫就拉着绳子敲钟。村子里有些群众集会也在这里举行。平时上年岁的人们，夏天在树下乘凉，冬天在庙前的两块半截石碑上晒暖儿，也算是一个公共场所。他们像是在谈着心里话，看见刘冬和登华走过来，就合紧嘴不再说什么。刘作谦和王健仲两个老地主把棋盘放在半截石上下棋，闷着头儿仔细掂掇。手里呱嗒着棋子儿，表面上看他们满肚子是"两国交兵，黄河为界"，可也不一定，他们耳朵尖着呢，像猫儿一样灵，嘴上老是像抹上香油儿，说的总是"天官赐福"，笑面虎儿似的。心上想的是什么，任谁也难知道。几年的民族解放战争，使他们明白："开明"比"顽固"好一点，好汉不吃眼前亏。在各抗日阶级、阶层联合专政之下，对象虽然是汉奸和卖国贼，可是减租减息，合理负担，统累税……这一系列的政策，一历历削弱着封建势力的基础。作为地主阶级，他们不得不把这口压抑的气儿吞在肚里；时时刻刻也没有忘记蒋介石卷土重来，那时才是他们扬眉吐气的时候。自从七七事变开始，国民党的军队溃退了，不知不觉共产党从地底下钻出来了，自卫军、八路军都来了。日本鬼子一进攻，共产党又转入地下了。日本鬼子投降了，国民党又来了，可是共产党再也不走了，也不转入地下了。他们扎下根了，根深蒂固，能和国民党撞一膀子了。他们想到这里，再也不耐烦了，老是觉得还不如回到前清帝国，前清时代还"封了粮自在王"呢！他们成天价是心烦意乱，于是就离开家屋，坐在这大庙台上，看着过往的行人：推车的，挑担的，卖瓜的，卖菜的，谈到国民党到了天津、北京，会使他们眉开眼笑，听到解放军的大部队开上去了，又会使他们心惊胆战。不管他们思想上有多么活跃，可是表面上总是闷着头儿"跳马""走车"，看空儿将你一"军"。一直到夕阳西下，他们还袖着手儿坐在青石头上，仰着头眯缝着眼儿，在夕阳的余晖中，朝着橙红的太阳出神。直到炊烟弥漫了街巷，迟暮降落在烟村，他们才拍拍屁股上的土，一步步走回家去。

刘冬和登华拐进横街，踏着那条庄稼小路到了学堂里，先到南屋找到王老师，了解了情况，再到西屋去看土改队。土改队的人们正坐在炕上开会。登华一眼看见周大钟，急忙走上前去，握起周大钟的手哈哈笑着说："我的老上级！你们可来了，没把人想死！"

周大钟说："我们还没找你们。"

登华嘻嘻哈哈说："又有什么重要工作，也值得大队长亲自下来？"

周大钟说："任务可大了，要发动群众进行土地改革，形势逼人，你们可不要刀枪入库，马放南山呀！"

登华说："哪里，光等着任务哩，只要上头一声号令，我们下头的就冲锋陷阵呀！上头的支支嘴儿，我们就跑乱了腿儿。"登华这人，当了几年治安员，经常接触上级，惯会看风使舵。他指着刘冬说："这是我们村青救会主任，你还没见过。"

周大钟说："我们到村里来的时候，他还是儿童团呢。"他把冯文光、李乔、闻小玉、罗慧，一个个作了介绍。特别把李蔚作了介绍，说："这李蔚同志，是我们的副队长，在别的区里当过副书记，还当过区长。"他觉得一个土改队搞好一个村的土地改革，不是容易，要搞好团结，要互相建立威信。

一介绍到李蔚，刘登华连忙趋溜过去，握着李蔚的手，略略躬着身子："李区长……"周大钟说："你们过去认识？"李蔚说："过去我们见过一面。"又转向刘登华："你还当治安委员？"刘登华说："是，还是我的老差使。"原来，刘登华曾在大集上见过当区长的李蔚，还替区长找了上等烟叶送了去。

登华说："我看你们还是住到村里去，虽然开春停火的时候到了，这里还是冷屋子冷炕的，多不好，还得自己做饭。在村里吃好吃歹的，多么现成？"说着掀了一下炕旁的锅盖，又说："这么着哪里行？"

周大钟说："先住几天，了解了解情况再下户。先自己做几天饭吃，再吃派饭。"

这是一个大院子，北屋原来是个大寺，民国初年，拆了大寺盖成学堂。抗日战争以来，根据地人们有了民主，都爱学点政治，成立了农民夜校、妇女夜校，还有村剧团。一到夜晚，灯明火亮,老少男女都来念书识字,听讲战争形势和前线战况,村剧团也在这里排戏。全村三百多户人家,这里是政治文化中心,再加上村公所也在这里办公。这大院里成天价书声琅琅,锣鼓喧天,胡琴口琴,人来人往,好不热闹。

周大钟看刘登华和刘冬走出去,他们继续开会,决定:先访贫问苦,了解基本情况。最后他说:"我一参加工作就在部队上,地方工作我是外行。再说,我没读过书,文化政治水平都很低,咱们凡事大家研究,我有错误大家批评。为了搞好团结,咱们有事摆在桌面上。"

冯文光一听就高兴了,站起来把大腿一拍,说:"你要是这么说,你老周说一不二!"

李蔚也说:"我也是,我要有了错误,大家一条一理儿批评,我不能脸红,咱们讲民主嘛!"李乔、小玉、罗慧一齐说:"我们一定接受两位队长的领导,把工作做好。"可是自从进了村,李蔚心里就皱起疙瘩,他总觉得秘密进村,秘密扎根串联好。可是周大钟一进村先找支部书记和村长,然后去访贫问苦。为了这件事,他老是觉得心气不舒,又不愿争论,他怕有人说他骄傲。为了工作上的问题,他一夜未睡好觉;翻个身睡不着,再翻身还是睡不着。他想:不管作多大难,也要下决心说服周大钟。

第二天一早,李蔚还迷迷糊糊睡着,大院里静得连一点声音也没有,只是几只家雀子叽叽喳喳叫着,周大钟就不声不响地起床了。当他下床时,不留心把小烟袋掉在地上,声音并不大,就把李蔚惊醒了。不知道他为什么睡觉这么轻。虽然醒了,他还是不想起,把脑袋往被子里鞣了鞣①,想把被驱散的梦境追回来。

---

① 缩了缩。

可是周大钟已经洗过脸,拿起扫帚在院子里扫着,他不得不起床了,慢慢穿上衣裳,走到院里捡起个破扫帚也扫起院子来。可是院子挺大,扫到什么时候是个完?扫着走到周大钟面前低声说:"咱扫一片就行了。"周大钟说:"那有多么不好看,工作是越做多越好!"周大钟不听,李蔚还是得跟着扫下去。心里又觉得无可不可儿,他伸过脸去,悄悄说:"我看咱们先找支部书记和村长不妥当,你说呢?"周大钟说:"有什么不好?"李蔚说:"这样一来,群众就不敢接近我们了。"周大钟说:"不!这样真正的贫雇农,正南巴北的农民就围拢我们了。"李蔚看话不投机,就沉默下不说了。

直到扫到围墙底下,李蔚才拉着扫帚走回来。往回走着,又看见他自己扫的那一片太潦草,觉得很不好看,好像秃妖婆画眉,东一扫帚西一扫帚。他又伸出扫帚划拉了划拉。可是划拉了这里还有那里,人们已经开始学习了,他也只好走回来洗脸。

# 4

土改队住在村公所里,给贫雇农带来了新的希望和欢乐,也给地主富农人家带来了更多的忧愁;小学生、夜校的人们,村剧团的演员们,把这个消息带到贫雇农的土坯小屋,也带到中农、富农人家,带到地主阶级的大院里,像晴天的雷鸣震撼了沉睡着的村落,各阶级阶层都有他们的预感:贫雇农觉得不管盼了多少年,这件可以庆幸的事情毕竟来到了。中农人家心上不凉不酸,他们还不明白,在这一场运动里,能得到一点什么或是失去什么。富农的一颗心已经开始吊在嗓子眼上,他们摸不透这场运动的底细。地主阶级心上已经敲着小鼓儿了,有力地震颤着全身的神经末梢,几千年来他们过着欢乐的剥削生活,目前不幸的日子就要降到他们的头上。

黄昏的时候,刘作谦和王健仲最后离开大庙台。刘作谦一手提着大烟袋,一手提着鸟笼子,驼着背向东拐过横街,一步一步走回家去。先到路东家里去吃晚饭。那是一座四合子砖房,砖墁院子。他抬起脚来用力走上北屋的高台砖阶,高大的身躯要低一下头才进了槅扇门。老伴盘腿坐在炕上,儿媳妇端上菜来:一碟炒鸡蛋,一碟蒸腊肉。闺女荷花儿大姐提过酒壶,洗了酒杯,伺候父亲喝酒。几十年来,这是他的老习惯;早饭是一碗蛋羹。中午总是饺子面条或是白面烙饼。晚上喝几杯酒,不管什么粥饭喝一碗也就算了。

可是今天,酒饭端上来了,他却对着饭桌出神,眼不错珠呆了老半天,不想吃饭也不想喝酒。老伴手扶在炕沿上,伸起脖子看着刘作谦说:"怎么,你不舒服?"

刘作谦说:"不、不舒帖。"

老伴说:"不、不舒帖,怎么痴痴呆呆的?"

这时刘作谦才慢慢举起杯子喝了一气酒,抿了抿嘴唇,拿起筷子夹了一点菜慢慢搁在嘴里嚼着,长叹一声,摇着头说:"咳!再活着也没有意思了。我觉得今天的菜没有滋味,酒也不香。"

老伴说:"怎么,你改了口味了?人们常说,人上了年纪一下子改了口味不好。"

刘作谦阴一句阳一句,嘟嘟哝哝说:"唔,许是要改口味了?"这句话可以那么理解,也可以这么理解。可是老伴并不明白,虽然不明白,可是他们的心上都有个共同的想法:土改的风声愈来愈大，改变封建所有制这一场不寻常的运动就要降到他们头上。

说着，闺女小荷花儿也放学回来了。放下书包，拿碗盛饭，爬上炕去吃着说："爸！土改队来了。"说了一声，撑起眼皮瞅了瞅，见屋里谁也不吭声，就又低下头去吃饭。她年纪还小，还没有生活的经验，不明白老人的心情。她听到老师说：要消灭地主阶级，消灭封建，她也觉得高兴，因为消灭了封建就有民主了。她和贫雇农孩子们一块受着抗日民主教育，一说民主都高兴。她还没有想过她是属于地主阶级的。在小孩子们来讲，属于哪个阶级，似乎与自己无关。可是，今天她待了一刻似乎也后悔把这不吉利的事情告诉全家，只是低头吃饭，不再吭声了。她睁着两只大眼睛看着，不再说什么。

老伴摸不透老头的心里有多么烦躁，可是荷花儿还有点聪明，在抗日战争中她家经过几次事故，她心上已经明白了。抗战以前，她读了几年小学，九一八事变开始，她就不上学了，在家里读书写字。日本帝国主义打进中国，民族矛盾超过阶级矛盾了，她是个青年人，同样地向往抗日，赞成民族民主革命。尤其，民主政府公布了女子继承权，禁止封建婚姻，提倡婚姻自主，使她心里像开了一朵花儿。闺女家年岁一大了，脸庞闪静了，身条儿也长高了。由于她脸型和身躯的线条儿挺不难看，使她进了村剧团，演了几年戏，想不到当了剧团的主演。演了几出好戏以后，就成了官渡口村有名的人儿了。走起路来款步细摇，嘴上唱着抗日歌曲，像一枝嫩绿色的垂柳，在迎风飘荡。在大街上走来走去，好事的人们爱扬起脸儿向她打个招呼。上头剧团在这里演过一出戏，她的身条和那出戏里演汉奸太太白牡丹的演员相像，人们就背地里跟她叫起白牡丹来。自此，她就成了这个村上出众的人物。

刘作谦立刻看到了女儿在自己生活中的作用。她也就成了刘作谦的膀臂，成了地主阶级手上一支梭镖。刘作谦用她抵御过几场使他可能落到难堪地步的灾祸，把这支梭镖拿在手上，看准了目标，要抛出去就抛出去，要抽回来就抽回来，要抛多远就抛多远。当然闺女大了，有了自己的希望和爱好，有时也闹性子，但是在父权和财权的封建社会里，又有什么办法？她只好体会父亲的意思。自此以后，她向往抗日，向往自由民主的要求，也就不能化为行动。所以，不管刘作谦心上有多么失意，只要一看见荷花儿，心上就喜兴起来。今天她见父亲的心思抑郁：一会儿低下头沉思，一会儿又扬起头来远望，呆呆地出神。她嘻嘻笑着迎上去说："爸！什么事情惹您老人家这么愁眉苦脸？"

刘作谦用手拍了拍长脑门儿，撩了一下眼皮看了看心爱的闺女，说："要说事情严重可也够严重的了，土改队来了，他们要怎么搞，你知道吗？"他话是这么问，其实自执行"五四指示"以来，他就研究透了，经过很大的努力，才弄得全村干部不和，无能为力，削弱了这场历史性的运动，大事化为小事，小事化无了。可是对于这场运动——彻底改变土地所有制，他还想不出对策来。表面上斯斯文文，可是他的内心里深有谋略，像是一个狡猾的狐狸。

荷花儿说："知道，今天我到剧团去就看见他们了，土改队长就是县大队上那个周队长，副队长是一个叫李蔚的区委副书记。"

刘作谦点了一下头，说："唔！他们要怎么搞，知道吗？"

荷花儿把眼睛抬起来，看着窗棂老半天，笑了说："这个……我还不知道。"

刘作谦说:"你是剧团里的干部,要努力参加土改,这是国家一项很重要的工作!要把土改文件学透了,回来对我说。"

父女俩说着话儿,刘作谦吃完了晚饭,拿起大烟袋走出来。走过街道,是他家西院的大梢门:那是一个长方大院,正中是他家的谷场,谷场上停着两辆大车和青石碌碡。谷场的南面有树尖高的干草垛和麦秸垛,还有一座秫秸垛。柴草垛后面是头伏棚[①]和长工屋。大院里满是榆树、枣树。向北去过了场院是一道花墙,走进小门是三间大北房,两间东房。台阶后头有两棵大杨树,到了夏天,风吹着杨树的叶子像大河里流水一样,哗啦地响着。满树的叶子遮得院子阴凉阴凉。刘作谦围着场院转了一遭,对于他祖爷留下来的产业,多咱见了都有留恋的感情。看见荷花儿从暗影里走进梢门,说了一声:"把门关上吧!"等荷花儿把门关好,父女两人才走进小院,回到东头屋里。那是他的住室,西头屋里是荷花儿和妹妹的卧房。荷花儿划根火柴点着油灯,屋子里一下子亮起来,刘作谦拿起大烟袋,装上烟锅,就着油灯抽着烟,抬起头喷着烟气。拉开抽屉,拿出几本账簿:一本是日用账,一本是日工账,一本是借账,几本账簿经常在他手头摸着。在抗战以前,几本账簿厚厚实实,自从建立了共产党领导的抗日民主政权,十年以来,一个政策接着一个政策,作为封建势力的基础,它们却一天天被削弱着,越来越薄起来。虽然薄吧,却还存在,那也是他的安慰。想着又拿出红木算盘,打得噼啪响着,一摸到祖爷留给他的算盘,不知心上有多么滋润。自从他的老一辈爷爷把这算盘留给他,算盘的紫黝光亮,就说明了它古老的年龄。他凭着这古老的红木算盘,拿来了贫雇农民多少血汗——地租和利息。自从减租减息,这利息一项已经不见了,可是还有棉

---

[①] 牲口棚。

花米谷的收入。这一场封建所有制的改变,还不知落到什么地步,这是目前他穷思索解的。

在老账簿上,有他祖爷留给他的三百多亩土地和这两处宅院,一直传到他这一代。从他的个性来说,这些财产只可增多不能减少。自从实行合理负担和统累税以来,虽然贱价出卖了一些土地,但在他来讲,不过是暂时叫别人替他负担公粮和公款。他在耐心地等待着这共产党抗日政权慢慢地过去,要想拿回来的时候,就像从瓷坛里拿出一块酥糖来吃那么容易。但是他还不明白:按他们的个性来说,也永远不会明白,共产党再也倒不了了。失去的土地再也拿不回来了。但是多咱一想到土地,他的一颗心跳动得再也安不到心窝里。

荷花儿见父亲有些不耐烦。她问:"爸!我看你今天总是心烦意乱,你在想什么?"

刘作谦说:"唔!我想你大哥,他长时间不回信了!"在日本鬼子占领的时候,日寇的邮政总是和国民党的邮政相联系的,日寇撤退之后,国民党的邮政和解放区的邮政已经失去联系了。

荷花儿愣着黑眼睛看了看远处说:"我是这么想,他总有那么一天会回来的。"

刘作谦说:"我的心上是急如星火!"他在梦想着半空里降下一种力量,把共产党领导的土改运动击垮。

在刘作谦思想上有两件事:一件是财产;一件是子孙。自从抗战以来,大儿子在国民党部队里当营长,目前已经是团长了。二儿子在家里参加了村文救会,这也是他所希望的。虽然在乡村里文化界抗日救国联合会不是什么重要的组织,可是也和工、农、妇、青、武、回平列,也可以在村公所走出走进,看起来像是一个村干部似的。大荷花儿在村剧团,二荷花儿还上抗日中学班,一家人总还沾着抗日的边儿;一只脚踏在这个船上,一只脚跨在那个船上,两边都站着点。也可以说是墙头上的一棵草,风吹两边倒。日本鬼子投降以后,国民党政府的大员到了天津、北京了,他们的气焰就更加高涨了。今天当他看到荷花儿站在他的面前,由不得高兴,这孩子出秀得这么好,长身条儿,闪静的面容,活眉大眼儿,他说:"孩子,你想想,土改队一来,是个什么结局?"

荷花儿两只手扶着桌子,仄起脸儿看着菜油灯上袅袅的焰苗,笑着摇晃了一下头,说:"唔!土地革命,难以设想呀!"其实她年纪不小了,关于土改,已经听到一些,不过她不愿当着父亲的面说出来就是了,她怕父亲受了难堪的刺激。说到这里,她又愣住说:"可是我们在村里行走,大小是个干部,我们还有一点本事呀!"至于本事她确实有一点,但究竟有多么大,在共产党的面前就难说了。再说,她在家里既不经营土地,又不出放银钱,所以她的阶级观念也不像刘作谦他们这些地主分子一样。对于共产党,也无深仇大恨,相反还有些羡慕的心情。她觉得如果能加入共产党,那就好多了。为了这个目的,她也努力参加一些村级的工作。

刘作谦说:"唔,孩子!你二哥的本事不会怎么的,我希望你能施展一下身手,保住爸爸平安过去这一步。有爸爸在着,你们是幸福的,要是没了爸爸,你想,你们能过得了那么寒贱的生活吗?"他用锐利的目光看着荷花儿的脸,灼灼逼人。

荷花儿受不住父亲锐利的目光的刺激,扭了一下身子,沉下头来,把他的目光避开去,说:"是的,爸爸!我舍不得爸爸,我们不能过那寒贱日子,那是不堪设想的!"她还是一个青年,有时她也希望走上革命的道路,对于父亲那种龌龊的想法表示嫌恶,她也曾想过要离开这个黑暗的家庭,背叛她的阶级,奔向自由世界。但是,她一想到地主家庭生活的享受和温暖,革命的光亮就又在心里熄灭了。

刘作谦听到这里,他的两个眼珠子几乎夺眶而出,大泪珠从眼角里滚出来,说:"你想想,应该怎么办?"他已经几次向荷花儿暗示,这也只有暗示,哪有做爸爸的把亲生女儿往火坑里推呢?可是作为地主阶级,越是到了灭亡的时候,他的性格就越发地残忍,也就不顾他的亲生骨肉了。孤注一掷的时候到了,他们也只有这最后的一掷了。

荷花儿听了爸爸的话,心窝里一下子滚热起来,心在嗵嗵跳着,羞得满脸绯红了,抬起胳膊把脸遮上,说:"唔!我又成个什么人呢?"她努力忍住,不使泪花迸出眼眶。

荷花儿的回答,使刘作谦捉摸不定。过去有几次,他向女儿暗示这个意思,荷花儿就装作不解,含糊不作回答。但是她也明白处境的困难,直到目前为止,她不好意思明白地抵抗了。刘作谦也时刻担心,孩子年岁大了,一旦有个差池,不服使用的时候,他的难堪的日子也就来到了。在根据地里,在民主政权下,土地和房屋是靠不住的,荷花儿姐妹是他唯一的资本,他说:"孩子!自从抗战开始,共产党一来,我总觉得心不由主。你看,这么一个政策,那么一个政策,就像一伙强人在咱墙根脚下打洞,我们这座大房子的基础一天天地被那些泥巴腿们挖空了……今天土改队一来,我的心上总是寒战。"说着,他用手掩紧了怀襟,咧开老年的大嘴,唇沿索索抖动,他觉得身上寒森森的,眼泪鼻涕一起流了下来。

荷花儿也同样经过几年的战争生活,共产党领导的群众运动影响过她。作为一个青年妇女,在她父亲的按搓①之下,苦、辣、酸、甜种种滋味她也尝过了。今天她看到父亲的表情,她也明白,

---

① 折磨。

一场灾难将要降临了,由不得一股酸楚的感情涌上心头,扑地一下子把两只胳膊趴在炕席上,眼泪就像河堤决口一样,呜呜咽咽大哭起来。这时在油灯前面,照在墙上一个老人的影子,高身躯,长脑门儿,一条大烟袋,就像木鸡一样印在墙上。他狡猾的思想,剥削阶级的个性,过去只是施展在贫雇农身上,今天为了闪过灾难,他要施展在女儿身上了。他好像在驯马,横下一条心,看见女儿悲痛,他并不难过,因为不经过感情上这样那样的冲击,她是不会驯顺的。他坐在一旁,观察荷花儿心情的变化和发展。

这时有人在门外墙上嗵嗵地敲了三下,刘作谦猛地从椅子上站起来。这个暗号,在他家里已经有几年的历史,在深夜里每逢听到有人在外面敲墙,总是兴高采烈地走出去迎接他的客人。今天,他听到有人敲墙同样高兴,他说:"去吧孩子,他们来了,去开门吧!"

荷花儿从炕席上抬起身子,拿手巾擦了擦脸上的泪痕,走出去开门。当她开了屋门,走出灯影,觉得天是那样的黑暗,云彩很厚,没有星星,也没有月亮,对面不见人影。她走过场院,到了梢门洞里,门洞里更加漆黑,伸手不见五指,摸着把梢门开个缝,问:"是谁?"外面有人答话:"是我!"虽然只有两个字,她已听出那个熟稔的声音。吱呀的一声把门开了,悄悄走进一个人来,那是刘登华。他问:"他来了吗?"荷花儿说:"没来呢?"刘登华说:"这小子骨头软,兴许他不敢来了。""也许!"荷花儿说着,闩好了梢门,带他进来,走进荷花儿的房里。划根火柴,点着一盏小油灯,姑娘的住房另有不同:两边是红油橱子,橱子顶上放着两个描金箱子,中间一张小方桌,几把椅子。炕上铺着羊毛毡,摆着几床花被子。

登华走进来,坐在椅子上。说也奇怪,他每次走进荷花儿的屋子，就觉得浑身舒帖。当他受了什么委屈，或是感到异常劳累、心情不舒展的时候，就到这间小屋子里来坐一会儿，似乎闻到一种芳香，会使他的身心感到轻松和温暖。

刘作谦听到熟悉的脚步声，提着大烟袋，一步一步走过来，胳肢窝里夹着一个四方红漆匣子。一见登华，笑了说："等了老半天，你们还不来。"说着他把匣子放在桌上。荷花儿拿了一个花格子旧线毯铺在小方桌上，刘作谦打开匣子哗啦啦地把牌倒出来。象牙牌是乡村里少见的，洁白柔润，光亮得喜人。几年来，这副象牙牌是登华所熟悉的。自从荷花儿把登华引进这个小屋，就成了他家的高贵的牌友了。刘作谦把烟嘴擦了一下，伸到登华的手里，伸过下巴问："怎么刘冬没来？"登华抽着烟说："唔，他还没有来。"荷花儿哧哧地笑了说："他不敢来了。"登华说："他小胆儿，我就不怕。"其实他也想不来，可是吃过晚饭，没有工作，也不开会，心上觉得冷冷落落，他在十字街上站了半天，想找王二合去谈谈，又没有勇气，好像另有一种什么力量吸引着他，就心不由主地走到荷花儿这里来了。

听到有人进来，但不是刘冬，是老伴带了小荷花儿走进来，打了个照面，又走回东间去了。

今天三缺一，他们还是开不了场。刘作谦掀开门帘，说："烧壶水喝。"老伴抱柴烧水，荷花儿涮壶洗碗，拿了一包茶叶来，说："请你喝一包好叶子！"登华笑了说："什么好茶叶？十六两一斤的？"荷花儿笑了说："当然是！"在农村里，在那个年头，能喝到这样的茶叶的只有刘作谦一家，那还是大儿子从南方捎来的。水烧开了，荷花儿沏上茶来，斟在碗里，茶水澄黄，小屋里飘起清清茶香。

登华说："土改队来了，你们应该排一出好戏，要扩大宣

047

传哪！"

荷花儿说："当然呀！我们宣传部门，当然不能落后。"那时在敌后根据地的村剧团里，能识谱、能演出像样的戏来，这样的演员当然是不少，可是能有荷花儿这样条件的演员并不多。当登华谈到演戏的时候，荷花儿脸上显得特别丰采，高兴得不得了。她举起两只手，抄在脑后，抬起头来看看房顶，好像对自己抱有无穷的希望。她站在灯前，侧着头向左看了看，又向右看了看她修长的身影，由不得笑了，说："我要演一场像样的戏叫土改队看一看。"这时她站在父亲和登华的面前，由不得从心眼里发出一种骄傲的感情。好像是说：我毕竟是一个像样的演员，他们会看重我的。当时，她也有这么一种幻想：也许他们看中我的时候，爸爸能逃过这场灾难。登华说："你当然可以演出好戏，看你的嗓子多么脆！多么响亮！"荷花儿听了这一句话，心上异常地快乐。她想：要是周队长对我说这么一句话，那就什么问题也会解决了。

当然，在刘作谦心目中，他家能生养这样一个姑娘，使他光荣，几年来，因为他有这样一个女儿在村剧团里工作，使他能在村里受到特殊的待遇，几乎和干部家属一样，逢年过节有人慰问，看戏坐在前排，他能不高兴吗？同时，荷花儿在登华面前，就像她在舞台上演戏一样，只要哪一天登华没有见到她，就心上空落落的，像少看了一场戏一样。也就像有了牌瘾一样，不管刮风也不管下雨，只要哪一天不来这里摸摸这副象牙牌，吃饭不觉香甜，睡觉会不踏实，直到现在，荷花儿就成了这副象牙牌的替身。为了她，他们不会不来，也不肯不来。这样他们每天在这里形成了一个小小的集会。本来这个集会，刘老迪也常参加，甚至村里的事情、党内的事情也在这里说说。后来，因为这个县里出现了几起干部和地主阶级相关联的案子,刘老迫有些警惕了。再说,他一把年纪了,儿孙一大群了,也觉得磨不开脸,也就避免和人家年轻姑娘们一块厮混了,就推辞不来了。

他们坐着喝茶抽烟老半天,刘作谦心上疑忌,说:"怎么刘冬还不来?"他还是怕出现意外的事情。

登华说:"他们可能找他谈话。"

荷花儿说:"可能,也许他会积极起来。"她是一个聪明的人,想到这个问题时,她心上打了一个激灵,但她还不能预测会出现一种什么事情。

刘作谦抬起头来,思摸了一刻,说:"荷花儿!今天刘冬不来,我和登华喝一盅!"

荷花儿看登华不拒绝,说:"也该喝一盅了,我给你们炒菜。"她估计老母亲睡觉了,就不再惊动她。平时,他们打着牌,烧水做饭都是老母亲的事情。她在灶下炒了一盘子鸡蛋,提了一注子酒来,笑着搁在桌上,说:"喝吧!"

刘作谦说:"也不温一温?"他拿起酒壶倒了一点酒在盅子里,划根火柴点着,立刻冒起蓝色的焰苗,刘作谦拿起酒壶在火上烤着。在别的日子,他一见到这蓝色的焰苗,心上就会暖和起来。今天他不想喝酒,心上也不觉得温暖。相反,觉得有些阴凉,像是一股冷风,透过脊骨。在旧社会他是一村之主,每天吃了早饭,就提上大烟袋,迈着方子步走过大街,坐在村公所的木圈椅子上,说长道短。那时,他在村公所里说一句话是算一句话的。可是,自从改造政权以后,尤其大选举以后,在村公所里办事的人们换上了种庄稼的农民。但是他并没有认输,表面上看,他是从村公所里退了下来,没有地方可去,他每天在宽场大院里走来走去:从场院里走进屋里,又从屋里走到场院里,他觉得异常孤独寂寞。在无可奈何的时候,荷花儿把登华和刘冬拉到他的院里。作为一个还没出嫁的姑娘把男人们引进屋里,开个会或是商量什么事情,他也觉得看不惯,心上烦躁不安。有时他也想发起火来,骂她一顿。可是现在,他已经没有这种火气了,习以为常了。尤其感到有这种需要的时候,他就转变了态度,表示欢迎了。因为只有这样,他才能知道村中大事。有时和他们坐在一起说长道短,还给他们出些主意,他的主意有时也被采纳。这就等于地主阶级把一只手伸到村政权里,摸到党的心脏的跳动。今天,他没从登华的嘴里得到关于土改的内情,他不会让他走出大门。荷花儿见爸爸把酒温热,她提起酒壶对登华说:"今天,我先给你满上一盅!"然后也给爸爸斟上一盅酒。

刘作谦拿起筷子,点着说:"来,就着菜!"

登华一见酒菜,就头脑眩晕了,举起酒杯喝下一气酒,酒的热力顺着血管流遍全身。每逢酒气一盖了脸儿,他就忘记是官渡口村治安员了。摇晃了一下脑袋,说:"官渡口村的事是真难办呀!"

刘作谦说:"怎么?你觉得有什么为难的?"

登华说:"一村分三姓,三条街,各姓各街都有干部,这就难办了。"

刘作谦说:"可是,这官渡口自古以来就是咱姓刘的主持村政呀!"

登华说:"自从抗日以来,就改变天下了;姓王的把党支部抓过去了。"说着,他用手握着酒杯,沉下头去不再说什么。

据老辈人们传说:自从明朝永乐年间,有刘、李、王三家人带着老婆孩子从山西洪洞县老槐树底下出来,跟着移民的人群,翻过多少山、过了多少岭、渡过多少大小河流,来到这人烟稀少的地方，就住在这个村庄。远在宋朝，这一带地方很多水淀，交错着大小河流。当时有名的边将杨延昭在这一带把守三关的时候，就有了这条河流，官家在这里设下驿站管理渡口，就叫作官渡口村。三家人远离家乡，来到这里扎根创业，在艰难的日子里，他们就像亲兄弟一样亲。自那时起他们就联了宗，像一母三兄弟一样；有个红白喜事，有点什么大事小情的，都互相帮助。逢年过节都有礼节往来。可是在那古老的封建社会里，在悠久的年月里，因为天灾人祸，水旱虫蝗，土地兼并高度集中，三族人都出现了地主富农。自从有了地主富农，三姓人家的弟兄关系也就不能维持了。为了地边、放账，照样撕破脸打官司。为了酒、色、财、气，照样拿刀动杖，甚至合族械斗。自从大选开始，地主阶级虽然表面上退出了村政权，但是他们用尽了挑拨离间各种手段，明争暗斗，表现出来就是村干部的不团结，三姓群众的分裂，给抗日工作带来了不少困难，这个问题在那个时候，还是以家族间的斗争出现的。

荷花儿见登华低下头儿发呆，悄悄用肩膀碰了他一下，笑笑说："怎么？你又在想什么？"

登华说："我在想我为难的事。"

荷花儿问："什么事情使你为难？"

登华看着荷花儿嬉笑的脸色说："要整党呀！"

荷花儿听了，不再说什么。虽然她努力工作了几年，也确实付出了多少心血，在王振山和刘老迫跟前说了很多好话，可是至今她还不是共产党员。这个问题，她一直在埋怨王二合，说王二合瞧不起她，说她是地主阶级的小姐，不能加入共产党。今天登华一谈到党内的问题，她就无法说话了。登华见刘作谦不说什么，荷花儿不再说什么，他跺了一下脚站起来，说："看样子刘冬不来了。"他把牌匣子往桌边上一推就往外走。刘作谦和荷花儿送出来。天很闷，还是那么黑，雨星星的。刘作谦和荷花儿用脚摸着路，送到梢门口，荷花儿开了门说："你慢走！"

登华走出梢门口，他又站住。根据往常的规律，荷花儿也就把门一关回屋睡觉。今天她看到登华在黑影里迟疑，她说："怎么？你想再坐一会儿？"

登华说："不，我没有说的。"停了一刻，他又说："唔，我们还得把工作谈谈。"他在一霎闪电光中向荷花儿递了一个眼色。

这时，荷花儿有些犹疑：天黑着，也很晚了，雷声隆隆响着，她不想去，她愣住了。天上又一道火亮的电闪之后，登华见她不动，就又用手轻轻拉了她一下衣襟。如果是在过去，她可以伸出手去把他的胳膊打掉，索性闹起性子，把门咣地一关走回屋去。今天，她不敢逞强了，她明白还有需要登华的地方，她只好跟他去了。

刘作谦在黑暗里盯着女儿的身影，他是同情她的，他不愿在黑更半夜里叫女儿出门。但是，一想到目前的处境，她不去又该怎么办？只好愣着眼睛看着荷花儿的背影在夜色里隐去。

刘作谦看着荷花儿出去，他不就回屋，因为天上云块飞驰，雷声不断，再说社会治安不静，他得站在梢门底下看门，等着荷花儿回来。他在黑影里站了老半天，还不见荷花儿回来，心里异常焦急。天凉下来，脊椎骨上寒战了一下，打了一个寒噤。他张开大嘴冷不丁头上打了一个霹雳，接着又一个闪电，吓了他一大跳。停了一刻，仰起头来对着黑暗的天空，长叹一声说："啊呀！黑暗得惊人呀！天爷！救救我们吧！暴风骤雨就要来了！……"

# 5

这天晚上,刘作谦躺在炕上辗转不能入睡,做了一夜噩梦。不是打斤斗撩飞车,就是遇上日本兵来了,他拿起腿就跑,跑来跑去,跑来跑去,一下子栽了一个斤斗,爬起来一看大天亮了。天明了,他还是不想起炕,糊里糊涂睡到小晌午。隔着窗棂上的玻璃,看见太阳从云彩缝里钻出来,才从被窝里伸出手,抽了一袋烟,朝着房梁吐了几个烟圈。荷花儿看见他醒了,慢慢走过来,说:"爸爸!你该起来了。"

刘作谦扭过头,看了看心爱的女儿,说:"唔!该起来了?"当他看到荷花儿和往日一样,还是那样喜笑颜开的,就认为她可能没有受到什么委屈,自个儿哄自个儿,像是放心了。

荷花儿说:"该起了,吃晌午饭的时候了。妈妈给你老人家做了好吃的。"

刘作谦问:"什么好吃的?"

荷花儿说:"包的饺子。"

刘作谦笑着说:"好吃不如饺子,好歇着不如睡觉呀!"说着披衣起炕,洗了两把脸,提了大烟袋,走到东院里吃了饭。今天吃了饭并不就走,靠着被沓子眯着眼歇了一会儿,直到太阳歪了,他才提上大烟袋,走到台阶上给百灵鸟添了点食儿,一步一步走出来。走到大街上也无处可去,龙盛荤馆倒是个可以休息的地方,但那是李福云开的,他和李福云打过几场官司,冤家对头,久不通事了。根据老习惯,他又穿过横街,走到庙台上。太阳晒满了庙台,暖和和的。王健仲已经把棋盘铺在半截石碑上,

053

不言不语，手里摸索着棋子等着他。在官渡口村里，只有他们俩会下棋，今天下明天下，就结成棋友了。再说，他自从村公所退下来，既不劳动，也无事可做。他们两个就每天坐在这大庙台上下象棋。下着象棋说心里话，天长日久就成了知心人了。王健仲看见刘作谦走上石阶，笑笑说："怎么？你不好？"刘作谦说："不、不好。"王健仲说："怎么脸上那么难看，眼窝也塌进去了？"说到这里，也就没有什么话可说了。虽然是知心人，但昨天晚上的事情，他是不能跟王健仲说的。他们处境相同，思想情况互相也是明了的，不必多说了。

刘作谦不说什么，坐在青石头上，开始下棋；无非是"跳马""走车""舍车保帅"。今天下棋与往日不同，心里有了事，压得沉重，也就不愿在棋子上苦费心思了。胡乱走了几盘，越走越觉得心里暴躁，像是长了茅茅草。王健仲抓住一把棋子在棋盘上一摔，说："咦！不知怎么的，今日个心眼里要多别扭有多别扭。我看咱这棋下也是输，不下也是输了！"这是一句双关语，两层意思，不用细说，两个人都会明白的。

刘作谦恶狠狠地瞪了他一眼，说："你怎么火性暴溜的！那又能当得了什么？"见王健仲不愿下棋，提起大烟袋来，嘬着嘴唇使劲抽烟，可是今天这烟袋越抽越不通气，他冷不丁把烟袋摔在石碑上，狠狠地说："它娘的！刁妻、佞子，不通气的烟袋，甭提有多么别扭了！"

王健仲把抓棋子的那只手按在石碑上，探过身子，鸦默雀静地问："怎么样？土改队来了，有什么消息吗？"

刘作谦闭紧嘴摇了摇头，不说什么。

王健仲举起手捋了一把花白胡子，说："小子在文救会里，闺女在剧团里，能听不到一点什么？"

刘作谦惊讶地说："摸不透呢！共产党的秘密，你还不知道？"

这时王健仲感到问题的严重性了。在往常里，刘作谦耳风是最灵的，今天却一点气也透不出来。他说："怎么他们工作这么严？"刘作谦说："当然是。人家是层层有组织的！"别看他每天没事人儿似的坐在这里下棋，抗战几年，他不声不响地琢磨共产党的政策和内情。

王健仲今年五十多岁，却早早花白了头发，也花白了胡子。敦实个子，大宽肩膀，又黑又胖，大肚子向外突着，走起路来两条腿一哈巴一哈巴的。他的老父亲也有七十多岁了，当年是个没有考中的秀才，除了看医书，也爱诌几句律诗，是这一带农村里有名的医生。在大街上开着一座药铺，常常是天不明就车马满门，等着这位老医生出诊。虽然年纪老了，还是不辞劳苦。这位老医生还很仔细，每次出诊总带着一摞书，拿小包袱包着。诊完脉看了药书，才开药方。多少年来没用错过一味药。就因为有这么一点好处，群众选他当了县议会的议员，说他开明。王健仲自幼不读书，当家理纪。他有四个小子，也不上学，也不当兵，光是种庄稼。他家本来是中农，自从王健仲当了家，赶上几年好年景，棉花丰收，行市又好，放点账利息又高，就这么着发了家，雇几个长工，成了地主。土改队一来，他心里也挺烦躁，不知会落个什么结局。他左思右想也想不出来：反汉奸时，他不是汉奸；反黑地时，他没有黑地；反国特时，他不是国特。这几关都被他闯过来了。可是他对这一次土改运动，心里没有底数。想到这里，他不知不觉地站起来，好像心上失落了什么。走到庙门前，扒着密密的窗格棂向里看：大庙里是诸葛亮的泥塑卧像，戴着道帽，穿着八卦衣，躺在床上，用一只左手支着头，眯着眼

055

睛看书。他想，诸葛亮会奇门遁甲马前课，这人就是行。其实不然，诸葛亮在古代治军治政，不过是有经验、有预见，能抓住规律罢了，他并不是前知五百年后知五百年的神仙。他有两个叔伯兄弟，一个在东吴，一个在曹魏，要不怎么足不出户能知天下事呢？这个问题王健仲不懂，可是刘作谦懂得很多。

王健仲在庙台上走来走去，眼看夕阳发红，一群白脖乌鸦，围着大槐树忽上忽下、忽南忽北、忽东忽西，团团飞舞，越飞越多，好像有几千几百，呱呱地叫个不停。这时，他作为土改运动的打击对象，感到异常孤独、空虚、寂寞。面对着日暮途穷，归鸦噪晚，夜猫子悲鸣的困境，使他心中难耐。他摇摇头说："这一定不是什么吉兆！"

刘作谦也从石头上站起来，抬起头看着哀鸣的乌鸦，悲叹一声说："唔！常言说'听得乌鸦叫，吉凶事全然不晓'啊！"

说到这里，两个人就合紧了嘴什么也不说了。夕阳反照在大槐树上，照得满树通红，他看着这幻化的奇景，怔了半天，直到太阳下山，天色逐渐暗淡下来，才慢慢走回家去。

王健仲把象棋揣在怀里，走下庙台，顺着王家街走回去。当他走进他家梢门的时候，车马才回来，长工们卸下牲口，牲口在院子里打滚儿，弄得满院子尘扬炕烟，呛得嗓子生痛。他连憋了两口气，紧走了几步才进了二门。今天回家，他先走到老父亲屋里。老父亲虽然七十多岁年纪，还是白发童颜，满面红光，正戴着老花镜就着油灯看书，听得有人进来，也不抬起头来。王健仲坐在杌子上，说："天黑了，歇歇吧！这么大年纪了，还治这个病干什么？还不如躺在炕上歇歇！"

这时候，老人才慢慢抬起头来，撩起眼皮看了看，缓缓地说："唔，瞧你说的！济世活人嘛！真是河里没鱼市上看，不治病你就不知道病人这么多,今天我开了十几个方子。再说在咱这村乡里,我不治病谁能治,为人民服务嘛!"

王健仲说:"这是什么世道,你成天价治病,还不如背着粪筐拾粪,背着筐拾泡粪还多打点粮食呢!"

老父亲说:"不能那么说,拾粪不过是得点己,是自己的事,治病才是为社会呢!眼下哪有空儿拾粪,病人多呀!可是头痛脑热算不了什么,乡村里人们缺钱少药,三根汤就能治好。要是病得重了,要想治好,可不是一日之功,要费大力气呢!为了治好一个发高烧的病人,我查了《内经》《素问》《陈修国医书四十八种》《金匮要略》《伤寒论》……你知道?感冒发高烧,胃溃疡发高烧,伤寒也发高烧,对症施治可不是容易呀!"

王健仲说:"依我说,不图黎(利)明(名)不打早起,瞎操那份心干什么?"

老父亲说:"古人曰:'流水不腐,户枢不蠹',还是多活动活动,多看点病好。乡村里医生少病人多,能歇得住吗?就是颜习斋、李恕谷两位乡贤,除了有高深的学问,讲求实践,还深通医理呢!"

王健仲越听越不耐烦,生气说:"你光是一天价治病,土改队来了,你知道吗?"

父亲说:"土改队来了,该怎么怎么着。在抗日战争里,我跟了几年,参议会我也参加了,报告我也听了,我就信上头说的,只要给人民做些好事,共产党不会把你扔了不管。民主政府会把各种人放在适当的格里,什么样的人会得到什么样的待遇。比方说,我是医生,我每天治病,政府就会按医生对待我。扛长活的人每天劳动,政府就会按长工对待他,干好事吃不了亏!"

老人是个做学问的人,看看儿子市侩贪婪的样子,挺不高兴。有时想多教训几句,他又不听。成天价心里计算他那土地钱财,计算收成、地租和利息。

王健仲听着很不耐烦,他说:"依我说是好人不长寿,坏人活千年!你是地主,人家要分你的地!"

老父亲毫不在意地说:"分吧!我一亩地也不要,我还是治病。我看了一辈子药书,我还是看我的药书,我离开这医药活不了!"他看说不转儿子,老父亲也生了气了。

王健仲说不转老父亲,把脚一跺说:"有你的后程等着你。"说着走出来,到了自己屋里,老伴已经把饭盛好,放在炕桌上,他把左脚蹬在炕沿上端起饭碗来。一想吃饭,他又迟疑住。自从土改队来了,他吃饭不香甜,睡觉合不上眼,老是觉得眼疼口苦,嗓子眼里冒烟。他圆瞪瞪地睁着两只大眼看着饭桌,呆了半天,不想吃饭,把筷子拍在桌子上又走出来。站在台阶上,看着他的四合小院出神。孩子们都在屋里吃饭,院子里静悄悄的,他也告诉一声就走出来。走出二门,只听得头伏棚里槽头上的牲口咚当乱蹦,他知道是牲口没有草吃了,在闹槽呢。要是往日,他会匆忙地走进去筛草喂牲口,可是今天,连这么一点心花也没有了。他一直走出梢门,拐过横街,走到王家老药铺里去。伙计们见他进来,慌忙笑着迎上去,说:"什么事?少东家!"

王健仲也不笑一笑,说:"我想吃药!"

伙计说:"怎么?不叫老先生看看脉?"

王健仲说:"我不叫他看,我就是口苦、喉涩,不想吃东西,不想睡觉。"

伙计笑了说:"那你就消消内热,开开胃,吃点什么,睡上一大觉也就好了。"伙计一句话把他提醒了,他脚不停地走出来，又走进龙盛荤馆，听得掌勺的师傅大勺碰着小勺，呱呱响着，跑堂的伙计尖声叫着，看见王健仲走进来，喊："王先生吃饭，里边坐！"当他走进去一看，李福云正坐在那里喝酒，一只手举着酒杯，一只手动着筷子吃菜。看见王健仲进来，也不理他。王健仲那只脚还没着地，就又反身走出来。他好像得了精神病，两只脚由不得他，越走越快，穿过王家街，一直走出村来，走到学堂门口，他又站住。他想进去，又不敢进去。进去了，要是有人问："你有什么事？"他觉得没有话说，实在的，他并没有什么事情。于是又走出来，走到围墙东边，土改队住的那排房子的后身。他抬起头望了望，小窗户挺高，呆瞪瞪地站着。仔细听了半天，才听出有刷锅洗碗的声音。自从土改队进村，村里送来了米面柴菜，还派了做饭的，周队长要坚持自己做饭，又把做饭的打发回去。闻小玉和罗慧总是抢着做饭，别人想做也轮不上去。周大钟说："明天可是该着我做了！"冯文光搭下茬儿说："好！咱们俩的班儿。"闻小玉说："谁也甭想抢行市，就是俺们俩女同志的事，不然叫人家知道了笑话。"周大钟问："笑话什么？"闻小玉说："叫人家说，你们队里没女同志吗？可叫男同志做饭？"周大钟哈哈笑了说："要不就叫你们参加土改队呢？你们的思想不改造行吗？光是女同志们做饭、刷锅、洗碗？还是'锅台底下走遍天下'？男同志们不能做饭？看起来，男女还是不平等，封建思想还是打不倒，是吗？封建尾巴露出来了吧！"闻小玉听后，咯咯地笑个不停。冯文光说："你看，小玉的脸上红了。"小玉说："罗慧脸上先红的。"周大钟说："封建思想是各式各样的，多着呢。土改运动改造着客观世界，也改造着我们自己。"

王健仲低下头听了半天，这些问题本来是很重要的哲理，但是由于阶级属性不同，他也听不出个子午卯酉，无可奈何，慢吞吞地离开那里向回走。夜黑天，他深一脚浅一脚地走着。到了王家街上，觉得又饥又渴。他又想到龙盛荤馆去看看李福云走了没有，可是走了几步又停住了，他又想起一件事：土改队来了，房屋土地还不是自己的，这骡马鸡鸭也不是自己的了……想着，他恨恨地说："我不能让它们归了长工头子们，我要煽起一阵杀风！"说着，他返回头去，顺着王家大街向家走。走到梢门口上，推了推门，梢门闩着。他敲了几下，没有人来开，又敲了几下，还是没有人来开门。他生了气了，抬起脚来照着大梢门嗵嗵地踢了几脚。这时才听得有人踩着细碎的脚步声走出来，呀的一声门开了，一看不是长工，是他的老伴。他问："死绝了？"老伴说："你觉得还早啊？已是深更半夜了，都睡着了。"现在和过去不同，自从解放区闹起工人运动，长工们有了自己的组织，有了人权，增资运动之后，长工们夜间不管看门了。他走进院子，满院子黑黑的，只有头伏棚里的小灯还亮着。他推门进去，伙计们睡得齁齁的，"四大鸳鸯"趴在地上打盹，听得有人进来，认为来喂草了，大叫驴支蓬支蓬耳朵，腾地从地上站起来，撅起尾巴打了个舒展，脑袋抬起大高，伸起脖子大叫了一阵。他一见就生气了，分明是伙计们没有把牲口喂饱就睡着了。他满满地筛了两筛子草喂上，睁开两只三角眼，恶狠狠地朝炕上睡着的长工们瞪了两眼，咣当地把门关上，就走出来。进了二门，他把门关得紧紧，又锁上。他走到鸡窝跟前，犹豫了会子，最后他下了决心，猫下腰打开鸡窝门，伸进手去拉出一只鸡来，拉得那只鸡拍着翅膀，咯咯叫着。他用力把鸡脖子一拧，用指头卡住，夹在右胳肢窝里。又伸手去抓出另一只鸡，夹在左胳肢窝里，使劲扭住鸡脖子，不让它叫出声来。可是鸡群受了惊扰，一下子炸了窝了，咯咯咯咯地乱叫起来。他愤怒地伸开脚朝着鸡窝乱踢，骂着："娘的！你们叫吧，叫吧，叫欢点儿！叫人们都知道该杀鸡吃肉了。"

老父亲听得鸡叫，在炕上发出话来，说："你们起去看看，有黄鼬拉鸡呢？"

王健仲停了一刻，咕咕哝哝说："唔，可不是有黄鼬拉鸡。"他又朝着房檐上喊了几声："下来！下来！我看你往哪里跑？"又长叹了一口气说："咳！咳！跑了！跑了！拉着鸡跑了。"一个人独言独语了一会子，他怕是把老父亲养的乌骨鸡杀了，老父亲不干。他说着话，慢吞吞走回堂屋，拿了一盏灯走进南仓房里。仓房里尽是大大小小的粮食囤，窗户用席头遮得严严实实。他把灯挂在墙上，拿起几块砖把鸡压上，走回去从案板上抽了一把菜刀来，把门关得紧紧。蹲在地上，把那只老母鸡踩在脚下，拉出脖子来用刀去割。王健仲凶狠地腆起大肚子，绷紧嘴唇鼓起眼珠子，撅起胡子使劲割。可是那把刀太钝，锯抽了半天才流出血来，流了一大摊。这时，另外那只大公鸡睁圆两只眼睛在看着，当它看到那只母鸡流出血来，这时它机灵地用力一挣，从砖底下挣脱了身子，咯咯叫着飞上谷囤去。王健仲扔蹦跳起来，去扑那只大公鸡。大公鸡见他扑过来，又咯咯叫着飞到另一个荆囤上。他一下子又扑过去，大公鸡又咯咯叫着飞起来。他扑到东，大公鸡飞到西；他扑到西，大公鸡又飞到东。一来一往，扑来扑去，大公鸡再也不落下来了。它红着眼睛，伸直脖子直向王健仲扑来，伸出长嘴，一下子啄住他的眼睛，左眼一下子噗地流出血来。他急忙用袖头子捂上左眼，大公鸡又来啄他的右眼。这时，他只好扔下菜刀，两手紧紧捂住眼睛，只有自卫之力，无有招架之功了。那大公鸡变被动为主动，呼扇着两只翅膀，一上

061

一下地向他俯冲，伸直脖子一次又一次地啄他的秃脑袋，啄得他满头满脸血糊淋漓。

　　这只大公鸡简直就不像一只鸡了，像是一只雄鹰，伸开两只五股钢叉，一上一下地抓揸王健仲的秃脑袋。王健仲的老伴坐在被窝头上，正等着他回来睡觉。等了老半天也不见回来，听得南仓房里扑啦乱响，有人哎哟哎哟地叫唤，端起屁股走出来，急急忙忙，三步两步跑下台阶，赶到仓房门口，伸手把门推开。这时那只大公鸡正在满屋子飞翔，见有人开门，扑棱着翅膀飞出门外。王健仲听得大公鸡飞出门外，喊着："别开门！别开门！公鸡飞了，公鸡飞了！"老伴在黑影里看见公鸡飞出去，心里也发了急了。平素里她知道这只公鸡的本领，有生人进家，它飞起去就用嘴啄，专门啄眼睛、鼻子和嘴。街坊四邻有人来串门，都不怕他家的狗，倒是怕他家的大公鸡，一进门就喊："屋里有人吗？看着你家的大公鸡呀！"今天，这只大公鸡更加施展了它的威风。扑啦了半天，身上也累了，想站在高处休息片刻。这个地主婆见大公鸡要飞跑了，这是她心上的鸡，哪里肯放，迈开脚步赶上去，那只公鸡见她扑来，扔蹦飞过去，跳到院子西头。当她扑到西头，它又扔蹦跳到东头。她急忙返回头去抓它，可它又跳到西头。那个地主婆腰又粗，肚子又胖，长着满脸的横肉，在院子里跳来跳去，累得胸口里又疼，腿又酸，直累得喘不过气，抬不起腰来了。大公鸡觉得到了生死的关头，就什么也不怕了，伸起脖子，扑啦着翅膀，瞪圆眼睛呱呱叫着。老地主婆还是抓不住它，张开喉咙大喊："孩子他娘！快起来，公鸡要飞了！"听得喊声，几房儿媳妇也顾不得梳拢头发，披头散发跑出来，以为有了贼了，急着问："什么？有了人啦？"地主婆说："不是，是大公鸡要跑了。"几个儿媳妇听说是大公鸡要跑，伸直两只手，包抄过来。大公鸡一见人多，一下子起了翅，咯咯叫着施展本领，满院子飞翔。时间不长，孙子孙女一个个都跑出来，一齐逮鸡。这时，那只大公鸡实在疲乏了，翅膀上没了劲了，兜回头来，撤出了战斗，扑啦啦地飞上屋顶。孩子们见大公鸡飞上屋顶，蹬着梯子上房去追。可是这只大公鸡一上了房，算是别有天地了，它居高临下，伸了两下脖子，睁圆眼睛看了看院里的人们要逮它，长鸣一声，拍打拍打翅膀，像是鸡群的凤凰，振翅腾空飞去。

孩子们直瞪瞪地看着公鸡飞跑，你看看我，我看看你，大眼睛瞪着小眼睛，没有办法，只好爬下梯子来。地主婆问："公鸡呢？"孩子们说："跑了！"地主婆睁大眼睛问："跑了？"孩子们说："跑了！"地主婆拍打着胸脯，长叹一声说："咳！这年头连一只鸡也养不住了！"自言自语："别的甭说，跑了一锅肉呀！"连忙走过去，到仓房里去看王健仲。王健仲正在地上蹲着，两只手捂着眼睛哼哼。旁边放着切菜刀，一只老母鸡躺在地上，流了一大摊血。她问："这是干什么？"王健仲说："我要杀鸡吃肉！"地主婆说："这是一只母鸡呀！一年给咱下一百多蛋呀！你为什么杀它？"王健仲说："咳！要闹土改了，鸡还是谁的？"这时，地主婆还不知道土改是怎么回事，哭丧着脸说："哼，这只母鸡一年给咱下一百多蛋，你还杀它，你还有人心不？光自大公鸡也不跟着咱了，飞到别人家去了。你没听见说过：这只大公鸡飞到谁家谁家有福，咱家飞跑了这只大公鸡，就把福飞跑了，要家败人亡哩！"她拉起老地主看了看，在灯光底下，见他满脸满头是血，咧起大嘴说："这是怎么的？"王健仲说："叫公鸡啄的！"地主婆说："多没出息，连一只鸡也斗不过，快睡觉去！"

地主婆拉着王健仲走回上房，在灯光下看着，王健仲满脸破破烂烂、血乎淋漓的，忙给他上些刀剪药，打整①着他脱下衣服睡在被窝里。王健仲说："你去给我把鸡拔拔毛，炖一锅肉，明儿早饭我要吃，我要吃个肚儿圆！"老伴说："我才不呢，杀下蛋的母鸡是不得人心的！"这天晚上，王健仲做了一夜吃肉的梦，可是闻香不到口。第二天早晨吃过早饭，王健仲把棋子和棋盘揣在怀里，偷偷走到家伙橱子跟前，拿起一块猪肉在嘴圈上抹了抹，就匆匆走到大庙台上等着刘作谦。

刘作谦一上庙台，就看见王健仲鼻青脸肿，他问："你今天不好？"王健仲说："不、不好！"刘作谦又问："不、不好，怎么这个样子？你吃了什么好的？嘴巴上油浑浑的，嘴上带出幌子来了！"

王健仲回避了鼻青脸肿的事，把大嘴一撇，伸手拍了拍大肚子，说："今天早上可吃了个饱！"说着，两只手揸在大肚子上，装腔作势。

刘作谦低下头问："吃了什么？也值得这么大惊小怪！"

王健仲又放低了声音，说："我把鸡鸭杀光了，一大家子吃了个饱，可香呢！还有骡马牛驴，一个不剩，看他们解放生产力，看他们发展农业去！"

这时，刘作谦捋起长胡子，抬起眼睛眯了一会儿，说："有理有理！"又侧过身子，低声说："这叫一不做，二不休啊！扳倒葫芦洒了油啊！可是一样，油瓶倒了，你转个弯走过去，你可别去扶。你要去扶，叫人看见了，他就说是你碰倒的。懂吗？"

王健仲无言地深深点了一下头，就再也不说什么。刘作谦心上也在盘算：怎么杀鸡，怎么鼓捣那些大骡子大马，不落在贫雇农手里。

---

① 帮。

# 6

昨夜王家街上不静,半夜三更鸡叫狗咬,乱哄哄的。事情虽然不大,但惊动了官渡口全村。这天早晨,周大钟早早起了床。自从抗日战争开始,他光荣地背上枪,当了班长的时候,就有了这个早起的习惯。后来当了分队长,他一直坚持下来。当然那时是为了战争的需要,在深远的敌后根据地里,敌占城市我占乡村,战争经常在清晨打响,日本兵在半夜里出来包围村庄,搜捕干部和游击组,或者找寻区小队和县大队寻战。那时他天一扑明就起炕,挑起筲给房东挑水扫院子,一直到瓮满瓢平、满院子干净。然后把脸盆拿出来,一个个舀上水,等同志们起来洗脸。直到县大队住了城,他还坚持这个老习惯。今天他正坐在小板凳上学习报纸上的社论,有个青年人跑了来,离大远就喊:"周队长!周队长!"周大钟抬起头来一看,是一个十七八岁的农民,穿着个破袍子,晃荡着两只袖子,戴着个毛线猴儿帽。脸上黑黑的,两只大眼睛黑溜溜的,抄起两手呆呆地站着。他问:"你叫什么名字?"他说:"我叫王黑炭。"周大钟又问:"看你,有什么事情,这么急急慌慌的?"他说:"报告周队长!昨儿晚上黑夜里有鸡叫。"周大钟说:"许是黄鼬拉鸡吧!"黑炭说:"哼!这个黄鼬得大点儿。"周大钟一听,睁着惊奇的眼睛追问:"依你说,是什么问题?"他说:"依我看是地主阶级捣鬼,土改的风声一漏出去,他们就要杀鸡的杀鸡,宰羊的宰羊。煽起一股杀风,破坏农民运动,这可不是小事!"周大钟点了点头,说:"唔!知道了。"又问:"你担任什么职务?"他说:"我担任党员，还担任游击小猪。"周大钟说："游击小组吧？"他点点头龇开白牙笑了说："是，游击小组。是从儿童团长升的。"当他张开嘴一笑的时候，周大钟看到他的牙齿雪白雪白。又问："你住在什么地方？"黑炭说："就是住在王家街北头。出街口往西一拐，大杨树底下。"

周大钟左看右看，这个青年农民，作为一个党员，游击小组长，是有责任心的，是一个老实巴交的纯朴农民。他走近王黑炭，拍了拍他的肩膀，笑了说："同志！你很好！你自动地来报告，很好！"

王黑炭把两手叉在腰里歪着头，笑得龇出白牙说："我是党员，又是游击小组长，我觉得我应该这么办。不这样我就不够一个共产党员，不能搞好土改运动，打败蒋介石！"他又得意地笑着说："你是我们的老上级呀！"

周大钟听了，从上到下地看了一下，对眼前的黑炭产生了好感。他说："很好！我是县大队的队长，是官渡口村的土改队长。你有比较高的阶级觉悟和政治责任心，等我去找你吧！"

黑炭听了很觉满意，抄起两只手，拿起脚啪哒啪哒跑出去了。

这时同志们都起了炕，刷了牙洗了脸，坐在一块学习了一会儿，吃完了饭，周大钟说："怎么样？咱们来了一天了，有什么情况，碰碰情况吧！往一块凑凑。"

李蔚也说："大家商量商量，看看这个工作怎么搞法？这么干行呀不行？"

说着，大家都凑过来。周大钟说："女同志们坐上席！"那是一条通铺，小玉和罗慧脱了鞋爬进炕头上坐着，冯文光和李乔坐在一边，李蔚坐在一边，围了一个圈。周大钟在地上走来走去，深思熟虑。李蔚说："你也坐下。"周大钟说："我们当兵的立惯了,老是坐不下。"又说:"咱们来官渡口,开张发市第一天,大家有什么印象?有什么感触?谈谈吧!"

闻小玉先开口,她说:"昨日个俺俩围着村转了一遭,有个印象是:这是个大破村子。村西北是沙地,有个大梨树林子。东南边有个大苇塘。村北里有几行大杨树,有通天高。西南上有一林子柳树,林子里有个烈士碑,我还没细看呢!经过八年抗战,日本鬼子的烧杀,村子里破房烂屋挺多。"说到这里,她不再说下去了。周大钟说:"你不说了?罗慧补充。"

罗慧听得说,把报纸放下,腼腆地说:"过去我都是在大城市里,昨日才到农村。我出生在小资产阶级家庭,过去过学生生活,懂得学运,不懂得农村,不懂得农民,所以很觉生疏。我的印象是:这个村地主占少数,富农人家也占少数。中农人家不少,大部分是贫雇农。他们生活不好,大部分人住着破房子。虽然如此,在抗日政府领导下,进行了减租减息,合理负担,统一累进税,据说群众的生活比事变以前有所改善了。"

李乔左腿盘在铺上,右腿蹬在地上,看罗慧说完了,慢腾腾地说:"三句话不离本行,咱是大老粗老农民,是搞农会的。这个村的农会做了一些工作,农民也有发动。可是人们的觉悟还不算高。合理负担、统累税都贯彻了。'五四指示'贯彻得不彻底。村政权从抗日开始,就搞破交战、扩兵、征粮、支前……做了很多工作。有日本鬼子的时候,开展了地道战,可是支应敌人也不少。我只是和农会主任王振山谈了谈。这个人是个贫农出身,对王二合和刘老迫有些意见。"李乔是贫农出身,虽然在村里上过夜校,可是识字不多,平时不爱多说话,说起话来慢条斯理儿。

冯文光端端正正盘腿坐在炕上,看李乔说完,麻沙着嗓子说:"我找了两个工人伙计拉了一会儿话,这个村有二十多个长工,大部分是给地主做活,富农人家的也有几个。工会里人们挺积极,减租、增资、征粮、扩军都打先锋,和地主阶级的斗争也很尖锐,顶牛儿①不少。'大扫荡'以来,表面上他们的工作歇下来。实际上转入地下了,村北里有个大岗楼,他们不敢彰明较著地干了。我了解情况不多,以后继续深入。"说到最后,嗓子眼里有些喑哑了。这人年岁较大,有点耿直脾气,说起话来火性子暴溜的。

李蔚看人们都说完,不等周大钟开口,先咳嗽了一声,说:"我了解了一些情况,知道的也不多。这个村里地主阶级很刁滑,李福云在前清末年中了武举,可是顶子落在他头上又被别人摘了去了。他是给人家当了枪手。本来他怕考不中才没有考,替人家下了场,不知怎么又碰上了,他又卖后悔。"说到这里又咳嗽了两声,"事变以前,每年过了秋,他就坐上大车像走亲戚去看那个武举,一住就是一个月。那个武举也像报他的恩,给他好吃好喝,回来的时候,什么单夹皮棉,好衣好裳给几件子。他还说年头急窄,没有打多少粮食,要钱要粮食。要是不给他,他就瞪着眼发脾气、骂街:'他妈的!你的顶子是哪里来的?那咱你打官司上大堂都不跪,谁给你挣来的?'骂着,来个骑马蹲裆式,瞪眼攥拳头呈出式子要比武。人家不敢惹他,只好给了。每年拉半车东西回来。他还和岗楼上有勾搭,站在十字大街上一骂街没人敢吱声。他还打过长工。在大集上开个荤馆,一年赚不少钱。地主王健仲的父亲王友三是个文学儿,每天慢条斯理儿坐着车去看病,开着个药铺,赚钱也不少。刘作谦在事变以前当村长,在集上开花店,开轧花房,他就是这样发家了,事变以后不

---

① 二牛相抵,各不相让,比喻双方冲突争执不下。

干了……算了，我说的太多了，算了！"他连说带笑，翻着笔记本，得意扬扬，他为自己多了解了情况沾沾自喜。红岗脸儿更加红了，表示他还有很多材料没有说。非常明显，叫人一看就知道是个小知识分子，文化水平高，说话拉着腔儿，挺像回事的。

周大钟看大家说完，他不就发言，低着头在地上走来走去。呆了一会儿，说："很好！大家了解了一些情况，可是光了解了一般情况还不够，要深入下去，了解具体情况，我们要对受压迫的农民抱无限同情，一面了解情况，一面发动群众。根据上级的意见，第一步是访贫问苦，深入贫雇农家里去，了解他们在旧社会的苦难经历，了解地主富农对贫雇农的剥削，也要了解干部情况……"

李蔚听周大钟说话很慢，心里替他使劲；起心眼里着急，很不耐烦，恨不得替他说出来。听到这里，不等周大钟说完，他问："我们为什么还要了解干部情况？不是要把这个旧摊子一脚踢开吗？"

周大钟问他："为什么都要踢开村干部？"

李蔚说："抗战八年，他们掌权有势，早就烂完了，都是土皇上，新兴黑暗势力！"

周大钟睁开眼睛哈哈笑了，一个字一个字地说："哪里话？依我说要了解干部情况，即便有些问题，不了解怎么使用？抗战八年，开辟工作、建党、建军、建政，他们流了多少血汗？民族斗争、阶级斗争有多么复杂尖锐？什么叫新兴黑暗势力？我们的工作要是没有他们在下头干，行吗？"周大钟自幼不发脾气，甚至连一句大话也不说。可是今天，他听着李蔚的谈话，像是把一块巨石投进古潭，咕咚一声响，浪花四溅。他抬起头来，看看窗外，走来走去，感情起伏不平。他说："我们不能说他们都烂了,也不能说是新兴黑暗势力,少数村干部犯了一些错误,根据毛主席的看法,他们有些作风不纯、思想不纯。也许有个别的或少数的坏人钻进来,不能绝对化,大部分是好的吧?……"

冯文光和李乔坐在一边,瞪着两只大眼睛不说什么,他们还没经过仔细考虑,闹不清到底谁是对的,不敢乱发言。冯文光说:"这是一个大问题,方针大计要仔细考虑,不能轻易肯定,景同志也没这么说。"

李蔚不等他说完,又抢上去说:"怎么不是新兴黑暗势力,经过抗日战争,他们成了权威了,过去是地主说了算,现在是他们说了算。有的乱搞男女关系,有的贪污,这还不是烂了?"

周大钟鼓突了一下嘴,说:"这个不能叫都烂了!"停了一刻又说:"村里的抗日民族统一战线,贫雇农当然要有权威!贫雇农不是权威,无产阶级还要权威不?"

闻小玉坐在一边,睁着一对黑眼睛,仄起耳朵听听老周的,又听听李蔚的,她还把握不准谁说的对,可是当她看到李蔚说话时拿着个腔儿,有顿有挫,趾高气扬,她实在看不过,她张嘴就说:"就是,没的叫地主阶级有权威?有些人乱搞男女关系,有立场问题,在整党里就可以解决。"几句话说得干嘣逗脆①,惹得罗慧斜起眼睛笑她。

这时周大钟才说:"咱先谈到这儿,下户吧!听说村里昨日晚上有鸡叫,看看是怎么回事?要深入贫雇农,吭!"

李蔚下炕穿鞋,板着脸,嘴里不住地嘟哝:"鸡毛蒜皮,有鸡叫算什么?"说着,他想到今天第一次开会就顶板②,觉得有些后悔。

---

① 也作"干嘣截脆",形容干脆利落。
② 互相冲突、争持。

李蔚站在门口，等周大钟走出门口的时候，一手把他拉住，把胳膊盘在周大钟肩膀上，一边走着说说笑笑，做了一些解释。周大钟说："这个没关系，大家开会可以有不同意见嘛！"

　　周大钟等人们走出大门，他又回来把门锁上，才慢搭搭走出来。踏着一条庄稼小道走进村去，顺着王家街往北走。一路走着，低头琢磨李蔚今天的发言，摇了一下头觉得很不是滋味。走到北村口，向前一望，大道两旁是几行子钻天杨，春天的阳光照着高高的树梢，枝头发绿了，突出了幼芽。一望无边的黄土平原，有人赶着牛驴耙地呢。有两个小孩子背着柴火筐在树底下拾柴，看见周大钟走过来，抬起头眯瞪眯瞪眼睛问："你找谁呀？"周大钟说："我找黑炭。"小孩子笑笑说："你找黑炭呀！就在前边！"小孩子说着，指了指村边朝东开的那个小篱笆门。

　　周大钟踏着大杨树底下那条干硬的小道，走到篱笆门前。院里两间小北屋，是用碎砖头砌成的，围着一圈用烂砖砌的矮墙头。伸手一推篱门开着，门声一响，从屋里跑出个青年人，正是王黑炭。他一见周大钟，露出白牙咻咻地笑着说："忙来屋里坐吧！"院里有个小柴草垛，一个荆条筐，一个竹簸子，一把小铁锹。跟王二合家差不多，除此以外，就什么也没有了。黑炭把周大钟领进里屋，周大钟弯下腰走进屋门，屋子地比院子还低。一个白头发老大娘坐在炕上纺线，黑炭介绍说："这是县大队周队长！"黑炭娘听得说，放下棉絮出溜下炕来，拍打了一下身上的棉花绒，笑了说："周队长！真是稀客！你看，窄房窄屋的，忙坐下吧！"大娘眉开眼笑，张开大嘴哈哈笑着，拿把笤帚扫了扫炕沿，叫周大钟坐下，说："我们这家茅草①啊！快给你烧壶水喝！"

---

① 简陋。

周大钟说:"咱们都是穷人,天下穷人是一家,说会儿话吧!甭烧水了,省下点柴火。"春日长天,正是缺吃少烧的时候。

黑炭娘说:"你看!虽然穷家事业,不管多么困难,能不叫你喝碗热水?"说着出去抱柴火。把柴火抱回来放在灶膛门口,好像蓦然想起一件心事,两步走进来,把嘴对在周大钟耳朵上,问:"是要分地呀?"周大钟说:"是的,大娘!"大娘这时心上得到满足,脸带着笑容走回去烧水。

周大钟坐在炕沿上,那个小炕上有个破被沓子,炕席破了一大片,用块破盖帘垫着。小炕对过是一张原始的木机,织布机上正上着布。他问黑炭:"你还织布?"

黑炭说:"织小布!冬天没活干,我妈纺线我织布,织成布上集去卖,换点粮食吃呗!这是个老辈子木机,不如人家那铁轮机好。"又说:"我织了一会儿布又想擦枪,才拆开了,你就来了。"

周大钟看小炕上铺着个小褂儿,黑炭把枪拆开,把零件放在褂子上,用一块破布一件一件擦着,他问:"你们游击组有多少人?"

黑炭说:"有十几个人,有的人拿大枪,有的拿鸟枪和马铳子,有的拿手榴弹和独一撅[①]。"他拿起那把手枪在周大钟眼前晃了晃,叫他看,龇开白牙才笑呢。

周大钟拿起来看了看,是一把新枪,只能装一个枪子。在抗日战争里,村游击小组都需要枪,有些小炉匠都学会做这种"独一撅"。他问:"这是多少钱买的?"

黑炭说:"是八块钱买的!我们每年都是护秋护麦,镇压反

---

[①] 一种土枪,又叫独角牛,一次只能打一发子弹。

动地主和汉奸，配合正规军作战，忙着呢！三九年冬天，八路军住在我们村，我们帮着挖工事，弄米弄面，搬柴火，站岗放哨。那天夜里，我爬上村北的大杨树放哨，睁起大眼睛向周围瞭望，又张起耳朵听听，好像听得有什么声音，我喊二虎说，你趴在地上听听，好像远处有脚步声走过来。二虎趴在大杨树底下，把耳朵贴在地皮上，听了一会子，说：'唔？兴许有动静，经点心，吭！'我坐在杨树杈上，朝周围看着，天一发亮，我看见在黑影里，就像有一群小狗弯着腰往上爬。越来越多，一扑面子涌上来。我出溜下杨树大喊：'日本鬼子来了！日本鬼子来了！'八路军拿着枪跑到村边上，进了战壕准备作战。司令员把两只脚蹬在马鞍上，两手勒紧缰绳，大喊：'老乡亲们！快起炕哟！日本鬼子来了。'司令员喊着，打着马围村跑了一圈。人们从睡梦里惊醒，跳下炕来，连眵目糊都顾不得擦，背着包袱的、抱着孩子的、牵着牛的，一群群顺着交通壕往外跑。这时八路军就和日本兵接上火了，两边的机枪一齐响起来，响得呜呜地，像刮风一样分不清点儿了。从清早打到晌午歪[1]，八路军几次冲锋，把日本鬼子打了个稀里哗啦，咳呀！好一场大战呀！"他喘了一口气又说："参加了这场战斗，我可受了教育，也不顾家了，也不顾命了。可是那时，我还是儿童团呢！"

周大钟说："我也听得说过，官渡口战斗是有名的。你们参加作战来？"

黑炭说："参加了！那时我还是儿童团，自小爱看打仗。我们给八路军运子弹、送水、送饭。冲锋的时候，我也跟上去了，还抓回一个日本鬼子，自从这一仗，我就不怕死了！"

这时，黑炭把两只手叉在腰里，说得眉开眼笑，红头涨脸。

---

[1] 中午过后。

他说："抗战八年来，咱没拉过后鞘<sup>①</sup>。在毛主席、共产党领导下，才把日本鬼子打出去了，这早晚蒋介石又来抢地盘儿，仇人见面分外眼红。看我们不把他打个嘴啃泥才怪哩！"说着，摩拳擦掌，像是就要动手的样子。

说着话儿，黑炭娘提了水来，拿来两个大黑碗，搁在炕沿上，说："别看房无一间地无一垄，黑炭革起命来，就连命也不要了！"

周大钟说："贫雇农是我们的基本队伍嘛！"又问："你们一家人，就是你们娘俩？"

黑炭娘说："他还有个姐姐，过年过节家来看看，平时不常来。咳！穷人家，人单呀！三代单传哪！他爷爷生了他爹一个，他爹又生了他一个，三亩地长了一颗谷，独根独苗儿。要是富农地主，也该说媳妇了，这个就是不行！本来也是有房有地的，有他爷爷的时候，还有十几亩地，养活着一条黑驴，那年大旱，碌碡不翻身，籽粒不归家<sup>②</sup>，一家几口穿衣吃饭没有着落，使了地主家几十块钱的账。咳！这一下子枷锁就算套住脖子了，怎么也摘不下来了。每年打点粮食，不够打利钱的。驴打滚利滚利，这个大木枷，从他爷爷传给他爹。提起他爹来，也是一个能受苦的人哪！打早起乱夜明，累死累活的，还是还不了这个账。那年离年傍近了，要账的不离门，那天晚上他爹说，孩子他娘，咱过不下去了，暴鼓<sup>③</sup>还账吧！磕算了磕算，暴了鼓还不够还人家的呢！我说，暴了鼓咱可一点地一间房也没有了，又到哪里去住呢？两人哭哭泣泣地哭了一宿，想不暴鼓吧，这枷越戴越重。

---

① 指缀后，拖后。

② 指颗粒无收。

③ 指倾家荡产。

第二天下了狠心,把地去了,把房也卖了,搬到这里来,趴房檐儿①……"说着,黑炭娘流出泪来,抻起衣襟连连擦着,抽抽咽咽说:"炭他爹去了地卖了房,可他是个心窄的人,每每走过自己那几亩地就哭着回来,一看见自己那几间房就哭着回来。上了年纪,身子骨儿越来越弱,他就这么着下世去了。留下我娘儿仨,他打个短工,春冬两闲织个小布。谁家有个红白喜事,生儿育女的,叫我去帮个忙。秋里麦里拾掇点儿,黑夜纺个线儿,就这么着把他们拉扯大了。我要是能看见给他娶上个媳妇,王家门里不绝后,也算遂了我的心愿了,谁知道我这辈子还能看见呗?"

周大钟听到这里,也想起自己一家人,心里起了共鸣,由不得鼻子发酸,流出泪来说:"大娘!天下穷人是一家呀!我们是顶着一个天,踩着一块地过来的呀!万恶都是地主阶级的剥削啊!他们用金钱和地亩剥削我们的骨头,抽我们的筋呀!"说着抽泣个不停。

黑炭娘指着黑炭说:"这不是,我当着队长说话,虽然王家就他一个,我这就算把他交给共产党了,分完了地,跟你们冲锋打仗去!"

黑炭捋起袖子,把胳膊一伸,说:"对!先打倒地主,再打倒蒋介石!"

黑炭娘说:"前几年里有日本鬼子的时候,地主们嫌负担重,贱价卖地,我们王家院里财主把黑炭叫了去说:'你也种我几亩吧,等八路军走了,你愿还我就还我,不愿还我,你再给点钱。'黑炭回来一说,我就明白是地主搞阴谋,咱才不上他们那个当呢!我相信在毛主席领导下饿不死穷人!可是什么年月才能

---

① 指租房住。

夺回房屋土地，才能翻过身来呢？"说着，黑炭娘又哭起来。

周大钟说："大娘甭哭啊，分地的日子这就来了，我们是毛主席派来的土改队呀！帮助贫雇农夺回土地闹翻身呀！"

黑炭娘说："老周！你说的这话是真的？我受苦了一辈子，还没遇上过这么好的日子，该我们穷人翻身了！"

周大钟说："来吧！咱组织贫农团，打倒地主，分地分房，分浮财，消灭封建剥削制度！"

说到这里，大娘张开大嘴哈哈大笑，提高声音说："敢情那么好！老周！你是照毛主席的话办事的，你头里走，咱官渡口村的贫雇农后头跟着。"

说着话，阳光晒满了小窗，晒得窗纸亮橙橙的，小屋里增加了光亮，也暖和多了。周大钟说："天快晌午，我要回去了。"

黑炭说："你可别走，你一说翻身，我浑身热乎，比过新年穿花衣裳还高兴呢。我的话还没说完呢，晌午饭就在咱家里吃。"

说着，黑炭娘去抱柴火做饭。黑炭又念叨起昨儿晚上的事来。他说昨儿晚上王家街上不平静，又有人嚷，又有鸡叫，一定是出什么事情。越说越热闹，周大钟把棉大衣脱下来，盘腿坐在炕中间，两人说话答理儿拉起话来。一边说着，周大钟拿起小烟袋抽着烟，边抽烟边说着。王黑炭从抗日战争怎么参加儿童团，怎么参加游击组，拆城破路、站岗放哨，和日本兵斗，和汉奸斗，还和反动地主斗，越说越上劲，嘴角上冒出白沫来。说着说着，就火呛起来，使着劲，在地下跺脚说："他娘的！我们打了几年日本鬼子，多么残酷？蒋介石站在高山观虎斗，日本鬼子投了降，他又来抢地盘儿，咱说什么也不干！"说着，把独一撅插在裤腰带上，左手叉在腰里，右手指指画画，好像等待上阵的指挥官。

他们在屋里说着话,大娘把饭做熟了。开开小门,叫太阳晒满屋子地上。她把灶膛门口打扫得干干净净,从灶膛里掏出火来,烤得小屋子暖和和的。她说:"来,老周!吃饭吧!"

周大钟和黑炭走出来,说:"这咱已经不冷了,大娘!"

黑炭娘说:"我怕把这点火糟蹋了,拾点柴火不是容易!"黑炭搬过两个草墩子,说:"多窄瘪!连个吃饭桌也没有,咱就着锅台吃吧!"他盛上三碗菜粥,搁在锅台上,拿了三双筷子,说:"要是姐姐在家里,一人一双筷子,她不在家就闲着一双,你来了正好。"周大钟拿起筷子,坐在草墩子上,黑炭娘盘上腿坐在蒲团上,说:"咱自己人一说就入套①,穷人家,吃好吃歹你可包涵着点儿!"

周大钟端起碗来,喝了一口粥,捞起一颗疙瘩,咬了一口嚼着,把脖子往后一鞠,笑了说:"嘿!几年不吃棉花籽疙瘩了,今天吃起来怎么这么香!"

黑炭娘说:"去年过秋俺俩拾了点棉花,轧了花,把棉籽碾成面。一冬天馋了吃顿疙瘩,今日个你来了,没有什么好的给你吃,搁上点花椒盐、葱花儿,吃吧,香着呢!"

今天,黑炭娘给周大钟准备了丰盛的午餐:菜粥里搁上蔓菁、棉籽疙瘩、杂面条儿、干菜缨儿,还有干爆炸辣椒,吃起来多么香。那种农村的淳朴风味,真是沁人心脾呀!周大钟说:"吃了大娘做的饭,就忘了家了。"

黑炭娘说:"那你就搬过来,咱娘儿在一块住,我光给你做好吃的。有日本鬼子的时候,你们常来常往。日本鬼子走了,你们也不来了,我怕你们把这土乡村给忘了呢!你别看城里荤

---

① 有话说,说到一起。

077

馆里那大鱼大肉,吃一顿两顿可以,要是常吃,可不如咱这家常饭。"

周大钟越吃越香,直吃得身上热烘烘的,鼻子尖上挑着两个大汗珠子,觉得还没吃够呢,肚子就撑圆了。

周大钟吃完了饭,站在小院子中间,伸起胳膊打了个舒展。太阳歪西了,晒得杨树干上发出白色的光亮。周大钟说:"大娘!吃饱了喝足了,我要回去了。"说着,从屋里拿出棉大衣,搭在胳膊上。

黑炭娘说:"你可常来呀,有空儿你上李固大嫂那儿坐坐,那家子人家儿苦大仇深哪!她是妇会主任,还是妇女自卫队长,俺们常在一块说话儿。"

周大钟说:"就是吧!大娘,我要回去了。"说着往外走。

黑炭娘和黑炭送到篱笆门口。黑炭急走了两步,攥住周大钟的手笑着露出白牙说:"队长!你别叫甜言蜜语迷住,你们听二合的,二合可是个好同志!"

周大钟回过头来,笑着说:"好!就是吧!"

黑炭又反复说了一遍:"你可别把我的话当成耳边风呀!"

周大钟说:"那怎么能?你是三代贫农嘛!"

# 7

周大钟走出黑炭家篱笆门,拐过王家街往南走,走到丁字街,看见罗慧和闻小玉从东边扭搭扭搭走过来。闻小玉从大远里就招手儿,他停在那里等她们走过来。闻小玉眨巴眨巴黑眼睛笑了说:"今日个可晦气透了!"周大钟问:"怎么了?"闻小玉说:"他娘的,俺们蒙闯到一个人家去,破大门被日本鬼子烧了,几间大北房也被日本鬼子烧得没了屋顶。支上几块席头遮着。跟那个老头子说了会子闲话儿,费了半天事,怎么也引不到本题上。叫了会子大爷,后来才知道是个富农!"她说着,歪了一下脖子,捂上嘴咕咕咕咕地才笑呢!

周大钟说:"怎么,你们就看不出来?"

罗慧蹙着眉泉说:"一点也看不出来,老头子胡子老长,脸也不刮,穿着破衣服,以为是个贫农哩!"

周大钟仰起头张起大嘴哈哈笑了,说:"读书人,一出北京城看见一大片麦苗,就说:'哟!小韭菜多嫩生呀,包饺子吃多好呢!咳!光吃过猪肉,还没见过猪走哩!同志!秀才造反三年不成呀!你知道解放区实行过减租减息,合理负担,统一累进税,去年又闹了一下'五四指示',虽然没有把地主富农的脊梁骨打断,可也卡了他们半截子。自此以后,他们改头换面,装穷叫苦。不要只看表面,他们脱下好衣裳,换上破衣裳,搬出大房子,住上小房子,都是有的。要分析各个阶级阶层的思想状况。对于富农,你了解富农思想是可以的,你去跟他了解贫农思想,不是对牛弹琴?"

罗慧听得说,满脸绯红,怪不好意思的。小玉说:"那你何不早说,光来叫我们碰了一鼻子灰。还咬文嚼字,掰瓜搂籽儿说呢!"

周大钟说:"你们是上过学念过书的。一本书也得一课一课地念呀!能一口吃个胖子?"

小玉噘起嘴来,说:"虽然不能一口吃个胖子,可应该说的也得告诉我们,怎么叫我们去蒙碰呢?"她又跳起两只脚来,说:"这多难堪呀!"

周大钟说:"好同志!这没有什么,一回生二回熟,经一事长一智嘛!另去一家吧,你们上哪儿去?"小玉说:"我们去找李固大嫂。"周大钟说:"好!那你们怎么走到这儿了?"小玉说:"你叫我们上哪去找?"周大钟伸开两只手扳着小玉两个肩膀拧了个过儿,说:"你们向后转!到李家街上去,不知道官渡口村有三姓三族三条大街吗?"闻小玉说:"怎么都是三?"周大钟说:"咦!你就记着这个了,不是一,这就是农村的复杂性。"说着,三个人分手,各自走了。罗慧走了一截又跑回来,摆着手叫:"你等等,你等等,我有个话说给你!"周大钟回过头来说:"什么话儿?你说吧!"罗慧压低了声音说:"你注意团结!"周大钟笑了笑说:"怎么?你看出什么了?"罗慧说:"我看你们两位领导思想不一致。"周大钟又笑笑说:"你们知识分子心眼真灵,谢谢你的帮助!我有什么不对,你给我提一声儿。"罗慧说:"就是吧!"

闻小玉噘着嘴,也不抬头,两个人不言不语地穿过横街,顺着刘家街向南走,又穿过小胡同,才是李家大街。打听来打听去,走到南街尽头,向东一拐,又顺着河坡向北去,坡上是李固大嫂的三间土坯北房,坡下就是那个大苇塘。坡沿很窄,有几棵大杨树。没有院墙,可是有个大门楼孤孤地立着。小玉和罗慧站在大杨树底下喊了一声:"李大嫂在家吗?"只听得纺锤嗡嗡响着,却没有人声。小玉又喊了一声:"李大嫂在家吗?"

这时纺锤声停下来,有人把眼睛对在窗棂上那个桃形的小玻璃上,说:"唵,谁呀?进来吧!"说着屋门吱扭地开了,走出个中年妇女,是个高个子,四方脸盘,头发黑黑的,忽闪着两个大眼睛,说:"你们找谁?"

小玉说:"我们来看李固大嫂!"

中年妇女微微笑了，说："你们算找到了，你们是县里下来的？"

小玉说："我们是县里的土改队，来访贫问苦，怎么你们家这么不好找？"

李固大嫂说："怎么不好找，这个地方偏僻倒是真，可你们一进官渡口村打听我，谁也知道。忙坐下吧！"她拿起扫炕笤帚，扫了扫炕席，说："快炕上坐！"

小玉坐在炕沿上，说："怎么住在这么个拐孤地方？这么偏僻？离乡背井的！"

李固大嫂说："甭提了，原来俺家也有一座房在十字大街上，打个油买个盐儿，买个菜什么的也挺方便，被王八家族长霸占了，以好换坏，换到这里来了，这还是他爷爷那辈子的事。这成天价推个米磨个面的还得转个大村外，有多不方便呀。"

小玉说："你这么一说，霸产、霸财、霸人，他占着一样就是恶霸。"说着，她把膝髁一拍，跳起脚来说："不管他有多么霸道，我就是不跟他换！"

李大嫂说："平白无故谁肯换庄户，不是欠下人家账了吗？自从有他爷爷，给武举家扛了一辈子长工，靠着是个本家，他爷爷风里来雨里去，苦巴苦曳给他家卖了一辈子力气；深更半夜喂牲口，白日赶车干活。眼看年纪老了，身子骨也不行了，那年他家买了匹生马，性道特别劣蹶，眼看使了一年了，性子也挼下来，那年秋天赶着车去拉庄稼，前头有人背着一包棉花，听得有车声过来，回头一晃，那马一个眼差，就开了搂了，惊了车了！老头子两只手拉紧扯攞，紧喊慢喊下了个大陡坡，大车一下子翻了个过儿，整个把老公公扣在车底下。人们赶紧跑过来扳车，车也搬开了，老人也就没有气儿了。孩子他爹正给人家割谷，听得说连忙赶了来一看,爷爷脸上像黄钱纸,汗珠子有黄豆粒子大,合着眼不睁开。连忙叫着:'爹!爹!你睁开眼看看我!'爷爷睁开眼看了看又闭上,有气无力地说:'我不行了!'孩子他爹叫了几个人把爷爷抬回家来,躺在炕上病了一年多。人病了,就得吃点东西。请先生抓药,都得花钱。武举天天来看,袖筒里吞着五十块钱,往炕上一扔,咕咚一声,说:'先治病吧!'一次,两次,三次,日积月累可就多了。等爷爷断了气,老武举把脸一翻登门要账。他爹一下子就愣住,说:'我爹给你做了一辈子活呀!'他说:'我给了工钱!他还有几个月的活没给我做完,该你去顶工!'他爹说:'咱们是当家当户呀!'他说:'已经分居各过,出了五服了。'反正说什么也不灵,他怎么说怎么有理,就是要脚底下刨钱。实在没法,就把那座房以好换坏,搬到这大树沿子上来了!"她心里难受,越说越快,一口气上不来,憋了个大红脸,泪流满面。

罗慧听到这里,气愤愤地说:"他乘人之危,你们中了老恶霸的阴谋诡计!"说着脸也红了,眼泪唰唰流着,心眼里说不出怎么同情她。

李固大嫂怪不好意思地说:"大姐!这是多少年以前的事了,快别那么难受!"

罗慧说:"我父亲教了一辈子书,也没给我说过,我念了十几年的书,长了这么大了,也没听见过这么霸道的人。看!他翻脸不认人!"

小玉眨巴眨巴眼睛说:"这就是所谓恶霸性格!"

李固大嫂说:"那就不用提了,老武举用阴谋坑了俺的房产,把俺一家子撵到这大村外来了,一年到头连个邻居也见不着,一开门就是人家的大苇塘,深夜里风一吹苇塘一响,有多怕人呀！"

罗慧问："你家几口人？"

李固大嫂说："有一个大闺女，一个小子。小子当了八路军上前线了，闺女拾柴火去了。春天老日的，不搂点草末来烧什么呢！"

罗慧说："李固大哥呢？"

李固大嫂听得问，一下子愣住了，老半天才长叹一声说："咳！甭提他了！"说着，不由心里发热，强忍着的眼泪可就流出来了，像断了线的珠子，骨碌碌落在怀襟里。

说到这里，李固大嫂又想起了往事，不忍再说下去。

李固在抗日时期是官渡口村的武委会主任，他带领青抗先自卫队完成了拆城、破路几个重大的任务。一九三九年村北里立了岗楼儿，住着个日本小队长加藤。这鬼子可坏透了，今天要花姑娘，明天要花姑娘。谁家有好姑娘肯送上岗楼去当花姑娘哩！李固又气又恨。有一天他在大会上说："我李固要是端不下这岗楼来，不是人生父母养的！"那天晚上，一个年轻民兵梳妆打扮成姑娘，联络员在头里领着，李固在大棉袄里左手藏着手榴弹，右手藏着手枪，走到吊桥头上，联络员大喊："弟兄们！放下吊桥来，送花姑娘来了！"白脖子放下吊桥，联络员径直上了岗楼，说："花姑娘送到了，太君的看看！"加藤一见姑娘，笑眯了眼睛，仰起头哈哈大笑，还没说话，李固就开枪了。两个人一阵手榴弹，把个岗楼炸了个稀里哗啦。加藤死了，鬼子恼火了，天天带着日军、伪军到村里来，又是烧，又是杀。房子烧了不少，钱也花了不少，才算过去了。第二年又端了一下岗楼，日本鬼子可就没个完了；今天找李固，明天找李固，可他就是找不见李固。自此以后，这官渡口就成了红村子，大会小会都表扬，这李固也就成了有名的战斗英雄。那年冬天，县干部到官渡口村来开会，李固带着游击小组和青抗先在村边警卫。那天晚晌黎明时分，看见有日本兵包围上来，他急忙放了三声枪，发了信号。这时县干部们正围着炕桌开会，听得枪声，激灵地从炕上站起来——在战斗年月里，人们都不脱衣服睡觉，就赶快下了地道了。

李固带着游击小组和青抗先跟敌人接了火，顶了顿饭的工夫，估计县干部们下了地道，做好了准备。当敌人调动部署的时候，就把游击组、青抗先和自卫队带下了地道。

日本人本来得到确实情报，通知县里的日军和宪兵队，一齐包围上来，想要把县干部们一网打尽。指挥汉奸们挨家挨户搜查，找不见一点踪影，可是还不甘心，最后就要破坏地道；集中了全村的老少男女，拿出铁锹大镐，在大街上挖掘。一直破坏了半条街，眼看太阳平西，他们破坏不完了，索性把地道口堵上，才整队回城。

这时李固和几十个民兵武装在地道里，断绝了空气的来源，一个个气促得不行，浑身出了凉汗。李固两手拍着膝髁，喘着气说："同志们！估计也到了天黑时候，日本鬼子也回城了！咱们出去吧，不然的话，空气不够用，眼看就没了咱的命了。"可是，在黑暗里摸到东头出不去，摸到西头也寻不到出口，只有地道两头的土还松着。他出了口长气，说："同志们，我们的困难时刻到了！来，咱费殷劲儿①往外钻吧！来吧！我来打先锋。吭！冲锋了！"说着，他把脑袋往土里一钻，手扒脚蹬，一股劲儿往外钻，人们一个个在后头跟着，一直钻了老半天，当他们钻到地面上的时候，一个个都成了土人儿，鼻子里是土，耳朵里也是土。李固带头刨土，由于长时间缺乏氧气的供给，把力气使绝

---

① 使全力。

084

了，躺在地上也不动颤一下，浑身发紫，脸皮发青，背回家去放在炕上，也不说一句话了。鼻子里只有一丝丝凉气，心口一上一下地鼓荡着，不到半夜里，浑身发凉了，停止了呼吸。到这时为止，李固作为一个好党员、村级干部，他抗战四年，为党、为人民、为中华民族的解放事业，流尽了血汗，付出他年轻的生命。

在深更半夜里，县干部们听说李固牺牲了，都来到李固大嫂家里，守着李固的尸首哭哭泣泣。当时的县委书记鲁焕听得说，风是风火是火地跑了来，把盒子枪往李固头前一扔，两脚一纵趴在李固的身上，两只胳膊搂紧了李固摇晃着，号啕大哭，说："李固同志！你为我们牺牲了一切呀……"这时，全村的干部和群众挤满了院子，一个个哽咽在喉头，两眼泪双流。看天月不明，看星星迷糊糊。王二合不声不响蹲在炕沿底下，两手扒在炕沿上，把下巴抵在炕箱上，眼角上噙着泪珠，直瞪瞪看着李固的尸体，连一句话也说不出来。李固同志牺牲了，党失去了一个优秀的党员，官渡口村失去了一个好干部。王二合作为官渡口村的支部书记，就失去了一个强劲的膀臂，他为今后官渡口村的工作担忧。

村长刘老迫在当天晚上主持了李固同志的丧事：叫人抬来一口柳木棺材。李固大嫂亲自给李固净了面，拿出一双新鞋袜，换上一身新洗的干净衣裳，说："孩子他爹！你放心睡吧！抗战四年，你风里来雨里去，上城下县，枪林弹雨不是容易。我亲手给你做的新鞋袜，亲手给你洗干净的衣裳，你都穿了去。"李固大嫂、王二合、刘老迫、鲁焕亲自装裹了李固。李固大嫂又从箱子里拿出一块白羊肚手巾，给李固包上头，说："这是你平日最喜爱的装束，羊肚手巾搁了几年，你也没舍得使过。"但是，她作为李固的妻子，始终没有哭一声，没有流一滴眼泪。她心里拧着一股劲，誓死为李固复仇，完成李固未完成的革命事业。

王二合说："李固同志！你安息吧！抗战四年，你的所作所为，全村的群众都知道，我们的下一代，全村的青少年们永远忘不了你，要踏着你走过来的脚印前进！"

这天晚上，县委书记鲁焕同志走进走出，为李固料理一切。他站在门口对全村群众说："同志们！李固同志牺牲了，他是我们抗日的模范，是团结的模范，由于地主阶级的操纵挑拨，官渡口村三姓三族三条街闹了几次分裂，使抗日工作受到损失，李固同志始终站稳党的立场，说服三姓三族抱定决心团结对敌，做出了榜样，值得我们学习！自此以后，全村妇女同志在李固大嫂率领下积极参加妇女自卫队，打击敌人，抗战到底。对于他们的孩子，孩子们的生活，我们要负完全责任。"自此，李固大嫂当了村妇救会主任兼妇女自卫队的大队长，走上抗日革命第一线。

当天晚上，官渡口村的群众把李固的棺材抬到村西南大洼里，掘坑埋上，上头栽上青草。鲁焕对全村群众说："今天晚上，你们就在大洼里睡吧，敌人要是知道李固同志牺牲了，一定要来包围村子，逮捕干部，更加疯狂地报复。"那时，日本兵恨得李固牙根儿疼。干部、群众守着李固的新坟，抽烟说话，等待势态的变化。直到黎明时分，果然日本兵又包围上来，全体自卫队和游击小组又跟敌人打了一仗，掩护全村群众在夜暗里有秩序地顺着交通壕退走。

日本兵搜查了官渡口全村，搜查了李固的家，一个干部也没有找到。又搜查了四洼，找到那片新栽的青草，把坟刨开，把棺材起出来。汉奸们搬来铡刀，把李固的尸体铡了三截，发泄他们心头的愤恨，镇压广大抗日革命的群众。

李固大嫂说到这里，才一滴滴流下泪来。小玉和罗慧也都滴下眼泪，为李固的牺牲悲愤。罗慧说："我们在城市里工作，也经常有人被捕，不过是打官司、住监狱、杀头就是了。还不知道解放区的敌我斗争这么残酷。"

李固大嫂说："抗日八年，这也成了家常便饭了，有的今日个活着，还不知道明日个在不在人间呢？在当时的残酷环境里，人们也不拿'死''活'当回事的。自从李固死了，我就当了官渡口村的妇救会主任和妇女自卫队的大队长。一九四三年春天，我们配合八路军攻董村岗楼，那里有一班日本鬼子和两连伪军，住着好几座大楼。周围尽是蒺藜丝，挖着一房深的水沟。一开始就是我们妇女们向伪军喊话：'是中国人快放下枪！''缴枪不杀！''日本鬼子这就快完蛋了，中国人不打中国人！'十几个日本鬼子一听就恼火了，开了机枪，哒哒哒哒地响个不停。我们藏在战壕里，等待内线关系放下吊桥。冲锋号一响，我们妇女自卫队紧跟八路军一齐冲上去。可是我们没有枪，每人背着一挎包手榴弹。一阵手榴弹把伪军打回岗楼里，八路军叫我们撤下来，把炸药包放在岗楼底下，轰隆一声，砖瓦木石飞上天空，火焰冲上冒天云里，那才好看哩！一下子就把这个岗楼群拿下来了。等到天明，我们妇女自卫队撤回官渡口。有些坏人帮助敌人说话了，说什么'妇女们只能纺线织布，站岗放哨的。没听得说过妇女能冲锋打仗，兔子能拉轿车谁卖大走骡呢？'他娘的！我手指头上还带着满把手榴弹上的铁环，我们站在大庙台上，举起手来，铁环咣啷啷响着，说：'来看看吧！姑奶奶们上了前线了……'刘作谦和王健仲正坐在石头上下棋，吃蹶着眼睛不敢睁开，连个屁也不敢放。"说着，李固大嫂还咯咯地笑个不停，她是一个革命的乐观主义者。

罗慧也喜笑颜开，说："还不知道解放区的妇女有这么大的本事哩！"

小玉也说："男人能干的事情我们也一样能干，这就叫男女平等！"

当时，李固死了，李固大嫂横下一条心，打下九牛拉不转的主意，决心完成李固没有完成的革命事业；送公粮，抬担架，不分昼夜配合主力军作战。有些坏人看到李固大嫂为革命积极工作，嚼舌根说："寡妇门前是非多！"其实并没有什么是非，李固大嫂一身是胆，站得稳立得直。贫农妇女们不讲旧礼，自幼拉犁推磨推车担担，和男人没有两样。如今娘儿俩过着艰苦的日子，积极工作。

李固大嫂不是一个一般的女同志。她生长在一个贫农的家庭，父亲是一个老长工，因为穷困，直到很大年纪才结了婚。她是一个老雇工的孤女。当她十七岁的时候，父亲母亲已经六十多岁的人了，他再也不能扛长工了，只是佃着几亩土地维持一家人生活。眼看女儿大了，又无儿子，在旧社会里，有谁来维持老年人的生活呢？有个地主是远亲，一个四十多岁的浪荡汉子，看中了这个老佃户的女儿，虽然成天价拾柴拾粪，但难得地主富农人家那种营养和修饰，出挑得水灵灵的。他托人说合，给老佃户一处三合小房，供给一家三口人的衣食，收为外宅。两个穷困的老人觉得实在无法度过晚年，就勉强答应下来。当老母亲流着眼泪和姑娘商量这件婚事的时候，姑娘不哭不笑，只是心里存着一股劲儿：不管说什么，就是不答应。幼稚的心灵上也存着一个心上人儿——她的表兄李固。因为小户人家，又无近亲，李固常来帮助春耕秋收。她心上的创伤是永远不会平复的，她自此再也不跟老父亲说一句话，直到他躺在灵床上的时候。她等着把老母亲也发送了，李固推来一辆虎头小车，把锅碗瓢盆装在小车上，她托善邻卖了小屋，抱上被子走到李固家里。穷人家办不起喜事，表兄妹两个给两个老人磕了头，她就做了李固的妻子了。下场下地，收秋种麦，活像个半桩小子。

小玉说："我们穷人不封建，自古以来穷人无礼法，现在要搞土地改革了，要打倒地主阶级，消灭封建势力了，要家家有地种，有房住。"

李固大嫂一下子笑了说："敢情那么好，那不就翻过身来？"

小玉说："当然是，彻底消灭地主封建，建立新中国，在共产党领导下，翻身做主人。"

李固大嫂说："可是有一个问题得解决，官渡口村干部不团结。这个问题解决不了，地主阶级打不倒。支部书记王二合是个好人啊！你们要听二合的，要不是有他，这个村子早就垮了。要是打倒地主阶级，二合头里领着，我们妇女们冲锋陷阵紧跟着！"

罗慧说："好！我们算是找到积极分子了，我看你今年有三十多岁？"李固大嫂说："不，我有四十岁了。"又说："你们来帮助我们翻身，都不是外人，说句老实话，要说打倒地主可也不容易。官渡口村干部为什么不团结呀？你们好生查访查访吧！"

小玉说："你说的是！"

说着，闺女背着柴火筐拿着竹筢子回来，活眉大眼儿，高高的挺实个子，穿着身蓝裤袄。李固大嫂说："这就是俺闺女，她叫红儿。"又对姑娘说："忙放下筐给姨们做饭吃！"又说："你们就在俺家住吧！俺家没男的，咱就在一个锅里吃，一条炕上睡。"小玉说："过两天来和你们一个锅里搅马勺，接受贫雇农的教育。"

说起话来，日子就短了。夕阳落在树梢上，射出金黄色的光带，天空里无数云雀儿绕着云彩飞动，农村里的黄昏时刻来临了。小玉和罗慧移动脚步走出来，大嫂和红儿送到坡沿上，又说："你看，俺这里破门破户啊！"小玉说："大嫂甭上愁！运动开展起来，刘作谦的房子等着你哩！"日光反射在她们脸上，映得大嫂满脸红彤彤。

黄昏时刻降临了，小农经济的农村，街道上烟雾弥漫，炊烟腾到乡村的上空，人们牵着牛的、背着犁的、挑着柴的、背着筐的，沿着古老的村道走回家去。路上走着，小玉说："咱们这工作队里思想不一致，两个领导，这个说个这，那个说个那，到底谁说得对，咱没经验，也闹不清楚。"罗慧说："我也没经验，可是从马列主义的理论上说，应该说是我们彰明较著地接近好党员好干部，在村里的威信就越高，没有鬼鬼祟祟的必要。抗日八年里，这个村子没有垮，证明这个村子里有好党员、好干部，没有都烂了。"小玉长出一口气说："我不愿队上不团结，几股绳拧在一块多好！"罗慧问："怎么叫不团结？"小玉斜了罗慧一眼，噘起嘴来说："鸡一嘴鸭一嘴的！"罗慧说："在马克思主义的辩证唯物论的理论上说，这就叫作思想斗争，是矛盾统一律。没有矛盾就没有统一，就没有前进……"说着，小玉一下子红了脸，噗地笑了说："嘿！看你会说的！大学生文化水儿深，俺村姑娘比不了！"罗慧说："好好学习，没有革命的理论，就没有革命的行动。"两个人摸着黑路，说着道着走到学堂门口。

# 8

闻小玉和罗慧走回了学堂，天也就黑下来了。一进屋，满屋子蒸腾热气，周大钟已经把饭做上，还没有揭锅。他腰里围着个包袱片，坐在床板上，圪蹴着腿抽烟，抬着头在想什么事情。警卫员小李在扫地。墙上挂着油灯，袅袅地冒着蓝色的焰苗。这间房子，自从抗日战争就是招待过往行人的。直到现在，过往的八路军和干部都住这里。人少就和教员们一块吃饭，人多就单独起火。小玉一进屋就说："今日个周队长成了大师傅了！"

周大钟鼻子里哼哼笑着说："唔！我就是做饭出身嘛，吃吃我做的饭吧！不生、不糊、不咸、不淡，管保你们满意。"他自小帮厨，鸡鸭鱼肉做得不多，但家常便饭难不住他。

小玉眨巴眨巴黑眼睛，笑笑说："嘿哟！周队长可吹了！我相信周大队长领导打仗可行，能做好饭就未必，你能做出什么好吃的？"

周大钟一听，弯腰在鞋底子上搕了烟灰，霍地站起来，说："你想吃什么吧，玉米糁的粥，小米面的窝窝头，炒干菜，正是大春天，青黄不接，也没什么鲜菜吃。为了下饭，还做了一碗芝麻炸辣椒。我没你们手指头细，绣花不行，庄稼饭食还能做熟了，你凑合着吃吧！"

罗慧说："听说周大队长当过大师傅，手头上的艺术当然要比我们高一等！"说着，小玉从后锅里舀水洗脸。李蔚、李乔、冯文光都回来了。一个个洗了手脸，周大钟揭了锅，把笼帽挂在墙上，把笼屉端到床上，拿起马勺搅了搅锅，玉米的香味漫散了满屋子。大家吃着饭，各自谈着今天访贫问苦的情况。李蔚自从那天和周大钟简单的谈话，周大钟没有接受，他的小肚子就老是一鼓一鼓的，老大的不舒服，今天他索性要拿到大庭广众之下。他说："听说人家有的土改队是秘密进村，秘密串联，不像咱们明出大卖的。"

周大钟左手端着碗，右手拿着一个窝窝头，把筷子夹在虎口上，蹲在地上吃饭。听得李蔚说，慢慢站起来，笑模悠悠儿说："自古以来，一个师傅一个传授……出发之前也有人这么说过，可是我觉得搞群众运动没有什么可神秘的，工作队偷着进村，秘密扎根串联，把干了多年革命的老党员老干部一脚踢开，大家考虑考虑，这么弄法合乎毛泽东思想吗？"周大钟向来为人憨厚，识字不多，说起话来总是慢慢腾腾，一句一句地才说呢。

冯文光说："要是这么办，管保有坏分子造谣；这不是卸磨杀驴、过河拆桥吗？"他这么一说，罗慧、小玉和李乔浑身打了一个冷噤。几句家乡话，把李蔚的干部思想完全概括起来了。

周大钟这么一说，李蔚可就坐不住劲了，慢慢站起来，在屋子里走来走去，说："咱们一进村先找支书，在他家里吃饭，地主们都知道土改队来了，杀鸡的杀鸡，宰羊的宰羊，大吃大喝，刮起一阵风。老实农民不敢接近咱们。今天有人反映王二合家是官铺呢！"说到这里，他才想起周大钟和王二合是多年的老伙计，可是一言出口驷马难追，又有什么办法？只有故作镇静。实际上周大钟在地方工作上这两下子，他并不放在眼里。老是觉得周大钟笨手笨脚，不是心疾眼快的手，他心里替周大钟着急。

冯文光听李蔚话里有刺，他摸透了李蔚的基本思想：第一他不同意访贫问苦发动群众，第二他宣传秘密进村，秘密串联。他哑着嗓子说:"我也听得有些不三不四的人嘴里砸姜磨蒜①,可那个说法对不对还得两说着。王二合是贫苦农民出身,革命这些年,在咱县来说是名书记,再说这村里三姓三族,在历史上就闹分裂,工作不好做是实情。"

李乔说:"这话我也听到过,这么大的村子,阶级斗争这么激烈,干部再不团结,再说这村自古以来是南北交通的渡口,敌来我去,我去敌来,为了争夺渡口,就成了拉锯战。情况就是这么复杂!"

周大钟听到这里,骨突着嘴不说什么。吃完了饭,拿出烟袋来抽烟,抽着烟他想:土改队到村才三天,干部情况、群众情况、阶级情况还没有摸清。他慢搭搭地说:"群众既然有这个反映,以后咱们就该了解干部情况,这也不矛盾,一面访贫问苦发动群众,一面了解干部情况。"

李乔说:"可就是有一样,咱们这活动时间得改变,有的人白天能找到,有的人白天下地做活,晚上才在家里。"

冯文光说:"要不就说呢,情况各有不同,谁也不能一口咬定。"

周大钟说:"说的也是,工作上有些问题事前能有预见,有些问题在工作里才能摸索到规律。哪!咱们就晚上出去工作,上午开碰头会,对证材料,互通情报很要紧。"

冯文光对于周大钟的谈话很是满意,在农村里工作,晚晌是宝贵的。自从"大扫荡"以后,工作人员都有了夜间工作的习惯。本来群众是白天下地做活,晚上才在家里休息。

李乔听到这里,把屁股一拍说:"对了!对了!咱多研究,谁说得对咱听谁的,光认为自己说得对不行!"

---

① 说东道西,拖延时间。

李乔自幼扛长工，抗战以后他参加了农会，做了些宣传动员和支前破交工作。在一九四五年"反奸复仇"斗争里，他大显身手。他家里没有房子也没有土地，全靠给地主扛长工，一年挣个三四十块钱，养活老娘和弟弟妹妹。从抗日战争里，在民主政权下，长工的地位提高了，可是一年也只能挣四十来块钱，不够吃也不够穿，为这个总是发愁。一九三九年，工会提出"增资"斗争，他可积极起来了，而且在斗争中起了骨干作用。叫地主富农执行民主政府的法令，一年工资四十五块钱，四十五斗米，也就能养活几口人了。一九四五年加速扩大解放区，大批干部外调，他脱产参加了工作，当了县农会的干事，家里人也就按抗属待遇了。李乔当了干部以后，倒是努力学习，因为压根儿没上过一天学，直到现在还是认字不多。可是政治水平、工作能力显著提高了。今天晚上，他按计划叫冯文光一同出来工作。

　　走出学堂大门，顺着那条庄稼小道向街里走去。李乔说。"唔！我看着老周和老李对问题认识不一样，说法也不一样！"

　　冯文光说："老周是雇工出身，喝的墨水儿少。可是他出身好，革命时间长了，政治经验工作经验多了。相反，李蔚倒是上过洋学堂，聪明伶俐，他的文化水够不着底。可是他的工作经验老是总结不起来。各人带着各人的经验干呗！"

　　李乔拨楞了一下脑袋，说："不！我老是听着他俩的意见是两道车辙儿。比方说：老周主张公开进村，向人们讲清楚土地改革的伟大意义，李蔚就主张偷偷地进村，不公开宣传工作队的意图。老周主张访贫问苦，依靠贫雇农发动群众闹翻身；李蔚就主张"搬石头"，把革命多年的老干部、共产党员一脚踢开，秘密串联，另搞一套。这不是两条不同的思想方法吗？"

　　冯文光咂吧咂吧嘴头儿说："唔！你这么说，我也琢磨了琢磨，兴许是这么回事。老周革命经验多，立场站得稳，又是正队长，咱们得听老周的。"

李乔说："可是，咱们是老雇工，虽然上了几年夜校，认字不多，政治上有限，咱在一边看看，可别犯错误。"

两个人一边说着一边进了村，今天天道黑，可是有满天的星星照着，房屋、树木、街道都显出淡淡的轮廓。走到李福云家梢门口，冯文光停下步，李乔向前敲门。一会儿，门转轴吱扭地响了一声，有人走过来把门开个小缝，在黑暗中伸出脖子问："谁呀？"

冯文光说："是我。你是老嗡同志？"

朱老嗡在星光之下，看出冯文光的面形，憨声憨气地笑了一下说："哦！是上级的同志到了！"开门让他们进去，随后又把梢门关上，领着两人向里走。李乔和冯文光在后头跟着，从背后看去，这个人四十多岁年纪，身材高大，腿脚很粗壮，走起路来两手撑着拿楼的架子。他就是官渡口村工会主任朱老嗡，是李福云家领青的，一个种庄稼的老把式。走到头伏栅门口，推门进去。三间南屋，中间是一条大炕，炕席磨破了一大片，炕上平摆着几条油毡似的白被子。说是白被子，滚揪了几年，已经成了黄褐色了。西间是草屋，一道榻扇墙隔起。东间放着一个大牲口槽连着一个小木槽，槽上拴着五个大牲口：一个黑乌头大辕马，两头大青骡子，一头大叫驴，一个火炭般大骆马。牲口在槽头上咯吱咯吱地吃着草。墙上挂着一盏小小的油灯，灯光灰暗。满屋子豆腥味和马粪尿味直呛着人的鼻子，可是一年三百六十晌，不管黑天白日四时节令，长工们只有和骡马牛驴一块住一块吃。在抗日以前，他们只认为受苦人是前生命定的，自从听了共产党的哲学，才明白这是剥削关系，争取好的前途只有斗争。炕上有两个人把手盘在脖子底下,仰面朝天地躺着,嘴里哼哼着抗日歌曲:"我的家在东北松花江上……那里有满山遍野的大豆高粱……"一个是大把式朱荣庆,一个是打杂儿的王海,张着个大嘴才唱呢。在过去,长工们晚上还得给地主家干活:剥棉花桃、硌玉米棒、碾米、磨面、轧棉花……活儿多咱也干不完,刮风有刮风的活,下雨有下雨的活,反正不能叫你歇着。在抗日政权之下,工人地位提高了,晚上就是休息。过去大把儿喂牲口一直到深夜黎明,增资以后喂一回牲口就睡觉。雇工们在农村里缺少文化生活,过去一到晚上不是"顶牛子牌"就是"打天九",后来工会下通知:禁止赌博,这才改成上夜校识字、唱救亡歌曲了。年轻的长工还可以参加村剧团,去唱歌演剧。按他们自己的说法是:"咱们这可到了天堂上了!"其实,政府法令只是对长工们一点小小的改善,真正解放长工的是土地制度的改革。

冯文光龇开牙沙着嗓子哈哈笑着说:"嘿!你们倒是挺乐呵了!"

朱老嗡介绍说:"这就是咱县工会的老冯同志,咱们的上级到了!"

冯文光也说:"这是李乔同志,是咱县农会的。"

两个人一听,骨碌地从炕上坐起来。朱荣庆说:"光听得说上头有个风声,要派人来了,没收地主的土地分给贫雇农。人们光等着闹翻身呢,可是光听得楼梯响,看不见下来的人,把人盼急了!你们到了咱村里不来找俺主任,到哪里去了?"他是个瘦干巴个子,黑胡子长了老长。

王海也说:"快坐下吧!咱穷哥们可到了一块了,忙来谈谈问题吧!"说着,从炕上站起来,两腿一蹦,咕咚地跳到地上,拿起大扫帚划拉了几下炕席,说:"快上去躺着歇会!"他身子长得挺长，是个细高挑儿，长脸庞又黑又瘦。

冯文光说："你们四十五圆斗（每年工资四十五元钱，四十五斗米）拿到手了，多么滋润！"

朱荣庆说："俺们拿四十五圆斗还不是你领导的？不斗争，老地主们肯执行政府法令？"说着，打火抽烟，右手端着烟袋杆，逞着拿鞭子赶车的硬架子。

李福云这个老地主，虽然门上没挂匾，可是有个武举的头衔。人口不多，地亩不少。事变前才打的槐木清油大车，养着五头大牲口。为了轰这几头大牲口，才雇了朱荣庆这个有名的大把式。朱老嗡也是这个村有名的领青的，耕耩锄耪样样能行。王海忙时下地做活，闲时下厨房做饭。

李乔看他们说起话来没有什么顾忌，他低下头来问："在这里说话方便吗？"他还不了解他们的环境。

朱荣庆说："这头伏棚里算是咱长工们的天下了，增资以前就不行。"

王海说："自从减租增资，把老地主拉下马来，打得他匍匐在地了。"他紧接着就说起那年冬天斗争地主婆的故事：李福云的老婆，五十多岁年纪，长得又白又胖，每天王海在厨房里做饭，她就腆着个大肚子在厨房里走来走去，成天价嘴碎得不行，王海心上忍受了几年。到了这一年，他觉得有了主心骨儿。那天，地主婆到了厨房里，不住嘴地说三道四，又把盛米面的瓦罐里画上记号，王海很是生气。王海说："告诉你说，你再到厨房里来，我就不做这个饭了！你把瓦罐里记上记号像是防贼！"

地主婆一听，凸出大眼睛看着王海说："唔！可不是，怕有人偷我的米面，我就得防备着点儿。"说着，地主婆指手画脚，嘴上喷着唾沫星子。

王海一见就生了气，说："你说谁偷？"说着手里就拿起烧火棍，逼着架子站起来。地主婆看他的架势，由不得忘了她的身份，忘了这是什么时代，什么环境。她把脚一跺，生气说："我说你个王八羔子！"

王海把脚一跺，扔下烧火棍就往外院跑，跑到外院里，老嗡才下地回来，王海说："主任！地主婆骂咱们长工是王八羔子哩，这行吗？"

朱老嗡一听就火了，把眼睛睁得圆圆，嘴上喷出满嘴白沫说："当然不行！"

王海说："不行，又该怎么办？"

朱老嗡说："叫她游街！"说着连忙跑到大庙台上，拉起绳子敲钟大喊："工人同志们集合哟！"喊着，敲得铁钟当当地响。晌午的钟声惊遍了全村，听得钟声喊声，工人们齐大伙儿跑到庙台上。朱老嗡站在大石头上，把李福云家地主婆的反动行为说了一遍。他举起右手瞪起大眼睛问："她骂咱王海同志是王八羔子，行吗？"大家一齐举起手来，说："不行！"朱老嗡紧跟着追问一句："不行又该怎么办？"大家气愤地说："叫她戴高帽子游街！"朱老嗡举起右手大喊："把地主婆带上来！"

朱老嗡一声命令，王海带着几个小伙子跑到李福云家里。地主婆正坐在炕桌旁吃饭，见王海带着长工们气势汹汹走进上房，她凸着大眼珠子，哭丧着脸说："你们想干什么？"

王海说："全村的地主婆就数你狠，我们想拿你开刀！"

地主婆听得说，看势头不妙，一下子吓瘫了，扑地趴在桌子上，睁大两只黄眼珠子，吧唧吧唧嘴，哈喽哈喽地学猪叫，她已经估量到天大的祸事就要临头了。

王海上去拉她，说："走，上大庙台！"

地主婆听说叫她上大庙台,可就吓软了,浑身抖得像筛糠,几个青年长工七手八脚地把她拉下炕来,她打着坠轱溜①,说什么也不走。长工们把她扯到台阶上,她还是一步不走。长工们抱腰的抱腰,拉胳膊的拉胳膊,擦着滑儿拉到大庙台,她蜷起腿死也不上去。王海大喊:"伙计们!来,抬上她去!"几个人一生气把她抬上庙台,使劲一蹾,放在大槐树底下。斗地主婆在官渡口还是第一次,全村的人们,男的女的,小孩子,老婆婆们,端着饭碗跑出来,看这出热闹戏。

朱老嗡把糊好的高帽子戴在地主婆头上,王海在她脖子上拴了条绳子,朱荣庆敲着锣,把她拉下庙台。朱老嗡说:"你喊!我骂了长工王海!"地主婆看人越来越多,看热闹的人们站了三街六巷,脸上羞得不行,哭又不是,不哭又不是。她只好喊着:"我骂了王海了!""我骂了王海了!"朱荣庆敲着锣在头里走,王海拉绳子牵着,地主婆腆着大肚子,脸上黄黄的,冒出黄豆粒子大的汗珠子,吓得眼睛像鷩鸡一样圆。朱老嗡拿着一根柳条儿,在后头耍巴着,一直游了三道街,看热闹的人们前拥后挤地跟着。

王海坐在炕上掰瓜搂籽儿地说到这里,挺起胸膛出一口长气,说:"咦呀!我受压迫受剥削一辈子了,共产党来了,这一下子可出了老辈子的气了!"

自从这一年,工会里规定:长工们雨天不下地,不做活。深夜不管喂牲口,不管看门。打一儆百,老地主们也不敢吱声了。

李乔和冯文光也张开大嘴哈哈大笑起来。冯文光说:"光出一口气不行,阶级斗争还得大开展,还没解决根本问题!"

这时候冯文光从炕上站起来,左手叉在腰里,右手拿烟袋指

---
① 双手攀住东西往下坠着打转的动作。

画着，哑着嗓子说："刨树搜根，刨不出根来怎么能解决根本问题？问你一句，你为什么受压迫受剥削？"

王海挤巴挤巴眼睛说："唔！我还没有想清楚。"

冯文光又问："你为什么从小扛长工呀？"

王海说："我没房没地呀，我爷爷就扛长工，我爹扛长工，到了我这一辈，就没想干别的，咱没别的条件，从十六岁就扛长工，咱没地呀！从我爷爷的时候就串房檐住，现在还是串房檐，咱没房呀！"

冯文光把胳膊伸直，手掌一翻，说："唉！正是这样，有地有房谁扛长工呀？一年三百六十晌，风里来雨里去，穿的是破衣裳，吃的是猪狗食，住的是牛马圈，三辈扛长工，你是受苦人！"

李乔把双腿跪在炕席上，伸出两个拳头，互相碰着，说："咱长工哥们是穷光蛋呀！没房没地，咱是贫雇农阶层呀！毛主席领导我们打倒地主阶级，彻底消灭封建，分地分房分浮财呀！"

王海听到这里，严肃起来，转又张开大嘴笑了说："这么一来，咱老雇农可就翻了身了！"

李乔说："当然是呀！咱斗了几年了，还要一直干到底，有房有地有饭吃，翻身的日子这就来了！"

说着，王海、朱荣庆、朱老嗡，跪在炕席上，伸出两只手朝着天上，张开大嘴呵呵笑着，说："老天爷！要翻身呀！要翻身呀！要翻身呀！"

冯文光跺跺脚，狠狠地拍着膝头说："净瞎说，什么老天爷？依靠共产党！"

王海一听就愣住了，打着嘴巴说："可不是，要依靠毛主席，依靠共产党，我怎么这么糊涂！"

　　王海一说，朱荣庆和朱老嗡又朝天呵呵大笑。朱老嗡说："几辈子了，封建势力老是在黑屋子里装着咱，有很多深刻的道理咱不明白。这一下子咱可就见着青天了。"王海说："过去老是觉得身上冷森森的，今天才见着太阳了，身上一下子暖和过来。"说着，几个人又哈哈大笑。可是又想起祖辈几代扛长工的苦处，不由鼻子发酸，又流下眼泪来，真是得意人想起失意事，一番欢喜一番愁啊！

　　冯文光说："穷哥们！到了今天，也别光难受了！咱坐在一块说说吧！官渡口村的干部哪个靠得住？"

　　说到这里，人们可就停住了，不说不笑，也不吭声了。他们要仔细想一想，低下头仔细估量估量，一个一个地比比长短。王海说："我们每人下地做活，光知道俺工会里的干部，嗡头儿就是这一份的。"说着笑模悠悠，腆着大拇指头。

　　李乔问："别的干部呢？"

　　朱老嗡说："我倒是常跟他们一块开会、打交道。依我看，第一是二合同志，第二是老迫同志，第三是李固大嫂。别看王二合文化水平低，可是内里秀，转花儿①多，心眼玲珑剔透。当你看到他绷着嘴儿、吊着黑眼珠待着的时候，那就是正在琢磨事儿。"

　　李乔说："比较工作吧！就好像娶媳妇的时候赛车一样，谁跑在头里谁是好把式。"

　　朱老嗡腆起大拇指头，说："二合是这个份的。"又把脖子一梗，伸出小拇指头，说："登华是这个份的。"

　　说到这里，官渡口村的问题算是说清了。

---

① 比喻办法、主意。

在中国革命的当时阶段，以农村包围城市，咱们已经有了城市工作，只是还没占领大城市，还没有成立产业工人工会，雇农就是农村的无产阶级。雇农绝大部分不是本村人，跟村干部没有亲戚朋友和家族的关系，他们说话最公道。可是冯文光还要问一句："二合有缺点错误没有？"

朱老嗡绷起嘴来说："农村干部做了多少年的工作，学习不好，任务压得紧，能不强迫命令？能没有缺点错误？咱就看他跟民族敌人、跟阶级敌人斗得坚决不坚决。这话又说回来，这斗争也有各种不同：乡亲当块儿，当家当户的，有的真斗争，有的假斗争。有的真掰面，有的假掰面；有的明里斗争暗里包庇；有的身在曹营心在汉。为人不一样，阶级立场也各有不同。说来说去，看他到底屁股坐在哪一边。"

朱荣庆说："还是咱朱主任，好像一把快刀子，不管多么复杂的问题，把情况一摆，一分析，一说两开，你看讲的这理论有多么分明、多么全面呀！"

李乔和冯文光听到这里也算得着个头绪了。时间不早，已经是深夜了，几头大牲口都四蹄抓地耷拉着脑袋打鼾齁。周围静得没有一点声音。李乔站起来，伸直两个臂膀打了个舒展，说："睡觉吧，我们也该回去了！"朱老嗡说："希望你们常来谈谈，有日本鬼子的时候，你们天天出路，区里县里的人来人往。日本鬼子走了，机关进了城了，工作人员也不常见了，国际国内形势也听不见了，有多么闷得慌呀！"

李乔说："那，你们就应该上城里去找我们！"

朱老嗡说："甭提了！我们一年半载不进城，进了城这里找那里找，找到门了，还有传达室，一坐就是半天，不是开会就是学习。形势不同了，想见你们个面，就像朝西顶！"

冯文光说："你算了吧老嗡！一句话抄百总，我们承认下来的少了还不行？进了城就七事八事的，今天统计个表，明天凑个材料，机关事忙个不了。比不得过去，一天到晚在乡村里出路。"

一边说着，挪动脚步向外走。大牲口以为有人来筛草喂它们，一齐伸过嘴来，大叫驴伸长脖子蹬开四蹄大叫一阵，叫声冲破乡村的静寂。

说着，朱老嗡、朱荣庆、王海一齐送出门来，那是一层大院，群星照着，看得见院子里有大车、小车、犁耩盖耙，各样的农具。有个井台，井台上有一棵老榆树。出了圆梢门，王海还说："咱可常联系着点儿。"

冯文光说："三两个月走不了啊！同志们卖把子力气吧！把土改仗打好，打倒地主才能消灭封建哪，咱长工哥们得打头阵！这是打翻身仗呀！"

说着，冯文光在暗影里摆了摆手，叫他们回去，和李乔顺着李家街向南走。

# 9

这天晚上，李蔚也下了户。

他摸着那条庄稼小路，走到十字街口。停了一刻，他要想一想今天晚上到哪一家去，想了一下，最后决定去找治安员刘登华。他过去和刘登华见过一面，印象不错。而且他觉得，治安员知道的情况总是多一点。想着，串过横街到了刘家街上。往北去，当他经过莘馆的时候，看见里头灯明火亮，由不得也想走进去。当他走到门口,跑堂的伙计尖声呐喊:"看客!"又点头哈腰说:"里边坐!"尖锐的喊声几乎吓了他一跳。当他走进去的时候,吃饭喝酒的人们都睁大了眼睛惊奇地看着他。本来他想喝一点酒,可是一想到他是下乡来搞土改的,随又走出来。门口有人站着,他问:"治安员刘登华住在什么地方?"那人睁开两只大眼睛看了看他,说:"治安员?往北去,到第三条横街,往西一拐,道北的小门里就是。一座小新房呀!"

他听着那人最后一句话,好像有点什么意思。向北走着,到了第三条横街,向西一拐,在暗影里看见一座砖砌的门楼,白茬子小门还未油漆。他推了一下,小门紧紧闭着。他喊:"治安员!治安员!"听得喊声,北屋里有人拉着长声问:"谁呀?"是一个青年妇女的声音。李蔚说:"是我呀!"说着,有人迈着轻轻的脚步,走下台阶。门开了,是一个青年妇女,在黑暗里亮起疑惑的大眼睛向他瞅着,问:"你找谁?"李蔚说:"我找治安员刘登华!"青年妇女说:"来吧!屋里坐。"

妇女在头里走着,他也跟进北屋。刘登华和刘冬正在一块坐着谈话,一见是李蔚进来,慌忙从炕沿上站起来,说:"李蔚同志来了!"说着,把小桌旁的椅子往外挪移了一下,说:"忙来坐下!真是从天上掉下来的一样,盼都盼不到的。"

李蔚坐在柳木圈椅上,新屋子里还飘着泥土的味道,显然三间小屋是才盖的。他说:"庆贺治安员住上新屋了!"刘登华说:"咳!凑合上的,原先是三间土坯北屋,有日本鬼子的时候,在地下挖了个洞,雨水一灌,快要塌下来了,乡亲当块的人们,还有当家当户的都伸出手来帮助,不接受也不好,就弄成这三间小房。不的话,就得去串房檐儿。"刘冬也说:"攒忙的人不少!"刘登华说:"知道土改队来了,我们去看了看,有支书和村长跑着,我们也不敢瞎趋乎,怕人们说闲话。"李蔚说:"你们一个是治安员,一个是青救会主任,为了打胜土地改革这一仗,还不该趋乎紧点儿?治安员应该严密监视地主阶级的行动。刘冬同志把全村青年动员起来,投入运动,要上阵啊!"刘登华说:"当然是,抗日战争才过去了,多么大的任务也没有拉过后鞘儿。为土地改革,打败蒋介石,还能偷懒?"说着,李蔚打量了一下刘登华。他还是老样子,干巴个子,三十多岁,黑长脸儿,有几个小麻子,就是穿着比过去干净了。李蔚问:"我还闹不清,你是贫农吧?"登华眯上眼笑了,说:"当然是贫农了!事变以前我还串着村上市打短工,卖豆腐丝儿。事变以后,由于毛主席的领导,闹了减租减息、合理负担,才扒住碗沿子了。"这时,他心里有点儿嘀咕,他怕李蔚知道他贱价买了地主的土地。刘冬看他面色窘迫,就说:"都是穷苦人呀!"随后李蔚问刘冬:"看样子你是个中农?"刘冬皮笑肉不笑地说:"中农是中农,还是吃糠咽菜的。我可是坚决抗日呀!从小儿就当儿童团长,大了当剧团团长,后来当青救会主任……"刘登华也接上去说:"虽是中农,也不怎么好过。咳!都是从枪子群里钻出来的呀!"

　　刘冬二十多岁年纪,中等身材,黑红的脸儿,爱说爱笑,很是活泼。在抗战时期,他是儿童团长,领导儿童团站岗放哨,送鸡毛信。在文艺训练班受了一期训,学习了识谱、导演,当了村剧团的团长,后来兼上青救会主任。在日寇占领时期,他虽然年纪小,却真实为民族解放事业出了一把劲。可是抗日战争过去,儿童团和剧团的活动少了,也就觉得没有什么事可做了。解放区一提倡婚姻自由,他就成天价谈恋爱,本来他和村剧团的主演荷花儿很要好,就是因为荷花儿家庭成分高,组织上不批准,他除

105

了怨恨二合，也无可奈何。但是，在男女青年之间有了这么一层意思，蛛丝马迹，或明或暗的痕迹怎么也泯灭不了了。再说，他成天价和刘登华打成疙瘩乱成块，断不了在荷花儿家里开个会，打个小牌，说什么也摘不下这个钩了。有时，他也怕犯错误，感到苦恼，就要求刘老迫帮助他结了婚。早点结婚，本来是为了摆脱和荷花儿的关系。但是，在人的一生里，脑子里对青年时代第一次恋爱的痕迹是最难磨灭的。为了工作，和荷花儿一天价在一块耳鬓厮磨，就好比嫩葫芦打上一个印记，越是长老了，就越难磨灭了。

土改队一到村，他心上就老是嘀咕。他捉摸不透这土改整党是怎么一股劲。今天，当他正在刘登华家里谈着这个问题的时候，李蔚突然来了，他心上很是不安。在李蔚问到他是什么成分的时候，他也只是咕咕哝哝地应付。

李蔚看到刘冬为难的表情，他说："中农也不怎么的，在土地改革这场运动里，中农是团结对象，作为一个党员，可要站稳立场啊！不然的话就要掉下车子去了！"

刘登华说："唔！刘冬是一个年轻的老同志，对于运动，对于工作可跟得紧呢！"

李蔚说："当然，在根据地里，这样的同志并不少，自从十几岁就参加抗日工作，可是年岁一大，沾染了世故人情，私心增长了，思想有所变化，这是很危险的！"他抬起头看看刘冬的脸色，又说："唔！听说你跟荷花儿不错？"

刘冬一听说到这问题上，脸上腾地红了，有些发热，咕哝不清地说："哪里！小孩子的时候在一起念书，一块当儿童团，大了在一块演戏，同学关系，没有什么。"

李蔚看刘冬难为情，噗嗤一声笑了，说："没有什么，谁不是从青年时代过来的？"

　　刘冬猜乎李蔚刚刚要把紧箍咒套在他的头上，样式样式了又放开。他低下头去，哼哼唧唧地说："正是这样，组织上不批准，我就不要她了。"

　　李蔚说："唔！她是一个地主子女嘛！一个青年人，她的思想就好像白纸一样，是会进步的。她既向往光明，向往革命，将来送她去受受训，学习学习，改造改造，也可能走上革命的道路，这话又说回来，也可能走到相反的方向。"

　　刘登华不等李蔚说完，抿起嘴儿笑了，说："解铃还得系铃人呀！不过这件事情已经成了过去了！"

　　李蔚笑着问："怎么？"

　　刘登华说："刘冬已经结了婚了，不过不如荷花儿漂亮就是了。"

　　李蔚问："怎么？这人还够漂亮？"

　　刘登华说："不用说是在咱这个僻乡村里，就是在方圆十里二十里以内也算人尖子了！"

　　李蔚说："可惜！"

　　刘登华说："二合不同意又有什么办法！"他这话在当前说出来，与其说是给李蔚听，还不如说是给刘冬听的。

　　登华说到这里，刘冬紧忙接过话茬儿，嘿嘿笑着说："算了吧，甭说了，过去的事了！"

　　当他俩谈着的时候，刘冬很不好意思，他不愿再提起这件事情，怕再扯起干部关系；再说也怕其中有个立场问题，当然那时他们都是不满二十岁的青年。想到这儿，他又红着脸说："华哥！甭说她了，甭说她了。"又忸怩说："算了，算了，谈别的吧！叫人脸上多热呀！"说这话也是情真，直到目前为止，他

107

们之间的关系还是藕断丝连。刘登华也正是在这个问题上嫁祸于人。

谈到这里，登华媳妇端上菜来：一盘子炒鸡蛋，一盘子腌鸡蛋。李蔚用手指头往桌子上敲打着，伸长脖子愣着眼睛，说："这是干什么？"说着，两手端起菜往外送，又说："谈谈问题可以，可不能动烟酒，我们土改队有纪律。"

登华笑了说："抗日战争胜利了，老上级来了，能不表示表示？"说着，打开柜橱拿出一瓶酒，蹾在桌子上，伸出手指头指指酒瓶，一双锐利的眼光盯着李蔚说："这瓶酒我存一年多了！"

李蔚看见登华拿出酒瓶，一下子板起脸来，冷不丁伸出手紧紧攥住酒瓶，一手推开登华，说："说句知心话可以，酒是不能动的！"

刘登华浅笑两声说："嘿嘿！老区长，老上级嘛！"

这时，李蔚嘴里虽然这么说，可是舌头底下已经流出涎水来。根据他的社会经验，说什么也不能在运动里喝酒。今天他正在土改队上，而且，上级到了下级家里，这更是应该避讳的。

在抗日根据地里，本来是不允许喝酒的。但是喝酒在他来说，并不是一件新鲜事情。就在日本军统治时代，一批一批的白酒从敌占区涌进根据地。这时在乡村里有了那么一些人，以应敌为名，也把酒来当作一种礼物送人。他们不只用酒来应付敌人，后来也用酒来应付我们的工作人员。这是两面负担的产物，从那时起，有的地区工作人员就和应敌人员交上朋友，也就不愁有酒喝、有肉吃了。在李蔚来说，今天面对着一瓶酒、两碟菜，他觉得并不是什么了不起的场面，可是新来乍到，推辞不了也就迁就了。

登华说："在事变以前，实在穷得发愁的时候，我就喝一点酒。"

李蔚说："在穷愁潦倒的时候，容易喝上酒。喝着酒也会想起不如意的事情。"他缓了一口气，又说："人可别犯了错误，不只同志之间看不起，连老婆孩子也看不起。"

登华听他说这话，浑身打起个冷怔，说："不能犯错误。有一句老话是'白马红缨彩色新，不是亲者强来亲。一朝马死黄金尽，亲者如同陌路人。'人一犯了错误，在大街上漂流，任谁也就不理了！"当他说着这话的时候，他又猜度：李蔚为什么说起这个来，莫不说我犯了什么错误？这时他心上忐忑不安起来。

李蔚说："眼下就要整党，可不能犯错误呀！一犯错误，上级也就不是上级了，下级也就不是下级了。"

但是话虽这么说，登华总认为生米反正做成熟饭了，过去了的事情，后悔也就晚了，不如强打起精神过日子，该吃饭吃饭，该睡觉睡觉。再说村干部也不比区县干部，没脱离了生产，工作也是这样，不工作也是这样。

李蔚问："二合这个人怎么样？"

登华听他的口气，似乎不是一点没有了解，他愣住眼睛出了一下神，手掌扇着嘴里的呵气，表示他不愿意回答这个问题。他说："你去问王振山。"

李蔚两个指头敲着桌面说："谈谈有什么关系？"

登华说："我怕犯主观。"

李蔚说："你是治安员嘛，当然知道的情况比别人多一些。你说说又有什么关系！这个人到底怎么样？"

谈到这里，登华的话匣子可就拉开了，说："二合这个人心直口快，工作上积极负责，对敌斗争也够坚决，这个咱没有话说。咳！就是太把持了……"

李蔚问："怎么？不民主？"

登华继续说："他不叫别人说话，不民主是一方面，在支部会上，他老是觉着他是马克思，别人都是牛克思。就说这几个支部委员吧！官渡口村三姓三族，平均分配多好？他硬是不，这是个什么问题？党员娶媳妇，得他批准。地主们卖地，他还不叫同志买。那'增资'干什么？'统累税'干什么？勒出老财们的土地来，他不叫要，这不是杀人落两手血？再说他管得太宽了，工会也管，青会也管，妇会也管，连儿童团、村剧团里演什么节目他都管，他一出戏一出戏地看了才批准。女演员浪漫一点，他就说是资产阶级作风。整着个儿是事务主义！"

李蔚说："作为一个党支部的领导人，要抓大事，不能鸡毛蒜皮都管。如果是这样子的话，当然是事务主义了！还有呢？"

登华说："这，大概你已经耳有所闻，人们为什么跟他家叫'官铺'哩？就是因为他一家子人都当官：那咱他老伴当妇会主任，他大侄儿是农会主任，小侄儿是青会主任。抗日初期人们觉悟低，可是人们觉悟高起来也不叫人家干，家天下！包办代替！刘老迫和王振山成天价跟他打吵子。咳呀！一条鱼闹了满锅腥，这个工作没法做了！话我就说到这儿，往下我还不说了。"说着，似乎有很多气愤忍在心里，红着个脸，鼻子翅儿一扇一扇的。

李蔚说："你知道情况多，多说点有什么关系？"

登华把脑袋摇得货郎鼓儿似的，说："不，不，不说了。"

李蔚又问到刘冬："你说怎么样？"

刘冬说："我年轻，也说不出什么来，我就觉得这官渡口村上工作不好做，有事问这个，这个叫问那个；那一个又叫问这一个，乱踢球！"

登华说:"遇事踢球!踢过来,踢过去,怎么是个了?"

李蔚听到这里仰起头笑了,说:"唔!就是!"

登华说:"上级得明白明白吧!这回整党,也该亮亮底儿,不然这村支部怎么能当堡垒呢!"

李蔚说:"就是!就是!作风不民主,思想不纯是一方面,是不是有坏人?"

刘登华听到这里,伸手啪地把大腿一拍,说:"唉!好话!好话!"

李蔚觉得刘登华说了知心话,很觉满意。这时他像喝醉了酒一样,心满意足,移动脚步就要往外走。登华说:"有个问题,我还得跟你反映。"李蔚说:"什么问题?你说吧!"登华说:"有个口风,有些勇敢的家伙看工作队来了,要分地分房分浮财,逞巴着架势要抢粮食。你们可得弄紧点儿,一抢起来就天下大乱了!"李蔚看他有点夸大其词,说:"那怕什么?越乱越好,发动群众越深刻。不乱,我们还要搅动呢!"他从登华家里走出来,登华送到胡同口上。夜深人静了,一有动静,远的、近的,大狗、小狗陆陆续续叫起来。他顺着刘家大街往南走,人们都睡着了,全村一片静寂,也没有一点灯光了。猛地,谁家的大叫驴哇啦哇啦地敞开嗓门高声叫起来。春天的深夜里,刮着一阵风,还有些寒冷,李蔚掩紧了怀襟,冒着夜暗,鞠着脖子走回学校。

周大钟在碰头会上受了李蔚的顶撞,闷在心里,恨不得一下子把官渡口村的阶级情况、干部情况摸清楚。看人们走完,他吹了灯关好门走出来。站了一刻,最后他打定主意,要去拜访柏老槐。老人家住在村南里大堤底下,除了打个油买个盐的,轻易不进村,和村干部们没有联系,兴许谈的情况客观些。他顺着十字

111

街往南去，走出村口。

春天，夜幕从天上撒下来，炊烟消散了，满天星斗照耀。他顺着那条大道向渡口走去，离老远看见河水明亮亮地从西方流来，在星明之下闪闪发光。渡口旁的小船，在寂寞地沉睡。走上河堤，展眼看着平原上的夜晚，月暗星迷，远近的村庄上灯火明灭，一簇簇树林，一簇簇村舍，由不得豁开胸襟，向远处眺望，拍了拍胸膛，自言自语："啊！一场战斗就要打响了！"这时，他想到：这不只是一场阶级斗争，而且也是一场内部的思想斗争。

堤坝北面，就是柏老槐大伯的小屋，他推了一下柴门，门锁着，小窗上的灯光闪亮。他喊了一声："老槐大伯！"

门声一响，走出一个老人，高身躯，长手脚，有点驼背了。穿着个破袍子，把大襟掖在褡包上。他迈着矫健的步子走到篱边，趋着眼睛，隔着篱笆看了看，说："我以为是谁呢？是老周啊！"说着，把门开了，说："天黑了，想不到是你来。"周大钟跟着老槐大伯走进小屋。小门太矮，老周弯下腰才能进门。

那是很小的屋子，是用黄土夯成的。小炕上坐着一个老太太，还有一个小姑娘。老槐大伯说："周队长来了，忙烧壶水喝！"

周大钟说："甭了，大娘！我来看看你们。"又问老槐大伯："那人们呢？"老槐大伯说："儿子在外头扛长活，过了年就上工去了。闺女才走了，丢下个外孙女儿，跟俺俩老人就伴儿。"

老大娘已经白了头发，还就着小灯趋着眼睛做针线。看看周大钟，停下手来，眉开眼笑说："你看俺土房土屋的，忙坐下歇歇！"

周大钟说:"还看得见做针线?有多大年纪了?"

大娘说:"这就快七十了!"又满脸笑着说:"好久不见你们来了!……"

老槐大伯接着说:"一看见咱这八路军共产党的人,不知道心里有多么热乎。在打日本的时候,不管白天晚上,我站在这渡口上,拿起柳篙,渡咱这八路军过河。有时行军找不到领路的,我就带路,一直送出百八十里。就是那年'大扫荡'以后,村北里盖上岗楼了,咱的工作人员白天出来工作,夜晚就藏在咱这穷人们的小茅屋里。那年冬天,一个夜黑天里来了两个人,说:'大伯!汉奸们到处抓人,我们无处可去了,今天就住在你这小屋里。'那时大部队转移到外线作战,这一带已经成了鬼子的世界,杀人成风啊!我说:'没有说的,有什么困难我接着,就是到了什么时候,有多么残酷,咱还是一家人啊!'那年头困难,他们喝了开水,吃了点红高粱饽饽,就住在咱这小屋里。睡到半夜三更,猛地有人敲着窗棂说:'起来,有人吗?'听得人声,那两位同志一激灵从炕上坐起来,我不答话,连忙用手把他们捺住,叫他们不要吭声。我急忙穿上衣裳走下地去,从案板上抄起切菜刀,站在门倒口锅台上等着,鼻子气儿不出,等了吃顿饭的工夫,还是无人敲门,又等了一刻,听了听外面没有动静,才从锅台上跳下来,悄悄地开开门,轻手轻脚地走出去,围着小屋转了一遭,看不见一个人影,才放下心来。说句真话吧!那天晚上要是有人蹚开门跳进来,我就一个箭步跳上去,咔嚓就是一刀,在他脑袋上开了花了。"说着,还喘着粗气。他拍拍胸膛,仰起头来呵呵大笑。

柏老槐大伯是个有骨气的人,就在那惨烈的年代,有一天,他用这只小船用一夜的时间把一营八路军渡过河来,藏在这官渡口村里。天将黎明，他把小船藏在远处，用秫秸箔盖好，又盖上柴草，才说拉着柳篙回去睡觉，来了一队日本兵。翻译问他："八路军到哪里去了？"他说："黑夜里渡过河去，一直往南去了，到底不知哪里去了。"鬼子看了看脚印，方向不对，一下子发火了，用枪筒突着他的胸膛说："你的说瞎话的干活，你死了死了的！渡船在哪里？"一个伪军官也走了上来说："快说吧！说出来皇军饶你的命！"老槐大伯面对着鬼子汉奸，面不改色，气不长出。把两手叉在腰里，挺起胸膛哈哈大笑说："老汉不知道呀，皇军你开枪吧！"老槐大伯又说："我没有什么说的，我今天死在你们的枪口底下，我一家人都是烈属！"他什么也不说，鬼子也无可奈何，为了叫他说出八路军的底细，把他用绳子拴起来，牵到岗楼上冻了一天一夜，又过他的堂，轧杠子灌凉水，闹腾了半夜。他咬紧牙关撑着劲，一个字儿不吐。在深夜里，日本兵把他推出吊桥，已经是半死的人了。岗楼上的大师傅是咱们的敌工，偷偷地走出来，把大伯扛在肩上背回家来，养了一个月，他才能下炕了。他还是守着他的渡船，他说："这是我的岗位！"

老槐大伯说到这里，周大钟和大娘，和外孙女儿，对着小油灯出神，几个人影映在墙上，一动也不动。外孙女儿听着姥爷的惨烈遭遇，眼里噙着泪珠儿。大娘回忆起那些年头里受的苦难，不由得心酸落泪。对于那个艰难的岁月，周大钟是见证人："大扫荡"以后，大部队转移到外线作战，只剩下县大队和区小队坚持地方工作，暂时形成敌强我弱的形势，游击队和地方干部昼伏夜出。日本兵和汉奸武装耀武扬威，成天价出来"扫荡"，抢粮食抢东西，人们的生活够艰苦的了。周大钟说："大伯！不要难过，对于过去的斗争生活，我们不会忘记。对于将来的生活，我们还要勇敢地创造。官渡口村的干部,净是哪些人坚持过来,哪些人没有坚持过来,也得分别清楚!"

老槐大伯扳着指头把村干部数了个过儿,最后伸起大拇指头,说:"嘿!二合是好样的呀!"

就在那"大扫荡"里,八万鬼子兵进攻解放区,村里不能存站,人们成日成夜地在大洼里。敌人在野地里拉大网、铁壁合围,反复剔抉,鱼鳞式地包围……在那个日子里,王二合三月不落家,俩肩膀扛着个嘴,抱着一条破被子,一天里从河南岸窜到河北岸,又从河北岸窜到河南岸……实在没有地方存身的时候,他就把被子和衣服藏在庄稼棵底下,一个猛子扎进河底。柏老槐大伯说到这里,咯咯笑着说:"啊呀!二合真是好样的呀!他会换气,一个猛子扎下半天,实在不行了,又慢慢浮出水面,偷眼看看两岸没人,就把脑袋露出来歇一会儿。要是有人,他就把嘴唇裹个小筒儿露出水面呼吸几口新鲜空气,再钻下河底。直到天黑,鬼子收了兵,他才上岸穿上衣裳,到我这里来吃顿饱饭。事有凑巧,有一次他把衣裳藏在豆棵底下,给打草的孩子拿了去,他只好光着屁股在庄稼地里蹲半天,直到黑夜才来敲门。我问:'是谁呀?'他说:'我是二合呀!'我说:'你进来吧!'他说:'我进不去呀!'……"说到这里,老槐大伯眼角上含着泪花,仰起头咯咯大笑,说:"咳呀!那个年头呀!干部们可不是好容易过来的。二合有时来了,我给他做点吃的,有时连我们也不能在家存身,就蒸点干粮,搁在窗台上,拿草盖上。他来看看,见屋子门锁着,翻开草把干粮拿出吃了。一边吃着,又顺着河沿走远了。"他就是这么坚持了好几个月。没离开这个村,没放弃这个村的领导,这村的工作也没垮了。直到那年秋天,上级党强调敌军工作,我们的敌工深入岗楼上,官渡口村开展了地道,他才进了村,露了面了。第二年春天,他大显身手,工作才好转了。他常说:"我长短不能和日本鬼子活在一个天地底下,我就是这个脾气!"

周大钟问:"大伯!这个村的工作是谁开辟的?你知道吗?"

老槐大伯说:"我才知道个一清二楚呢!就是咱二合呗!"

一九三七年冬天,二合和大钟还在董庄地主家里扛活。那个村里有个老党员从白洋淀回来,给农会开训练班,建立了党支部,发展他俩入了党。大钟扛上枪当了游击队员,派二合回到官渡口村开辟工作。那时还在秘密时期,他从这个小茅屋走到那个小茅屋,告诉人们:日本鬼子占领了东北三省,闹了卢沟桥事变,占领了几条铁路和大城市,烧杀抢掠,强奸妇女。八路军挺进敌后,开展抗日救亡运动,发展抗日民族统一战线,有人出人,有枪出枪,有钱出钱,共同抗日,誓死不当亡国奴。二合秘密发展党的组织,建立了官渡口村党支部。自此以后,建立了抗日政权,开展了几次运动,实行了减租减息、合理负担、统累税……执行了一系列的毛主席革命政策。官渡口村的贫雇农们才有饭吃、有衣穿,有了抗日的自由了。

老槐大伯说:"你们一个锅里搅马勺好几年,你还不了解二合呀!"

周大钟说:"我隔着皮儿看见他瓤儿,我怎么不了解他?可是人们为什么跟他家叫'官铺'哩?"

老槐大伯听了,把屁股一拍,说:"那是坏人胡造他娘的谣言!那年二合回村开展工作,他是坚决革命的。那个时候,有几个人敢跳出来革命呀?无奈何,二合家里的就出来当妇救会主任,二合家闺女就出来当妇女自卫队大队长,大侄子当农会主任,二侄子当青会主任,甭看那孩子人儿小,心可大哩!直到一九三八年，形势好转了，家里人来人往，有的背大枪，有的挎盒子，好不热热闹闹。二合说一句话也就算一句话了。有那么一些人看着眼红，就硬是起哄呀！当时，我一听就心里有气，背上我的柳篙，在官渡口村大街上来回骂了三趟街，大声喊着：'汉奸卖国贼们！你们敢反对王二合，有小子骨头你们走出来，我老头和你们白刀子进去红刀子出来！'他娘的浑蛋王八蛋们，一个个缩着脖子不敢吭声……"

官渡口村地面硬，有三大家，地主富农多，柏老槐这么镇乎着，二合才干下去了。可是，后来工作开展起来，又把权分散了。

周大钟听到这里，呵呵笑着说："咦呀！大伯，你真是个痛快人呀！"

老槐大伯说："我是这个脾气！咱是穷人啊，要是有人骑着咱们的脖子拉屎，咱不打抱不平，谁来推横车？"

大娘也在灯底下笑眯眯地合紧嘴说："就是！就是！"

老槐大伯把两只手叉在腰里，撅起长胡子说："真的呗！当年在咱穷哥们，只有二合敢出来亮相儿，谁敢出来挑头儿？地主坏蛋们，他要掰咱的尖子，咱能让他吗？我在官渡口大街上骂了他们个六门到底，他们再也不敢吱声了。话又说回来，自那时起，咱们就掌握了村政权，成立了游击小组，咱在明处，他们在暗处了，他们蝇子似的、蚊子似的在暗地里瞎嗡嗡，那又顶得了什么事？咱就不睬他们那个！"

老槐大娘也说："老地主们拉着一些地痞流氓——就是那些扎吗啡的、抽白面的人们，专在二合脸上抹屎，闹得乌烟瘴气，要是不知底细，真的被他们蒙混了呢！可是，时间不长，上头一声令下：'镇压抽白面的！'就把他们枪毙的枪毙，关监狱的关监狱了,那些老地主们也不敢兴风作浪了。"

周大钟听到这里,才长出了一口气。他想:我看二合不是那等人。他脾气很洒脱,敢说敢干,简单干脆,不是那样鬼鬼祟祟、黏黏滞滞的人。他问:"王振山怎么样?"

老槐大伯听了,两手抄在怀里,抬起头沉思了老半天,说:"振山这人……也是受苦人出身呀!可是……这个人是个腻糅人,不好说不好笑。年轻时摇过货郎鼓儿,大了打过短工。有点家族观念,里码里说他党性不纯!"

周大钟又问:"那他怎么当了农会主任了?"

老槐大伯说:"乡村里的事可难说呀!在官渡口村王家不是大户吗?"

周大钟抬起头来,望着房梁思摸了半天,才说:"族大人多,不是当农会主任的条件呀!"

老槐大伯一听,把两手在膝髁上一拍,说:"咦!要是按毛主席思想办事不就好了!就是有些人像是吃了迷糊药儿,不是个人利益,就是家族观念,这好比是一套枷,要是叫这个枷套住脑袋,想摘也摘不下来!当然啰,也不能屈枉人,振山还是坚决抗日的,在打日本鬼子上没有含糊过,就是故事眼子多!"

周大钟听着老槐大伯的谈话,低下头去,看着脚尖沉思了片刻,说:"唔!是了!小商人出身!"又问:"咱村长呢?"

老槐大伯睁大了眼睛,问:"你问老迫?这人也有点家族观念,可是老迫可不是一个卑琐人物,凡事大大方方,这人心里可有转花儿,他有他的老主意,到了该使劲的时候才使出来。"

周大钟说:"怎么这村这么多家族观念?"

老槐大伯说:"这就是这村的特殊情况:官渡口村从老辈子以来,三姓三族,明争暗斗,不相上下。"

周大钟问:"那二合呢?"

老槐大伯说:"这人是个识大体顾大局的人。他是支部书记,三族三姓弄不到一块儿,他为这个,乡村的工作可费了大劲了,可是孤掌难鸣呀!说句真话,这个村要是没有二合,也早就烂透了!"

周大钟说:"听大伯一说,这个村还靠着二合呢?"

老槐大伯说:"当然是呀!这个人年岁虽说不很大,工作可有经验,心里聪明了亮。话又说回来,俺姓柏的在官渡口村是寒族小户,说话也不一定为准,你再问问别人,对证对证,千万别犯主观!"

周大钟听到这里,伸起胳膊打了个舒展,长出一口气,说:"好!今天谈得好痛快,夜深了,我要回去了。"

老槐大伯说:"关于官渡口村的情况,你再了解了解别人。说句老实话,咱可是个一根筋,嗓子眼里吞面杖,直出直入,说直理的人,说一辈子跟着共产党走,要是漫道里变卦,那就成了变色龙了,要不得!"老槐大伯说直理、护热是人人知道的。老人经常站在堤口上等着摆渡行人过河,南来的、北往的,推车的,担担的,跟他说一声:"老爷爷!我磨扇压住手①了!"他就会说:"出外人难呀,缺吃少穿的,你拿去。等你手头上富裕了,你再给我捎回来,我也是穷人哪!"要是凌冬炎夏大风大雪的日子,走到这里,跟他说一声:"老爷爷!我泥住脚了,冻得吃不住劲儿,天也黑了。"他就会说:"行路人,谁个头上顶着房子,脚上带着地呢,到我屋里来避避吧!咱都是穷人哪!"就是为了这点好处,柏老槐老人在百里以外出了名。自从年幼时候,他嘴上常是哼着个小曲儿,有时是惊心动魄的调子,有时是

---

① 指摆脱不了的难处。

沉郁的调子,能刺入游鱼的耳朵,把它们引诱到水洼里来,他好张开两只手一抓就是好几条。能使闲逸地睡在柳卜下的羔羊,骤然跳起来,避免凶猛的豺狼。他跟父亲那里学会一些牧歌;父亲那个老船工,常常吹着用芦叶做成的喇叭,用芦管做成的排笙,谱起新颖的曲调。他一生是个贫苦的船家,虽然他只有两间破旧的土坯小屋。老槐大了,能撑船了,村里地主把他招去,做牧羊人来养活自己。老人喜欢红靛,出去牧羊的时候,怀里搂栏杆,轰着羊群,手里提着个小笼子,捡个油虫儿喂了,捡个蛆虫儿喂了,他的红靛特别爱叫,叫得很好听。

说着,周大钟挪动脚步往外走,一开门天还黑着。老槐大伯伸手拦住说:"你等等!"反回身,从屋檐下抄起那根柳篙,说:"我不放心,要送你一程。我扛着柳篙在头里走,你在后面远远跟着。要是遇上歹人,我要是跟他干仗,你就躲开。"

周大钟说:"大伯!用不着,就这么几步路!"说着,从腰里抽出手枪向老人露了露。

老槐大伯说:"那个,我也不放心,土改队来到官渡口村,惊动了三街六巷!好人坏人都有动向,这是阶级斗争,不可不防备。"

周大钟刚从灯明里出来,慢慢摸着路一步一步走,抬起头看看老槐大伯的高大形象,他挺直了腰,扛着柳篙大步走着。夜已深了,北风有些凉了,周大钟迎风走着。远看官渡口村已经没有灯明了,也没有一点响声,静寂得厉害。在黑暗里,村舍树林显出淡墨色的轮廓。他说:"大伯!没有什么事,你回去吧!"

老槐大伯说:"不行,我不放心,我要一直把你送回下处,常说:为人为到底,送人送到家!"

这位老人守着这只渡船劳动了一生,在战乱时代,他坚守岗位，抗战到底。直到如今，他要为这一场伟大的土改运动坚决奋斗。走到学堂门口，他站住脚，等周大钟走上来，把嘴对在他的耳朵上，悄悄说："说句实话，拿咱乡村里的话说，咱二合'象'点，他虽然是庄稼人，没上过学堂，心里窟窿眼儿多，他逗着聪明能干，一天价翻着人的肺叶子找理儿。干部伙里有的人腻歪他这个！"

周大钟说："谢谢你老人家！你就像官渡口村上的一盏明灯，照亮一切。你是船工，是无产阶级，我们依靠你帮助官渡口村贫雇农闹翻身呀！"

老槐大伯攥着拳头，咬紧牙关说："好！打地主分土地闹翻身，这个道理我明白！"

# 10

周大钟在这几天里，和李蔚各自亮出自己的观点。这个问题解决不了，心里很是沉重：土改队一进村，李蔚就说村干部是新兴黑暗势力，要甩开他们。目前他又不同意访贫问苦发动群众，坚持秘密进村扎根串联。他明白，神秘化的做法，会使土改队失去广大贫雇农的支持，不能在真正的贫雇农里扎下根，相反会把土改队从广大贫雇农里孤立起来。在对王二合的看法上，大家都说这个同志基本上是好的，李蔚却说王二合基本上是坏的。为了解决这个问题，他今天要去访问王二合。毛主席说，吃一堑长一智，不吃梨子怎么能知道梨子的滋味呢？最后他说："我的意见今天还是分散活动，继续深入群众，说明土改队来村的意图，广泛深入地发动农民群众。把贫雇农发动起来，也该组织贫农团了。有了贫农团咱们也就有了抓手了,大家有什么意见?"

大家都没有意见。

周大钟走到王老师屋里和他商量,叫学生们和夜校教师们帮助做土改宣传;在农会的基础上选举贫农团,没收地主汉奸的土地分给无地少地的贫雇农。王老师都同意,他才从学校里走出来;一出门口,太阳已经升起来了,从东南方刮来的风,带来河槽上新鲜的气味,太阳的辐射热使人感到温暖。门前的田野上,有人轰着牛驴,碾地的碾地,送粪的送粪,迎接春耕季节的来临。

他走得热了,把棉大衣脱下来,挎在左胳膊上。会上的思想矛盾还在他的头脑里继续着。他摇晃了一下脑袋,想把这矛盾从头脑里摆开去,其实矛盾是自然存在的,无论是在一个村庄,还是土改队,没有大矛盾也总会有小矛盾。他一步一步走着,芦塘上的小路不那么泥泞了。苇田上的水洼里,青紫色的苇笋已经钻出地面,挑出绿色的小旗。芦笋在坑泥里长得那么茁壮,表现出一种力量,一种无限的生机。

周大钟紧迈了两步,登上了高坡,推了一下栅栏,王二合急忙走出来,见了周大钟由不得两手叉在腰里,敞开鲜亮的嗓子,笑了说:"我正想着你,你就来了。"但是周大钟并不就进去,他站在小院里,仄起头来望着二合说:"嘿!瞧瞧你的身架儿有多结实?活像个小牛犊子,在土改运动里,你还得显显身手儿啊!"这是一个典型的贫农家小院,四四方方,晒满了阳光,就是没有骡马牛羊,没有大车,没有大堆大堆的粪肥和柴草。

王二合个子不高,身子骨儿粗壮结实,满脸发出紫褐色的光亮。他把周大钟让进小屋,说:"我才说到土改队上去呢,看看还要不要米面柴菜,还需要什么东西?"

周大钟说:"一来了就麻烦得你们不行,我们说说嘴儿,你们就跑乱了腿儿!"

二合说:"服从上级嘛,要不这样还成什么组织?"

自从土改队来到官渡口村,王二合和刘老迫每天到土改队上去照看照看,看需要什么东西,有什么事情,这也是一般规律:自从抗日战争开始,官渡口一住上工作人员或是武装部队,王二合总是围着团团转,不这样做就好像没尽到责任似的。可是有一次,当他走到土改队,刚一推门,看见他们正在开会;大话小话地说得正热闹。这时,王二合正一脚踏进门里,一脚还在门外。他们看见二合来了,就咕嘟了嘴不说了。他问了一句:"今天有什么事吗?"周大钟紧忙说:"没有什么事情,你来坐一会儿。"说着也不笑一笑。这时,王二合只好拔出腿来说:"那我就回去了!"他已经当了十几年的党支部书记,官渡口村干部不合,整风整党,大小风浪也经过了几个回合,他觉得今天的场面另有不同,好像土改队上人们正在争论什么。但是目前事情既然还没落在自己头上,只好处之泰然,问题大小,或是什么性质的问题,根据发展的规律,自然会到来。他已经有了应付这种事故的经验。今天周大钟来到他的家里,他觉得正好把这件事情谈破,蒙在鼓里,老是在脑子里打架,也怪难受的。

他拿起笤帚来扫了一下炕沿,说:"这些年不见!正想找你谈谈呢,炕里头坐!"

周大钟说:"土改运动的第一个阶段就要过去,看看快要选举贫农团了,老伙计了,一块谈谈!"

二合说:"过去你们都不到这街来,这村的基本情况,你们知道得详细不详细?"

周大钟说:"今天来找你,就是为了知道详细点儿。"

二合听得说，就像大河里缺口一样说开了：官渡口村是一九三七年冬天建立救国会，一九三八年春天建立党支部，最先发展的有刘老迫、李固和二合家里的，还有二合的大侄子。虽然是在抗日战争的高潮上，到底人们阶级觉悟不高，减租减息，种着人家的地，使着人家的账，年年交租打利钱，谁掰得开面儿。后来经过长时期的宣传鼓动，通过实际斗争，觉悟提高了，干劲上来了，工作才开展起来。人们心里算是有了底数，可是谁也不愿负责任。才开始闹斗争，农会主任没人敢当。才开展妇女运动，几千年了，闺女媳妇们大门不出二门不迈，妇会主任没人敢当。就是王二合和刘老迫，老迫当村长，二合当支书，他们两人唱起这台戏来。封建势力大，刘作谦和李福云都是站在十字街口一说话就像打雷，谁个敢惹？农会没人管，发动不了农民，妇会没人管，发动不了妇女。抗日救亡工作正在劲头上，工作多，大事小情天天不断。刘老迫说："小哥！为着咱这工作，还是叫咱大嫂和咱大侄子出来吧！"当时，二合也觉得不妥当，可是这工作总得开辟呀，二合把心一横，把牙一咬，说："千斤的担子我担了吧！"这才跟区里报告了，区里同意了二合大嫂当了妇会主任，二合的大侄子根源当了农会主任，二合家光明当了青救会主任，同心协力，拧成了一股劲，实行了合理负担，统累税，又闹了大选举，把那些恶霸村长什么的都选下去了。改造了村政权，工作算是打开了局面了。抗日战争节节胜利，人们看干工作危险性也小了，意见也就出来了，说二合一人专政，大权独揽，不民主，还说二合家里是"官铺"，难听的话可就多了！

周大钟听到这里，他说："看样子为开辟这村的工作，你是费了很大的劲！"

二合说："一言难尽呀！那就不用提了。一九三七年，咱在董庄扛活的时候,一块入了党,成了中国共产党的党员。你背上枪走了,本来我也想当游击队,可是区里非叫我回村开辟工作,我也没意见。从这时开始,白天给人家做活,晚上跑回家来做工作,直到黑更半夜才跑回去。后来,实在跑不过来,索性把活辞了,干脆回村做工作吧!可是一家四五口,吃什么喝什么呢?亲戚们朋友们帮助点儿,也借取点儿,半饥半饱地瞎混过来。后来工作也打开了,人们也有意见了,侄子根源找了我来,哭着说:'大伯!这工作咱不管了。'俺家里的也说:'叫他们管吧,咱不管了!'你想,不管能行吗?开辟工作不是容易,我们不管谁管?封建势力兴风作浪,挑拨离间,弄得村中不合,这工作实在困难,我向区里汇报了,叫李固当自卫队长,王振山当农会主任。找了个妇女积极分子当了妇会主任,人们才没意见了。可是一闹'大扫荡',人们又放下了,日本鬼子杀人太多,人们害怕了。没有办法,我们一家人又出来兜着,咱们是共产党员,能睁着两只大眼睛看着工作垮台吗?"

周大钟问:"王振山为什么至今不打照面?"

王二合说:"为什么,这人心里转花儿多,把兔子绑在树上他才撒鹰呢!"

周大钟问:"刘登华怎么样?"

王二合说:"怎么样?这个人原本是个贫农,也作过小本生意,入了党工作也很积极,当了几年治安员。后来地主们逃避负担,他贱价买了地主的一些土地,有吃有喝了,工作也就泄了劲儿了。他这会儿革命成功了!"

周大钟问:"他蜕化变质了?"

王二合说:"他变质不变质吧,人们说他招了驸马,大被子盖着的事,谁知道呢!"

王二合一面说着，周大钟在地上走来走去，说："复杂！复杂！"又问："你看咱这党应该怎么整法？"

王二合说："群众眼睛是亮的，群众什么都知道，咱就发动群众给干部们提意见，走群众路线。光是干部们面面相观，不好说话，你给他提意见，他说你跟他过不去。你要说他维护地主利益，比着骂他亲爹还厉害，闹拧了还不好。"

周大钟听着笑了，说："一点不错，你说的是。"

王二合说："我亲身经历的事情，合着眼儿也摸到了！"

周大钟说："二合同志！越是工作有困难，越需要我们共产党员！我们冲锋的日子就来了，我们不干，这地主阶级和汉奸卖国贼们的土地，这族产，庙产，能没收了吗？能分到无地少地的农民手里吗？封建势力能消灭吗？广大贫雇农群众能翻得了身吗？"

周大钟一说，王二合心里就鼓起劲来，两手叉在腰里，脸色紫里泛红，抿起嘴儿哑了哑，笑了说："咳！你们一来，我就想咱们鱼帮水水帮鱼地把这村整整。你既然这么说，你们头里走，我王二合一家人紧跟着，不打倒官渡口村的地主封建势力，翻不过身来，死不甘休。咳！地主阶级封建势力一打倒，蒋介石的基础就消灭了，打倒了蒋介石，咱共产党无产阶级领导国家大事，社会主义，共产主义，这就来了！"

周大钟说："好，二合同志！今天咱两个老伙计先握握手吧。"他嘻嘻笑着走前两步，拉住王二合的手颠了两下。

这时，不知不觉之间，窗外有人插了话，说："叫他们瞎闹吧！叫阶级敌人说咱们窝里反！内部不合！对外不狠！叫亲者痛，仇者快！"二合歪起头通过窗玻璃一看，是刘老堆来了。他虽然才五十岁的人，紧巴个子，腿脚不大利索了，手里提着个小棍戳打着,穿着一身家染的老毛蓝粗布棉裤,蓝布夹袄,腰里抽着条小褡包。因为一生里经过了几十年风吹日晒,脸上黑里带黄,花白胡子长了老长。二合走出屋门,笑咧咧地说:"是老堆哥来了,忙来小屋里坐坐。你看这是谁呀?"

刘老堆一进小屋,瞧见周大钟的影儿,把两只手一张说:"咦呀!咱们队长在这里,毛主席派你们来了,活该咱分地了!"

周大钟一看他这个穿着,说:"我还想找咱们这老雇工老贫农们深谈谈呢!"

刘老堆说:"我心里也是闷得慌啊!心里说:土改队来了,也该见个面呀!这么着,我就来找二合了!"说着走过堂屋,朝西头屋里看看,又朝东头屋里看看,问:"唔?咱那人们呢?"

二合说:"他娘出去推碾子去了。"

刘老堆走进小屋,就伸长脖子,翘起胡子说:"周队长!你知道吗?人们可杀开鸡了!"

周大钟说:"知道了,土改队一进村,先是地主们杀鸡,后来富农们也杀开了……"

刘老堆着急地说:"这股风从那天夜里刮起来了,不只地主富农杀鸡呀,连一般人家也杀开了,人们不知道土改怎么弄法,只怕把什么东西都被贫雇农'共'了去,人们心里乱猜忌!"又说:"可要注意呀!人们乱嚷着要分地、分浮财。地主阶级可就要转移财产了,这是个大问题!"他是个老贫农,民国六年发大水,老伴饿死了,这几年两个孩子陆续参军了。如今只剩下大儿媳妇守着一个小孙子,对于土地制度的改革,他抱无限关心。自从土改队一进村,他就东跑跑,西颠颠,东南西北地去打听消息,夜里躺在炕上,摸着心口睡不着觉,盼着分地过好日子;打倒土豪劣绅,铲除封建势力,穷人们就翻起身来了。

127

二合看刘老堆对土地改革关心的样子,他说:"大哥!你等着吧,共产党不说空话呀,这不是周队长带土改队下来了!咦!打倒地主封建势力,这翻身的日子就来到眼前了。可是在咱村里,地主专政了这些年,表面上看他们匍匐在地了,其实他们还是麦糠堆下走水,暗里伸进手来乱扒扯呀。封建势力统治中国几千年,要想打倒它,可也不是容易。大哥虽然上了几岁年纪,还得出把子力气,咱们还得摽在一块干呀!"

周大钟看老堆是个忠心耿耿的人,也说:"这土地制度的改革,就靠咱这些贫雇农当骨干呀!"

刘老堆听了,脖子一挺,沙着嗓子笑了说:"那还用说,这话跟你当面说就有点俗气了,当我病倒在炕上的时候,虽然动不了身,但哪次运动来了,不给二合摇鼓助阵呀,暗里使劲呀!人们都知道,王二合领导的村支部的失败,就是咱官渡口村贫雇农的失败,王二合领导的村支部的胜利,就是咱贫雇农的胜利呀!"

王二合说:"大哥!你想想,地主阶级、封建势力能自动退出历史舞台吗?土地改革是你死我活的斗争,光敲边鼓不行,还得勒马上阵呀!"

听得说,刘老堆尖着嗓子哈哈笑了,说:"这个好说,别看我把腰扭了,上了几岁年纪,还能和拆城破路时候一样跳跶一阵子,还能和打日本鬼子一样地大打出手!"

刘老堆自从一九三八年就是抗日革命的积极分子,武委会的副主任,和李固一起,在交通战里大显身手,带领全村民工到几百里以外去给八路军送粮,支援前线。因为是夜暗行军,一个失脚摔在交通壕里,把腰扭了,才有时间歇下脚来。可是人残心不残,一心扑着八路军共产党的工作,因为他明白:消灭了蒋介石反动派，贫雇农才有好日子过呢！如今听得邻村的土改队都下来了，他说："要'实行耕者有其田'，使无地少地的农民得到田种。每天晚上躺在炕上都睡不着，老是想着怎么联合穷哥们闹翻身呀，怎么诉苦呀，怎么分地呀！"虽然运动还没有达到高潮，可是他的心上早已经到了热火头上了。

二合说："不用着急，土改的战斗这就要打响了，你不是成天价嚷吗？"他把右胳膊一伸一伸地说："'打倒地主恶霸！铲除土豪劣绅！'老鼠拉木锨，大的斗争还在后头呢！"说到这里，他又抿起嘴儿，笑悠悠地说："咳！土改完了，蒋介石消灭了，看！社会主义社会这就来了！"王二合自从抗日战争开始，就凭着他两只矫健的腿脚，黑天白日围着村转，天天忙得不行，忙着忙着减租减息了，忙着忙着合理负担实行了，忙着忙着统累税实行了，忙着忙着大选举改造政权。自从恢复了地区，日本鬼子投降了，这工作可就又来了：反奸复仇，反黑地，反国特……目前又接上这土改运动了。每天早晨把眼一睁就是工作，把眼一睁就是斗争。

不等二合说完，刘老堆把头一低，龇牙暗笑了，说："工作上瘾了，一闲下手来就觉得空空落落的！"

周大钟说："干吧！你闲不住啊！"

正在说着，门口一声尖脆的童音喊进来："二合大爹在家吗？"二合连忙走出去一看，是红缨儿拉着姐姐金缨儿，姐妹两个走进来。姐姐十六七岁，妹妹十二三岁，一看见二合，满脸笑着，扭搭扭搭走进来。二合一见小姐儿俩，抿起嘴儿哈哈笑了，说："又来叫大爹！是粮食吃完了，柴火烧完了？说句话吧。"他扭过头对周大钟说："看这俩孩子！爹当八路军在前线上牺牲了，娘为保卫工作人员守洞口给日本鬼子刺刀挑了，剩下两个宝贝疙瘩，我一看见姐儿两个心里就高兴，比亲闺女还疼。这是五保户，当着周队长说吧，是缺吃了少穿了？"

红缨儿听了，把嘴一噘，斜起白眼仁看着周大钟说："有多大的肚子，打算人家一天价光说穿衣吃饭呢？要谈谈工作！"虽然十二三岁了，还不脱幼稚脾气，大眼睛骨碌骨碌转着，爱说爱跳，说起话来还挺俏皮。

二合一听，又哈哈地笑了，说："嘿！小人儿说大话。谈工作，怎么不去找李婶婶，妇女会的事也找大爹，你们也不去找儿童团长？"

红缨儿说："儿童团长？这早晚也不站岗放哨查汉奸了，多咱见了他总是嬉皮笑脸，油头滑脑的，也不说个真格的，俺也不找他。李大婶说：'这工作还不摸底细。'又叫我们来找你，你嫌麻烦呗？你要是嫌麻烦，俺姐儿俩赶快走！"说着，两人拉起手儿就往外走。

二合抢上两步，伸手拦住说："我的好闺女！哪里话，我有多么忙也得先跟你们说话儿，快屋里来说说吧，周队长也听听。咳！可怜宝贝儿，你姐儿俩来找大爹谈工作，谈一天大爹也不嫌烦呀！真是共产党的好儿女。将门出将女，贫农家儿女不愁培养不出好干将！"

金缨儿拉着红缨儿的手，小姐儿两个走进屋里也不坐下。金缨儿说："知道吗？杀鸡成风了，说什么土改队来了要共产了，要把各家的鸡鸭猪羊轰到一块去，平均分分。看这是多么大的事情，我们能不来报告吗？"她虽然十六七岁，可像个大人了，未曾说话脸上先红了。长圆脸儿，一条油亮亮的红绳子大辫子。

刘老堆也说："不知道这是从哪个黑洞里刮出来的阴风？"

金缨儿说："人们都说是从王家街上刮出来的！"

二合说:"土改队来了是搞土改的,是打倒地主阶级消灭封建的。为什么把各家的鸡鸭猪羊轰到一块重分,断没有这个道理,你们听着这像是共产党的政策吗?"

金缨儿说:"我们不信,有些糊涂人信,有些人弄不清,就被这股风乱着跑,说什么也弄不住了!"

事实很明显,土改队一进村就像捅了地主阶级的肺叶子,他们就睁圆了眼睛观望,打探消息,看看有什么空子可钻。好像到了人间末世,也好像一个财迷疯,把金银装在小口袋里,口儿绑得紧紧,今天藏在鸡窝里,明天藏在炕洞里,到底不知藏在什么地方好,就觉串在肋条上结实,又怕人从他们肋条上扒了去。大小运动经过多少次,人们也算明白了,他们拿着大钱下小钱儿,从贫雇农身上扒下一层皮,用这种方法积攒下来的财物,在地主阶级专政的法律上是合理合法的,可是在共产党领导下就是万恶不赦的罪行。作为剥削阶级,当他一明白出来这种道理的时候,会浑身打战,手脚打抖,日夜不安。可是要叫他们改变这种剥削阶级心理的偏见,他还不肯。他也不会相信:有一个什么力量能把他们改造成劳动者,凭着他们的劳动力来吃饭,不到黄河不死心!

周大钟拜访了王二合,明白了王二合思想上的包袱,也明白了王二合在广大群众里的基础,很觉满意,这次来到王二合家里,还认识了刘老堆和金缨儿、红缨儿小姐儿俩。看看天到晌午,才从王二合家里走出来。出门的时候,他对金缨儿和红缨儿说:"年岁小可以做小孩子的工作,告诉那些地主富农的孩子们,不要胆小。好好学习,我们不会把他们当地主看待,他们是地主家的子女……"一边说着,走出栅栏。

# 11

周大钟从王二合家里出来,一路走着,他想:怎么设法解决李蔚的思想问题;要是解决不了,恐怕引出团结问题,或者引起一场争论。回到下处,李庆新正在屋里坐着。他送来了县委的通知,说:上级党委土改指挥部来了洪部长,视察各地土改试点工作,叫他回去一下。为着这件事,他说不出地高兴;自从"大扫荡"以来,他一直在一个角落里埋头工作,还没有见过上级党委的人,许是叫他回去听听国际国内形势。形势发展这么快,心里很是着急,只怕工作跟不上去。但也有顾虑,可能叫他回去汇报一下试点情况。他下午没有下户,一个人坐在小凳上,就着床板把几天以来的工作情况记下来。

周大钟自幼扛小活儿,自从参加抗日武装,才开始读书识字。谈起学习来,当时他在班里还是个模范;怀里揣着个小本子,一支半截铅笔,只要有一点时间,他就一个人找个背静地方写写画画。埋头学习了几年,倒也能看书报了。到底不是科班出身,记得生字少,写起东西来还是磕磕绊绊的。有时他也想:反正我干武装就是打仗,只要能打胜仗,文化上差一点没有关系。事实证明:文化水平低,学习比较高深的政治理论,就着实困难。直到现在,只要一有时间,他更加努力学习。于是,他从实际中得出一个这样的概念:为了工作好,为了革命,还得好好学习文化。

他们吃过晚饭,开了个碰头会,研究了一下工作问题,大家的意见是:通过这几天的工作,对这个村的基本情况,阶级情况，干部情况，做了初步了解。经过全体同志的努力，初步发动了广大农民群众。为了进一步了解情况，深入地发动群众，全体队员从明天起，分散到贫雇农家里去住，同吃同住同劳动。周大钟说："我走了以后，李蔚同志负责一切！"李蔚一听，笑了说："那可好？你走了这村里除了灶火爷就我大了！"周大钟说："搞慢点不要紧，别搞乱了。"李蔚睁大了眼睛说："那我可不敢干了。弄乱了，我负不起责任！"最后讨论的结果：周大钟和小李到王二合家去住，闻小玉和罗慧到李固大嫂家去住，冯文光和李乔到朱老嗡头伏棚里去住。李蔚自己提出来要到刘登华家去住。周大钟说："那个人不把稳。"李蔚坚持要去，周大钟说不转他，说："随你的，你是副队长，将来山高水低自己会明白！"

开完了会，村上也起更了，大家安排睡了觉。周大钟还不肯睡，一个人坐在小板凳上，记一会子笔记，就一个人转着眼珠出一会子神。他在思考，想把目前官渡口村横三竖四乱麻一样的问题，理出一个头绪。

自从工作队一进村，王二合、刘老迫、老槐大伯、王黑炭、李固大嫂、刘老堆这起子贫雇农们就乐得合不上牙儿，一个个觉得扬眉吐气，腰板也硬了，心想：有土改工作队在这里，这是毛主席派来的，土改运动一定能搞得好。可是，地主阶级一见工作队进村，要发动贫雇农起来进行土地改革，浑身就寒栗起来，心不由主，不知怎么好，杀鸡宰羊大吃大喝起来。有的赶集上庙，有的串亲访友去打听消息，像热锅上的蚂蚁，焦躁不安。他们的鼻子比猫还灵，地主阶级的天堂，好梦难长了！富农向来是跟着地主阶级跑的，中农人家也定不住锤儿，虽然把土改政策宣传了一百遍，他们还是不相信贫雇农按政策办事。实际上，阶级属性不同，他们不会接受无产阶级教育，他们也明白：要改变所有制了。有些人该下地也不下地，该做活也不去做活了。有的人吓得两眼直勾勾，浑身懒洋洋，心上不住地惊惊怔怔，走出走进，心神不安。甚至，有些无地少地的，苦大仇深的人，见了工作队也躲躲闪闪。他们听了封建势力的谣言，信不准共产党的政策；不相信地主阶级的祖业地会成为贫雇农的土地，这是他们一生也没有想到过的，他们前怕狼后怕虎。有些坏人在暗地里嘀嘀咕咕，说党支部这也不好，那也不好；王二合家是"官铺"。李蔚偏听偏信，把假话当成真理；说村干部都烂了，是靠不住的，于是就得出结论：一脚踢开，搬开这块绊脚石，秘密扎根串联，另起炉灶，重新培养骨干，重新提拔干部……这一大堆乱麻似的问题摆在周大钟的面前。他认为：都需要认真考虑，向上级党汇报，希望能得出个结论，好把运动向前推进一步。

一边写着，他脑子里还是放不下李蔚的思想问题。他想：与其这样，还不如当面跟他谈开，有问题解决了还是好，他对这个问题，有着良好的愿望。这时人们都睡了，就是李蔚没睡，他又是洗脸，又是洗脚，走出走进，心上也像是烦躁不安。

周大钟把铅笔放在小本子上，说："老李！来，咱们谈谈。"

李蔚笑笑说："我想，也应该谈谈呢，这一摊子铺摊着，你能放下就走？"他以为要谈工作问题。

周大钟走过去，把右手搭在李蔚肩膀上，说："他们都睡了，咱外头走走，免得吵得他们睡不着觉。"

李蔚说："也好！夜深了，外头清静。"

两个人走出来，在大操场上走来走去。星斗满天照耀着，风不大，可是刮得大杨树上的叶子哗啦哗啦响着。野鸽子在瓦檐上咕咕地叫。周大钟拉紧李蔚的手说："老李！对我有什么意见，说说吧！"

李蔚一听，摇了一下脑袋，说："哪里的话？你怎么说这个？"由不得仰起头哈哈笑了一阵子。

周大钟说："咱们虽然没在一个岗位上工作过，可是一同从抗战八年的艰苦生活中过来，同样经过'大扫荡'和'大扫荡'以后的残酷环境。你既然跟我一起工作，对你的问题，我是要负责的！"

李蔚又笑了说："那是当然之理，咱们老同志了，你能不注意改造我，县委把我放在你的面前就是这个意思。我还能依靠谁？"

周大钟不等他说完，就说："不能这么说，党对同志负责，同志之间也是互相负责。一个人犯错误有几个情况，一个是当时考虑不周，或者一时疏忽，主要是学习不好，世界观改造得不好。"

一说到世界观的改造问题，李蔚心上很有反感。他思想上又准备着挨一次刺耳的批评。他说："我希望你对我有具体的帮助！"

周大钟是个憨大心实的人，李蔚要求具体帮助，他也就照实地说了："咱就说这'大扫荡'吧！人家都坚持过来，天天和群众在一起，群众都坚持过来，你倒回了家，掉队了……"

李蔚一听，不等周大钟说完，不禁提高了声音，说："这是过去的事……"又说："我不回家能行吗？你拉着中队，有人替你打仗，我受得了吗？日本鬼子密密麻麻，到处都是，'扫荡'过来'扫荡'过去，包围一个圈又包围一个圈。有多少人被捕了，咳呀！受不了啊！再说，正赶上我肚子痛，痛得难受，有病怎么也得治呀！没有办法，同志们把我送回家去了……"

两个人在操场上谈着，一面谈，围着操场转圈。周大钟在暗影里看得出李蔚一边谈着，有时皱眉，有时发呆，有时表现出为难，总起来说，他不想接受别人的帮助。周大钟听李蔚越谈声音越大，他拉了李蔚一把说："你看！你声音低点，四邻睡觉！"

周大钟不说还罢，他一说，李蔚声音更大了："哼！这个犯不了错误。"听周大钟又要翻他的老底，心上老大的不高兴。

春天的乡村的夜晚，多么样的寂静呀！离远听得见小河里的水哗哗流着，暗云覆盖着大地，庄稼、树木、屋舍都睡着了。周大钟听李蔚越谈声音越大，他拉了一下李蔚，两个人走出大门。大门外就是一洼庄稼地，他两个人越过庄稼地上的小道，走进大柳树林子里。这时周大钟也提高了声音说："我认为你谈的那个秘密进村，秘密扎根串联，不怎么对头。发动群众，首先访贫问苦，把土改的政策交给苦大仇深的贫雇农，就会变成物质力量，他们就成了骨干。我们通过骨干联系广大农民群众，组成土改队伍，我觉得这么办对头，你说呢？"

李蔚说："大摇大摆进村，大摇大摆地访贫问苦，一来打草惊蛇，把地主老财都惊动起来。二来，我们接触的那些人很快就在群众中孤立起来了。"

周大钟一听，反问一句："怎么？"

李蔚把大腿一拍说："人们怕均产！你看人们杀鸡宰羊卖牲口，说不定还有捣动浮财的！"

周大钟说："这是听了地主阶级的反宣传，我们还要大张旗鼓地宣传土改的意义：挖掉蒋宋孔陈四大家族反动派的老根——彻底消灭封建势力。"谈到这里，虽然周大钟一辈子爱用缓慢的语调，可是他越说越快，最后他也急躁起来，说："我们知道，我们要搞土改，有很多人反对我们。帝国主义反对我们，封建势力反对我们，大资产阶级反对我们，一切社会渣滓也反对我们……"说到这里，他端起两只手，蹲下身子摇了一下臂膀，说："跟他们抗咧！不打倒地主，分了土地，死不甘休，就是得有这点坚决劲儿！"

周大钟在那里逗着架子说话，李蔚躲在暗影悄悄看着，喷地笑了，说："你这是干什么？"说着，又哈哈大笑了，说："蒋介石没在这儿，地主老财也没在这儿！"

周大钟说："虽然这些反动派没在我们身边，我们时时留心他们，而且我们要时刻逗着打虎的架子。在书上说，这就叫作敌情观念！"

李蔚觉得周大钟有些好笑，他说："不必，大可不必！"说着，又嘿嘿地笑了。

周大钟不等他收住笑声，又说："再说，怎么说村干部是新兴黑暗势力、土皇上？"

李蔚说："我算是惹下你来了，我不说了还不行！"

周大钟说："你还是说说！"

李蔚说："说就说，我是这么说来。大选举一下子把封建势力甩下去了，农会里的人上了台，大字不识，连一句成套的话都说不出来。甭说是一本，连一篇马列的文章也没读过。可是，过去是地主说了算，现在是他们说了算。过去是地主们在十字街上一跺脚四街乱颤，现在是他们在十字街上一跺脚四街乱颤。你看，这不是新兴黑暗势力吗？我想，这就是绊脚石，要一个个地把他们搬开，叫贫雇农打天下坐天下，真正老实贫雇农说了算！"

周大钟越听越急，说："你不能这样谈，这是错误的！"

李蔚说："我是这么想，也许是错误的，这是我的杜撰！"

周大钟由不得伸出大手,一把抓住李蔚的肩膀,张开大嘴狠狠地说:"你还要不要无产阶级权威?你把党放在什么地位?这样下去,就会导致无政府主义,一片混乱!"

周大钟郑重其事地说着,李蔚在一旁呆呆地听着。周大钟在黑影里一看他这个架势,他又想:"哦!他开始考虑了。我确实和他一同度过那个战争的年头,一样过着那样艰苦的岁月,如今我不能放下他不管。"

可是今天已经是大半夜了,明天还得出发,只得就此为止。他说:"吭!老伙计!明天我要回城,这一摊子你要管起来,还得管好,吭!"

李蔚说:"你叫别人管吧!你看,又想吃肉,又怕腥气!"

周大钟这时看他有些怀疑,说:"你这是什么话?你是副队长!"

话说到这里也就算说到家了。两个人不约而同地走回学校,关好了大门,脱衣裳睡觉。

第二天早晨,周大钟叫小李把被包和挎包送到王二合家里去。二合大嫂听说周大钟下户来住,忙把小东屋打扫干净,乐乐呵呵地把被褥搬进去,安排舒坦。

周大钟等小李回来,两个人一块走出学堂门,沿着门前那条庄稼小道走上渡口。今天是个闲日子,附近没有集市,也没有庙会,那只渡船斜在岸边,柳篙插在水边上,渡口上一片静寂。小李跑进小屋,把老槐大伯请出来。他一看见周大钟就笑了说:"看样子准是进城?"

周大钟说:"是的,大伯!我要回城里去,上级来了负责同志,可能是汇报工作。"

老槐大伯哈哈笑着说:"好!凡事多请示、多汇报,免得犯错误……咱共产党就是这个老规程，事事都是有组织、有领导、有章程的。要是一意孤行，搞独立王国，那就违犯党规了。"他侃侃地谈着，又说："国有国法，党有党规嘛！"听说话看得出来老槐大伯是一个经验阅历很广的人，今天见到周大钟，心里特别高兴，一面说着话，用力撑住篙，叫周大钟他们上了船，又说："站稳，我要开船了！"他轻轻支了一篙，船儿离开岸边，又接着说："嚷嚷了这么些年了，在咱这块地方土地改革还是第一遭，谁能生而知之？可不能艺高人胆大，免得栽斤斗。咱毛主席老人家可知道啊，有什么不懂的，不会干的，去请示他老人家吧！不知道的事情，多问不算无知，只有那些不懂假装懂，不知假装知，不肯向别人请教，闭门造车，生锉胡萝卜馅①，那才是笨蛋呢！"老槐大伯自己认为有把一生的生活经验传授给下一代的任务，所以一见了年轻人就滔滔不绝地说个不停。凡是善良的人，都认为这位从劳动中过了一生的老人是一位好心人，只有那些古怪刁钻的家伙才会嫌他年老悖晦、絮絮叨叨的。

周大钟听了，浑身打个冷战，说："你说的是，大伯！我们共产党人办事是有所本的，要根据马列主义、毛泽东思想。那些自以为是、凭着耍小聪明办事的人，没有不栽跤的。你佬！吃过的盐比我们吃过的米还要多，我一定听你的劝诫。"

周大钟和小李站在船头上，老槐大伯熟练地轻轻打着篙，小船荡荡悠悠地在水面上漂过去。今天没风，河面上静静的没有波浪，河面像是一条银色的带子。小船划行在水面上，涌起鱼鳞般的细纹，周大钟回过头望着官渡口村，说："大伯！咱土改队到村几天了，群众中有什么反映？"

老槐大伯听得问，用力撑了一篙，说："反映是有啊，可不

---

① 比喻人不懂装懂，硬着头皮做自己不会的事。

是一句话能说清的。常言道得好，什么和尚念什么经，什么阶级说什么话。至于地主阶级是等着进棺材的，咱不理他们那一套。当然，别的阶层也是有顾虑的，土地还家本来是一件好事，也有人怕反复，怕老蒋再打回来。中农阶层是不轻易动的；你甭惦记他们蹚深水，只是在浅水边上沾沾，湿个鞋尖儿。一个风吹草动，单腿一跳就跳到干地上，好叫人看起来像是没有蹚过水的一样……"他说着仰起头来，翘起长胡子哈哈大笑，又说："咱柏老槐可不，今儿形势不比往昔，无非是老蒋兴头头地打来，我们把他滚瓜儿打回去。"说着，船到河心，老槐大伯继续说："这几天刮过来一股风，除了杀鸡宰羊，也有卖骡马的，造谣说要均产了，吃到肚子里算赚下了，咱可不能依着他们，不允许他们瞎捣鬼！"

周大钟听着老槐大伯的话，深有所思，不住地点头称是。

老槐大伯又说："见了上级的替我们捎个心里话，就说：我们这些老雇工老贫农们，盼土地盼了多少年，抗日时期，人们生活多么艰难也得忍耐，那是为着抗日民族统一战线的巩固，各抗日阶级阶层共同抗日。如今毛主席提出彻底解决土地问题，我们一千个拥护。为了打倒地主阶级，彻底消灭封建势力，粉身碎骨不辞！"说着话儿，船也就到了岸边。等周大钟和小李下了船，老槐大伯又叮嘱："一路平安，回来的时候，一定要带回好消息！"停了一刻，他咂了咂嘴说："有一些勇敢分子和一些没脑袋鬼们，他们逞着架势要抢！"

周大钟急问了一句："你说什么？"

老槐大伯说："他们要浑水摸鱼。"

周大钟沉思一刻，说："哦！会有这事？……"

老槐大伯说："经点心没不是！"

周大钟和小李离开老槐大伯,走过河床上一段高低不平的小路,摆着两只袖子,登上堤坝。今天天气晴朗,东南风顺着路旁的柳行子吹过来,吹得柳子弯下腰又扬起来。远远的烟雾弥漫里延伸着平原,一丛丛的是树林,一簇簇的是村舍。在艳丽的阳光下闪着淡青色的水渠,河风吹过来,把道路上的沉沙扫开四处……周大钟一时激动,伸起两只胳膊,仰天长啸一声说:"啊……天高地广啊!"他热爱祖国,称颂祖国大地的美丽无边,祖国大地的雄伟。说祖国大地是他的母亲,他是吃母亲的乳汁长大的。他要用鲜血和骨肉来保卫她。他说:"蒋该死!你还我河山!"

小李也像长上翅膀的小鸟,飞上长堤,跑到土牛①上,远远望着广阔的黄土平原,青翠的麦苗长高了,随着风飘摇,高兴地想要张开翅膀飞腾起来。周大钟没有紧跟小李,低下头慢慢走着进入沉思:总觉得和李蔚的思想,和李蔚的关系是个问题,觉得心情沉重!

天刚乍午,他们走进县城,先到县委机关找到景士昌,在那里擦了一把脸,就跟着景士昌到洪部长那里。那房子原先是个花店,做过城工部的机关,如今城工部前移了,县委就把洪部长安排在这里。一片青砖瓦房,门口没有挂着牌子,没有岗哨,院子很深,扫得很干净。进了二门,院子里静悄悄没有声音,一个挎短枪的卫兵在院子里站着。他在抬起头看看这边屋檐,又看看那边屋檐,好像心里在打算什么事情。景士昌告诉他:"官渡口村土改队长周大钟来了。"

听得院子里熟稔的语声,有人掀开布帘走出来,站在高台阶上。六十多岁年纪,中等身材,清癯的面庞,穿着一身灰色土布

---

① 堆在堤坝上以备抢修用的土堆。

制服,倒背着手从容走到阶前。景士昌给周大钟做了介绍。洪部长听得说,连忙跑下台阶,一手拉过周大钟,一手拉过景士昌,哈哈笑了,说:"我是土改指挥部的,来跟你们学习!"看起来,他身体很是健壮,腿脚矫健。说着笑着,把他们让进屋里。周大钟被洪部长拉住手的时候,感觉到洪部长那只手上只有两个指头。他不好意思问,也会明白:这是一个久经战场的部队领导同志。

屋子窗户很大,用洁白的纸张糊着,很是敞亮。窗下一条大炕,铺着苇席。洪部长为了取得更好的光线,把一张方桌放在炕上,旁边放一把椅子。两旁是他和警卫员的睡铺。屋子地上放着几条长凳,周大钟就坐在长凳上。景士昌对洪部长说:"他是县大队长,共产党员,雇工出身,是官渡口村土改队长兼支部书记。他虽然做了多年的部队工作,对地方工作也很熟悉,别看他是个老粗,记忆力很强,善于汲取别人的经验用在自己的工作上……"

洪部长听说周大钟是游击大队长,雇工出身,不等景士昌说完,两步跨过来,紧紧握住周大钟的手,轩然大笑了,说:"你是雇工?是大队长?我也是雇工,十年内战时期,我做了多年的部队工作,因为残废了,才离开军队做地方工作。好啊,没有说的,在土地革命里,咱们这些老雇工要出把子力气了!"说着,他拿起一个吃饭的黑碗,斟上一大碗开水递给周大钟,又说:"土改运动是我们党当前的中心工作,是形势的需要,是目前中国革命的重大任务。我们要勇猛地掀掉压在人民头上的三座大山呀!打倒帝国主义、封建主义、官僚资本主义,劳动人民才能彻底翻身抬头,广大农民群众迫切要求解决土地问题呀!"洪部长一面讲着,用探寻的目光看周大钟能不能理解他的意思。他说:"蒋介石是我们的老对头!"说着,他激动地哧的一声把怀襟上的纽扣搂开,露出臂膀上的鳞鳞伤疤,狠狠地说:"在十年内战期间,我参加了农民暴动,参加了红军,打了几年仗,跟随毛主席进行了二万五千里长征。蒋介石匪军打了老子五个眼,你看看!你看看!"说着,掀起棉袄,叫周大钟看他脊梁上的伤疤,又极其激动地说:"他妈的!蒋介石破坏了'双十协定'呀!从去年围攻解放区,他把三十个师放在西北,进攻陕甘宁边区。把九十个师放在山东。美帝国主义又帮他空运五十个师到东北,他要和我们争夺东北呀!可是我们也派去了军队,派去了十万干部。他对我们广大解放区形成包围形势,有一百六十万人。中央指示我们开展土改运动,发动贫雇农,彻底消灭反动派的社会基础,巩固我们的根据地。集中人力、物力、财力,支援前线,这是最迫切的任务。要打大仗呀!要消灭蒋匪军,战争的规模和过去不同了!只有广大农民获得了土地,国家才能获得工业化的基础,才能有巩固的工农联盟。"洪部长说到这里,又回过头来对景士昌说:"这就是土改运动的重要性。看来你们对于中心工作是重视的,能抽出得力干部到土改第一线,这样很好,我们的军队是战斗队又是工作队嘛!"他说到这里,由不得默默地笑着。

景士昌说:"我们很好地执行上级指示,县各机关的负责同志大部分上土改前线了。但是按土改的真实意义,力量还是不够的,我们继续抽调。"

洪部长听了景士昌的谈话,沉思说:"根据一个地区的统计,知道占全国农村百分之九十的贫农、雇农、中农,大约占据百分之二十至三十的土地。他们一年到头辛苦地劳动,却过着忍饥受冻的生活,经过十年来的民族解放战争,在一系列的政策之下,农民阶级的生活有了一些改善。'五四指示'执行好的地方，解决了一些土地问题，广大人民群众就坚决站在我们这一边。没有解决好的地方，群众就取观望态度，存在着动摇思想。根据以上情况，我们就必须彻底消灭地主阶级，消灭封建剥削制度，实现'耕者有其田'，解放农村生产力，为新中国的工业化开辟道路。这是一个新的工作，现在是试点阶段，大家来共同摸摸，深入地研究一下，认真地总结一些经验出来，再推广全面。"洪部长说着，看得出，他非常重视土改工作，表现异常兴奋。

洪部长一面谈着，仔细从上到下端详周大钟。他觉得很像景士昌介绍的，是一个老雇工，而且为人憨厚。他高兴地从炕上的挎袋里拿出两本油印文件，递给他说："老雇工！你是从前线来的，这是苏区一九三三年两个土改文件，拿去看看，参考参考，结合本地方情况，考虑考虑我们应该怎样搞法。目前的主观力量和过去不同了：我们有了一百多万军队，有巩固的大片抗日根据地。可是也还有相同之处：解放区还在敌人包围之下，大中城市还被敌人占领。我们的对手还是蒋该死，他的背后还有美帝国主义支持着。"洪部长谈着，一点没有疲倦的表现，两目炯炯有神。说起话来，膛音很大，语调坚强有力，说笑自如。最后他说："目前的土改运动，有利条件是有的，不利条件也还存在；任务十分艰巨，中央指示我们必须尽快完成土改任务，希望各级领导同志亲自下手，总结出更多更好的经验来！"他说着仰起头哈哈笑了，又笑眯眯地看着周大钟。

周大钟在上级面前，一向规规矩矩，坐有坐相，站有站相，活像一个小学生在听老师讲课。事实也是如此，他自从参加工作以来，还没有听到谈过这么深刻的理论，有时也亲自听上级党委传达任务，也不过是：国际形势，国内形势，工作任务，有利条件和不利条件，应该注意的问题，再就是完成的步骤和时间。今天他听到洪部长讲得这么生动有力，他想把官渡口村的土改情况向他汇报一下，可是看了看门外，日头已近中午，警卫员来叫洪部长去吃饭，洪部长叫他们一块去吃，周大钟死乞白赖说什么也不去。因为景士昌告诉了他，县委给洪部长特别开了小灶招待他。周大钟一向是吃大灶的。按规定应该吃中灶了，他和李副政委商量：和游击队员们一块吃大灶多少年了，乍分开吃饭，怪不好意思的，也脱离士兵群众。

周大钟和景士昌辞别了洪部长走出来，一同到县委机关去。一边走着，他想起那两本文件，迫切地要知道苏区是怎样进行土改的，伸手取出来托在手上，一边走着，一边看着。他还没有见过印得这么精细的文件，纸已经旧了，用洋纸包着皮。书上钢板细印，蝇头小楷，他琢磨不出是怎样写的，怎样印出来的。越看两只眼睛越发迷，不提防对面轰过一辆大车，眼看拉梢的骡子就闯到他的怀里，赶车的把式两腿骑在车辕上，伸开揽杆向他剪了一个响鞭，喊了一声："呔！大车过来了！"周大钟躲避不及，小李猛地抢上一步，拉了他一把，哗啦的一声，手上的文件被碰掉在大道上。景士昌慌忙跑过去抢，这么宝贵的文件，他怕被牲口踏坏了，嘻嘻笑着，拉开周大钟说："你真看得入神了！"

周大钟说："真的！我一看这文件，我的精神就渗入进去了，好像被文件的意义慑住精神。我虽然是雇工，没有进学堂读过书，有这两本文件的指引，就算找到土改运动的门径了！"

他说这话是真的，今天他和洪部长相会，不只是听到洪部长讲战争形势和土改的重要性，而且有分教官渡口村贫雇农能否胜利地完成土改试点的任务和广大贫雇农能否得到胜利的思考。有的问题周大钟已经悟出来，有的问题他还没有想到。

# 12

下午,周大钟看了半天文件,越看越兴奋,一直看到夜晚。他睡在床铺上,还是翻来覆去睡不着觉。他感到文件里谈的问题和他在土改中遇到问题是多么相像呀!特别是李蔚的那种思想与文件精神是违背的,是错误的。但是还要继续努力,一定帮助他,要帮助他改正自己的错误,不然的话,他可能要犯更大的政治错误。他把脑袋轻轻放在枕上,试着心平气和一些,他想这样慢慢睡去。但是合上眼睛,昨天晚上和李蔚谈话时的那种激烈的情绪,就又浮现在他的眼前,使他的情绪激荡起来,久久不能平静。抬起头来一看,窗外发亮,小李已经起床了。

吃过早饭,他到洪部长那里去开会。一进那个大圆梢门,看见民政科长王天明,公安局副局长朱金甲,教育科长郑芝,几个人在大院里站着,在谈论工作上的问题。每个人手里拿着一个小布包。他们见周大钟进来,一齐扭过头来看,等他走进去,朱金甲说:"老周!你是怎么搞的,搞得那么好,我们就不行,总结出多么好的经验?"

王天明说:"你们不用说了,他一天价围着景书记转,能不搞好?"王天明曾在区里当过多年的民政助理员,对地方工作是很有经验的。

周大钟说:"明理不用细讲,一个当大兵的老粗儿去当土改队长,能离开党吗?要是离开党,只有一条:犯错误等着他呢!"他一面说着,摆着两只手,踏着两只脚走到他们跟前,一块谈着关于土改的事。

王天明说:"什么工作都做过了,就是没有搞过土地改革呢!'耕者有其田',这早晚又碰上了。咦!哪壶不开提哪壶!不过,根据农民运动的规律,还是可以摸到的!"

朱金甲说:"万般是一个理:发动群众……"

周大钟说:"对!发动农民起来解决自己的问题!"

王天明说:"你这一谈,我也明白了,要大力发动群众,可不能包办代替!"

郑芝说:"你说那个不行,把老支部一脚踢开,谁干?你不包办谁干?"

这时,周大钟又体会到一个问题:发动群众起来革命,包办代替当不了群众的觉悟。把老干部一脚踢开,新干部一下子培养不起来,就只有包办代替。

几个人在一块谈着,警卫员走出来向他们摆了一下手。他们就走进二门。洪部长正在台阶上站着,笑了说:"土地改革是新问题,请大家来谈谈,研究研究怎么搞法,我要向你们学习。"他说着,嘻嘻笑了两声,显得非常高兴。洪部长这么高级的领导人,还这么谦虚。他很爱听取别人的意见,也爱谈起自己的往事:在他年轻的时候,怎么瞒着父亲和母亲参加了农民暴动,打死了本村的地主,怎么当了红军。在毛主席领导下,怎么粉碎了几次蒋匪军的围剿。在王明的错误路线之下,怎样打了败仗,等等。都是他经常爱谈的话题。看得出来,他作为老一辈的无产阶级革命战士,倒不是想要夸耀自己,他渴望着青年一代接受过去的教训。

会场就设在洪部长的堂屋里,中间并排放着几张方桌,人们围着桌子坐下,警卫员抱了一摞黑碗来,又提来一大桶开水,开水里搁上柳尖儿,水色天黄,一碗碗舀上,摆在桌子上叫人们喝。喝着开水,景士昌又领进几个人来,都是邻县土改点上的负责同志。

洪部长站在桌旁,手上拿着几张纸片,在点着到会的人数。他问景士昌:"老卢没有来?"景士昌说:"他有别的事情,叫我来了。"人们一看见他残废了的两只手,由不得合上眼,不忍去看。这似乎被他发觉了,他笑了说:"这用不着难过,这只手是被蒋匪军的炸弹炸的,这只手是在长征途中跟蒋匪军拼刺刀拼的。"说着又笑了笑,摇着两只手叫人们看,他由不得镇起脸来说:"同志们!要记住,这是阶级仇恨!"

当然,这是永远不能忘记的:红军长征途中,前面有蒋匪军堵截,后面有蒋匪军追击。敌人是现代化装备,天上有飞机,地上有大炮。红军以英勇和机智渡过了金沙江和大渡河,经过雪山草地,经过戈壁沙漠,吃着草根树皮。不是有遵义会议的胜利,不是有击败王明路线和张国焘的逃跑主义的胜利,不是在毛主席的领导之下,怎么会有今天呢?

洪部长说:"都来到了,开会吧!"

景士昌又作了介绍,说明今天开会的意义。洪部长说:"大家已先我们一步下到村了。我前几天才赶来,来向大家学习,在我们这个地区,封建的土地所有制的改革还是才开始,大家都没有经验。这就需要大家共同创造经验,摸索农民运动的规律。"他首先讲了国际国内形势,谈了国内战争的情况之后,他说:"中央指示各解放区进行土地改革,发动农民群众,起来消灭地主阶级,彻底消灭封建势力;封建的生产关系,严重地阻碍着生产力的发展,反动的地主阶级是国民党在农村的社会基础。一场暴风骤雨般的群众运动就要来了,广大农民要起来自己解放自己,彻底掀掉几千年来压在农民头上的封建剥削的大石。因为是才开始,当然有困难,要下决心不怕牺牲,不怕困难,争取胜利!"他又翻开手掌上的小本子说:"毛主席说过:'那些地方有困难、有问题,需要我们去解决。我们是为着解决困难去工作、去斗争的。'我们要下苦功夫,在土地制度的改革上闯出一条路来。"洪部长说着,笑眯眯地看了看大家,问:"谁先谈呀?"

因为不是一个县里的,谁也不好先谈。景士昌睁开明亮的眼睛向本县的人们打了个招呼,笑了笑。当他的目光扫到王天明身上的时候,王天明会意地站了起来。他的土改村在官渡口东边的东方村,他对这一次会议感到准备不足,没有想到开这么隆重的会议,脸上由不得红起来,局促不安,打开小布包,拿出一个用白报纸钉成的小本子,一支钢笔。那时还是供给制,一年两身单衣,一身棉衣,每月一元钱的津贴,哪里舍得花很多钱买好本子、好钢笔呢?再说,根据地没有机器工业,不生产这些东西,买也买不到。周大钟也把本子摊开在桌子上,安静地等待,希望从每一个人的汇报里汲取经验,来补充自己这个土改队的不足。

王天明介绍东方村,有一百六十户人家。两户地主,三户富农,贫雇农占多数,中农比贫雇农少,约摸有三四十户。地主阶级的剥削靠地租,高利贷,雇长工、月工、短工。地租的形式有实物地租和租金。高利贷的利率,大账一分二分,小账三分。大账有押金,小账利率高,最残酷的有驴打滚、现刨利,等等的不同。

地主阶级消息灵通,工作队一进村,就知道要分地了,但不知怎么分法。由于一种恐惧心理的感染,于是就杀鸡宰羊,大吃大喝,像旋风一样刮起来。地主宰羊,富农杀鸡,有的中农也杀起鸡来了。当下还没有严格制止。

出乎意料,农民群众对村干部意见很多,反映他们有贪污、受贿，强迫命令，还有的乱搞男女关系……目前这些情况还没有落实。王天明表明自己对这些组织不纯或思想不纯问题的看法，是需要慎重处理的，因为情况非常复杂。

王天明谈着，周大钟低着头在小本子上记着。他觉得合乎规律，他同意王天明对干部的态度，在小本子上写着"慎重处理！""切勿偏听偏信！""要重调查，不能草率从事！"

下面就是教育科副科长郑芝的汇报。他是个细高个子，慢慢站起来，用两手正了一下眼镜，才开始说话。

他的土改村离王天明的土改村七里地；他们一进村，还没有仔细了解情况，就发动群众，宣布了土改队的任务，也闹不清是怎么回子事，群众一下子就起来了，要马上分配地主的土地，也有一部分人胆小怕事，怕蒋介石打过来。他问别的村有没有这种情况，应该怎么办，要求领导帮助。同时又提出对富农怎么办，对富裕中农怎么办？

周大钟慢慢记着，在小本子上连画了几个问号，加了批注：基本情况了解了没有？阶级情况了解了没有？干部情况怎样？团结住好党员好干部了没有？培养了骨干了没有？领导方法怎样？他也想到：郑芝是从小学教员提拔起来的，是个中学生，人很老实，他熟悉教育工作，对于群众运动还是生疏的。周大钟写上：根据中央关于领导方法的决定，在群众运动中，领导要首先团结骨干，骨干联系群众。团结不住好的骨干，骨干不能团结群众，必然引起混乱，甚至难以收拾，最后就成了"老大难"了。这是踢开党支部和老干部，"搬石头"的后果。

此后，又有几个人继续汇报，有汇报秘密进村，秘密扎根串联的。有汇报选根、培根、扎正根的。有汇报"搬石头"的。周大钟记在小本子上，一一加上问号，偷偷用很小的字写上：劲头没用在正地方，一进村就要访贫问苦结合发动群众。

朱金甲的汇报，有很大特点，一进村宣布了土改政策，有冤的申冤，有仇的报仇，群众运动来势凶猛，一下子打死了一个村长、一个治安员，却没有拘留地主，没有没收浮财。周大钟注上：群众一窝蜂似地起来了，中间没有骨干掌握，群龙无首，领导上就无法下手收拾。相反，群众被阶级敌人掌握住了，这是非常危险的！有冤的报冤，有仇的报仇，这种提法是没有阶级性的。

会议开了一整天，直到吃了晚饭回来，才轮到周大钟汇报。人们看着周大钟要汇报，特别安静地听着，没有一个吸烟的，也没有一个咳嗽的，静到连根针掉在地上都能听得出来。他习惯地用着缓慢的语调谈着，他谈得很详细。怎样进村，怎样到党支部交了关系信，说明了来意。怎样访贫问苦了解基本情况，讲清楚发动贫雇农起来，打倒地主恶霸，彻底消灭封建剥削制度的意义。贫雇农对于土地改革的迫切要求，各阶级阶层对于土地改革的反映，各阶级阶层对干部的反映。怎样选举贫农团主席团，怎样重视好干部好党员，而且全心全意地依靠他们……最后他提出：请上级给个明确的指示。

周大钟的汇报引起在座同志们的极大的兴趣。洪部长兴致勃勃，仰起头来哈哈大笑，说："老雇工！真是不寻常！"他又笑了问："你是怎么学习的？"周大钟也由不得笑着说："这是县委，是上级党的领导啊！"会议一直进行了一个整天又一个半天，进行了热烈的讨论，甚至争论得面红耳赤，一直到深夜。

洪部长高兴地听了到会人的汇报，根据各个土改村的情况概括起来，大致是这样：有的土改队一进村先访贫问苦，了解基本情况，然后下户实行三同、吃派饭，深入群众，宣传土改政策，发动群众。群众真正发动起来，在涌现的积极分子中选拔干部，依靠好党员、好干部，组织贫农团，选举主席团，领导全村土改运动，这是好的。有的土改队，一进村就大轰大嗡，展开激烈的宣传，不把党的政策和群众见面，甚至提出"有冤的申冤，有仇的报仇"，等等，这是没有阶级性的。群众发动起来了，盲目性很大，急于分浮财、分房屋土地。把矛头对准干部，说老干部是土改的绊脚石，"搬石头"，殴打或侮辱干部，把老干部弄得灰溜溜的，地主阶级却躲在一旁扇凉翅儿，转移了斗争的大方向，这是中了地主阶级偷梁换柱的计。有的土改队，秘密进村，撇开党支部和老干部，扎根串联，访贫问苦。什么定根、选根、培根，造成神秘化，把土改队从广大农民群众中孤立起来。另外有的村土改队长和到会的同志提出一些问题，要求解决，要求领导上有明确指示，这都是可以的。说着，他又哈哈笑着说："好！因为是试点，做得好的要继续发扬优点，做得差一些的要迎头赶上，有错误的要好好改正。改正就好，也不要害怕。同志之间没有什么说的，都是互相了解的。"他这么一说，人们脸上的紧张情绪，立刻改变了，喜形于色。

夜深了，人静了，会才散了。洪部长请景士昌同志和几个县委同志留下，研究了一些问题。第三天上午，洪部长做了结论性的谈话。他很是激动。他充分肯定了这段试点工作的成绩，鼓励同志们继续努力，语重心长地指出：伟大的中国革命事业赋予我们共产党人的革命任务——封建的土地制度的改革——是有重大历史意义的。在旧社会里，土地制度极不合理，占乡村人口不到百分之十的地主富农，占有全国百分之七十到八十的土地，残酷地压榨和剥削农民。占乡村人口百分之九十以上的雇农和贫农、中农及其他劳动人民，只占有百分之二十至三十的土地。灾难深重的中国农民，匍匐在地主阶级的脚下，吃不饱，穿不暖，这是我国贫穷落后的重要根源。封建剥削制度阻碍着我国的民主化、工业化、独立、统一和富强。为了改变这种情况，党中央根据农民的要求，和目前政治形势的需要，消灭封建、半封建的剥削制度，实行"耕者有其田"。二十年来，特别是最近两年来，广大农民群众在中国共产党的领导下，在苏区和老解放区，进行了一些土地革命，已经有巨大的成绩和相当的经验，中央决定今后要在全国范围内，在各解放区进行彻底的土地改革，要求我们，要求在座的诸位同志先行一步，摸出更多的经验来贡献给党。

这时会场上静寂得没有一点声音，洪部长热情洋溢的讲话，好像千斤重担压在人们的肩上。洪部长又说，土改运动是一场严重的阶级斗争，这场阶级斗争是残酷的、复杂的，要求人们站稳立场，和广大的贫雇农站在一起，用毛主席土改政策武装贫雇农，把土地改革运动进行到底。说着，人们一齐鼓掌，洪部长表现出异常旺盛的精神。

洪部长反复说："土改队进村，先访贫问苦，了解基本情况、阶级情况、干部情况，说明来意，有目的地下户，实行三同，发动贫雇农群众，组织贫农团领导土改运动，这样比较稳妥。在土改运动里穿插进行整顿党的组织，吸收贫雇农参加，不要歧视老干部，要帮助犯错误的干部改正错误。

"那种一进村就大轰大嗡，对阶级情况和干部情况还不十分了解，群众起来了往往盲目性很大，急于分土地，容易把运动搞乱。当然这里也可能有几种情况：一种是干部有些问题，群众对他们有意见，一起来就对准干部，转移大方向。另一种是群众迫切要求分土地，企图一呼啦上去，分得浮财，分得土地，这样必然水过地皮湿，不能深刻地进行群众运动，收不到应有的效果。

还有一种，就是阶级敌人掌握了一部分群众，有意破坏，扭转斗争大方向，打击干部，搞乱土改运动，浑水摸鱼，对这种情况要特别注意。至于个别村庄，阶级敌人嚣张，唆使蒙蔽群众打死打伤干部，要切实追查，予以法办。像以上这样做的地方，要马上停下来，从头开始，但要做深入细致的思想工作，深入发动贫雇农，团结好党员好干部，把运动搞好。在工作方法上有一种情况要注意：有的秘密进村，秘密扎根串联，撇开老支部和老干部，另起炉灶，另行培养提拔干部，偏听偏信，把土改队从广大群众中孤立出来，形成包办代替，这实际上是群众路线的问题。这样组织起来的贫农团和群众有距离，领导不了群众，打不胜土改仗。贫雇农不能真正翻过身来，不能彻底挖掉蒋家王朝在农村的社会基础。

"关于地主富农杀鸡宰羊、大吃大喝、卖牲口这股风必须刹住，不能允许敌人逞凶顽抗。有些富裕中农也杀鸡宰羊，不愿下地生产，这是我们宣传土改政策不够，再加上敌人造谣破坏。这个问题，我们要耐心深入地工作，最后政权部门下个正式条文，严格禁止。"

谈到这里，洪部长停下来，叫大家休息一会儿。人们开始抽烟喝水，得意地交谈着各自的心得和体会。周大钟觉得这种机会不可多得，他要求洪部长比较详细地谈一下各个战场上的作战情况和形势发展，好回去向贫雇农广大群众讲。因为这是广大农民群众最关心的。这是发动群众最好的材料。

洪部长向来重视下级的要求，尤其是周大钟提出来，他特别高兴地答复，因为他是个军人，对当前的战争情况也很注意。他说："当前国民党蒋介石的军队在各个战场上都打了败仗。从去年七月到目前为止，仅就他的正规军来说，就消灭了他九十个师。回想他去年占长春、占承德、占张家口、占菏泽、占淮阴的时候，是多么样的神气，现在那种神气没有了。蒋介石、陈诚错误地估计了人民解放军的战略战术，他以为我们退却就是胆怯，放弃一些城市就是失败，妄想在三个月或六个月扫平关内，然后再解决东北问题，他要和我们争夺东北呀！如今十个月了，蒋介石全部进犯军已进入绝境，被解放区人民和人民解放军重重包围，想要逃脱是难上加难了。事态的发展证明：中央一向的估计是正确的，蒋介石虽然有美国的支持，暂时看来很强大，实际上他是一个纸老虎，外强中干。他的军队只能打败仗，当我们的运输大队，把美国佬给他的枪炮子弹交到我们人民解放军的手里，他的前途必然是众叛亲离，全军覆灭。"谈到这里，他又乐呵呵地说："全国全线的胜利就要到来了，一个和平、民主、独立的新中国的船桅已经露出地平线了，让我们鼓掌欢迎吧！"紧接着洪部长的讲话，是一阵响亮的掌声。

洪部长的讲话，给周大钟无限的鼓舞和力量。参会的人们个个显出一副笑脸，一个个努力写着，恨不得把每一个字都记下来，作为他们动员贫雇农群众起来消灭封建剥削制度、彻底铲除蒋宋孔陈四大家族的社会基础的力量！

洪部长接着又说："今天我们进行土地改革，把地主、汉奸卖国贼的土地分给无地少地的农民，是目前中国革命的另一条强大的战线。我们的土改路线是：依靠贫雇农，巩固地团结中农，中立富农，消灭地主之为阶级。这是历史赋予我们的伟大使命。"

洪部长讲完，人们才停下手来，歇了一口气，频频鼓掌。周大钟高兴地站起来，鼓着掌离开座位。等人们走出会场，还是留恋不舍地在那里站着。洪部长以为他还有什么话要说，走过去紧紧握住他的手笑了笑。可是周大钟也不知说什么好。他问："洪部长，你的家在什么地方？"

洪部长听了，又仰起头哈哈大笑了，问："你说家？"

周大钟点头说："唔！"

洪部长又笑笑说："老婆辞世了，'八一五'日本鬼子投降，我急于上前方来，把孩子丢在延安了！"说着，他又拉住周大钟的手哈哈笑了一会子。看起来，他对于家庭观念很是淡薄。

洪部长革命乐观主义的形象深深印在周大钟的心上。面对这位活泼而又风趣的前辈革命家，他想：洪部长走过的桥，比我们走过的路还长！他的身上被阶级敌人穿了五个窟窿，但是我的身上只被敌人穿了两个窟窿，我要更加努力为党工作，我不能有一点自高自大，我没有骄傲的余地！

# 13

周大钟在会议上得到充分的满足，和景士昌一同向外走。一出二门，看见李乔和冯文光在大门口上探头探脑地站着，他脑子里立时画了个问号。冯文光一看见周大钟，从老远里哑着嗓子大喊："周队长！坏了，坏了，快回去吧！"冯文光惊怔了眼睛，满脸带着晦气。

周大钟看他那个急赤白脸的样子，放快脚步往外走，心里说："兴许出了什么事情。"冯文光看他走近，又摆着右手拍着大腿喊："快回去吧，乱了套了！"

周大钟问："我才离开两天就乱了？"不紧不慢地说着走到跟前。他经过几年的战斗生活，大事小情经过了不少，就是再大的事情也压不住他，一向是从从容容的。可是景士昌却认为出了什么大事情，他合紧嘴，说："唔！唔！"

冯文光盯着周大钟的脸，长出一口气，说："不用提了，回去再说吧……我看你倒是不怎么的。"他有点毛躁脾气，一见了周大钟，由不得着急得口吃起来，嗓音更加喑哑了。

周大钟笑笑说："你着什么急？有多少羊也得轰到山里。"他和景士昌打了个招呼，就一同回到大队部。把李乔和冯文光按在凳子上，倒了两碗开水让他们喝。周大钟一转身，冯文光又站起来，跑上去说："我们吃了早饭，把碗一推就往这里跑，一路上小跑挂蹓丢儿①，哪里喘得过气来。"说着又长出了一口气。

周大钟说："先喝碗水，压压气，着那么大急干吗？"

冯文光又急得喷着唾沫星子拍着膝盖说："我那好队长！你还不知道啊，乱成一锅粥了，昨天上午，李蔚叫王振山敲着锣叫人们在大庙台上开会，他讲话说：我们来，是要在这村平分土地，斗争地主富农，中农也跑不了。叫人们有冤的报冤，有仇的报仇……他这么一说就热闹了，昨天下午有些坏人乘机捣乱，王家街上一群人拿着麻包口袋闯进地主王健仲家去分粮食，王健仲不让分，看热闹的人一街两巷，瞪着眼惊惊乍乍地说：这就要共产了！今天是大集，黑炭半夜就起来带着民兵巡逻，傍明子转到大街上，你猜怎么着，蒙头帖子从大街南头一直贴到北头。"周大钟问："他提出这个口号，跟你们商量来没有？"李乔把膝髁一拍，说："可没有呢？"

周大钟问："蒙头帖子是给谁贴的？都是什么内容？"

冯文光说："给二合贴的，也有给李固大嫂贴的，还有你的！"说到这里，铁青着脸不再说什么。周大钟一听哈哈笑了，说："给我贴了？真是冤家路窄啊！"他愣着两只眼睛呆呆地瞅

---
① 慢跑或时跑时走。

了冯文光和李乔一会子,说:"王二合、李固大嫂不是地主富农,不是地痞流氓,给他们贴蒙头帖子是阶级敌人的新动向,封建势力、反动分子们开始动了。"

李乔哭丧着脸说:"看怎么动吧!我看是坏人浑水摸鱼。"

周大钟本能地朝窗外望了望灶筒上的烟还袅袅地冒着,说:"等吃了饭吧,咱们就一块回去,你们城里还有什么事情没有?"

冯文光木丧着脸说:"他娘的!有事也不办了,快回去吧,村里的事还开着口呢!"

周大钟叫小李快去打饭,吃饭。

事情是这样:大前天晚上,周大钟临走时给土改队撂下活儿:从明天开始,可以扩大进行土改宣传,基本情况摸得差不多了,宣传鼓动工作该跟上去。第二天上午,李蔚叫王振山敲锣集合人,召开全村群众大会,李蔚在大会上讲话。他讲了土改的意义,号召人们有冤的报冤,有仇的报仇,也没说清哪些人可以申冤报仇,也没讲清楚怎样消灭地主;说消灭地主的时候,把富农和中农也带上了。会还没开完,人们就揪打起来,有打地主的,有打富农的,也有打中农的。地主、富农、中农当然要还击,于是人仰马翻,乱作一团。人们还不彻底明白土改政策是怎么回子事,一看这个架势,有些人就害怕起来,溜回家去闩上大门躲起来。这时候别有用心的人见有机可乘,就给王二合、李固大嫂、周大钟贴了蒙头帖子,打击贫雇农的革命情绪。第二天一早,王黑炭风是风火是火地跑到王二合家里,一见周大钟不在,把一叠蒙头帖子往二合炕上一摔,说:"娘的!这不是在咱们脸上抹屎?"二合二话不说,把蒙头帖子捡起来,送到李蔚那里。李蔚召集李乔、冯文光和罗慧商量怎么办。你一言我一语,吵吵了半天,拿不定主意。李蔚说等周大钟回来再说。李乔和冯文光不同意，没等李蔚搭茬儿，冯文光抓起李乔的胳膊就往城里跑。冯文光两脚走起路来挺快，拉得李乔流星不拉地的，两个人一口气跑到城里。他们知道周大钟在土改指挥部开会，不敢进去，一直在门口站着，等着周大钟出来。

他们吃过饭，才说拿起腿要走，李副政委带着队从门外进来。周大钟走出去说："李副政委！你带队劳动去咪？"李副政委一见周大钟，走前一步，紧紧握住他的手说："哪里还有空闲劳动？上级催得急如星火，前方要打大仗了，后方要加紧练兵啊……怎么样？老周！有什么事没有？"周大钟说："事是有啊，还闹得不得了，这不是来人叫我马上回去。"李副政委问出了什么事，周大钟说："咳，乱了！"李副政委听说乱了，耸动了一下眉峰说："是不是需要把队伍开去？"周大钟摇摇手，说："还不到时候，我先回去看看再说吧。"李副政委用力握了握周大钟的手说："放心！县大队作你的后盾，这土改工作够复杂的了，是激烈的阶级斗争，放手干吧！"周大钟仓促地收拾了一下，几个人一同走出梢门，直往官渡口村走去。

太阳大平西，走到渡口上。老槐大伯正在北堤口上站着。两手叉在腰里，对着太阳抽烟。看见周大钟他们远远地走来，手搭凉棚仔细看了看，急忙走下堤坝，跳上船把篙在岸上一支，矫健地跳上船头，撑过船来。说："你回来了！忙来上船，两天不在村里就生了事了！"周大钟上了船说："咳！出了事了！"

老槐大伯撑开船说："沉住气！你不在村，坏人兴风作浪，把蒙头帖子贴满大集，像正月十五的路挂。不论怎么说，在根据地里他们翻不了天哪！"

周大钟点点头说："当然！我们搞土地革命，敌人就要破坏，这是必然的规律。"

柏老槐咬紧牙关说："敌人,也有几种,地主富农是公开的敌人,看得见摸得着,暗藏的敌人当面说好话,背后下绊脚。老周!常说:知人知面不知心呀,这咬人的狗不露齿啊!暗里挫劲吧!"

说着话船到北岸,他们下了船,老槐大伯又把周大钟叫住,悄悄说:"别听他们那一套,王二合和李固大嫂是好人哪!要是有点差池,你跟我柏老槐说!"

周大钟拍拍他的肩膀说:"是真金不怕火炼!"说着抬起胳膊,伸出右手的大拇指头。

老槐大伯听了这话,挺了挺胸脯,用力绷了绷嘴唇说:"唔!唔!"

别了老槐大伯,几个人匆匆进村。周大钟和小李抄着那条小路走到二合家里。门铃一响,王二合从屋里走出来,迎头笑了说:"你看看!说诸葛道诸葛,诸葛就来了。"他开了东屋门,把周大钟和小李让进去。

二合大嫂正坐在北屋炕头上纺线,隔着窗棂上的小玻璃窗见周大钟回来,鼻子一酸出溜下炕走出来,眼里含着泪花儿说:"看看热闹不热闹?咳!对不起八路军共产党呀!俺给党丢了人了!"说着,扑簌簌地滚下泪珠子。她抻起衣襟连连擦着。

二合说:"小家子百事[①]!哭什么?最后会水落石出的!"

二合大嫂说:"叫人家骂得出不去门呀!"

二合说:"怎么出不去门?我看,百怎么的。咱正大光明,为人不做亏心事,不怕半夜鬼吹灯。说我不民主,大权独揽,也得说是在什么情况下。别的,他拿不出证据,狗血喷人!"

周大钟坐在炕沿上说:"当然是,我们不是木头人儿,遇事

---

① 小家子气。

得有个分析！"

二合又把村里这两天的情况说了说。正说着，王黑炭刮着旋风闯进来，见了周大钟，瞪出两个黑眼珠子，喷着唾沫星子说："他娘的！我……"王黑炭觉得骂出最难听的话才解气，当他想到这是在周队长面前，就又收回去了，说："这是给官渡口村的贫雇农们打花脸呢！"

周大钟叫王黑炭坐下，王黑炭心上正火星子暴溜的，哪里坐得下，把他按下，他又站起来，说："前天晚上，想到昨天大集，怕坏人捣鬼，我就带着游击小组整夜巡逻，半夜以后走到李家街北口，影影绰绰看见有人在前面鼓揪，就带着队趱劲跟上去，那几个家伙见我们跟得紧，脚步也放快了。看他们要跑，我们一窝蜂追上去。你猜怎么着？他们撒丫子钻到杨树行里跑了。我们一直追到村北大沟里也没有追上，兴许就是这一群坏蛋。"周大钟点点头，黑炭接着说："赶了一程没赶上，回来在大街上过，发现大街上贴了满墙白帖子，黑灯瞎火的，也看不清是什么。当时我想：反正不是什么好东西，就一股脑儿揭下来。拿回来在灯底下一看，他妈的！尽是嘴里喷粪！"黑炭把蒙头帖子一张张摆在炕上，说："你看看！你看看！"

周大钟说："你们游击小组还不错，抗日期间做了很多工作，出了力气。解放战争期间，你们也要为土改出力呀！要监视地主阶级的行动，防止坏人的破坏。"

黑炭说："当然是！有什么工作就吩咐吧！我们是村级武装，一定服从党的领导，上级说怎么办，咱就怎么干。"

周大钟说："过几天咱把游击组的工作研究一下，你详细地汇报，有多少人？多少枪？他们在抗日战争中的表现，都是什么成分。你知道什么叫成分不？"

黑炭说:"不知道,我光是念了几天夜校,识字不多,文化水浅。"

周大钟说:"就是中农呀、贫农呀、雇农呀、富农呀、地主呀,要分辨清楚。整理好了,要在游击小组的基础上扩大民兵,成立民兵班,再成立民兵排,再发展为民兵连!"

黑炭听了,很觉满意。挤巴挤巴黑溜溜的两个大眼睛,点了下头,说:"就这么办吧!我要走了。"说着,拿起脚就往外走。

周大钟送他出了屋门,看着这个青年农民,一个农村武装的领导者走出栅栏,下了坡沿,周大钟满意地点了下头。他在门口站了一会儿,走回来站在炕沿跟前,眼巴巴看着那一沓白帖子,怔了老半天。随后又一张张地看。原来这二十几张帖子字迹一模一样,他暗暗称奇。纸是小学生写仿的粉帘纸,字写得歪歪斜斜,像是小孩子写的。既然是一个人写的,贴的人也不会多。大部分是写王二合的,说王二合家是"官铺",是土皇上,不民主,不叫穷人买地,不关心群众生活,想把群众饿死。还说大灾荒那年王二合家有粮食吃,一定有弊。第二类是给李固大嫂写的。说李固死后,李固大嫂作风不正,强迫妇女做大鞋,抬担架……第三类说周大钟偏听偏信,来到官渡口村,扎干部窝,不接近贫雇农,光听王二合的,不听别人的,人们不敢上王二合家去。周大钟看了好久,闷着头想了一会子,显然有人从中捣鬼,并没有提出有根有据的问题。他看清了,这是封建势力要给土改队一个下马威,要个好看儿。

周大钟看完蒙头帖子,觉得心里有些抑郁不解:你正经心用意地、钻着心地搞工作,偏偏有人要捣乱……想着,心上又豁然开朗了;他明白过来,这是阶级斗争的规律。他从屋里走出来,刚要出栅栏,二合大嫂在屋里炕上扒着窗台,把眼睛对在小玻璃上，说："周队长！你到哪儿去，天快黑了，也该小心点儿！"周大钟说："我不到哪儿去，外头走走。"说着走出了栅栏门，往东是一条南北小街，两旁尽是土坯小屋，黄土墙头，这个小庄子共有十几户人家。出了街口往南去，是一条庄稼大道。向西一望，有一片青绿，是一片大柳林，他走着一条庄稼小道，一直走到林子里，夕阳西下了，橙色的光亮，反射在林梢上。照得林子中间耀眼铿光，不知是什么东西，走过去一看，是一座用汉白玉雕的石碑，光明透亮，在夕阳下闪烁发光。走近一看，上面刻着"烈士纪念碑"几个大字，下款是"官渡口村抗日人民"。碑上刻着烈士的名字，第一个就是李固，刻着李固和其他烈士英勇战斗、勇敢牺牲的经过。县城解放的那年，王二合从西山边上买来这块汉白玉的碑石料，一个手巧的石匠，根据王二合的意图，在碑帽刻了一条龙、一只虎，表示龙腾虎跃。碑文也是王二合写的，虽然是土语方言，但也是感动人心的。这是一方宝贵的碑，碑石上的光亮，永远不会被熄灭，如有坏人想遮住它的光亮，把它扔在山阴背后，甚至几千年以后把它取出来，放在阳光下，英雄的热血还会照耀着世界。他围绕着这个碑漫步几个周遭，得到深刻的启示：在八年抗日战争里，官渡口村就有十五个青年为党、为阶级、为国家民族牺牲了他们年轻的生命。他们将世世代代受到这一带人民的敬仰。

夕阳落下去了，他慢慢走回小庄。通过短街，向北看去，夕阳反照在村北的白杨树干上，显出耸立的一条条银白色的光亮，刻画出白杨树挺拔的姿态。他站了一刻，对着高大的林木深深呼吸了一下新鲜空气，开豁了胸襟，又顺着原路走回来。他一面走着警告自己："需要警惕，既有内部问题，又有外部问题，阶级敌人要动手了！"但是，他并不怯懦。

吃了晚饭,他要去看看大家住得怎么样,自从下户,他还没有去看过,这也是搞部队工作的老习惯。一出栅栏口,问小李带着枪没有,小李拍拍腰里鼓绷绷的东西,从腰里扯出枪来,歪起头看看周大钟,似乎说:"怎么今天警惕起来了?"下了坡走上苇田上的泥泞小路,上了西坡,沿着坡沿往北去,走一会儿就是李固大嫂的家。他悄悄走进小屋,小玉、罗慧、李固大嫂和她的女儿红儿围着桌子在灯下吃饭。院子没有围墙,西北角上垛着些烂柴火。屋门口上放着一个破拐筐,一个破竹筢子。两间小屋熏得漆黑,外屋放着一张破床,床上搁着些泥坛瓦罐。里屋有两个破小柜。李固大嫂一抬头看见周大钟走进来,她说:"我还不知道周队长来了!吃吃我们的饭吧!"周大钟坐在小柜子上,说:"才吃过了。"炕桌上放着一小碟咸菜。每人碗里端着半碗红高粱米稀粥,掺着菜叶。今天李固大嫂看见周大钟,不是那么谈笑风生的,只是木着脸不说什么。周大钟问:"闺女多大了?"李固大嫂说:"她十八岁了,人口少,小子不在家,没有劳动的,她就是唯一的劳动力了。"

周大钟问:"生活过得去吗?"

李固大嫂长叹一声说:"什么过去过不去,缺业人家!小子当八路军,村里照顾点,秋里麦里拾掇点,凑合吃饭呗!"

罗慧叹口气说:"咳!贫农人家,这就叫作家徒四壁!"

小玉喝着稀粥说:"不闹土改,贫雇农人家怎么能翻身呀!还不受一辈子压迫剥削?"

周大钟说:"可不是嘛,要不毛主席就提出改变封建所有制吗?"又对李固大嫂说:"群众的眼睛是亮的,党了解你,你依靠党、依靠群众,心里不要难过!"

李固大嫂听着,破开脸面笑了说:"这也不是头一次,有人嚼舌头，他既然不敢站出来，咱就听着呗！"她说着，脸上由不得羞红了。

周大钟又问小玉和罗慧："你们缺什么不，有什么不方便？"

罗慧说："不缺什么，大嫂照顾我们挺周到！"

周大钟又和她们拉了一会子工作上的话，说："我去看看老冯和老李他们。"说着，从李固大嫂家里走出来，沿着坡向南转西走到李家街上，到了北头就是地主李福云家大四方梢门。他敲了两下门，有人走出来，是一个身形高大的人，弯下腰眯瞪眯瞪眼睛看了看，猛地提高嗓音说："唔！周队长来了！"他这么一喊，冯文光和李乔、朱荣庆、王海一呼噜跑上来。在他们这一生里，还没有经着过一个大队长、县里派来的土改队长到了长工屋里。一个个喜形于色，饭也不吃了，把筷子碗摆在炕沿上。他们正围着饭篮子吃饭。豆油灯挂在隔山墙上，灯火很小，冒出黑红色的光亮，屋里黑咕隆咚的。朱老嗡说："怎么着，队长吃我们一碗饭吧！"周大钟说："吃过了！"冯文光说："地下没处坐，脱鞋上炕吧。"周大钟脱鞋上炕，盘腿坐下，和他们拉起闲篇儿。李乔用筷子指点着朱老嗡、朱荣庆、王海，做了介绍。朱老嗡瓮声瓮气地说："咦呀！年头当真变了，大队长到了我们头伏棚里！"说着，把脖往后一缩，暗暗笑着，又重复了一句。话很简单，但是含意很深；除了以上的意思，还觉得异常荣幸，在旧社会里，一个老长工能和大队长和土改队长平起平坐，盘腿说话，叫人怎么能相信呢？

周大钟说："这有什么稀罕，我本来是从长工屋里出来的。"

朱荣庆说："不是有毛主席、共产党的领导，老长工能当上大队长？"朱荣庆这么一说，可就动了大家的心，你看着我，我看着你，由不得一齐无声地笑了。

冯文光说:"这不新鲜,咱队长本来是一个老长工,还是一个种庄稼的把式;不用说别的,就说这耩地吧,周队长拿着耧,不管多么长的地头,耩出地来,你站头上一看,一挺四直溜。垄距一般宽,墒沟一样深,长出苗来是一般高,没有缺苗断垄。锄起地来,不管多长的地头,一猫腰到头,看脚印就知道是耪地的行家。方圆二十里没有对手。"

周大钟说:"不用摆划了,将来实行合作化、集体化,打破地界,用拖拉机耩地,用康拜因收割打场,咱这两下子也就该入博物馆了。"

周大钟一说,满屋子人仰起头哈哈大笑,说:"敢情那么好,到了那时候,实行电气化、机械化,减小劳动强度,就不用人当牛马了。"李乔说:"到了社会主义,就没有剥削了,大家都有饭吃,有衣穿,看有多么滋润?"

周大钟说:"甭说别的了,咱就说当前村里的事吧。"这时,他迫切地想要知道贫雇农群众对蒙头帖子的反应。

朱老嗡说:"一说闹土改,地主阶级都炸了毛了,坏家伙们要趁机捣乱,贴蒙头帖子。可是,这村里谁好谁坏,咱贫雇农心里有数。"朱老嗡拉过周大钟,把嘴对着他耳朵说:"别听蝼蛄叫,你要是信蝼蛄叫,就不敢耩芝麻了。这王二合、李固大嫂可是好样的!"

王海哈哈笑了说:"出头的椽子先烂。一句话抄百总,二句我就不说了,咱对这几个人没说的!"

周大钟说:"说吧!话不说不明,木不钻不透。"

朱老嗡撅动撅动小胡子,瓮声瓮气地说:"我们不能拿着自个儿肠子叫人家捋,我们有缺点,有错误,我们赶快改,群众提意见我们接受。阶级敌人骂我们,他骂我们一句,我们骂他们一百句，怎么解气怎么骂，骂他们王八蛋六门到底！"

王海说："你看！老头火儿又上来了！"

大把式朱荣庆说："对了！对了！咱不吃他们那个！"

光管说话，他们也忘了吃饭了。周大钟说："快吃饭吧！你看，我一来都把饭碗搁下了。"

王海说："哪里话？有多少这个年头？心里一高兴，肚里也就不饥了。周队长到了我们屋，头伕棚里也增光了，贫雇农翻身的日子这就到了。"

朱老嗡才端起碗来吃饭，似乎又想起什么，把饭盆在炕沿上一蹾，生气地说："提起蒙头帖子，我心里就饱了，他们骑着咱脖子拉屎，咱跟他们没完！"

周大钟说："我是来看大家，可是你们一生气，连饭都不吃了，我快走吧！"他说着，穿上鞋出溜下炕来。小李从料口袋上站起来，整理着衣襟，怕腰里插的短枪露出来。

朱老嗡说："上级来了，我想多说会子话呢！"

周大钟说："谈的日子多着呢，我们这辆车就算窝在官渡口了。"一边说着走出来。大家一齐送出门外。他对李乔和冯文光说："回头咱们开个小会吧，这些问题也得吹吹了。"

周大钟穿过横街，到刘登华家里。小门敞开着，一溜三间新北房，窗纸上亮着，印出李蔚的影子，周大钟喊了声："李蔚同志！"

从窗纸的影子上可以看得出李蔚一听呼唤，下巴颏猛地抖动了一下。刘登华听得喊声，三步两步走出来，站在台阶上，故意提高了嗓音笑着说："嘿呀！周队长来了！"走下来把周大钟拉进屋子里，转身撩起门帘，让他进去。周大钟一进槅扇门，看见李蔚正坐在炕头上吃饭。刘登华移了一下圈椅，说："周队长请坐,吃一点吧!"

周大钟说:"我们吃过了,才从城里开会回来,来看看你们。"

李蔚停止吃饭,擦了一下嘴巴,说:"看到蒙头帖子,你有点吃惊吧?"

周大钟说:"我不吃惊,有人吃惊。革命不是请客吃饭,不是做文章,不是绘画绣花,阶级斗争不以人的意志为转移,咱也没想平平安安地闹革命。"

李蔚说:"我倒很惊讶呢,看起来王二合、李固大嫂不得人心啊!"周大钟听了没有马上回答。李蔚又说:"至少是作风问题,脱离群众,不然能有这么多蒙头帖子?"

周大钟说:"这也难说。"又转过头来问刘登华:"你说呢?"

刘登华说:"我们在一块工作这么多年了,能背地里说人?"

周大钟说:"你是治安员嘛,当然能掌握全村情况。客观地反映问题不算背地里说人。"

刘登华听了,脸上一下子露出得意的笑容,说:"治安员当然应该反映问题。可是有了蒙头帖子,白纸黑字,就不用多说了。当然蒙头帖子上说的不一定完全对,也不一定全面。"

周大钟说:"啊!还不全面?那,他们的问题可能更多吧?"

刘登华说:"看怎么说吧!"谈到这里,刘登华用脚尖点着地发出规律的音响,似乎在等待周大钟说什么。

周大钟望望刘登华,并没有说什么,扭过头问李蔚:"咱明天开个会吧,上级来了个部长,咱传达一下会议的精神。"

李蔚说:"好吧!"伸脚摸鞋下炕,他看出周大钟要走了。

周大钟说:"你们歇着吧!"说着话往外走,李蔚从后头跟着，一下台阶，李蔚伸嘴就着周大钟耳朵说："你改变一下认识吧！咱老同志了，这么着不行，你看这乱成瞎架了，鱼龙混杂，人鬼不分。发动起来倒快，结果不成阵容，要是秘密扎根串联，一个坏人也混不进来，咱一个人一个人地吸收。再说，旧干部就是不能用，一脚踢开！你看，这蒙头帖子不是明证？"他一直坚持他的意见，觉得是有根源有来历的，他迫切希望周大钟的答复。可是周大钟不作答复，闷着嘴儿走出来。

周大钟和小李走出刘登华家那个小胡同。猛地听见李家街上一片乱哄哄。他冷孤丁地站住，张开嘴瞪着眼睛仔细听着，小李问："怎么了，队长？"周大钟指了一下东边，说："你听，你听！"说着，放开脚步，朝着人声嘈杂的方向走去。离远看去，李家街上满街筒子是人，呼噜喊叫，尘土飞扬的。人们见周大钟走过来，离大远闪开条胡同，让周大钟走过去。在星光之下，影影绰绰看见王振山两手提着两只小腿，绷着嘴用力拉。黑灯瞎火的，他弯下腰觑着眼睛看了看，地上拖着一缕黑头发。那人脊梁擦着地，两手乱扒揸。嘴里不住地尖声叫着，哑着嗓子哭喊。也没有人去劝说。一群孩子跟着看热闹，老年人和妇女们睁着大眼睛站满大街两旁，吓得愣怔怔地。

周大钟走过去，一把捉住王振山的臂膀，把炯炯的目光射在他的脸上说："你不是农会主任吗？"在黑影里，看得见王振山细高挑儿，驼着背，小砚窝脸儿，鼻子上有几颗红酒糟。

王振山看见周大钟，停住步说："是呀！"

周大钟问："你这是干什么？"

王振山冲动地说："她转移财产，在运动期间，我就不能让她！"

周大钟问："她转移了什么财产？"

169

王振山说:"箱子呀,包袱呀。今天傍黑儿,我看见她提着箱子,背着包袱溜溜湫湫跑到小胡同里去了。"

周大钟问:"她是什么成分?"

王振山听到这里,一下子愣住,他回答不上来。看样子周大钟要打破砂锅问到底。他说:"我不知道是什么成分!"这时,他的精神可是蔫下来,把女人的脚放下。那个女人坐在地上,哭哭泣泣不敢起来。王振山呆呆地怔住小砚窝脸儿,站在那里出神。

周大钟又问:"她是谁?"

王振山说:"是我本家妹子。"

周大钟说:"是你本家妹妹,你拉她干什么?"

王振山说:"要是外人,我还不拉呢!就是因为是本家,我就不让,叫乡亲当块儿看看咱不徇私情,铁面无私!"

周大钟说:"你是农会主任,贫农团还没建立,不跟我们商量,又不知道她是什么成分,就拉起人来,这不是制造混乱?"说着,周大钟一下子镇起脸来。他觉得王振山这么办,很不对头。王振山不服气,说:"在运动里转移财产,还不该镇压?"周大钟低下头,端详一下坐在地上的女人,约摸四十岁年纪,穿一身蓝布衣裳,抬起两只袖头子捂着脸抽泣,周大钟问她:"你藏东西干什么?"

那个女人哭着说:"听人传说要均产了,俺害怕,把娘家陪送的几件嫁妆藏起来,将来俺闺女出阁的时候用。"

周大钟由不得笑了,周围的人们也哗地笑了。他叫那个女人起来,告诉她:"不要害怕,不要听敌人造谣,现在是没收地主阶级的土地,分给没地少地的农民,为的是消灭封建,说均产,是敌人造谣。"

那女人听周大钟这么一说，心情一下子平静下来，站起身拍打拍打身上的土，恶狠狠地扭着脖子瞪了王振山一眼，从人群里挤出去。

人们对周大钟解决这场纠纷很觉满意，嘻嘻笑着，平心静气地散了。周大钟对王振山说："你回去睡在炕上，摸着心窝想想去吧！"说着，和小李走回去。一边走着，周大钟思想上很不平静，经过这一场动乱，他预感：山雨欲来风满楼，似乎将有一股什么风暴来临了。

# 14

周大钟带了小李，摸着黑路走回来，栅栏门一响，王二合从屋里走出，说："我以为你到哪里去了，直到这早晚才回来。"周大钟说："我去看了看大家住的地方，回来碰上王振山拉人，引逗得人们一街两巷地看热闹。"说着走进屋去。小李划根火柴点着墙上的油灯，王二合也随着走进来。周大钟问："王振山这个人怎么样？"周大钟像是自言自语，又像是问王二合。

王二合也用同样的语调回答周大钟："怎么样？这可怎么说呢？"

周大钟说："他想干什么？"

王二合说："他想干什么他知道。我听得闹嚷嚷的，以为是什么事，放下烟袋跑了去，走到半截路，听说是王振山拉人，我又回来了。"

土改队到官渡口村才开始工作，就有人闻见风声了。王二合、李固大嫂、王黑炭这些人，恨不得赶快组织起来，把地主阶级打倒，把失去的土地夺回来。有些人本来穷得不行，满心满意想分到几亩地，因为胆小心上犹疑不定，怕蒋介石卷土重来。地主富农和一些人家听风就是雨，杀鸡的杀鸡，宰羊的宰羊，大吃大喝，转移财产。这股风还没刹住，蒙头帖子就出来了，指名道姓地攻击支部书记、积极分子和土改队。这早晚王振山不跟土改队商量，又在大街上拉人。这股反动的风浪越来越大。周大钟心上像压着一块石头，有时几乎喘不上气，深深感到工作的艰难，直挺挺地站在当屋出神。他想：土改队一进村，各阶级、阶层，各种思想在暗地里活动。村政权和农会都停止工作，贫农团和新政权还没有建立起来，青黄不接，村里越来越乱，成一种无政府主义状态。这种情况必须马上扭转。他呆呆地愣了一会儿，转过身看见王二合和小李还在一旁默默地看着他出神，为他的作难而担心。他拍拍炕沿，叫王二合坐下，问："王振山拉的是什么人？"王二合说："是他本家的妹子呀！"周大钟说："真是莫名其妙，为什么拉他本家妹妹？"王二合说："你不了解这个人，明理不用细讲，要表现他的积极呀，要表现他王振山铁面无私，往下我就不说了！"王二合又冷笑了两声，说："这个人可会做工作，有粉擦在脸蛋上。"

周大钟用鼻子哼了一声，不再说什么，锁紧眉峰看着天上出神。

周大钟自一九三七年入伍，一直做部队工作，地方工作也常配合。因为他是雇工出身，一向立场坚定，工作不错，才挑他当了土改队长，这是党对他的信任。可是来到官渡口村工作开始不久，问题就出了一大堆。李蔚今天说个这，明天说个那，成天价敲边鼓儿，弄得两个人心想不到一起，劲头摽不到一块，拧不成一股绳。他觉得左右为难，心上忐忑不安。他在炕沿上摞上两块砖,把小油灯摘下来放在砖上,从背包里取出文件,低下头看着。

王二合抬起身来,问:"你要学习,我该走了。"

周大钟说:"这是上级给我的一九三三年苏区土改的两个文件,我赶快学学,这就用着了。"

王二合走出去,周大钟送到门外,仰起头来看满天星斗,伸起粗壮的胳膊,呼吸了一下夜凉的空气,一个人在院子里踱来踱去。从今天上午直到现在,周大钟觉得心情抑郁不快,看看文件,想到目前的工作:打倒地主,没收了土地,分给无地少地的农民,这是大快人心的事情。但也由不得使他想起自幼艰难的经历,想起贫雇农失去土地的一系列的苦难。想着,他慢慢走回来,睡在床上。

自从那年,大哥和二哥闯了关东,一去五年不见回来。一个隆冬的日子里,天空布满阴湿的云块,北风呼啸起来,大雪片纷纷扬扬地铺天盖地降下来。大嫂拉着三个孩子走进家门,进了堂屋朝北跪下,抽泣说:"两位老人在上,孩儿们跪下了!"孩子们睁起惶恐的眼睛看着母亲,也悄悄地低下头跪在母亲的背后。两位老人在小屋里听得人声,连忙走出来一看,惊惶地张开两只手,不知说什么好。

大嫂朝北磕了两个头说:"爹娘在上,孩儿磕头了!娘家过的是穷日子,天灾人祸,一宗不了又一宗,一天天更加饥窄,养不起娘儿们。实在无法活下去,我才回来。我知道咱家揭不开锅,孩子他爹又没音讯,穷愁日子孩儿没法过下去了!"大嫂说到这里,号啕大哭,孩子们也哇啦哇啦地哭个不停。爷爷张着两只干枯的手,抚摸着孩子们的头顶。奶奶抽泣着说:"孩儿他娘!自从你过门来,我可没外待过你,把你当亲闺女看待,孙子孙女都是我心上的肉,看见你们这些孽障,把老娘我心疼碎了。"老娘弯下腰,脸对着大嫂的脸,睁开深陷的大眼睛看着,热泪扑簌簌地落在大嫂的脸上。

大嫂哭了说:"爹娘在上,我三十多岁的人了,把话说明了吧,孩儿不是缺男人呀!我和三个孩子四张嘴,没米没面没处住,讨吃要吃活了五年了,我只想有一天孩子他爹能回来,还是一家子人家,谁承想日子过得一年不如一年。如今实在没法过了,叫天天不应,叫地地不灵,眼看三个孩子实在活不下去了,我才想自卖自身,养活爹娘和孩子们,自己也逃出一条活命……"说着,嗓子眼里哽咽不成声了。

老公公听得说,睁开泪涟涟的双眼看了看,大孙子十一岁,二孙子九岁,小孙女才七岁,一个个脸黄肌瘦,皮包着骨头。他说:"孩子!看在孙子孙女的面上,你再守个三年两载,等孩子们大了……"说着,哇啦地大哭起来。

大嫂听得说,抬起头来,用袖子抹了抹脸上的泪,说:"爹!娘!你们来看!"说着,她掀起孩子们穿的破烂衣裳,叫爷爷奶奶看孩子们身上冻得青黄紫皂的。

爷爷见孩子们身上冻得青一块紫一块,由不得抖动两手拍着膝盖大哭起来,说:"我儿往前走了,丢下孩子们,叫爹爹不应,叫娘娘不应,叫爷爷奶奶,爷爷奶奶老而无能,老的老,小的小,叫我们这一家子怎么活下去呀!"

老少三辈在堂屋里哭了半天,像是开灵吊孝。哭也没用,要有一点办法,谁愿往前走这一步呢?媳妇横下心来要走,说句实话,她已经下了十次这样的决心了。可是旧社会地主当权,地租高利贷盘剥,苛捐杂税出了一宗又一宗,军阀混战,农民破产,土地兼并,种地人家一户户的不行了:中农人家沦为贫雇农,贫雇农沦为乞丐，这就是农民一年到头劳动的下场！大嫂从年幼的时候，尤其是大哥外出的几年，她算尝尽人间辛酸的滋味了，直到目前为止，要想不冻死饿死，只有走这一条路，叫孩子们吃几顿饱饭，没有犹豫的余地了。

老娘把儿媳妇扶起来，一家子挤到里间屋。大嫂指着孩子们说："大的和二的年岁大点了，眼看就长大成人，能自做自吃了，留给爷爷奶奶将来接续周家门里的香烟。我把闺女带走，虽说走了，我还要常回来看望老爹老娘和孩子们。"

孩子们睁圆泪湿的眼睛站在一旁看着，他们虽然才十几岁的人，已经饱尝人间冻饿的苦楚了，懂得做母亲的难处了。

爷爷觉得实在无法养活这些儿孙，想留也留不下了，咬紧牙关把脚一跺，说："我无儿不留媳！你既然决心向前走这一步，我也就不强留了。趁着你年纪还轻，你就走吧！领着孙女去逃活命吧！把这两条根苗给我周家留下，我拉着枣木棍子也得把孩子们拉扯大，将来也算我周家门里没有绝后呀！"爷爷说着，把两个孩子搂在怀里痛哭一场。

老娘看着实在心痛，哭了说："孩儿她娘！你从小来，咱家穷是穷，可拿你当亲闺女看待，没有外待过你。如今挡不住了，你就朝前走吧！可是我们都老了，有时候要想你和孩子，只求你别忘了我们，偷着摸着也要回来看看！"奶奶说着，转身把小孙女拉在怀里，擦擦她脸上的泪，说："好孩子！记着你姓周，你是咱周家的骨肉，家里有你爷爷奶奶，还有你三叔和你两个哥哥……久后一日，咱祖孙还能见着面。"小孙女听了，扎到奶奶怀里尖声地哭叫起来。

大嫂见公婆吐了活口，一块石头落了地，轻轻从衣袋里掏出三十块银圆，说："这是人家给我的彩礼，给老人和孩子们留下，吃糠咽菜地凑合到过年春天。一开春，孩子们拾柴挑菜，要点吃的，对付活着吧！"说着，把钱递到老娘手里。

奶奶见了银钱，大哭了说："儿！好闺女！"猛地，她举起两只手托着银圆，张开大嘴哭叫，说："天爷！天爷！这是卖人的钱呀！这是卖人的钱呀！"说到这里，又回过头来说："既然这样，你就去吧，千斤的担子老人们担了！"

大嫂又跪下磕头，拜了两位老人，拉起小女儿往外走。

老爹老娘一人拉着一个孙子，送出了大门，大嫂又扑回来，把大小子抱起来亲了亲，又把二小子抱起来亲了亲，把脚一跺，拉起小女儿，噙着两眼泪水走去。后面两个孩子跺着脚号啕大哭……

两个老人扶着门框，在大雪之下望着儿媳的身影越走越远，雪花弥漫了天空，越来越看不清了，直到人影扑朔迷离地看不见了，才拉着两个没娘的孩子走回家来。

第二年春天，二嫂也向前走了，又留下了一个没娘的小侄女。

这时，周大钟正给地主扛活，就是跟王二合在一个长工班里。虽然正是身强力壮的年岁，耕耩锄耪样样能干，一年也只能挣三四十块钱，这几十块钱怎么能养活这老小五口呢？只好糠一顿菜一顿、饥一顿饱一顿地混日子。不出两年，两个老人也都谢世了。

在一年的腊月下旬，年终岁尽的时候，三个孩子拉着要饭的棍子，抱着破瓢来找叔叔。在大雪的日子里，他们在地主门口立了大半天，见不着叔叔的面，还是不肯走，走到哪里是家呢？这时，王二合背着铁锹大镐从村外走回来。他一眼看见这三个要饭吃的小孩子，直冻得抱着胛子，打着嘚嘚①蹲在墙脚里。他还不知道这是谁家的孩子，也不知道蹲在这里干什么，因为小时也要过饭吃，不由动了对贫苦人家的同情心，眼泪唰地流出来。他住了步，问："你们想干什么？"他想，他们一定是来要饭的。

那个头大的孩子说："来找我叔叔！"

王二合说："你叔叔是谁？"

那个孩子说："周大钟。是在这里扛活。"

王二合听得说是周大钟的侄辈们，二话不说把他们领进头伏棚里。看到孩子们衣不蔽体，三个小脸冻得像甜疙瘩一样红。看着实在可怜，立刻到地主家柴火堆上揸来一束柴草，在炕洞门口点着火，叫孩子们围上，伸开小手烤着。不一会儿工夫，孩子们身上就感到温暖了。这时，屋门呀的一响，周大钟开门进来。他一看见孩子们在烤火，睁开大眼睛问："柴火是哪里来的？"二合说："主家垛上的。"周大钟跺脚说："那不行，地主见了不干！"二合说："不干怎么？他把我吊起来，打我一百鞭子，我也不能叫孩子们冻死！有天大的事我顶着。"孩子们一看见叔叔，哄地笑起来，跑过来抱胳膊的抱胳膊，抱腿的抱腿，觉得格外亲热。这时，赶着车的，扛着锨的，长工伙计都回来了。当周大钟说明三个孩子既无父亲，又无母亲，只有依靠他生活的时候，王二合由不得落下同情的眼泪。这时，做饭的伙计挎着筐子，提着罐子，端出饭来放在炕上。王二合一把抓住饭头的手，攥得紧紧地说："众家兄弟们！看见了吗？大钟的孩子和我们的孩子是一样；孩子们小小年纪无饭可吃，无家可归。要是我们吃着饭，叫孩子们小燕似的张着嘴看着，我们也于心不忍，咽不下这口饭去呀！依我说，咱们煞一下裤腰带，叫孩子们把这顿饭吃

---

① 因冻、吓等而身体发抖。

了吧！"

众家伙计听得说，异口同音："好！大钟的孩子和我们自己的孩子是一样，叫孩子们吃顿饱饭吧！"

王二合得到众家伙计的同情，周大钟也嘻嘻笑着，把两掌一碰，说："谢谢伙计们，救救孩子们！"王二合亲手把孩子们拉到炕沿前面，把窝窝头和筷子递在他们手里，拿碗盛上菜粥，搁在炕沿上，端上菜盆，叫孩子们就着菜吃。伙计们抽着烟，笑眯眯地在一旁，看着孩子们高高兴兴吃着饭，觉得是做了一件好事。

等孩子们吃饱了饭，伙计们把孩子们吃剩的东西点补了一下肚子，虽然瘪着肚子，但也没有一个人不高兴的。

孩子们吃饱了饭还不肯走，愿待在头伏棚里多暖和一会儿。周大钟叫孩子们坐上炕去，把年岁最小的侄女搂在怀里。大侄儿锤锤问："叔叔！为什么地主有地，咱们没有地呢？"周大钟告诉他们说："爷爷原来也有十来亩地，因为年头不好，嚼用又大，没有饭吃，借了地主的债还不起，把地折价还了债了。"二侄儿榔头也问："叔叔！为什么人家过秋有秋，过麦有麦，咱家没秋没麦？"周大钟说："咱们没有地，哪里有秋，哪里有麦？"孩子们提出的问题，是非常幼稚的想法，但更能钻进周大钟的耳朵里，刺在周大钟的心上。他抬起头望望屋顶，屋顶遮住了青天。这时，周大钟已经明白：孩子们大了，他们经历过了几个春天秋天，麦收的时候，看见地主人家大车小辆把麦子拉到场上，扬出金黄金黄的麦粒，存到仓房里。到了秋天，人家地里长出红山似的高粱，金塔般的玉米，沉甸甸的谷穗。这些粮食都是佃户、长工们种出来的，打下粮食，都被地主收去。地主富农粮食满仓，贫农人家吃糠咽菜。秋里麦里，孩子们到人家地里捡点掉下的麦穗、玉米棒和棉花桃。有时出乎意料，也能得到大的玉米棒和大的谷穗，孩子们就把它挂在窗棂上。多咱看见窗棂上的玉米棒、大谷穗和棉花桃，幼小的心灵上就觉得骄傲，好像说："看！我们会劳动，也有春天，也有秋天，也有收成！"但是，他们只有一点点，拾来的东西，只能吃几天就完了。以后只有拉着棍子去讨饭。这时，周大钟凭着生活的启示，也就体会到剥削和被剥削的关系，增长了朴素的阶级观念。小侄女花花年岁小，也忽闪着两只大眼睛问："叔叔！为什么他们不讨饭吃，咱们讨饭吃？咱们哪年哪月才有吃有穿？"周大钟听侄女问得出奇，心里由不得翻江倒海地难过起来。一股热泪涌到眼眶上，把花花搂在怀里，横下一条心说："时刻一到，时刻一到，咱们就有田地，有粮食，有饭吃了。"这时，他还没有想到要革命，他想到的是铤而走险，拿起刀去杀富济贫。

花花抬起头来，转起两只大眼睛看着天上，慢悠悠说："时候一到，时候一到，到了什么时候？"孩子虽小，她也想到土地，想到房屋，想到过好一点的日子。

周大钟回答不上来。

周大钟只好向东家告了假，支了剩余的工钱，送孩子们回家，给孩子们准备些年货。可是人家孩子过年买花炮，他的孩子不买花炮。人家孩子穿花衣裳，他的孩子不穿花衣裳，只剃剃头，洗洗脚，到集上籴二斗粮食——一斗红高粱，一斗玉米，大年下叫孩子们暖在家里吃顿饱饭。

想到这里，周大钟说什么也睡不下去了，抽抽咽咽哭个不停。警卫员小李惊醒过来，翻个身问："队长！队长！你做梦哩？"

周大钟伸出两手擦着泪抽咽说："不！我没有做梦！想起过

去,我心里难受得慌!"

小李说:"没有做梦,怎么我仿佛听得你是在哭!"

周大钟说:"我想起过去过的困难日子,我心里难受!我大嫂曾带着孩子走出去,绕世界去要饭吃啊!她带着三个孩子要饭吃,上无片瓦,下无站脚之地,抬起头来看看,哪片云彩是他们的天?那路途的风霜,那异乡的水土,也尝尽人间苦味了……"接着,他又给小李讲了这一段经历,讲到大嫂拉着孩子们要饭吃,冰天雪地回到家来,给老人们磕头,要求自卖自身,养活二位老人和孩子们的时候,小李仰起脑袋哇啦哇啦大哭起来。周大钟说:"你哭什么?"

小李说:"穷人和穷人想到一块去了,我也想起没参加部队的时候,跟着娘要饭吃的苦楚。"

周大钟趴在被窝上,装上一锅子烟抽着,说:"我们不要难过,我们来是党派我们来搞土地改革,执行党中央的土改政策,只要我们搞得好,不犯错误,不走弯路,一年以后,我们的家乡也搞土改了,我们贫雇农也就有田种,有房住了,不挨饥受冻了。"

小李说:"到了那时,你就回家种地了?"

周大钟说:"不!不能。我是党员,是党的干部,我要服从党的指挥,党叫我向东,我就向东;党叫我向西,我就向西。不能自作主张。不过,我家里有人种地,我的大侄子可以种地,二侄子榔头参加了小队,侄女花花已经参加文工团了。"

小李问:"我们参加了工作,就不能分地吧?"

周大钟说:"不!照样分地,战士和工作人员、教员,都在村里记上一个人的劳动,分一份土地。"

谈着,小李破涕为笑,说:"家里人都有了饭吃,那可好多了，我就不结记爹娘挨饿了！"

两个人谈着话，小李就又鼾鼾地睡着了。

# 15

周大钟听着小李一起一落轻轻的鼾呼声，越是着急，经过和小李的谈话，一时兴奋，不能入睡，脑子里好像春山出雾，一天云锦，飞流游走，一件件振奋人心的往事，映在眼前！

这是周大钟刚参加武装工作的时候：

就在那个湮心的日子里，那年正月初五，周大钟含着受苦人的辛酸参加了地下党领导的农民协会。从此以后心明眼亮了，作为一个雇农，一个老长工，要走上革命的征途，登上政治舞台，忠心为无产阶级革命事业，为灾难深重的中国人民奋斗终身了。他要向半封建半殖民地的旧社会宣战；在打土豪、斗地主、秋收运动里大显身手。卢沟桥事变，日本帝国主义又在卢沟桥再一次点起侵略的战火，在抗日救亡的紧急关头，他光荣地加入了共产党，成为中国共产党党员。这年秋天，他响应党的号召，摆脱了地主阶级的枷锁，扛上枪杆，当了抗日游击队的队员。在党的领导下，和民族敌人展开决死的战斗。当他走在战士的行列里，背着枪，唱着《国际歌》，雄赳赳气昂昂地走过城镇，穿过乡村的街道，他觉得多么光荣，多么扬眉吐气啊！

第一次战斗，是在一九三七年严冬的一个日子里。那时抗日的人民武装刚刚建立，排和连的建制还在乡村里，战士们还没有离开家，没有穿上军装，分头在各村训练。他们在地主家里收缴枪支，也有的战士拿着大刀长矛和禾叉棍棒。十一月十日，一队日本兵，沿着公路向抗日军占领的县城进攻。游击司令部命令各村游击队紧急集合，迅速出击。命令一下，一队队战士穿着便衣，头上籁着白毛巾，拿着各式各样武器的抗日大军遮天盖地涌上来。共产党委派的抗日县长，带着游击大队来到前线，他们要正面阻击，不让敌人前进。周大钟他们的连队埋伏在公路旁边的坟地里。村上的人们，一群群一伙伙地走上来，抬着担架，送饭送水，给战士们呐喊助威。周大钟那时还是一个普通的游击队员，他匍匐在坟堆旁的小树底下，枪口瞄准敌人，等着县长的命令。那时，他还年轻，没有经验，第一次临战，那颗心老是装不到肚子里，一股劲地跳，他攥紧拳头压了压胸口，等待，等待。终于，眼看敌人走进了阵地，走到射程以内。县长骑上战马，挺起胸膛打了三枪。游击大队带着头，直向敌人扑过去，各个连队从四面八方呐喊着冲上去，村上的人们也像大河里流水一样，汹涌澎湃地向敌人冲上去，一时枪声和着喊声震动了天地。周大钟一见敌人，浑身的血液急速地奔流，滚热起来，胸膛里燃烧着复仇的烈火，枪弹连续向敌人射击。

日寇刚到中国的内地，他们还不了解这个地区人民武装的情况，不了解广大人民群众抗日的怒火。一听到枪声炮声和喊杀声，一个个卧倒下来。县长站在马上大喊："同志们！跟我来，冲呀！"军号响了，海螺号响了，四面八方的游击队员和村上的人们，一齐呐喊，喊得山摇地动。周大钟涨红了面孔，鼓出大眼珠子，一看敌人迫在眼前，就像猛虎般扑上去。日本鬼子的武器虽然精良，但人少势孤，陷入中国人民战争的汪洋大海了，一个个抖得上牙碰着下牙，打着嗝嗝。枪声一响，人们从四面八方，从远近的乡村上，潮水般地向敌人压过去。日本兵有很多幻想，吹了很多牛皮，梦想中国人怕洋人怕得一见了他们的影子，就会丢掉武器，几个月之内就能占领华北，几年之内就会占领全中国。他们想错了，他们正面的对手不是蒋介石国民党，是中国共产党和广大人民群众。日本军阀没有想到他们一下子就会陷入中国共产党领导的人民战争。他们看到眼前的人山人海，站起来想和游击队员做决死战斗。周大钟手里端着枪，枪上上着明亮亮的刺刀，红着眼珠子冲上去。照准日本鬼子就是一刺刀，没想到那个鬼子是素有训练的，用枪向右一拨，把周大钟的刺刀拨到一边去，瞪起大眼睛呀呀叫着，把刺刀直向周大钟刺来，周大钟一时闪不开，眼看刺刀就要穿进他的胸膛，只听呀的一声，从左边跳过来一个同志，挺起枪往上一挑，日本鬼子的枪被挑过一边。仇人见面分外眼红，这时周大钟一个箭步跳上去，使出扛了二十年长工的力气，一个眼不眨，把刺刀插进鬼子的胸膛。鬼子倒下去了，他又去刺杀另外一个鬼子。刀对刀，枪对枪，团团转着，你死我活地打起交手仗来，直杀得鬼哭狼嚎。周大钟杀死三个鬼子以后，睁着充满血丝的红眼睛转着圈地寻找对手。看见三个战士围住一个顽强的日本兵，你来我往，不相上下，周大钟一个箭步猛冲到日本兵跟前，伸出两只胳膊，用尽平生力气搂住了敌人，伸起头顶住日本兵的下巴，日本兵的刺刀再也施展不开了。一个同志举起枪把，从后边照准日本兵的脑袋啪地一下子，鲜血和脑浆咪地窜出来，喷了满地。周大钟把日本兵放在地上，一只脚踩住敌人的肚子，摘下钢盔戴在自己头上，扒下日本兵的军装穿在自己身上，背起几支三八大盖，摇摇摆摆走出战场，随着得胜的队伍和欢跃的人群走上县城的大道。县长看着打扫完了战场，骑着马带着队伍赶上来。走到周大钟身边，左巴睃巴睃，右巴睃巴睃，愣着眼睛笑模悠儿问："你是谁呀？"周大钟扬起头，摇了摇臂膀，笑了说："我的，周大钟的干活！"县长高兴地笑了，周围的人们也都哄然大笑起来。跟着县长的马，学说着，比画着周大钟英勇作战的姿态。县长跟在大队后面，扬起鞭子和大家打个招呼，用马鞭子指着周大钟笑着说："真是一个活日本鬼子……好样的！"大家都哈哈大笑起来，有的人拍着周大钟的肩膀说："哪里钻出来了一个活鬼子呀？"

这次战斗下来，周大钟当了游击队的班长。作为一个农民，一个自小给地主扛长活的雇工，当了班长，带领十二个战士和敌人打仗，是他一生没有想到过的。

从此，他更加努力学习文化学习政治，学会打仗。用毛泽东思想武装自己的头脑。在政治上和军事上，更加深入地开拓。

周大钟想到这里，伸开两手，打了个舒展。那是他第一次参加战斗，毛主席说的伟大的人民抗日战争，那样雄壮的场面，是那样激动人心啊。想着，天不早了，小李还在睡得熟熟。他仰起头抽了一袋烟，兴奋的心情，在胸中鼓荡。经历过的大大小小无数次战斗，在他眼前一幕幕地闪过去，翻来覆去地不能入睡。他又想起一九三九年的南河沿战斗，那是一次令人回味的战斗啊！

正是夏天，麦梢儿正黄的时候。一天早晨，同志们刚刚起床，周大钟担起筲筒给房东挑了几担水，刚要坐在门槛上抽袋烟，侦察员跑进来传达："敌人来了，大队长命令全部武装在北堤坝下集合！"周大钟腾地站了起来，走回屋里背起枪，去传达命令。战士们机警地披挂武装跟着周大钟跑到堤坡根下，听候大队长进行战斗部署。

周大钟这一班，部署在堤道口旁边的柳卜子底下。

大队长拿出望远镜，掩在柳棵后头，远远望见日本兵从隔河的村庄背后走出来，大摇大摆地走着，神气十足。大队长低声对政治主任说："敌人就快到南堤底下。"过了一会儿又说："是日本兵，穿着黄呢子军装……啊！汽车开过来了……"政治主任问："有多少敌人？"大队长回答："视野以内足有三百人，我们的侦察工作做得不好……也很难说……"说着，敌人翻过南堤走下河坡，在麦田上蹒跚前进。

周大钟张眼看去，日本兵开始蹚水过河，心突突地跳着，战斗的火焰在胸中燃烧，他有点心急，自言自语："该打响了！"

不提防被大队长听见了，说："唔！听我的命令，没有我的命令，谁也不能开枪！大家注意，隐蔽好！敌人就到射程以内，我们要捉他几个活的！"

周大钟命令战友们向柳棵跟前爬了爬。屏住了气，隐蔽好，两个眼睛直瞪瞪地看着前方，右手勾住枪机，等待命令就要发射。

大队长又说："准备好手榴弹！"

那是一个晴朗的日子，东风吹动柳梢，缓缓地低下去又扬起来。紫色的茎子摇摆着嫩黄的柳尖。如果没有人响动，怎么理会到堤道口的两旁会有几百游击队员等待和敌人搏斗呢。周大钟揪下一个嫩黄的柳尖搁进嘴里嚼着，紫色的嫩茎有一股苦涩的味道。

日本兵蹚过河来，看看距离不出五十米了，周大钟心里实在急痒得憋不住劲了。他想：大队长怎么这么沉得住气？还不发命令？眼看敌人一队队地走过来，并没有发现脚下有他们的对手。眼看着敌人的队伍走过去了，汽车开过来了，因为两岸尽是沙地，汽车走不动了，窝在沙里，屁股上冒着噗噗的白烟。大队长冷孤丁一下子从柳棵底下跳出来，朝天上打了三枪。游击队员们像猛虎扑食般地冲上去，一阵手榴弹，在硝烟弥漫里，周大钟第一个跳上敌人的汽车，敌人的司机已经被打死了，他端着枪和押车的敌人拼杀起来，敌人的尸体一个个倒在沙滩上。大队长发出命令："撤退！刘家村集合！"

大队长带着队伍撤出战斗，拿过缰绳，翻身上了马鞍疾驰而去。各班各排战士紧跟上大队长的战马，翻过堤岸向北撤退，不到十分钟，游击队完全隐没在矮树林里。二十分钟结束了这场战斗。敌人整顿队伍，发动反攻，机枪、小炮向四下里打了一通。可是他们看不见游击队的踪影，不知道游击队跑到哪里去了。

游击队一气跑出十五里地，在刘家村村东的一个大柳树林里集合。大队长和政治主任把马拴在树上，先头部队紧跟着来到的就是周大钟这个班。每人扛着一箱子三八子弹，子弹箱还是崭新的。周大钟把子弹箱往地上一戳，打个立正说："报告大队长！周大钟班全体到齐。"

大队长歪起头笑模悠悠地，这么看看，那么看看，指着周大钟向政治主任说："多么机智勇敢的班长呀！"回过头来对周大钟说："好！歇歇脚吧！"那时周大钟正是身强力壮，战斗年华，小伙子在队伍里一站，一戳四直溜，是数一数二的小伙子。

周大钟班一个个坐在子弹箱上休息，抽烟，兴高采烈地谈论着战斗中的故事。

接着，一伙伙，一队队的战士们赶上来，有的扛着大米、白面，有的扛着罐头、白糖，一边走一边说着："咳呀！多么疾马的战斗？为什么不消灭它个一干二净呀？"

大队长听了，笑着说："是啊！消灭个一干二净多痛快呀！可是你们想想，要是前边大队的日本兵返回来了，可够咱们呛啦！"

时令已是初夏，天热了，游击队员跑得满身大汗。有的上到树杈上乘风凉，有的躺在树荫下休息。附近村庄的农会、工会、妇救会员们，老大伯和老大娘们，挎着篮子，提着罐子，送饭的送饭，送水的送水。有的村庄听说打了胜仗，抬着鸡蛋、白面，宰了猪羊来慰问子弟兵。咦呀！那是多么壮丽的场面呀！

这场战斗打完不久，周大钟被提拔为中队长。提拔的理由是：周大钟不只在战斗里是英雄，而且他想到的不是罐头、米面，是当时最需要的子弹。一班人扛回来十三箱子弹，周大钟一个人扛回来了两箱。

周大钟想到这里，更加兴奋，猛地伸出粗胳膊大拳头，大喊一声："打倒地主阶级！""消灭封建势力！"说着气势汹汹地披衣下炕。小李第二次被惊醒了，抬了抬脑袋，说："队长！你又做梦哩吧！"周大钟说："我没有做梦，我要上战场，和地主阶级决一死战！夺回被地主阶级强占去的土地！"

周大钟被提拔为大队长还是"大扫荡"以后，那年"大扫荡"一开始，大部队由内线转向外线作战。县区游击队坚持地区，带领广大人民，进行反"扫荡"。没想到敌人这次"大扫荡"兵力太大，时间太长，反"扫荡"以后，各县区的游击队伤亡太多。独有周大钟中队没有伤亡，原因是分散活动以后，他带领这个中队参加并领导了这个区的地道斗争。带领各村人民群众挖掘地道，从这个街道到那个街道，从这个村庄到那个村庄，展开了群众性的地道战。无论敌人怎样分进合击，怎样鱼鳞式地包围，拉大网，反复剔抉……使尽各种战术，周大钟中队在地道的掩护下，在群众的密切配合下，游击战、地道战、麻雀战、挑帘战……打了无数次的战斗，至今被这个区的人们当作神秘的故事在广泛流传。

周大钟回忆了经历过的大大小小的无数次战斗，就像电影一幕幕地在他眼前映过。可是到了目前，一个村庄的土改任务放在他的肩上，阶级敌人制造混乱，想要阻住运动前进。对眼前的敌人，拼刺刀不行，冲锋不行，可是他能拿出拼刺刀和肉搏战的精神和勇气，进行顽强的斗争。有上级党的领导，有广大贫雇农的干劲，有了十几年的工作经验，他有决心有信心把这场具有历史意义的土改运动搞好。

周大钟忘记是在什么时候睡着的，朦朦胧胧醒来的时候，灯油已经熬光，灯苗只有黄豆粒那么大，袅袅闪动。已是薄明时分，窗棂上浅墨色的轻纱低垂，他镇静了一下，仔细听得大街上似乎有人喊叫，喊声惊破了农村清晨的静谧。他披衣起炕，手里提着枪跑出栅栏，一直跑到村里，穿过胡同远远看去，有一个老人驼着背，光着脊梁，肩上扛着一件武器，踉踉跄跄地从大街北头迈开大步走过来。一边走着，一边喊叫："谁贴了蒙头帖子，你们站出来！有话讲在明处，暗地里搞阴谋的是坏蛋！"喊声像沉雷爆响，惊破了清晨的官渡口村一片宁静，惊起了大杨树上的鸟雀，扑啦啦飞起来了。

周大钟走近了仔细看时，不是别人，正是柏老槐，他肩上扛着柳篙，一行走着，扬起手来大声喊叫："你们要是有脊梁骨，站出来说话，贴无名的帖子糟蹋人见不得阳光！"柏老槐走几步站下来吆喝几声："你们攻击好干部，污辱孤儿寡妇，反对八路军，反对土地改革，你们是什么东西！"

周大钟紧走几步，赶上去一见老槐大伯青筋暴立着，翘着胡子喘着气。周大钟走过去拉住他的手，拍着他的肩膀说："大伯！不要喊了，他们不敢站出来，他们见不得阳光，他们干的事见不得天！"

老槐大伯还是喊着："你们出来在十字大街上来说说，你们背地里嚼舌根，是大闺女养活的！"一边走着，跳着脚喊着。

周大钟说:"大伯!你这么一大把年纪了,不跟他们置这个气!群众一起来,把地主阶级打倒了,土地分到贫雇农手里,彻底消灭了封建势力,他们就完蛋了!"

老槐大伯说:"他们不光是地主阶级,他们还有坏蛋王八蛋在里头掺和着。抗战八年来官渡口的工作,我是跟过来的,官渡口村的大人孩子,谁家那厢房子那厢炕我都知道。坏家伙们撅什么尾巴拉什么屎我看得出来,贴蒙头帖子的人不站出来,也会琢磨出个八九不离十!"

周大钟说:"是啊!群众的眼睛是亮的!"说着,挎起老槐大伯的胳膊说:"大伯!咱们回去吧!虽说暖和了,在这大清早,天气还是凉的,不要冻着了!"周大钟说着,脱下自己的蓝布夹袄,披在老槐大伯的背上。

老槐大伯说:"这是干什么?给我披上,你不冷吗?"柏老槐又扯下夹袄披在周大钟身上。

周大钟挎起老槐大伯往回走。老槐大伯说:"昨天晌午,你回来了,我才放心。可是到了晚上,我说什么也睡不着这个觉,翻身打滚地脊梁砸得炕坯嗵嗵地响,一想到蒙头帖子上的话,气得我小肚子嘣嘣的。鸡叫了三遍,我说什么也躺不住了,我就是这么个直性子,有这么点倔强脾气。你想他们指着二合,指着李固家里和你说三道四,我受得了啊?二合是咱们的党支部书记,凭着他的身份,他不好出来和他们争辩。李固家里的,寡妇人家,也不好出口伤人。想来想去,也只有我柏老槐抻出大拇指头了!他们骂了咱们,咱们也骂了他们,刀对刀枪对枪,寸步不让。看哪个小子敢出来吱声,我就要拿柳篙在他脑袋上开个花,我已经是七十多岁的人了,我和他们拼了!"老槐大伯一边说着,一边喘着气。

这时，天已大明，人们开了大门，挑着筲的，牵着牛的，到井台上担水饮牛。看见这个热性子的老人，都走过来看，纷纷议论："老槐大伯穷了一辈子是情真，可也耿直了一辈子，真是一敲当当响的好党员！"

周大钟把老槐大伯送回家去，走回来告诉小李，去通知闻小玉、罗慧、李乔、冯文光和李蔚他们，早饭以后到学堂去开会。

# 16

李蔚听说柏老槐在大街上骂街，他拨楞楞翻了个身，披上衣裳从炕上跳下来。再说，昨天周大钟才从县里回来，还没有向他露底，他心上有点嘀咕，开开门从家里走出来。太阳还在大杨树底下，人家烟囱上还没有冒出烟来，大街上冷冷清清的。他的两只脚匆匆走着，一直走到小庄子上，一气跑上坡去，也未叫门，拉开栅栏走进去，栅栏没有上着，他就知道周大钟已经出来过了。当他走进小西屋，周大钟正坐在炕沿上，愣着两只眼睛抽烟，脸盆在地上放着，还没有洗。看见李蔚进来，也不撩起眼皮看一看。李蔚走近跟前，打起笑脸，悄声问："怎么样？"

周大钟问："什么怎么样？"

李蔚说："你上县里去的怎么样？"

周大钟说："不怎么样！"

李蔚说："卢政委对我们的工作有什么意见？"

周大钟说："他没意见。"

李蔚又问："开的什么会？"

周大钟说："一会儿就传达。"

李蔚说长道短，一会儿走到这一边，一会儿又走到那一边，围着周大钟转了半天，还是掏不出一句什么话，周大钟还是那样木木地坐着。李蔚看他无动于衷，心上很不耐烦，可是脸上还是嘻嘻哈哈。这时二合大嫂叫他们吃饭，李蔚就要往外走。周大钟伸手把他拉住，叫他一块吃饭。李蔚半推半就，也就过来一块吃了。

　　三个人吃过饭，一块到学堂里去，一边走着，李蔚又笑了说："咱们老同志了，说点差话没什么，你可包着我！"周大钟说："没有什么呀！"走到学堂里，闻小玉和罗慧早在那里等着。不一会儿工夫李乔和冯文光也来了。李蔚坐在那里，嘴上哼着小曲儿，装没事人。

　　这房子几天没人住，有些冷清，满世界鸟迹鼠粪。周大钟搬过两条板凳，就着铺板围了个圈儿，拿了把笤帚来，扫了扫铺板和地上的尘土，打扫得干干净净。

　　闻小玉说："咱进村工作了这么一程子了，群众也发动起来了，乱子成了瞎架，看是怎么办？快说说上级的精神吧！"李蔚也说："真是，搞了这些年工作，还没有搞过土改。你看乱成了一团，倒是看看上级党委是什么意见！"

　　周大钟坐在铺板上，说："这两天到城里开了个会，上级来了个洪部长领导咱这几个县的土改运动。传达了国际国内形势。关于土改问题，大家作了汇报，提出了些问题，进行了讨论。最后洪部长做了发言。"周大钟不紧不慢地说着，记录得不好，凭着他的记忆，传达了洪部长讲话的全部精神和具体指示，特别是关于土改部分，传达得十分详细。他说："关于杀鸡宰羊成风，请上级下个布告，凡是地主富农乘机宰杀家禽家畜，制造混乱，以破坏土改论罪。关于贴蒙头帖子，随便拉人，怎么处理，请大家讨论讨论，我们再把意见报上去。"

不等周大钟说完，闻小玉生气说："依我看贴蒙头帖子的不是好人，有话不明讲，使出这种手段，多么恶毒？一定得追个水落石出。蒙头帖子上说的，不是夸大无边，就是无风起浪；说李固大嫂有男女关系，我们了解了一下，纯粹是胡造谣言。说李固大嫂叫大闺女小媳妇做大鞋抬担架，把脚都走肿了。经过八年抗日战争，解放战争也开始了，不做大鞋，我们军队穿什么？村里青壮年参军的参军，出民工的出民工。前线上的伤员一批批地下来，又不能使大车拉，这任务当然落在妇女自卫队身上。大闺女小媳妇在封建时代大门不出二门不迈，在族权、夫权、父权压迫下，她们受尽了折磨，在共产党、八路军领导下，得到了解放，男人能干的事，女人也能干。拉车送粪，拉犁耕地都干了，抬担架算个什么？说李固大嫂带着大闺女小媳妇跑疯了，这是满嘴里喷粪！他们看着妇女们翻了身，受不的……"闻小玉两片嘴像爆豆儿，吧啦吧啦地说得干甜脆声，气得脸也绯红了，眼里含着泪花儿，她为李固大嫂抱委屈。

小玉说完了，罗慧作了补充：她们在李固大嫂家住了几天，了解了情况；自从李固牺牲，她鼓动十七岁的儿子上前线打仗，她和红儿在家里刨种二亩地，除了工作，还耕地、捣粪、掏窖子，什么都干。拾柴挑菜，撂下权耙拿扫帚，春夏秋冬两手不闲，又当男人又当女人。这个人性格直爽，对党忠诚，对同志热情，很愿帮助别人，对同志友爱得恨不得把心掏出来搁在桌面上。革命工作千方百计去完成。她又说："我才从城里出来，住在李固大嫂家里，很受感动，我下定决心：学她的好思想好作风。依我看李固大嫂是个好党员，好干部。当然也不是没有缺点，比方说，遇到工作急时间短，就有急躁情绪。宣传教育不够,命令行事。人们有怨气,也是难免的。绝不像蒙头帖子上说的那样。"她虽然下乡日子不长,但农村生活习惯了,也学了一些地方话。这样,做起工作来就方便。她文化水平高,过去学了一些马列主义,一接触实际问题,就一点一点地领会了。

冯文光喑哑着嗓子说:"给李固大嫂贴的蒙头帖子我看了,大部分是人身攻击,胡编乱造,迷惑人的耳目。给王二合贴的,我也看了,说一九三九年发大水和一九四二年闹灾荒,谁家也缺吃少烧,王二合家有吃有喝,没断过烟火。说一九四二年上级发的救济粮,王二合给李固大嫂多了,给别人少了。就说王二合和李固大嫂有特殊关系。我看王二合不是那宗人。年头不济,王二合一家子饿得鼻膀脸肿,吃着地梨和醋溜野菜过日子,街坊四邻都看见了。李固大嫂孤儿寡母的,锅都掀不开,就不该吃救济?再说,人家是军属,优待军属应当应分。这号人眼瞎,心里缺窟窿!地主阶级疏散土地转嫁负担,王二合不叫党员干部要,掌握阶级路线,是坚持原则。说王二合包办代替,强迫命令,这个得从两方面看,主要是任务紧,说服教育不够,是工作方法问题,我看王二合是好人,是好党员。"

李蔚听着人们发言,他认为越谈越离题远,好像屁股底下有蒺藜,说什么也坐不住了,心上不安不定,起来在房子里走走转转,心上好像架着一团火,把帽子一摘,头上冒出腾腾热气。冯文光刚说完,他就抄过来说:"这蒙头帖子总归是蒙头帖子呀!不管是谁贴的,也不管是署名不署名,总是群众对干部有意见。无风不起浪,树动就有风;况且,王二合当了这么多年土霸王,工作上没有一点问题?群众能不对他有些意见?李固大嫂是寡妇,成天价这里去那里去的。婚姻自由了,单丝不成线的,能守孤单?"李蔚歪起头来,瞅着周大钟笑眯眯地说:"还有人敲你这大钟哪！"

闻小玉听他出口伤人，气得两个黑眼珠乌溜溜地靠在鼻梁上，说："哼！你还当过区委书记呢！你说的这叫什么话？有阶级性吗？告诉你说吧！这蒙头帖子要是贫雇农贴的，对不对的，没有什么。要是地主富农贴的，那就拉倒不了！王二合当干部这么多年了，有意见可以当面提，也可以在整党整风会上谈，黑更半夜里贴蒙头帖子，这是别有用心！李固大嫂要是恋爱，没男人的妇女们有这个自由，别人管不着。再说蒙头帖子说的不是恋爱，是说的乱搞男女关系。这是坏人造谣，整着个是放屁！他败坏妇女干部的名誉。这问题和杀鸡宰羊不一样，那是地主阶级捣乱，这蒙头帖子倒有政治背景呀！"闻小玉一句句说着，有条有理，寸步不让。

周大钟笑了说："小玉人小心大，真是说得入骨三分，有人要敲我这大钟，来吧！保管他一敲就当啷当啷地响。"说着，仰起头来，张开大嘴哈哈大笑了。

李乔心里不忿，斜起眼睛望望李蔚，说："说什么！他们要敲我们这大钟？他捅我们队长一手指头都不行！老周同志是纯粹雇农出身，是从枪子缝里钻过来的，经过风雨见过世面，要是有人敢在太岁头上动土，我们就要以牙还牙，以眼还眼……"

李蔚不等李乔说完，就说："哼！要是这么一说，就没有真理了。不管蒙头帖子说得对不对，这是群众意见，总该弄清是非，群众的意见嘛！有则改之无则加勉嘛！"他的实际意思是要弄清王二合、李固大嫂和周大钟的问题，最后一句不过是掩饰其辞罢了。

冯文光正两条腿圪蹴在板凳上抽烟，一听说就站起来，拍着大腿说："当然得弄清楚呵！要追出它的根源，看看是从什么王八窝里刮出来的阴风！"

闻小玉伸出一个手指头，朝天上指指画画，说："当然呀！水有源，树有根，这蒙头帖子也有出处，依我说得叫公安局来人侦察。"

冯文光又把大腿一拍，放开麻沙嗓子大喊："把咱游击大队开进来镇压镇压！"

说到这里，周大钟也站起来，他觉得胸中有些郁闷，伸出拳头在胸口上捶了捶，在屋子地上走来走去，推门走出来，又回过头来说："休息一会儿！"

太阳小晌午，天气暖和上来了。围墙外头，柳树黄绿黄绿的了。学生们在上课。听得出今天讲的不是课本，是"土改问题"。周大钟考虑：这蒙头帖子，要说是个大问题，也不太大。要说是个小问题，也不算太小，但不能耽误运动进展，那样就中了敌人的奸计了……他一边想着，在院子里走了两趟，又拉门进来，说："依我说，这蒙头帖子的问题，暂时搁下。按计划开党的支委扩大会议，传达上级党对土改的指示，提出土改运动里共产党员应尽的义务！互相提提意见。这样，可以看出蒙头帖子是不是关系到干部之间的关系。整党也就算从这儿开始了。开了这个会，再开全村贫雇农大会，动员全村贫雇中农参加土改运动，选出贫农团主席团。再就是整编民兵。人无头不走，鸟无头不飞，贫农团主席团就成了土改运动的指挥部，一切大权就归贫农团了。贫雇农发动起来，蒙头帖子的出处，干部谁好谁坏……一切问题也就解决了。"

周大钟说的，人们都觉得有理。李蔚侧着耳朵听到这里，灵机一动说："不先把蒙头帖子的事情弄清，要是贫农团把王二合、李固大嫂选上，那不就错上加错？"

周大钟说:"照你这么一说,有了蒙头帖子,我就该滚蛋了?"这时,李蔚瞪着俩大眼看了看他,也不说什么。周大钟也不说什么。

闻小玉一听,不愣地扭过头来说:"那怎么算是错上加错呢,那就看出谁是好干部,是受人拥护的。谁不是好干部,被贫雇农抛弃的。"罗慧也跟上去说:"毛主席说要依靠好党员好干部进行土地改革呀!"

李蔚瞪起眼睛说:"毛主席说依靠贫雇农,进行土地改革呀!怎么又依靠起村干部来了?"

冯文光沙哑着嗓子,走过去说:"老李!怎么你怕干部好了?党员干部好了,工作有什么亏吃?那不是党的光荣?"

李蔚说:"不是要整他们的党吗?村干部在村里工作这么多年,都成了土皇上、坐地虎了。他们和封建势力都有一丝半缕的联系,这种关系或明或暗,若有若无,蛛丝马迹,这是土改运动的绊脚石呀!叫我看要下决心'搬石头',群众运动才能大踏步地前进,才能搞好土改。"

李乔本来不想多说话,因为他闹不清怎么算对。可是他听李蔚过来过去老是摆村干部的不是,心上不服气,把脖子一拧红着脸说:"叫你这么一说,党员干部不是土皇上就是绊脚石,要不就是新兴黑暗势力,一团黑暗了!八年抗战,打鬼子支援前线、坚持地区、送公粮、做军鞋、抬担架、护理伤病员……都是谁干的?当然坏的也有,总是少数。土改运动了,怎么能把他们一脚踢开?"

闻小玉听李蔚说得不在理,也拉开话匣子了。这闺女嘴快不让人,一步抢上去说:"再说,还没有整党,不进行说服教育,你知道谁好谁坏?不问青红皂白,就一脚踢开?这就是过河拆桥，卸磨杀驴！以后这村干部谁还愿当？你说！"小玉这个年轻的女同志，还有点孩稚脾气，一边说着伸出手指头去剜他。

李蔚撇着个嘴，轻蔑地说："我那天爷！姑奶奶这么一说，我的错误就大多了。"

他这么一说，人们就仰起头哈哈大笑了一阵子。

闻小玉涨红了脸说："谁的对听谁的！还不叫俺说话哩？"

周大钟见大家争论得观点逐渐明朗了，问题讨论得差不离了，缓缓地说："就这样吧！"他抬起眼睛询问了大家一遍，接着说："整党也是为了搞好土改，在土改运动里穿插着进行整党，使党进一步得到纯洁，这个没有什么矛盾。村干部是贫雇农的，参加贫农团，好的党员干部，受贫雇农拥护的干部，参加主席团也没有矛盾。大家想想是不？"

会开到这里，大家的脑子有些热了，就闲不下去了，也坐不住了。一个个在屋子里走来走去，一边走着，低头抬头地思考。停了一会子，周大钟说："大家要是同意……"

李蔚不等说完，就急问："这支委扩大会，你打算什么时候开？"

周大钟说："趁热打铁，大家要是同意，下午就开吧，怎么样？"停了一刻，看看没有不同的意见，又接着说："支委扩大会是开门整党，滚锅下饺子，也甭盖盖帘了。"

大家沉默了一刻，事情就算这样决定了。时间不早了，也该散会吃晌午饭去了。

闻小玉和罗慧得了什么胜利似的，两个人从床上咕咚地跳下来，挽着手儿，又说又笑走出学堂。罗慧问："怎么你的思想也转变过来了？"小玉说："这几天，我老是琢磨，搞土地革命不是一件小事，对革命事业不持己见，谁说的对就听谁的，要是搞

197

小团体维护坏人，那就有损革命了，是立场问题。"

李蔚憋了满肚子的意见，也不想说了，觉得说了也没人听他。当他听到小玉和李乔也站到周大钟那边去的时候，睁开俩大眼珠子瞪着他们。听说散会，懒洋洋地低头耷脑地走回去。他今天走了抄道，从村西里踏着漫地走回来。一来肚子饿了，想快点吃饭；二来今天的会开得不愉快，一个人蹑悄悄地走，图个清静。

# 17

李蔚走回家去，一进大门，登华媳妇正坐在灶膛门口做饭，她说："你回来了，饭还没熟呢！会一定开得很好吧？"

李蔚说："你就甭提了，要多不顺心有多不顺心！我这个副队长简直不如不当。人家是贫农、游击大队长，我往哪儿搁？一说就拧了，一说就碰了，怎么也弄不对付。咳！鸟往高处飞，水往低处流，人在矮檐下怎能不低头啊？"

正在说着，登华从门外走进来，一见李蔚，笑眯眯地问："怎么样？今天的会都是讨论什么问题？"

李蔚说："你做准备吧，下午就开始整党！"

登华听了大吃一惊，说："怎么又整党呀？这次又是整什么重点？"

李蔚说："还不是老一套？经济问题，政治问题，立场问题，作风问题……"

登华说："这个好说，检讨检讨就过关了。"

李蔚说："反正没有过不去的火焰山！"

说着，登华媳妇端上饭来。吃着饭，李蔚说："整党就是斗蛐蛐儿，你咬我，我咬你，咬来咬去，张三还是张三，李四还是李四，谁都是全身的毛病。叫我看，还是搬开石头闹土改，多么干脆！免得闹矛盾。"

登华一听，两条眉毛都飞动起来，说："你这招儿高！大家伙省得在会上受罪。"

李蔚说："你提意见，他可也得听呀？别看胡萝卜不大，长在背（辈）儿上了，又是老贫农，又是游击队长，咱说话算是不灵。"

刘登华说："你可说呀！我是副队长！"

这时，李蔚满脑子解不开的疙瘩，自从来到官渡口村，他觉得事事不遂心，自己做了多少年地方工作，本想在土改运动中露两手儿，可是说话越来越没人听。他认为周大钟是当兵出身，根本不熟悉地方工作的规律，可是这早晚他领导土改，他说了有人听。他说："真是！这人要是倒了霉，喝口凉水也塞牙。"他胡乱吃了两碗饭，靸上鞋子走到东头屋里，倒在炕上就呼呼地睡着了。

当他醒过来的时候，抬起头一看窗格棂上的阳光，喊了声："登华！快去开会！学堂里，吭！"噌地跳下炕来就往外走。一边走着，一边寻思上午开会的情景。急急慌慌走到学堂，推门进去，土改队的人们都到齐了。王二合、李固大嫂、刘老迫、朱老喻、李振山、刘冬也都到了，最后一个才是刘登华。闻小玉把几条板凳移到西墙下，说："立客难打发，大家请坐吧！"

人们坐好了，各自低下头想心事。自从土改队来了，这是第一次开干部会，还不知道讨论什么事情，都在猜测、考虑。周大钟望了望李蔚，说："你谈谈吧？"李蔚说："我谈哪？"他睁睁眼睛朝周围看了看,说:"还是你谈谈吧!"本来他是想谈,可是他这么一推,周大钟就接上说:"我谈就我谈!"他向前走了几步慢搭搭地开了腔:"土改队来到官渡口村,有这么一程子了。土改的意义谈的不少了,今天不谈。整党问题还没有说过。今天到会的差不多都是老同志,支部委员。经过了战争,尝到了辛苦。一九四二年以后,党内整过一次风,目前进行土改了,需要把思想、作风整顿整顿,把党的组织整顿整顿。整顿好了队伍,好上阵打仗!自己的缺点错误,主要由自己认识、检查,也让别人提提意见,进行帮助。根据中央指示,邀请贫雇农参加,给党员提意见,进行监督。今天是第一次会,也没有叫老贫农参加,为了给你们一个回旋的时间。不管有多大的错误,检查出来,批评了,改正了就好。要查思想、查立场,看看党内是不是有地主富农分子、蜕化变质分子。今天开的是支委扩大会,带头检查,自己说互相提。本着团结—批评—团结的原则,惩前毖后,治病救人!官渡口村党内有团结问题,群众三姓三族,也有不团结现象。希望通过土改整党,把问题解决了。团结在党的周围,进行战斗。不团结怎么能搞好土改运动?我就谈到这里,看李蔚同志有什么意见?"当他讲着话的时候,心上很是沉重,多少年的问题,抗战八年没解决的问题,集中在土改里解决,能不能解决了?他还没有把握。他觉得应该有把握,因此他谈得很慢,一个字一个字谈着,一点不带火气。

  周大钟谈完了,递了一个眼色,叫李蔚说话。李蔚站起来说:"不团结,搞不好土改运动。不团结,什么都搞不好,自己的错误自己谈出来好。就像我吧,我是犯过错误的,错了我就检讨,检讨好了,我就又当了土改队的副队长。犯了错误并不可怕,可怕的是不认识自己的错误,不能改正自己的错误。工作许多年了，谁能没有一点错误，有错误改了就好。"他冠冕堂皇地讲了一阵子，但总觉得言不由衷，说深了不好，说浅了也不好。他觉得应该说到自己，自己不谈别人也知道。可是完全说了也不好，也不肯赤裸裸地说，叫别人听了，稀汤寡水的，没有什么意思。

李蔚说完，周大钟又向李乔、冯文光、闻小玉、罗慧打招呼，请大家发言。

李蔚走到周大钟跟前，低下声来和他交换意见，表示尊重的意思。王二合、刘老迫、刘登华都低着头听着。王振山、刘冬什么也不说。屋子里有一时的静寂。

一九四二年到一九四五年的整风运动，是在县级以上干部中进行的，个别有问题的区级干部也调去参加。"八一五"日本鬼子投降，紧接着扩大根据地，大批干部调赴新区工作，县、区、村大力支援前线。这次整风，县级以上干部进行整风，村级干部要在土改运动里穿插进行，请贫雇农参加，在村级来说，收效会更大。可是人们心上没有底；刘登华想："当了几年治安员，还不如不当，光当我那老贫农多痛快！"王二合心里挺沉重，他想：自己入党十几年了，当干部十年了，许多工作达不到上级党的要求，总觉得对自己不满意。思想上、作风上也有许多缺点……想到这里，他抬起头来看了看，还是无人发言，两只手用力握住衣角站起来，说："自从卢沟桥事变以前参加抗日工作，也有上十年了，在许多方面，都有缺点错误，很觉得惭愧，对不起党，如今要搞土改，我们这些党员、贫雇农们要上阵了，背着满身包袱怎么能打仗？希望同志们多多地给我提意见，我一定虚心地接受，坚决地改正。"王二合说完了，觉得满脸发热，两只手才松开了衣角。

周大钟看王二合说完了，觉得应该鼓励几句，使整风运动走向高潮。他说："王二合同志引火烧身，要求贫雇农和同志们提意见。这是第一次整党会议，一定要好好接受意见改造自己，提高党性，为无产阶级的事业付出血汗。大家有什么意见，放心大胆地提吧！"

会场上一时沉默。刘老迫等了半天，看没有人发言，冷场也不好。他慢慢站起来，左右看了看，两只手互相攥紧，说："在这个村里来说，我们是老伙计了，我先开个头。"周大钟见刘老迫领头发言，很高兴。他笑了说："老迫同志打第一炮了！"

刘老迫是个胖壮个子，五十多岁年纪，满脸花白胡子，是官渡口村历史较长的干部，威信不低，是个能说能行的人。他清了清嗓子，笑了说："我跟二合同志并肩作战十年了，二合同志的事，我摸个马七马八儿①。咱们打着节儿说吧！在抗日初期，开辟工作的二三年里，二合同志一片火热，干起工作来就忘了吃饭。发展党员、建立支部、宣传统一战线、征粮、扩兵、献金、支前、合理负担、减租减息，哪一个工作里，二合同志也是一马当先。根据地建设的那几年，建设村政权，实行大选，办学堂，开识字班，在周围十几个村子里，就数咱们这个村搞得火爆。"

接着，他谈到地区变质，环境残酷了："大扫荡"来了，这里变成敌人的世界。汉奸特务横行霸道，地主豪绅们成立了维持会，支应日本兵和伪军，想推翻统累税，按亩摊派粮款。二合听到这个消息，立刻找到刘老迫，把这个消息告诉他。

那是一个惊险的场面：

抗日时期，日本兵那场大规模的"扫荡"以后，八路军转移到外线作战，区县武装被破坏得七零八落；日本鬼子成天价抓

---

① 十分之七八，大概。

民伏，修得公路如网，岗楼如林。官渡口村北里也修上一个大岗楼，住上一队日本兵，两连皇协军，今天要肉，明天要米，成天价在村里瞎出溜①。共产党和抗日政权转入地下。正在这个阴惨的时期，官渡口村上一度出现阴谋反攻倒算事件：上排户成立伪政权，推翻统累税，实行按亩摊派。这时期官渡口村的干部们，不太负责任的人就串亲的串亲，访友的访友，离开村了。王二合和刘老迫白天隐藏在小河两岸的草原上，晚上进村走走看看，也不敢到村公所去。王二合听到这个消息，他可是沉不住气了，悄悄地在小河两岸找刘老迫，找找这边没有，又找到那边，那边没有又找回这边——那时即便是最亲密的朋友，也不让知道自己睡觉的地方。王二合正在河边走着，冷孤丁听到树上一阵婉转的鸟叫，鸟音很大很硬。王二合猛地抬起头来一看，刘老迫两条腿骑在树杈上，正眯着眼儿装睡觉。他看见王二合在树下走过，说："老伙计！楼上来歇一会儿吧！"

王二合说："快下来，天大的事这就来了，我正在找你，你倒会找地方歇着。"

刘老迫看王二合脸上带着劲，两手扳住树杈，一个坠轱溜儿跳了下来。王二合拉住刘老迫的手，走进柳行子，王二合说："咱就在这儿谈吧！"两个人盘腿坐在柳荫之下。二合说："老迫同志！大部队转到外线作战，眼看地区变化了，革命低潮这就要到来了，今天找你说个话儿。我听见一个消息，今天地主富农们在学堂里开会，要推翻统累税按亩派粮款，实际上就是推翻咱这抗日民主政权。咱们俩出出面吧，要不然汉奸恶霸横行，咱这抗日的工作也就算完了……"说着，几颗大泪珠子滚出眼眶，噼里啪啦地落在地上。

① 溜达。

刘老迫一听，攥起两只拳头，说："唔！"他唔了一声，端起架子，也不说什么。

王二合说："咱们俩出一下头吧！"

这时刘老迫两颊通红，激动得两个脸庞禁不住地直打哆嗦，说："人活八十也是死，今天死了也不算短寿了！"

说着，刘老迫两条眉毛就倒竖了起来，把胸脯一拍，说："只要我两个活着，官渡口村的抗日政权垮不了，我们不能跟汉奸政权在一个天地之间活着！"

王二合脸上一下子红起来，激动得红到脖子上，拍了一下胸脯说："对！一点不错！只要我们有口气，就要跟他们干到底！"说到这里，王二合又说："既然这样，今天咱们两个就要大打出手了！"王二合又把上排户阴谋成立维持会，推翻抗日政权，推翻统累税，要按亩摊派粮款的后果说了说。

刘老迫一听，腾地从地上跳起来，伸出拳头敲击着胸膛说："一不做二不休，扳倒葫芦洒了油，说干就干！"

说着，两个人走到柏老槐的小屋里。二合叫老大娘把老槐大伯叫回来，走上去紧紧攥住老人的手说："大伯！今天我们要进维持会，不知学堂里有没有鬼子伪军？"

柏老槐伸长了脖子，寻思说："你们要到学堂里去，鬼子伪军虽然没有，可是上排户正在那里开会呀！听说他们要推翻统累税！"

王二合说："就是因为土豪恶霸们要推翻统累税，我们才要进维持会。有一句话，我们要告诉大伯，要是我们出不来了，就请你老人家发动咱们同志们动动手脚！"

柏老槐听着，由不得红了脖子脸，激动得两手打着哆嗦，说："既然你二位同志肯为党出力，我柏老槐紧跟着！一旦你们出不来了，我叫咱同志一齐上去，砸了维持会，把你们抢出来！"

这时，二合从门倒口柴堆里拿出景士昌留下的那把盒子枪，插在背后腰带上，刘老迫从床底下抄起一把劈柴的斧子。柏老槐看他们身上带了劲，行动有些特殊，也跟了出来，从屋檐下拿起船篙跟着。二合说："老人家这么大年纪了，不要去了吧！"

柏老槐说："人活百岁也是死！听到风声再去，不是正月十五贴门神了？"说着，气冲冲跟在二合和刘老迫后头，走着通向学堂的小道，到村公所去。走到离学堂不远的地方，他说："我就在这里站着，要是有伪军鬼子来了，我就大喊：'要开船了！'有人问我：'你在这里干什么？'我就说：'等人上船。'你们走着，我就去召集同志们来这里等着。"

三个人在一块规定好了，王二合和刘老迫大摇大摆走向村公所，门口已经挂上"官渡口村维持会"的牌子。当他们走进村公所，那些穿袍戴帽的人们正在就着点心喝茶。一见他们两个人走进会场，一个个瞪出两只眼睛看着。王二合和刘老迫不言声儿坐在李福云一边，上排户的人们看三大绅士不把王二合和刘老迫看在眼里，也就放下心继续开会。王二合和刘老迫坐在李福云一旁听着，李福云并没有把他们放在眼里。李福云和刘作谦、王健仲一答一理儿说着按亩摊派的话。王二合听到紧关节要的地方，心上的怒气起伏不平，实在忍无可忍了。他手疾眼快，两步走过去伸开两只手从煤火炕上把李福云拉过来，一手拉住领口，一手攥住他的棉裤，抡了一个圈，又把李福云高高举起。一开始的时候，李福云并没有把王二合和刘老迫放在心上，思想上没有准备，他没有想到王二合敢跟他动手。可是，他的身子一离开地，腾了空了，他想使劲也使不上了。那些地主富农们，吓得脸上蜡碴一样黄。那时李福云还在抽大烟,面黄肌瘦,牙齿打着嘚嘚,说:"这是干什么?这是干什么!兄弟?"这时李福云不是没有力气跟王二合较量,在他的心理上来说,他认为在日本人的势力之下,王二合不敢怎么他。这时王二合年轻力壮,脸上像大枣一样红,猛地把李福云举过头顶说:"告诉你们说,我是官渡口村共产党的支部书记!"刘老迫紧跟着说:"我是村长!"李福云一看这势头可就害了怕,可是他已经身在空中,也不敢挣扎,只好哀求说:"干什么?这是干什么?开会,同意不同意说话嘛!兄弟!"王二合张开大嘴大喝:"官渡口村的政权,是抗日政权,有敢说推翻统累税的,他就要和李福云走一条道儿!"这时,他用足了力气,把李福云往墙角里一摔,李福云纹丝不动,假装死过去。

  王二合和刘老迫也不敢恋战,王二合伸手从怀里扯出那把盒子枪,举在手里,刘老迫举起劈柴的斧子,怒气冲冲走出学堂,柏老槐手拿船篙和同志们在门外高粱地边上等着,匆匆走到渡口上船,把他二人送到小河对岸。

  王二合大闹维持会,这个故事,直到如今还在民间流传。这件事情,也是官渡口村人们永远不能忘记的。王二合的豪气镇住了地主富农,不敢再成立维持会,不敢推翻统累税,稳住了官渡口村抗日阶级阶层的联合专政,地主阶级再不敢吭声。他们中间,有人竟敢投敌叛国,或是反攻倒算,他们会明白,这把盒子枪和这把斧头就是他们的对头。

  刘老迫谈到这里,他说:"要说那时二合同志有错误、有缺点,就是还没有把那些恶霸豪绅汉奸卖国贼们赶尽杀绝,没有绝了他们的种。日本鬼子投了降,国民党又打回来了。二合同志跟着担架队支援前线,一去就是半年或是两个月……"刘老迫说到这里，昂起头挺起胸膛，说："群众的眼睛是亮的，二合这些年来，立场没有错过，一心为党、为咱工农群众着想。在打鬼子上，在和阶级敌人斗争上，没有含糊过。二合当干部这些年，房还是那几间土坯房，地还是那二亩下洼地。为了工作，把地里的活也耽误了，成年价早起晚睡，不图名不图利，大家伙都看着！"

刘老迫的话，人们听了，不住地暗暗点头，交换着同情的眼光。当刘老迫说话的时候，王振山抬着头，尽望着房梁，等他说完，也站起来说："十年工作，二合同志优点多，缺点少，这就不用说了。错误呢，依我看不是没有，咱就说这一九四二年吧，天灾人祸，家家灶筒里不冒烟，可二合家里没断过顿，大街小巷有议论。"说到这里，把右手向上一扬，说："算了，我就说这么一点。"王振山说完，耸了耸他的吊弓肩，眨巴眨巴两只很小很亮的眼睛。人们都说他心里窟窿眼儿多，也不过有些机灵罢了。也有人给他总结了几个字，叫作尖、酸、刻薄、嘎。

刘登华听王振山提出问题，好像打开了他的百宝箱，说："现在是整党的时候，有意见就得提。要不是整党，我把它烂在肚里也不说。我也是听到一些风言风语，二合同志在这上头有问题。要是没有问题，怎么大家都挨饿，你有饭吃？请二合同志答复！"听他的语音很硬，好像是有确凿的证据。

刘冬看登华说了话，也咕咕哝哝随着说："人们都说二合同志有问题，可我也不知道问题在什么地方。因为我还年轻。"

人们发着言的时候，朱老嗡只是鸦默雀静地端着烟袋抽烟，吧嗒吧嗒一袋，吧嗒吧嗒一袋。当他听到王振山尖刻的语调，看到刘登华发言时的刻薄和傲慢，他心上要多么别扭有多么别扭，按捺不住性子了，等人们说完了话静下来的时候，心上那股火气一下子升上来了。他慢搭搭地从板凳上站起来，说："我们长工哥们向来对村里的事情理会得少，可也有个议论。我是共产党员，官渡口村支部整党了，也该说句话了；我这个人直，说话不会拐弯。我说王二合同志是个好党员、好干部。一九四二年那年，人们光看见他灶筒里冒烟，没看见他们吃的草根和秕糠。一家子闹浮肿，你们心瞎眼不瞎呀！看不见吗！"他越说越生气，用力在鞋底上搚着烟锅，花白胡子在嘴唇上一撅一撅的，愤怒的眼光寻着王振山和刘登华说："振山！登华！刘冬三位同志应该严格检查。不检查的话，怕是贫雇农不让！"这人说起话来心上足着劲，声音挺大。

朱老嗡的发言，在会场上扭转了锋头。他的用意，王二合明白，王振山也明白。这样一来，矛盾就转到刘登华和王振山身上去了。刘登华和王振山在党内斗争上是有经验的，他们在低着头寻思，等待机会，想个什么办法，再把矛盾的锋头转移过去。

朱老嗡看王振山的脸色发僵，他想：估摸是这么回子事了，推倒葫芦洒了油！他撅动了几下小胡子，瞪圆了两只眼睛，说："我实话实说了吧！党员干部里，有人的屁股和地主坐在一条板凳上，有的人有作风问题，还有人闹宗派，谁心里有病谁知道，单等着你们检讨呢！我的话，说没完也没完，说完了也算完了。主动权在你们！"

这时周大钟站起来，走前两步，说："朱老嗡！你有什么话尽管说吧，今天是整党的会议，有话就说，说就说完。"

朱老嗡叉开两条腿，手里拿着小烟袋，绷着嘴唇，睁起圆眼睛说："那，我可说了！"

刘老迫摆着两只手，说："看你这个人，该说你就说呗！"

朱老嗡说："我不说憋在肚里也顶得心慌，我就说吧！"他倒背起左手，扬起右手指画着说："振山同志！你得考虑'大扫荡'以后的问题。刘登华同志考虑变化问题。刘冬同志！你得考虑作风问题！"

王振山看矛头冲了他来，一下子蹦起来，说："哼！朱老嗡！你说就说个明白，我'大扫荡'以后有什么问题？"

刘冬也站起来，黄着个脸说："我作风有什么问题？你说明白，不明不白叫人捉摸不透！"

朱老嗡一见王振山和刘冬动了火气，也跳起来，拍着屁股喊："怎么了？怕说呀！非说不行！你们窝脓屙血的事，我们老长工完全知道。今天开会到这儿，明天工会要讨论。我们工会几年了没对你们干部提过意见，今天是整党，你们不叫提意见行吗？我们一定要提，提定了！"说着，粗了脖子红了脸，拿起腿来就往外走，把门拉开，一摔就出去了。一边走着说："光说村里乱了，可闹阶级斗争不乱吗？就是一团乱麻也得理出头绪来！"

王二合紧跑两步，赶出去拉朱老嗡。朱老嗡说什么也不肯回来，王二合硬要拉他回来，两人撕扯了半天，最后还是把他拉进屋里，按在凳子上。朱老嗡说："我们是老长工，不能在支部会上说话！"

王振山撒开尖嗓子大嚷："谁不叫你说话来！这是党的会议，谁敢不叫谁说话！"这时，王振山也生了气，小砚窝脸一时变紫，一时变红。

周大钟看目前的会实在开不下去了，再者，这次会虽说开得不够理想，但也提出了问题，看出了头绪。他站起身来，慢条斯理说："会就先开到这里，虽然会开得不够好，也算给整党开了个头儿。在土地改革里进行整党，是中央的指示，把党整好，是开展土改运动的关键。队伍整顿不好，土改工作就做不好。整党工作一定要进行下去！以后要全体党员参加，请贫雇农提意见，大家多想想。今天开到这里，以后接着开。"他问李蔚有什么话要说不，李蔚摇了摇手。周大钟宣布："散会！"

周大钟话音刚落，王振山抬起脚嗵嗵嗵嗵地走出去。紧接着刘登华、刘冬也出去了。王二合和刘老迫走在后头，刘老迫拍了一下周大钟的肩膀说："周队长！你看怎么样？"

李乔、冯文光、闻小玉、罗慧尽睁大着眼睛，看看这个又看看那个，大眼瞪小眼儿。他们还没经过这个阵仗儿，觉得心气很紧张。

刘登华在头里走，刘冬在后头跟着，他不回家，一直跟刘登华走到家里。登华坐在破圈椅上，把腰弯下去也不说话，刘冬以为他不知道他在他的跟前，说了一声："怎么办啊！华哥！"

刘登华抬起头来，泪眼婆娑地说："怎么样？躺下干吧！"说着，大哭起来，又说："我就恨老迫叔，人家打我们，他还拉偏架。"

刘冬虽然还未经过阵势，见登华哭得这么痛心，也抽抽咽咽哭起来。正在这时，登华媳妇回来了，一进门看见这个架势，说："光自叫人家整了你们个花瓜样！说也不行，你们肚里不长牙，干到什么时候败到什么时候！"说着，也抻起衣裳襟擦眼泪。

李蔚慢慢走回家，一进门看见一家人像开灵吊孝，哭得不行。他进去不是出来不是：进去吧，无话可说；出来吧，他一只脚已经进了门。只好一步一步走进去，坐在炕沿上。登华见李蔚不说话，他说："他们要整我们！"

刘冬也说："兴许他们想开除我们党籍！"

李蔚生气说："开除党籍，门都没有！你们坚持斗争，谁没有错误！批评几句不算什么！"

一家哭哭泣泣地闹腾了半天，等吃过了晚饭，刘登华拉了刘冬一把，悄悄走出来，去找刘老迫。刘老迫吃完了晚饭，正在院里站着抽烟，一边抽烟，仰起头来看星星，见登华和刘冬进来，兀自走回屋里，登华和刘冬也跟进去坐在凳子上。刘老迫见刘登华和刘冬愣着眼睛没好气，说："怎么样，过了瘾了吧！"

刘登华说："人家整俺们，你在一边看笑话！"

刘冬也跟着说："我们成了死老虎，开除我们党籍，你脸上也不光彩！"

刘老迫一听火气更上来，说："这是怎么说的？这就算完了？这不过是开了个头儿，好像演戏，这是个序幕。今天给你们留个后景，做个思想准备，有错误该检讨了！以后还有贫雇农积极分子参加。今天只是稀稀拉拉几声枪响，看老贫农老雇工的吧！迫击炮、小钢炮、高射炮、八个骡子拉着的大野炮这就上去了！你们小嘴儿舒服了，大脑袋吃吃苦吧！"

刘冬一听，一下子跳起来，又是哭又是笑地说："你看这是到了什么时候了，还趁愿！"

这时，刘老迫一家人刚吃完了饭，听到这里，一家人咕咕咕地笑。

# 18

学堂里开了一天的会，下午的会开崩了。虽是干部会议，也震动了三街六巷，议论纷纷，成了人们政治生活的中心。贫雇农人家觉得扬眉吐气，中农人家不凉不酸，地主富农人家只是在心上走事儿，他们打定主意，等待时机。

那天黎明时分，地主李福云听到老槐大伯的喊声，猛地从睡梦里惊醒过来，骨碌着两只大眼睛，长出一口气，把烟簸箩拉到枕头边上，拿起大烟袋，伸起大拇指头装上一锅烟，把绿玉烟嘴含在嘴里，睁圆猫头鹰似的黄眼珠子骨碌转着，看着房梁抽了一袋又一袋，抽得满屋子烟雾腾腾。一边抽着烟，他心上在琢磨着一件事情，这是任谁不能说的，甚至他的老婆孩子。

老婆子在灶膛前吹火做饭，嘟嘟哝哝地说："也该起了，无论怎么，这日子还得过呀！"

李福云说："大街上嚷嚷什么？"

老婆子说："柏老槐骂街，咳！这年头，有胳膊腿儿的人都得出来耍巴耍巴，真是吓破人的苦胆了！"

李福云问："他骂的什么街？"

老婆子说："骂贴蒙头帖子的。"

李福云趁怨说："他骂吧！吃鸡的顺嘴流油，骂街的顺嘴流血。贴蒙头帖子不过是个小意思，老鼠拉木锨，大头还在后头呢！"

自从共产党八路军到了这地方，他们逐渐失去政权，甚至连说话的地方也没有了。可是直到现在他还是不甘心，成天价里走外转，老是嘴里砸姜磨蒜，已经是拔了毛的凤凰不如鸡了。

老婆子说："甭嘟囔了，快起来吃饭，人家都说要分地，分浮财，也该盘算盘算了，老像没事人儿！"

李福云丧气地说："这年头，没有办法呀！在那个年月，大清皇帝我还敢跟他较量，明里我没有考中，暗里我还是有功名的。直到如今，我在大街上一立，人们还知道我不是白丁。"接着，他冷笑一声："哼哼……这共产党咱斗不了。"嘴上这么说,他心上还是不服气,老是觉得肚子里有股气出不来,气得小肚子鼓鼓的。他暗自说:"我可别得了气鼓病!"

老婆子说:"甭说了,你吃饭吧!这饭也说不定还能吃几天?"

李福云说:"天有不测风云,人有旦夕祸福啊!多少次运动我都过来了,这土改运动不知后果如何呀!"他说着翻身起炕,穿上衣服,要是在往日,他要穿上新洗的衣服,穿上新鞋、灯笼裤子,出去练两趟功,回来再吃饭。吃了饭提上鸟笼子出去遛一遭。自从抗日战争,他知道练功没用了,反倒找麻烦,鸟也不遛了,只是挂在北墙上晒太阳。听说国民党在北平天津"复员",他想:万一还能兴时呢!就又练起功来,也有兴趣遛鸟了。自从三里五乡里闹起土改运动,就又坐上没底的轿了。尤其头伏棚里住上土改队,索性功也不练了,鸟也不遛了,成天价像有小猫子抓心,烦躁不安,走出走进地琢磨着怎么对付八路军、共产党。他今天起了炕,穿上他的旧夹袍,破马褂子,戴上他的大疙瘩帽盔。吃了面,对着镜子看了看他的黧黑的面皮、八字胡子,头发也苍白了,但身形也还五大三粗的。歪起头看了看窗外,阳光晒满了院子,鸟笼挂在北墙上,不知趣的百灵鸟受了一点阳光的温暖,就吱喽吱喽地叫个不停。他走过去对着欢蹦的鸟儿出了一会神,叹口气说:"咳!人不如鸟,只要不死,还能欢乐几天。如今提心吊胆过日子,还不如不活着!"

他走出二门,站在高台阶上,探出头瞄了瞄,看长工们都下地了,头伏棚里没有人,一槽骡马正在吃草,又一步一步走回来。用力绷紧了嘴巴,走到屋里家伙柜子跟前,拉出抽屉,找了几根铁钉,还有一支破针,紧紧攥在手里。他抬起头想了半天,出了一会儿神,冷不丁地想起什么,匆匆走出来,在外院夹道里扯了一把干高粱叶子来。他想到：这高粱叶子是大骡子大马最爱吃的东西。他用嘴含起一口水，喷在高粱叶子上，然后用叶子把铁钉裹好，攥在手里，得意地笑了笑。左右看了看，没有别的人，他假装没事，一步一步走出来，慢慢走进头伕棚里，拿起筛子筛草喂牲口。那大牲口一看有人喂它，一齐挤过来张开大嘴要草吃。他拍拍黑乌头大辕马，说："咳！你知道吗，你知道我有多么喜欢你们，几年以前我花几百块大洋，从三百里以外把你买了来。而今，你要归贫农团了，我心里难受！"说着，把那团高粱叶子递给它。那马已经有多少日子吃不饱草料了。张开大嘴未待得嚼就吞下去了。他又伸出手抚摸着大辕马的头顶，说："咳！你去吧！到玉皇大帝那去吧！"他好像做完了一件大事，心上的石头一下子落了地。可是他还是留恋不舍，回过头看了看他的大辕马，嘟嘟囔囔，说："盼你上天言好事，回宫降吉祥！"说着，走到梢门口上，又探出脑袋向左看了看，又向右看了看，见大街上没有行人，急走了几步溜进小胡同里，对着阳光向东走去。出了胡同口路东里是一个小榆树林子。他走进榆树林子，榆林深处是三间土坯小屋。他推开小门进去，门转轴潮湿，也不响一响。一个人激灵地从里间走出来，他像听到有人进来。此人长头发，惨白的长脸，披着个破袍子，猫着腰抬起头来看，转着灰眼睛看了半天才说："爷！是你来了，屋里坐！"

他关上小门，屋里很黑，窗上糊着几层褐黄色的纸，几乎透不进光亮来。他每年糊上一次，但是并没有把旧纸揭去，只是一层一层糊上去。在他认为，多糊一层反正暖和一些，不管有光亮没光亮，他已经习惯在黑暗中生活。李福云走进里间屋坐在小柜上，问："砂锅子！你吃了饭吗？"

砂锅子说："没，才起炕。"小屋子里靠南窗有一条小土炕，炕上铺着一块破席头，一条破褥子，像麻花一样扔着一条破被子，一个破枕头，油腻得不行。他这个卧铺像黑油煎的馅饼，十几年没有洗过。墙上被炊烟熏得漆黑了。

李福云从袖筒里拿出两个黑褐色的窝窝头，说："锅子，你吃吧！"

砂锅子急忙接过窝窝头，说："唔！我已经几天不吃早饭了，想吃也没什么可吃的。"今天看见窝窝头，脸上似乎有点笑意。他不笑还罢，一笑起来，惨黄的脸上显出几条干硬的裂纹，倒像哭的一样。

自从抗日战争以后，砂锅子就在游击小组里混，看秋看麦分点粮食，拆城破路的时候，混碗公家的饭吃。日本鬼子占领时期，当了一阵联络员，后来联络员也不能当了，就在村公所招待过往人员，吃碗剩饭。他就是这样过来的。

李福云睁圆两只黄眼珠子看着砂锅子说："那天说的那点事怎么样？你看土改运动就要开始了，想个什么办法窝下点东西，好吃饭哪！"

砂锅子一面吃着窝窝头，一面说："说句真话，对于你老人家来说，土改虽然不是天塌地陷，可是像人们嚷嚷的，把浮财分了，把田地分了，把庄房分了，你还有什么？到了那时分，你老人家不和我一样了？自从我给国民党当兵回来，你老人家要是不借给我这两间小屋，我就只好住招魂庙了。咳！这早晚两手空空，把两只鞋一提就算搬了家了。"

砂锅子是李福云的本家孙子，年幼时候，父亲母亲在世，还有二十多亩地，养着一头小牛。砂锅子也上过几年学，念过几本书。他在学堂里常听到人家说，出去当兵可以升官发财，要是种庄稼就只有一辈子土里刨食儿。于是他偷偷跑出去当了十几年的兵。一个人单身只影到处是家，东西南北，跑了十几年的大海。在封建社会里，树叶只有落在树底下，结果他并没有当了官，也没有发了财，于是他在一个深夜里，背着一支大枪开小差回来了。一个开小差的人，只有晓住夜行，偷偷摸摸地走，要是被捉了回去，下半截也就被打烂了。他侥幸回到老家。当他还未进村的时候，脑子里还在幻想着：他的三合子小房，老爹老娘还为他看守着。还有几辈子流传下来的几件木器家具。可是当他进了村，寻来寻去，寻到李家街上朝西开的白茬小门，推门进去，小院里鸦雀无声。他哑默悄声地叫了一声："爹！"无人答应，又叫了一声："娘！"这时从屋里走出一个三十多岁的媳妇，愣怔着两只大眼睛看着这个穿二尺半的大兵，一个瘦高个子，扛着一支大枪站在她的面前，她害怕得浑身激灵了一下子。砂锅子冷酷地问了一声："你是我的什么人？"在他的联想里，他走了家中无人，可能是老娘要了一个干女儿，也许要了个男孩子娶下媳妇了。

那媳妇睁圆两只眼睛，说："天爷！你想干什么？我哪里是你的什么人？我是李运子家里的。"砂锅子说："过去这房子是我的！"李运子媳妇说："过去也许是，几年以前俺家就花钱买了。"这时砂锅子可就慑了眼了，身上凉了半截。他呆呆地问："我爹呢？"李运子媳妇说："十几年以前这里住过一个老头子，后来病死了。"听说老爹死了，砂锅子眼里含着泪花说："我娘呢？"李运子媳妇说："几年以前这里住着一个老婆子，儿子跑了，老头下世了，没有生活的路，几亩田地卖着吃了，把这个庄屋卖给了俺家，搬到庙里去住，要着饭吃，活了几年也下世了。"

砂锅子听到这里也就明白了，他冷冷地问了一声："那，我还有什么呢?"他害怕的并不是爹娘去世,老实讲爹娘去世对他来说并没有什么可怕的,可怕的是今后的生活无有着落。这时,李运子媳妇已体会到这个人是砂锅子,她说:"你是叫砂锅子吧?"砂锅子点了一下头,说:"唔。"

李运子媳妇仄起脸儿看了他一眼,说:"知道你是李家门里的,自从你跑了,十几年没有音讯,老爹老娘没有人扶持,只得去卖家产生活,人们常说,有财有势的时候,就有人来亲近,一旦无财无势了,人穷了,有谁来管呢?当家当户也不敢亲近了,两个老人就这样一个个折磨死了。"砂锅子说:"照你这么说,我就穷到底了?"说着,咕咚地一屁股坐在鸡窝上,叹口气说:"完了,什么都完了!"两只大眼睛直勾勾地看着那几间小房,浑身打了几个嚛呻,说:"啊呀,我李保忠连个立足之地都没了!"李运子媳妇说:"听说你当兵去了,死在外头了。"砂锅子说:"我没有死,我死了也是给当了炮灰!"说着拿起那支枪端详端详,说:"目前也只有这个玩意儿了!"李运子媳妇又问:"你和谁家亲?"砂锅子说:"我和李福云家近,老武举是俺家族长!"李运子媳妇说:"你走吧,这里也不是你的站脚之地,还在这里愣着什么?"

他在鸡窝上坐了一会儿,这时他想到:没了爹娘,也没了土地家屋,也就没有什么可想的了。他只好离开这里去找李福云,怀里抱着那支枪,见了李福云先下跪磕头,眼泪鼻涕,爷长爷短地央告了半天。李福云看他手里拿着一支枪,给了他一顿饭吃,叫他把这支枪留下,借给他这两间土坯小房,一些破烂家具和锅碗瓢盆,这才安下家来。自此,他拿着这支枪在李家院里走出走进,看家护院,看秋看麦的,成了李福云家的镖客。只要李家院里有些大事小情,风吹草动的,他就颠着屁股跑前跑后,围着李福云转。直到抗日战争,因为他会打仗,又当了几天游击组。

眼下长天老日的,他正没米下锅,饿得肚子里咕噜咕噜叫,李福云才送了两个窝窝头来,虽然是剩了几天的干饽饽,已经干得裂了纹,在他来说,吃起来还是无比的香甜。他用两只手一小块一小块地掰开,一小块一小块扔进嘴里,细细咀嚼着,只怕一下子吃完,他好像没了牙的老人,吃了半天才把两个窝窝头吃完,拍了拍手说:"唔!也算是吃了顿饭!"

李福云说:"今天夜里,你奶奶他们再给你拿过一点米面来。"

砂锅子说:"靠着大树好乘凉,靠着大河有水吃,有你这个老人在着,也算轮不着我挨饿了,可是也叫人怪不好意思的!"

李福云说:"你不吃也是白不吃,眼看这就平分土地、分浮财、分粮食,我今年七十多岁的人,还不知落个什么下场!"

砂锅子说:"老人家不用惆怅,一旦有个山高水低,有这个玩意儿在这,我保你活一辈子就是了。"说着,从一堆破衣裳烂棉花套子底下拿出一支小手枪,枪上还发着蓝色的光亮,是一支枪牌搂子。

李福云见了手枪,哆嗦着嘴唇说:"哦?你还拿着它?我以为你早就卖着吃了呢!"

砂锅子说:"我卖什么也不能卖这个,这就是咱李家门里的传家之宝!"

李福云说:"你快把它埋了,惹祸哩!"

砂锅子说:"不,这就要用着,埋上它我拿什么保护你。"

李福云咧开大嘴说:"那你可保存好,一旦露了风声,就有杀身之祸!我买它的时候花了五百斤棉花,是在一个深夜里送来的,任谁都不知道!"

砂锅子用破袍子擦着枪身说:"几次我想显显它的神通,可是为保守秘密,我还不敢叫它说一句话。我在算计着,在什么时候、什么节骨眼儿上使用它。"

李福云点点头说:"唔!金银还不露白呢!这东西更不能露了秘密,阿弥陀佛!保福保寿!"说着,他合了一下掌,朝前低了一下头。

说到这里,砂锅子好像死人还了阳,那股精神劲儿又起来了,举起手枪幸灾乐祸地说:"有我李保忠在,官渡口李家败不了家。我参加了武委会和游击小组,保你过了抗日关。如今要土改了,我保你过土改这一关!"

李福云听了,把眼一瞪,说:"好!好小子!你干吧!依我看你不只参加游击小组,还要参加贫农团,你是无产阶级嘛,能不参加主席团?"

砂锅子说:"是,穷得叮当响,我要当贫农团主席,把大权拿在手里,我说叫谁死谁就得死,我说叫谁活谁就活!"他伸出胳膊,攥紧了小手枪,绷起嘴唇,恶狠狠地说着。他自从当了游击小组时就想掌权,现在他还做着梦。

李福云一下子笑了:"唔!不要着急,大丈夫报仇十年不晚!"他又扭过头,眨巴着黄眼睛说:"我想把一些东西转移出去,你看怎么样?"自从砂锅子当了他的镖客,他就把他当成一件工具,要放在哪里他就待在哪里,要怎么使用就怎么使用。

砂锅子看李福云有所要求,他合紧眼睛,摇摇头说:"难,你那院里难!可是狗急还跳墙呢,人急了还造反呢!破出死去,还有什么难的?"

说到这里,李福云看准了砂锅子的用意。一面说难,一面又说:"你没有吃的还可以想办法。"李福云只有跟他说些好话,还作下一些保证。最后，砂锅子和李福云说好，要想转移浮财，得听砂锅子的指挥，李福云也答应下了。他说办这点事只有等夜深人静。李福云很觉满意，他抄着手儿，抱着长烟袋，一步一步从榆树林子里走出来。蒙古风刮起来了，刮得树梢乱摇，呼啦呼啦响着。黄色的风暴在大街上卷起漫天的黄沙，李福云趁着风势急忙走回家去。

砂锅子站在堂屋里看着李福云的背影隐没在黄风里，他一个人孤零零站在那里，看着昏黄色的天色怔了一刻。风势这么大，几乎遮得连太阳都看不见了。春天了，虽然刮着大风也不觉得冷了，他把袍子向上披了披，两手拉紧大襟裹紧了身子走出来，回过头锁上小门，一步一颠地往外跑。风越来越大，几乎像是推着他向前跑一样。走出树林，不走大街，向北去沿着村沿漫洼踏地抄过去，风势大黄土也太多，五十步以外看不见村庄树林。

他顺着大风跑一会儿颠一会儿，串过杨树行子走到黑炭家篱笆门口。到了门口，他还不就进去，停了一刻，听听屋里没有人说话，才蹑悄悄地走进去。听得门转轴吱呀地响，黑炭从屋里走出来，睁大了黑眼瞳看着李保忠，说："唔！是砂锅子！"

李保忠颠进小屋坐在炕沿上，两只手紧紧拉紧衣襟说："哼！我来看看有什么要紧的工作？"

黑炭见他这个寒碜样子，满脸烟熏火燎，灰眉土眼的，斜起眼睛瞅着他说："我们游击组里没有工作了，奉上级指示，要经过整理，改编民兵排。不，得先建立民兵班。当民兵的得一个个地审查哩！"

听到说要审查，他心里有些嘀咕，摇摇头说："一个村民兵班也审查？我也是坚决抗日的呀，你不记得咱们在一块打仗吗？那次把日本鬼子打了个稀里哗啦！站岗放哨我也干了。"说着，他又抬起头哈哈大笑，说："要抗日到底呀！"他说这话很像演员的台词，不是从心里发出来的，是从嘴唇上说出来的。

王黑炭说："嘿！你还抗日到底哩，还不如说是保护你们家族长到底呢！"

砂锅子说："哪里，咱早就打倒了封建了，要是抄李福云的家我打头阵。咱们是老游击组了，成立了民兵班能没有我的份，咱是纯粹老贫农呀！"说到这里，他拍了一下手又说："看！两肩膀扛着个嘴，我什么都没有！"

黑炭在抗日八年里，学习了识字课本，阶级观念很强，一谈起地主、资本家，他就咬牙切齿的。他虽然参加革命了，也入党了，还不懂得砂锅子是不是纯粹贫农，可是他看着砂锅子当过国民党兵，打不倒家族观念，老是和李福云粘皮捋肉地划不清界限。当然也看到他为了生活，需要李福云的帮助，这也是他的真实情况。他说："这贫农也有各种不同，自幼耕耩锄耪，揭不开锅是贫农。要半辈子饭吃，没拿过锄把镰柄是不是贫农？你当了半辈子国民党兵算不算贫农？要紧的是算不算'农'？"

砂锅子听王黑炭有三心二意，噘起嘴恶狠狠地说："我是跟着你们抗日过来的！"

黑炭说："甭说了！甭说了！看看你的屁股坐在哪一边吧！"说着耷下脸来，低着头不看他。

砂锅子看黑炭直往外剋他，他跺了一下脚站起来，嘟嘟囔囔说："那早晚你叫这个入党，叫那个入党，就是不叫我入党。这咱又不叫我参加民兵。你还卡了我的好枪给李二虎。光是冲锋陷阵用着我了，你们是大拿，我成了小菜儿。"说到这里，他生着气抬起脚走出来，开门的时候，咣地把篱笆门一关，嗵嗵嗵地走出门口。

北风还是刮着，天也刮阴了，大白天五十步外不见人影，他猫着腰一股劲向前跑，也找不着路，踏着漫地从村北里走过来，回到他的小屋。从门上坎里摸出钥匙，开了门回头把门带上。家里还是没有什么可吃，拉起破被子，蒙着头呼呼地睡了。

砂锅子也不知睡了多长时间，也不知睡到什么时候，梦里睡里听得有人叫他。他从破被窝里钻出头来看了看，已经是黑夜了，听得李福云的声音，他说："爷！那边有灯，你点着吧！"李福云说："我给你拿了钱来，你去吃点东西，吃了饭你就去央告王二合，要求参加贫农团，只要参加了贫农团，就什么事也好办了……等半夜里，你在房后头等我，咱们前门出不去后门里出，把那点东西送到刘庄上你姑姥姥家去，吭！"说着悄悄地走出去。砂锅子听李福云拿了钱来，翻身起炕，把灯点着，皱起眉头，瞇着眼睛这里寻那里寻，炕沿上放着两张五元钱的钞票。一见洋钱票，他身上就暖和了，锁上门往外走。风停了，天还阴着，他一步一颠顺着李家街往南走，再往南就是李家荤馆。里面灯明火亮，他挺直腰走进去，一股炒锅的香味冲着他的鼻子，今天晚上吃饭的人不少。在泡子明灯下，可以看得出刘作谦和王健仲两个人对面坐着，李福云一个人在屋角里坐着，正在喝酒，谁也不理他。他骂了一声："他妈的！"腰里有了钱，也就理直气壮了，拣了一个桌子坐下，长着精神提高了声音，大喊了一声："来！喝四两！"

跑堂的伙计听得喊声，走过来说："嘀！保忠也来喝酒……"

跑堂的伙计还没说完，砂锅子瞪起眼睛说："哼！怎么？我不能喝酒？你敢说我没钱喝酒？"说着，张开右手，露出钞票叫伙计看了看，嘴里还不住地说着："你看！你看！"

跑堂的伙计说："哪里，哪里，我能说你没钱喝酒？你也是游击组里的,我怎么敢说你?"他斜起眼睛看了看砂锅子手里的钞票,说:"吃什么吧,说话!"

砂锅子伸出指头敲着桌子说:"来半斤大饼,一斤熟肉,来四两白干。"

跑堂的伙计瞅着他说:"你有了钱,也不叫个菜?怎么下酒哩?"砂锅子说:"怎么喝酒?妈的,我就着辣椒也能喝酒!光为的这个辣劲儿!"说着,从小口袋里掏出几个辣椒拍在桌子上,又把手一摇说:"来酒!"

跑堂的伙计看话不投机,鞠了下脖子,敞开尖嗓子喊了一声,叫了酒饭,又到别的桌上照顾客人。迎着土改运动,来吃饭的不少,大部分是地主富农。好像到了人间末世,恨不得把所有的财产都吃进肚子里,他们的哲学是:"吃到肚里算落下了!"

砂锅子吃了饭喝了酒,从荤馆里走出来,乍离开灯明,觉得天昏地暗,头重脚轻,深一脚浅一脚地走到王二合家门口。他猛地用力拉了一下,拉得铃子叮叮作响。王二合听得铃声响得不祥,慌忙从屋里走出来,问:"谁!谁!拉这么大劲?"

砂锅子懵懵懂懂地说:"是我!"

王二合在黑影里,觑着眼睛看了看砂锅子,见他披散着长头发,醉醺醺地满身酒气,两只眼睛愣怔怔的,说:"哦!是李保忠。李家院里的忠臣!来吧,夜猫进宅无事不来。"说着,把砂锅子领进屋里,一看砂锅子那个寒碜样子,说:"有什么事?你说吧!"

砂锅子在灯光之下脸上又黄又瘦。蹑悄悄抬起头来看了看,见有一个女人,长条个子,两手扒在炕上哭泣,浑身抽搐着。他瞪开眼睛看了看,因为那个女人用两只手紧紧捂住脑袋,抽抽咽咽哭个不停,也看不出是什么人。看那一条油溜溜的长辫子,猜想是荷花儿。王二合见砂锅子不说话,他又对那个女人说:"荷花儿!不用哭了,回家去想想吧!你虽然参加了抗日工作,可是你是地主的子女,在土改运动里你应该做出点贡献,你应该怎么办,自己回去想想吧!"这时,砂锅子才看出那个人真正是荷花儿,是刘作谦的女儿。

二合的意思是让她背叛她的阶级,献出财产,摘掉她自己的枷锁。在王二合看来,荷花儿在抗日阶段里做了一些工作:在儿童团里很积极,在剧团里也能完成任务;他想挽救她一下。

荷花儿抽搐着腰身说:"我是抗日过来的,自小参加儿童团,小学毕业就参加了剧团,每个节日都演戏作了宣传,你都看着来,我都努力干了,贫农团应该有我的份……"

确实,在抗日民族统一战线之下,她参加过儿童团,参加了剧团,做了一些工作,可是也不能说凡是参加过儿童团和剧团的人都参加贫农团。那是两回事。再说,她凭着她的本事,成天价和一些村干部来来往往,说不清楚。她一个筋斗十万八千里,也打不出刘作谦的手心去,是刘作谦掌上的一颗明珠,在黑夜里也能放出光亮。

砂锅子听到这里,对荷花儿很抱同情,他说:"要说也是真的!儿童团,村剧团都是抗日的团体,目前要搞土改运动,分土地,也可以参加呀!"嘴上说着荷花儿,其实是说着他自己。

王二合说:"按一般情况来说,在县里、专区以上,或是其他地方,地主和资本家的子女都可以参加土改。他们是可以改造好的!在本村参加就扰乱阶级阵线了,是万万不能的!"他斩钉截铁地说着,不留余地,免得荷花儿有幻想。

荷花儿狠狠地说:"我走,我到东北去,我要参加南下工作团。"她话是这么说,在目前来讲,她做不了刘作谦的主,离不开家庭。如果她想离开家庭，到东北解放区去，那里是青年人的广阔天地，但是她需做很大的努力。

砂锅子笑了笑说："我，我是无产阶级，我要参加贫农团，参加民兵，你看！你看！"他立在地上，转着遭儿叫王二合看，又说："我拼着命当了几年游击组，尽做的是抗日的工作，我一点没有私心，这你是知道的，不用我细说。能不叫我参加民兵？黑炭把我的枪卡了，给了李二虎，我就不忿？李二虎是贫农，我就不是贫农？贫农为什么不能加入贫农团？"

王二合说："荷花儿要求入贫农团，你也要求入贫农团。抗日时期是各抗日阶级、阶层联合专政呀！只要抗日就行。如今要土改了，要发动贫雇农起来，彻底消灭封建势力，你们有这个决心吗？要消灭地主阶级，你们肯吗？"

砂锅子听到这里，呆瞪瞪地站起来，自言自语："荷花儿抗日这些年，不能参加贫农团，我也不能参加贫农团……"说着，猛地迈开大步，愤愤地走出来。

荷花儿见砂锅子走出屋门，猛地站起来，咬紧牙关说："我肯！肯！支书！你给我一支枪，我把刘作谦打死！"说着，走前两步，举起手来颤颤巍巍地说："我把他打死，给我们贫雇农报仇！"说着，眼泪一滴滴流下来，张起两只手向王二合要求，慢慢跪下去，扒在炕沿上大哭起来。

王二合心上难过，有些后悔的意思，思想上在尖锐地矛盾着。王二合想：也许，她还是可以改造好的！

王二合说："这样吧！荷花儿，我给你开个门；你离开你这地主家庭，到远方去吧！哪里黄土不生芽？你受这个罪干什么？你要是同意，跟你妹子谈谈；你们一块去吧！我跟周队长说。"

荷花儿听了，她心上激灵了一下，她感觉到还有生活的余

225

地，心上宽亮了。她说："听了你这几句话，我很感谢，也算我八年抗日战争没白过了。这样吧，你容我一个时间，叫我想一想。"她的心上本来是一潭死水，王二合的话像一块巨石投入潭中，溅起无数波圈。她的思想开始活动了。

天不早了，夜已深了。荷花儿站起身来要走。王二合说："唔！荷花儿！这东西你还得带回去。"说着，他从炕上提起一个红包袱，递到荷花儿手里。那个包袱不大，但是很沉，荷花儿伸手一下子推开，说："是我娘送给你的，什么好东西，几个饽饽蛋子罢了，你也不收下？"说着，站起身来，一溜风儿似的跑出门去了。

王二合走到栅栏口上看着她走远，才慢慢走回来，把包袱解开，里头包着一个柳条簸箩，打开柳簸箩盖一看，里头盛的不是馒头，用纸包着一截截萝卜似的，伸手掂起一包沉甸甸的，很有分量。剥开纸一看，是白花花的洋钱。他由不得一下子笑了，嘻嘻笑着，两手捧起柳条簸箩走到西屋里，在周大钟炕上一放，咣啷一声响，对周大钟说："真是！烧香的走错了庙门儿！我要是爱钱，这会儿这个党支部书记可就成了肥缺了。"说着，两只手搓着大腿，眯眯笑着。

这时，周大钟听得洋钱响，两眼不错珠儿盯着王二合老半天，又看着这白花花的一堆洋钱，冷孤丁一下子握住王二合的手，用力颠了颠，说："好同志！在过去我就看准了你。今天，我更深刻地认识了你。你虽然没有读过多少马列主义的书，但是你的思想是一个马列主义者。这东西在地主，在资产阶级眼里是值重的，他们的性格是见钱眼开，唯利是图。我们无产阶级缺吃少穿，生活困难是情真，可是我们喜欢的不是这个，我们要革命，我们要改变这个旧世界，创造一个新世界。我们要改造全人类！来，同志！让我们永远在革命的大道上并肩前进，海枯石烂永不变心！"

周大钟高兴地流出眼泪，拉了王二合的手，从屋里走出来。两个人并着肩膀，在院子里走来走去，一边走着，语重心长地谈着。他们深深地察觉到阶级斗争的复杂性，也深深地感触到他们两个人的心更紧密地贴在一起。湛蓝色的天上，星光灿烂，在群星照耀之下，周大钟又握紧王二合的手，两只眼睛看着王二合严峻的形象，说："官渡口的土改情况是复杂的，你带着官渡口村的好党员、好干部，我带着土改工作队，让我们并肩作战，永远为伟大的无产阶级革命事业奋斗吧！"自从十几年前，他们在一个长工班里劳动。经过抗日战争，到目前为止，他更进一步地认识了王二合，他是一个好人，一个好党员、好干部。

# 19

过了几天，县里发下禁宰家畜家禽的布告，说：土地改革不是"共产"，是消灭地主阶级封建势力。有些地主阶级宰杀家畜家禽，顽强抗拒土地改革，要依法处罪。买卖家畜家禽，得经贫农团或区公所批准。土改队已把首先觉悟起来的贫雇农编成小组，选出组长。他们就在贫雇农小组会上宣读这个布告，贫雇农都很高兴。

又过了一阵子，土改队为了讨论问题和统一思想的方便，把几个小组联合起来开片会。土改队有时深入小组，有时深入片会上。他们在片会上讲什么是"社会"，什么是"阶级"。讲地主是怎样富的，贫雇农是怎样贫的，讲剥削和被剥削的关系，在这个片会上讲了,又到那个片会上去讲。罗慧试着在片会上讲一些通俗的马列主义、毛泽东思想的原理,人们也挺愿听。刘老堆说:"你说的这个不一般化,你多给咱讲讲吧!"罗慧说:"有了革命的理论,才有革命的行动,光凭朴素的阶级观念不行!"这句话人们听不懂,罗慧和小玉白天把马列主义、毛泽东思想编成通俗语言,写在纸上,晚上就在片会上说。贫雇农的觉悟程度大大提高了。

土改队和党支部共同研究:全村贫雇农大部分都组织起来了。决定:明天把各片联合起来,开贫雇农大会选出主席团,在土改队领导下,主席团领导全村的土改运动。土改队逐渐把领导权转移给贫农团,避免包办代替。

这天晚上,可不是一个平常的夜晚。

吃过晚饭,夜暗沉沉的时候,星群照耀着官渡口村,大街小巷静静的,听不到一点声音。没有风声,偶尔有几声娃娃的哭泣,惊破了村落上的静谧,连房屋树木都进入梦乡了。实际上官渡口村并没有睡着,许多人即便躺在炕上也没有睡着。他们在黑暗里转着眼珠,对着暗云想他们自己的心思;在迫切地等待着。有人从这个小屋走到那个小屋,互相交换意见。他们多么希望在官渡口村出现一个好的贫农团,来领导大家分地。

刘老迫摸着黑从王二合家里走出来,走着苇塘上的小路,到了李家街上。他看见李福云家梢门开着个缝,人们还没有睡觉,轻轻地挤了进去,探头一看,头伏棚的窗户上亮着灯光,伙计们还在说着话,便蹑悄悄地推门进去。满屋里烟气腾腾,他低下头才看见冯文光、李乔和几个伙计坐在炕上,围着一盏豆油灯,用草棍算账。他不声不响地站在暗影里看着。

朱老嗡嘴上叼着烟袋,深深地吸了一口烟,手里拿着草棍,说:"三二六剩二,二一添作五,逢六进三。这不是,还是那个数。"冯文光伸出大拇指头跟朱老嗡晃了晃,说:"行!别看老嗡没有喝过墨水,账头儿可清楚呢!"

王黑炭在刘老迫没进来以前就进来,手里提着枪,偷偷坐在门道口料袋上看着。他正在带着游击小组巡逻,看见梢门开着,才进来看。听得说账算好了,走上去说:"老嗡同志!你算了半天,倒是一个人合几亩地?"

朱老嗡连连撅动着小胡髭,笑笑说:"一人合三亩三分三。你又不娶媳妇,又不生孩子,光棍一个守着老娘,还不是六亩六分六?这个还用得着算?"王海一下子笑了说:"怎么光是三?"他觉得有点离奇。朱老嗡仄歪下脑袋,不高兴地说:"那,你甭听,你自己算!"

王黑炭一听,两胳膊端着枪,转动着黑眼睛,抿着嘴默默笑着说:"俺们几辈了,还没种过六亩地,从今以后我算有地种了。"说着,晃着胳臂,笑模悠悠,心里有多么滋润。

刘老迫看人们高兴的那股劲,由不得走上去仰起头哈哈笑了,说:"看,滋得你们!"

刘老迫的突然出现吓了他们一跳,一齐转过头来看。他们并不是怕什么,在地主阶级统治下,增资运动以前,没有人敢到地主家里串门,如今半夜三更也有人来串门。朱老嗡看见刘老迫来了,心里高兴,拍着炕沿说:"老迫同志!你快快坐下,天这早晚了,你还舍不得去睡觉!"刘老迫坐在炕上,接过朱老嗡的烟袋,学着朱老嗡的腔调,憨声憨气地说:"是啊!天这么晚了,怎么你们也舍不得睡呀!"

说到这里,大家由不得哄堂大笑。土改运动是一场惊心动魄的阶级斗争,腐朽的地主阶级将被消灭,革命的贫雇农将要得到土地、房屋和农具,这是所有制的变化。面临着这场巨大的变动,各阶级、阶层都有不同的心愿和想法。

王黑炭说:"我带着游击小组巡哨,看见梢门开着,走过来隔着窗户一听,你们正在算地亩账。嘿!老长工们要得到土地,就一辈子不过牛马生活了!"

朱老嗡撅动着小胡子笑了,说:"咳呀!这句话说到人心里了。"他回过头来,向着冯文光和李乔点着头说:"自从开天辟地,除了共产党谁管咱穷人疾苦呀!如今世道变了,贫雇农要翻身,没地少地的、挨冻受饿的,要有地种、有饭吃了。这当口上,谁还睡得着觉?"

王黑炭向来不爱说话,成天价两手抄在怀里,静默默地在心里走事。自从开始土改运动,说话也多了,管事也多了。他说:"老迫同志!你是老党员,这共产党的章程你熟悉,你说土改运动的怎么弄法?光说依靠贫雇农,可贫雇农这么多小组,鸡一嘴鹅一嘴,七嘴八舌头,一个人一个主意,乱当家行吗?"

刘老迫说:"让冯文光同志给咱解说解说,反正家有千口,主事几人,乱当家不行!"冯文光说:"全村二百多户贫雇农,组织成贫农团,推选出十个八个的主席团,领导大家伙就行了。"大伙都歪着脑袋听冯文光说话。听冯文光说贫农团主席团领导一切,黑炭按捺不住性子了,问:"叫谁当贫农团主席呀?"刘老迫说:"墨里寻针呗!"

刘老迫一说,人们议论纷纷。怎样才算好样的?有的说,得有革命性的,能干的。有的说,得立场坚定,为贫雇农着想的。也有的说,得和地主没有瓜葛,铁面无私的。有的说,得工作积极,任劳任怨的。谈到这里,打杂的王海说:"王振山这个人怎么样?敢打敢闹的。"

朱老嗡张开手,翻过掌向下一按,说:"这道号的人,属驴粪球的,外面光!光是干眼面前的活,显示自己!"

王黑炭站在黑影里,灯苗小,屋子又黑,他人又长得黑,在灯光闪耀之下,露出一排白牙,说:"叫二合同志当吧,这人心眼直正。"

朱老嗡说:"王二合棒打不回头,革命坚决,立场又稳当,大公无私,要是这人能出来领头儿,人们放心!"

车把式朱荣庆半天没说话,听老嗡提出叫王二合出来领导,他说:"有人给他贴了蒙头帖子了!"

朱老嗡说:"对了,正是因为这个,咱长工哥们才说他好哩!他们贴蒙头帖子,还不是想把王二合打下去,叫他不能领着大伙闹翻身?他们浑水摸鱼!"

王黑炭一听,就火气呼呼地说:"他们先下手为强,还造谣言污蔑李固大嫂……"

刘老迫没等黑炭说完,又说:"李固怎么死的?李固他爹是怎么死的?他住的房子是谁霸占去了?他种的地又是谁霸占去了?想想吧!大家伙多动动脑筋!"

刘老迫说着,人们不约而同地想起李固他爹的死,李固的死。房屋被李福云霸占了,土地也逃不出老恶霸的手心去。想到这里,人们什么也不说了,头伏棚里有一时的沉默。受苦的人们有相同的经济条件,有相同的受剥削的境遇,想起李固大嫂的处境,也会想到自己。他们过着相同的困苦生活过来,就没有不同情的。

朱老嗡一想起李固,卷卷袖子说:"李固大嫂对地主李福云有深仇大恨,冤有头,债有主,算老账的时候到了!"

刘老迫问:"你们看李固大嫂这人怎么样?"

朱老嗡说："我看是嘴一份，手一份的，能说能干。她拉扯着两个孩子，不管有多少困难，没向地主阶级去求爷爷告奶奶，是挺直腰走上革命道路的。在她当妇救会主任、当妇女自卫队长的几年，多咱也是工作在头里，和男子汉不差什么！"

在选举贫农团主席团的前夜，这场谈话，一直继续到后半夜。远处有鸡叫了，槽头上的几匹牲口也停止了吃草，闭上眼睛打瞌睡。刘老迫挪动脚步站起来要走，人们拦不住，都从炕上站起来。

土炕边卧着的那匹黑乌头大辕马，正睡得䶌䶌响。听得人们乱嚷嚷，以为天亮了，猛地站起来。看见靠在木槽上的王海，就伸起脖子，扬起嘴巴跟他要草吃，一下子碰在王海的脸上。王海冷不丁怪叫了一声跳起来，引得大家一场好笑。

朱荣庆穿上鞋子走过去，拍拍大辕马的脖子，说："老伙计，闹革命呀！我就不给地主阶级当奴隶了，你也该离开他们，给贫雇农服务去。"大辕马像是明白朱荣庆的意思，挺起脖子，脑袋一低一扬，上下摆动了几下。朱荣庆拿筛子给它们添了些新草，把大辕马的脑袋摁在槽里，叫它吃草，可是它又抬起头来，朱荣庆又按了一下它的脑袋，它又抬起来。这时朱荣庆可就动了神思：几天以来这匹大马老是合着眼呆着，吃草的时候很少。不经意间，身上的毛也乍起来了。朱荣庆拍拍大辕马说："唔！它好像是不舒服！"

朱老嗡说："许着，我老看着它发慑！"

朱荣庆和朱老嗡说着，刘老迫和王黑炭可是没注意，离开头伏棚，走出大梢门，左右分开，各人奔回自己的家去了。

王黑炭离开李家梢门的时候，影影绰绰看见前面像是走着一个人。他紧走了几步赶上去一看，是柏老槐。他问："大伯！你这么大年纪了,深更半夜起来干什么?"柏老槐说:"说也是情真,今天反了夜,躺在炕上翻来覆去睡不着。我想要去找你,告诉你一句话:刘登华可不行,吭!人们嚷嚷他中了美人计,和咱贫雇农不一个心了。还有刘冬,总和那妞子分不开!"黑炭说:"我看你佬得出来!"柏老槐仰起头哈哈笑了,拍了一下黑炭的肩膀头,说:"不行,瞎字不识,人又老了。要是退回十年二十年,我还敢干,如今不行了,还是叫咱二合干吧!"说着,两手背着那根柳篙,迈着大步走着。

王黑炭说:"咱没有二话,二合、李固大嫂、你,这是八九不离十的,登华攀不上!"

老槐大伯说:"唔!这话对头,我们的权力是贫雇农给的!明天要是选举主席团,单看这主任一席落在什么样的人手里?"两个人一边说着一边走着,走到大庙台,又围着大庙台转了三遭,各人吐着各人的衷情,把自己的希望都吐完,才分了手。

王黑炭离开老槐大伯,走回家去,慢慢推开小篱笆门进去。天太晚了,他蹑手蹑脚地关拢了门,悄悄走进小屋。他也不点灯,摸到小炕上睡下,不提防把娘惊醒了。她伸起脖子问:"谁呀?"她怕是有贼人偷偷摸摸进来。黑炭说:"是我,娘!"黑炭娘说:"孩子,你回来了?今天晚上有什么动静?"

黑炭说:"表面上挺安静,可人们都没有睡。"

娘听到这里,伸起脸问:"都没有睡?"

黑炭说:"明天选主席团呢,还不知落在什么人手里,人们担心!"

娘说:"当然,这是一件大事!"

黑炭说:"这主席团落在好人手里,人们分房分地,有好日子过了。要是落在坏人手里,竹篮打水一场空啊!"说到这里,他就近了娘的身边，抬起头来说："娘！我给你透个喜讯。"

黑炭娘半辈子了，睡觉不脱衣裳，听得黑炭说，一骨碌坐起来，朝黑炭凑过去，伸起耳朵，聚精会神地合紧了嘴巴问："唔？唔？"

黑炭把嘴对着娘的耳朵，说："娘！这就要捉地主、分田地了，朱老嗡算了算，全村一个人合三亩多地，分到咱名下，是六亩六分六。"

黑炭娘一听，紧紧攥住黑炭的两只手，全身索索抖着说："孩子！从今以后，有饭吃有衣穿了，咱晚生下辈也不能忘了共产党、毛主席的领导啊！"

鸡叫二遍，天刚破晓，淡墨色的黑纱慢慢从空中收起。春天的清晨，一片宁静。村庄树林像笼罩一团乳白色的轻雾，轻轻地荡漾着。小河里的水油绿油绿，悠悠地流着。河边的柳行子，已经从冬天的严寒之下苏醒过来了。紫色的枝条上抽出茁壮的嫩芽，小芽上蒙着一层茸茸的细毛，青春的浆液在枝条的脉络里灌注，使整个枝干充满了活力，春光降临人间了。

天色由淡墨变成浅灰，由浅灰变成湛蓝，天角上那几颗大明星慢慢隐没了，圆大的太阳从地平线上缓缓升起，使天空的云霓增加了色彩，霞光照满了天空，映得满天通红。

这天晚上，刘登华也一夜没睡，前半夜在大荷花儿家里，后半夜又到王振山家里，太阳红头的时候才从刘冬家里出来。一夜里几乎走遍了刘家大户。焦黄的脸，眼泡儿也肿起来，眼角上粘着眵目糊，他一路低着头走着，嘴里嘟囔着："一个刘字掰不开，刘老迫可倒好！连这点忙都不肯帮！他忘了咱是一个窝里的泥鳅！"他心上为选举主席团的问题十分焦急，一路走着，正碰上王振山出来筛锣，嘹亮的锣声，几乎把刘登华吓了个斤斗。他说:"一言为定,吭!"他也不知道王振山听清了没有,就踉踉跄跄地走回家去。

正是吃早饭的时候,王振山在大街上敲来敲去。锣声震动着春天的晴空,像在宁静的池塘里投下一块巨石,激起无数波澜汹涌,惊动了官渡口全村的人们。地主阶级听得嘹亮的锣声,像秤砣捶击着他们的胸膛,疼痛难忍;贫雇农听到锣声,像是催军的战鼓,给他们鼓舞斗志。王振山一边敲着锣,一边大喊:"官渡口村的人们:今天上午贫雇农不要下地,吃了饭到庙台上集合,土改队召集贫雇农开大会了!"

今天上午,土改队要召集贫雇农开大会,选举主席团,领导全村闹土改。这是一件大事,人们听得锣声,不约而同地抬起脸来,朝着天空笑着。看着蓝色的天上云纹波动,五色的早霞就像大海的波涛,汹涌激荡,像人们的心情一样。

王黑炭正端着碗在灶膛门口吃饭,猛地听到锣声,又抬起头来仔细听着。听了半天,脸上由不得笑起来。他两只脚一跳,把粥碗往锅台上一蹾,反回身往外跑,一面跑着说:"娘!庙台上开贫雇农大会了,你也去呀!吭!"一溜烟冲出篱笆门,跑到大街上。一边跑着,大喊:"贫雇农开会了!贫雇农开会了!"当王黑炭跑到大街上,大街上的人们缕缕行行,满街筒子是人,他们一面走着、跑着,又说又笑,他们的举止、步态也不一样,边走边说:"贫雇农开会了,选主席团了!"官渡口村的人们,像潮水一样向大庙台涌过来。

王黑炭超过大家伙儿,第一个跑到庙台上。随后赶上来的是王二合、朱老噙、刘老迫。王振山,老槐大伯住得最远,也赶到了。后面是一群群的小孩子,来看热闹。人们越来越多。李固大嫂路远,跑得满头大汗。一边跑着,一边往上撩起粘在脸上的头

235

发。紧接着,金缨儿和红缨儿也来了,说着笑着钻在人群里。

李固大嫂见了金缨儿和红缨儿,赶上去说:"金缨儿,你们来了,孩子!"金缨儿说:"来开贫雇农大会了!"李固大嫂说:"你才不是贫雇农呢!"金缨儿说:"俺爹是贫农,俺娘是贫农,俺也是贫农。"李固大嫂说:"你没挦过锄把,也没拿过镰柄,不会耕耩锄耪,算得了什么贫农?"红缨儿见姐姐被问住了,扬起脸儿说:"俺爷爷是贫农,俺奶奶是贫农,俺爹是贫农,俺娘是贫农,俺姐儿不是老贫农?"人们在一旁看着,听得说,都哈哈大笑了。李固大嫂一步抢上去,抱起红缨儿,伸起嘴头,亲着孩子又红又胖的脸,眼里含着泪花说:"没娘的孩子!咱贫雇农的好后代们可翻身了!真是!瓦片也有翻身日,困龙也要翻江倒海呀!"

土改队到村,这是全村贫雇农第一次开大会。大家见了,嘻嘻哈哈笑着,比过新年穿新衣裳还高兴。刘老堆挂着拐棍,眯眯笑着,说:"咳呀!土地还家,万辈子遇不到的事呀!"

不知什么时候,王黑炭把他们游击小组召集来了,背着长枪火炮、手榴弹,保护着会场。一个个雄赳赳气昂昂地在庙台周围巡逻着。

朱老嗡从人群里看见砂锅子的影子,走到黑炭的跟前说了句什么。王黑炭拿着枪猛虎一般冲进人群里,把砂锅子揪了出来,扯得他流星不落地,拉到朱老嗡跟前,朱老嗡问:"砂锅子,你来干什么?"

砂锅子怔住黄脸,愣着眼睛说:"我来开会呀!"

朱老嗡说:"你是贫雇农吗?"

砂锅子说:"我房无一间地无一垄,当然是贫雇农。"

朱老嗡说:"你穷是穷,可你不是'农'。"

砂锅子听说他不是贫农,好像捅了他的肺叶子,跳起来尖叫:"妈那巴质!我要不是贫农,我看哪个龟孙是贫农!"砂锅子出外当兵年多了,口音变了,把"妈那巴子"的"子"说成"质"。

朱老嗡也跳起来说:"怎么说你也不是贫农!"说着,大步趔趄走过来说:"妈的!你不是贫农!"

砂锅子也不示弱,伸出拳头捶着他的胸膛说:"自从俺爹那会儿,俺就穷,你这儿能把我这贫农一笔勾销?"

朱老嗡说:"你爹穷是假的,你也不是贫农!"说着,把他拉到土改队跟前,跟周大钟说:"叫他参加会吗?他当了十几年国民党兵!"

砂锅子一见周大钟,唰地两腿并拢,打了一个立正,弓着腰说:"我也抗过日!"

周大钟上下端详了砂锅子,轻轻一笑说:"他既然来了,就叫他开会吧!受受教育也好,将来还要划阶级定成分。"这时,这场风波才算平息。

王黑炭叫游击小组把破庙里的供桌抬出来,搁在周大钟跟前,宣布:"开会了!"

周大钟两手扶着供桌,看了看四下里的人们,看有不少人零零散散地站在庙台边上或是庙台底下,就招呼说:"靠近点吧!"王二合给周大钟使了个眼色说:"他们是中农!"周大钟说:"中农?中农也可以参加大会,贫农、雇农、中农都是农民阶级!"周大钟这一说,站在边缘上的人,有的走上庙台,有的靠近了,也有的躲得更远了。在这时,各个阶级有他们自己的理解。

王振山把大锣靠在石碑上,说:"周队长!从一早就筛锣,三街六巷都喊遍了，人也来得差不多了。"

周大钟说："那就开会吧！"

王振山听得周大钟说，很像那么回事似的，宣布："开会了！"

动乱的人群，照样是挤挤攘攘，叽叽喳喳的。一个个扬着被太阳晒黑了的酱紫色的脸，望着这个空前的场面。周大钟扬起手来，向人们打了个招呼，说："今天开的是贫雇农大会。按党中央的指示，我们解放区要实行土地改革，发动贫雇农自己起来，把地主阶级多占和霸占的土地夺回来，分给没地和少地的农民。从今天开始，全体贫雇农就站立起来了，苦难的日子一去不复返了。贫雇农们勇敢地参加战斗吧……"

正在说着，刘老赞和贫农会主任王振山犯起口角，王振山说刘老赞是中农，不是贫农，可以站远点儿。刘老赞不干了，粗着脖子红着脸说："八年抗战，该做的工作我们都做了；抗日胜利后，蒋介石进攻解放区，我们和八路军一块打老蒋，支援前线、后方工作。怎么着？这早晚不要我们了？"他说着，气势汹汹地，眼窝里冒出火星子。

听到刘老赞说话，人群有一时的动乱，议论纷纷。周大钟说："土改运动，要依靠好党员、好干部，依靠贫雇农，也要团结中农。中农不只和我们一块抗日、打老蒋，还和我们一块建设社会主义！"人们听了周大钟的话，一个个点头说："是！"

李蔚有不同的看法，不正面向周大钟提意见，跟他一旁站着的土改队员嘟囔说："贫雇农大会，怎么又让中农参加？"不提防，这话被周大钟听见了，他没说什么，又向群众招招手，撒开憨厚的嗓音，说："贫雇农同志们！我们开会吧！"听了周大钟的话，会场上像潮水归海，那阵鼓噪声才慢慢安静下来。他说：

"土改队到了官渡口村一个多月了,今天才开这个大会,我们工作做得不好,请你们批评!"

会场上有人喊:"没关系!你们来得正是时候,意思我们都知道了!"

周大钟继续说:"按照中共中央指示:启发农民自己的觉悟,组织和发动农民群众,自觉地行动起来,和地主阶级封建势力展开决死的斗争。叫贫农、雇农、无地和少地的人们翻起身来;分地分房,分到牲口农具,分到粮食,分到种子……土改的胜利,会给农村社会带来翻天覆地的变化。两千多年来在三座大山重压下的中国农民彻底翻过身来,积极建立农村人民政权,巩固人民民主专政,巩固工农联盟!"

听了周大钟的讲话,群众一齐鼓起掌来,像雷鸣一般的掌声,拍了一阵又一阵。大家伙跳跃着、欢呼着,互相招呼着,高喊:"中国共产党万岁!""毛主席万岁!"

周大钟看着欢跃的人群,听着雷鸣的喊声,由不得热血沸腾,贫雇农的血液在浑身的血管里急速奔流。这时,他的心情无比兴奋,大声地呼叫:"贫雇农同志们!八年的抗日战争,我们在共产党、毛主席的领导下,打败了日本鬼子。今天,我们在共产党,毛主席的领导下,一定能打败蒋介石,彻底闹翻身,把地分好,把土改工作做好。过去,我们在帝国主义、封建主义、官僚资本主义的压迫下过着牛马不如的生活,他们用苛捐杂税、地租、高利贷剥削我们,刮了我们身上的肉,抽了我们身上的筋,弄得我们只剩下一身骨头架子……"说着,抑制不住的热泪扑簌簌地流下来。他高举起两手,大声疾呼:"穷哥们!姐妹们!我们的土地被他们夺去了,我们的房子被他们侵占了,我们要夺回来,要夺回来呀……"

周大钟讲到这里，人们一齐呐喊："我们要夺回土地！夺回房屋！夺回浮财！要和地主阶级算清老账，和土豪劣绅们势不两立！"喊声应着四面墙壁的回响，远的，近的，隆隆地响着。

李固大嫂听到这里，通红了脖子脸，跳到周大钟身旁的大石头上，张着两只手大喊："贫雇农弟兄姐妹们！千年百辈子以来，地主阶级凭着他们有财有势，狠着命地剥削我们穷人，叫我们给他们当牛做马，牛马还得吃草呢，可是我们吃不饱、穿不暖，最后落个冻死饿死。狗地主李福云把俺公公的命夺去了，把俺家的房和地夺去了，俺要夺回来，夺回来呀！"李固大嫂喊着，抽咽着哭起来，泪水像断了线的珠子，扑簌簌地流下来，落在地上。她嘶哑了，再也喊不出声音来了，浑身打着哆嗦，眼看要晕倒了。二合大嫂、炭他娘、闻小玉、罗慧，赶紧上去把她抱住。小玉掏出手巾给她擦脸上的泪，说："李大嫂！李大嫂！不要哭！不要哭！我们高兴的时候到了，地主阶级难受的时候也到了，一定要把他们夺去的房子、土地夺回来！"她们用力地给她拍着胸脯，拍拍脊梁，捏捏脖子。一群妇女都围上去。大会上的人们一齐举起手高呼：

"打倒吃人肉喝人血的地主阶级！"

"向地主阶级讨还血债！"

"把土地夺回来！把房屋夺回来！"

"中国共产党万岁！毛主席万岁！"

炭他娘也伸起两只手大喊："千年的铁树开了花！"

喊声震动着万里长空，震动着大地，震动着官渡口村三街六巷。古老的官渡口村在这个撼动之下，苏醒过来了：贫雇农要站起来，腐朽的地主阶级要倒下去了。

李固大嫂还是抽抽搭搭地哭着，多少年来受着封建势力压迫和剥削，仇恨积在他们心胸里，像一座火山，现在这座火山就要爆发了，她恨不得把地主们抓过来咬几口。烈火在她胸怀里燃烧，火热难忍。李固大嫂的哭叫，引起人们心情沸腾，呜呜咽咽，一片哭声撼动天地。

周大钟又登上大石头，说："同志们不要哭了，我们继续开会吧！"人们听到周大钟说话，立刻安静下来。周大钟用袖子擦擦脸上的泪，说："大家不要哭了，不要哭了！我们贫雇农，祖祖辈辈的受苦人，缺吃少穿；地主阶级身不动膀不摇，积累无数家财。他们的粮食是哪里来的？他们的房屋是哪里来的？大家平心静气想想吧！"

周大钟这么一问，贫雇农一齐呐喊："粮食是我们种出来的！房子是我们垒起来的呀！"

周大钟又问："我们应该怎么办？"

人们一齐攥起拳头大喊："夺回来！夺回来！夺回来呀！"在广大贫雇农怒吼之下，整个官渡口村愤怒起来，沸腾起来，火山口喷出赤色岩浆。

大会上，一片欢呼声，喊了一阵又一阵。一片掌声，拍了一阵又一阵。周大钟接着说："下边，我们要选举贫农团主席团，领导官渡口村的土改运动。请大家提出意见，我们用什么方法选举？"

会场上静了一下，很快又叽喳起来，有的人说举手表决，有的说无记名投票，有的说直接选举。周大钟说："用提名举手的办法吧！这个简单好办。"又经过商量，主席团由九人组成。

大家一齐喊："同意。"周大钟说："好，谁先提名！"

这时，远处有人喊："慢着，我说几句。"人们回过头一看，是柏老槐大伯，横拖着柳篙走过来。今天把船篙安上一尺

241

多长的铁枪头，磨得铿明澈亮。人们都知道，谁要是碰上这玩意儿，就有性命的危险。人们见他走过来，呼地闪开一条路。老槐大伯走上去，把船篙竖起来，用手扶着，睁大眼睛飞快地扫过大会场，说："今天，我在这说句话：咱们今天选举不比往日，一要选立场端正的！二要选肯给咱贫雇农办好事的！不能要那些吃里爬外的嘎杂子琉璃球儿。三要选大公无私的，不选那些自私自利的。我就这么一点意见，完了！"

柏老槐说完，大家乱嚷嚷一阵子。老槐大伯又把船篙提在手里，回到他原来的地方。

刘老堆举起手来说："我先提名！我提王二合、李固大嫂，还有老噷。"

人们听得说，一齐举起手来，大喊："同意！"喊着，又议论纷纷，对王二合、李固大嫂、朱老噷选入主席团，表示特别的关切。可是，这使刘登华感到吃惊，又感到担心，他觉得给王二合、李固大嫂贴了那么多蒙头帖子，怎么这点锐气还没有打下去？还有人拥护？再说，如果他们被选进去，把自个儿摆在外头，又是多么难堪！刘登华心情一时激动，也举起手来说："我也提名！我提议刘老迫、刘冬！通明、火亮！"他想叫刘老迫、刘冬当选是真心。提名通明、火亮，就是耍把戏、开玩笑了，简直是扰乱会场！这个，人们都看得出来。

刘登华说完，会场上前前后后，冷冷落落地举起几只手来。那不过是一些常年不开会、不关心村中大事的人们。

周大钟抬起手说："提议刘老迫同志，大家同意的举手！"

会场上，过半数举手了。

周大钟又说："同意刘冬的，请举手！"

会场上举手的只刘家大院里的人们，人数不少，可是离过半数还远呢,不能通过。王二合把右手朝上一伸,说:"通明、火亮不用征求意见了,那是给我脸上难看!"

这时会场上又出现一时的动乱,议论纷纷,有人骂着:"真他妈的胡闹!"

王二合站了起来,放开高亢的嗓音,说:"我提议金缨儿参加主席团,这孩子苦大仇深,工作积极,不用说房产地亩,穷到连爹娘都没有了,穿衣吃饭都是党供给,年岁虽小,可是人小心大,懂事不少,可做青年人表率!"话没说完,人们拍起手来哈哈大笑。刘老堆说:"十六七岁,真是个小主席呀!"

周大钟笑着征求大家的意见,人们不约而同地举起手来。接着,又是全场的欢笑。

提名选举的结果是:王二合、李固大嫂、刘老迫、柏老槐、朱老嗡、刘老堆、王黑炭、王振山、金缨儿九人当选。主席团选完,会场上纷纷议论,一片喧哗,又哈哈大笑。

笑声刚落,朱老嗡抱着胖子站出来,笑了笑说:"毛主席坚决解决土地问题,我们老雇农是一万辈子盼不到的。在我这个想法上,我们长工们要是不想在官渡口村落户,应该允许回家分地。我还能当这个主席团吗?再说,老地主们的地被分了,房子被分了,我们还给谁当长工呀?我们还住在头伏棚里呀?咱不当长工了,回家分地分房吧!"说着,起心眼里美滋滋地笑着,美得不行!

有人喊:"欢迎朱主任在官渡口村落户!咱们好一块儿革命呀!"许多人呼应着说:"对呀!在官渡口落户吧!"

朱老嗡说:"天下穷人是一家,回家闹革命吧!"

周大钟仄着耳朵听人们嚷嚷了半天,才说:"朱老嗡同志愿回家去分地可以,愿在官渡口村落户也可以,反正是光棍一条。

243

几辈子当雇工，遇上分地分房，老家难舍热土难离，愿回家的也可以。"

会场上热烈地鼓起掌来，大喊："同意！同意！""我们看二合这几个人就蛮好，叫他们领头干吧！"

会场上又出现一时的沸腾动乱，周大钟没法掌握会场。人们又喊："主席团的人站出来，叫人观光观光吧！"这个提议博得全场的欢呼，热烈的鼓掌。欢呼声、鼓掌声像倾盆的暴风雨洒在人们头上。

周大钟让主席团的人站过来，在庙门口石阶上，一字儿排开。只有金缨儿是个姑娘，人们看了，哈哈笑着说："这有多好，又代表青年，又代表妇女。"金缨儿红着脸笑着，王黑炭龇着白牙，悄悄地笑。他们互相推选王二合当主席团主任，当个总头。周大钟叫王二合向大家讲几句话，王二合讲话很简单，表示：一定站稳阶级立场，按党中央、毛主席的指示把土改运动搞好，彻底消灭地主阶级、封建势力，给贫雇农有地种，有房住，有饭吃。最后也学着说了几句话："消灭封建势力，改变土地所有制，解放生产力，为国家工业化铺平道路，巩固工农联盟。"

群众欢呼着："中国共产党万岁！""毛主席万岁！"

大会散了，太阳已歪过大西了。

# 20

经过不寻常的激动，李固大嫂在大会上受了深刻的感动：一个贫雇农妇女到了今天，也被选进主席团了，这是她一辈子没敢想到过的。尤其周大钟——一个老雇农出身的干部，在大会上讲话那样诚恳,那么老老实实的。贫雇农在大会上的欢呼声,鼓掌声,那种威风,预示官渡口村的贫雇农将要彻底翻过身来了!贫雇农将要每人分到一份田地,这使多少人感动流下泪来。有好几次,她想止住眼泪,她想:"这叫别的人看见了有多么不好呢!"可是张眼一看,人们眼里都含着泪花儿。

开完了大会,小玉和罗慧一个拉着李大嫂的一只手,并排着向回走。小玉说:"嫂,甭哭了!甭哭了!"可是她还是抽抽咽咽的,小玉几次掏出手巾给她擦去脸上的泪水,可是泪水还是在鼻梁两边流着,吊在下巴儿上。走回家去,闺女红儿已经添上锅做饭了。李固大嫂独自坐在炕沿上,木木地呆着,不用说别人也会知道,她又被过往的事情缠绕住了:自从过门以来,她和李固原来住在十字街上,公婆去世,就搬到这两间小屋里。靠墙一条土炕,炕下放着一个破木柜,这还是有老公公的时候留下的。两口破缸,秋里麦里拾得点粮食就盛在这缸里。堂屋里靠北墙放着一架破床,年代远了,用绳子、棍子摽着。床上放着几个破瓦罐,碾了的米,磨了的面,就放在这里头,以便她们慢慢地节省着吃。这就是一个贫农家庭的家当,李固大嫂就守着这两间小屋,守着李固留下的两个孩子,艰难困苦地过了这么多年。也有媒婆来说过,问她是不是想向前走一步。媒人说:"现放着这么好主儿,人口不多,进门就当家!"李固大嫂一生气朝她脸上啐了一口,说:"等千年以后仙桃开了花吧!……别看他地亩相连,房屋成片,金屋银屋我也不去!纺线的时候,叫我使金锭子玉石葫芦片,我也不去!"她为着李固革命的声名,为着李固未完成的革命事业,就守着两间破房,种着两亩砂洼地到了现在。多咱一谈起这件事来,她还高高兴兴地说:"不管怎么,金窝银窝不如自己的穷窝呢!"人们都说马瘦毛长,人贫志短。她却说：马瘦力气也不小，人穷了志气更大。

今天，她坐在自己的小屋里，两只眼睛一直看着墙上挂镜子的地方，还挂着一张小小的照片。那还是打日本的时期，照相馆不能在城里开业了，推着车子沿村照相。李固叫了她几次，她都不去照，说："抛头露脸，多么不好，惹人笑话！"是的，李固大嫂人穷倒是情真，可是在这个村里，长相还是数一数二的，受不过李固的几次央求，她才肯走上大街，在辇馆门前大槐底下照了这张相片。照相的时候，那个照相师傅一看见李固大嫂的风姿：高个子，挺实的胸脯，高鼻梁，深深的两个大眼睛，头发又黑又亮。李固也是一个彪彪势势的好小伙。他就自言自语说："好！这是一对出色的夫妇！看我要给他们照一张出色的相片，留给孩子们，叫他的子子孙孙永志不忘！"照相师傅说这话有两层意思，一层是传统的观念：给孩子们留下个纪念，因为照相人不常到这背乡村里来。再一层意思是：这一对夫妇，将使官渡口村的青年羡慕一辈子，甚至下一辈子也忘不了！这话是照相师傅跟看热闹的那一群老头们说的，那一群老头听得说，捋着银白胡子张开没牙的大嘴，无声地笑笑说："真是独一无二，人儿好，革命性也强，也算给俺村青年一代留下后景了！"

当时，大嫂和李固并着肩坐在一条板凳上。照相师傅说："……坐好……我就要照了！你们俩互相看着，你看着她，她看着你……笑一笑！"他像下命令一样，一个命令，一个命令下着，李固大嫂都能服从，照样去做，到了最后一个命令，叫他们互相看着笑一笑，她可就生气了，心上一气，由不得把脸向旁边一摆，照相人咔嚓的一声照上了。李固大嫂也不管照好照不好，抱起孩子就往家跑。照相师傅摆着手大喊："大姐！不要跑，来，再照一个，不多要你的钱！"可是，无论他怎么喊，大嫂还是不回过头来，一溜烟跑回家去。照相师傅还嘟嘟囔囔说："这么好人儿！这么好的人儿！这么好的人儿！……照坏了！"过了几天，照相师傅洗好了相片送回大槐树底下，老头们拿起照片一看，想不到照得那么好：李固朝着大嫂笑着，睁开大眼睛看着她，她稍稍仄过脸儿，脸上羞羞答答地微露笑意。一个老者张开没牙的大嘴说："啊呀！一对天人呀！一对天人呀！李固真是有福！"也有人认为，是照相的故意照成这样，说："真是异想天开！"

大街上的人们这么一说，李固更觉满意，偷偷地量好了尺寸，托人到据点里去配了这个小镜框来，送给大嫂一看。这时，大嫂看了半天，也觉得这张相照对了，才挂在墙上。这一下惊动了官渡口全村的青壮年们，三个一堆，五个一伙，男男女女都来看他们的照片，没有一个人不羡慕的。男孩子就想找大嫂这样一个对象。女孩子就想找李固这样一个对象。可是，李固大嫂觉得这样不好，说："你看这是干什么，羞死人了！"她一下子把相片藏在柜头里，李固央求了好几次，她也不拿出来。可是她一个人在屋里的时候，还是偷偷地拿出来看，李固想看一下也不行。李固磨得她厉害了，她就说："快抬担架去！""快去识字班！""你把它忘了！"说什么也不拿出来，直到李固去世以后，她才拿出来挂在墙上，叫孩子们看着。其实是她无时无刻不在想念李固。

今天，开大会回来，她坐在炕上，两只眼睛一直对着这张照片出神。不用说罗慧就会明白，可是人已经没有了，这又有什么用呢？罗慧用尽了方法，解脱她的苦恼。她说："嫂！过往的生活，让它过去吧！我们来创造新的生活！"

李固大嫂说："是！我们不能让旧的生活把我们绊住，我们要勇往直前,像长江大河一样冲破封建势力的堤坝!"话虽这么说,一对青年夫妇,半路里分开了,李固长眠地下就甭说了,她的一生怎么能忘了李固呢?

罗慧作为一个女青年知识分子,对李固大嫂很觉满意。一边吃着饭,她说:"过去的战斗,过去的斗争,经过雨雪的浇淋,她会开出鲜艳的花朵。但是,我们不能留恋它,因为未来的战斗,未来的事业,还在等着我们去冲锋陷阵!"

小玉也说:"是呀!对于目前的敌人,我们冲锋。对于未来的敌人,我们也准备冲锋。对于阶级敌人,我们冲锋,对于内部的敌人也要斗争!"

小玉这么一说,罗慧浑身打了个冷战,她没有想到,小玉这么一个青年,一个中学生会说出这样深刻的道理。罗慧点了一下头,肯定地说:"是,小玉!你说得很对,这完全合乎马列主义、毛泽东思想,这是几句马克思主义的哲理……"这时罗慧才体会到:一个人不只读了马列的书才会懂道理,在斗争中也会产生一些革命的朴素的阶级观念。

小玉不等罗慧说完,抿起嘴儿咕咕笑了,说:"真是!我们在大嫂面前装起学院派来了!"

李固大嫂听到这里,她伸起手掌,摇了一下,说:"不,这很好!我虽然是一个普通农民,也会听得懂,要是我们广大农民妇女都知道这么深刻的理论,革命会成功得更早!"

这天下午,李固大嫂心绪不宁,她没有下地,也没有下户去发动群众,只是叫红儿扛着铁锨去翻那二亩地。小玉和罗慧也下户工作去了,她想在台阶上坐一会儿平平气,使她的心情安静下来,她怕过度的激动和忧愁会闹出病来,因为上午的大会,心里激动得太厉害了。

她坐在那里，看着她的小院：自从李固去世，这院里像是没了光辉；没有大堆的粪肥，也没有大堆的柴草了。再没有人来给她拾柴拾粪了；男孩子上了战场，红儿拾一点来，能有多少啊！她是怎么省着细着过着艰难的日子呀！在怎样的艰难中把两个孩子拉扯大了！咳！一个贫农妇女，是怎样地冲破前进道路上的层层罗网，到了这消灭封建剥削制度的时候呀！想到这里，她的心情更加激动。这种情绪一直到夜晚，她还久久不能入睡。罗慧和小玉对李固大嫂是非常理解的，她是一个坚强的、勇敢的、耿直的人。虽然她爱说一些粗犷的、有风趣的农民语言，可是她的心思是非常细腻的，考虑问题也是非常周密的。她们曾几次想用各种有趣的故事和可笑的语言支开她的思想，怕她闹病了。可是今天，她说什么也离不开痴想李固的思想、言语和行动了。

夜深了，下弦的月亮起来了，照在窗格上，照得小屋子明亮亮的。她听罗慧和小玉呼呼地睡着，觉得自己实在睡不着，翻了一个身，起来给罗慧和小玉盖盖被子。这不是第一次，自从小玉和罗慧下户来住，在困难的条件下，尽可能叫她们睡得好吃得好。她也明白上级的意思，是叫青年人来接受贫雇农的影响。她就把她们当作小妹妹一样地帮助。她有时想着，用什么样的行动带动她们，用什么样的思想感动她们。每天晚上，她像照顾自己的弟妹一样地照顾年轻的革命同志，白天她做饭烧水，晚间睡醒一觉还想着给她们盖好被子。在这大村沿上，怕自己的同志受了风凉。今天当她给她们盖好了被子，偶尔发现闺女的脸儿，闪静了，胖了，微微闭着眼睛，静静地睡着。看见闺女，又想起那件永不能忘记的一段抗日的历史：那是一个开会的日子，大家正在一块讨论一件对敌斗争的事情，忽然之间敌人围上来了，青抗先慌忙拿起枪上房应战。时间紧，李固手下无枪，而且人也不在手下,只好大叫一声:"撤退!"就带着人们顺着交通壕转移了。李固带着大嫂在头里跑,敌人就在后头追,敌人在后头打了几排子弹,也没把他们打倒。李固猛地一下子蹿上交通壕去,又回过头伸手把李固大嫂拉上壕沿,气喘吁吁地进入青纱帐里。最后跑到一座大坟堆旁边,坐在一棵歪把柳树底下的石桌上。李固大嫂掏出手巾拂去石桌上的土,说:"李固!来,咱坐下歇歇脚!差一点没打着我们,敌人可找不到我们了!"说着,由不得笑出来,她觉得又侥幸又兴奋。

李固拿袖子擦去脸上的汗珠,说:"王八蛋!赶了我们个野鸡不下蛋[①]!"

敌人的枪没有打着他们,大嫂心上非常高兴,她把那个镜框从衣袋里掏出来,说:"李固!来!看你的两只大傻眼,老是看着远处,干吗?"

李固拿过镜框,笑了说:"怎么你老是随身带着它?"

大嫂笑了说:"就是那么粗心大意!要是叫敌人得了去,按着相片捕人怎么办?"

李固无话可说,拿过照片看着,碰了一下大嫂的肩膀说:"傻丫头!咱一块上到县里去上党员训练班,那个政委不是给咱讲过了吗!毛主席说:看,远处地平线上,已经露出新中国的帆樯了!你忘了?"那时,他们多么想着胜利的那一天呀!尔后胜利毕竟来到他们眼前了,他们是多么样的高兴呀!

大嫂一听就乐得合不上嘴儿。拍了李固一下,笑了说:"好孩子,你真聪明!"

李固说:"让我们都做毛主席的好学生!一入了党,没有不聪明的。党照顾我们,教育我们,你也聪明了呀!"可是,李固

---

[①] 形容被追赶得四处奔跑。

说完这句话，他的脸色一下子变了，好像有一片浮云掠过太阳，因为他看到照片上，她的脸朝一边看着，躲开他去了。李固用手指戳着，说："这么着不好？"

大嫂仔细一看，果然。她想：李固既然满含着笑意瞅着我，我就应该亲近他，为什么把脸儿扭到一边去呢！随后，她又解释说："在乡村里，女人老是看着男人，多羞啊！又是在大庭广众之下，我一时机灵才躲开了！可是，那是那时的心情，今天的心情又不同了。"

李固说："这样，我们就不能白头到老！"说着，李固噘起嘴来，不高兴。

李固一说，大嫂也意会了，她说："那是封建，那是幻想，那不能成为事实！"当时，她希望不能成为事实，如果成为事实，又是多么的不幸啊！结果，李固年轻轻的就牺牲了。这在别人来说，可能归到宿命论上去，可是李固大嫂就不，在伟大的民族解放战争中，有多少青年男女牺牲在敌人的屠刀之下呀！

两个人正在说着，大嫂忽地一下子想起来了，两个孩子不在身边，如果被敌人掠去，那是官渡口村人民多么大损失呀！两个人正在焦灼，二合慌里慌张地跑了来，说："快去！日本鬼子把红儿抢走了！"

一句话惊起夫妇两个，一溜烟跑回村去。联络员往城里跑了好几趟，乡亲们花了好多钱，才把闺女赎回来。如今李固去世，小子上了前线，只有闺女在她身边了，母女相依为命，小子不回来，再也没有别人了。

她在月光掩映之下，看到那个小小的镜框还在那里挂着。她目不转睛地看着李固那个严峻的脸容，过往的事情，又扑上她的心怀，她忘不了他，她怎么能忘了李固呢？

那是十八年以前的事情了,她不敢仔细回忆那段生活,那是他们一生的黄金时代,当然也正是这块游击根据地的黄金时代。平原上的人们只要一忆起那段生活,就会兴奋,也会悲伤。兴奋的是我们古老的中华民族经过一场解放战争,从地球上站立起来了,再不被帝国主义污蔑我们是一盘散沙。在毛主席领导下,再也不被帝国主义说我们愚昧,吃不上饭,穿着破衣服了。悲痛的是,在战斗的年代里是极端残酷的,悲欢离合在所难免,每一个村落上,都有几个或是二十几个青年为祖国、为党、为伟大的无产阶级事业献出他们的生命。我们这些过来的人们,我们永远不能忘记,妻子送郎上战场,父母送儿打东洋的英雄场面!李固大嫂同样,她一想起那个难忘的峥嵘岁月,就会充满着激情,她在战争年代里经过了战斗生活,也为战争献出了她的青春。李固为她留下了两个孩子,就在一次保卫战中,他光荣地战死了……这一段历史,不只是李固大嫂,就是任何一个平原上的人民想起这段战斗生活,也不会不流出眼泪,面向着英雄的业绩而悲悼。李固同志牺牲了,李固大嫂失去亲爱的丈夫,失去了爱情。但当时她并不屈服,因为穷困的家庭生活,自幼培养了她那个倔强的性格。那时她还在年轻时代,王二合曾经有几次跟她谈话,代表支部反复地跟她说:"凡人是一理,小子愿找个可爱的姑娘,姑娘家愿找个心爱的小子家,这是正常现象,不算歪理。"最后他说:"希望你找个可心的人儿,陪伴你过日子。愿叫支委会给你讨论一个也可以。"可是,她不。她发誓:为了李固革命的声誉,为了她的两个心爱的孩子,为了亲自抚养他们,把他们培养成好的接班人,宁愿留在家里,再也不改嫁了。孩子们听到了,都欢欣鼓舞,表示一定听母亲的话,好好向上,好好学习。她也一心扑在工作上,她觉得最大的安慰,是完成丈夫未完成的事业，为了党，为了无产阶级的革命事业，付出自己的全部血汗。她在拼命地工作，拼命地劳动，在工作中，在劳动中她是愉快的。每日每时，从太阳出到太阳落。几年以来，她为了工作东跑西跑，为了工作不怕风吹日晒，白皙的面皮晒得红彤彤的。

她想到这里，再也不想睡，战斗的心情在鼓舞着她，她又走回去，两只手扶在柜上，在月明里目不转睛看着那张照片，一直看了半天。她一个人悄悄走出来，开了门站在台阶上，下弦的月亮正在明亮，如同白昼一般。在一个长条小院里，空荡荡的，只有一个挎筐和一个粪叉子，那是闺女拾粪的时候用的。一杆大锄，那是她锄地时用的。她陪着它们度过一月一月，又一年一年。它们陪着李固大嫂度过了她的战斗年华。

想到这里，已是鸡叫一遍了，她还是不想睡，于是关好门走出来。她悄悄地走出村，向南走去，通过一条小路，走到李固的坟茔，就是最初埋葬李固的地方。每年清明佳节，官渡口村的人民、三里五乡的学生们来为烈士扫墓、插柳。到这一天，在这个坟场里人声欢腾，鞭炮齐鸣。有的讲话，有的作诗，有的插柳。这个插一枝，那个插一枝，年头多了，插得多了，这里就成了一大片柳树林。在日本鬼子撤退的那一年，全村人民就在这里给全村为抗战牺牲的人们立了一座汉白玉的烈士纪念碑。王二合用家乡话为英雄们做了一个出了名的碑文，为了这个碑文，凡是南来的北往的，推车的挑担的，没有不来看看的。冬天，在这里看看碑文，晒晒太阳，感觉到无限温暖。夏天，看看碑文，在树荫下乘着凉抽袋烟，感到心眼凉爽。纪念碑就在李固的坟前，根据李固大嫂的意思，又移栽了两棵白杨，如今这两棵杨树长得冒天云高了，风一吹来，满树的叶子哗哗响着。目前杨花儿正开，花伞向下垂着，每到夏日，绿叶分披，浓荫满地。

李固大嫂围绕着纪念碑头慢慢走着。她伸出滚热的手掌抚摸着碑石,有好大一会儿工夫。她的心情起伏,她觉得李固没有死,他永远留在人们心上,不会死去。夜已深了,树上风声起了,白杨萧萧,大路迢迢,英雄千古,月华日耀!她想到这里,心情慢慢平静下来,一步步走回家去。她轻轻走进院落,推门进去,睡在炕上,生怕惊醒小玉和罗慧。不提防小玉和罗慧没醒,倒把红儿惊醒了,她问:"娘!你还没有睡?"

李固大嫂说:"哪里,我已经睡醒一大觉了,快睡,明天还有很多工作呢!"

母女两个说着,大公鸡在笼里拍拍翅膀,高声地叫了。

# 21

这天选举大会散会以后,李蔚也没和别人打招呼,低着头一步一步走回家去。刘冬也不回家吃饭,和刘登华一块儿,两人瞄着李蔚的背影,在后头跟着。今天的大会上,他们都没选进主席团,心情很觉委屈。这问题很明显:刘家大户里当村干部的有三个人,可是他们觉得刘老迫变了心,他和王二合撕不开情面,不能给姓刘的争口气。刘登华和刘冬被甩在一边,他们就缺了手眼。两个人一边走着,长吁短叹,心上焦灼不安。

刘登华回到家里也不吃饭,拿起笤帚扫了扫炕沿,叫刘冬坐下。刘冬打了一会儿口哨,哑默悄声说:"完了!完了。我这算什么,你是老革命,也不行了!"刘登华说:"这不要紧,说不定整党的时候还会过不去。"刘冬说:"等着瞧吧,以后贫雇农当权了!"听他们的口气,似乎他们过去不是代表贫雇农的。

李蔚坐在堂屋里吃饭，听得他们两个人在屋里嘀咕，反回身说："唔？你们也不吃饭？"刘登华说："我饱了！"刘冬也说："这饭吃也行，不吃也行！"两个人说话都带气。

李蔚吃完了饭，离开饭桌，叫登华媳妇和孩子们吃饭，掏出手绢抹了下嘴头。走进屋抓起烟袋抽烟，说："快吃饭吧！事是事，饭是饭！"

刘登华说："不吃！你跟我们谈了这些日子，教育我们这些日子。我们挤不进去，也觉得对不起你！"

刘冬也说："我们落成这个样子，你脸上也不好看！"

刘登华和刘冬拱了李蔚几句，李蔚说："不要泄气！韩信打仗还背水列阵呢。'否极泰来'。况且，胜败乃兵家常事，不要灰心，继续努力！"

李蔚的话，对刘登华和刘冬是个鼓励。土改才开始，他们下决心要干下去。两个人和李蔚说了会儿话，就走出来，到刘老迫家去。一进门，刘登华就提高嗓子喊："老迫叔在家吗？"刘老迫在屋里说："谁呀？在家呀！"刘登华说："是我呀！"说着，走进屋里。刘老迫正坐在炕沿上抽烟，看见登华和刘冬进来，说："坐下吧！"刘登华坐在机柜上，说："你倒心思凉气儿，像没事人儿。"

刘老迫说："我不心思凉气的怎么着。这几天一直在开会，又是整党会，又是群众会，够紧的了！"

刘登华说："你看会上风头儿怎么样？"

刘老迫斜起眼睛问："什么怎么样？"

刘登华说："我看矛头又冲我们来了。"

刘老迫说："怎么又冲你们来了？有错误检查错误，不算什么。光没事儿一大堆，到后来吃不了得兜着。"说着侧起头来，

255

像是心上在生气。

刘登华说:"你看,我能没事人一大堆?还跑得了我?告诉你说吧,你要是这么看,咱姓刘的也就完了!"

刘老迫说:"不完怎么着?你没听得说吗?土改运动要彻底消灭封建,一切封建思想都要打倒,得识时务!"

刘冬说:"我也知道,识时务者为俊杰。可是咱们要是不抱在一块,官渡口村刘家这就垮了。"他还年轻,没经过党内的斗争,如今开了两次会,就受不了了。说着话由不得眼泪一滴一滴落下来。

刘老迫扭过头来看了看刘冬说:"你看!说风就是雨,这是干吗?怎么帮助你才入了党?如今一句党内的话都说不上去,你虽然是知识分子,念了几年书,闹了几年剧团,还没受过什么锻炼,好好学习吧,到了时候了!有错误认真检讨,惩前毖后,治病救人嘛。不怕有错,就怕不认错。"他说这话,听起来是对刘冬说的,实际是对刘登华说的。

刘登华说:"你比我年纪大,光是压着我们检讨,要是我们检讨了,他们不检讨怎么办?要是我们检讨了,人家摁着脑袋处理我们怎么办?"

刘老迫一听,瞪直眼睛说:"谁要处分你?党喜欢知过改过的人。做一个党员,经过一次运动就提高一步。"

刘登华说:"那要经过十次运动,我就该顶破天了!"刘登华说这话有两层意思。

刘老迫说:"要这么说,我就不跟你谈了。"说着,把烟袋往炕上一扔,转身走到对过屋里去了。

刘登华看和刘老迫谈不到一块,拉了刘冬走出来。出了小梢门,说:"你回家吃饭吧!"就一个人走回来。到了家里,听不见动静，伸手从被沓上扯下一条被子蒙上头，齁齁地睡着了。一直睡到夕阳西下，起来吃了点饭，坐在炕上低着头寻思：进不了主席团，整党会上意见挺多。由不得心里烦躁，火气上撞，头皮发痒，他伸起手爪在头顶上乱挠抓了一阵子，就慢慢地走出来。登华媳妇问："天这早晚了，还出去？"他说："我心里暴躁。"说着就走出来。天黑了，星星出来了，他站在门口呆了一会儿，移动脚步走到刘家大街上。在胡同口上掩着身子向南望了望，又向北望了望。蹑悄悄顺着大街往南走，溜进刘作谦家梢门口，走到花墙底下，拍了几下小门，站在门下等着。自从土改队来了，刘作谦家的门户紧了，天一黑就把小门插上。刘登华等了一会儿，有人踮着轻悄的脚步走出来，问："谁？"听到熟稔的声音，刘登华就知道是荷花儿来开门，他说："是我。"他们已经有两天不见面了，心里在渴望见到她。

荷花儿最熟悉登华的声音，不用问就把门开了，说："进来吧！"登华进来，荷花儿把门闩上，又说："听说你没选到主席团里。"荷花儿把登华领进自己屋里，又说："坐下吧！"她体会到登华失意心情，想尽可能地使他得到安慰。

登华坐在椅子上，看了看屋子里的摆设，似乎有了变动，说："这屋里好像有人来过！"

荷花儿喷地笑出来说："你的鼻子比猫儿还灵，你俩不来，还有谁能来？牌上已经生了锈了。刘冬呢？"

刘登华说："他还有心花儿打牌？开两天会，就把人给折磨透了。整了一场风，挨了一顿骂。选了一场举，生了一肚子气！"

正说着，刘作谦拄着拐杖猫着腰走进来。几天不见，他头发胡子老长了，脸上青黄青黄的，没等坐下就说："听说你名落孙山了？不管你心上怎么样，我心上可是空得慌；咱刘家院里，就是这么几个干部，老迫指不上；土改当前，荷花儿也说不上话去。你和刘冬插不进手去，咱刘家大户也就算完了！"他心上真的在折过子[①]，又说："今天下午，我到家庙里哭了半天，可是哭也没有用，我不能助你们一臂之力，荷花儿也帮不上你们，小子大狗更不行！"说着，眼泪顺着鼻子流下来，哭得泪茫茫的。今天，他真的说了心里话，自从抗日战争以来，登华也曾跟刘作谦干了几个回合，当他得到了党的信任，当了干部，他这点革命性也就用完了。荷花儿一拉紧他，也就成了刘作谦的座上客了。自此以后，他就随了刘家大院了。

刘登华见刘作谦哭得难受，心上也同情了他。抗战八年，他倒有四年在这院里过来，这几间北屋和屋里的家具，他已经很熟悉，荷花儿和她娘也很热情。目前土改运动来势凶猛，今后还不知落个什么结局。想到这里，他已经忘记他是贫农出身的共产党员了。其实他早就忘记了。自从闹合理负担、减租减息，刘作谦贱价卖出一批土地。闹统累税和增资以后，又贱价卖出一批。与其说是卖，不如说是扔，像吃鸡剩下的肋条骨一样，一块一块地往外扔，谁接着算谁。这样，公粮负担，尤其"大扫荡"以后，严重的日伪政权的勒索，就转嫁到下排户身上去了。刘登华盼到这个节骨眼上，算是得了便宜，买了八九亩土地。当时在他的心上也不是没有斗争。他也明白：有了产业，就不是无产阶级了。可是一头是党内的无产阶级教育，一头是土地的引诱，像来回拉锯一样，锯抽在他的心上，这是多么不好受的滋味。但是，最后他还是放弃了无产阶级立场，有几次他曾想到党的教育，可是那八九亩地像放着灵光一样地引诱他，最后他毕竟堕落下去了。有

---

① 翻来覆去地思考。

几次他也想到和荷花儿的感情好梦难长,但是他摆不脱荷花儿的引诱,也就离不开刘作谦家了。目前他看到刘作谦熬煎得难受,由不得也有几滴眼泪沁到眼角上,说:"你对我不错,到了这光景上,你有什么困难,我不能抄手不管!"这样一来,他就已经完全站到地主阶级立场上去了。

荷花儿在一旁站着,也洒下眼泪来,抽咽个不了,掏出手绢擦着鼻子,把眼窝都擦红了。二合的话,她考虑过了;离开这家,有她一条出路。不离开,看!这又将成了什么了?

刘作谦把拐杖拄在胸前,长叹一声说:"咳!甭提了,到了这个节骨眼上还有什么说的。自古咱们一个刘字掰不开,从山西洪洞县大槐树底下迁来的时候,咱是一个老祖宗。看今天晚上还静,我有一点东西,求大侄子你能帮我送到刘村去,不知你肯也不肯?"说着,强打起笑脸,泪眼婆娑地看着刘登华的表情。

刘登华听了,瞪直了眼,迟疑了一刻。这时他想:他有事可求着我了……但只是笑,不说什么。刘作谦就过脸去,又笑了说:"你帮我一把吧!"这时,刘登华才问:"是什么东西?"

刘作谦说:"东西不多,你一只手就能提起来。"

刘登华听到这里,也实在觉得为难,答应不好,不答应也不好。答应了,他这个党员牌子就算是降下来了。再者,他怕刘作谦拿他下菜碟。不答应,几年来酒是酒,肉是肉,还有荷花儿的陪伴,觉得过意不去。犹疑了半天,他把心一横,咬紧牙关说:"拿来吧,这点事我刘登华给你办了!"

刘作谦听了这话,脸上一下子笑出来,转悲为喜,说:"我要能把这点东西保存下来,就什么也不怕了。一旦有个时来运转,立着的房子躺着的地,少不了咱的一点。不管是什么时候扔出去的,到了那时候,登华你老侄子!房子你挑着住,地你也挑着种,还用得着共产？"

刘登华开始听了这话,觉得有点刺耳,猛地又觉得似乎有些道理。他说:"我倒不那么想,要是选上贫农团主席,办事就得出头,蒋介石的兵一打过来,你想躲也躲不开。没选上主席团,将来时局一变,我就什么也不怕了。"目前刘登华的心情像是在一个梦里,他在梦境之中好像拨开乌云见着月亮。但这是一个可耻的梦。他在这个梦境里变成了一副叛徒嘴脸,难看得怕人！

刘作谦一下子笑了说:"咦！你算是想对了！如今世界,你算是墙头一棵草,风吹两边倒。保住身子骨儿是大事！"在抗日战争时期,这是地主阶级一般的心理状态,如今解放战争了,他们这种思想更加严重了,成天价想着天色云雾的变化。

刘登华说:"到了那时候,人家认我？"

刘作谦瞪着眼睛看着登华,咬紧牙关说:"我是官渡口村一村之主,到那时候,我要是说句话,保你万无一失。"说着,他又转过头对荷花儿说:"唔！荷花儿！给你哥哥磕头！"这时,他张开泪眼,张开胡子大嘴,目不转睛看着登华,直怕他的嘴唇上吐出个"不"字。老地主是个狡猾而慎重的家伙,像个白了尾巴尖的老狐狸。心肠狠毒,又像一个捕食猎物的豹子,怎样的人也对付不了他,任何敌人也抓不住他。

荷花儿听得说,迟迟疑疑,但究竟还是跪在地上磕下头去。刘登华慌忙走过去,伸出两手把她扶起来,说:"你拿过来吧！我给你送出去！"

这时刘作谦心上一下子轻松下来,笑笑说:"自古以来,是盐就比酱咸,是灰就比土热。当家是户,总比外人强。不过有一件事情,你要记在心里：咱二青家里的,在娘家不是好惹的！"说着,拄上拐杖走进东头屋,叫老伴拿出一个包袱皮铺在炕上，拉开抽屉把日工账、月用账拿出来，搁在包袱上。他凭着这本日工账，几十年来剥削了多少长工和短工的血汗。又拿出借账，这是一本老账，几十年来，他借出去的银钱都写在这本账上。里面夹着借帖，借帖上写着债户的名字和利率，这利率有二分的、三分的，还有现扣利、利滚利、借一还二、借谷还麦，等等的不同。这几本账本来是很厚的，但是自从共产党建立了政权，在共产党一系列的政策下，一层层地被削弱了，一天天地薄起来。他把这几本账簿放在包袱上。再开开大橱子，从夹衣里抽出一个木头匣子。这里面盛着他家全部房产、地亩的文书契约。不论是税过还是没税过契的老文书，还是活期的或者过了期的当买契，都在这里。他把木匣子搁在包袱上，结结实实包了一个包袱，又叫老伴拿了一条口袋，把小包袱装进口袋里。背在肩上，踮着脚儿试了试，笑了说："好！"他背着口袋走过来，放在炕沿上。

刘登华也走过去，把口袋背在肩膀上试试，说："这才有多重？"

刘作谦说："要说重并不重，可是它价值连城呀，时间不早了，你走一趟吧！"

刘登华问："我一个人去？"

刘作谦听得问，可就愣下来了，问："唔？"

刘登华说："你那么放心？"这时他的眼睛闪着光亮，目不转睛地看着荷花儿，等待刘作谦的允许。

到了这个节骨眼上，刘作谦的心上可就疑虑不定；这个问题好比一把刀子插在心上，当刚一插上去的时候，会有一阵剧痛，时间长了，伤口也就愈合了。他只好咬紧牙关，说："这个好说，叫你荷花儿妹子跟你去，我把她交给你，可以了吗？"

这时，他好像押宝一样，他要横下一条心，押最大的赌注，孤注一掷。

这样，当然是满足了刘登华的要求。可是老伴在门框后头，听得说叫荷花儿跟登华出门，叹口气说："黑更半夜，叫闺女出门？"当刘作谦听到这句话的时候，心上插的那把刀子又是一阵剧痛，可是看看他的荷花儿，再看看他的庄房地亩，荷花儿是他的脸面，庄房地亩才真正是他的命根子。这时，他跺了一下脚，横下一条心说："唔！登华！抗日八年，你荷花儿妹子和你在一块，我没多过心。如今土改当前，我把她交给你了！"他把桌子一拍说："荷花儿跟你哥哥去吧！"

这时，荷花儿心里像一团乱麻，不知怎么好。要是去吧，黑更半夜里，经过荒郊野外，后果没法想象。要是不去，关系到她家万贯家财和一家人的生活……她心上犹疑不定。刘作谦看出女儿的心情，他说："孩子！甭犹疑了，这是祖上给子孙们留下的后景，都在登华和你身上了。直到目前为止，金子银子都不如这些值重呀！你跟哥哥去吧！"他的地主阶级性格，直到目前为止，算是施展无遗了。自他从老爹手里接过印把子，他一直在贫农、雇农身上打算盘，怎样剥削更好，怎样剥削更多。他的思想是：无论对谁，没有占不着的便宜，只有吃不着的亏。为了金钱和财产，他不惜牺牲亲生女儿的自尊心。

经过刘作谦一番劝说，荷花儿只好去了。在当前，她不去刘作谦也不依。几个人商量好：刘登华出东街口，荷花儿出北街口，在三岔路口上会合。刘登华把口袋背在脊梁上，先走出梢门，等了片刻，荷花儿也跟出去，远远跟在登华后头。天黑着，刘作谦一个一个把他们送出梢门，在黑暗里看了看心上的闺女：荷花儿睁圆两只大眼睛，把长辫子叼在嘴上，她愤怒地对着刘作谦盯了一刻,表示她的抗议。可是,当爸爸的下决心要牺牲她了,她只好生着气走出梢门。刘作谦还是不放心,又跑回来拿起一把大铁锨扛在肩上,送荷花儿出了村口才回来。猛地听得李福云家大叫驴的叫声,他浑身打了个噤呻,抬起头来看了看北斗星,正是半夜了。

刘作谦闩上梢门,走进上房屋,老伴正守着灯流泪,抽泣说:"你说那些东西比金子银子还宝贵,我说咱闺女比金子银子还值重。黑更半夜跟一个男人出去,要是有个好和歹儿,可不叫你后悔一辈子!"

刘作谦说:"你的闺女还是你的闺女,一点也少不了!咳!原来你还糊涂着。有我的账册文书在,小孩们何愁吃穿?要是没有这个,想过富裕日子可就难了!"

老伴嘟嘟囔囔说:"你老糊涂了!你看天有多黑?那么大的闺女跟一个男子汉出门,你倒放心?"

刘作谦说:"能保住我们的银钱放账和庄房地亩的文书,保住子孙万代不灭的基业,比什么都要紧,你看这是到了什么时候了,还顾得什么?"

老伴长叹一声,说:"咳!当上地主,脸面也不要了!"

文书借帖送走了,刘作谦心上轻松了一半,抽着烟走出二门,抬起头看看满天星斗照着偌大的宅院,黑影里也能看出那几个青石碌碡,那是他祖上传下来的,一年年给他打下了多少粮食。老槐树也有几百年了,他扬起头从上往下看了看几棵老树的轮廓。它们的年轮和他家的庄园地亩的历史一样久远,眼下贫农团要没收他的房屋土地,没收他的金银财宝,比摘他的心,比挖他的肝还难受。他转过草垛,隔着窗户看了看头伏棚里,那个小油灯还亮着,伙计们在炕上呼噜呼噜地酣睡。他想到:长工们快回家去分地了，连牲口也不喂了。土地改革，牲口农具都要归贫农团。在过去，他常到头伏棚里筛草喂牲口。可是，目前的这些骡马，也不是他的了，去他的吧！没人喂，我也不喂了！但是，骡马饿得卡了腰，夵了毛，有时他看了，也觉得心疼。在目前来讲，还是他的。这些牛马为他拉车耕地，几十年来付出多少血汗，现在要归贫农团了，他的心上要多么难受有多么难受。

今天夜里很静，没有一点风声，这样静寂的黑夜里，掩盖着不平静的思想和不平静的活动。他想到这里，自言自语："罢罢罢！一不做二不休！"他走回来，插上花墙的小门，拿起铁锨、大镐在台阶后头砖堆底下挖坑。老伴听得响动，又悄悄走出来，爬着台阶睁起眼睛在黑影里寻问："你又要干什么？"刘作谦没理她，命令说："把那些好衣好裳包好，装在大瓮里！"老伴又问："行吗？"刘作谦不耐烦地说："怎么不行，时间紧，你快点吧！"他伸开两手，攥住铁锨柄用力挖土，累得吭哧吭哧的，流下满头大汗，把衣服都溻了。他掂起衣襟连连擦着，一直挖了抽两袋烟的工夫。

老伴回到东头屋，叫起小荷花儿开开橱子，把一些单、夹、皮、棉、毛、纱的好衣裳包上，装进大瓮里，两人慢慢把大瓮滚出来。刘作谦累得呼哧着嘴说："挖好了，往坑里推吧！"几个人把大瓮推进坑里，埋上土，又用脚踩结实，上头又堆上一大堆砖。刘作谦吧嗒吧嗒嘴头说："好！这就好了！"

老伴说："费这个事！也不准怎么样！"

刘作谦一下子耷拉下脸蛋子，在黑暗里瞪了老伴一眼，伸长脖子恶狠狠地说："等你到了十冬腊月里没有衣穿，没有饭吃的时候，你就不嫌费事了！去，告诉东院里荷花儿她嫂子他们，把粮食和衣裳都埋上，要入地三尺！"虽然土改队已经三令五申：

大、中、小地主要区别对待，一般地主与反动地主要区别对待，这时刘作谦已经下决心不管这些。抗日民主政府的一切法令，对于他来说，都无动于衷，他顾不了那么多！那是贫雇农的事，他干的是地主的事。

刘登华背着口袋，遛到十字街口，他扒着墙角巴睃了一阵子，仄起耳朵听了听，没有人声，才顺着墙根往西走。是谁家的狗叫了几声，引得附近的狗都叫了起来，由近及远，全村的狗陆续大叫起来了；大狗小狗，老狗嫩狗，粗狗细狗的叫声各有不同，形成一个全村狗吠的大合唱。

这时吓得刘登华心上激灵了几下子，走到大坑边上，眼看再走几步就出村了。忽然之间，从小西街上匆匆走过一队人来。他把身子一闪，想蹲在水坑边大柳树底下歇一会儿，料不到开冻以后，坡陡土松，两脚一滑，一个斤斗栽到坑底里。幸亏大坑里没水，弄了他两腿青泥。这时有人高喊："有人！"刘登华听得出这是王黑炭的声音。一队人跑步上来，在水坑附近搜索起来。天很黑，坑又深，刘登华从下边借着星光能看见他们，可是他们从上往下看不见刘登华。游击小组搜索了一阵子，看不到什么，便一直往东去了。刘登华慢慢从大坑里爬上来，一溜烟跑出村。一时心惊肉跳，窜进村北小场屋里，扒了扒腿上的青泥，骂着："娘的！我算倒了霉了！"想着："不！我不能受老狐狸他的害！"这时，他满肚子没好气。他感觉到，拿着一个党员，一个村子里的治安员，给他干这宗事，有些犯不上。可是，他已经干上了，也就无计可施了。他踏着漫地往北走，穿过大杨树行子，走到三岔路口上，蹲在地上伸起脖子往右看看，又向左看看，看了老半天，拍了三下掌。遥远地听到老杨树后头回了三下掌，听到熟稔的掌声，他知道是荷花儿，慢慢走过去，瞪着眼弯下腰一

265

看,正是荷花儿在那里蹲着。

他蹲下来,对着荷花儿说了几句话,两人往北走了一阵。正在走着,影影绰绰听得前面有人走动的声音,刘登华单腿跪下,把手遮在眉梢上,这么看看,那么看看,天道黑看也看不见。他说:"荷花儿!你年轻眼尖,看看前边有人吗?"荷花儿瞪着眼睛看了老半天,还是看不见。两人慢慢往前走,走不多远,听见有小车的轴音,吱呀地响着。这时,他怕遇上意外,把口袋交给荷花儿,把她领到一个坟地里,坐在树底下,说:"你在这里等着,不见不散!"

刘登华把荷花儿安置下,反身走回来,跑了一会儿。赶上前边的虎头小车,喊了一声:"站住……举起手来……干什么的?"前面有人咕咕哝哝地说不出话来。刘登华走过去一看,不是别人,正是砂锅子。

砂锅子听出是治安员刘登华,二话不说,撒腿就跑。刘登华撒开腿就在后头追。砂锅子佝偻着腰,用上吃奶的力气,跑了一截地,累得喘不过气来,实在跑不动了。刘登华伸手一把抓住他的脖领子,用力一拽,砂锅子一个侧不楞,站不住脚,趔趄了两步,仰面朝天倒在地上,还在呼噜呼噜地喘着气。刘登华问:"你是谁?"砂锅子半晌说不出话,借着喘气,吐出几个字:"李……保……忠。"

刘登华说:"李保忠?你是砂锅子!"

砂锅子说:"我是砂锅子!我是砂锅子!"

刘登华说:"砂锅子!你从实说,是不是给地主走私?"

砂锅子说:"给地主走私?谁走那玩意儿干吗?"

刘登华说:"甭装傻充愣!我是查夜的。你小车上推的什么?我得查查!"

砂锅子说:"我没推着什么,去给亲戚送点吃的。"

刘登华转着脑子想了想,在这北乡里,哪里有他的亲戚?他一定是给李福云走私。

砂锅子在北乡里确实没有亲戚,也没有朋友,他也确实没有吃的,也没的送。砂锅子想:这事被别人抓着还好说,要是被治安员抓住,可了不得。他写四指长小帖儿,砂锅子就住进监牢狱了。这时,他灵机一动,心里说:"左不过是这么回子事了!你唬我,我还唬你呢!"他站起身来,大大方方拍了两下胸膛,用鼻子笑了笑,说:"哼!要想人不知,只有己莫为!别煞上裤腰带就充贞节女,谁干的事谁知道!"砂锅子说着,向前走了两步,紧看着刘登华的脸说:"不错!我是给李福云走私,你也是给刘作谦走私,以半斤对八两,我说的不错吧!"在黑影里,砂锅子瞪大眼睛看着刘登华,两手叉在腰里,逗着动武的式子。

刘登华一时说不上话来,看着砂锅子的架势,他想:兴许说不定什么时候被他看见了!砂锅子是个泥腿光棍,这事要是叫他嚷出去,这治安员也就完了,说不定这个党员也得完在他的手里。他想:我用大肚子扛他一下子。他说:"我就是给刘作谦走私,你敢把我治安员刘登华怎么样了?"

砂锅子说:"你是官渡口村的治安员,我能怎么样了你?可我是一个耳朵的罐子,跟你抡了!你也怎么不了我。老实说吧!与人方便,自己方便,咱们还是河水不犯井水!"

刘登华一步跨上去,扳着砂锅子的肩膀头说:"好说,一言为定!"

砂锅子说:"咱们各为其主,自讨方便。"

刘登华说:"可法不传六耳,天知地知,你知我知。"就这样,两人盘腿坐下说了会子话。这时,他隐约之间觉悟到:我不应该跟砂锅子平起平坐,这样,我就成了什么人了?可是,他已经跟他坐在一块了,也就无可奈何了,他也觉得他的身份又向下滑了一格。刘登华又觑着眼睛看了看砂锅子的小车上,尽是衣裳包袱,也说不定这包袱里还有什么东西,他说:"你是怎么弄出来的?"砂锅子说:"这,你就甭问了,你有你的佛法,我有我的道行。你是治安员能弄出来,我当了十几年的兵痞就白当了?你的佛法一尺,我的道行一丈。你抬一下子手吧!你抬一下子手,叫我过去,你也就过去了!"

刘登华放开砂锅子走回来。一边走着,心上烦躁不安。心里想:"我疯了?我傻了?怎么当了几年的治安员,给地主走起私来?今天揪住砂锅子又放了砂锅子,这是天大的罪过!"他明白今天这件见不得人的事情,恰好暴露在砂锅子的面前,使他的治安员身份起什么样的变化,想到这里,他心里异常悔恨:"我怎么走到这条路上来了?我浑蛋了……"一面想着,恨不得脚底下裂开一道缝,他把脑袋一扎就钻进去。可是到目前为止,他躲不了那么干净了。走到坟地里,荷花儿还在树底下等着。他又想到:如果没有荷花儿,没有荷花儿对他引诱,他会堕落到这个地步吗?也许还是蛮有威信地在本村里当他的治安员……这时,他胸膛里像烧着一团火,心情异常复杂。夜已经深了,天黑着,四面静寂得厉害。他弯下腰,像猫头鹰一样地睁大了两个大眼睛,骨碌骨碌地转着,看着荷花儿。像老猫一样,嗓子眼里哈喽哈喽地喘着气。荷花儿在黑暗中看着刘登华,像疯狗一样,红着眼珠子看着她,吓得她浑身战栗,像筛糠一样哆嗦起来。刘登华伸出两只手,捉住荷花儿的肩膀,摇着她说:"唔!你是一个小狐狸精,你把我拉下水来了,你毁了我,你毁了我了!"他面对着荷花儿,像只猎狗一样,瞪出通红的眼珠子,张开大嘴,露出獠牙，唬唬地叫着。

荷花儿吓得尖叫了一声，叫声划破了死寂的原野，传到远方，又惊起周围村上一阵犬吠。

# 22

第二天黎明时分，屋角里的暗影还没有散去，王二合早就醒来，翻了个身看了看小窗户上发了亮，就再也睡不下去了。自从昨天选上他当贫农团主任，肩膀上就觉得沉重了；八年抗日战争过去了，解放战争又来了，这咱又接上这么重大的任务，他的思想就老是围绕着土改转，说什么也停不下车来。考虑这土改运动怎样才能搞好，怎样才能为进入农村社会主义改造打好基础。想到这里，他摸索着衣服想要起炕。这时，二合大嫂也醒过来，说："怎么，你又睡不下去了？"二合说："这贫农团主任压在我身上了，我觉得担子沉重。"二合大嫂说："重，也得干哪！抗日战争多么残酷？你都过来了，为了消灭封建，消灭地主阶级，你再加上一把劲吧！"这时，他又想起抗日战争里的事，解放战争进行了两年，指战员们在前方浴血打仗，为了巩固根据地，我在后方搞土改又算了什么！"想到这里，心上就摔上劲了。下定决心，伸开膀子拉好土地改革这一套。

王二合正在起炕的时候，听到窗外有悄悄的扫帚声，隔着窗上的小玻璃一看，周大钟扫了院子，又悄悄来拿担杖，挑筲去担水。王二合说："老周啊！干吗老是起这么早？觉够睡了吗？"周大钟笑了说："选举胜利了，官渡口村的土改有了着落，我心上兴奋，说什么也睡不着了。"说着，担着筲开了栅栏走出去，离远听得他颤着担杖钩儿吱呀地响。等周大钟担水回来，王二合看看天色：昨儿晚上虽然有风，可是今天的天色还是蓝蓝的。墙头外头柳树青青，天空飘着一片片的白云，像蝉翼轻纱，太阳射在白色的云彩上，不一刻工夫，万里锦霞照遍空中。他伸开两只手打了个舒展，说："呵呀！春天了，耕地的时候又到了。"

周大钟放下筲桶，说："啊！我们老农民们就是喜欢春天，不光是去冷回阳，种庄稼是一件大事。常说的春种一粒粟，秋收万颗籽呀！这土地改革也像播种一样，改变了封建剥削制度，子孙后代都有饭吃呀！"

王二合说："是呀！可是你不要把这选举估计得太高了。"

周大钟说："可也不能估计太低了，别的不用说，单说选上你当主任，我们这土改队就省了很大的劲。"

王二合说："你看看，你不能把一个人的力量估计太高，离开群众谁也办不成大事！"

周大钟和王二合正在院里说话，王黑炭刮着旋风跑进来，说："这可不行！昨儿晚上我带着游击小组寻风瞭哨，听得满村狗咬，黑夜不静，一定有人给地主走私，转移浮财。"

周大钟说："这个可能，昨天贫农团成立，运动要深入一步了，地主阶级鼻子灵着呢，越是到了穷途末路，他们的剥削性格就越凶狠。转移浮财是必然的。"

王黑炭拍着大腿说："针尖对麦芒儿，他们抓紧转移，我们就要加紧没收，不然的话，贫农团闹腾半天，两手就落一场空呀！"他一时激动，瞪出两只黑眼睛，嘴唇直打哆嗦，不由口吃起来。

周大钟说："光着急不行，要看群众发动得怎么样？群众真正发动起来了，可以动手没收浮财。群众发动不好，要做夹生饭，还得来二回。"

虽然天气不冻了，王黑炭还是抄着手，这是他的老习惯。他说："从选举这件事来看，群众发动得不赖！"

王二合说："昨天成立了贫农团，今天快把游击小组整顿一下，建立民兵班，对于镇压地主阶级的反动活动就更得手了。"他说这句话算是抓着要害，民兵是村支部的武装，民兵搞好了，村支部手里就有武器了。

周大钟说："当然是，自此以后，贫农团当权，我们土改队就要退到参谋地位了。大事小情你要多考虑！"

王二合一听抿上嘴笑了，说："咴，我的老伙计！不要推得那么干净。你想，咱俩自小一个棚子里搭伙计，一块参加农会，又一块入了党。县委叫你来领导官渡口村的土改，我一点没撒劲。眼看贫农团才成立了，你想一下子把千斤的担子推在我肩上，你逃到树干身上去歇凉儿，行吗？"

周大钟说："我怎么能有这个想法？还不是天塌下来咱俩顶着？"说着，两个人又张开嘴哈哈哈地笑个不停。又说："咱俩有什么说的！"两个伙计十几年以前在一块扛长工，十几年以后又在一块配合工作，这能不叫人高兴吗？

王二合在官渡口村当了十几年支部书记，在这村工作了十几年，这个村的阶级情况，风俗民情，他都了解。目前，他当选了贫农团主任，在周大钟来说是无比的高兴，他觉得官渡口村的工作有把握了。王二合也挺高兴，虽然一九四五年"八一五"日本鬼子投降以后，他的心上也有过松劲情绪，觉得抗战八年，从炮火中过来不容易，也该歇歇心了。可是国民党在平津复了员，解放战争一开始，他的心上又摔起劲来了。要是不打倒蒋介石，怎么能消灭封建制度，建立新中国呢！再说，蒋介石陈兵几百万在

271

解放区周围，像一群猛兽一样，逞着架子，睁圆大眼睛，看着解放区广大人民群众热火朝天的战斗生活，恨不得四条腿跳上去一口吃掉。他能让你舒舒服服地歇下来吗？王二合一想到这里，由不得叉开腿，晃了一下膀子，觉得浑身是劲，准备跳上去冲锋陷阵。他想：作为一个共产党员，谁要是产生了图安逸贪享受的思想，那就是脑瓜子里生锈了，要加紧严防糖衣炮弹的袭击。想到这里，他对王黑炭说："吃了饭你去通知：叫主席团的人们到学堂里开会，仔细讨论一下把游击小组改编民兵班的问题。"周大钟也吩咐小李去告诉土改队的人们："没有什么要紧的事情，饭后都到学堂去参加改编游击小组，建立民兵班的会。"看看小李走出去了，他就和王二合坐下吃饭。王二合呼噜忙乱地喝了两碗稀粥，把碗一推，拿起腿就到学堂里去。这也是解放区人们的老习惯了，游击队吃一顿饭是十五分钟，群众吃饭也够快的，时间长了，成了习惯，也就不由己了。

这游击小组虽然人数不多，在一个村里来说，平时保卫政权，运动里镇压地主和阶级异己分子。到了土改运动里，保护贫雇农的胜利果实，是独一无二的武装力量。这件工作有多么样的重要啊！他们在学堂里一直讨论了半天，一个个讨论了组员在抗日战争里的表现、工作能力和阶级出身。当面说好了，下午一齐到学堂里，改编游击小组，成立民兵班。

朱老嗡说："这点小事，你们做了主算了，我还跟着干吗？"

王二合说："怎么你这么说？什么叫民主集中制呢？事情不大，关系重要，你想想打击地主，没收浮财，保护贫雇农的既得利益凭着什么？怎么你老是想家？"

朱老嗡着急地撅动着小胡子，说："你们是贫雇农，我们老雇农不是贫雇农吗？俺们不回村分房分地，在官渡口村分行吗？

你答复一声！"

王二合一下子扬起头来，笑了说："你又把刀搁在我脖子里问口供，我一个人能做了这个主吗？"

两个老伙计一阵子乱吵吵，各自回家吃饭。下午，他们俩首先走到学堂里，土改队和主席团的人们还没有全来到，他们在操场大院里走来走去。阳光晒满了院子，身上都觉得暖烘烘的。等不一会儿工夫，听得王黑炭喊着"一二一"，带着游击小组走进学堂院子。王黑炭今天做了不寻常的打扮：打了裹腿，腰里扎上一条宽皮带，把独一撅装在木套里，挎在身上，毛线猴儿帽也摘了，戴上一顶绿色粗布军帽。他走到操场上，喊了"立定！""向右转！"举起右手向周大钟行了个军礼，说："报告！官渡口村游击小组全组带到，一共十三名，独一撅三支，老套筒两支，汉阳造三支，山西造三支，请上级检阅，改编！"说到这里，一口气上不来，憋了个大红脸，满脸上黑里透紫。人们看了，禁不住地张起嘴来哈哈大笑。柏老槐说："王司令真有两下子，光这几句话就够你躺在炕上编一黑夜的了！"

今天到场的游击小组们，身量各有不同，个个披挂整齐，精神抖擞。虽然穿着不同颜色的衣裳，可都是穿的短棉袄，整整齐齐的。头上都戴了军帽，有棉的也有单的。腰里都扎上带子，有线带子也有皮带。大部分都打了裹腿。背了各种不同的枪支，就是这个小小的武装，保卫了村政权和群众团体，度过了残酷的抗日战争。

周大钟看着王黑炭行礼的姿势和这一队乡村武装的面貌，由不得心里想笑出来。但是他并没有笑，站在队前郑重其事地说："昨天成立了贫农团，从此以后，游击小组要改编民兵班，由贫农团领导。这事我们在主席团和土改队联席会上做了讨论。"他又指着王二合说:"他是主席团的主任,这民兵班就由他领导。黑炭同志是司令,他就是总指挥,今后同志们一切要听他的号令。"讲着,又扭过头,对着王二合说:"请总指挥讲话!"说着,他抬起手来鼓掌,民兵班和到会的土改队、主席团的人们一齐笑着拍起手来。

王二合一时红了脸,对周大钟说:"你是打着鸭子上架!"周大钟说:"不打,你不上呀!"王二合又叫柏老槐和王振山他们讲话,他们不讲,只好走到队伍前头去。周大钟说他是贫农团的主任,是民兵班的总指挥。这话在他的思想上起了作用。今天改编民兵班,是他执行第一个任务,要执行得好才能建立下威信。

王二合把两手叉在腰里,站在队前讲话:"同志们!你们知道我,我也知道你们。咱们是同生死、共患难过来的。自从一九三八年游击组成立,打鬼子捉汉奸,镇压反动派,大家做的工作很多。比方说,每年护秋护麦,大家费了多大劲?'大扫荡'是怎么过来的?一九三九年大水的冬天,咱们吃了多少麦苗?一九四二年大灾荒,又是灾荒又闹鬼子,我们是吃着什么过来的呀?我们是吃着树皮、野菜和地梨过来的。现在,我们不是打日本了,我们要搞土改了;要没收地主阶级的土地,分给无地少地的农民,叫他们有地种有房住有衣穿……"说到这里,他又提高了声音,问了一句:"大家同意不同意?"

游击小组们猛地举起拳头,憋粗了嗓子说:"同意!"

王二合继续说:"大家同意,好!为了打好土改仗,我们得有一个好的武装,保卫土改运动,监视地主阶级的活动,保卫贫雇农胜利果实。为了完成这个伟大任务,我们要整编队伍,为了整编队伍就要清查成分。咱们这个清查,是叫你们自己报出来:

姓名、年岁、成分，报吧！"王二合话音刚落，李保忠举起手来，说："我有意见！"王二合说："你说吧！"李保忠说："和别的村一样，追三辈！"王二合问："怎么是追三辈？"李保忠说："得推上三辈去，是什么农说什么农。"王二合说："你这是过'左'，不用！"又对大家伙说："报吧！"

王黑炭第一个报名，他毫不犹疑，把手掌搁在眉梢上，立正报告说："王黑炭，贫农成分，十八岁！"在这一排人里比较起来，王黑炭果然很黑，牙齿确实很白。他不折不扣报出来。王二合听了，点了一下头。

第二个是"钻天杨"，他说："李二虎，贫农，十九岁！"在这十几个人里，数他长得最高。报告的时候，两腿站得端端正正。

第三个是"赛关公"，这个人又高又胖，平时和民间传说的关羽一样眯缝着眼。做起事来才把眼睛得大大，火性子暴溜的。他说："王老碜，我什么也没有，光有个老爹，老娘，两间土坯小屋，一条破裤子，一个破柜头。二十四岁。"

王二合板着脸说："你得说明是什么农！"老碜说："我也不知道是什么农。"王黑炭问周大钟说："这，行吗？"周大钟点了一下头说："唔！可以。"他吧唧吧唧嘴对王二合说："我体会是贫农！"王二合点了一下头说："啊，自己说出来，也表明自己的觉悟水平。"

第四个叫李开泰。他自己说他是雇农，二十岁，外号"爬山虎"，能飞檐走壁。他个子最小，年岁不大，给富农李老春做了三年长工。因为是穷里生、穷里长的，自小发育不好，可是他的脚步最灵，能上两房高大杨树。

第五个叫刘黑寸，贫农，二十三岁，外号叫"出水龙王"，善凫水，抗日时期常隔河送信。他的水性最好。

第六个是王牛牛，贫农，十六岁，外号叫"梦里金刚"，身子骨儿又矮又胖，他鼓吹他力大无穷，一顿饭能吃二斤馒头。一宿觉睡不完，早晨要是没人叫他，管保睡到第二天大天明。

第七个是王演中，贫农，十八岁，外号叫"弹打飞鹰"，他枪法最好，百发百中。

第八个是李保忠，当他报名的时候，脸上黄一阵白一阵，打了一个噤呻，笑了说："你还不知道我呀？算了吧！"

王二合伸出右手，指着他说："我一看你就是不服从！我当然知道你，官渡口村一个人心里有几个窟窿我都知道，你报吧！"

李保忠说："我找了你了，跟你说了话儿。"

王二合说："说了话也不行，你得自己说出姓名、年岁、成分，你说吧！不说不行！"

李保忠说："你这是叫我难看！"

王二合说："我怎么叫你难看哩，哪个人没报，就你特殊？"

李保忠说："我是砂锅子……"

王二合把手一摇，说："不行，你是李保忠，砂锅子是小名。"

这时，李保忠知道，他不报过不去，只好说："我，李保忠，三十四岁，是贫农！"

王二合再把手一摇，说："你劳动过吗？"

李保忠说："我跑腿！我没一间房，没一亩地，没有饭吃，没有衣穿，我穷！"

王二合说："你人穷倒是真，你不劳动，你不是'农'！"

李保忠耷拉下脸来，说："我知道你叫我过不去，你说我是什么农吧！"

王二合说："你要说不出来，我就说。我说你是游民无产者：你房无一间，地无一垄，一天空着半截肠子也不劳动，你的生活是不稳定的，你的思想忽东忽西。你上有青天，下无田地，我看你怎么活着！"说到这里，他说："往下报！"

下面第九个报的是刘娃子，是中农，十七岁。

第十个是刘龙，是中农，十五岁。

第十一个是胡来，贫农，十七岁。

第十二个是李转运，十四岁，他说："我是富农。"他是整个游击小组年岁最小的。

王二合一听，跑上去说："你怎么是富农？谁还不知道你？"

李转运说："我有两块大地。"他绷着脸说着，也不笑一笑。

王二合急得撇起嘴说："你净瞎说八道！你家哪里趁两块地？"

李转运笑咧咧地说："我有两块大鞋底。"说着，又抬起脚来叫周大钟看，说："你看！这不是？"他穿的衣服最坏，破二糟三，这一片补衬，那一片补衬，滴零吊挂的。

王黑炭见他又在开玩笑，跑过去抬起拳头照他脊梁就是一捶，打得他浑身一颤，说："妈的！你又在这儿耍贫嘴，丢人不看好日！"又对王二合说："他是个贫农。"

报完了名，王二合站在队前说："昨天成立了贫农团，今天改编游击小组，自此就不叫游击小组了，叫民兵班。黑炭同志就是班长，领导大家，和大家一块工作。目前党的中心工作是发动贫雇农起来，自己解放自己，就是有个前提，是在共产党的领导之下，因为没有共产党、毛主席的领导，不用说没收地主的土地，你拿他一块砖头，他都不干，你们说对不？"

277

民兵班一齐举起手来，说："是呀！"

王二合继续说："再说，十年内战的时候，我们的对头是蒋介石，眼下我们的对头还是蒋介石。抗战八年以来，蒋该死就是坐山观虎斗，日本鬼子投降了，他又发动内战，进攻解放区，占领了我们好多大中城市，乱抢地盘……"说到这里，他又提高了声音说："同志们！他这么着行不行？"

民兵班一齐攥紧拳头，举起手来说："不行！"

王二合又问："不行怎么办？"

民兵同志们一齐大喊："打他狗日的！"

王二合继续讲话："对！我们就要彻底发动群众，解决土地问题，彻底消灭地主阶级、封建势力，巩固根据地，集中人力、物力、财力，支援前线，打败蒋该死，解放全中国……"

"过去叫游击小组，现在不是小组，要改编民兵班，保卫土改。八年抗战期间，成天价枪声炮声，我们没有顾得清查过成分，现在要改编民兵班，得清查一下，看看队伍里有没有地主富农，有没有奸细，有没有地主的狗腿子。清查以后，在这个基础上建立民兵排、民兵连。将来我们还要出兵打仗，消灭蒋介石。"

讲到这里，王黑炭说："什么叫狗腿子？我还没有听得说过。"

王二合说："什么叫狗腿子？比方说，地主就是狗吧！他张嘴就咬人！给地主移浮财的，他就是狗的腿脚。给地主通风报信也是狗腿子。还有，跟地主分不开家是什么？"

人们一齐喊着："也是狗腿子！"

王黑炭说："不，是狗，和地主一样！"

这时，砂锅子李保忠浑身打起寒战，起了一身鸡皮疙瘩，脸上由黄变白，又由白变黄。昨天晚上他才给地主李福云推走了一小车东西，碰上刘登华。刘登华虽然放过他，他也不知道刘登华报告土改队了没有。心上犹疑不定，脸上冒出油汗来，浑身打着哆嗦，头晕目眩，几乎站不住脚了。

王二合继续说："这民兵班在当前就是保卫土改运动，保卫贫雇农的胜利果实。当然，这民兵班也得要贫雇农，好的中农也可以参加。你想我们能要地主富农吗？能要狗腿子吗？能要兵痞流氓吗？"

李保忠站在民兵班里听着，听着听着，越讲离他越近，他觉得王二合的讲话，句句打中他的心，老是围着他打转转，故意跟他过不去。可是，他还得好好地在那里站着，瞪圆两只眼睛，看着王二合。他强打起精神说："报告！你说错了，我们不能要中农！"

王二合说："不一定！你不要名'左'实右，毛主席叫我们团结中农！"又提高嗓音问："你们里头有地主分子没有？自己说出来！"民兵班里无人答话。

王二合又问："有没有富农？"民兵班里还是没人答话。

王二合又问："有没有中农？"

问到这里，刘娃子一下子从队伍里站出来，把老套筒从身上摘下来，走到王二合跟前，把枪放下，哭了说："我是中农，我不参加民兵了！"说着，鼻涕眼泪流下来。王二合说："你虽然是中农，可是你们家里生活并不高。再说，中农也可以保卫土改运动，也可以打老蒋。"又对民兵班说："咱们走群众路线吧！大家说，是这样吗？"

大家一齐说："是这样呀！""我们欢迎刘娃子！"本来刘龙也想站出去，人们这么一说，他心上就定下来了。

王黑炭说:"一点不错,别看他年岁小,工作积极肯干,又没有缺过勤!"

王二合说:"娃子!你背上枪,站在民兵队里去吧!自此以后,你好好工作,一心保卫土改运动,和贫雇农站在一块,好吗?"

刘娃子擦干了眼泪,背起枪来,说:"我要听党的话,当一辈子民兵,扛一辈子枪杆,一辈子保卫革命政权!"

刘龙说:"我也是中农,我也要一辈子保卫革命政权。"

王二合抬起手来,招呼了一下,说:"唔。那,你是好样的!"又对着民兵班说:"自己想想,你给地主阶级转移财产来吗?自己报出来不算过错,要是查出来,按纪律处罚。"

李保忠听到这里,说什么也站不住了,头脑晕眩,眼前发黑,眼里蹦出金星子。这时,他有些后悔,过去当过国民党兵,偏要当贫农团,又来当民兵,还不知落到什么地步?可是后悔也来不及了,只好硬着头皮立定脚跟站住。

王二合又说:"你们自己想想,自己是地主富农不是,是兵痞流氓不是,如果是的话,赶快退出去,别找难看!"讲到这里,又扭过头对周大钟说:"你看看!这么说可以吗?"

周大钟说:"王二合同志说的话,一句话落在地上砸一个坑儿,说怎么办就怎么办!目前要保卫土改运动,将来参军上前线,打倒蒋介石!"

王二合又问了问主席团的人们,看有没有话说,他对王黑炭说:"好!你带回去吧!目前要严密监视地主阶级的行动!"

王黑炭向王二合打个立正,喊了个口令:"立正!向左转,开步走!"民兵班大转弯走出学堂。

王黑炭带着民兵班,走到刘家大街上,喊了口令站住,就解散了。李保忠回过头来,没精打采地对王黑炭说:"算了,这民兵我不当了!"

王黑炭说:"怎么?谁怎么你了?又没说不叫你当。"

李保忠掀起衣襟说:"看!不叫我带枪,连个手榴弹也不给我带,这算什么民兵?"

王黑炭说:"要是下决心保卫土改运动,拿上根推磨棍也当武器!"

李保忠咧了一下嘴说:"嘿!那算什么民兵?告诉你,小炮我都背过,哪里喜欢那个!"他说着,扭过头迈开大步朝家走,钻进小榆树林子,一推小门开着。他皱起眉头纳闷:"是谁开了我的门?"走进屋里,看见墙角里坐着一个人,是个庞然大汉,五大三粗的,由不得吓得打了个冷怔。愣着眼睛一看,是李福云坐在小破柜上抽烟。在黑暗的小屋里,看得见烟锅上的火儿通红。见砂锅子走进来,他问:"怎么样?当上民兵了吧?"

砂锅子咂吧咂吧嘴头说:"咱不说大话,要说当,贫农团主任我都当得上,甭说是民兵。咱不干了!"这是他的老脾气,在李福云面前,他总是吹五吹六的,他怕李福云看不起他。

李福云吃了一惊,说:"怎么,你为什么不当?"

砂锅子摆了一下头,说:"甭提了,一到大会上,朱老嗡就把我揪出来,说我当过国民党兵,有人说着才过来了。到了民兵班,王二合又老是敲打我,什么兵痞流氓啦,给地主转移浮财啦,故事眼子一大堆……"说到这里,他又走前一步,睁大了惊怔的眼睛说:"唔!兴许昨儿晚上我把那一小车东西转移出去,有人看见了。"

李福云听了,腾地站起来,问:"谁?谁看见了?谁看见了?"

281

砂锅子说:"刘登华!"

李福云一下子跺起脚来,圆睁着大眼睛发威,说:"刘登华?他可是个治安员呀!这还了得,八成,你出卖了我了!"

砂锅子看是要惹出祸来,他说:"好像是刘登华!"

李福云又睁开大眼睛,撅动着两撇花白胡子,说:"好像是刘登华?到底是不是?你说真的,说一句瞎话,我要送你小子忤逆不孝!要天打五雷轰你小子!说!"说着,气势汹汹,逞着动武的架子,盛气凌人。

砂锅子到了这刻上,他不敢不说了,咕咕哝哝说:"是刘登华。可是,这不要紧,刘登华没选上主席团,刘家大户和王二合是对头,我要去争取刘登华,叫他和我们走在一条路上!"

李福云听到这里,把右脚一跺,拍着大腿说:"好小子!你要是能转变了他……"他又把大拇指一翘,说:"给你二百大洋,你给他送去,叫他不要走漏风声。咱李家和他们刘家不是几辈子的冤仇了,合了!共同对付王二合!"

砂锅子说:"他走漏也不要紧,在夜黑天里,他不知道小车上推的是什么东西。最要紧的,他不知道我是给谁推的……"

李福云听到这里,不等砂锅子说完,一把拽住他的袖头子,说:"真的!来!"他把砂锅子拉到堂屋里,跪在灶火爷前头,说:"你要是走漏了风声……"这时,他把手掌搁在砂锅子脖子上,恶狠狠地张开胡子大嘴说:"我就要砍你的脑袋!我要杀你的头!"

砂锅子在李福云的威胁之下,也无可奈何。他自从当兵回来,就吃着李福云的,喝着李福云的,住着李福云的,听李福云的使唤。直到目前为止,他的命运还是脱不出李福云的手掌。砂锅子吓得浑身哆里哆嗦,咧开大嘴,哭出来说:"哪里?我怎么能那样，我怎么能那样？"虽然到了这个地步上，他还有他自己的自尊心，不肯露怯。

李福云又瞪出眼睛说："你不能退出贫农团，你不能退出民兵班。要知道，我们姓李的不算完。老世界，我在村公所走来走去，站在十字街上一说话，一呼百应。大事小情，哪个不在咱嘴里讨口气？如今村政权里连我们一个人也没有了。有你在贫农团，在民兵班，好像我伸出一只手攥住他们的心一样，你知道我这个意思吗？"

其实砂锅子过去真的不知道，现在他这么一说，他可明白过来了，知道这是怎么回事了。砂锅子跪在地上，低下头说："好！就是吧！"

李福云说："砂锅子！告诉你说，果真如此，给你，这是五十块钱，要吃饭就吃饭，要喝酒就喝酒。长工头子们监视得我好厉害，我也给你弄不出粮食来了。还有，你知道我给你的那支手枪是干什么的？"说到这里，他又哭出来说："眼看我就要完了，哪天是你用武之时？"

这时候，砂锅子真的被恶霸威胁住了，他说："唔！下手的时候，这就要到了！"

李福云按住砂锅子的脑袋，说："既然这样，来！给我们李家老祖宗磕头吧！"他把砂锅子的脑袋向下按着，磕了三个响头。他老是跟砂锅子说："咱们是一个老祖宗！"

李福云从地上把砂锅子拉起来，又甜言蜜语嘱咐了一阵子，才拍了拍身上的尘土，走出小屋。

# 23

  贫农团主席团选举王二合当了主任,这在土地改革运动里不是一个简单的事情。这证明两个问题:一、经过八年抗日战争的考验,贫雇农信任王二合,认为他是一个好干部、好党员。二、贫雇农不相信蒙头帖子上写的那些胡言乱语。这给了王二合充足的自信。

  今天是他当了主席以后第一次执行任务:贫农团主席团把村游击小组检阅了一遍,发现里边有问题,游击小组改编为民兵班,纯洁了组织,也便于以后扩充力量、吸收新鲜血液,这件事情是做得得人心的。他从学堂里走出来的时候,心潮起伏不平。在他认为:八年抗日战争里做了一些工作,确实也犯了一些错误。但是土改运动一开始,他还是抱着敞开心胸给人看的态度,心底坦然。他相信群众。事实也正是这样,广大贫雇农是通情达理的,谅解了他的缺点错误,还是一股劲地拥护他,群众的眼睛是亮的!使他进一步理解相信群众相信党这个真理。从此他也就横下一条心:努力战斗下去,彻底消灭地主封建势力,要把土改运动搞好,直到最后胜利!

  吃过午饭,他觉得天气反热了,脱下穿了一冬天的破棉裤袄,换上了一身新洗的裤褂。上身套上棉背褡,下身穿上套裤。从屋里走出来,心情是那么兴奋,实在平静不下去,不由两条腿顺着那条小街往南去,出了村走着麦田上的庄稼小路走向河堤。太阳西下了,西南风吹过来,油绿的麦苗迎着风不碌不碌地剪着,映着太阳的光辉闪闪发亮。弯腰走上堤坝,登高远望,平展的大地，万顷良田尽在眼前，无边无际。经过土改，改变了封建的土地所有制，使广大农民有了田种，解放农村生产力，使祖国的农业改变了面貌，提供原料，开辟了市场，建成一个现代化的工业国家。想到这时，不觉脱口而出："只要有我的性命，豁出去闹这一场土地革命！"

春天的季节到了，各种野草从堤旁、从柳棵下滋生出来，根上月黄月黄，叶儿嫩绿嫩绿。一片片紫柳，宽大的叶子，迎着风飘舞。看着，由不得心神爽快，把棉背心的纽扣解开，让西南风吹个满怀。他在河边上走来走去。

那是他一生不能忘记的：这条河流，这条长堤，这个渡口。自从年纪幼小的时候，他提着篮子，在这河边上挑野草，在柳林底下，捡棉花虫儿。年岁大了，他背着筐在这河边上，在柳林子底打草喂猪。夏天，他在河边洗澡摸鱼。直到八年抗日期间，在那艰苦的年月里，这里就是他们迂回的地带，白天在苇丛里，在柳林子底下开会，晚上在草地里睡觉：他枕着地，望着星星。自春到秋，直到冬天来了，黑天白日还是离不开河边的芦塘。直到目前为止，一有个心气不平，还想走到这里来舒散舒散感情，回忆回忆那艰苦的岁月，会使他浑身增加力量，增长斗争的意志。啊！平展的黄土平原，肥沃的土地。啊！这广大贫雇农的家乡。

他正在河堤上抽着烟走来走去，不提防背后有人捶了他一拳，激灵地回过头来一看，不是别人，正是周大钟。他问："怎么你也走到这里来了？"

周大钟说："我就不能享受这故土风光？"这是真的，抗日时期，他拉着游击队在这小河两岸过了几年，敌人在河南，他跳到河北，敌人到河北，他又跳到河南。跳来跳去，不知跳了多少次。直到现在，他还是忘不了这条小河，这条堤，这个渡口呢。

今天因为一件事情需要跟二合商量，直找了半天，找不到他，顺脚找到这里来，果然王二合也在这里。

王二合笑了说："咦呀！我的老伙计，怎么你和我商量工作。现在你是大拿！"

周大钟说："哪里话，自从十几年前，咱们在一块挦锄杠，睡马圈，在一个锅里搅马勺，现在咱们又在一块配合工作。工作上的问题能不主动跟你说？"

王二合说："在一块挦锄杠、睡马圈是情真，在一个锅里搅马勺、扛长工也是实在。可是入党以后，你上了部队，我留在地方。那是党的军队呀，你受的什么教育？"说着，他又把嘴头儿一抿，说："咳！看你那学习的劲头儿！看你那战斗作风！不几年的工夫，会看文件了，会打仗了，能不叫人佩服？可是，我留在地方上，成天价扩兵，征粮，护秋护麦……忙个不了，学习也不好……"说着，啪的一声把烟袋在巴掌上一拍，搕出烟灰去。

周大钟说："我的老同志！你怎么这么说，革命的伟大事业还不是这些平凡的工作集合起来的，你在村里做了多少艰巨的工作呀，不只战斗里出英雄，这平凡工作里也出英雄啊！"

王二合说："当然，话也有你这么一说，就说这破交战、地道战，集小胜为大胜，没有人手不行。咱就谈谈这个吧，今后的工作又该怎么做法？"现在，他心上正考虑着今后的工作问题。

周大钟说："你是贫农团主任，你说怎么干咱就怎么干！土改队是来帮助你们广大贫雇农翻身的！"

王二合说："哪里？你别开玩笑了，你们土改队说怎么办咱就怎么办，我服从领导。个人服从组织，下级服从上级……"

周大钟说："看你背得多么熟！"

王二合说："革命的道理背多么熟也不行，得真正这么办才行呢！"

周大钟一下子笑了，说："咱就商量目前工作吧！依我说，咱更要深入地发动群众，不要说发动得差不多了，发动一层又一层！"

王二合说："这是经验之谈！一哄而起那是错误的，群众要一层层地发动，一步步地提高。"这时王二合起心眼里高兴，他认识到：这贫农团一成立，认真地把群众发动起来，这工作就像大河里流水，一泻千里了。

两个人把腿圪蹴在河堤上，一条一段地念叨了一会儿工作上的话，直到太阳落山，满天红云彩罩在天空，照在河水上，五光十色飘摇动荡，和他思想上的活跃一样。这天晚上，王二合心情愉快，他两个儿子也扛着铡刀回来了。孩子们出外回来，二合大嫂高兴地给他们做了饭吃。正在吃着，周大钟也走过来看。一进屋门就说："大嫂真是幸福，你看这两个大小子有多么好。"二合大嫂说："能不幸福？抗日八年，忙忙碌碌，把日本鬼子打出去了，孩子们也长大了。"周大钟说："这么小的孩子也出外？"二合大嫂说："穷苦人家就是这样，指着两只手抓饭吃呗！"她给周大钟做了介绍："老大叫通明，老二叫火亮。都长得粗粗盘盘的。像二合一样，文盘大脸，白里透红。漆黑的眉毛，眼珠儿长得特别黑，特别亮。说也奇怪，两个人长得一般儿高，一般儿粗，一般儿模样。周大钟端详了一会儿，笑了说："这将来都娶了媳妇，要是认错了怎么办？"大嫂一下子笑了，说："认不错，对儿女没比做娘的眼尖了。叫他们穿两色的衣裳，你看大的穿着黑棉袄，二的穿着毛蓝的，即便将来结了婚，还不是各人有各人的暗记儿？"说着仰起头来，又咯咯大笑了。

这两个孩子是一对双生；那年他们还年岁小，门口来了个卖烧饼的，二合说："我给你三角钱，叫我这个孩子吃饱吧。"那个卖烧饼的从上到下看了看通明，见孩子不大，也吃不了多少，倒可以卖快点。他说："给三角钱当然叫你孩子吃饱。"二合叫通明守着篮子吃起来，街上人们都凑过来看热闹。通明蹲在地上，圪蹴着腿儿，右手拿着麻花，左手拿着烧饼，吃了一套又一套。吃了一会儿，他说："我去喝口水行呗？"卖烧饼的看他吃不下去了，笑了说："嘿嘿，让你喝一口水！"通明走回家里，把衣裳换给火亮。火亮走出去，不吭不响，圪蹴下腿儿吃起来。那个卖烧饼的看着这孩子食量过人，伸起大拇指头对二合说："嘿呀！海量呀！这孩子将来一定有福！"说着，看热闹的人们仰起头来哈哈大笑，笑得那个卖烧饼的莫名其妙。二合给了钱，卖烧饼的挎起篮子要走，二合说："三角钱不太少吗！"卖烧饼的说："那个有什么办法？我输给你了！"二合听他说话有哭音，心里也觉得怪不好意思的，他从袋里摸出两角钱，说："再给你！"说着把钱递给他。那个卖烧饼的犹疑了老半天，还是不敢接钱。二合说："你拿去吧！"那个卖烧饼的还是不敢接。二合走过去塞在他的口袋里，那个卖烧饼的一直在那里愣了老半天，他不相信世界上有这么好的人，两颗大泪珠子顺着嘴角流下来。

二合大嫂说："人们都说咱八路军有天下，日本鬼子打出去了，人们的孩子也长大了，好保江山啊！"

周大钟笑模悠悠地说："孩子们大了，过了土改每人给他们娶个媳妇。"

二合大嫂说："没有房子啊！娶在哪儿？"

周大钟说："把封建势力打倒了，庄屋土地就都有了！"

说着，一家大小哈哈笑个不停。哥俩念叨了会子各村土改的情况，说："天气暖和上来了，本想多做几天活，一闹土改，地主富农们过着日子都没劲了，中农哪个雇短工，只好回家闹土改。"王二合说："回来好，村里闹起土改来，也需要咱的人。再说，斗争的时候不卖力气，将来怎么觍着脸分地？"说起分屋分地，土地还家，一家子人要多高兴有多高兴。王二合说："别光是高兴，年轻力壮的小伙子们，在土改运动里得甩起膀子干一场！"

火亮把两只胳膊一伸说："看，胳膊上走得马，力气是随身带着的！"

通明说："老地主们，也有了今天了。小的时候，在他们地里拾把谷穗都不答应。那年秋天，我背着筐在刘作谦地里拾谷穗，他儿子大狗正在看地边，见我筐里谷穗多，硬说是我偷的，逼着我把拾了半天的谷穗倒在他地里……"

听到这里，二合大嫂说："可不是，孩子那天背着个空筐回来，哇啦哇啦地哭着，见孩子受了委屈，我也由不得心里难受，那年头水深火热呀！那时咱能斗过地主？哑巴吃黄连，有苦没处诉啊！"

周大钟说："这早晚不同了，毛主席、共产党给咱撑腰，到了诉苦大会上，要痛快淋漓地把一肚子苦水吐出来。"

这天晚上，一家大小在一块说笑了一会儿。王二合又和周大钟谈了会子工作上的话，周大钟问王二合："咱就说明天的工作吧！"二合说："咱就再进一步发动群众：先发动这青年和妇女！"周大钟说："好！妇女是最底层，在政权、族权、神权、夫权压迫之下，是最受压迫的。青年人热情高、干劲足！"二合说："老年呢？"周大钟说："当然要发动，老人们受的剥削多，受的压迫重，苦大仇深，有吐不完的苦水。"王二合抿着嘴儿笑了说:"还是你有经验!"周大钟说:"咱是枣木棒棰一对。"

土地还家的年头,一家子说起话来没个完,一直守着小油灯坐到深夜。第二天,一扑明儿,王二合就起身通知工、农、妇、青各会,吃了早饭,一齐到学堂里开一揽子大会,发动大家一齐下手,深入地发动群众。李固大嫂、二合大嫂、黑炭他娘、小玉、罗慧、金缨儿、红缨儿都参加了会议,听王二合做动员讲话。开了大会,李固大嫂又集合先进妇女们开会,发动大家:要先进帮后进,彻底发动妇女们起来参加革命,消灭地主阶级,消灭封建势力,贫雇农妇女们一齐闹翻身!早参加革命是革命,晚参加革命也是革命,革命不在早晚。

这是一个规律,在土改运动里,老年人最好发动,中年人最关心。要说婚姻自由,青年们最勇敢,往往走在头里,可是土改运动里,还在后头沉着劲儿。

小玉和罗慧开会回来,问李固大嫂:"看咱村哪家妇女最难发动?"

李固大嫂说:"二青家的,她叫杨花儿,障碍多,阻力大,进不去门!"

罗慧说:"怎么不好发动?是富农还是中农?"

李固大嫂说:"当然富农不在话下,说中农也不像中农,日子过得不强,生活也不富裕。他家老辈是个破大家子,门前还有那个破牌坊。公公是个老顽固,叫刘老像。婆婆也不进步,二青对于运动不凉不酸,不叫媳妇出门开会。这小媳妇自从过门以后,为做了几双军鞋,抬了两次担架,打了一场架。要不是我去叫她,总不敢出来开会了。"

小玉问罗慧:"我们能攻下这个岗楼吗?"

罗慧说着不太熟练的地方话,说:"依我看,手拿把攥儿①！"别看我们本地人说话不怎么的，外乡人说咱地方话还挺难。为了工作，罗慧拿了很大的心记，一句一句地学会。

李固大嫂说："你们政治理论高，看能说服了他家。"

罗慧和小玉商量好，一定要去发动二青家的出来革命。罗慧虽然过去在城市里工作惯了，对象是工人和知识分子。到了根据地，下乡搞了一阵子土改，入乡随俗，乡村生活也习惯了，这一方的风俗习惯也懂得了。住在李固大嫂家里，跟她一块生活，跟她学习劳动，学习革命思想和革命的经验，今天谈到要彻底发动妇女，像有一头小鹿在心上碰着。打听好刘二青家住在刘家街上，吃了午饭，罗慧叫了小玉走出来。

东南风吹起来，柳树发芽，塘上的芦苇也从泥土里钻出来，挑着小绿旗儿，青紫茁壮。罗慧和小玉转过横街，穿过李家大街，走到刘家大街上，向北走到一座破木牌楼底下，坐东朝西一个破光梁大门。木牌坊破旧了，上头刻着"节孝垂芳"四个大字。经过多年的风雨的淋洒，金箔脱落了，刀痕还是明显的。老年间，在刘家院里出过一个守"女儿寡"的，影响得刘家直到现在还封建思想浓厚。她们也没叫一声，就推门进去，院里鸦默雀静。一个老头子拿着禾叉在院里翻晒柴火。头发大长，原来留着辫子，后来齐脖子剪去了。一见有人进来，停下手撩起眼皮，用审问人的口气问："你们找谁？"他黑褐色的脸皮向下垂着，长了一片片黑褐色的斑块，听说话的声音，牙也掉了。不用问这就是刘老像。

罗慧说："俺们谁也不找，来看看你们的媳妇。"

刘老像说："俺们以务农为本，不指着革命起家。"说着耷拉下眼皮做起活来，偷眼看着，他很不愿招待这两个女客人。

---

① 十拿九稳。

291

罗慧一听，停下脚步愣住说："你们可能是中农，土改运动要团结中农，彻底打倒地主阶级、打倒封建势力，还能分点地，分点粮食，分点浮财。思想一进步，伸手就有一份！"在目前来说，对于中农只可说参加了就分一份，还不指望他们卖大力气。

老头说："我们不指望着分人家庄户土地！"

这是个四方小院，北屋子是三间砖房，高台阶颓塌了。两间小土坯西屋是才盖的。说着，小玉见刘老像这么阴阳怪气儿，很觉生气，瞪了他一眼就愣往西屋里闯。他家自从娶了亲，最讨厌人们来看媳妇。刘老像走前两步，抬起长眼皮问："你们想干什么？"

小玉眨巴眨巴黑眼睛说："看你！我们发动发动你们，又不偷你们的东西！"

刘老像听说来发动他家，气呼呼地说："俺不是地主，不是封建，又不想分房分地，不想分你们的浮财。你们上俺家里跑什么？"

小玉梗起脖儿，愣着黑眼睛说："看你说的！你是解放区的人不？是解放区的人就得叫发动，就得参加土改！不管是斗争别人还是挨斗。"

刘老像还是木着脖子脸，说："不管怎么说，不是自家的肉，安不到自个身上。也别拿人家东西送人情，邀买人心！"

二青娘听得老头子对人说了两句撅搡话①，停下手走出来。杨花儿听得有人走进来，扒着窗棂上小玻璃往外看。二青娘看见两个女同志站在院里发话，一下子笑出来，走前两步说："是女同志们来了，不是外人，快屋里坐吧，他老糊涂了，甭跟他一样！"

---

① 难听的话。

杨花儿看婆婆走出去,也出溜下炕走出来,说:"同志们轻易不来,快屋里坐吧!"伸开手往屋里让,背地里用力拽着小玉的手走进屋里。杨花儿穿着一身素蓝衣裳,黑油油的短发,连忙拿起笤帚扫了炕沿,叫小玉和罗慧坐下。这间屋子要说是两间,没有隔墙。要说是一间,还长一点。靠山墙放着一对红油橱子,橱子顶上搁着两个描金板箱,发散着油漆味。看得出来是才过门不久。罗慧说:"年轻轻的,怎么也不出去参加运动?"

杨花儿长叹了一声,朝窗外点着下颏,低声说:"没有法儿呀!本来俺在娘家时候,也是妇救会员,上过识字班。自从过门,有公婆女婿管着,不叫出门,不叫参加革命,说:'咱靠种地吃饭,不指着革命吃饭。'"

罗慧说:"改革一个国家的封建剥削制度,是一场轰轰烈烈的革命运动,消灭地主阶级,消灭封建势力,也得冲击人们头脑里的封建思想,这是多么重要的大事,咱广大妇女们,能不争取参加?把封建势力消灭,也冲洗冲洗自己的思想!"

杨花儿又叹声说:"咳!不是不愿出去,是出不去呀!出去开了两次会,抬了两次担架,本来觉得是咱妇女们应分的,可是回来一进门,老头子骂天扯地,闹得不祥,气得我一天没吃饭,窝憋死人了!"

罗慧说:"我们妇女们,两千多年了,受着政权、族权、神权、夫权的压迫,在民族解放战争里没得到解放,在这土改运动里一定要争取解放!"

杨花儿说:"当闺女的时候,在家里还有自由,不承想到了刘家,成了笼子里的鸟儿,什么自由也没有了!"

在民族民主革命运动里,虽然也提倡反对封建思想,提倡婚姻自主,自由恋爱,但毕竟是其次的,还是以打倒帝国主义为主。封建势力削弱了,妇女解放了一点,但还不彻底,目前要彻底消灭封建势力,消灭封建的土地所有制,叫妇女有了经济地位,才是彻底解放妇女呢!她们一边谈着,小玉瞪出两个黑眼珠,看着小媳妇可怜的样子,她悄悄低着头流下眼泪来,说:"怕什么?年轻轻的,要革命到底,不到黄河不死心!"

杨花儿说:"谁承想的!只要你出去一下,老的嘟囔半天,小的哭丧着脸,只许安安稳稳坐在家里做鞋做袜。"

小玉说:"这不就返回封建了吗?不叫年轻闺女出门,这是封建!是地主阶级对妇女的一套枷锁。要打倒它,不留情面!现在土改运动里要不觉悟起来,挣脱千年锁链,你能在这小笼子里待一辈子?"

杨花儿听到这里,一滴一滴流下眼泪来,说:"谁承想到了他家门里,一个不如意,张嘴就骂,动手就打,俺家里小门小户,惹不起他家,他们刘家户大人多!"杨花儿说着抬起袖子捂住脸,抽抽咽咽又哭起来。

罗慧也流下泪来,说:"看起来这个人家封建思想非消灭不可!毛主席给你做主,我们帮你一臂之力!"

这时,杨花儿真的心上活动起来。她说:"自小儿过的鸡狗生活,如今又掉在他们篓里,还是革了命吧!"

罗慧也噘起嘴来,说:"革了它!"

小玉攥起拳头,把身子一耸,说:"革了!"

可是这时,杨花儿又低下声来,把手掌一伸,说:"小声着!你们可在这村待几天?"一边说着,扒着窗户,隔着小玻璃向外看,心上又软下来。

小玉说:"甭嫌怕,觉悟起来吧!我们有决心搞好官渡口村的土改,问题解决不清,我们就不离开官渡口!"

杨花儿说："你们要是真有这个决心，我就横下心把这封建牢笼打碎！"

罗慧说："打碎了吧，已经到这早晚了，受苦受到什么时候才算完？"

杨花儿说："盼得有事你们来叫我，不然我怎么出得去门？你们来的时候要是二青不在家，就更好了。"

小玉说："好！盼着开会，我们就来叫你。要革命就不要怕嘛！"

说了会子革命的话，时间不早了，小玉和罗慧挪动身子要走，杨花儿出溜下炕送出来。一出屋门，老头子佝偻着腰，愣着眼睛在门旁呆呆站着。他在怔着两只圆眼睛偷听。罗慧说："你老人家这么大年纪了，好好养着，不要找气生，俺干妹子到你家来了，俺们要不断地来瞧瞧，您也甭择嫌，俺姐妹一块念书，时间长了不见也怪想的。"

老头听得说是同学，点着头说："唔！一辈同学十辈亲，你们常来瞧瞧，我能怪你们？"

小玉说："你怪也不行，这是我们的工作！"

老头子没吭声。杨花儿送出门来，偷偷地说："没用呀！顽固疙瘩！怕从今以后，我又不得安生了。你们可常来看看，照顾我点儿。"

罗慧说："放心吧！反正这个工作做不好，我们不能离开官渡口。我们在李固大嫂家里住，你常来谈谈吧！"

杨花儿站在门口看着她们走远，才蹑悄悄地走回来。回到自己屋里，拿起活计，老是觉得心上惊怔，两只手哆哆嗦嗦，这根针怎么也扎不到活计上。本来她在老家的时候，也常到村里、区里开会，上夜校，站岗放哨。到了刘家，就什么工作也不能了，不让出门，不让站岗放哨，成天价骂骂咧咧、敲山震虎的，好像这人家没有经过民族民主革命阶段。今天罗慧她们来了，她心里又惊又喜，喜的是经过土改运动可能得到解放，有了人权的自由了。惊的是恐怕自此以后又不得安宁。真是失意人逢得意事，一番欢喜一番愁啊！坐在炕上才做两针活，老婆子又走过来，嘻嘻笑着说："她嫂子！女八路说什么来？你跟她们说了什么？"

杨花儿也不抬头，噗嗤地笑了说："谁敢说什么哩，我也没跟她们说什么。"

老婆子从鼻子里冷笑两声说："哼哼！知道你不跟俺一个心，劝说你了几遍，你不如老实着点儿，看老头子和他儿那脾气！再说，过了门的人，唱歌演戏，男女混杂，那是应分的？什么'你这个球碰我那个球！'笑死人了！"老婆子说着，两眼看着杨花儿，拍着手才笑呢！

杨花儿听她一说，一下子红了脸，噗嗤地笑了，也不说什么。

老婆子又说："你要去疯跑，二青要打你，老头子也骂你，闹得家宅反乱，打架成活的，吓人哗啦的，有多么不好，你想想吧！"

正在说着，老头子在窗户外头呼喽喊叫："我不能叫小女嫩妇的在大街上抛头露脸，我嫌丢人！那么着，我觉得出不去门！"

杨花儿听得老头子喊叫，身上激灵了一下子。她会想到老头子咧开胡子大嘴，瞪直眼睛看着她。由不得身上打了一个寒战，但她心上并不服气；小玉和罗慧来了，给她身上添了一股力量，壮了胆子，她决心要斗争下去。她觉得在这个家里寻不到一点温暖，丈夫对她没有爱情，公婆把她当成做活的牛马。自从过门以来,离开了抗日的姐妹,离开自由民主生活,被封建思想笼络住了,就像一只小鸡子关进笼里,只许生蛋,不许伸开脖子打个长鸣儿。

小玉和罗慧走回家去,李固大嫂正在做饭,见她们回来,笑着问:"怎么样?进去刘二青家门吗?"

罗慧说:"进是进得去,看起来杨花儿被他们折磨得够厉害了,连说句话的自由都没有。"说着,也下手帮着做饭。虽然下乡不久,农家生活习惯了,成天价拾拾掇掇,做活做饭,两手不闲是农家的本分,哪有垂着两只手吃闲饭的。

李固大嫂说:"自从她到刘家,我们就做这个工作,经过几番的斗争,还是打不退封建思想。斗争一次,小媳妇受一次揉搓。后来想到,与其叫她受罪,不如放一放,以后再说。土改是个伟大的运动,我们就彻底消灭封建,打破这个封建枷锁吧!"

小玉说:"甭客气,打倒封建势力,消灭封建思想,咱妇女就解放了!"

罗慧说:"从马列主义理论来说,真正地消灭封建思想,还得有了经济基础,才有家庭地位、社会地位呢。"

小玉说:"分了地,分了房,就有经济地位了!"

其实,也并不那么容易,从几十年的革命经验来说,孔孟之道统治中国两千多年,根深蒂固。要想消灭封建思想,要不是长期的严重的阶级斗争,长期地深入地开拓挖掘,把孔孟之道、封建伦理曝晒在太阳之下,叫人人看出它的丑恶,是不行的。

李固大嫂做好饭,端在桌子上,大家一块吃。罗慧自从住在她家里,学会了做饭、担水、扫院子,还学会了纺线。她说:"等到春耕播种时节,我就又要学会这门春耕播种的技术。"

李固大嫂说:"在我们农家说,过个庄稼日子没有什么难的。在你们城市人来说，要是习惯了农村生活就是一关啊！"确实，学会农活，不是几天几月的事情，有志者事竟成。一个聪明能干的农民，就像工厂里的一个工程师。

这倒是情真，一个城里人，尤其是一个大学生、知识分子，习惯农村生活要有一个过程。光说这讲卫生，就是一关。可是在农村生活久了，抵抗力强了，也就习惯了。单说这农村人饭碗不消毒，城市人不习惯。再说才抓了粪的手就吃饭，在知识分子来说，也受不得。可是罗慧到农村不久，便一切习惯了，她下定决心和工人农民相结合。在李固大嫂来说，能在土改的过程中带出两个徒弟，也觉得很光荣。

李固大嫂吃过晚饭，说："看今天天道黑，你们出门我不放心！"就不叫她们出去工作。几个人就着小油灯学习土改文件。自从小玉和罗慧住在她家里，常把政治课本、土改文件念给大嫂听。她听了毛主席土改的政策，思想开亮了，有人给撑腰做主，更加敢干了。她也想到将来：盼得打倒地主消灭封建，妇女们得到解放，那时候过的日子就不同了。在她来说，还有一件终身大事要解决。

学习了文件，又说了一会儿革命话儿，照顾小玉、罗慧和红儿睡下。她又走出来，看了看天色变过来，天河里水汪汪的，繁星照着，东南风吹来，眼看春天播种季节就要来了。她关好门，插上闩，走回来安安稳稳睡在炕上。由不得思绪如同潮水一般涌上心头。她想到李固参加工作的开始：那时他们还是一对年轻夫妇。想到抗日根据地繁荣日子，枪声阵阵歌声遍野，也想到"大扫荡"以后的残酷斗争；日本兵占领了大片农村，碉堡林立，公路如网，封建思想又统治了农村，姑娘们不得不留下长发，垂下一根长辫。识字班、村剧团隐蔽起来了……又想到李固牺牲以后，一个寡妇人家,怎样过着艰难的日子,可是经过八路军一场反攻,日本兵被打退了。目前,蓬蓬勃勃地一场土改运动兴起了,要把地主阶级打倒,把封建势力消灭,妇女们要在族权、神权、夫权和三座大山压迫之下翻过身来,那时又是什么样的滋味呢?

想到这里,时间已经不早了,她把身子躺得平平稳稳,微微闭上眼睛,想慢慢睡去。猛地听到村南遥远的长堤外头,小河里流水豁朗朗地响着,像有清冽的水流冲洗着她的心胸,把几年来郁积的心情冲洗得干干净净,使她一心想着革命,她要在党的领导下,经过民主革命,走上社会主义的康庄大道。下定决心为党、为无产阶级革命而生活,为无产阶级革命事业战斗一生……

思想像汩汩的流水在胸膛里涌来涌去,由不得心里兴奋,身上滚热起来。她披上衣裳,坐起来靠在窗台上,隔着玻璃看着静寂的院落;屋檐上挂着锄头、镰刀。窗台下放着锄锨、粪叉。她曾经伴着它们度过八年的战争生活,一手拿锄,一手拿枪战胜了日本强盗。目前,她又面临着一场激烈的消灭地主阶级、封建势力的伟大斗争。

# 24

第二天早晨,吃过早饭,李固大嫂、小玉和罗慧一同到小庄上去,跟王二合汇报深入发动群众的情况。她们觉得别的问题还好办,二青这个人家确实是个特殊。她们沿着土坡向南走,今天天气特别清亮,太阳升起了,射出金色的光亮。东南风吹过来,把冬天的寒冷驱逐尽了。小玉和罗慧一块走着,李固大嫂显得特别兴奋。她们到官渡口村一个多月,经历了一些事故,小玉在政治上很有进步，也显得老练多了。罗慧才从城市里出来，在李固大嫂家里落户，虽然没做繁重的劳动，淘米、做饭、扫院子，在李固大嫂的帮助下，得到锻炼。还有农村社会、剥削和被剥削的关系，地租和高利贷的情况，地主、富农、中农、贫农的生活状况，这些农村生活她也了解了很多。一年二十四节气，到什么季节种什么庄稼，什么季节收获什么粮食。什么庄稼宜种什么土壤，喜欢什么肥料。凡是李固大嫂知道的，趁着早起晚睡的空闲，给她们详细解说。在罗慧来说，这只是一些简单的常识，单等季节一到，她还要到劳动实践中去学习。虽然是一些简单的常识，但在一个青年妇女、一个大学生来说，觉得新鲜多了。光说这小麦吧，过去只知道是春天种秋天收，哪里知道有过冬小麦呢。过去只吃过白面，哪里知道秋分种上，初冬还要放上冻水。第二年开春追肥，用碌碡碾过，用耙耙过，放三水锄两遍，经过收割、打场、磨粉……城里人哪里知道吃白馒头的不易？到目前为止，她明白了劳动对于生活的关系。

　　她们一边谈着，走过苇塘，上了高坡。王二合家坡沿上大柳树青青的枝条细细垂着，迎着风飘动。栅栏铃子一响，二合大嫂走出来，迎头大笑说："你看！土改运动来了，李大嫂的脸儿也新鲜了！"

　　这是情真，自从李固去世，她担负着妇会主任和妇女自卫队长两种工作，有些坏人说长道短，虽然心里坦然，可也憋气。再说土地少，打粮食不多，饥一顿饱一顿地过来，不是容易。斗争和生活使她一天天地苍老了。可是自从土改队到村，要消灭地主阶级、消灭封建，妇女解放、婚姻自由紧跟着就来到了。革命在她的思想上焕发了青春，心花怒放了。她把叶眉扬竖，星眼睁圆，一下子笑出来，说："怎么大嫂这么会说吉利话！土地改革，分房分地，分粮食，封建势力打倒，贫雇农翻身得解放，我能不高兴？"说着，脸上由不得羞答答的。

二合大嫂见她脸上有些羞涩，说："不是我会说吉利话，运动来了，大嫂显得多么年轻了，脸儿红晕晕的，头发乌油黑了。盼着吧，好日子这就来了！"

二合大嫂的话有两层意思，李固大嫂听着，只顾笑，不说什么，脸上更加腼腆。两个人正说着，二合从屋里走出来，说："你算了吧，春天的日子哪比秋天，自春到秋，耕地、耩地、收秋收麦，风吹日晒，贫雇农能像地主妇女在屋里囚着？人能不显得老？从冬天到春天，才过了年，又闹土改，心里舒展，能不显得年轻面嫩？大忙的日子，别净说笑话了，快屋里来说说工作上的话吧！"说着，走进屋里。当然，她家的事情也是想过的：土改过后分几亩地，换几间结实房子，等小子回来，男婚女嫁也就甭发愁了。李固牺牲几年了，本身的事情虽然有些风言风语，毕竟是镜里的花，水里的月，哪有个确实呢？三十多岁的人，正是年轻力壮，只守着儿女过日子，哪里是个长法？这虽然是个人的事情，对于工作也是一种促进的力量；她明白，土改成功，封建势力打倒，自由民主的日子也就来了。

小玉和罗慧在一旁听着，不说什么，只是抿着嘴儿笑。看着在土改运动里，贫雇农的心情另有不同，又有多么喜幸？随着也走进屋里坐在炕沿上。小玉绷起嘴儿，骨碌着两个黑眼珠，看看这个，再看看那个，听她们还要说些什么心上的话儿。

二合坐在小柜上，两只胳膊抱上胖子，笑了说："运动里大忙的日子，有什么为难的事情，快说吧！"

李固大嫂说："你这会儿是主任了，俺们有什么为难的能不冲着你说？这村里干部数你工作时间最长了，三百多户人家，哪

301

厢屋子哪厢炕,你都知道。谁的心里有多少窟窿眼你都钻过。再大的运动,你也踢踏得开。"接着,她把深入发动群众的情况汇报了,又对小玉和罗慧说:"你们也谈谈吧。"

小玉把刘二青家的情况说了说,罗慧做了补充。李固大嫂说:"我先做个检讨吧,这个你也知道,自从抗日战争开始,刘二青家就不进步,拆城、破路、挖地道……不管有多大的任务,他总是拉后鞧儿,成天价低着脑袋挖他那几亩地。倔老头子是有了名的盘丝头①。老婆子和老头子是一个模子里搕出来的。我们也到杨花儿娘家打听了,小媳妇原先是个进步的,哪样工作也没落后过,自从到了刘家,出来工作了几次吵了几次架……"

王二合听到这里,愣了一下,问:"基本上是什么问题?是怕耽误了活儿,还是封建思想不褪?还是觉得她年纪轻,出门入户的难看?要是怕耽误活儿,就早起晚睡补上,要是封建思想不褪,就得开导思想,进行教育。思想通了,也就好了。"

李固大嫂说:"你这么一说,俺就明白了,俺庄稼人出身,过去做工作总是不细致,要是深入地做思想工作也就好了。在目前来看,这人家还在封建思想里打旋涡,不敢叫小媳妇出门,怕跑疯了,叫乡亲当块儿笑话。"

王二合说:"这就要先揭他的封建疙瘩,对老头老婆加以批评,对刘二青讲明妇女在家庭、社会的地位。对二青媳妇加以鼓励,叫她有冲出牢笼的勇气,敢于对地主阶级、封建势力进行斗争。在目前来讲,主要是鼓励她勇于跟地主阶级作斗争,消灭封建。叫她明白:地主阶级消灭了,封建势力消灭了,这自由民主的生活也就来了。你们说是不?"

小玉听到这里,哗啦地笑了,说:"哎哟!我们才学做工

---

① 思想顽固的人。

作，哪里知道这么清楚？老是咕噜包堆地说，没有一层一层分析，不知道她的思想实质，总也解决不了问题，怎么能深入发动？"青年人学做工作，总是逐渐地摸经验，深入一层，再深入一层，一步一步地提高。

王二合听到这里，把两巴掌一拍，说："哎！这就是了，看你姑娘有多么聪明！我没有说清，你倒听明白了。再去，你们不只跟老头说，还要跟老婆说，老实跟二青说明白：'小媳妇活跳跳儿的，将来要是有个好和歹儿，你刘二青吃不了得兜着！'先给他个下马威，给他戴上紧箍儿。封建思想，越是到了死亡的时候越狠毒。在你说是帮助她，她也许因此吃苦。说下这话放着，兴许还会出更大的问题，出个人命案也说不定。"说到这里，小玉愣住了，说："还出更大的问题？还出人命案？"王二合说："那也说不一定，革命不比寻常，在土改运动里，官渡口村出几条人命案，也说不一定！"说着，他把巴掌在小桌上一拍，说："告诉二青：前头的勾了，后头的抹了，不算老账，要是再虐待妇女，唯你刘二青是问！"说着，二合由不得火气上来。

小玉听到这里，歪起脸儿，斜起黑眼珠说："你说的这么好听，可是你干了多少年了，有多少经验。俺们才学做工作，哪里有你这个气魄？别看这件工作不是太重要，兴许你还得给俺蹚蹚道儿。"

王二合说："在目前来讲，既然说是深入发动群众，就得面对一个人一个人地工作，一家一家地进攻，一个村一个村地占领。怎么能说不重要？要我给你们蹚蹚道儿，这个好说，说去就去。"王二合向来就是这个脾气，说一句话是一句话，说出去就得落实。越是遇着困难，他总是走在前列，没有松过劲。目前要攻刘二青家这座封建堡垒，他就要亲自出马了。

303

罗慧说:"那可好多了,先替我们打个缺口儿,就好办了。"

王二合拿起烟袋抽着烟,把左手插在背褡里,拿起脚就向外走。李固大嫂、小玉、罗慧也跟出来。二合大嫂说:"派将不如激将勇,你们一说就把他火儿激起来了。"小玉说:"难家不会,会家不难,大将出马,一个顶俩!"

说着走下土坡,二合上二青家去,李固大嫂她们就回家去了。王二合走到刘家街上,一进二青家门口,就扬声说:"家里有人呗?"

老头子听得是二合的声音,慌忙从屋里走出来,迎着笑脸,哈哈大笑说:"我说是谁呢,原来是二合从天上掉下来了!"说着,哈哈笑着,把二合迎进屋里,扫了炕沿,叫二合坐下。对老婆子说:"二合轻易不到咱家,快烧壶水喝!"抗日战争八年,解放战争二年了,虽然老头子溜着边儿过来,对解放区的事情,他听过见过的也不少了:在这里,是共产党、八路军的天下,政权是三三制,县里区里都有民主人士参加政权工作,共产党还是占领导地位。尤其在一个村里,共产党的支部是一座攻不破的堡垒。不的话,怎么能保证抗日战争的胜利呢?共产党的支部书记在一个村里有最高权威,今天二合来到他家,不用说,他心上也觉得有些惶惶不安了,他闹不清要出什么大事。没可不可地说:"唔,土地改革开始了,我还想叫二青到你那儿去问问,虽然不是贫农,对于工作上也得有点贡献,咱父一辈子一辈都不错,你对二青也得照看着点儿。"老头子嘻嘻哈哈,满脸赔笑,又是装烟,又是倒水,这个忙活!

王二合听老头子嘟嘟囔囔,也就紧跟着说:"你年纪大了,也得醒点事①。又不是地主富农,有什么怕的?把封建势力打

---

① 懂事,明白人情事理。

倒，自由了，民主了，你有什么亏吃？地主当权，你又占什么便宜？"

老头子一听，果然照他来了，心上立时跳起来，红了脖子脸，哆嗦着嘴唇说："那，那当然是，我这院里出了事，你能不跑前跑后？"

王二合说："是呀，你老了，不革命罢啦的，可也不能阻挡革命，二青得参加土改运动，二青家里的得出去开会，青年不能落后，为这事骂骂咧咧，不叫街坊四邻笑掉了大牙！"

老头子听到这里，像在他头上击了一棍子，哆嗦着两只手说："哪里？哪里？我怎么能挡着他们革命？怎么能挡着他们去开会？不过，不过，我的思想也是老一点，女人家年轻轻的，在大街上走来走去，抛头露面，觉得脸上不光彩。可这话也说回来，人家闺女在区里县上工作的多着呢，我上了几岁年纪，思想老了，你们也得担待着点！"

老婆子也在灶火坑里抬起脸来，乞求说："咳！我们老了，可得担待我们哟！"

二合说："我来，是为了照看你们，要是群众来了，那就不同了！以后对于运动，你得真心参加，不能假门假事①。消灭地主阶级，打倒封建，对咱小户人家是有好处的！"

老头子紧跟着说："那，又有什么亏吃？不过，不过，像俺刘家财主吧，自古是一家，我小的时候，还和作谦家一个老坟里埋人呢！今天把他打倒，弄得破家破户的，也觉得怪寒酸！"说了半天，这句话是真情。封建势力、家族观念，兔死狐悲，在老头来说，就暴露无遗了。

王二合说："你算了吧！越说你的封建尾巴越露长了！都是

---

① 装模作样，假惺惺。

一个刘字,他当财主享福,你要穷了,造孽还是造孽,刘作谦与你什么相干?"

这时老头子一下子觉察过来,觉得话说得走了板①。他咧起大嘴,皮笑肉不笑地说:"唔,打嘴!打嘴!我说错了。"

王二合说到这里,也算把话说到家了,挪动脚步向外走。老头子送出门外,点头哈腰地把王二合送走,愣着眼睛看他走远,慢吞吞地走回来,站在儿媳妇的窗台底下,恶狠狠地说:"小心着点吧!这还不是你招来的?看!光自把共产党引到家来了,咱惹得了?"

杨花儿在炕头里做活,正仄起耳朵听说话,她心上一怔,说:"唔!哪里是我招来?我又没出门……"

老头子又木丧起脸,睖起眼睛说:"用不着你出门,麦糠底下走水,要是共产党行了时,你也不会有好下场!"虽然他跟王二合谈了几句应付话,可是他的封建脑袋僵化了,不用铁锤砸是砸不开的,老盘丝头不用火烧,永久成不了灰烬。

杨花儿听得说,心上一阵寒战,不敢再说什么,由不得抽抽咽咽流下眼泪。在她来说,在抗日民主运动里,经过斗争,封建的枷锁也曾甩掉过,可是,暴风骤雨般的群众运动过去了,藏在黑暗角落里的几千年来的封建思想,又膨胀起来束缚人心。什么男女平等,婚姻自由也都没有了。相反,买卖婚姻盛行,结个婚也要三响六转,很多的彩礼。她想着:果然土改运动来到,地主阶级被消灭,封建势力被打倒,分了房屋土地,有了经济地位,翻身的日子也就来了。但是老头和老婆,刘二青他们不会给她自由,不会叫她出去参加土改运动,她还得努一把力,伸开手脚斗争一阵子。

---

① 比喻说话跑题或不恰当。

这天下午，王二合又去找小玉和罗慧，特别告诉她们：刘二青一家人在民族解放运动里是一个死角，刘二青虽也是青抗先，但这人并不进步，不过卖把子力气跟着拆城、破路、挖地道……参加一些武装活动就是了。老头子和老婆子既没有参加识字班，又没有参加抗日活动，只是种着自己的地打点粮食吃饭。针对这一家人，还得下大力做思想工作。

这天晚上，吃过晚饭，小玉叫了罗慧，又到刘二青家去。摸着黑路走过大嫂门前那段坡路，走到李家大街，一到了大庙台跟前，小玉说："怎么这地方古里怪气的，我一到这地方身上就寒森森，怪吓人的！莫不以后咱不再走这个地方了。"罗慧说："有什么阴森的？不过有个古庙，有两棵老槐树，自从参加了革命，尤其到了乡村里，我就什么也不怕，再不迷信鬼神。"小玉说："敢是，这迷信思想和封建思想是一对双生，消灭了封建势力，迷信思想也就该消灭了。可是一过这庙台，不禁觉得身上发阴，说不定这地方要出什么事。"两个人一边说着，走到刘二青门前。小门开着，她们悄悄走过去，轻手轻脚走进西屋。杨花儿猛地抬头一看，见是罗慧和小玉，噗嗤地笑了，说："你们常来着点，我就不害怕了。"

小玉和罗慧走进屋里，坐下说话，不知怎么，刘二青端着饭碗走进来，坐在炕沿上吃饭。看见小玉和罗慧，连忙撇开两只手，打起笑脸说："稀客！稀客！黑灯瞎火，想不到你们来了。"

小玉睃起眼睛说："怎么想不到？经过民族解放战争，在你们这几间小窝窝里还没有民主，没有男女平等，不许媳妇参加土改运动，我们不来怎么能行！"她说着，板起脸来，瞪着两只黑眼睛，也不笑一笑。

罗慧也说："我看你虽然参加过青抗先，经过抗日战争，还是封建思想不褪，这样下去没你的路走！"她伸出右手攥得紧紧，捶在炕沿上。

刘二青二十多岁年纪，大高个子，瘦楞狭骨儿的。脸上黑黑的，有两道竖眉，几个麻子。他说："哪里？咱也是从抗日里过来的，什么工作也没落后过，还能封建？"这人右上鬓有一块青记，青记上长着一绺红毛，算卦的说他犯白虎星，不得好死！

小玉说："你从抗日里过来，听了些个枪声炮声倒是情真，没了封建思想可未必。依我说，你这思想得改造改造，不然的话，你的小命儿可得小心！"说着，由不得绷起腮帮，锁起眉峰，瞪起眼睛盯着他。

罗慧听小玉有点强迫命令，她说："当然，我们也不能强迫，不给你转变的时间也不行，可你也得自觉着点儿！"

随后，你一句我一句，两个人又像连珠炮似的照着刘二青训了一会儿。刘二青觉得怪不好意思，说："这个也不在我，老人们上了年纪，脾气拐孤点。"说着，一手拿着筷子碗，一手撩起门帘出去了。看样子接受着还是勉强。

小玉说："怎么你寻了这么个死榆木轱辘子？年岁不大，思想怪老。"

杨花儿说："谁承想有个土改呢！自小儿家里穷，想嫁个人家找碗饭吃。也是一时粗心大意，没有经过恋爱，没有了解清楚就过门了。碰上这么个死羊眼。"说真的，为了革命也曾较量过，打过两次架；杨花儿身个儿小，气量也小，打不过二青，自此以后也就避免冲突了。

罗慧说："可不是呢？人总是有个前进，有个中间，有个落后的，你这就是碰上落后的了。"

小玉和罗慧坐在杨花儿炕沿上，说了一会儿革命话儿，又鼓励了杨花儿一会儿,看看夜深了,出溜下炕往回走。杨花儿说:"看天这么晚了,也没个人送你们,怪害怕的,你们光走大街,莫走小巷,小心坏人害命!"罗慧说:"僻乡村里,有那么野的人?"杨花儿说:"可别那么说!"说着,送出小门来。小玉和罗慧丢下杨花儿,两个人径自往回走。

　　僻乡村的沉沉夜晚,月暗星迷,偶尔有一家短墙里露出一盏灯光,隔窗相望。全村一片死寂。两个人摸着黑路走过一趟大街,前面就是那座大庙台。在夜黑天里看去,高高的庙台上矗立着两棵老槐树,寂寞得没有一点声音,像是走在荒村野店。小玉由不得身上激灵了一下子,拉紧罗慧的衣襟。罗慧也拉紧小玉的手,两个人捏着把冷汗,慢慢往前走。走到大庙台跟前,小玉说:"咱回去!咱不在这里走了……"她好像看见大树后头有个人影。一句话没说完,猛地一件铁器在星光里闪了一下,不楞楞地从大树后头抛过来,小玉不及躲闪,惊叫了一声,一下子倒在地上。罗慧看见一个人从大槐树后头飞也似的跳下庙台,向北跑去。罗慧挺起胸膛大叫了一声:"有人!"听得叫声,全村的狗一齐叫起来。罗慧伸开尖嗓子,又喊了一声:"有了人了!"她弯下腰去拉小玉,觉得异常沉重,拉也拉不起来。她又猫下腰去,想把小玉抱起来,扛在肩上跑回去。可是心情紧张,举也举不动;精神慌乱,看也看不清楚。这时,小玉倒在地下,紧张得昏迷了。罗慧不知到底怎么才好,又伸长了嗓子大喊了一声:"来人哟!"可是,在这黑天迷夜里,即便有人听见,谁又能立刻明白过来是人命案呢!实在无法,她只得放下小玉跑着去找人,正在跑着,李固大嫂带着一群人迎头赶来,罗慧大喊:"李大嫂!不好了!"

　　李固大嫂也是才下户回来,坐在被窝头上,等小玉和罗慧回

309

来睡觉,听得有女人喊叫引起一阵狗咬,她心上一激灵,开门跑出来,大喊:"贫雇农们!起来哟!出了大事了!"喊得瘆人,人们听出是李固大嫂的喊声,穿衣起炕,一个个开门跑出来,跟上李固大嫂一齐跑着喊着,看见罗慧,问:"什么事?你喊得别人惊乍裂的!"这时,她的头发几乎倒竖起来。罗慧说:"小玉被人打倒了!"

李固大嫂在黑夜里睁大眼睛,问:"怎么,在哪儿?"

罗慧说:"在大庙台底下,被一把铁器……"

李固大嫂和人们听到这里,不等罗慧说完,在紧急情况下,找不到什么应手的武器,她着急地用力一拔,拔起路旁刚栽上的小树,扒去树枝,拿在手里,叫着喊着,往大庙台那里跑。在夜黑天里,又无灯光,一直跑得喘不过气来。跑到大庙台底下,小玉还在那里躺着,李固大嫂弯下腰,拉了小玉一把,问:"小玉!你是怎么了?"

小玉躺在地下,有气无力地说:"痛!痛!有人把我砍了!"

正在这时,黑炭也带着民兵跑步过来,离老远就喊:"什么人?站住!举起手来!"

罗慧听到黑炭的声音,紧忙说:"不要发生误会,是自己人!"

说着,黑炭带着民兵跑上来,问:"怎么了?"

李固大嫂说:"是小玉被敌人砍倒了!"

黑炭问:"凶手是从哪里来的?又往哪里跑了?"

罗慧说:"就在这大槐树后头藏着,他投下一件铁器打住小玉,跳下庙台就往北跑了。"

李固大嫂说:"甭说别的了,先把小玉抬回去吧。"

民兵班七手八脚抬起小玉往回走。这时小玉已经觉得伤口的创痛，嘴里不住地呻吟。李固大嫂和罗慧跟在后头。她们觉得心情异常沉重，官渡口村闹土改不到两个月，地主阶级还没打倒，封建势力还没消灭，一个青年战士就倒下了。敌人还是这么嚣张，暗器伤人，觉得实在愤恨。李固大嫂是个热心肠，她一只手拿着棍子，恨不得敌人就在眼前，她红着眼睛跑上去打他个肉泥烂酱。这时前面有人喊："前面是干什么的？"

黑炭听得是王二合的声音，也喊："是我们，民兵班，小玉被人打伤了，我们把她抬回来。"

走对了头儿一看，是王二合扎煞着胡子，肩上扛着一把大铁锨，通明、火亮在后头跟着：一个手里擒着挑水的担杖，一个肩上扛着一根推碾棍。周大钟也和小李提着枪跑上来。二合说："夜里，还没有睡，正和周队长商量工作，听得一阵喊声，知道是发生了事情，叫了小子们带上家伙就跑出来。"

这时，朱老嗡、柏老槐、王振山、刘老堆、李蔚、金缨儿……还有一伙伙的贫雇农们，有的拿着铁锨大镐，有的拿着禾叉棍棒，一群群地朝大庙台跑过来。周大钟看老槐大伯肩上扛着船篙，气势汹汹，拍着他的肩膀说："大伯！封建势力真的要朝我们进攻了！"说着，觉得心里热撕火燎。

王二合说："同志们注意吧！无风树不动，阶级斗争不以人的意志为转移。敌人要在咱们眼里插棒槌了！"

柏老槐是个硬性子脾气，敌人打倒小玉，阶级仇恨在揉搓着他的心肠，实在难忍。他破口大骂："妈的！没脊梁骨的！我们要跟地主封建势力血战到底！"

# 25

　　黑炭和民兵们抬着小玉往李固大嫂家里走，李固大嫂、王二合、周大钟、老槐大伯、李蔚、二合大嫂、黑炭娘、王振山和一起子贫雇农妇女们，一大群人在后头跟着。为了小玉受伤，她们的心情不知有多么沉重；土改运动正在进行，阶级斗争正在顶牛拉锯的时候，一个贫农的女儿为了广大贫雇农的利益先受了重伤，她们心上有无限的悲愤。小玉今年才二十岁，抗日中学毕业，领导上因为她政治上进步，阶级意识清楚，斗争性特别强，分配她到妇女救国会工作，参加土改运动不到两个月，就被阶级敌人打伤了。

　　民兵们把小玉抬到李固大嫂屋里，李固大嫂把她安放在炕上，从被沓子上扯下一条被子，盖在她身上。扭过头去一看，在灯光之下，小玉的脸色惨白惨白，合着眼睛也不睁一睁，鼻子里一丝没两气。罗慧眼里由不得渗出泪花，两手扒着炕沿叫："小玉！小玉！"叫了半天，小玉还是不吭一声。二合嫂踉跄两步走过来，一下子扑在她身上说："小玉！小玉！你睁开眼，睁开眼看看你大娘！"小玉还是不吭不动。人们一个个在旁边呆呆地守着，大眼对着小眼儿，不由鼻子发酸掉下泪珠来。

　　二合大嫂眼泪顺着鼻子噗噜噗噜地往下流，颤动着嘴唇，哭了说："贫农家的孩子！你再睁开眼看看你的亲人们！"

　　罗慧眼里掉下泪珠，说："同志！你睁开眼睛再看看人们吧！"

　　这时，李固大嫂轻轻地翻开被子看了看，大腿下头流出一大摊血，裤子也被砍破了，揭开来一看，有二三寸长的血口子，翻着白肉。她说："不要紧，伤在腿上！"她这么一说，人们心上唰地轻下来，都赶上来看。

这时，在窗外等消息的人们一齐发了话："怎么，不要紧吗？"也有的说："咱不能跟阶级敌人善罢甘休！""白刀子进去，红刀子出来！"

二合说："要是砍在腿上，让她静静地睡一会儿吧！兴许还会醒过来。不过人儿小，力气弱，流血过多，也着实不好啊！"

小玉躺在炕上，说不出话来，她流血太多了。人们围着炕看着，她光是扇动着鼻子翅儿，也不说什么。呆了半天，小玉猛地长出一口气，挪动一下右手。二合大嫂心上一松，笑了说："不要紧，醒过来了！"

李固大嫂攥着小玉的手，抖了抖她的胳膊，说："孩子，好好的！盼着你身子骨结结实实，你还年轻，斗争的路儿还长着呢。"

这时，冯文光、李乔都来了。刘老堆、金缨儿，全村的贫雇农都跑到李固大嫂院里，挤在窗台下头静静地听着。一会儿，小玉拉开细长的声音，轻轻叹了一声，还了一口气。随着小玉的呻吟声，人们脸上一下子现出笑模样，好像太阳一出，立刻把满天乌云赶散了。二合叫人们自个找个地方坐下，他自己也坐在炕柜上。周大钟为小玉的受伤作了检讨，怪他自己考虑不周，阶级斗争到了高潮，女同志们黑天出去工作，也没有武装保护。李蔚也说："我光自己埋头工作了，女同志们的生活我没管，以后要注意。"周大钟又说："我看这么着吧，咱乡村里也没有外科医生，还是抬到县大队去治吧！"王二合也同意。让人叫了担架队来，把小玉送到县里，冯文光和李乔亲自送去。二合对小玉说：

313

"小玉同志！你暂时离开火线回去治病，轻伤不下火线，你这是重伤，人们都是同意的。等治好了，再回来参加斗争。"小玉听得说，轻轻睁开眼来，转着眼瞳看了一周，叹口气说："阶级敌人……好狠毒呀！"人们一听，哗啦地笑了，说："好了！好了！"李固大嫂、二合大嫂、黑炭娘、罗慧、金缨儿特别高兴。李蔚也显出高兴的样子，他表示：要亲自抬小玉到县里。周大钟说："这里工作正在忙着，既然有人送去，也就行了！"大家围随着把小玉送出村去，在星明之下，看着担架走远。

向回走着，王二合对黑炭说："目前面临的任务是跟踪搜索敌人，捉拿凶手，一定要破案！"

李蔚也下了决心："非把凶手找出来不行！"

一说要破案，人们就会想到刘登华，他当了几年治安员，对于破案有经验。可是周大钟说："自土改以来，摸不透这个人的心思，他既然不出面，咱也无法去找他。"他把这个任务交给黑炭，叫他星夜不停，一定要破案，即使追到天涯海角，也得把凶手拿来归案。

黑炭接受了任务，匆匆走到院子当中，一下子停住脚，两腿并拢，举起右手说："民兵集合！"民兵听得命令，小跑溜丢儿站上队，他说："二合同志命令，要趁热打铁，搜索敌人！"说着，带了民兵班跑步到现场。

一切安排停当，王二合和周大钟还不睡觉，走回王二合的小北屋，商量今后的工作。周大钟打着火抽着烟说："二合同志！官渡口村土改运动闹了这么长的时间，群众发动到一定程度，阶级斗争步步登高，到了热火头上，今天敌人派凶手砍了小玉，明天还不知道出什么事情，依我的意见，吃鱼先拿头，咱先把地主分子捉起来，先镇压镇压再说！"

王二合抬起头思乎思乎,说:"这话我也才想说,你倒先说出来了,正对乎我心上的事儿。可是,一捉地主就要打草惊蛇,同时地主阶级的浮财也要没收,粮食加封,地主人家从大屋子搬到小屋子里去。有这一场惊天动地的行动,从此以后土改运动就要走向高潮了。可是,也到了春耕时节,一边是搞运动,一边是闹春耕,这工作可是怎么安排法?"

说到这里,周大钟把小烟袋夹在手指上,沉思了一刻说:"你说的很对,老农们讲究不误农时。可是目前地主阶级先动了手了!"说着睁圆眼睛,又把小烟袋夹在这个豁骨里,揸开十指,像老虎爪一样,向前一扑说:"疾不如快,快不如疾,先下手为强。然后再说别的。不然,他们在暗处,咱们在明处,他们一个个在暗处里糟耗,越糟越大,还不知道出什么故事篓子!"

两个人商量一定:天明就开始行动,要捉起地主,收起浮财,然后再安排春耕生产。两个人说定了,又去找李蔚商量,李蔚已经睡下,披上衣裳起来,几个人站在门洞里商量。李蔚不同意,他不从镇压阶级敌人着想,只是说群众发动得不够。周大钟说,捉拿地主就是大发动,从实际行动上发动群众。他也不信。不过大钟和二合都同意这么干,少数服从多数,他也无法。两个人走回来,又抽烟说话,直到鸡叫天明,周大钟才去睡觉。

可是到了目前,千斤的担子压在二合肩上,自从土改以来,他经常一夜夜地睡不着觉,抽着小烟袋,趴在桌子上瞪着眼睛深思熟虑。今天晚上出了这么严重的事故,又是不眠之夜。老伴和孩子们都睡着了;通明、火亮打着鼾呼,一上一下,像是一首鼾呼二重奏。他仔细琢磨:抓起地主,就囚在刘作谦家小场屋里。没收了浮财,搁在刘作谦的西厢房里。桌椅板凳,农具家具,放在刘作谦家场院里。大北屋子就做贫农团办公处,弄一块大木板子，写上"官渡口村贫农团"几个大字，挂在刘作谦家梢门口上。民兵班就住在刘作谦家西头屋里……大大小小的事情，都要从他心上过一遍。这时黎明了，四周围里说不清有多么寂静，听不出一点声音，猛地听到村南柳树行子里的风声哧哧响起来，沁透人的心脾。这时，他不知不觉两手扶着小桌睡着了，人却还在那里坐着。

当天黑夜，王黑炭领受了任务，带上民兵班，赶到现场。为了保卫土改运动，一心一意搜查敌人行踪。他想先查看现场的形迹，再考虑凶手的来龙去脉。到了大庙台底下，忘了带个灯笼来，星光之下，在暗影里只看见古庙和槐树的轮廓，看不清地下的踪迹。把队伍停在庙台底下，又打发李二虎赶快跑回去拿提灯来。"钻天杨"个高腿长，跑起来疾驰如飞，不到十分钟，就拿回提灯来。王黑炭说："你跑得很快！"李二虎嘴上打着呼哧说："你！任务压住咱，慢了许可吗？"王黑炭拿过提灯，先去看小玉被砍倒的地方。在大庙台底下，车辙一旁，流下一大洼鲜血，季节到了春天，血还未凝结。血泊一旁，有一块硬土被铁器冲起来。可是左寻右寻，寻不见那件铁器。王黑炭瞪着眼睛看了看血泊里，似乎是一个木刻的刀把。伸手一拽，扯出一把长刀。刀长有弯，像一只小船，拿起来在鞋底上一蹭，擦去淤血。在星火照耀之下，明光闪烁，锃明瓦亮。端在眼前一看，这把刀把儿短，背儿厚，刃儿薄，寒森森，颤巍巍，杀气逼人。伸出大拇指头试了试刀刃，锋利无比，能吹毛过刃，这不是一把寻常的西瓜刀。从刀来看，敌人是有准备的，和屠户那把大砍刀差不多。王黑炭睁圆两只黑眼睛看完了，皱紧眉头，把仇恨压在心里，左手攥紧刀把，右手伸出指着点着说："好！刀啊，刀！你今天落在咱无产阶级手里了，有了你出头之日了！"

王老碴伸手抢过刀来，觑着眼睛在提灯底下看看，用指甲掸了一下刀刃，嘚儿一声响，他说："很明显这是一把老辈子砍刀，又窄又长，钢质清硬。这不是切西瓜的，是杀人的刀！除了地主阶级，谁家会有这样的刀！"他说着，端起两个肩膀，来个骑马蹲裆式，右手攥紧了刀，向前一挥，说："李福云！你看刀！"

王牛牛说："别屎壳郎飞到面簸箩里，充小白人了！一把西瓜刀就是了，有什么老辈子不老辈子？"

王老碴又用袖子擦着刀锋说："看！这刀的钢质多么细腻！"说着，又伸开指甲盖一掸，嘚儿楞地响了半天。他说："你听声响，兴许是一把折铁钢刀，明里切瓜，暗里杀人，要是再磨快了，能削铁如泥！"他又就着灯光看了看，说："看，铄光耀眼，冷气森森！"

黑炭觑着眼睛看看，沉思了一刻，说："哦！兴许是……"

牛牛说："我就不服他那个，一把瓜刀吧，说得那么神气！"

黑炭说："你小人儿懂什么，也嘀嘀咕咕的！"

说着，他们用灯照着，围着庙台搜寻一遍，又搜寻到庙台上。大树后头，有一片新动土的脚印，脚印细长，这人肯定是中等身材以上。有一只右脚伸到大树北边，动了土皮。王黑炭左手扒住大树，伸出右脚去试了试，他想：就是这个姿势！可是黑炭腿短，还差一寸踩不到脚印的地方。他咂了咂嘴头，抬起头仔细思摸了半天，又用灯光照了照前面，有一溜很深的脚印，一个一个像是迈开大步向西跑去，到了庙台边缘，从脚印的深度看，他两脚一纵跳了下去。他们急忙跑到庙台下头，那里显着两只极深的脚印。去年冬天大雪，冰冻的泥土经过春天阳光的温暖，松泛了起来，直到现在还未受践踏，两只脚印显得特别显著，特征是细长有弯。黑炭说："看看！看看！这两只脚印又是谁的？"

当时的农村里，还无验看指纹的方法，他们要在这脚印上下功夫。

"出水龙王"刘黑寸说："唔！这要好生端详端详……"他这句话还未说完，年岁最小的李转运说："唔！敢是砂锅子的……"他是从政治印象上说，其实他没仔细考虑。

李转运还未说完，黑炭瞪直两个黑眼珠说："你怎么知道的？又有什么根据？我看是刘二青，他高挑个子，两只脚又窄又长。"

转运被逼不过，急扎裂地说："你看这两只脚印又细又长，砂锅子当了十几年国民党的兵，又是地主李福云的狗腿子，不是他又是谁呢？"

李二虎说："狗腿子倒是有道理，刘二青也有可说，在目前来说，他已经和刘轮子、刘冬他们搞在一块了。"

黑炭瞪出两个黑眼珠子，看看那两只细长的脚印，伸出右手一晃，止住人们的声音说："甭吭声！甭吭声！叫我仔细想想……哦！是了，看他跑到什么地方去了。"他提着灯明照着，有一溜子脚印跑向西北去了，到了横街上又拐向西边去了，到了刘二青家门口上，这两只脚印不见了。几个人打着提灯，弯着腰寻了半天，说什么也找不到了。他们深为可疑，拐到王家街上，又发现这个脚印，可是再不走车沟的松土上，却走到边道上的硬土上去了。这时黑炭停住脚，扬起头来，思摸了半天，说："来，开个诸葛亮会，这脚印是到什么地方去了？"说着，几个人蹲在一起，围着提灯开会，转运说："还向哪里去了呢？他向砂锅子家去了？"

李二虎说："你怎么知道的！你老是说砂锅子？"

转运说:"哼!俺又不是亲戚,又不是朋友,没的把这件事推在他身上,我又沾什么光?"

李二虎说:"那,你是怎么知道的?"

转运说:"我一想就是他,官渡口村还有谁呢?"

李二虎说:"你心里想的!官渡口村人多着呢,你没有根据,是唯心论!"

你一言,我一语,两个人争执不休,别人也拿不出主意。黑炭说:"甭吵吵!也许他怕走进自己的门里,怕露出痕迹,拿起脚又跑到别处去了。咱们先这么假设一下子,就按着砂锅子侦察一顿,兴许能落实了。砂锅子、刘二青、刘轮子、刘冬,都在侦察范围之内。"在抗日后期,黑炭被提拔游击组长以后,也到县里去受过训,学习几天关于除奸工作方面的知识。区里还想叫他当治安员,因为离不开游击组,也就没调动了。在那个时期,游击小组是党的左右臂,也是一项重要的工作,怎么能离得开呢?可是转运总不服气,老是嘟嘟囔囔:"用不着怀疑一堆人。"

王黑炭伸出手去,搡了他一把,说:"你说我不懂侦察工作?"他这么一问,别人也就不多说了。

他们沿着王家街走了一段路,那个脚印就追丢了。王黑炭提着灯在大道上愣了一刻,抬起头想了想,猛地说:"准备!咱们去搜砂锅子的家!"

转运说:"这不就完了吗!"

听了黑炭的命令,民兵班哗啦一声,一齐把子弹推上膛去,跟在黑炭后头,一溜烟往北跑。跑到村边上,钻进树林里,越跑越快,一窝蜂似的朝砂锅子的小屋冲上去。敲窗户的敲窗户,踹门子的踹门子,叽里咣当响了一阵,可是屋里并没有声音。黑炭说:"妈的!这就是谎,要是没有事,砂锅子早就惊醒了。"

李二虎说:"一点不差,来,砸开!"李二虎一说,你一拳我一脚,齐大伙儿把个门框也砸垮了,两扇小门咕咚地一下子向里倒在屋子地上。民兵一齐闯进去。

小屋里黑咕隆咚,黑炭提起灯照了照,说:"他还在躺着,点灯!点灯!"李转运从衣兜里掏出火柴点着灯,仔细看了看,砂锅子躺在炕上,纹丝不动。黑炭说:"他耍死狗!"王牛牛伸手摸了摸他的鼻子,没有一点气,他说:"兴许死了。"黑炭说:"不能不能!"伸手摸着他的胸膛,说:"不,还上下呼嗒气哩……"说着,又仔细摸了摸,说:"先把他抬出去,仔细搜查搜查再说……"

民兵们七手八脚伸出手去,才说要抬,砂锅子瞪起眼睛咕咕地笑了,还是一动不动。等人们又伸出手去要抬他,说时迟那时快,砂锅子猛地一个鲤鱼打挺,啪地一下子跳将起来就往外跑,黑炭大声喊叫:"追他!"

王老碜也撒开嗓子大喊:"追呀!"在黑夜之中,大声疾呼,喊得瘆人。喊着,人们一齐追出去。砂锅子在小树林里跑,左转右拐,拐弯抹角地跑着,民兵班呜噜呜噜地在后头追着。

砂锅子跑了半天,把两只手叉在腰里,一下子停住步,仰起头来朝天大笑,说:"哈哈!不叫我入贫农团,你们民兵班里都是笨蛋!"又嘻嘻哈哈装没事人儿。王黑炭走上去,伸出右手捏住他的耳朵,把他拉回来。

他们把小炕上的东西一件一件拿起来检查,用手摸摸。一个破油毡似的被子,一条油烘烘的、油煎饼似的褥子,一个油烘烘的破枕头,用指头捏捏,又用手摸摸,搜查了个周到,就是查不出什么东西。

春天的晚上还有点冷,砂锅子抱着胛子坐在锅台上,说:

"你们查我可以，你们冻着我不干！"王黑炭瞪起黑眼睛说："你想怎么的？"砂锅子跑进屋子里扯过条被子披在身上，说："你们搜吧！管保你们查不出来。等到我查你们的时候可有人不好受，吭！"他坐在锅台上，眯着眼睛装打瞌睡。

搜查了半天，李二虎又把刀拿在灯光底下仔细看了一遍说："妈的，凶器有了，人抓不到！"

砂锅子冷笑一声说："光自要是叫我当民兵，一下子就抓住凶手了。人家不叫我当，破不了案也没法，出了地边儿，就敢跟你们见官儿。"说着摇头晃脑，得意扬扬的。

民兵班继续搜查李保忠的小屋：炕席底下，风箱里头，盆盆罐罐，破席篓子……搜查了个周到。最大的可疑是缸里没有米，罐里没有面，他是怎么生活的？搜查了个七开八开，砂锅子还是坐在锅台上，不凉不酸，不脸红耳热，不长吁短气，还是没事人儿一般。

王黑炭接过那把刀说："不管怎么说，凶器有了，送到县公安局去一研究，这问题就明白了。"

砂锅子悄悄地笑着，说："你怎么研究也找不出我来！"

王黑炭一听就火了，转过身子伸出拳头，照准砂锅子胸前就是一捶，说："怎么不是你！"他龇开嘴，恨得牙儿痒痒。

砂锅子发脾气说："搜查我不在乎，你打人不占理！"

# 26

王黑炭带着民兵班搜查了李保忠。看了看北斗星，已经过半夜。叫民兵解散，回去好好睡觉，明天还有更重要的任务。看人们走完,他拿着那把大刀,撒开腿快步走到王二合家门前。他一时性急,也来不及叫门,把脑袋伸出去照着栅栏一碰,钻过头去,转着脖根轴瞅了瞅,小北屋窗上还亮着灯。他伸出右手抓住小栅栏使劲一晃,门铃和吊吊儿叮咚哗啦一阵乱响。

王二合还没睡觉,正在和大嫂谈论当前的斗争形势。听得门铃急剧的响声,以为又出了什么事情,迈开大步跑到门口,问:"谁?谁?出了什么事?又出了什么事?"这时周大钟也走了出来,走到栅栏口上说:"是黑炭搜查回来了,别看这孩子表面上挺平静,成天价心里火烧火燎。"

王黑炭不等王二合开门,攥紧刀把往栅栏门一杵,哗啦地把门杵了个大窟窿,摇晃着那把刀喊:"快开门!快开门!看刀!看刀!"二合离远看见那雪亮的刀锋,在灯明下闪烁着光亮。二合一看愣着了眼睛,说:"你着什么急?这是干什么?"周大钟也说:"别那么火星子暴溜地!"他一手开门,一手拉住王黑炭,说:"怎么样?说说吧!"说着两眼不错珠地看着那把刀。黑炭说:"大事!大事!屋里说!屋里说!"王二合说:"什么大事?"说着走进小屋里,王黑炭把刀拿在眼前说:"其中定有什么大原因:我们查看了现场,庙台南边留下一滩血,血洼里有这么一把钢刀,又在砂锅子屋里搜了半天,也没搜出什么。"他又叹了一声说:"咳!闹不清楚这凶手是从哪里来的,脚印走到刘二青家门口就没有了。"他喷着唾沫星子说着,跺了一下脚,随着用力低了一下头,头上青筋暴立,眼瞳上充满血丝,满眼冒出火星子。

王二合说:"小人儿!慢慢的,你着那么大急干吗?"

王黑炭说:"人命关天,我能不着急?"

周大钟说:"多少羊也轰到山里了!"在灯光闪耀之下,抬起静穆的脸庞愣了一刻。看看王黑炭着急的样子,说:"这样说来,刀砍小玉的凶手当前是难找到了……"

王黑炭说:"可疑的人是砂锅子、刘轮子、刘登华、刘二青、刘冬,这脚印是走到刘二青门前就不见的。"说着,跟着王二合、周大钟走进小北屋。周大钟说:"也说不定,我们可以假定几个人,进行侦察。"

二合大嫂正守着小油灯盘着腿坐着,通明、火亮闹腾了一天,也着实累了,睡得齁齁响。王黑炭坐在炕沿上,把大腿一拍说:"可是,我们有了物证。"说着,又摇晃了一下那把刀。

谈到证据,周大钟愣了眼儿,他说:"是狗改不了吃屎,放长线钓大鱼!"

王二合抽着一袋烟,低下头思摸了一会儿,说:"你把搜查的经过仔细说说吧!"

王黑炭把怎样带着民兵赶到现场,怎样仔细搜索,怎样在大庙台底下看见一洼血,从血洼里抽出这把钢刀。怎样在大槐树后头发现了两个脚印,又怎么随着这个脚印跟踪到刘二青家门口、登华家胡同口,又到砂锅子家里,砂锅子怎么耍死狗不起来。最后他说:"依我看对这几个人的怀疑都不能排除。"黑炭一边说,一边手里晃着那把刀,跺着脚,几次地说:"我们一定得给小玉同志报仇!"说着,把刀递在周大钟手里。周大钟接过刀来,在灯明下翻来覆去地看,刀上闪出耀眼珍光。他说:"这不是一件普通的刀,也不是普通人家的东西。哼!他们先下毒手,阶级斗争又升高一步,我们不能跟他们善罢甘休!"说着,把刀递给王二合手里。王二合抿着嘴儿,端起刀来用手指甲弹了两声,说:"唔!一点不错,这是一把鬼头刀,用来杀人的!兵痞流氓和封建势力一脉相通,封建势力指使凶手暗杀小玉,这是阶级报复。"他把刀拿在右手里，翻来覆去看。又拿在左手里看了两遍，说："封建势力下了毒手，也算给咱报了个讯儿，阶级斗争步步登高，时候到了。"他望望周大钟，接着说："大钟同志，依我看明天我们决心捉地主，没收他们的浮财，先端了他们的老窝，摘了他们的鸟食缸！"王二合一钉一板，板上钉钉地拿出他个人的意见。

周大钟点点头说："是啊，到时候了，大刀阔斧地干吧，我支持你的意见。"

王二合和周大钟商量一定，天明就动手。王黑炭说："这把刀不是好东西，先把它扔到井里去！"王二合一手支开黑炭，一手端起刀来，说："你说这话，就显得年轻了！这把刀是没有阶级性的，单看刀把攥在谁们手里。这刀把拿在地主手里，他要来杀咱贫雇农。这刀把要是攥在咱无产阶级手里，我们就要拿来杀阶级敌人了。关键是我们是不是能把刀把攥得紧紧！"这么一说，周大钟和黑炭都点头佩服。黑炭不断地嘿嘿笑着，说："我不懂！"王二合和周大钟送走了黑炭，叫他继续搜查。各人回到自己屋里。王二合躺在炕上，眯糊了一下，心里有事说什么也睡不着。蹑手蹑脚地开了栅栏，生怕惊醒周大钟，好叫他多睡一会儿。他飞云也似的围着村转了一遭，叫了柏老槐、朱老嗡、李固大嫂、刘老迫、刘老堆、金缨儿、王振山和学堂里王老师，吃早饭以前，来开了个碰头会；先叫王黑炭谈了谈民兵搜查的经过，接着王二合说了他和周大钟的意见，说："根据咱村斗争的形势，敌人知道他们好梦难长，临死之前还要拼命挣扎。昨天他们刀砍了咱们小玉，这阶级斗争升了级。"说到这里，他放低了声音又说："事情就是这样，他有个来，咱有个往，他先动了手，咱也要动起手来，今天我们就要捉地主、没收他们的财产！"

正在谈着,李蔚和冯文光、李乔也赶到了。可是李蔚站在一旁不吭声。

朱老嗡一听,精神头就抖擞起来了。脖子上的青筋暴立,小胡子一撅一撅地说:"敌人下了毒手,我们贫雇农也不是善家!要说捉地主、挖浮财、端他们老窝儿,我们老长工们一马当先。他们什么屋子什么炕,箱箱柜柜,我们知道得一清二楚!"说着直挽袖子。

这时,李蔚慢搭搭地说:"依我说,还不到火候……"

朱老嗡一听,瞪圆了眼睛,说:"怎么不到火候,这革命不是请客!"

李蔚一摆手,笑了说:"咦!你听说啊!比方甜瓜,熟了的时候,就上了黄色,带了香味。伸开指头一敲,呸呸地响,这时候不用拧,你拿手指头一捅,把儿就掉了……"

不等李蔚说完,冯文光仰起头来哈哈大笑说:"问题是敌人先动手了,你说甜瓜……成天价拐弯抹角!"

李蔚说:"强拧的瓜儿不甜。我说不成熟,就是群众发动不够,时机不到。时机到了,你不发动,群众就动起手来!"

周大钟说:"你又右倾了!你不领导,群众就起来捉地主挖浮财?"

王二合说:"问题是敌人动手砍了小玉,全村贫雇农都气愤,这就叫时机到了,还等什么时机?"

这时,李蔚猛地觉得思想不对头,愣起眼睛呆了一会儿,一下子笑了说:"你们人多,我听你们的,我听你们的。"

周大钟说:"你又成了尾巴主义了!"

一谈起捉地主来,激动得金缨儿满眼是泪。她说:"阶级敌人害了小玉姐姐,多么歹毒的东西,我们青年们自从抗日的时候

325

就没怕过谁,日本鬼子杀人放火多么厉害?也叫咱们打败了。这会儿,阶级斗争了,青年们打先锋!"

王老师也说:"我是个党员。没有别的,土改运动、阶级斗争,我们知识分子一定要和贫雇农站在一个立场,一切宣传工作我们包了。"

罗慧说:"我们也参加!"

李固大嫂理理头发,人们看得出她要发言了。她喘了一口气,说:"我同意把地主捉起来,把他们的财产没收了,该封的封起来。地主就像是臊皮猴子,你不拿了他的,他就偷偷运变,我看就这么办了吧!"

话说到这里,也就没说的了,一来为小玉受伤心上激动,二来为封建势力的狠毒,心情愤恨。大家一致同意,先在地主阶级身上开刀,大力镇压封建势力。联席会议决定:王黑炭要在天不明就带领民兵把地主阶级监视起来,不许他们乱动。民兵不够,叫共产党员执行任务,寻风瞭哨。这时参加会议的人,心上没有不跳动的:地主阶级在农村里统治了几千年了,今天要被他们压迫了多少年的贫雇农捉起来。谁遇上过这个?谁知道会出现什么情况,谁又知道到了时候是个什么样子呢?

太阳刚一露红,王黑炭、二合亲自出马,就围村敲起锣来。敲着锣大喊:"官渡口村的贫雇农们!男女老少,都到大庙台上集合啊!今天贫雇农不要下地,一齐到大庙台上。"锣声铿锵,在官渡口村上空回旋震荡,人们猛地从睡梦中惊醒过来。锣声也震动了乌鸦,从大庙台的老槐树上扑啦啦地飞起去,围绕着官渡口村上空盘旋飞舞,呱呱地叫着,不忍离开它们的老巢。好像是野禽也预感到有千古未遇的大事来临了。

刘作谦这人最灵,这几天来早有准备:今天在黑咕隆咚里就起来吃了早饭,坐在椅子上,抽着烟等待事态的发展。土改队到官渡口村两个月了,他明白最后的时刻这就快要到来了。第一锤锣声就震了他一惊,锣声震动了他的心房,通过大脑传到他的末梢神经,由不得心惊,眼眉上跳动了几下。听到锣声就像撕人心肺的声音,以为天崩地陷的日子,这就来了。他猛地扬起头来一怔,不知不觉把烟袋掉在地上,他的瞳光散开了,睁圆大眼睛,直勾勾地望着屋顶,眼泪鼻涕顺着鼻梁流下来,由不得抽动脸颊。痛哭在刘作谦来说,是他一生没有过的,在他来说是走了一辈子下水船,如今他算是碰在桥桩上,遇上中流砥柱了。荷花儿看见父亲为难的样子,走过来说:"爸爸!你怎么了,不要害怕!"听到不寻常的锣声,荷花儿也有预感了。但是为了安定父亲,她不得不保持镇静。刘作谦咕哝不清地说:"完了,时候到了……闺女!过来搀着我。"荷花儿不知道他要干什么,蹑悄悄地走过来,伸开两只手,把他搀扶起来。这时催阵的锣声使刘作谦坐不住了,浑身瘫软下来,他用手扶住女儿的肩膀头,错着步子,慢慢走到堂屋,说:"孩子!点着佛前的神灯吧!"

说是佛堂,其实就是一个神龛,挂了红布帘子,里头供着一个神牌,写着"天地君亲师",这无非是孔孟之道。说是神灯,平时并不点着,他舍不得那么多油可点,只是想起来的时候点一下,向北磕个头就又熄灭。荷花儿点着北龛上那只陶制的高脚油灯。灯亮了,随着袅袅升起一缕黑红色的焰苗。刘作谦说:"来吧!孩子!"荷花儿说:"你想干什么?"这时刘作谦心不由主,用力扶住荷花儿的肩膀,泪眼婆娑地看着黑红色灯光,缓缓地跪下去。趴在地上,慢慢磕了三个头,说:"我们刘家老坟里的列祖列宗,不肖子孙刘作谦给你们跪下了。几百年来刘家一代传一代,继承了你们留下的基业,到了我这一辈就算到头了。

我刘家祖祖辈辈世居官渡口村，掌握官渡口的村政大权，从今天起，完了完了……我无能为力了！"他说着，眼泪扑簌簌地流下来。刘作谦作为这一方地主阶级的头面人物，他是有政治头脑的。平时，他向四面八方伸出耳朵，伸出手爪。凭着他的手眼，洞察天下大势。表面上看，自从大选举运动就结束了他的反动统治，实际上直到现在才算完结。不，地主们思想上是永远不会自动放弃农村政权的。自从抗日战争开始，他钻统一战线的空子，变着各种花招，偷偷摸摸伸进一只手去控制着政权。到目前为止，那种方法已经成为过去了，他不得不承认不行了。可是思想上并未认输。他躺在棺材里，尸首还在发臭。

王二合围着官渡口村敲着锣，敲过来敲过去，锣声响彻了天空。今天的锣声与往日不同，敲得又重又急，震得地动山摇。沉重的锣声里像是有千军呐喊，有万马奔腾，有杀声遍野，有冲锋陷阵，有斩将搴旗，有两阵交锋追奔逐北，有千百万贫雇农激流勇进。时间虽然紧迫，但地主阶级的人们仍然按计划做着他们的准备：有的装死躺下，有的动嘴赌咒，有的偷偷摸摸，有的鬼鬼祟祟，变着花样想再捞点什么，他们要最后挣扎，甚至把一小包首饰投进屎窖子里。

响亮的锣声也使官渡口村的贫雇农们精神振奋。他们听着这锣声清脆，强劲有力，饱含着青春的活力，立刻放下饭碗跑出来；男的、女的、老的、少的，大人孩子都从每条街道，每个小巷里走出来，潮水似的奔向大庙台。一边跑着，互相打着招呼："哎呀！好日子到了！""咱们革命多少年，才有今天的翻身了！"老头们跷动着两腿急走，小孩们说着笑着，跑着跳着，比过新年搭戏台还高兴。革命就是节日，在他们这一辈来说，这是一个新的开始，上年纪的人还记得，以往只有民主政府在共产党领导下，施行过合理负担、统累税，实行过增资，那还是为了团结抗日，也只是减少一点地主阶级的剥削，改善一点贫雇农的生活。但是从今天开始，要彻底消灭封建剥削，消灭地主阶级，在毛主席、共产党领导下，贫农、雇农和全体劳动人民要彻底翻过身来了！"

大庙台上人越集越多，民兵班的副班长、李二虎把民兵带到会场上；今天民兵的打扮另有不同：除了全副武装，穿得干净，每人头上箍了一条羊肚手巾。在十二个人里，李二虎个子最高。他穿了一身蓝，打了绿色的裹腿，戴了绿色的军帽。民兵迈着整齐的步伐到了大庙台上。立定之后，李二虎举起右手，向王二合和周大钟行了个军礼，拿着腔调说："报告！官渡口村民兵班全体带到！"周大钟还了个礼，说了声："是！"

时间不长，全村贫雇农来得不少了，大庙台上站不开了，庙台底下又站了一大片。民兵们扛着枪，挎着手榴弹，在周围巡逻，保护着会场。周大钟、罗慧、冯文光、李乔这些土改队员们站在大树下头。王二合把两手叉在腰里，来回走着，招呼着会场。今天王二合精神特别好，穿着新洗的紫花褂子，棉布背褡和黑布套裤，新剃了头，刮了脸，扎煞着胡子。看着人们到齐了，向周大钟扬一扬下颏，叫他讲话，周大钟说："你讲吧，今天这台戏该是你唱了！"

春天的早晨，天色湛蓝，东风阵阵，一个圆大的太阳从东方升起，大杨树已经绽出紫色的花穗。王二合今天脸色通红，双脚一蹦跳上大青石头，一手叉腰，一手捋着胡须，睁大眼睛快速地朝会场扫视了一周，晃了晃宽厚的膀臂，伸起右手，向来开会的人群打了招呼，喊出雷鸣般的声音："同志们！全村贫雇农们！"两句话喊得像铜钟一样响亮。会场上攒动的人群马上鸦默雀静。他接着说："我们在县土改工作队的领导下，工作了两个月了，进行了宣传动员，组织起贫农团，要按照毛主席、党中央的土改政策消灭地主阶级。"说到这里，他又长了长精神，提高了声音说："黄河万古往东流，百折不回头！咱们世世代代受封建势力的压迫，受地主阶级的剥削，逼得我们有肚子没有饭吃，有腿没有裤子，直到今天悲惨的日子算是到了头了。该是回过手来跟他们算账的时候了！"王二合说到这里，脸上涨得紫红紫红，眼里冒出金星子，举起拳头高呼："彻底消灭封建势力！消灭地主阶级！"

听着王二合的讲话，群众的情绪马上就振奋起来，通红着脸，攥起拳头，伸起胳膊，跳起脚来高呼："打倒地主阶级！""打倒刘作谦！""打倒李福云！""打倒王健仲！"一时群情激动，伸胳膊捋袖子地动乱起来。王二合举举手，叫大家安静，他又撇起小嘴儿，说："咳！刘作谦这个地主头子，他往日里多么威风，真是站在十字街上一跺脚四街乱颤……"一说到这里，人们由不得举起拳头一齐大喊："打倒刘作谦！"王二合又瞪圆大眼睛，放低声音说："可是，今天他的威风哪里去了！咳！李福云这个恶霸的威风哪里去了？王健仲的威风哪里去了？"这时，群众中喊出一阵愤怒的呼声。王二合又慢条斯理地说："抗日战争开始，我们就和他们交手了！像合理负担、统累税的斗争，大家都知道吧！'大扫荡'以后，他们依仗日本鬼子的势力，想推翻抗日民主政权，推翻统累税……那场斗争大家知道吧？今天我们要把他们一齐打下马来，把他们打翻在地，再踏上一只脚，今天世界是我们的，天下是我们的了！要和他们算总账了！"这时东风刮起，风声、树声、喊声，有声有势，全村贫雇农扬眉吐气，好不威风。

王二合又提高了嗓子大喊:"昨天晚上的事情,你们看见了吧?封建势力用刀砍了我们的小玉同志,我们应该怎么办?"人们一齐叫喊:"捉拿凶手,打倒封建势力,消灭地主阶级,给小玉同志报仇!""中国共产党万岁!""毛主席万岁!""无产阶级万岁!"

王二合挥动右掌往下一劈,斩钉截铁地说:"着,同志们喊得对!众人拾柴火焰高,来吧,大家一齐下手!王黑炭同志!你带上民兵去捉拿刘作谦。刘老迫同志!你带上民兵去捉拿李福云。刘老堆同志!你带上民兵去捉拿王健仲。"王二合转过脸去对民兵们说:"民兵班同志们!咱贫雇农养兵千日,用兵一时,今天该着你们为咱贫雇农显显身手了!"人们一齐高喊:"拥护民兵班!捉拿狗地主!""只许他们规规矩矩,不许他们乱说乱动!"

王黑炭带上李开泰、王老碏,扛上大枪,挎上手榴弹,迈开大步一阵长跑,穿过横街来到刘作谦家门口。王黑炭和李开泰、王老碏打了个招呼,一呼啦冲进去。王老碏一个人站在界墙外头掩着半个身子,拿枪瞄着。王黑炭带着李开泰闯进二门大喊:"屋里有人吗?"

大荷花儿在北屋听得喊声不祥,惊恐失色地走出来,一看是民兵来了,立刻打起笑脸,说:"有人,请进屋吧!"

王黑炭走进正房,镇起脸瞪出黑亮的眼睛,盯着荷花儿说."这是什么时候?还装腔作势,嬉皮笑脸的?"他问:"刘作谦呢?"

大荷花儿说:"在东头屋里。"

王黑炭和李开泰手里端着枪,枪上上着明晃晃的刺刀,气势汹汹闯进东间。刘作谦听得民兵的声音,还故作镇静,坐在炕沿上，装着斯模大样儿抽烟，等着事情来临，其实他的内心里已经抖颤了。看见民兵进来，由不得心里一怔，焦黄了脸，嘴唇已经打着哆嗦了，说："唔，什么事？坐下喝茶！"

王黑炭三步两步跨上前去，揪住刘作谦的脖领子，说："革命不是请客吃饭，谁喝你的臭茶？我们要专你的政，有个小地方搁放你！"又问："你是不是还要穿上一件衣裳？"

刘作谦知道是时刻来到了，还不惊慌？伸手从炕上扯起个棉袍子穿在身上，冷眼瞅瞅王黑炭，等他发命令。王黑炭说："你再带上个被子！"刘作谦又从被沓子上扯个被子搭在肩上。一叫他拿被子，他心里明白，身上就战栗起来了。

王黑炭斜起眼睛气愤地说："走！看你那个熊样子，你的霸道劲哪里去了！"他带着刘作谦头里走，王老碴和李开泰端着枪在后头跟着，当他们飞步走过大街时，刘作谦脊梁上背着被子，手里拿着大烟袋，猫着腰一步一瘸地走着。胆落心慌行路迟，紧走也跟不上。李开泰照着他的屁股嗵地就是一脚，骂着："妈的，看你这个屎样子！"大街上的人们都转过头来，小孩子们蹦蹦跳跳在后头跟着，指手画脚，评头论足地笑。罗慧和王老师正带着小学生们排上队在大街上游行示威。大街上贴满了红红绿绿的标语，远远看见民兵押着刘作谦走过来，举起拳头，高声喊着："打倒地主阶级！打倒刘作谦！"

一时官渡口村的人心沸腾，吓得地主家里鸡飞狗跳。大会场上，人们一见把刘作谦捉来了，就像开了锅似的哇啦哇啦地叫喊起来。王二合大声地喊叫："把刘作谦押上来！"动乱的人群顿时闪出一条胡同，刘作谦木着脖子脸走过去。两旁的人头攒动，人们的心情像是波涛滚滚狂啸的海洋，贫雇农们一看见刘作谦，立时通红了眼睛涌过去，这个一拳那个一脚，吓得刘作谦弯下腰抱着头,在人们大腿底下乱钻。好容易钻过会场,到了主席台跟前,王黑炭像捉小鸡子似的掐着刘作谦的脖子让他跪在地上。李开泰愤怒地说:"妈的!给他踏上一只脚,叫剥削阶级一万辈子翻不过身来!"说着,李开泰和王老磣各人把一只脚踏在他的脊梁上。

正在这时,民兵王演中刮着旋风跑了来,红头涨脸,直累得呼呼哧哧的。王二合问他:"怎么了,看你跑得这个样子!"

王演中说:"妈的!李福云不服捉,他装傻充愣,还想动武!"

王二合一听,头上立时火冒三丈,他说:"妈的,土豪霸道要翻天了!你一天价鼓吹弹打飞鹰,百发百中,你的武艺哪里去了?"

王演中红着眼睛说:"妈的!他像黑煞神一样,想动胳膊根。还没斗地主分浮财,我能伸枪把他打死?这个不违犯政策?"

周大钟在一旁听着,觉得很有道理,说:"走吧,我们去看看。"说着,从腰里摘下枪来,小李也从套里抽出盒子枪,和王二合一同走到李福云家去。拐过李家街,一进李福云家大梢门,就听得刘老迫大着嗓子在里院说话。走进二门,看见李福云脱了个大光膀子,露出满身横肉。他两手叉在腰里,腆着个大肚子,脊梁上胖得滚疙瘩,像是背着半拉猪片儿,一筒石碑似的立在院子里。刘老迫正跟他讲话:"……你是地主分子,要老老实实,不要乱说乱动。你耍无赖,对你没有好处!"可是,他像是没有听见,当他一眼看见周大钟和王二合进了二门,猛地亮开式子,又回过头去,两手抱着墙角,手扒脚蹬上了屋顶。说时迟那时快,李开泰嗖的一声把枪扔给王演中,把两只手在腰里一叉,身子骨儿直溜溜的,两只脚踩着山墙走上窗眼遮毛。又翻过身子背靠着墙,两手把房檐一扒,一个鹞子翻身上了房顶。贫农们看见李开泰的本事,一齐鼓掌呐喊。二合说:"捉住他!这是个严重的阶级斗争!"人们听得说,立刻沉静住。李福云见李开泰上了屋顶,把屁股往下一蹲,一个箭步直取李开泰。在斗争地主的日子里,李开泰虽然二十岁年纪,细小个子,李福云是个五大三粗,李开泰却像猴儿一样蹲下身子,噌的一个箭步蹿上去,伸出拳头照准李福云的胸膛,嗵嗵就是两捶。可是李福云自幼练武,他身量大,虽然将近七十岁年纪,身上的肌肉还是瓷实的。两拳打上去,对于他来说,还不怎么的。他两手叉腰,铁青着脸,瞪着黄眼珠子,向前一蹿,一个扫堂腿。李开泰手疾眼快,双脚一跳,闪过李福云的腿,把身子一纵,两手按住李福云的肩膀。李福云才想把臂一摇,把李开泰甩下房去。这时王二合已经到了屋顶上,他两手叉腰大喝一声:"李福云!你老实着点!"他用手指点着说:"老恶霸!老剥削分子!你祖祖辈辈吃贫雇农的肉,喝贫雇农的血,今天你还是顽固。几年以来,你不服管教,还不接受改造……"说到这里,他心上更加火起来,绷紧脸狠狠地说:"今天不比往日,地主阶级的末日来临,贫雇农要认真对付你们。你不要忘了'大扫荡'以后,你们成立维持会,推翻统累税的时候……"说着,他瞪出大眼睛,蹲下身去,摆了个虎式子。

李福云并未忘记他们阴谋成立伪政权,正在开着会的时候,王二合走进会场……把他抓在手里,高高举起,大喝一声,把他摔在墙根底下。今天他在王二合的面前,回忆到过去的情景,就像老鼠见了猫儿一样软下来,拍拍手上的土,像下台阶一样,一伸腿迈下天井。李开泰见他跳下房去,也腾身一跃,轻轻落在院子里。王二合见李福云张牙舞爪,那么嚣张,早就气饱了。气愤鼓荡着胸膛，走上去伸出手掌，说："我要是不看着政策上，乒乓打你几个耳刮子，扯得山响！"李福云见二合要打他，一下子摆了个虎式子，要直取王二合。不提防柏老槐从背后走过来，通红了眼睛，举起船篙照着李福云说："老恶霸！今天不是过去了，你老实着点！"说着照准李福云，吭哧就是一家伙。李福云猛地回过头，柏老槐又连连给了他两篙，说："要不看政策，早打死你了！"说着直恨得浑身哆嗦，气得呼呼哧哧，鼻子嘴都打抖。这时李福云明白过来，虽然他自幼练了一身本事，那是在封建时代，那些本事只在封建时代才能逞英雄，今天时代变了，在共产党领导下贫雇农当权了，只好呆呆地停在那里，像木鸡一般，等待他最后的命运。

这时王二合又大喝一声说："老狗日的！拿绳子捆上他这个不识好歹的东西！"

王演中从腰里解下绳子，两个人要绑李福云，才说下手去捆，李福云把膀子一摇，把王演中和李开泰摇到一边去。李开泰生了气，抬起脚照准李福云就是两脚，骂着："老恶霸，还是死而不僵，自找苦吃！"

王二合说："执行政策，打死了不行！"

这时，李福云才蔫下性来。李开泰和王演中把他十字大绑，捆了一道又一道，最后绕了一个杀猪扣，留下一个绳头攥在手里。李开泰抬起脚来踢着，说："你表演得好！说明你地主性子不退，我们也不按一般看待你！"

周大钟在一旁看着，倒背着手儿笑了，说："你确实有些本事，那是封建专政的时代，今天贫雇农起来了，你的本事施展不开了！"

经过这场较量，广大贫雇农们深刻地知道了几千年来的地主阶级的统治，毕竟不是什么顽强的、难于攀登的城墙，而是泥塑的庞然大物。李福云的本事确实不是李开泰和王演中这伙青年农民的对手。腐朽的地主阶级，是个纸虎儿，从今天开始就被拘留。自此以后，地主阶级这个死亡的阶级，再也不能在贫雇农面前逞强，他们的威风扫地了。当王演中和李开泰摽着李福云一出大梢门，人们一齐鼓起掌来。王二合又瞪起眼睛，抟挲着胡子，说："妈的！看你这一身下膪子①！"

周大钟和王二合不放心，又走到王家街去看群众没收王健仲家。一进二门，看见王健仲眼泪鼻涕地在院里跪着，见他两人走进来，伸手趴在地上，又扬起脑袋望着周大钟说："别当地主看待我呀！我是劳动人呀！一家子大人孩子下场下地、碾米磨面，围着锅台转呀！给孩子们碗饭吃吧！"

周大钟一下子笑出来说："这又是干什么？"

王二合一见，嘻嘻笑着说："他娘的！今天你学会耍蘑菇②了，李福云就耍把式，你就耍蘑菇去，快滚起来吧！对于地主，对于地主的子孙，自有党的政策，区别对待！"

王健仲趴在地上，淌着眼泪说："我冤呀！我爹是地主，把我当成地主儿子吧！"又掀起他的衣裳说："看，一辈子连个囫囵皮袄也没穿过呀！成年价打早起乱夜明，谁是脚踢油瓶不扶呢？我冤枉呀！"

王牛牛走过去，照他大腿踢了两脚，说："快起来，走！"

王健仲见王牛牛踢他，回过头来说："别这么打我，你也这么打我？当家是户的！"

周大钟说："快起来，别装洋蒜了，还放你这封建流毒！"

---

① 比喻懦弱的人。
② 故意拖延来对付别人。

王健仲没法，朝着正屋磕了三个头，说："祖爷爷！祖奶奶！几辈子苦巴苦曳不是容易呀！穷家难舍，热土难离呀！我要离开我的老家了！"说着，两手趴在地上，抱头大哭，哭得啀啀地叫，引逗得人们哗哗大笑。

王二合说："他妈的！臭封建疙瘩！别表演了，你过去见钱眼开，大小钱你都要。快滚你的吧！"

王健仲实在无法，摇了摇头，从地上爬起来，跟着民兵走出来。走出二门又回过头看了看，说："我实在离不开家，几十年来盖起这座庄屋不是容易！"民兵刘黑寸见他那个寒碜样子，说："妈的！装穷叫苦，舍命不舍财！"王健仲一边向门外走着，嘴上还嘟嘟哝哝说："谁的东西谁稀罕，谁肯舍呢？"

民兵们带着王健仲在大街上走着，一群小孩在后头跟着看热闹，拍着巴掌乱喊："奇哉怪哉！公鸡啄下眼来！"王健仲被大公鸡啄了眼睛，直到现在还是个两眼青。

# 27

周大钟和王二合走回会场，广大贫雇农群众还在那儿等着，看见把李福云、王健仲他们捉了来，一齐集拢过来，听领导讲话。李蔚在一旁看着，看见一捉地主广大贫雇农果然劲头起来了，有的人劲头挺足，他觉得有点堂心[①]了，心里没了主意，也凑上去一块说话儿。

会场上人声沸腾，周大钟、王二合和李蔚他们几个人在一块

---

① 指心里没底。

商量了一会儿，王二合跳上大青石头，把右手一举，会场上的人声好像海潮跌落一样地静了下来。他说："……现在官渡口村的三个大地主被我们拿来了。几辈子了，他们吃咱们贫雇农的肉，喝咱们贫雇农的血，咱们贫雇农流血流汗，给他们挣下了万贯家财。他们住的青堂瓦舍，吃的香油白面，用的家三伙四，使的高头大马，都是咱们贫雇农的，被他们剥削去了，今天我们要夺回来！"讲到这里，人们一齐高举拳头，震天价叫喊："那是我们的血汗，被他们剥削去了呀！""他们的房屋地亩都是我们的血汗呀！""要讨还血债呀！"王二合通红了脸，扎煞起胡子，把手一举，人们的喊声一下子停下来，他接着说："以往，地主豪绅、封建势力欺压我们，剥削我们，有的家破人亡，妻离子散；李固大嫂的公公给李福云扛长工丧了命，金缨儿他爷爷、他老爷爷给地主干活累死了。王黑炭他爹使了刘作谦驴打滚的阎王账暴了鼓。直到这早晚穷得只剩下孤儿寡母，上顿不接下顿。地主人家，身不动膀不摇，吃得又白又胖，肥头大耳。河有头海有边，贫雇农的涠心日子过到头了。自此以后，我们贫雇农要翻个身，抬起头来，向地主阶级讨还血债……"他喊出金属般的声音，震撼了人们的心胸，人们一个个心花开放了，迎着党中央毛主席的路线，像庄稼迎着清晨的露珠。

王二合的话还没讲完，是一种什么力量搅动了人群，朝几个地主走过去，伸拳动手就要打，大声骂着涌上前去。民兵们走过去把人们拦住。金缨儿拉着红缨儿从人群里钻过来，把头一梗，向李福云扑过去，拳打脚踢，像打死狗一样。李福云龇龇牙咧咧嘴，不敢吱声。

王二合说："看重毛主席的革命政策，不要打了！"他这么一说，人们立刻停下手来，毛主席说解决土地问题，已经深入人心了。

周大钟把她姐妹两个拦住,劝说回去,重新整顿了队伍。王二合说:"既然地主阶级的财产是从我们身上剥削去的,今天我们贫雇农就要夺回来!"他这么一说,人们像山崩海啸一样,千百个人,伸出千百个拳头,千百条嗓子一齐呐喊:"那都是我们贫雇农的!""我们要把它夺回来!"

这时,李蔚也激动了,他力竭声嘶地伸起拳头大喊:"对!要百物回家,少一点也不行!"说了,他又不相信,这么喊是不是太绝对了。

刘作谦、李福云、王健仲在广大农民群众愤怒的呼吼下,直吓得弯下腰缩成一团,浑身抖着,像筛糠一样地乱打哆嗦。王二合和王黑炭商量一定,王黑炭从腰里掏出钥匙,开了庙门,气愤地说:"老地主,滚进去!这就到了你们下地狱的时候了!"刘作谦、李福云、王健仲一齐弓下腰,低下头,溜溜湫湫走进庙去。那大庙里又黑又潮湿。王黑炭睁圆了眼睛喝着:"老实着点儿!你们不要跑,跑了抓回来,枪毙你们!"说着,拿起那把大铁锁,咔哧一声把门锁了。

大会开到这儿,王二合宣布散会。主席团叫民兵留下,派人看守庙门,所有的人都去没收地主的浮财。周大钟、罗慧、李乔、冯文光、李蔚在后头跟着。人们成群成伙地说说笑笑,男男女女,大人孩子们拥向地主家宅院。这时,李蔚的劲头也上来了,嘻哈笑着在头里跑着,带着贫雇农去没收浮财。

王二合和李固大嫂带着人们,去没收地主刘作谦的浮财。黑炭带着民兵,手里拿着枪在前头领着,人们在后头跟着。稀里哗啦地闯进刘作谦家东院里,黑炭一脚把上房门踢开,李固大嫂先进去各屋里转了转,把刘作谦家儿媳妇、老婆子、孩子们叫到跟前,说:"今天,我说话就是一句话!你们除了身上穿的,头上戴的,这屋里的东西,一条线都不能动。要是老老实实服从管教,将来有你们一份。要是不服管教,这一份就没有了。"她说着,斜起眼睛气愤地看了看刘作谦家老婆,她原来倒是个胖壮人,可是今天怀里鼓得成疙瘩成块的,实在可疑。一伸手撩开她的褂子襟,狠狠地从她怀里抽出个包袱来,往炕上一扔。转过身白着眼睛瞪着荷花儿她嫂子说:"你走过来我看看!"荷花儿她嫂子不言声儿,低着头走过来,身上直打寒战。李固大嫂又说:"你再走过去!"看着她的形迹,愣了一刻,铁起脸来说:"跟我来!"把荷花儿她嫂子领到那间屋里,看她走路打蹩脚儿,李固大嫂手疾眼快,伸手扯掉她的裤子,从裤兜里掏出一小包沉甸甸的东西,不用说那就是金银首饰。一下子红了脸,张嘴就骂:"不要脸的东西!裆里藏着硬东西,也不嫌人笑话?"等那娘们系上腰带,又一下子把她推出来,搡得她踉踉跄跄的。荷花儿她嫂子低着头,鼻子气儿不出。

　　李固大嫂说:"你们都请出吧!这房子不是你们伸手盖的,自此以后归贫农团了。心里也别难离难舍的,万贯家财本来不是你们的,这是贫雇农的血汗,贴不到你们身上!"

　　刘作谦一家大人孩子,一个个像霜后的蚂蚱,蔫头耷脑、红头涨脸地走出来,人们在一旁斜起白眼睛看。在以往,贫雇农哪里进得去地主家的深宅大院?今天,人们走进这砖堂瓦舍,很觉新鲜。没有土地改革这暴风骤雨般的群众运动,贫雇农哪一天才能到得了地主阶级的内宅里?比登天还难啊!人们一时高兴,指手画脚地议论纷纷:这四合子卧砖到顶的大瓦房还是多少年以前盖下的,攀着窗格棂朝里一看:大囤小囤、荆条席囤,盛的是各色的粮食。王黑炭在前头,伸开枪把人们拨开一条道,叫地主家人们走过去。刘作谦老婆头也没梳，脸也没洗，哭丧着脸磨磨蹭蹭地低头走着，儿媳妇和孩子们在后头跟着。刘作谦的儿子大狗，自从土改以来就不见了，不知道跑到什么地方去了。大荷花儿今天显得面黄肌瘦，眼窝也陷进去了，那种精神劲也没有了，满身的香水气味也不知哪里去了。地主家孩子们睁着惊慌的大眼在后头跟着。她们走出二门，偷偷地四下张望，想看一看有什么变化。大荷花儿用哭声问："王班长！叫我们上哪儿？"王黑炭把眼一瞪，狠狠地说："忙什么？自然有地方搁放你们！"王二合在一旁看着，指挥李固大嫂、罗慧、二合大嫂和贫雇农群众，七手八脚搬动东西；红油大橱子、描金皮箱、缸瓮瓦罐、锅碗瓢盆，各种的家具都搬到场院里去。衣服细软的，搬到西大院东厢房里，犁耕耙套搬到场院西屋里。刘作谦家是老辈子地主，积累了几百年的生活资料，格外多。大家伙儿你来我往，一直搬运了半天。

　　王二合拿了封条来，把仓库门封了。封好门，站在高台阶上说："贫雇农同志们！刘作谦的浮财，我们贫农团没收了。仓库，我们封上了。这封条上盖了贫农团的印，说明官渡口村贫农团的权威，这种权威支撑着贫雇农夺回自己的血汗财富，这本来不是地主们的东西！以后再说话，要改变个口气，把贫雇农在上，地主阶级在下，倒个过儿！"说完，指着外院东屋说："叫他们去住吧，晚晌饭发给他们粮食，叫他们支锅做饭。虽然他们重租苛债地不知逼死了多少人，可是贫农团按毛主席的政策办事，不能饿死他们，我们认真执行党的政策，不是搞肉体消灭。"

　　王二合扛出一块长木板子，糊上白纸，叫王老师来写上："官渡口村贫农团"几个大字。王二合说："这面牌子就挂在大梢门上,贫农团要在这里办公了。"民兵们、贫雇农们,搬牌子的搬牌子,钉钉子的钉钉子,把牌子挂起来。王二合站在远处一看,歪起头儿左巴睃右巴睃,觉得十足美气!李蔚也在一旁看着嘎嘎笑着,说:"嘿!你看这团部多么威风!"王二合叫黑炭在门口放上岗。在土改期间,官渡口村的一切权力停止使用,这贫农团就是村级政权了。

当王黑炭和李固大嫂带着人搬运刘作谦家浮财的时候,刘老迫和李二虎、王老碜他们正在查封地主王健仲家。周大钟和王二合来到王健仲家的时候,人们正在搬运家具。

他们把王健仲家的桌子、椅子、橱子、柜子、大皮箱、小皮箱、锅碗瓢盆、大缸小瓮、犁耧杈耙……所有的家家伙伙,都搬到外头院里。大把式朱荣庆也跑来看,见贫雇农们动了手,笑了说:"哈哈!这会儿也该用着我们了!"他叫长工们牵出牲口套上大车,把东西装在大车上,拉到刘作谦家场院里。拉了一趟又一趟。这些日用家具,别看在屋里放着的时候并不显得多,放在院里就是一大片,用车拉起来就拉半天。朱荣庆和雇工们脱了大光膀子,笑笑哈哈地兴高采烈,干得着实起劲。多少年来,他们都是为地主阶级流血流汗,当牛作马。今天,他们开始为贫雇农服务了。

贫雇农们拾掇完了王健仲家的浮财,不知是谁说了一声:"王家老药铺里东西更多!"人们又不约而同地拥到大街上药铺里,搬桌子的搬桌子,扛板凳的扛板凳,药斗子扔了满世界。周大钟听得说,慌忙赶了来,说:"搬动什么东西也是应该,独有这药铺可得保留,这是一九三三年两个文件上载明了的,违犯了政策,将来贫雇农们就没处治病,没处买药了!"又叫民兵把王健仲的父亲王友三叫了来,他已经七十多岁年纪,白头蹀躞的,戴着老花眼镜,手里拿着一卷医书。他哆哆嗦嗦走到周大钟跟前,弯腰施礼说:"队长!我服从贫雇农的管教,遵守民主政府的法令!"

周大钟说:"老先生,不要害怕!你是老医生,是县议会的参议员,贫雇农根据中央政策照顾你,不要害怕。你好好给贫雇农治病,将来也有你的生活!"周大钟叫民兵们给他搬家,叫他住在这药铺里,继续研究中医学,给贫雇农治病。王友三点头鞠躬说:"听首长的话,我要为新中国贡献我的能力。"周大钟又到大街上去,告诉广大贫雇农:不要动工商业,不要违犯政策。李蔚又说:"别的不动可以,这荤馆得动。"周大钟说:"荤馆不是工商业呀?"李蔚也没话说了。

王二合打发民兵们帮助老医生搬家,把他的被褥衣服和医书药草,笔墨纸砚等,都搬了来,给他铺陈好,老医生无可无不可地,向贫雇农和民兵们鞠躬道谢,又紧张地整理他的书籍稿本,说:"别看这些个破书烂纸,破稿本子,是我一生的心血。糟蹋别的我不心疼,不能糟蹋这个,将来有用!"

李蔚跟着闹了一天,和群众一块紧张地劳动,弄得浑身泥猪疥狗,等闲下手来,他蹒跚着身子走了来,伸手拍了一下周大钟的肩膀,说:"老周!你想想,在政策上右了吧,这不是保护地主吗?他虽然表面上是医生,可追根究底还是地主。老地主受保护?追根究底这药铺里的东西不会变成他们的生活资料?"说着,闹了个笑面虎儿。周大钟不愿看他那个幸灾乐祸的样子,扭过头去哈哈笑了说:"你的意见很多,咱们以后考虑!现在这里正忙着,咱们会上谈吧!"李蔚听着不是滋味,说了一声,"好!"倒背着手儿,迈起方子步儿,这里看看,那里瞧瞧,也不再下手了。

343

人们把重要的物件拾掇完了，主席团的人们，里里外外查看了一遭，一处处用封条把门封起来。当封到王健仲住的上房屋时，发现炕下头鼓鼓堆堆蹲着个人，溜溜湫湫地不肯出来。为了应付今天的事变，地主婆把窗户糊得很黑。王二合走进去，趄着眼儿看看，伸手去拉她。你越拉，她越打坠轱溜，往后一鞧，缩成一团。她呆瞪瞪地木丧着个脸，翘动着红酒糟鼻子，两只小母狗眼骨碌骨碌地转着，动也不动。王二合又弯下腰去觑着眼睛看了看。瞪起眼睛，敞开嗓子喝道："老地主婆！你给我骨碌出来！"王二合不说便罢，他这一喊，老地主婆更向后鞧上劲了，嘴上还是嘟嘟哝哝："不，我就是不走，这是我的家……"眼睛盯着王二合，伸手从炕洞里掏出个小凳子塞在屁股底下，两只手用力扒着凳子桯，伸起脖子，瞪起眼睛对着王二合。

　　王二合叫她出来，她不出来，急得王二合没法，打发民兵叫了李固大嫂来。李固大嫂一进屋，形势就起了变化了。她噘起脸，瞅了瞅地主婆，一下子耷下脸来说："老地主婆？我们知道你的道行，你牛性子脾气，苦辣酸甜你也尝过了……"李大嫂说着，从床上抄起一根擀面杖，红起脸来说："你好好滚出来！"地主婆看李大嫂要动手，憋着两只小眼睛，惊慌失色，挼下精神来，流出眼泪，说："我出来！我出来！"嘴上说出来，可身子还是不动。两只手提着裤子，弯着腰，哈巴着腿，一步挪不了半尺。李大嫂一看，她的腰身有牛肚子那么粗，袖口子肥上加肥，咧开薄片子大嘴，流出口涎，咳呀咳呀地叫着。直气得黑炭不行，嗵嗵嗵地走上去，动手拉她，她还是蹶着屁股不动窝。李二虎走上去，和王黑炭伸开手架着她的胳肢窝，拉着她的两条腿，好容易把她架到台阶上，叫她跪下去。她憋着两只小眼睛，朝这边看看，又朝那边看看。台阶两边，台阶前头，挤满了人，她不知怎么好。贫雇农们都围上来看，笑得流出眼泪来。李固大嫂喝了一声："你站起来！"地主婆无可奈何，慢慢站起来。她腆着个大肚子，身上穿着老毛蓝粗布裙子，补丁摞补丁，不知穿了多少年。王二合看着她那个蠢样子，伸出指头挖着她的鼻子，说："大家伙儿看看热闹吧！这个老母猪表演得多么好啊！"

黑炭娘、罗慧、金缨儿、红缨儿、杨花儿和一群贫雇农妇女们正搬动东西，听得二合说，齐大伙儿挤进来看，不禁地哈哈大笑。地主婆孤孤零零站在台阶上，哭又不是，不哭又不是。两只小眼睛偷偷看着人们。

周大钟手里提着枪，在一旁站着。

罗慧问："她要表演什么？"

王二合说："她要表演什么？她要表演地主生活，表演地主性格。"说着，叉开虎口比画着腰里，抿起嘴儿笑着，人们一齐扭过脖子看地主婆那个蠢相，不住地哈哈大笑。

李二虎把枪戳在地上，伸出拳头，气愤地说："你想干什么？你出什么洋相？"说着，使劲擂了她一拳。发现她的胳膊上穿得厚厚的，一把抓不透。李二虎一抓，她一拨楞。李二虎一下子火起来，抬起脚照准她的屁股嗵嗵就是两脚，说："看你这个寒碜样子，你地主阶级的威风哪里去了？旧世界里，那时我还小哩，房无一间，地无一垄，在你家玉米地里拾了一把绿豆角，叫你看见了，你伸出五股钢叉，劈脖子盖脸打我，直打得我满脸发火！这咱了，你也甭发那贼横了！"他说着，由不得眼里滚出泪珠，噗噜噗噜地落在地上。

王二合看他哭得难受，走过去安慰说："算了，算了，不要打了。二虎，现在还不是诉苦的时候，你先问问她身上穿着多少衣裳吧！"说着又扭过头儿对着人们笑笑，又叉开两只虎口，在自己腰身里比画了比画。

王二合一比画，李固大嫂也会意了，笑了说："甭问她，叫她好好地一件一件脱下来吧！"说着，她两步跑上去，一把搌住地主婆的脖领子，伸直胳膊用力摇撼了一下，说："你脱下来！这不是你家的东西，是贫雇农的血汗。把贫雇农的血汗包在狗身上不行！来！剥她的皮！"黑炭娘也走上去瞪起眼睛在一边嚷："妖婆子！不脱不行！这一来算是知道你们地主阶级的性格了；剥削性格，不到黄河不死心啊！"

地主婆在群众威逼之下，咕哝咕哝嘴唇想脱，可是怎么也弯不过胳膊来，蒜疙瘩纽扣又难解难开，特别是胳肢窝里那个纽扣，鼓揪了老半天，才把破毛蓝褂子脱下来，露出崭新的绿洋绉夹袄。黑炭他娘一看，张开大嘴哈哈大笑，笑得抬不起腰来。

李固大嫂又伸出手指头，戳着她的脑门子说："你把裤子也脱下来！"地主婆嘴里呼呼哧哧地弯下腰，费了半天劲，把毛蓝布裤子脱下来，又露出绿洋绉裤子。已经六十多岁人了，穿着一身绿洋绉衣裳，还是过门的时候从娘家带来的，那时候还兴肥衣裳。人们一齐哄喊："脱！脱！还得脱！"人们伸直拳头逼着她，一齐喊着："脱！"地主婆脱下绿洋绉衣裳，露出高粱红花丝葛大缎子夹袄，人们由不得哈哈大笑。笑得地主婆的脸皮紫胀紫胀，连忙脱下来，又露出藕荷色褂子，大缎子夹裤。人们还一迭连声喊着："脱！还得脱！"

地主婆哭丧着脸，屈声哀哉地说："没的不叫人穿件贴身衣裳？人老是老了，精着光着怎么见人哪？怪寒碜的！"

黑炭娘说："不是群众逼着，一辈子还没听过你说这么好听的！"

李固大嫂狠狠地说："甭鼓嘴弄舌，脱吧，不脱不行！"

贫雇农们劲头越来越大,逼得地主婆没法,只好再脱下几件。停下手来,眨巴眨巴眼睛,含着泪花儿,看着李固大嫂,好像等待判决。她没想到李固大嫂把脸往下一沉,又说:"甭想巧事,脱吧!不脱不行!"地主婆没法,只好又脱起来:一件红金丝绒夹袄,一条黑绸裤子。一件单的,又一件夹的,一件绒的,又一件纱的。衣服的料子有:香云纱、鸡皮绉、山东绸、杭州纺……颜色有大红大绿、青灰、粉、紫,还有藕荷、藏青……五光十色好不好看!这个老地主婆一共脱了二十几件,一件件堆起来有半人那么高,好像在高台阶上卖估衣。人们见了哈哈大笑,要多高兴有多高兴。罗慧和杨花儿,伸开手掌,打着哇哇才笑呢,笑得眼泪直流,抬不起腰来。看看响午过了,罗慧叫了杨花儿,拍打拍打身上的土,一块走出大门。罗慧高兴地说:"怎么这一阵子你也这么积极起来?"杨花儿笑嘻嘻地说:"俺本来就是积极的。群众的力量真大!群众发动起来了,那倔老头子也不敢吭声了。"罗慧问:"二青呢?"杨花儿说:"他不积极也得假装积极,也不敢管我了。"罗慧说:"我看你这就解放了!"杨花儿说:"也说不一定,哼!人是活的,还不一定怎么样!"罗慧叹了一声,说:"咳!人民,只有人民才是创造世界历史的动力。群众的力量有多么强大呀!"她从城市走到乡村,在这暴风雨般的群众运动里,深刻地明白过来,过去总认为是英雄创造历史,错了,是群众创造历史。是广大群众推动历史的车轮前进。她还深刻觉得,每经过一次斗争,她的觉悟就提高一步。她语重心长地对杨花儿说:"你就勇敢起来吧!勇敢地跟着共产党走吧,在毛主席的领导下,光明世界、社会主义社会就在眼前了!将来到了共产主义社会,各尽所能,各取所需。这并不是幻想,是马克思科学社会主义的真理!"

杨花儿轻轻拍掌说:"一定要勇敢地前进,消灭了地主阶级,分了房屋田地,打倒蒋介石,就为咱农村社会主义改造打好基础了。"

罗慧笑了说:"我还不知道,你的觉悟水平可不低!"

是的,过去她也曾经过几次群众运动,自从进入了土改运动,又给她身上输入革命的血浆,心上更添了一把劲,思想上也积极起来了。她想:要不为贫雇农、要不为无产阶级革命事业奋斗到底,也就白白在世界上走这一遭了!不是这样,这农村怎么能电气化、机械化呢?

两个人说着道着,到了十字路口,也就该分手了。贫雇农们三三两两,一群一伙地回家去吃饭了。

# 28

越是纱罗绸缎,越是细薄。地主婆脱到第二十六件衣服,眼看只剩下白绸裤褂,周大钟走过去说:"算了,再脱也就难看了,叫她把那件破衣裳穿上吧,怪寒碜人的!"李固大嫂说:"周同志叫你穿上,你就穿上吧!你们地主阶级剥削得贫雇农破衣烂裳、精着光着的多着呢,我们的政策就不能那样。"地主婆合紧薄片子嘴不说什么,把那身破烂裤褂穿上,晃里晃荡肥得不行,低着头腆着个大肚子,在台阶上站着。王二合向王黑炭摆了下头,说:"带下去!"王黑炭拿起枪筒子拨拉了一下地主婆的肘膀子说:"洋相出够了,滚你的吧!"王黑炭端着枪跟着,把她带到磨棚里去了。

王二合和周大钟看着人们拾掇完了东西,把门加了锁,贴上封条，才随着人们回到刘作谦的大院里。进梢门一看，满院子堆着家具：橱子柜子，箱箱笼笼，犁耧盖耙，大包袱小包袱，锅碗瓢盆……东西又多，放得又乱，满院子插脚不下。王二合抿着嘴说："你看看，你看看，家业有多么大？"他站在北屋台阶上，拿出小烟袋抽着烟，低下头寻思。看见刘老堆嘻嘻哈哈走了来，他说："你把这个家管起来吧！这些犁耧盖耙，一切农器家伙，箱箱柜柜，一切木器家具，都分类登记，保管起来。"又找了李固大嫂、二合大嫂、金缨儿和黑炭他娘来，指了指扔在满世界的大包袱小包袱，单夹皮棉衣裳，说："你们把这个管起来吧！衣裳被褥，都要分类保管。这些东西不能风吹雨淋，不能猫吃鼠咬，搬到东屋里去，要登记好，保管好，别着潮湿，不能损失。贫雇农把这些东西交给你们，是信任你们，要是损坏了，也是你们的责任！"又叫了罗慧来，叫她当保管组的秘书，一件件登记起来，呈报县委。

　　王二合看着这满院子东西，笑眯眯地点点头，倒背着手儿，这里瞧瞧那里看看，最后走进刘作谦的大北屋子。三间两头，窗户又大，又敞亮。找了把笤帚，把屋子炕上打扫打扫，放上一张大八仙桌子，搬来几条板凳。对周大钟说："老周同志！咱们就在这儿办公怎么样？"周大钟连连点头说："蛮好！蛮好！"王二合又对王黑炭说："你把那些老地主弄过来，就关在这外院农具屋里。"又转着眼珠子，说："民兵班就在这大荷花儿屋里办公。"王黑炭一听，直把脑袋摇得像货浪鼓儿，说："那不行！不行！那是闺女的房子。"王二合说："看你说的！房子在地主手里，他愿叫谁住谁住。到了咱贫雇农手里，咱贫雇农愿叫谁住谁住。房子要受阶级的支配。"王黑炭说："民兵睡在闺女屋里，要把身子睡软了呢？"他学着大荷花儿走路的架势，捏着鼻

349

子哼哼着,扭扭捏捏。民兵们在一旁看着,哗哗大笑。

这时,罗慧走进来,说:"李福云是老地主,种着三四顷地,几百年了,只弄出这么点东西不对头。金银财宝,绫罗绸缎,好衣好裳,细软首饰不知哪里去了?"

王二合抽着小烟袋,扬着颏儿,想了一会儿,说:"一点也少不了,叫他们一件件吐出来!"他想,地主家的财产,除了桌椅板凳,箱箱柜柜,大骡子大马不好运变,那些金银财宝细软东西,不是藏起来,就是运出去。问题是他们藏在什么地方,运到哪儿去了,还要仔细查访。

说着话,朱老嗡、朱荣庆几个长工乐呵呵地走进来,伸出两手摸摸又红又亮的大八仙桌子,拍拍新炕席,高兴地试着在椅子上坐坐,在炕上躺躺。听到罗慧跟王二合说到这里,朱荣庆一拨楞身子坐起来,说:"这话有理,不是有内纳儿,就是运变了!"周大钟说:"一点不错!"朱老嗡说:"明理不用细讲,早就琢磨透了他们,走!"他把烟袋荷包一摆,领着罗慧、李二虎和一些民兵们,小跑蹓丢儿走到李福云家里,伸出烟锅,这里敲敲,那里敲敲,敲到李福云家槅扇墙,觉得很有膛音。那面墙出乎意料的那么厚,而且烟熏火燎得不像样子。朱老嗡说:"这个瞒不了人,拆开!"民兵们拿来铁锹大镐一齐上去。李二虎几镐下去,哗啦一声把那墙铲透了。往里一看,嘿呀,箱子柜子,大包袱小包袱可多了。民兵们一齐大喊:"好王八蛋!这里更有一层天!"二合走出屋门,站在台阶上,看看二门里头那条砖砌甬路,有几块砖像是才砌起来的。他叫刘龙和王牛牛来,说:"把这地方掘开,底下定有原因!"刘龙和王牛牛耍动铁锹大镐,一会儿工夫,刨出一个瓷坛子,口上盖着一个大黑碗,揭开一闻,有腌鸡蛋味。王二合说:"一坛鸡蛋值不得砌条甬路,把坛子搬开，再往下刨。"往下一刨，还是活土。王二合哈哈笑着说："看起来刨浮财这出戏还没唱完，还得往下唱，要入地三尺！"

刘龙和王牛牛拿了铁锹大镐，大开膛，大破土，挖到三尺多深，大镐碰到青石板上，火花乱蹦，揭开青石板，下边是一口大瓮。大瓮里头，冒着尖儿是绫罗缎匹，好衣好裳。王二合抿紧嘴暗笑："哼哼！这就是了，地主的院子都要入地三尺！"王二合夺过刘龙手里的大镐，把烟袋别在腰带上，满院子刨起来。刨到滴水下头，发现砖下头的土很是松软，这时王二合已满身是汗，刘龙几次要换他，他都不让，不料想一镐下去，只听得咔哧一声响，爆出火星来。一块石板被锛破了，揭开石板一看，又是一口头号大缸，浮头盖着麦糠，扒拉起麦糠，是整整的一缸麦子。

王二合扔下大镐，从腰里扯下手巾擦着满头大汗，挽起袖子，双手叉腰挺起胸膛，充满自信，对于挖浮财，他早就胸有成竹。他回到贫农团办公处，和周大钟、刘老迫、刘老堆、李固大嫂研究决定：凡是地主的屋子、院子，都要入地三尺。周大钟补充说："过去叫地主吐出一个铜钱也难，不，他们是把金银串在肋条骨上！不只是屋子院子，炕底下、锅台底下、鸡窝底下、马圈底下，墙旮旯里都要刨个到！"

老槐大伯听得说，也背着他的船篙走了来，哈哈笑着说："咱们二合没念书哗啦的，扛了十几年长工，做了十几年的工作，倒是有个琢磨劲儿。真是人逢喜事精神爽，如今要消灭地主阶级，消灭封建了，人更聪明能干了！"他异常高兴，可敬的老人已经上了年纪，下巴上的胡子又浓又长，饱经风霜的脸上，岁月磨刻下累累皱纹，皱缩的眼泡还看得出青年时代锋芒的影子。而今天可是满脸含笑了。

直到黄昏时分，周大钟说："眼看天就黑了，人们一天水米不打牙,也该回家吃点东西了!"

王二合抬起头儿想了想,说:"穷苦一辈子,除非在共产党的领导下,哪有今天这个欢乐日子,饭也忘了吃了。"他立在台阶上大喊:"同志们!天黑了,回家吃饭吧!明天接着干。"真的,一直闹腾了一整天,也忘记吃饭了。心眼里一直高兴着,打倒地主,就像驱散了乌云见着青天呀!

王黑炭跑过来问:"这些老地主们怎么办?地主家里的大人孩子的吃饭问题怎么办?"

周大钟说:"地主是剥削分子,是有罪的。还是改造对象,要把他们改造成劳动者。再说浮财还没挖完,还没有斗争他们,不能饿死他们。地主家里的大人孩子,按划阶级不一定是剥削分子,一律给饭吃。"

王二合说:"这咱民兵有用武之地了,把地主分子严密地看守起来,地主家属不许乱说乱动,要是不服管教,都摘了他们的鸟食缸儿!"

王黑炭又问:"叫他们吃什么?"

王二合说:"剥削阶级、犯罪分子,鸡鸭鱼肉、白面大米,他们都吃腻了,如今还脑满肠肥。叫他们换换口味吧!都吃红高粱米!"他叫刘老迫来,叫他把地主阶级的吃饭问题管起来,定时发给粮米。

王黑炭找来一口小铁锅,叫刘作谦在场屋门口挖灶做饭。李福云懒洋洋地弄了些高粱米搁在锅里,添上水,王健仲抱柴火点火。柴火潮湿,火烧不旺,光是冒烟。王健仲两手趴在地上,伸出脖子去吹,吹得一阵阵冒着浓烟,呛得一阵阵咳嗽,鼻涕眼泪流下来。李福云实在饿了,锅还不开,就问:"该吃了吧!"刘作谦睁着蛤蟆眼瞪他,说:"整个儿高粱米,哪里一下子就煮熟了！"王健仲擦着眼泪说："看吧！好吃不了！"不提防给王黑炭听见了，生气地喝道："狼崽子！凑合着点吧！你的好日子过完了。过去你们在天堂上，以后该你们入地狱了，不劳动不得食。你们福也享尽了，贫雇农的血也叫你们喝干了。"三个老地主蹲在那里做饭，不敢吱声。过去他们饭来张口，衣来伸手，哪里到过锅台、碾台、磨台？今天做起饭来笨手笨脚，连火也点不着。不用说没有好东西，即便给他们好东西，他们的手指头也做不出好吃的饭来。王健仲嘟囔说："咳！可没想到为吃个饭也遭这么大难。"刘作谦说："咳！没法呀！"他们三个人曾经在这个村庄上说一不二，如今连动手赶走一只鸡都办不到了。

王黑炭分拨民兵轮班上岗，看守地主，看守这一大院子牲口和浮财。王二合发下命令："贫雇农的东西，不准丢失一件！"

王二合吃过晚饭回来，朱老嗡正在贫农团等他。见他进来，笑得眼睛没缝，慢言细语地问："你吃过饭了？"王二合说："我吃过了！"朱老嗡伸出指头指着他的肚子，说："你猜我呢？"他撅着小胡子，当面鼓对面锣，脸对脸瞪着眼睛看着王二合。王二合愣起眼睛来说："你是怎么了？"朱老嗡噗嗤地笑了说："唔！你吃了，就忘了我们了。官僚劲儿有多大！"说着，又开豁口，伸出了两条胳膊，比画着他的肚子。

这时，王二合才猛地想起来：地主关起来了，仓房也封了，雇工们还到哪里去吃饭？一想到这里，觉得怪傻脸的。他没想到在这地方出漏儿，脸上麻答答地怪难为情。他说："咱工人阶级是钢铁打成的，饿个三天两天不怎么的。"

朱老嗡说："哦！说的倒现成，你有家有业的，该穿的到时候穿上了，该吃的到时候吃上了，俺老长工又不是大寺里的生铁佛？"

王二合说:"千错万错是我的错,还不行? 我哪里有大钟那两下子? 咳! 工人阶级是革命的主力,饿坏了主力军,我负不起责任!"说着,两人对着脸儿,抱着肚子大笑了一阵子。

朱老嗡说:"哪里! 土地革命是新事物,谁能想得那么周到? 我看今天晚上先凑合一顿,明天打起铺盖卷儿走人,各自回村去分地吧!"

王二合说:"土改运动是千年万载不遇的,长工同志们回村分地可以,今天这顿饭还能凑合? 今日个你们给贫雇农干了一整天,应该犒劳犒劳。再说,今天伙计们都欢天喜地的。这么办吧! 各家地主坛里的米,缸里的面,罐里的油,瓶里的醋,都归伙计们了,鼓捣着吃去吧!"

朱老嗡一听,哈哈地笑出来,把屁股一拍说:"二合同志要是这么说,该俺老雇工们过个好年了! 明日挖浮财再加一把劲!"

正说着,周大钟走进来,听说雇工同志们还没吃饭,心疼得直搓手,当着朱老嗡的面,做了一会儿检讨,又禁不住大笑了一阵子。

朱老嗡把雇工同志们回家分地的意思说了说,周大钟咂着嘴儿考虑了一会儿,他也同意。打发李二虎骑上车子,到县里去请示。周大钟也给朱老嗡提出了个问题,要他考虑:朱老嗡光棍汉一条,上无父母下无兄弟姐妹,房无一间地无一垄,就在这官渡口村落户,在这村分房分地,娶媳妇安家。周大钟扳着他的肩膀说:"你在这村工作了十几年,当下是工会主任,又参加贫农团的主席团。对于本村的土改运动来说,还是个主要力量。你要是回村,贫雇农们能同意? 再说工作上也缺手折脚的。光棍汉在哪里落户不是一样? 留在这村,跟二合同志刀对刀枪对枪地干吧！"朱老嗡也答应再把这个意见琢磨琢磨。

王二合一听，抿起嘴儿说："咳！那才美气呢！"朱老嗡也说："工作问题听组织决定。再说，要是和二合同志打个对手儿，俩痛快对在一起，真是个大痛快，俺俩都是直人，连肚里的肠子都是直的。"

正在说着，李福云的大把式朱荣庆和王健仲的把式轰着牲口来到贫农团，把牲口拴在场院里树上，走进办公室，拍拍王二合的肩膀说："老伙计！就了这么几年伴儿，俺这鞭把儿算交了。自此以后，分房分地不当雇工了！"

王二合说："朱头儿！你可要小心着糖衣炮弹呀！你弟兄们多，有了房子有了地，三十亩地一头牛，老婆孩子热炕头，手拉妻怀抱子那个乐呵？可就是一样，就不是农村无产阶级了！"

朱荣庆一听，白瞪起眼睛，张着两只手，半天才说出话来。口吃着嘴说："那，那，那可怎么办？照你这么说，宁自房地不要，也要当农村无产阶级！"

王二合哈哈大笑了，说："咱是开玩笑，相信党相信群众嘛！你不要，他不要，这些房屋地亩又分给谁呢？再说，要消灭地主阶级、消灭封建嘛！时刻一到，农业集体化的日子这就来了，能叫咱雇工失去无产阶级的身份？"说着，两个人又弯下腰笑了一会儿。

王健仲家的大把式，刘作谦家的大把式也轰着牲口交到贫农团。王二合叫了朱老堆来，叫他把几家地主的牲口管起来，就在这场院里大树下头盘个凉槽，饱草饱料好好喂养起来，眼看着就要春耕，就使着这些骡马牛驴了。

朱老嗡把全村的雇工集合到李福云家里头院里，各家把式、领青的、打杂的，还有饭头们都来了。把李福云家厨房的门打开一看，嗬！一大瓦缸白面，二锅里还煮着一小锅肉，油盐作料，什么也不缺。大家一齐下手，七手八脚，烙白饼炖肉菜，小米子绿豆稀饭，很快就做熟了。王海把勺子搕着锅沿嘎嘎响着，尖着嗓子大喊："伙计们！开饭了！"朱老噞立在台阶上大喊："来吧，伙计们！二合同志要犒赏三军！"朱老噞第一个盛上饭，左手端着岗尖一碗肉菜，右手拿一张白饼搓了个喇叭卷，立在台阶上拉开架子吃着。周大钟和王二合也来了，和长工同志们一一握手。雇工们抓起周大钟满是老茧的手，觉得热烘得不行，直热到人们心窝里。朱老噞说："阶级弟兄呀！心连着心呀！"朱荣庆两腿圪蹴在台阶上吃着饭，说："着实说吧，别看头伕棚里这股子马尿味，要说离开，心上还真有点热火缭乱的，看咱们在一块革命，多合手呀！"王海听到这里，扭过头儿说："不愿离开头伕棚是奴才性，我就愿离开，成天价打早起乱夜明，早就累坏了我了！"周大钟说："工人阶级走到哪里在哪里革命，天下穷人是一家嘛！在当前来说，村村闹土改，村村斗地主，村村收浮财……"王二合说："雇工同志们回村闹革命，分房分地，我们也拦不住。可是有一宗，等到斗这三个老地主的时候，还指着你们这无产阶级大军呢！还得你们来大力支援！"朱老噞一听，把大腿一拍，说："哈哈！一句话抄百总，知道地主三间六舍的还是咱老雇工们。到了斗争大会上，看咱揭他们的秃疮疙渣！"

王海说："看我把材料一揭，他们要不痛到心尖上才怪呢！"

周大钟弯着腰笑着说："这是真的，使劲按着他们的脑袋，叫揭也得揭，不叫揭也得揭，这就叫作权威！"

吃完了饭，朱荣庆说："闲话少说，地主也捉了，浮财也收了，大家高兴，待了几年十几年的热乎地方，明天就要离开。二合同志领导了我们几年，明天就离开了，我们有一样要求，二合同志可答应?"王二合说:"甭提了,凡是我能做了主的,没有不答应的!"朱荣庆说:"过去开会总是请你唱一段昆腔,这是咱这地方的老戏。今天离开不知哪年哪月才能见面,你再给咱唱一段,叫伙计们乐呵乐呵吧!"王二合说:"这个好说!说唱就唱。"说着,把褂子扣儿解开,走进屋里去。王海说:"怎么进去了?"朱老嗡说:"还没掀台帘呢!"说着走过去,嘴上打着锣鼓,最后打了个"四机尧",把门帘向上一掀,王二合眯缝着眼儿,一只手拿着烧火棍,一只手捏着褂子襟,端着架子,亮了一个相儿,迈着方子步儿,眯缝着眼儿走出来,念完了引子,转了个圈,坐在锅台上。王海问:"拿烧火棍干吗?"朱老嗡说:"那是关云长的青龙偃月刀。"王海又问:"抻着褂子襟干吗?"朱老嗡说:"那是关公的袍襟。这是关云长单刀赴会。"说着,他瞪圆眼睛,哇呀了三声,说:"好大水!"王二合说:"周仓!这不是水!"朱老嗡说:"是什么?"王二合鼓起气来,起唱:"这……是……哪,千……古流不尽的英雄……血……"王二合郑重其事地唱了一段关云长单刀赴会。人们一齐鼓起掌来哈哈大笑。王海说:"怎么也不睁眼呀?"朱老嗡说:"你别忘了,关公过五关斩六将,一睁眼就要拿大刀杀人!"王海说:"嘿!那么厉害?"朱荣庆说:"你们看咱王头嗓子多脆呀!"朱老嗡说:"嗓子真是脆,掉在地上也摔三截儿!"说着,人们又张开嘴哈哈笑了一会儿。几十个雇工今天的高兴是真高兴,今天的快乐是真快乐!看得出来是无忧无虑的真翻身!

王二合唱这一段戏的意思,是叫人们不要忘了,今天农民的**翻身**,是几千年来被压迫的农民英雄们流血牺牲,直到今天,在毛主席、共产党的领导下,才真正翻起身来。

人们笑了一会儿,又谈起将来幸福的日子,人们心里像是喝醉了酒。自从捉了地主,挖了浮财,交了牲口,这脖子上的枷锁也算打碎了,尝到自由解放的滋味,觉得身上格外轻松,心里想了多少年的幸福生活,目前算是摆在眼前了。替地主阶级流血流汗多少年,这天晚上是他们在地主家里最后一夜,他们心里一直兴奋着,哪里睡得着觉?没有田种的人想到有了田种是个什么滋味?没有结过婚的人,想到将来有了房有了地,也就有女人跟他结婚了……眼看天快明了,一边说着话,一边捆铺盖。可是,铺盖卷捆好了,天还不明,到鸡叫头一遍,各自靠在铺盖卷上打个盹儿。当大街上卖油的铜钲当当响的时候,李二虎骑着车子从县里回来,说:"县委批准了!"长工们一听,那种乐呵劲就甭提了。一个个背上铺盖卷,拿上包袱,嘻嘻笑着离开地主的家门,到了大庙台上。贫农团主席团的人们,土改工作队的人们也都来了。另外和雇工有点瓜葛的,左邻右舍的人们也都来了。周大钟、王二合、老槐大伯、刘老迫、朱老嗡、王振山、李固大嫂、冯文光、李乔、李蔚和他们一个个地握手。李蔚今天特别高兴的样子,一个个握手道别。朱老嗡决意在官渡口村安家落户。他攥住老伙计们的手说:"虽然咱们离开了,肚子里还有说不完的话。别忘了咱是工人阶级,永远跟着共产党、毛主席革命到底,半截子革命不是事呀!"

朱荣庆说:"老嗡!你把心搁在肚里吧!咱工人受党的教育这么多年,路道儿走错不了啊!毛主席怎么指,咱就怎么干!"他又抓住王二合说:"在这村扛了几年的活,在你领导下这些年,一下子离开了,心里也怪热乎的!"老槐大伯说:"别热乎这个,跟地主阶级早离早散,老是受剥削不是事。要为咱无产阶级奋斗一辈子呀!"说着,大伙儿走过来,和老槐大伯握手。朱荣庆说:"这么大年纪了,大清早的还来干什么?"老槐大伯说:"听说你们今日个早起要走,我一夜没睡着觉。多少年来,你们轰着牲口下洼下地,我给你们摆了多少次渡,今天是最后一次。咱同志们在一块革命多少年,好得像穿一条裤子,今天你们要走了,我能不送送你们?"

春天天气,太阳出来了,蓝天黄地,万里无云,麦苗随风飘起了波浪。全村贫雇农们一直把雇工同志们送出村外。老槐大伯眼里含着泪花儿,摆船送他们过河,觉得心里热火缭乱,在一块工作这么多年,不忍分离。王海说:"老槐大伯!别难受啊!说不定我跷起脚儿就跑来看你!"

老槐大伯撩起长胡子,张开大嘴呵呵笑着。为了送雇工们回家,喜极生悲,落下几点老泪。说:"咳!去吧!没有共产党,咱受苦人哪有今天哪!在老世界受一辈子苦,打一辈子光棍,只有绝后呀!你们可千万记着,等分了房屋土地,先成个家,不论是谁,要是生下第一个娃娃,可先给我捎个信来呀!叫我高兴高兴,那是咱无产阶级的后代呀!"他跑上长堤,站在土牛上,怀里搂着船篙,手搭凉棚睁起眼睛看着,直到长工同志们各自奔了各自的道上,看不见影子了,他才摆船回来,一步步走回家去。坐在炕沿上,又翘起胡子愣着,觉得像是失落了一件什么东西。

李固大嫂送走了雇工同志们,又回到贫农团大院。二合大嫂、炭他娘、罗慧、金缨儿、红缨儿、杨花儿,还有几个贫雇农妇女。昨天说好,今天要把这些布匹、衣服、被褥登记入库。李固大嫂把西厢房门开开,大家搬了一些木头、板子来架好,扛了苇席来铺在上头。把窗户遮好,免得雨淋日晒。

一边拾掇着,李固大嫂说:"这些布匹、衣裳、被褥还没分到户里,有个鼠咬、受湿,损坏了公共利益,咱们可有责任!"

罗慧说:"一点不错,革命的事业,一丝不苟,千方百计做

359

好。"她搬来了一个小桌，一个小凳，又找来了笔砚纸张，她说："来吧！一样一样地登记。"

杨花儿说："放心吧！无论什么任务，交到咱们手里，甭结记错了。"

金缨儿、红缨儿归置被子褥子、皮褥子、毡条、毛毯，越归置心里越生气。金缨儿说："地主家大被子热炕儿，睡起觉来多么暖和？咱穷人家一家子一条破被，十冬腊月里，窗户纸上有针眼大的窟窿就透过斗大的风来，睡一夜两只脚还暖和不过来。"说着，想起过去过苦日子的辛酸，眼泪浸到眼眶上。

李固大嫂和杨花儿归置那些绫罗缎匹，包扎好，装箱的装箱，入柜的入柜。地主人家穿不着，却买下这么多，积压着发霉变色了。他们该晒的晒上，该晾的晾上，日头下去再装箱子入库。

罗慧一面紧张地记账，心里很有感触地说："过去，我也不懂，光说地主吃得好，穿得好，也没有见过。这早晚才明白过来了。他们过的是剥削生活，他们不劳动，穿的吃的都是剥削来的，是长工、短工、佃户、贫农们的血汗。"过去，她也常谈到资本家和地主的剥削，但没有亲眼看过。今天，她算是真的看到剥削的实质了。

金缨儿、红缨儿年纪轻，看问题却很尖锐。红缨儿说："把封建地主打倒了，没有人剥削咱们了，咱们有吃有穿有盖的了。"金缨儿说："跟着毛主席走，不掉队，走来走去，就走到共产主义了！"

她们一面归置东西入库，心上千头万绪：有的想到旧社会的冷酷无情、贫苦的生活；有的想到她们的父母兄弟怎样在旧社会，在敌人的统治之下凄惨地死去。

直到太阳错午,才归置清楚。为了更加严实,李固大嫂又找来两领苇席,再把窗户遮上一层,用绳子缆住。门上亮儿也用干草堵上。这样麻雀钻不进去,风吹不着,雨淋不着。在歇着的时候,李固大嫂问杨花儿:"人家叫你出来工作?"杨花儿说:"贫雇农刮起大风,下起大雨,他们心儿也小了,吃了饭我推开碗就出来,也不怕了。我是这么想:反正还有一场气生。"

黑炭娘也说:"打就跟她打,骂就跟她骂,甭受他们那个辖制!"

李固大嫂她们归置着衣服被褥,刘老迫、刘老堆和贫雇农们把家具归家具,农具归农具,锅归锅,瓮归瓮,一样一样归置清楚,一笔一笔记在账上。犁、耧、盖、耙、绳套拖车……一切农具放在临街朝西的一溜子大敞棚里。家具都用秫秸箔、苇席盖好,保护好,免得损失。

自此以后,贫农团的工作,早晨是早晨,晚上是晚上,周大钟、王二合、工作队和贫农团都在这里正式办公了。官渡口村的一切大权归贫农团。人们都把这里叫贫农团"团部"。

# 29

今天的官渡口村,捉了地主,收了浮财,经过天翻地覆的动乱。可是这天晚晌,几条大街上表现了异常的静谧,家家户户屋里却明灯火仗。他们关上大门,在屋里大话小话地说个不停。对李蔚来说,事实证明今天捉地主、收浮财,进一步发动了群众,有力地调动了广大贫雇农的革命积极性。这是不能不承认的。但是,他不愿说出口来。他想,也许这是一种偶然吧!

直到现在他还不同意工作队公开进村，先和党支部搞好关系，依靠好党员和好干部。大摇大摆地访贫问苦，发动群众，发现积极分子，培养骨干……总之，他觉得周大钟这些做法和别村不同，有些别扭。明白地说，就是不顺他的心思。

他今天早早吃了晚饭，在大街上走来走去，他想去找周大钟谈谈，把这些问题再谈开一下，或者能够得到解决。他走到大苇塘边上好几次，都不愿走过苇塘去，不愿主动去找周大钟，心想：周大钟主动来找他才好呢！群众革命情绪热火朝天，他也不愿回去和刘登华他们谈，刘登华和刘冬参加今天的行动都不很积极，他也认为这样不对。于是他又迈开脚步，走过苇塘，弯腰爬上土坡，走到王二合家门口，停下脚仄起耳朵听了听，小北屋里有人高喉咙大嗓子，在谈论什么。时间不早了，栅栏门还虚掩着，他也不咳嗽一声，蹑悄悄地闪了进去。小东屋里黑着，径直走到北屋里。到了门口，他又站住。听得出屋里没有别人，一家大小正在谈着捉地主挖浮财的事。

从一家人的谈论里，听得出在李福云家里挖出五六口大缸，缸里有金银首饰，绫罗缎匹，和各种衣服。在王健仲院里，只挖出两口缸，一缸里是绿豆，一缸里是小麦。王二合连连说："这个王八蛋，不知他把那些金银首饰、绸缎衣裳转移到哪里去了。看样子刘作谦也把浮财转入地下了。"说到这里，又伸开豁亮的嗓子，很有自信地说："一定有好东西，不过是没挖出来就是了。"

周大钟说："也说不定，老地主故事篓子多呢！"

正说到热闹当中，李蔚蹑手蹑脚走进去。周大钟一见李蔚走进来，抢了一步走过去，抓住他的手，笑了说："怎么样？你看今天这个弄法可以吧？解脱群众思想上的顾虑固然可以发动群众，在革命行动里发动群众更加直截了当。你说呢？"说着，他两只眼睛追询着李蔚，在他的思想上认为李蔚在这个问题上可能是服气了。

李蔚一下子笑出声来说："哈哈！没的你弄的事，能从我这里说出个不字？"说着，又仰起头哈哈大笑。

虽然他有了这个表示，周大钟还是不动声色，他以为李蔚的话还没说完。再者：他总认为李蔚的话听也行不听也行，顶少得打个八折。

李蔚两只眼睛盯着周大钟，跨上炕沿说："怎么样？你以为我说的不够中肯，是吧？"这时他已经意会到周大钟的心情。

二合大嫂见了李蔚，说："看你又黄又瘦，怎么成了这个样子！变貌失色，怪吓人的。"这几天他在刘轮子家吃得不好，他心情不舒，脸色也变了。二合大嫂这么一说，倒把刚才的窘态解除了。

李蔚咕哝说："那谁知道呢，我也不知道。"其实，他这几天不是好过来的。他一面琢磨官渡口村在执行政策上的问题，一面琢磨跟大钟的关系。

二合大嫂要给他做碗面汤吃，李蔚说什么也不让。二合大嫂执拗地硬去给他做。周大钟觉得这屋不好说话，伸手拉起李蔚走回小东屋。点上灯，把烟袋荷包拿出来，装上一锅烟，递到李蔚手里，说："这几天事情多，有些事也没跟你仔细商量。"

李蔚噗嗤地笑了，说："咱们老同志了，有你在这里，我还有什么说的！"

周大钟说："你是老做地方工作的。这么大的群众运动，你能没有意见？坐下来谈谈吧！三个臭皮匠顶一个诸葛亮。"

李蔚把烟嘴含在嘴上，坐上炕沿，呆着两只眼睛说："咱们两人，没说的没说的。"

周大钟说："说说有什么关系？"

李蔚悄悄地斜了周大钟一眼，咕咕哝哝说："工作上的问题能没有一点意见？不过有你在这里，不管有多少意见也就烟消云散了！"他嘻嘻哈哈笑着，又郑重其事地说着。本来他有一肚子意见，可是一见了面，又觉得不好意思起来。

周大钟站在李蔚面前，一下子醒过来，说："不，不能这样，无论多么好的同志，工作上的问题，应该怎么说就怎么说，烟消云散了不就把好意见糟蹋了？"

李蔚一下子笑出来说："老周！你是谁，我是谁？算了吧！要说意见，只有一点：官渡口村三百多户人家，就只有这三家地主？再说，像别的村那样，没有划阶级就捉地主，捉错了呢？"

出乎周大钟意料，李蔚说没意见又有意见，而且这不是一个普通的意见，是带原则性的意见。周大钟说："按上头的说法，这地主富农占百分之二三十，这是按人口说，地主分子能有多少？依你说，这捉地主要在什么时候？"

李蔚眨了一下眼睛说："叫我说，革命嘛，就得手头子上狠点，官渡口村凡是地多的，雇活的，出租土地、放债的，大骡子大马使着的，不是地主也是富农，少说也要捉他个十户二十户，要分地嘛，就要剃头拉个平，这场运动要不掰掰他们的尖儿，还等什么时候？他们生活高，都是从贫雇农身上扒下来的。"李蔚说到这里，又抬起头来思忖什么，又说："前几天我到三里五乡里走了走，看了看别的点上，有的摁窝儿把地主家闺女媳妇赶出去，在大街上漂流着。住庙的住庙，要饭吃的要饭吃，叫他们丢人现眼，这才是真革命！相形之下，我们对地主就太优待，依我看是右了！不能怜惜恶人，不然的话，可就给贫雇农留下祸根了，不入虎穴焉得虎子，我们要干净、利落、全部地消灭他们，管他冻死、饿死？"李蔚东沟一犁，西沟一耙，云山雾罩地说了半天。烟袋换鸟枪，鸟枪换台杆，台杆换土炮，越吹越壮，可以看得出来，李蔚明里说没有意见，实际上意见挺多，还有很大的意见。这时，二合大嫂给他端进面来，他两手拍着膝盖，瞪起眼睛说："大嫂怎么这样子……这我就吃了吧！"说着，他捧着碗，稀里呼噜吃下去，而且非常高兴。

　　周大钟听到这里，哈哈大笑，他不立刻说话，摇了摇脑袋，觉得不是滋味。可是他这一笑，把李蔚笑愣了。周大钟又回忆了一下两个文件的精神，说："官渡口村地主不只三家，可是这三家确确实实是地主，其他的是不是地主另得等划阶级定成分才能确定。划阶级定成分还得好好细算剥削账。地多的、雇活的、生活高的、使大骡子大马的，不一定都是地主。地少点，不雇活的不一定不是地主。富农，要算他的剥削量，消灭他们的封建剥削部分，和对待地主另有不同。有钢使在刃上，目前封建势力嚣张，我们就要捉起他来，打击他们一下。要问时机成熟不成熟？这就叫成熟。我们看不到这个火候，那就叫右了！"周大钟说着，两眼盯着李蔚那张白皮脸儿，一会儿变黄，又一会儿变白。憋得吭吭哧哧，又想说话又怕说不上来。根据目前官渡口村的形势来看，土改队一进村，阶级敌人就造起政治谣言，说："土改队来了，要均产了，连大闺女、小媳妇都分了。"刮起一阵杀鸡宰羊、大吃大喝的歪风邪气。接着贴了蒙头帖子，在大街上拉拉中农妇女，闹得乌烟瘴气。土改队为了打击阶级敌人的气焰，大力发动贫雇农，建立贫农团，选出主席团，改编游击小组，成立民兵班。这样一来，官渡口村有了土改队伍，有了司令部，有了革命武装。一下子把阶级敌人煽起来的那股歪风打下去了。可是敌人还不认输，不甘心退出历史舞台，他们又暗里下了毒手，抛出一把刀，砍伤了闻小玉，阶级敌人企图再翻过手来，向土改队和贫雇农攻过来。这时他们立刻召集土改队和主席团开会，决定快刀斩乱麻，捉地主，挖浮财，回击封建势力的反攻。在划阶级定成分以前，刘作谦、李福云、王健仲这三家地主，用王二合话说，是秃子头上的虱子，明摆着的！而且他们在政治上也是最反动的，吃鱼先拿头，先在他们身上开了刀。从对敌斗争上来看，斗争策略是不错的。

周大钟谈到这里，向李蔚点了点头说："路子，就是这么个路子。马列主义、毛泽东思想我学习得不多，政治文化水平浅，闹不清对还是不对，希望你多帮助吧！"

李蔚听着周大钟的语调，柔中有刚，他坐在一边，鼻子气儿不出，脑子里的意见稀里呼噜乱搅云，到底也摸不清合乎不合乎马列主义、毛泽东思想，因为他向来喜欢自作主张，自以为是。说实在话，他这个人一向自恃聪明，并没有好好学习上级文件，但有一条原则是明确的，就是要尽量"左"，千万不能右了，因为他过去老是犯右的错误。"左"比右好，"左"了做个检讨就过去了，右了可是不行。再说，他出身在富农家庭，又犯过右倾的错误，这次组织上要把他放在阶级斗争第一线，叫他受到考验。李蔚是聪明人，组织上的用意，不用说他是明白的，所以千方百计要往"左"里表现。实际上这是一种右倾思想，明"左"实右！再说，自从到了官渡口村，他有一种错觉，老是觉得周大钟的工作经验不足，拙嘴笨舌，工作上不够漂亮。

当周大钟汗一把水一把地进行工作的时候，李蔚也顺着大流跟着，只是人家蹚深水，他走在水边上，直怕湿了鞋子。在一旁斜起眼睛看着，只要认出工作上有一点他认为不对头的地方，就记在小本子上，为的是将来总结工作的时候好分清责任。观点、立场不同，对问题的看法也不会一样，得出的结论也不会相同。他老是看着周大钟说话办事不顺眼，却又一时找不出很多原则性的问题，只好自己找台阶下，他说："咱们同志之间不是为别的，我怕你犯错误啊！"

周大钟说："我学习得不好，备不住犯错误，只要做工作就会犯错误，为了做好工作，犯了错误再改吧，总比不做工作强！重要的问题在于经常向县委请示报告，得到上级党的领导和支持。"

李蔚一听说县委，心上立时惊了一下，他知道周大钟不是县委委员，县委具体抓土改工作的是景士昌，他这次犯错误就是景士昌处理的。景士昌是县委常委、副书记，管理组织工作，对人对事极为认真，处处以身作则，铁面无私。在处理李蔚的问题上，卢政委的意见，李蔚的问题可以结起来了。景士昌说叫他在土改运动里锻炼锻炼再说，因此，他还没过这一关。

李蔚和周大钟你来我往地谈了会子工作，也叙了会子家常，看看夜深了，他站起来说："我要回去了！"周大钟说："团部就设在刘作谦家大院里，你每天去走走看看，有什么意见随时提出来，老是憋在肚子里不好，不要憋一大堆意见再说。"李蔚说："我说出来也就完了，从来不记在心里。"他随口说着，周大钟总认为他说这句话，不过是应付，其实他并不属于这一种人。

周大钟送李蔚走出栅栏，天上星光闪烁，没有一丝云彩，夜风吹来还觉得有些凉。李蔚一步步摸着路走回来。深更半夜了，可是家家户户还点着灯说话，题目还是捉了地主，挖了浮财。贫农团掌了大印，说一不二，几千年来，贫雇农多咱过过这么松心的日子啊！吉庆话儿说个没完没了。可是富裕户看见把地主们捉起来，一颗心老是悬在半空里，闪缩不安。中农人家还是采取观望态度，心想："反正我也没剥削过谁，犯不上怎么着。"其实这么伟大的土改运动，几千年来谁也没有经着过一次，运动发展下去，究竟落到什么地上，谁也捉摸不透。

李蔚走到登华家门口，门还开着，北屋里还点着灯，窗户上映出几个人的影子，像是在激烈地交谈，不用说就会明白，是刘冬、刘登华、刘二青、刘轮子他们，在一块坐着说话。这几天他们又把刘轮子拉上了。听得脚步声，他们就知道是李蔚回来了，不由站立起来，等他进去。李蔚一进屋，就问："刘二青！你今天参加挖浮财来不？"

刘二青听李蔚胸气不舒，脸皮哆嗦了几下，皮笑肉不笑地说："俺是中农，不指着那个，这几天正在拉粪，蒜才栽上，园子该整了！"

李蔚嗔着脸儿说："这就不对！这么大的运动，你们不参加，怎么能站住脚？不考虑策略总归失败！"这也是实情，乡村干部多是做些具体工作，有几个懂得策略的？

刘冬一下红了脸，说："俺们这算是下台的干部，怎么还有脸参加运动？"

登华也说："怎么觍着个脸迈贫农团的门槛儿？"

李蔚嗔起脸来说："你们这就不对，不当干部也还是贫雇农啊，贫雇农就参加贫农团，参加贫农团就有说话的地方，不参加就等于自动退出政治舞台。再说，中农也可参加运动。"这话，他也不只说过一遍，自从运动以来，他就一心一意希望登华和刘冬把工作做好，显着他也露脸，贫雇农选举，他们都没选上，客观上就是说他的工作做得不好，就是这一样儿，他在土改队里就站不住脚，栽了面儿。

刘登华说:"那可不一定,自从抗战以来,村干部这个今年上去,那个明年下来,哪有个长法?"

李蔚说:"说来说去,还是你们不正确,要是正确,就会站住。自从抗战以来,显然断不了磕磕绊绊,可我还一直在工作。"李蔚说着,脸上流露出骄傲的神气。他找了个地方坐下,又长篇大论地讲了些要跟上潮流,不掉队,要识时务,随大流,要坚强,又要保护自己的大道理。

李蔚觉得自从到官渡口村以来,工作不得志,心里也不舒畅。常常回忆起十年来的革命斗争,风里来雨里去,枪声炮声听了不少,虽然反"扫荡"回家了,犯过一些错误,但没有掉队,总算跟过来了。不管怎么,这伟大的抗日战争算是坚持过来了,好歹也算个老干部了,一举一动也站得个地方了。可是在这官渡口村,自己却吃不开,说话没人听,人们都按着周大钟的意见办事。几天来他老是想进城,到县委机关去扒扒底,亮亮看法,请卢政委亲自指示指示。李蔚想着,也不和别人打招呼,走回东头屋里,悄没声儿睡下了。

自从刘登华和刘冬下了台,两人没事儿就在家里囚着,土改会也不参加,整党开始了,组织生活也停止了,除了下地干活,两人就秤杆不离秤锤,摽在一块。后来因为同族的关系,刘二青也和他们黏在一块,刘二青说:"我老是觉得作谦这个人还不错,一九三九年发大水,一九四二年闹灾荒,当家是户的都有个照顾,树大荫凉大,本家人还是沾上光了。"

刘登华同意刘二青的看法,他说:"为人得有个良心,要不,反奸复仇、反国特都没有他的事儿。我当治安员,还能叫他不如人?我还跟区里汇报他?"

说实在话,抗战初期,因为刘作谦他大儿子在国民党军队里，公安部门就把他和他二儿子大狗当成侦察对象。后来刘登华当了治安员，刘作谦横下一条心，把荷花儿撒出去，虽然在剧团里，也常和村干部来来往往，掺头合脑的。后来荷花儿和刘冬感情好起来，也就瓜葛相连了。刘登华、刘冬，后来又拉上村长刘老迫，常到刘作谦家里坐坐，喝壶茶，打个小牌儿，有时简直离不开荷花儿的房子，闺女的房子又温馨又舒适。后来，青救会和剧团的人也在这里开起会来。习惯成自然，连村公所里的大事也到这里来商量。刘登华和刘冬更是里外不分，不管不顾，连支部里的事也顺着嘴儿乱拉拉。荷花儿她娘斟茶倒水，荷花儿炒菜敬酒，刘作谦每逢集上称上半斤大叶烟，虽说是小意思，人们觉得烟茶方便，招待热情，不分彼此。长此下去，你说者无心，他听者有意，有好多问题在这里暴密，内外无别，几乎没了内部的秘密。可是，青年男女在一块长了，水到渠成，荷花儿和刘冬的关系越来越密切起来，刘作谦简直以老一辈自居，对刘冬分外招待。这样一来，他有了依靠，公安人员也就不再注意他的言语行动了。但是相反，他倒可以随时从村干部们的口风行动上了解些工作上的情况，知道党支部和村政权一定时期中心任务。这就等于刘作谦向共产党里伸进一只手，摸住了官渡口村领导上的脉搏了。

后来，隔墙有耳，多多少少地传到了王二合的耳朵里。王二合立刻在支委会上提出意见，叫党员、干部们警惕抵制阶级敌人的腐蚀。主张斩钉截铁地卡断刘冬和荷花儿的关系。郑重其事地对刘冬、刘老迫、刘登华提出严格批评。刘老迫上了几岁年纪，思摸着这也确实不是事，就不到荷花儿那里去了，免得人们闲言碎语。可是刘冬、刘登华当作耳旁风：刘冬觉得王二合故意刁难他；认为共产党主张男女平等、婚姻自由，索性提出和荷花儿结婚的要求。几次提出，几次遭到王二合顶板。刘冬和荷花儿结不了婚，也舍不得离开，不明不白、不清不楚、藕断丝连罢了。刘登华却认为王二合是小题大做，革命要看立场。提倡婚姻自主，反对封建婚姻是主要的。时间长了，刘登华也和荷花儿有了感情，在这个节骨眼上，见缝插针。荷花儿为了家庭和父亲的安全，也无可无不可，目的是一个。刘冬看情况也就哑巴吃黄连，闷在心里算了。当时，刘登华是治安员，有政治资本，谁又惹得了？好在也不是什么明媒正娶，自此以后，三个人就在一起混着。

漫路上说话草里有人听，没有不透风的墙。刘登华、刘冬、荷花儿他们这种不正确的作风，时间长了，人们看着形迹也就明白了，街头巷尾，人们断不了说些闲言闲语。有人给他们编了一个顺口溜，说："刘冬小相公，登华大茶狼，荷花儿暖心房，她娘小厨房，老迫诸葛亮，振山海晃荡，二合耍长枪。"王二合为了党的影响，几次想处理他们，抓不住把柄，又没真凭实据，轻描淡写地说几句，掏不出他们的心病。他为这事也很费了心机，几次跟区里商量。

这虽然是生活问题，在党内来说，时间长了，多了，会从量变到质变，这实际上已成为一场严重的阶级斗争。在这场斗争里，刘作谦乐得坐山观虎斗，二虎必有一伤，伤了哪个也是他的目的。明里不参加，暗里添油加醋，敲边鼓儿。荷花儿已经到了结婚年龄，也觉得老是这样下去不是事，但又舍不得退出政治舞台。正在这个关键上，刘登华和刘冬都下台了，他们的共同敌人是王二合，既然下了台，也就佐么是这么回子事了，和刘作谦、荷花儿更是烟酒不分家，醉翁之意不在酒了。

刘冬像是吃了迷魂药儿，贫农团捉了刘作谦，他扬言："作谦是开明地主，村干部坚持残酷环境，他家是堡垒户，是有功的。土改运动里不应该落到这个地步。"那时地区变质，环境极其残酷，村北里修上了岗楼，日本兵和伪军成天价在村里出溜，刘作谦又提着大烟袋出去应酬。他们几个人成天价囚在荷花儿屋里打牌，躲避风险。日本兵的队长召开敬老会，刘作谦穿上新鞋新袜出面参加，成了日本人的好朋友。他真的在日本人面前袒护了他们几个人，他们也真的在共产党、八路军这边袒护了刘作谦。在特殊的情况下，形成了这种特殊的关系。

下台干部说话没人听，刘冬也生气，肚子里的怨气老是冲着王二合。他说："他就是抓住作谦不放，冲着咱刘家院里放炮，在抗战期间作谦有贡献，对开明地主不照顾，我就不宾服。"

刘登华说："不宾服也白不宾服，谁拿锄谁留苗，人家有权！"

刘冬说："作谦对我们有好处，我们应当对他父女帮一把劲儿！"

刘登华说："当家是户的，尽尽心算了。"

他们话说到这里，往下也就没法说了，落了坡的凤凰不如鸡，他们失去了权势，也就不像在台上时说一句像一句话了。

第二天一扑明，李蔚就起了床，为了不惊动别人，用凉水洗了一把脸，悄悄开了门走出来。他不走街里，蹚漫地走到摆渡口上。东方发亮了，照得河水明亮亮的，雀子在柳行丛里叽叽喳喳叫个不停，渡口上冷静没人，他只得去叫柏老槐。走到篱笆跟前，小狗汪汪叫起来，老槐大伯正坐在门槛上抽烟，看见李蔚走过来，眯着眼看了看，说："啊！是李同志！"

李蔚说："是啊，大伯，你老给我撑下船吧！"

老槐大伯说："你想进城？"

李蔚翘起嘴唇,缩缩脖子说:"嘿嘿!我要去汇报工作!"这话,他本来不想说,不说,他又怕老槐大伯看不起他。

老槐大伯说:"这个好说,我是管这个的。"说着,他斜起眼睛,瞥了瞥李蔚,说:"别的不用谈了,看着土改队的面上,我摆你过去。"说着,背出柳篙,走到渡口上,把船撑住,叫李蔚上去。李蔚上了船,笑笑说:"你看咱村这土改搞得怎么样?"说着,笑得眯缝上眼儿,等待听老槐大伯的口气。

老槐大伯说:"毛主席派来的工作队,没有说的,眼前的敌人是地主阶级、封建势力,狠狠地朝他们开炮,别的都是末节。"

李蔚说:"我看地主漏网的少不了。"

老槐大伯说:"漏网,怎么是个漏了网?他能跑到天边上去?大钟说过,要像小葱儿一样,割了一茬又一茬。"

李蔚说:"我是怕动手晚了,贫雇农人财两空。"

老槐大伯说:"跑了和尚跑不了寺,毛主席的政策:不跑,分给他一份;跑了,可就上了当了!"说着,动手撑篙,船像箭儿漂向前去。

李蔚看话不投机,也就不吭声了,船靠了岸,他跳下来说:"谢谢你,大伯!"

老槐大伯听得说,耷拉下眼皮瞅了他一眼,停了一刻才说:"这是哪里话,咱工作人员过河没有说的,那么说就是外道了。"他斜起眼睛看了看李蔚,觉得他说话不对味,又说:"目前是以阶级斗争为主,对内要和,要批评和自我批评,要团结,对阶级敌人要狠!"

李蔚停在那里,听完了,笑了笑就走开了。

柏老槐把篙停在手里愣了一刻,看李蔚笑面虎儿似的,假门假事。他咂了咂嘴,直盯着李蔚走远,才打个火儿抽着烟,把烟嘴叼在嘴上,掉转船头撑了回来。船到北岸,他跳下船来,把船缆拴在木桩上,又在那里愣了一刻,他总觉得李蔚这个劲头儿不对,背上篙移动脚步走向小庄上去。走到二合门外,周大钟正挑水回来。他说:"大清早起,你也不肯多睡一会儿?"

周大钟说:"这是老习惯了,每天一扑明儿就得起炕,想多睡会儿也不行,挑完了水扫院子,这是每天必然要上的功课!"

老槐大伯说:"咱八路军工作人员虽说进了城,还是老砝码,老作风啊,真是八路军和老百姓,鱼帮水水帮鱼呀,要不,怎么能打败蒋介石呢?"

周大钟看老槐大伯来得这么早,一边扫着院子,问:"大伯,你来有什么事吗?"

老槐大伯说:"要说有事也算有事,要说没事也算没事。"他走近大钟,压低了声音,说:"李蔚进城了,你知道吗?"

周大钟一听,立时停下手里的扫帚,说:"他进城了?"

老槐大伯问:"唔,你不知道?"

周大钟这时闭紧了嘴,不说话了。抬起头来,思摸来思摸去,转着两只眼珠盯着屋顶,缓缓地说:"唔,问题这就来了!"话虽然这么说,但他并不害怕,他相信自己的政治情况,思想情况,县委是了解的,信任的。

老槐大伯又问:"他没跟你告假?"

周大钟说:"请假不请假呗,总该说一声,好知道他到哪去了……"

老槐大伯说:"他说去汇报工作。"

这时周大钟愣住了,点点头,默默地说:"他去汇报工作?"

老槐大伯把这事告知了周大钟,反身走回去。周大钟还在那里站着。当时他还捉摸不透李蔚进城是一件什么性质的行动。但是他有一个预感：官渡口村的土改问题，也许要经过一番空前的大辩论了。

# 30

李蔚离开渡口，两腿不停，一直趱着劲地往前走。孟夏天气，有些热了，不一会儿工夫，出了满身大汗，身上潮起来。他把蓝布夹袄脱下来，往肩上一搭，光着脊梁往前走，嘴里哼着小曲儿，顺了城里大道。一边走着，回忆了一下这段工作：这李蔚和周大钟不一样，周大钟是遇事就记上，免得遗忘了。李蔚确实有点小聪明，除了记特别的事情，日常工作只字不记，有时上级问到，凭着他的记忆，他的脑子就是活字典，找什么有什么，说什么有什么。

半天的路程，天小晌午也就走到了。在饭铺里吃了饭，喝了几杯酒，坐在凳子上眯着眼儿歇了一会儿，再去县委机关。这县委自从进了城就住在一所大房子里，过去这是一所官盐店，房子大，可是破破落落，里外两层大院，前院是四合子砖房，后院是一个大闲院子。

他一进门正好遇上景士昌，他手里抱着一叠文件，看见李蔚进来，就停住了步看着李蔚，说："你回来了？"

李蔚眯缝着眼，笑了笑，说："回来换换衣裳，你在忙着？"

景士昌说："机关工作，什么时候有个闲？这咱又搞土改，更是忙上加忙了！"这时，他以为李蔚是找他汇报工作，想接待李蔚谈谈，顺便了解一下官渡口村土改点上的情况。可是，李蔚说着笑着，擦着身走过去了，不像是来投奔他的，打了个花胡哨，一扭身走向卢政委屋门。他只好走过去，到组织部去办他的事情。走了几步，又回过头巴睒了一下，看李蔚连门也没敲，把门一拉就走进卢政委屋里去了。

卢政委正趴着桌子，拿着笔批阅文件。一见李蔚进来，驼着个背站起来，走过去握了握他的手，让他坐下来吸烟。叫勤务员来，提壶倒洗脸水。

卢政委五十岁年纪，同样经过了艰苦的抗日阶段，头发脱落了，头顶秃得发亮，周围一圈稀疏的黑发。他身材不高，肩膀很宽，显得很壮实。他家从祖父一代就不只种庄稼，每年秋后使一笔大账上西口去，冬天轰一群西口马回来，放着大地的麦苗长胖，把马卖出去，除了还账，还能赚一笔大钱，顾一家人的吃穿。自从抗日战争起来，地区分割了，走西口的生意不能做了，他就参了军。打了几年仗，日本鬼子投降以前就转到地方工作。这人自幼熟悉买卖，在财务经营上有一定的聪明和本事，开始当了几年财政助理员，管理税收，经办钱粮，工作搞得不错，就当了区长。一九四五年以后，边沿地带地区急剧扩大，大批干部外调，他就当了区委副书记。后来当了县财政科长，中央调大批干部南下以后，又当了县委副书记，县委书记。年轻时候走西口，后来是打日本，过度的劳累给他留下了哮喘的病根，嗓子里老是呼喽呼喽地响着。他是有点早衰了。

李蔚洗着脸，卢政委在屋里走来走去，说："李蔚同志，听说你们搞得不错！阶级斗争挺尖锐的，敌人把闻小玉砍了，有斗争就有牺牲，敌人暴露出来了，这也好嘛！"

李蔚说："看怎么说吧，阶级敌人猖獗，也说明咱们工作劲头儿不足，地主封建势力的气焰打不下去呀！"他洗完了脸，坐在凳子上，两条腿蹳在一起，一面喝着开水抖着小腿儿。又说："我来就是想向政委谈谈真实情况。"

卢政委说："谈谈好嘛！县委正想开个会，研究一下土改点上的工作。问题不少啊！这是一个新工作。"

李蔚说："动不动就说人缺点不好，可是谈工作就得谈问题吧！"他两手趴在桌子上，用眼睛瞄着卢政委的表情，看他的眼色。

卢政委说："都是老同志了，没说的。心上不要绾疙瘩，有意见就提嘛！这个不算什么。"

李蔚说："土改是件大事，上级也有精神，不能任着性地蛮干。人家别的点上都是秘密进村，扎根串联。经过选根、培根、定根儿，培养出骨干和积极分子。可是他完全不是，就是这么一呼拢着宣传教育，发动群众。旧支部也没撇开，中农也参加运动；支部书记王二合当上了贫农团的主任，村长刘老迫和一个浪荡寡妇也选进主席团，换汤不换药，新葫芦装旧酒。旧干部本来和地主阶级有千丝万缕的关系，掰不开面皮，怎么能领导土改？怎么能打倒地主，消灭封建？将来还不是水过地皮湿，闹个形式主义，动不着敌人一根毫毛！"

卢政委听到这里，扬起头来，惊讶地说："哦！是这样子？据说别的地方有人主张土改队秘密进村，扎根串联，经过选根、定根，培养提拔干部，重新组织队伍。我没有亲自抓点上的工作，没有切身体会，不过周大钟同志是雇农出身，苦大仇深，工作上有一定经验。过去我认为他有一根筋的脾气，一条道走到黑，还不知道他是这样，他为什么不按人家的经验办事？想独创一格？"

李蔚说："这个我也说不清，他每天看那两本油印的小册子，比着葫芦画瓢。你说破了嘴，他还是锯了嘴的葫芦。心里有个老主意，不听别人一句话。哪里读过马列主义、毛主席著作？"正说着，景士昌手里拿着个文件走进来，站在一旁，把文件放在卢政委面前，说："你看看！关于土改中整党的问题，上级有指示，根据地区情况，我们也弄了一个，你看这么办怎么样？还有明天党训班开学，为了搞好土改，你也得出个面……"他看卢政委和李蔚谈得正热乎，把文件搁在桌子上，反身往外走。卢政委说："目前党训班应该配合土改运动。"他又拉了景士昌一下说："你也听听，他正在谈官渡口的情况，有些问题！"景士昌点了下头，拿了个凳子坐下。李蔚本来要继续谈周大钟的思想问题和工作问题，看景士昌坐下，他又不想谈了。景士昌听他支支吾吾，不想谈下去，就有些不耐烦，拿起腿来走了。李蔚这才继续说："单说这对待地主吧，官渡口村三百多户人家，只关了三户地主，只把当家的关起来，其余的人们原封不动地住在家里，不扫地出门，还按日发给粮米，你看！这不是优待地主吗？"

卢政委听到这里，他弯了一下腰，举起两只手拍着膝髁，说："哎！这算糟了！上次我去开会，听到别的地方对地主阶级扫地出门，地主们关起来，大男小女们都轰出去。不行，他这么办不行，不行，这么办不行，他对'平分土地'这个口号是怎么理解？不管中农、富农，瓜连籽儿地剃个头，拉平！只是三户地主，能没收多少土地。百分之八十的贫雇农等分地呢，能分个什么！"说到这里，不禁有些急躁，嗓子也差了，拿起长烟袋，点着说："开个会，纠正！叫土改指挥部来人！"

谈到这里，李蔚接着说："你还不知道，老周和支部书记王二合是老朋友，一个棚子里的伙计。贴的那蒙头帖子像正月十五里大街上的露挂,他还不管。他不听别人的劝告!"

李蔚的薄嘴片儿,吧啦啦一套,吧啦啦一套,卢政委有些不耐烦,说:"指挥部也要开会,研究一些问题。……"说着又把景士昌叫了来,说:"这一阵点上问题不少,你去问问,他们要是开会,就一块开,要是不开,咱赶快开个会,这么着下去不行!"

景士昌说:"工作上的问题,还是不要着急!"

谈到这里,景士昌脸上有些疑惑的神色,他觉得周大钟并不是这样的人;这人没读过书,说起话来语迟是实情,可办起事来,心术还是端正的。这时,他"唔"了一声,点了一个头走出来,转身走进自己的屋里。景士昌三十多岁年纪,白净脸儿,浓眉大眼的,高身材。抗日时期在残酷地区当了多年区委书记,后来当城工部长,日本兵撤退了才当县委副书记。办事沉着,是一个有经验的党的工作者。他住的房子原来和卢政委住的是一个大长屋,因为机关上干部增加,屋子又少,中间搭上个槅扇,糊了几层报纸,每人住一间,办起公来倒挺方便。可是如果仔细听的话,那边的声音还能影影绰绰听得见。就是因为李蔚在卢政委屋里张长李短,搬弄是非;他才不言声儿走出来,为了叫李蔚有所体会。他回到自己屋里,听着李蔚还在絮聒不休,不只谈工作,还谈周大钟的思想作风。他听到这里,心上有点躁,把文件放在桌子上,去找县委秘书李庆新。李庆新正趴着桌子,低着头刻钢板。他说:"李蔚来了!"

这时,李庆新才知道景士昌在他背后站着。冷孤丁扭过头来,吊起眼睛看了一眼景士昌,问:"唔?他来干什么?"

景士昌说:"可能是反映情况来了!"李庆新机灵地说:"这个人可是有个老毛病,净是弄些个鸡毛狗眼,制造内部不和。"

李庆新说着有些气愤,拿起手巾擦了擦手上的汗,在桌子上一拍，说："咳！是狗改不了吃屎，他仗着这个起家，登着别人肩膀够纱帽翅儿。他指着这个活着呢！真是成事不足败事有余！"说着，他有点火气。

景士昌说："没有什么，多栽了几次斤斗，总结总结经验，总会有个进步。依我的意见，根据他犯的错误，要把他放下去，听了卢政委的意见，留在领导岗位上，看结果还是不行！"

在组织部门的看法：李蔚这个人物是个死不肯改。做起工作来还肯干，就是没有底数，常是捡了芝麻丢了西瓜。毛主席著作他读得不少，讲起来吧啦啦吧啦啦地没个完，一结合实际就不行了；理论和实际脱节，说的是一套，做的另是一套。分配工作的时候，组织部门意见是把他放在基层锻炼锻炼，卢政委说他有点聪明，老同志了，还放在领导岗位上，看看怎么样。为了这，他心里就老是忘不了卢政委，把问题的解决和工作的分配看成个人恩怨，把卢政委看成他的重生父母。他说：要为卢政委拉一套！

景士昌闷声不响地呆了一会儿，他觉得这事很难办，本来官渡口试点工作搞得不错，他一言兴邦一言丧邦，直急得哑着嘴，不忍得歪风压住正气。他说："周大钟这人汉大心实，心眼儿直正，按原则办事。"说到这里，又点头哑嘴觉得为难。

李庆新说："我看不怎么的，白的还是白的；白的成不了黑的，黑的成不了白的。本来这个点搞得不错，李蔚想搅浑水不行！他就是铁打的汉子，背道而驰也过不了三千六百天。我总相信在共产党的领导下是这样的！"他一边说着，闷着头儿刻钢板，笔头底下噌噌地响着。

这时，景士昌也移动脚步走出去。

# 31

李庆新怔着两只眼睛,看着景士昌的背影走远,使劲眯瞪了眯瞪眼睛,恢复了一下目力。他经常是这样,年纪轻,一做起工作来两手不停,一心专注地干,有时忘了吃饭。可是今天,听到周大钟的问题,脑子里老是转着,就停不住车了,他自言自语:"他搞周大钟!他搞周大钟!他有资格搞周大钟?"听说李蔚在卢政委面前搬弄是非,心上冒火,实在气愤得不行。在这个县里,周大钟是有了名的老实干部:战斗作风好,雇工出身,艰苦朴素,不管大工作小工作,总是埋头苦干,一步一个脚印,稳稳当当的。李蔚在卢政委面前搬弄口舌,他心上实在按不住,把钢笔摔在桌子上,挪动脚步走出来。张起耳朵,贴着卢政委窗前往外走;走到大门口站了一刻,看大街上人来人往,车马很多,可是他的心并不在这上头,脑子里还在为周大钟的事情烦躁不安,心情急切难耐,脚不停步又走回来。走到卢政委窗前,故意把脚步放慢了,听得李蔚还在屋里嘀嘀咕咕地絮聒不休。这时,他下定决心,走回办公室,把桌子上的钢板、蜡纸搁进抽屉里。一面拾掇东西,一面想:"周大钟是个好干部,要是不帮他一把,眼看着他倒下了,见死不救就是犯罪。再说,官渡口村这个土改村是个好点,提供的经验不少。要是放松了,让李蔚把这坑水搅浑,把这个点扳倒,也是党的损失!……"他想到这里,打定九牛拉不转的主意,要上官渡口村走一趟,顺便看看家。

他主意一定,换上件新洗的褂子,穿上才发下来的新布鞋,照着小镜子梳拢了一下头发。他今年才二十岁,白净脸儿,修长的个子,大眼睛圆圆的。他又扯起块白布手巾掸了掸裤子上的土,急急忙忙走进卢政委屋里,说:"我娘捎了信来,叫我回趟家。"

卢政委正跟李蔚对着脸儿谈话,听得说,扭过头儿,看了看李庆新这个架势,笑了说:"唔,你打扮好了?一定有什么紧要事情,你家去一下可以,目前你工作紧,先把那文件刻好,印出来发下去,下头等着学习。再说小玉在这里养病……"说着,默默地笑了。

李庆新本来想得简单:跟政委说一声,推起车子就走了。想不到一下子碰了一鼻子灰,一说就顶了板。他一下子噘起嘴来,斜起身子,说:"我回来再刻!"

卢政委一听,站了起来,冷笑一声,说:"看!谁在你嘴上拴驴?噘那么高?那可不行,自个儿事情往后打打,公家的事情往前放放,看成星火一样急。"

李庆新心上不以为然,他想:一个学习文件,早一天晚一天没什么关系,他心里实在着急。说:"家里的事情等不及,刚才刻的文件又不是有时间性的,早一天晚一天没有什么关系。"说着,眼里含起泪花儿,扭着身子靠在门扇上。

卢政委看李庆新不高兴,嘴上叼着烟袋嘶哈了两下,笑咧咧地说:"没有什么要紧事情,顶多是个灾儿病儿。"停了一刻,又说:"不是小孩子了,唔!不要太任性!"说着又瞅了李庆新一眼,把烟灰搕在鞋底上。

李庆新和闻小玉是同学,都是抗日中学的学生,一块分配到县各机关的。年岁不大,可是在战争年代的经历可不简单:别看年岁小,又是打游击,又是站岗放哨,拥军优抗,什么工作都做了。这批学生,在分配工作的时候,受到组织上的重视。李庆新因为在"大扫荡"里被日本鬼子捕去了,又是压杠子,又是灌凉水,想从他嘴里掏出一句话,八路军在哪里。可是他连一个字也不吐。鬼子打得他死去活来,脑震荡落下了后遗症,只要心里一急就发作,据大夫说,等年岁大了,思想成熟老练了,就会好了。

李庆新看着卢政委态度不变,只得呆呆地走回办公室,拉开抽屉,重又把钢板、蜡纸和文件拿出来,噌噌地写了几行字,可是他转了两下眼珠又停住,心上像长上茅茅草,自言自语:"他搞周大钟?他搞不了周大钟!"心上一生气,啪地把钢笔拍在桌子上,把手在桌子上一拍走出来,到景士昌的屋里。景士昌坐在椅子上,正在抽着烟看文稿,见李庆新走进来,慢慢拿下烟袋,抬起头来沉思默想。李蔚还在屋里聒噪。李庆新问:"景同志!你在干什么?"

景士昌说:"我呀?没干什么,在考虑工作上的事。"

李庆新把屁股咕咚地坐在床板上,说:"你考虑,你考虑,你成天价在考虑。我也考虑。"

景士昌说:"你小人儿,也知道考虑什么?"

李庆新说:"你考虑什么,我考虑什么。我想家去看看,卢政委不叫我去!"

景士昌说:"你多说说。"

两个人一边说着,不由地侧起耳朵,听着李蔚还在隔壁絮絮聒聒地说着。景士昌心上不耐烦,他问李庆新:"你不想回去了?"

李庆新哑着嘴说:"拧了!我说破嘴也不行!"接着,他又独言独语,嘟嘟囔囔说:"他搞周大钟?周大钟是无产阶级,他是小资产阶级,我早看透了,他要搞了周大钟才怪呢!"说着,又把脑袋上的头发一拨楞,说:"我有我的看法!"

383

两个人在景士昌的屋里坐到太阳西下,眼看西方红霞满天了,李蔚和卢政委还在谈个不停。李庆新一面和景士昌拉着话,一面听着隔壁房间的谈话,听了个一清二楚,景士昌也未在意。直到开了晚饭。李庆新跑到伙房里,稀里呼噜喝了两碗条子菜粥,推上景士昌的自行车就往外走。景士昌看李庆新穿上新鞋新袜往外走,他赶到门口,问:"小李!你去干什么?"

李庆新回过头笑了,说:"溜达溜达。"说着径自去了。

这时,卢政委也送出李蔚来。李蔚满脸笑着点头哈腰,和卢政委握了手,又和景士昌握手,然后才回转头走开去。卢政委看他走远才说:"李蔚满肚子牢骚,兴许官渡口点上有些问题。"景士昌仄歪了一下脑袋,咂着嘴迟疑说:"也说不一定,李蔚这个人虽然工作时间不短了,看问题不一定准确。"

李庆新到了大队医务室,打了个招呼,就去看闻小玉。小玉见了李庆新,一下子笑出来说:"你又来干什么?"他说:"我要回家,问你需要什么东西。"小玉说:"我不需要什么,你要上土改队去,问周队长好儿,就说我的伤好了,只要得到医生允许,我就回去工作了。"说着,伸出一只手递给李庆新,李庆新紧紧握了一下,就推上车子走出来。小玉已经放下拐杖,挂上个棍儿送出来。站在门口,一直看着不见他的影儿了才回去。

正是夏初季节,清明快到了,艳阳的天气,东南风吹个不停。李庆新骑上车子出了城门,已是黄昏时分了,远远看去,太行山的山峦突兀,云烟浮动,一颗圆大的夕阳,像血一样红,照彻了大地,麦田里、树林上一片通红。李庆新顺着风,两只脚蹬得车子飞快,一边用力蹬着,嘴里不停地嘟囔:"他娘的!他搞周大钟?周大钟是有威信的干部,他能搞了周大钟?"他自言自语两只眼睛看着前方,希望很快看到河堤。一个不提防,啪地一下子车轱辘撞在一块大土坷垃上,因为他用力过猛,车轱辘一蹦跳了老高,呱唧一下子,梦里雾里把他摔了老远。这时他思想上并不惊慌,机灵地伸手一拄,啪地两腿一戳,站了起来,看样子他好像是练过武术。伸手拽起车子,以为是车轴发生了故障,抬起右脚,照准车轴啪啪就是两脚。仔细看了看,又踢了两脚,这时才看见大道上是小孩子们搬上一块大土坷垃挡住了去路。他立时就火了,三脚两脚把那块土坷垃踢个粉碎,不管三七二十一,骑上车子就往前蹶。走了一截路,越走车子胎气儿越小,才知道是漏了气了。李庆新一手扶住车子,弯下腰看了看,嘴里还在嘟囔:"娘的!提哪把壶哪把壶不开!他搞周大钟?他搞不了周大钟!"他心里还生着气,漏了气也得走啊!他骑上车子就又走起来,车子胎瘪了,瓦圈蹾着胶泥路,疙疙瘩瘩地硌得屁股生疼,可是他横下一条心:不管怎么,半夜子时以前,一定要走到官渡口,把这件事情告诉周大钟,明天早饭以前赶回机关。他是一个青年党员,是在中学时代就入党的,在抗日战争的炮火枪声里锻炼出来的,他的性格耿直认真,一头撞南墙。他自幼心上就有这么一股劲,有这么一股子革命热情。他认准了应该做的事情,就一定要完成。他推起车子再走,两只脚不着地走得飞快。可是这时天幕黑了下来,眼里迷迷糊糊,看不见路了。孤身一人,单丝不成线,孤树不成林,要是遇上土匪劫他车子,他还应付不了,他有点心急。一个人推着车子在旷野里走,周围没有一个人,没有一点声音。夏天天气,风有些暖了,他身体不好,也走得有些累了,出了满身大汗,坐在路旁,用裰子襟扇着汗休息了一刻,心里还是直生气:"妈的!他搞周大钟?他有什么资本搞周大钟?"说着,推起车子又走。天道又黑,身子又乏,一直走了半夜,才到堤口上。努了一把劲,把车子推上堤坝。站在大堤上一看，满天星光照着，河水在黑暗中闪着光亮，映着满河的星群。天道黑，看不见对岸的形景，只看见一方小小的窗口，亮着灯光。那就是老槐大伯的黄土小屋，他还没睡觉。这位老人，不管严冬炎夏，不管风里雨里，总是守在渡口上辛勤劳动。李庆新踢脚支上车梯，两只手叉在腰里，在大堤上来回走了几趟，落了落汗，把车子推上堤去。走到河边上，把两个指头叼在嘴里，打了一个尖厉的口哨。静静等了一刻，听不见动静。随后又用尽气力打了一个口哨，又等了一会儿工夫，听得河面上有打篙的声音，在黑暗里，明亮的河上有一只小船，箭儿似的撑了过来。他知道这就是老槐大伯撑过船来了。他把车子推近河边等着。在星光之下，水波之上，明确地看见老槐大伯的身影，他撑着船，伸直脖子在黑暗的夜幕下找寻渡河人。船离得近了，老槐大伯低声喊："谁呀？"

李庆新伸过脸儿说："是我，大伯！"

老槐大伯听得声音，笑呵呵地说："哦！是庆新，小鬼头！做上工作了，也学八路军，会打口哨了。说句老实话，黑更半夜，要是不见号子，这船我就不动了；听得口哨就知道是自己人来了。在过去，不管刮风下雨，炮火之下；在今天，不管深更半夜，也不管雨水冰雹，听得号子，不管怎么，这船也得过来。要坚持岗位呀！就是刮起八级大风，老实说，即便是龙卷风，我也得把这船撑过来接你！"

说着，船到岸边，老槐大伯撑住船，李庆新搬车子上船。直到上了船，才看见船上蹲着一个人，也不吭声。见那人不下船，庆新觑着眼睛一看，并不是别人，是老大伯的儿子正月，手里拿着一把粪叉，悄悄地待着，也不说话。老槐大伯说："正在运动里，阶级斗争尖锐，不得不防备；要是有坏人过河，我能摆渡？兴许会动起武来！"老槐大伯年纪虽然老了，可是忠心耿耿，爱憎分明，革命劲头一点不撒。每逢深夜摆渡，叫他的儿子正月拿上武器跟着，保护着老人。庆新上了船，老人打篙掉过船头，撑向彼岸。庆新说："你这么大年纪，还不如叫大哥摆过船来。"老槐大伯说："说句实话，别看我上了几岁年纪，我人老心不老，他出来摆渡，我还不放心。他年轻不识水性，骨头还嫩着呢！"

在黑夜里，周围静静的，河水上闪着星光，汩汩地流着。从表面看，夜是平静的，其实官渡口村上正是不平静的夜晚。人们在不断地议论着这几天捉地主、挖浮财的事。这是几千年的封建时代里没过的事情，叫人有多么兴奋呀！即便在将来，在多少年以后，中华民族的后代子孙们也是不会忘记的。贫雇农的孩子们，会知道他们的祖父和父亲一代怎样佃种地主的土地，怎样在艰难的情况下交租。怎样借地主的高利贷，又在怎样困难的情况下向债主付息。祖父和父亲一代为了交租付息，不得不煞紧了裤带，在地主阶级的土地上劳动。他们也会知道，在这个年代里，在毛主席、共产党领导之下，怎样消灭了地主阶级，消灭了封建剥削制度。几千年来，贫雇农民为地主种田，自此以后才是为革命种田呢！在祖孙几代里，土地革命，这不是一件平凡的事情；为了这件事情，他们兴奋，他们欢乐。在几天里，他们无时无刻不在议论着，即便在梦里，那种革命的行动还在他们的大脑里继续着。

船将到岸，老槐大伯问："黑夜行车，一定有什么重要的事情？"

李庆新说："大伯！我没有什么重要事情，工作忙，插个空儿家来换换衣裳。"

老槐大伯摇了摇头,不以为然地哈哈笑了,说:"唔!"他又紧摇了摇几下头,从鼻子眼儿里否定了庆新的话,说:"唔!看你的行迹不对!"

李庆新问:"怎么不对?大伯!"

老槐大伯又摇了一下头,说:"虽然在黑夜里,也看出你面色苍白,精神紧张,直到目前还在呼吸急促呢。你的身上带着大事一宗!"老槐大伯带着关切的心情,语音坚强有力。

李庆新喷地笑了,说:"是的大伯!我不应该瞒你,要不是有重要的公事,我能在这大深夜里回来吗?"老槐大伯寻思地说:"不!不一定是公事,也许是私事,深夜回家不动风声!你想:一个青年人,刚一入夏天,夏夜一觉值千金呀!你不在床上困上一大觉,倒是夜走官渡口,能不叫人动神思吗?"停了一刻又说:"也许到了多少年以后,我们的子孙万代也忘不了,今年今月的今天,你夜走官渡口这一遭!"

李庆新听到这里,猛地笑了,说:"是呀,大伯!今天晚上夜走官渡,看有多么重要吧!花有清香星有明呀!在这伟大的土改运动里,虽然阶级斗争是严重的,可是人逢喜事精神爽,心上担了沉重,觉也就睡不着了,又是担心又是高兴。夜走官渡口,虽然身上累点儿,心上却是高兴的。今天晚上要是撒了懒,使官渡村贫雇农的土改搞不好,一辈子不得安宁呀!"

说到这里,老槐大伯咧开胡子大嘴呵呵笑了,说:"我说是吧!光自你身上带着重大事情!"

李庆新说:"大伯真是个明白人!人一上了年纪,经历事情多,经验也就丰富了,想瞒你也瞒不过去。这是一件重大的事情呀!比着一万斤大米还重,比着一千斤金子还重,关系一个人的命运,关系官渡口村土改运动的成败,关系官渡口村广大贫雇农革命斗争的胜利。要是让坏人把运动引上斜路，转个大圈子再拐回来，还不知到了哪个驴年马月呢？"

老槐大伯听到这里，把脸对准李庆新笑笑说："咳呀！老侄子！你可说了真心话。看样子你虽然是个青年人，倒有英雄胆略：为了革命、为了贫雇农的利益，不怕担风险，谁知道在这复杂的群众运动里，在这惊涛骇浪的夜晚，会遇上什么样的险境呢？你不怕辛苦，舍出性命，这才是无产阶级的英雄呢！组织上没看错了你，要不，在几百人里，能分配你当县委秘书？"说到这里，他又伸出大拇指头，说："你是来找周大钟的！"

李庆新笑了，说："一点不错！我给周大钟送了不寻常的信来，大伯还得给我保密，要不的话，兴许这县委秘书就当不上了！"直到目前为止，也许因为李庆新来一次官渡口村，减少整个土改运动走很长的弯路，减少周大钟遇上很多麻烦。也许会因为李庆新来一次官渡口村，给他们找下很多麻烦，也说不一定。阶级斗争复杂多端呀！老槐大伯说："好！事情该怎么办就怎么办，不能光为保乌纱帽。为乌纱帽做工作，那就不是革命了，那是经营小本生意，一本万利！"

船到岸了，老槐大伯撑住船，叫他们上岸，把船拴在木桩上。李庆新问："大伯！大钟还在二合家住吧？"老槐大伯微微笑了，说："唔！这是你应该细心的，你不问，我也得送你。这早晚形势，黑天半夜里，我能叫你一个人走？尽管走吧，他就住在二合家里，和小李一个屋。走吧，大伯送你，你不先回家看看？"

李庆新说："公事在身，去不去家里没什么要紧。叫大哥送我就仗胆了，你这么大年纪了，忙活了半夜，也该你休息了！"

老槐大伯说："不能，不能，我放心不下。孩子们人儿小骨头嫩，见不得阵仗儿，还是拼我这架老骨头，要是遇上坏人，我劈头盖脸就是一柳篙。"老槐大伯说着，把柳篙在肩上一扛，寻着小路走向小庄，回过头对正月说："把船揽上了，回去睡觉吧！不用等我，吭！"

李庆新推上车子在头里走，老槐大伯扛上柳篙在后头跟着，说："要不你骑上车子，不走快点？"李庆新说："你呢，大伯？"老槐大伯说："我快步跟上。"李庆新说："大伯这么大年纪了，我能那么办？有你这一句话，就够我们年轻人感激一辈子了！"经过老槐大伯的谈话，李庆新实在心上过意不去，就像读了一本马列主义的书一样，使他心强胆壮骨头硬，摩拳擦掌，有多大的困难也得去克服。由不得回过头来，看了看老槐大伯高大的身形：他虽然有了一把年纪，但是身躯魁梧，驼着背，扛着那根柳篙，颤巍巍地走着。他的英雄气魄，滚热的心肠，不由感动得李庆新掉下泪珠来，听了老槐大伯一席话，他铭心刻腑，深刻感到无产阶级老人对革命事业的忠心，他发誓紧跟老一辈的革命家，为无产阶级、为共产主义事业奋斗一辈子！

夜深了，风也凉下来，可是李庆新身上热乎得不行，他怀着这颗灼热的心，经过这个不寻常的夜晚，一直在跳着，永久不会凉下来。他要怀着这个火热的心肠和帝国主义、官僚资本主义、地主封建势力战斗到底。他们两个走着那条庄稼小路，一直走上那段不长的大街，往西一拐，路北里就是二合的栅栏。虽然深更半夜了，黄土墙圈里，土坯小屋的窗上灯火还在亮着。他们为了和地主阶级、封建势力战斗，已经有几个日夜不睡觉了。老槐大伯摇了一下栅栏，铃子一响，周大钟慢慢走出来，问："谁？"

老槐大伯说："甭问了，你开门吧！把门一开就知道了。"

周大钟一听是老槐大伯的声音，心上一下子松了下来，开开栅栏,在黑影里觑着眼睛一看,说:"哦!是小李!你送文件来了?我听门外车子一响就知道是县上送了文件来。"说着,嘻嘻笑个不停。

李庆新把车子推进院里,伸脚支上车梯,说:"看有多么重要吧!"

说着,周大钟把李庆新领进二合屋里,老槐大伯把篙搭在屋檐上,也跟进小屋。二合问:"庆新想家了吧?"李庆新不以为然,坐在炕上,不停地呼扇着袖子扇他急躁的心情。

周大钟说:"你看!你倒是不着急,快拿出文件来,人们在急着看呢!"

李庆新说:"拿出什么?"他还是扇着袖子嚷热。

周大钟说:"文件呀!"

二合大嫂也在一旁说:"你看庆新!你快给他们拿出来,几个人着急得不行!"

老槐大伯也说:"看你小子!忙拿出来,别叫老人们着急!"

李庆新躺在炕上,用手拍着他的胸口说:"你掀吧!"

周大钟走上去掀他的衣襟。

李庆新说:"你掀哪儿?"

周大钟说:"你叫我掀哪儿?"

李庆新说:"掀我的肺叶子,文件就在肺叶子上写着。"

二合大嫂哗啦地笑了,说:"他累了,你们忙叫他歇歇,孩子身子骨又不好!"

老槐大伯也着急了,说:"小鬼!他娘的别玩戏法了,你看急得人们什么似的,要不你先说说精神,人们也就放心了。"

说到这里,李庆新斜起白眼仁瞟了周大钟一眼,抿起嘴唇不吭声。周大钟说:"有什么事情,你说说吧!黑灯瞎火地走了这么半夜,叫人心里怪急痒。"

李庆新把两只手放在膝髁之间,合紧嘴巴,还是不说。二合心里急痒,他也想赶快听听,可是庆新还是不说。老槐大伯说:"你看咱乡亲当块,谁还不知道谁?快说吧!走了半夜,可也不是容易!"说到这里,李庆新猛地站起来,一步跨过去,抱住周大钟的脑袋,说:"他们还不走?"周大钟看着这个年轻的小伙子真的是郑重其事,一下子笑了说:"这屋子里的人都是党员,和党一条心,你说吧!"李庆新两眼瞟着王二合、老槐大伯和二合大嫂,说:"我可说了!"周大钟说:"你说吧!"周大钟一股劲地撺掇,李庆新一股劲固执,不肯说出来。这时王二合可就急了,一下子红了脖子脸说:"你这小人儿真是猴儿拉稀,烂了肠子了!谁还不知道谁,这么黏滞,一点不爽快!"

老槐大伯说:"这小人儿,黑更半夜一个人推着个破车子,想是累了!"

其实李庆新是个非常爽快的人,他是怕别人听了去,走漏了风声,叫李蔚知道了,把干部关系复杂化,使问题更难解决。看周大钟老是催他说,二合也说他不爽快,他说:"不爽快?说爽快就爽快。什么累不累,想想革命老前辈。什么苦不苦,想想长征两万五。"他又睁圆大眼睛,说:"我可说了!"周大钟说:"不是说过了吗?你就说吧!这屋子里都是自己人!"这时,二合把脚一跺,给庆新助劲说:"唔!说吧!"

这时李庆新指着周大钟说:"有人告了你了!"

周大钟点了一下头,悄悄说:"好吧!再大的事,我当着!"

老槐大伯一听就火了,他站在这里等了半夜,等了这么一句话。他一跳八丈高,拍着大腿伸起脖子问:"有人告了老周了?他告了老周什么?快说!"

二合也火起来，拍得巴掌呱呱响，说："我是官渡口的村支部书记，他告了老周就是告我！"

这个不难想象，在这关键上告了老周，就是为土改试点上的问题；在官渡口村的土改试点里，王二合和周大钟的思想、做法是一致的，要是有人告了周大钟，他王二合也逃不过去。李庆新看周大钟在这里有雄厚的群众基础，挽了一下袖子，指手画脚说："我可要说了：第一，他告你王二合是老周的老朋友，土改队来到官渡口，光是听你的！"

王二合一听，伸出右胳膊向前一捶，说："一点不假，本来就是老朋友嘛！从十几年以前说，是一个棚子里的伙计，一块入农会，抢了地主的庄稼，一块入党……"他一口气说着，满面通红，气愤愤地挓挲起连鬓胡子，满口喷着唾沫星子，着实生了气。

周大钟一把抓住二合，说："甭闹了，叫他说……庆新你说吧！"

李庆新说："他说你带着工作队大摇大摆地进村，雷厉风行地宣传鼓动，发动群众……"

王二合不等庆新说完，一步上去抓住他的衣领子，睁圆眼睛，问："深入地发动群众进行土改，要什么秘密……？用得着那样鬼鬼祟祟的？"

实际上，秘密进村扎根串联这一套，就是不折不扣的烦琐哲学。

李庆新说："他还说，这是最正确的。他还说，蒙头帖子上的事情还没有弄清。他还说，主席团里选上了旧干部王二合和刘老迫。他还说，把个破鞋选进主席团。他还说没有把地主扫地出门，没把地主家属赶到大街上去。每天发给粮米，优待地主家属，他说这就是右倾。他还说，应该是不管地主、富农、中农，要打乱平分，瓜连籽儿拉个平……"他本来一路上心里着急，胸膛里窝着一股火。越说越快，连口吃带喷唾沫星子，一口气上不来，咕咚的一个仰巴跤，躺在炕上，翻起白眼睛，嘴上吐了白沫，脖根轴发挺，两只脚乱蹬跶。

老槐大伯一看，着急了说："你看，你看，年轻人，经不得什么，快！快！快！……"说着连忙走上去，捏肩膀，掐脖子，揸揸打打，窝窝憋憋，闹腾了半天。猛地，李庆新哇地吐出一大口唾涎，又连连吐了两口黄汤绿沫，吐了满地。二合大嫂惊慌失色，伸出两只手掌，瞪圆眼睛说："唉哟！这孩子怎么了？可是了不得了！"

老槐大伯也说："这孩子又犯了病了，快去叫他娘吧！"

一屋子的人都目瞪口呆，变貌失色，通明、火亮也起来了。二合大嫂吩咐孩子们抱柴火的抱柴火，烧水的烧水。二合大嫂又抓上了一大把绿豆，煮了一会儿。用马勺捞起一撮豆粒，就着灯看了看，爆开花了，用大碗盛了，端进屋来，放在炕沿上，从柜橱里掏出个小罐，挖出了一大匙子白糖，说："革命就革命呗，这么大的气性？"她又拿汤匙慢慢地搅着，伸开嘴吹着，那绿豆汤好不容易凉下来，又一匙一匙地往庆新嘴里灌。他喝下几口绿豆汤，喘上气来了，长叹一声，呻吟说："他们那个不对，我誓死支持周大队长！"

王二合听得说，唰地黄了脸，气愤地说："当然是，他们那个不对！"

老槐大伯两手把膝盖一拍，说："他当然不对！我们跟着毛主席工作了这么长时间，他们叫我们上邪路上走，我们要和他们见个山高水低！"

周大钟愣怔了半天，拉了二合一下胳膊，说："用得着急成这样子？一个着急百赖，一个急得咽了气。庆新！用不着你发愁，这么着吧，不管怎么，天塌了地陷了，我周大钟挡着！"

王二合把周大钟的胳膊一拉，说："我的好同志！你这一说，我能躲到树干身上去？你是官渡口村的土改队长，我是官渡口村的支部书记，还是贫农团的主任，一条线拴俩蚂蚱，也蹦不了你，也跑不了我！"

二合大嫂急扎辣地说："先甭说那个吧，那是以后的事，目前先说救人要紧！"周大钟说："不要紧，自从'大扫荡'那年，日本鬼子把他圈了去，逼他指出八路军，他一个字不吐，日本鬼子用了残酷的刑罚，他就得了这种病，只要一着急，他就断气了。"

说到这里，大家守着李庆新待了吃顿饭的工夫。无论怎么说，在土改运动里，各种政策，阶级斗争，也够复杂多端了。还不知道老鼠拉木锨，大头在后头。一场严重的阶级斗争就要开始了。

为了叫李庆新安静一会儿，周大钟、老槐大伯、二合、通明、火亮都到东屋里。他们又议论一会儿：李蔚既然揭开了思想斗争的第一幕，不，其实自从土改队到了官渡口村早就开始了。也不能跟他善罢甘休，工作上该怎么着还是怎么着，土改运动闹了两个多月了，中农人家碾地、耙地、送粪、浇地，什么都干了。贫雇农人家黑天白日闹运动，地里的活儿还没动手呢，这春耕也该动着了。一年之计在于春，耽误了农时是不行的。

# 32

第二天早晨，周大钟和往日一样，担了水，扫了院子。拿个小板凳坐在院子里，就着膝盖给景士昌写了一封信。写着，王二合也起来了，两个人送李庆新回城。王二合叫李庆新家去看看，李庆新说什么也不回去。到了摆渡口上，老槐大伯正坐在堤道口上抽烟，看见他们远远走来，在鞋底上搕了烟灰，拿起柳篙登上船头，等他们上船。三个人走近渡口，周大钟握着李庆新的手久久不放，他的心上由衷地升起一股热潮。对于李庆新对革命工作的关怀，由衷地发出感激之情，不由得眼里渗出泪花儿。在河边上站了一刻，才说："对于错误思想，我一定顶住，希望县委的同志们更有力地支持。我们一定把这个点上的土改运动搞好。总结出更多经验，贡献给全区的土改运动，贡献给我们伟大的解放战争。我希望县委不要发生误会。"

李庆新说："我相信凭着你多年的工作经验，无论错误的东西来势有多么凶猛，你也能顶得住！"他又放低了声音说："说真的，在当前来看，对地主阶级的斗争当然厉害，内部思想的不一致恐怕要缠手了！"

周大钟说："我相信你这话。思想斗争就是内部的阶级斗争啊！为了党的利益，为了保卫伟大的毛泽东思想，泰山压顶不弯腰啊！"

两个人说着话，李庆新推车子上船，说："老槐大伯！你可真早啊！"

老槐大伯说："要不我还得睡一会儿，李蔚在河那边号丧了半天，把我吵醒了。"

周大钟问："他回来了？"

老槐大伯说："他回来了。脸上笑面虎似的，挺高兴，好像憋了什么宝来！"

周大钟点了下头，说："唔！这就是了。他的宝也许是真，也许是假！"

周大钟认为：一个知识分子，马列主义、毛泽东思想不能和实际相结合，才常犯错误。而李蔚就是这样一个人。本来他们之间的关系还不错，他想在土改运动里帮他一把，帮助他改造好世界观；解决了问题，分配了工作。没有想到他会这样子！想把别人当垫脚石，踩着别人肩膀够纱帽翅儿。

等老槐大伯撑开了船，周大钟和王二合才走回来。路上走着，周大钟说："从此以后，在土改队又多了一件事情。"

王二合说："事情早就多了，你没有正视！光是以己度人不行！你们土改队来了没多少日子，我们就看出来了。土改队里人们拧不成一股绳。现在可就亮了相了。"

周大钟说："暴露出来更好。常说：明枪易躲，暗箭难防。思想斗争调和不得。"

听说李蔚已经回来，周大钟倒想去探询一下，看他吐个什么口风。今天脸也不洗，饭也没吃，就去找李蔚。一进小门，院子里没有一点声音。他悄悄走上台阶，一推屋门，李蔚正在洗脸。他说："你今天起来好早？"

李蔚听有人来，扭过头看了看是周大钟，猛地他怔了老半天，一句话也说不出来。呆了半天，咕哝说："说句实话，我才从县里回来！"当他说出这句话，他又有些后悔，不应对周大钟说。李蔚这个人有很严重的个人英雄主义；可是，太好的事情，他也做不成，他没有那个本领。太坏的事情，他也不敢做，他没有那个胆子。

周大钟认为是出乎意料，李蔚能亮出思想还是不错。周大钟也不去问。他说："我早就想跟你商量商量，看咱这工作怎么弄法？你去县里干什么来？"

周大钟一问，李蔚腾地红了脸，没有说什么。

周大钟说："你看，咱这工作上，有什么原则性的错误，你可以当面说嘛。"

李蔚听周大钟这么说，他拉起周大钟的手，两个人一块走出来。这时天已大亮，太阳初升，天空晴朗，两个人一块走出胡同，向北出了村，朝村西北那片梨林走去。那是刘作谦经营起来的，原来是一片沙坨，经营了十几年，成了一片果树林子，开春了，枝上已经绽出蓓蕾，他们在这林子里散着步。

周大钟说："我有一句话，老是想跟你说……"

李蔚不等说完，他说："什么话不好说呢？"又笑吟吟地说："你是谁，我是谁？"

周大钟说："当然，你我不像是一个人似的！队里的工作，我想交给你！"

李蔚一听，脸上立刻显出笑模样，说："怎么？你有调动？"这时，他还纳闷，怎么这么灵通，我刚回到村，命令就来了。可是这时，他实在觉得内心惭愧，心上一时恍惚，不知怎么好。他又觉得那句话不应该跟他说。

周大钟说："也许调动……"停了一会儿，又说："也许不调动……"

这时李蔚可是捉摸不透了，不等周大钟说完，他说："怎么？你有困难？"

周大钟说:"困难是有:第一,我没上过学堂,文化水平低。第二,马列主义学得少,毛主席的书读得不多。总之,我觉得笨手笨脚的。今后的工作,我想交给你。"

李蔚一听这句话,眉泉里一下子舒展开来,哈哈笑了,这时他又后悔起来,实在不应该把到县里去的话跟他说,可是到目前也无办法,只好撒个谎,说:"你放心,我并没有说你什么,你要上哪儿去?"

周大钟说:"这么着!我给你支着架儿,你做工作,你看好呗?"

周大钟的话,正对付他心上的意思,他盼不得有这么一个机会,做一段工作才好解决问题。李蔚说:"那,有了错误算谁的?"

周大钟说:"我顶着。"

李蔚想:"要是有了功劳呢?"但是,他没有说出口。

谈到这时,李蔚体会到周大钟的工作可能有调动。于是,他的心上有说不出的喜悦,满脸赔笑说:"你的工作如果有调动,我接着。你的工作上有困难,我帮着。总得显出是老同志的样子,我能挤了你?"

周大钟听到这时,也明白了李蔚的心灵深处是什么东西了,他说:"当然,老同志们一块儿工作不分彼此!"

李蔚哈哈笑了说:"当然是!"

看太阳出来了,也到了吃早饭的时辰,两个人又散着步走回村庄。

周大钟走回家去,二合大嫂正把饭摆在桌上等着。王二合抓空儿通知土改队和主席团的人们,早饭以后到团部去开会。吃完早饭,周大钟走到贫农团,王黑炭、刘老堆、李固大嫂、罗慧,各人正忙着各人的事情。民兵在院里放着游动步哨。李固大嫂看见周大钟,说:"今天开什么会?"

周大钟说:"咱开个联席会,讨论讨论春耕问题。"

李固大嫂说:"可不是!眼不眨,杨花儿开了,清明节到了。"她说着又歪起头儿瞅瞅周大钟,笑了说:"怎么?工作有点累吧?这几天你瘦了。"

周大钟说:"我心里累,我实在没有想到土改问题这么复杂!"

几个月来,李固大嫂就注意周大钟,虽说农民出身,却腼腼腆腆的,说起话来,绵言细语,一个字一个字地才说呢,人又聪明又憨厚;这几天工作多,黑天白日地忙个不停,眼角上显出了鱼尾细纹。

周大钟听李固大嫂说他瘦了,摸摸满脸的胡髭碴,说:"不怎的,老是晚上和二合谈问题,一谈谈到大天明,睡觉少了些。咦!土改仗虽然不好打,比起日本军的'大扫荡',性质不一样,掉脑袋的危险小。"

实际上,土改队进村,哪一件事不经过周大钟的脑子?哪一个人的工作、思想情况,不在他脑子里盛着?阶级斗争这样激烈,能不瘦了?尤其这两天,添上李蔚的问题;他既然通了天,就不是一件简单事情。阶级敌人往往从内部攻破堡垒。为了照顾大局,还得冷静,只好耐心等待事情的发展。

人们陆续来了,坐在大北屋子里说着吉庆的话儿。金缨儿说:"这才叫翻了身呢!晚上不怕要账的敲门,白天不怕地主家狗咬了。昨儿个晚上,觉得越睡越美乎,越睡越爱睡,一觉睡到大天亮,美乎乎儿,浑身轻快。"

红缨儿也跟着姐姐来忙活保管组的事,见姐姐高兴,也就高兴起来。尖着嗓子说:"这可好了,李福云倒了,刘作谦垮了,王健仲蔫了,地主婆的洋相出够了!"说着,她扎煞开两只胳膊,扭搭扭搭学着地主婆的走相儿。

小李由不得好笑,说:"恨不得把衣裳都穿在她一个人身上,这腰比牛还粗,走起路来,哈巴哈巴地活像个老母猪。"小李也是一个贫农家的孩子;土改一开始,他还不懂得土改的意义,觉得自己年纪还小,后来见闻小玉参加,金缨儿、红缨儿都参加,他也急痒起来。自从运动进入高潮,大会、小会,他都积极参加了。罗慧听小李这么一说,噗嗤一笑,弯着腰说:"你算了吧,小李!别叫人笑得肚子疼了!"

王二合说:"真是打碎了千年的铁锁链呀!往日,他们都是压破街的手;这咱,他们算是落在咱们贫雇农手心里了。"

周大钟坐在台阶上抽烟,用鼻子哼一声说:"过去谁敢捅他们一手指头,他四指长的小帖儿就治得你进监牢狱里。现在,他就算是个马蜂窝,咱也得捅下他来。自从中国共产党诞生,就注定工人和贫雇农要打倒地主阶级、封建势力、官僚资产阶级,时间问题罢了。早报、晚报,早晚要报,不怕不报,时间不到,时间一到,一定要报。人们早就提出分地的要求,那时主客观条件还不具备,那时还不到时机。现在主客观条件够了,也就该平分土地了。"

李固大嫂说:"什么也甭说,有毛主席的领导,土地改革完成了,贫雇农有地种,有房住,有吃有穿,再不过那吃一顿没一顿、挨饥受冻、忍气吞声的日子了。"说着,由不得眼里流出泪花儿。

这早晚,又是捉地主,又是挖浮财,未经过改造世界观的人,他会站在地主资产阶级立场,以人性论的观点去可怜地主。

贫雇农们都是满心欢喜。但是，李固大嫂有时也会满眼含泪，不由勾起旧事，悲愤得不行。罗慧看见，也几颗大泪珠子落在怀襟上。自从参加土改工作队，到了官渡口村，和李固大嫂一条炕上睡，一个锅里吃，同情李固大嫂的遭遇。几天里和贫雇农一块捉地主，挖浮财，消灭封建势力。在这群众运动里，在政治生活里，一个才从城市里出来的知识分子，通过阶级斗争，就像投进炼钢炉里冶炼，越冶炼越坚强；她的感情和立场起了变化，渐渐和贫雇农靠拢在一起，她的血液就和贫雇农的血脉相连了。她真正感受到贫雇农被压迫的痛苦。几千年的地主阶级专政，三大家族统治官渡口村，他们用地租和高利贷剥削贫雇农，勒啃得他们吃不饱穿不暖，挨饥受冻；中农人家沦为贫农，贫农人家沦为雇农，雇农一遇到老、病就沦为乞丐。他们自此就抱着破瓢，拿着荆棍，走大街串小巷讨吃要吃过日子。她还明白：由于中国共产党的政策，毛主席的领导，全国人民起来闹革命，翻身抬头了，那样阴暗的日子也就一去不复返了。在这喜庆的日子里，又由不得忍泪含笑，说不清她的感情怎么这样复杂。她真正明白了一个知识青年，只有投身到阶级斗争的熔炉，和工农群众相结合，改造了世界观，才能走上革命征途，成为真正的革命者。多不容易啊！正在想着，王振山和李蔚两人又说又笑走进会场。今天李蔚精神头儿另有不同：满面春风，笑笑嘻嘻，特别高兴。

周大钟歪起头来，瞅着他们俩笑。说："怎么今天这早晚才来？"

李蔚说："一说起话来，就把开会的事情忘了！"说着，他把脖子一鞴，笑笑说："嘿嘿！对不起！"

听李蔚这么一说，周大钟由不得笑了，说："亏你爱说话，以后没用的话少说点就好了！"

周大钟这一说，李蔚暗里知道，可是在大庭广众之下还装听不明白。周大钟是个憨厚人，不愿掰瓜搂籽儿说穿了，给他留了余地。李蔚从城里回来，周大钟跟他谈了话，他的心上早做着打算，盼不得顺水推舟的日子就来了。可是，他也会想到，事情不一定会那么顺利。脑子里乱搅云，又想吃鱼，又怕腥气，说不出有多么难受。

周大钟看看人们都来到，有坐在屋里的，有坐在院里的，他为了掌握会场，走到屋里来，人们让开个地方，叫他坐在炕沿上。他说："这几天运动到了高潮，关起地主，挖了浮财，人们也算出了一口气，看到胜利果实了，运动告一个段落。看看往下该怎么干法。"周大钟虽说是雇农出身，没有念过书，但心思倒很缜密，和大家一块商量事情，他总是抛砖引玉，引逗人们活动思想，叫别人出主意想办法，把他自己想说的话说出来。

王二合是个直爽人，竹筒倒豆子一哗啦。心口一致，有一句说一句，说得出来就做得出来，砘子仔儿碰碌碡①，石打石，他接着周大钟的话茬儿说："往下该干什么呢？春耕大忙季节这就到了，运动正在热火头儿上，运动要搞，春耕也不能耽误。自从抗日战争咱们就有这个传统，一手拿枪，一手拿锄；一面打仗，一面护秋、种麦。三句话不离本行，依我看，咱们还是一面春耕，一面搞运动。"

李蔚一听，用鼻子笑了一声，说："中国有句俗话，舍不得孩子套不住狼，舍不得媳妇逮不住和尚，现在运动正在高潮，这个节骨眼儿上，要是大搞起春耕，不是给地主撂空子？运动一停，邪魔妖道就出来了。"说着，笑得眯上两眼，觉得实在得意。

---

① 硬碰硬。"砘子"和"碌碡"是农村轧地轧场的两种不同的石磙子。

不等李蔚说完，李固大嫂一下子撂下脸来，说："旁边有大男小女，你说话嘴上干净点儿！"说着，又白了他一眼。

朱老嗡看李蔚这个神气，心里要多别扭有多别扭。打着火，抽着烟，把烟袋叼在嘴上，撅动着小胡子说："反正得春耕，反正得下种，反正得支援前线，反正不能把人们脖子缯起来不吃食儿。"

朱老嗡一说，人们都张开嘴呵呵地笑。这时李蔚实在觉得栽面儿，红了脸说："看你说的，我怎么能把人们脖子缯起来不叫吃饭？"

朱老嗡嗔着脸，拿烟袋锛打着李蔚说："清明季节到了，庄稼人不种地，打不出粮食，你叫他吃什么？"

李蔚觉得朱老嗡说得挺噎嗓子，张了张嘴，说不出话来。朱老嗡又说："再说，春耕怎么算是给地主撂空子？你给大家拆讲拆讲！"

李蔚说："我这是打个比方。一闹春耕，运动就得停下。运动一停下来，地主们就歇一口气，邪魔妖道就钻出来。"

朱老嗡不等他说完，嘴唇打着哆嗦，连连撅动着小胡子，说："不春耕又该怎么着？你说……"他一边说着，站起身来，拿烟袋比画着，两条腿朝李蔚出溜过去。

李蔚看朱老嗡冲他来了，粗着脖子红了脸，说："你这是想干什么？我也没说不春耕啊！"

刘老堆早就听不服，走过去说："你没说不叫春耕，可说是给地主撂空子，这是什么意思？"说着，王黑炭、李固大嫂、金缨儿也摸游上来想插嘴。刘老堆扎煞开胳膊把他们拦到身子后头，说："我问你！不春耕怎么打粮食？打不了粮食怎么支援前线？支援不了前线，战士们能饿着肚子打仗？"说着，他又想起支前的时候那个难处：几十万几百万大军在前线打仗，粮食一旦上不去，战士没得吃，这个仗怎么打法？你想破坏打仗？"这时候刘老堆的脑子里又描绘出给八路军运粮的图景：当时没有汽车火车，只靠人背、大车拉。出去几十里几百里送粮食；一辆独轮小车推一百斤，一个人背五十斤，一辆大车拉一千斤，一天几十里百多里的路程；还要过河，过封锁线，前边机枪大炮响着，后头运弹药、运送粮食的车队挤着，走不过去。日夜行军，人困马乏，有的脊梁上背着口袋，倒在地上就睡着了。刮风下雨的时候，喂上牲口钻在车底下睡。一个战士在前头打仗，就得五六个民工支援前线呀！

听刘老堆说，冯文光也站起来，左手从嘴里拿下烟袋，右手拍着大腿说："叫他说吧！不春耕，打不了粮食，贫雇农吃什么？"冯文光说着，两条腿直向李蔚出溜，手指头剜着他说："你说！叫你说……"他越说嗓子越哑，越哑越动火气，火气越大越说不上话来。

冯文光一发火，人们异口同声说："是啊！叫他说吧！不春耕吃什么？穿什么？用什么支援前线？"说着，会场上有一时的动乱，你也说，他也说，一股劲儿乱嚷嚷。

李蔚一见这个架势也火了，红着个脸站起来，走到冯文光跟前，说："你也得叫别人说话呀！这不是拿法人？怪不得人们说你爱闹庄稼脾气。'一进工会场，就听老冯嚷，不是拍着屁股闹吵吵，就是拍着桌子乱嚷嚷。'这是大家伙的传说，可不是我给你编的。"

李蔚一说，冯文光心上更加火气，他拍着屁股一跳八丈高，说："我吵！我是为工作，为了寻找真理；不像你们喝过墨水的人，蚊子式儿、蝇子式儿的哼哼，光会说漂亮话。"冯文光说着,又朝李蔚出溜了几步,接着说:"我见你态度不端正,自从开始整党,你就不高兴了。捉地主,挖浮财,你也不卖劲,像站在一边看热闹。今天来了,说起话来稀汤寡水。你知道不?这人误地一时,地误人一年啊!你是副队长,成天价晃晃荡荡自在逍遥,还跟咱周队长唱反调!"

李蔚一听,生了真气,脸上红里变黄,指手画脚地说:"你这是干什么?我怎么唱反调?你这么择嫌人!"

冯文光扭过头来,瞅着大家说:"谁择嫌谁知道,你闹情绪,只当谁看不出来?今日个你一来就硬搅局!"

李蔚一听,脸上打起哆嗦,说:"嘖!你越说越出边儿,我是副队长,我有发言权,我怎么硬搅局?你给我扣不上!"

冯文光嗔起脸说:"谁搅局谁知道!我怎么不给别人扣?"

李蔚说:"我这是发表个人意见,我没硬搅局!"

正在你一言我一语,不可开交,刘老迫慢搭搭地站起来,睁开眼睛扫了一下会场,又慢搭搭地说:"你们土改队意见不一致,我们村里就难办了!算了,我看咱们把这篇揭过去,往下说!光是这么着,还是说不成一句。"

李蔚说:"往下说就往下说。地主刚捉起来,地还没有分到户,怎么春耕?地主关着不能春耕,富农心上不落实,不肯春耕。贫雇农还没分到地,耕什么?长工们走了,大骡子大马晾着怎么春耕?再说,还没有划阶级定成分,也闹不清谁该斗谁不该斗,谁该分地谁不该分地……"

李蔚一说,有些人就愣住了。大眼瞪着小眼,你看看我,我看看你,谁也拿不出主意。王二合看这个架势,一下子站起来,走到堂屋中间,两道粗眉挑动了几下,睁起明亮的眼睛,抿着嘴笑模悠儿说:"要叫我说,什么也挡不住革命,要拿革命的观点看问题。目前地主的土地收归贫农团。咱按毛主席的指示精神办事，在土地没分下去以前，组织起来闹春耕。用地主的农具、牲口，伙种伙收。咱这地方，过去是敌来我往，环境残酷，没有组织起来。从今以后，这就要组织起来，成立互助组，人多热气高，干劲大，一面斗地主，一面大生产。大家看这么着合乎不合乎毛主席思想。"

王二合这么一说，人们心里的疙瘩解开了，一时议论纷纷。人们一齐说："好啊！还是咱二合，又是政治家，又是生产家，要是等到分了地再春耕，那就正月十五贴门神——晚了半月了。"人们说着，笑着，气氛轻松下来，心里雨过天晴，烟消云散。大家都说：看咱二合思想多明快，黑白分明。这时，王振山笑面虎儿似的走过去，拍拍周大钟的肩膀，说："你老是不说话，该说了，快说一句压压场面吧！"

人们看王振山半天不说话，这会儿说这个，都扭过头儿瞅着他笑。刘老迫说："算了吧！别吵吵了，快叫老周同志谈谈！"周大钟慢腾腾地站起来，稳稳当当地一个字一个字地说："我看这会开得蛮好。八仙过海，各显其能，是什么思想就怎么说话，是闺女是小子抱出来看看，他的本质，人们也就看清楚了。咱庄稼人开会，不能文文绉绉，嚷吧，吵吧，争论吧！嚷会子，吵会子，争论会子，问题就清楚了。话不说不明，木不钻不透，叫我看二合同志的意见对头，合乎毛主席的指示精神，办法也很高明。"他说到这里，转着脖儿看看人们高兴的表情，又接着说："我再补充一点，咱们白天春耕，晚上整党，白天下地干活，晚上闹运动。地主的浮财，咱没收了些个，他们还有内纳儿；家财细软、金银首饰、红契文书……还海着呢！咱们的工作量还大着呢！这才到了哪儿？不能自满，要百尺竹竿再上一节。咱能把生产搞好，也一定能把运动搞好。"

周大钟这么一说，李固大嫂、金缨儿、罗慧、刘老堆……全体贫雇农，你看看我，我看看你，流露出喜悦的表情。李固大嫂把巴掌一拍，说："哎！这算说到点儿上了。"朱老嗡一挺身子，抖擞着双手说："你早这么说，人们早就不乱嚷嚷了。"

周大钟说："还是得嚷嚷，讨论不透，我说也不灵！"

李蔚这会儿生气地说："哼！光是鸡一嘴鹅一嘴的，光怄架了，像公鸡鸽红了脸儿了！"

冯文光才心平气和下来，听李蔚这么说，又把大腿一拍站出来说："怎么鸡一嘴鹅一嘴？谁是鸡？谁是鹅？谁和谁鸽红了脸？讨论问题，谁有意见谁说嘛！"

李蔚也呱嗒地耷下脸来，说："怎么你老是不宾服我？老是挑刺儿？"说着，满脸不高兴，把袖子一甩，走出会场。

李蔚自从开了整党会，这一阵子很少在公众场合谈话，自从向卢政委汇报以后，卢政委支持他，叫他统一工作队和村干部的思想，不要犯错误。周大钟也同意叫他搞。不承想今天第一炮就没打响，顶了板了。人们既不赞成他的意见，也不跟着他走；他既不能出头，又不能闪光。一生气退出会场。人们还认为他去厕所，没想到他一出屋门，头也不抬眼也不睁，走出界墙门直往登华家去了。

李蔚一进刘登华家屋门，登华和登华媳妇正趴着桌子吃饭，刘冬在一旁坐着说闲话。看见李蔚回来，登华说："以为你上哪儿吃饭去了呢，这咱才回来！"

李蔚说："我上哪儿去吃？饿得肚子咕噜直叫。他不叫散会，我怎么回来吃饭？"说着，拿起碗盛饭，坐在小床上吃着，嗔着个脸，老半天也不说话。

登华笑笑说："看样子八成把会开崩了！"他一手拿碗，一手拿筷子，瞪着眼等李蔚说话。等了半天，李蔚什么也没说。吃了半碗饭，才把头一斜说："拧了！怎么说怎么拧！"

刘冬说："那你就该不说。"

李蔚说："不说不行呀，卢政委叫我来统一工作队的思想，周队长也叫我搞！我肩膀头上负着责任！"

刘冬说："听那个，这样下去，怕你有小鞋儿穿了！"

李蔚说："一点不错，下午就搬家。不然，怕咱们就一勺烩了。"

登华问："你搬到哪儿去？"

李蔚说："越穷越好，一定搬到一家普通贫雇农家去，不住干部家，表示咱立场鲜明。"

刘登华说："我这个贫农够响当当了！"

李蔚说："不行，你是干部，还得参加整党！"

一听说整党，刘登华和刘冬都瞪了眼，问："还要整党？"

李蔚自从上次整党会议以后就看出刘登华和刘冬有些问题，对整党问题畏畏缩缩的。他们自己也知道问题严重，土改整党这一关不一定能轻易过去。李蔚想搬一下住处，即便登华和刘冬有问题也连不上他。不然整党会上他不好说话。他住在登华家里两个多月了，早茶晚饭没有缺过他的，中午烙张白面饼，晚上炒个鸡蛋喝点酒，这个饭食吃长了，摸着自己身上也有点肉了。再说，在一个地方住得时间长了，也就有了私人感情，要是有人对登华他们提出意见，顺着说吧，觉得是投井下石，戗着说吧，又得抬一顿大杠。为了回避，还是搬一下家好。他把这个意思对他们说了。登华媳妇说："倒不是别的，找个别的人家，缺油少盐的,吃不下个饭,怕你把身子骨儿淡剋①了。"

李蔚说:"不要紧,我是老干部,什么苦吃不下?我怕是遇上不痛快。"说着,他又匆匆走出来。

今天,他看准了形势,众望所归,威信在周大钟身上,不在他身上;他想到周大钟今天把工作推给他的时候;那时候,他就应该把两手一伸,就推出去,那有多漂亮!现在想起来也晚了。闹得会上栽面栽得太厉害了,要是顺手一推有多么爽快?这时,他思想上很是复杂,患得患失。

他一边心里不高兴,两条腿走得很快,上了坡走进王二合家里,周大钟正坐在炕沿上抽烟,他用手摆了一下,把周大钟叫出来,噘起嘴来说:"这工作,我不搞!"

周大钟问:"怎么,你又不搞了?"

李蔚说:"不能搞!"

周大钟说:"怎么不能搞了?"

李蔚说:"有人起哄!"

周大钟说:"咱们老同志了,说句实在话:我看你想搞,我就叫你搞,你又不搞。可是一样,叫我搞的时候,还得请你帮我两手,不的话,我不敢接了!"这时,周大钟表示挺坚决。

李蔚一听,赶紧就坡下驴,说:"好!以后瞧吧!你的工作没有话说,我不能拆你的台,你往后瞧吧!"他看机会不可失,两只手一个劲地往外推。

这时,李蔚思想上立时轻松下来,如释重负。又和周大钟谈了几句闲话儿。离开周大钟,匆匆地走回来。刘冬和刘登华还在屋子里坐着。最后商量定了,他要搬到刘轮子家去。

刘轮子是个单身汉,没有家室,没有土地,七七事变前常到

---

① 吃得不好影响身体。

白洋淀担鱼；七七事变以后，远道的买卖不好做了，就去村公所做做饭，跑跑腿。秋里麦里看看青，春冬两闲的卖个包子。新正腊月，在他的小屋里摆个小牌局抽个头、卖点酒的，混个生活。这个人嘴馋手懒，编着法儿吃口子。谁家要是丢了鸡，就去找他，房后头灰池子里准有一堆鸡毛；谁家要是丢了狗，也去找他，墙上准钉着一张狗皮。你要是问他，他也不说什么，张开胡子大嘴，呵呵笑了说："咳！没什么吃的呀，叫我吃点吧！算了，甭说了，活不了几年了。老街旧邻的，父一辈子一辈的都不错，不看僧面看佛面啊！"好吃懒做，过不好日子，媳妇不愿跟着，他趁机会也把媳妇卖了。

黄昏时分，登华抱着个被子，刘冬胳肢窝里夹着条褥子，手里提着个枕头，送他过去。他这个家很简单，两间黄土小屋，没有院墙，屋里半截土炕，炕一头安着个锅。小窗上糊着毛头纸，也不透个亮，屋子墙烟熏火燎得漆黑。登华说："你看！这是赤贫，光棍汉一条，够清静的。"

刘轮子两只胳膊抱着胖子，呵呵笑着，说："咱是一敲当当响的老贫农，可是，可是……"他走过去揭开锅台上的瓦罐，说："碰巧了，盛粮食的家伙儿空了，你们还得帮补点儿。"这人大高个子，腿脚子很壮实，虽然清明节了，还是穿着大厚棉裤袄。秋后只怕冷，不管怎么鬼求[①]点棉花，都絮在这身棉裤袄里，做得又肥又大。走起路来，常是把袖筒扣在嘴上，两只裤脚子吐噜吐噜地拖着地。这人脑筋简单，四肢发达，干个活，打个架都有力气，骂起街来也不示弱。

刘冬说："那不要紧，早起晚晌的我拿过来，老上级了，身体不好，尽可能吃好点儿！"转过脸对着李蔚说："这也不是外

---

[①] 捣鼓。

人,都在刘家老坟里埋人。"

刘登华也说:"都是一个老祖宗,没说的,跑个腿送个信的,保证可靠。再说,这里十分清静,一天也没个人来。"

李蔚对刘轮子说:"你在贫农团吗?"

刘轮子说:"在!向来是基本群众。"

三个人坐在一起说闲话儿。要说坐,屋里也没坐头。李蔚坐在炕上,登华从灶膛边扯起个小板凳,搁在屁股底下,刘冬坐着一个麦秸墩子。刘轮子抱起胖子圪蹴腿儿蹲着。李蔚说:"入了贫农团好啊!这年头不比过去,越穷越好,在土改里分头一份!"

刘轮子说:"没有比那个更好的了,几辈子没房没地,全是靠两只手抓饭吃。一个人吃饱了,全家都不饿了。"

李蔚说:"等着吧!分了房分了地,娶上媳妇,生下孩子,也就像一家子人家了。"

刘轮子一听,呵呵笑了,说:"不,我要那个干吗?"

说到这里,刘登华和刘冬站起来慢慢向外走。李蔚送出门来。

这间房子在村后头,坐南朝北,门外就是野地。夕阳西下了,圆大的夕阳落入山峦背后的灰色云层里,天色越来越暗,夜色慢慢降下来。李蔚在门口站了会子,觉得孤独冷落,没有意思。独自个儿走回来,刘轮子正趴着锅台做饭,见李蔚进来,嘴里嘟嘟哝哝:"今日个我这里也没有什么像样的叫你吃,我给你煮棒子楂儿,多煮一会儿,煮得黏嘟噜的,就着老咸菜,可好吃哩!"

李蔚说:"抗战八年都过来了,我什么都能吃下去。"话虽是这么说,心里却尝着贫雇农生活的滋味了。从幼年时候,家里还有百八十亩地，弟兄三个都上学，他是最小的，娇养惯了。后来参加了工作，小米饭吃不下去，小口袋里不断钱，饿了不是买个油条，就是买个馅饼什么的。今天一看见刘轮子做饭的架势，就直哑吧嘴。

刘轮子歪起脖子吹火，弄得满屋子溏土炕烟。呛得嗓子生疼，连呼吸都困难。李蔚只好走出来站着。天黑了，又是大村沿子上，四下里没个人芽儿。他又回去替刘轮子做饭，在灶坑里鼓捣了半天，也弄不着火。刘轮子说："你还不如我呢！"他又让刘轮子弄，自己出来站在门口，擦干眼泪鼻涕，顺着那条小道，走回刘登华家去。一进门什么都没说，坐在炕上。登华媳妇也不问一声，出溜下炕去盛饭：条子菜粥、窝窝头、杀咸菜。登华说："我说你甭搬，你非要搬！他的饭食你怎么吃得下！"又扭过头对他家里的说："忙给他摊个鸡蛋！"

李蔚说："别的甭说了，蛤蟆垫着桌子腿儿，鼓着肚子干呗！"

# 33

天刚发亮，东南角上那颗大明星还亮闪闪的。雀子开始在柳行子里叽叽喳喳叫个不停。一阵风起了，吹着白杨树上伞形的小花，滴溜溜转着。这时，官渡口村上有一阵暂时的静谧。村舍小屋里传出孩子的哭声；卖豆腐的梆子响了，人们该起炕了。

这时，村东南大敞洼里有两个人，漫洼踏地走来走去。倒背着手儿，迈开脚步抄量土地，蹲在地上摆上坷垃计算亩数。这正是周大钟和王二合；两个人天不明就下地了，先查看了村南大洼，是一片沙土地，小河两旁，满地柳杆林子。村东里尽是黑土地，肥沃有劲，长好庄稼。地性较紧，天旱裂成八卦纹，一下雨黏得像和了胶，两脚踏上去，就拔不起腿来。除非有牲口车的人家，耕种及时，庄稼长得黑油儿似的，能打很多粮食。他们从东南洼走到北洼，这里原也是黑土地，几年前上游决了口，发了大水，挂了一层淤，不用施肥，只要雨水勤，长出来的庄稼，要多旺实有多旺实。

已是清明时节，土地从冬眠里苏醒过来，路旁的柳树上长出黄绿色的叶子，白杨树的枝上披满灰色的绒毛，地界上的桑墩，路旁的小草都发芽了。龟裂的土地，泛了浆松泛起来，两个人把脚走上去，就像踏在草地上，忽忽悠悠的。他们查看了整整一个早晨，才把全村的土地大致看完。把地主的土地一块一块地算好亩数。王二合自小就在四洼里长大，小里拾柴拾粪，大了给地主打短工，扛长工。时间长了，哪家地主的地块亩数、土质肥瘠，他都知道。一边走着，看好墒情，安排了播种计划。

官渡口村东村西，一望平川，大部分是刘作谦、李福云的田地，王健仲的田地多半在村北，土地集中，耕种方便；有几家富农的土地插花在里头，也不过七十亩八十亩。王二合完全清楚，在地头地界上插了标记，垒上坷垃。直到走得两腿发酸，太阳升起了，肚子里饿得咕咕叫了，才慢慢走回来。一面走着，计算这些土地需要多少犁耙，多少日子才能耕完；根据去年的茬巴，哪块地种高粱，哪块地种谷子、玉米、棉花、山药。此外根据人们的习惯，过年人们要吃黏窝窝，就得种点黍子。夏天人们喜欢吃秫米稀饭，要种上些黑帽的和白帽的白高粱。这两种庄稼还照顾人们串箅帘、扎笤帚。自此以后，地主的骡马归贫雇农所有了，为了保膘，还得种苜蓿。这时，王二合从心腑里深深感到为人民

414

当家做主，担子实在沉重啊！

回到家里，饭也凉了。二合大嫂又在锅底下烧了一把火。他们两个仓仓促促吃完了饭，又匆匆赶到贫农团去。

一说要开始春耕，官渡口村的人们忙得就像开了锅，像沸水一样蒸腾起来。提前吃过早饭，有牲口有车的人家，送粪的送粪，耕地的耕地；没牲口没车的贫雇农，集合在贫农团大院里，准备集体耕种三家地主的土地。王二合走进贫农团大院，已经满院子人了。按照贫农团主席团的决定，把人们编成队分了工。

刘老迫带领送粪队送粪，朱老嗡带领耕田队耕田，王黑炭带领民兵看守地主，监视阶级敌人，保卫浮财。

任务分拨一定，刘老迫、朱老嗡、刘老堆和一起子贫雇农们，把三家地主的犁、耧、盖、耙、拖车、犁耕套……拾掇出来，摆在大槐树底下。刘作谦家的犁、耧、盖、耙，都结实整齐，几副犁耕套都是皮的，夹板儿拴得整齐利索，说明他是上升的地主。李福云家的农具，缺楔少铆，脱白断乘，表现出破落户的痕迹。绳套上绾着疙瘩，牵拉着皮条和麻绳。王健仲是土财主，处处都是土里土气，因陋就简。王健仲本人一辈子没穿过长袍马褂。一年四季，赶集上庙就是那身虎头棉袄，紫花裤褂。舍不得吃，舍不得穿，进城上府都是怀里揣着块烙饼，连个大碗面都舍不得吃。平常过日子，总是嫌娘们家吃油多，吃盐费；家里人们穿个衣服，花个零钱，都是偷着卖点粮食，他要是知道了就得骂三天街。他家这套农具，更是凑凑合合，破烂不堪。根本没有犁车，两个拖车是用几根粗重的木头插在一起，能擦着地皮走就是了。绳套都是用白麻打成，使不了几年，折的折了，断的断了，这儿绾上疙瘩，那儿接条绳子，啰里啰唆。面对着这一堆破烂家具，人们拿来锛、凿、斧、锯，该修的修理，该替换的替换。王二合两手不闲,一边收拾着,说:"一人一个性质,什么驴拉什么磨,什么人使什么家伙。刘作谦是上升的日子,家三伙四结结实实;李福云是破大家子,农器家具都是老辈子留下的,流传到他手里,都成了破二糟三;王健仲是土财主,他的农具不是粗笨过时,就是因陋就简。"王二合独自说着,走到刘冬跟前;他在拴一副犁耕套——套股断了,他的两只手左绾右绾怎么也绾不上,急得满脸流汗。王二合笑着蹲下来,说:"你看看!秀才造反三年不成!"说着,从腰里扯出鱼刀子,接过刘冬手里的套股,说:"使牲口的不会揸套股,就好比铡草的不会磨铡刀,算什么把式?别看不起庄稼人,做到老学到老,隔行是力巴。今天你也来了,你还是好好学习吧!"王二合伸出粗壮有力的手爪,快捷地活动着,不一会儿工夫,就揸好了。他递给刘冬说:"做出活来,又结实又好看才行,只是驴粪球外面光,那就不是活了!"刘冬接在手里,这么看看,那么看看,实在稀罕,斜起两只眼睛目不转睛地看着王二合,一直瞅了半天;这时,在他内心里唤起一个不寻常的印象。从他的内心里升起一个新的念头,他发现王二合和刘登华的思想有本质的不同。王二合又拿起王健仲家那些破绳套,该拆的拆开,该揸的揸上,又叫人从刘作谦家屋里搬来一盘盘的粗细皮条,把车上的搭腰、鞍鞯、辕套、后鞧、夹板,一件件拴好,用细皮条编上牌子,绾上落子。绳套散了头的都揸上。为了结实,还编上马莲垛儿。几把竹挑鞭子,大揽鞭,有的鞭挑儿断了,鞭梢儿散了,一个个拧好、拴好。刘老堆说:"你们看见了没有?二合真是农民群里的好手,不光会领导革命,还会收拾绳套,捣鼓牲口,雇农出身嘛!"

在大敞棚底下,朱老嗡把两条腿骑在犁杖上,摽着犁铧;挂上犁钩,拴上绳子。他当了铁匠又当木匠,累得满头大汗。听刘老堆这么说，他停下手来，仄起头瞅着刘老堆说："人和人就是不一样，有几个比得上二合的？就说你吧，是贫农，地虽不多，自己种着，还能打点粮食。有时打个短工，做个月工，凑合着能吃饭。俺们就不行，一年到头算是把身子骨卖给人家了；又是场里，又是地里，又是轰牲口，又是捋锄杠，耕、耩、锄、耪，拿不起哪样也吃不上人家那三顿饭！这咱才算到了头了。"

二合笑咧咧地说："自此以后，扛长活的哥们算是改变生活了，把地主阶级搁在一边，给咱贫雇农流血流汗吧！"

这批农具已经闲了一年，经过动乱，今天拾掇出来，不是缺这个，就是少那个，愁得朱老嗡直吧嗒嘴。王二合担来两筐犁铧、盆子，一个个磨光擦亮，摆在地上。收浮财的时候，人多手乱，搬运农具时不留心，把犁母儿都丢了，立刻找了木匠来，动起锛凿挖造犁母。鼓捣了半天，才收拾停当。

刘老迫、李固大嫂、罗慧，和一起子贫雇农在拴弄大车。刘作谦家的大车是清油脚活头车，二车是山西脚儿，都是八成新的；李福云家是一辆死头大车，一辆活头大车，都是旧的；王健仲家只一辆活头破车。另外这几家还有几辆多年不用的单套车。人们把车赶到粪堆跟前，背出铁锨、木锨、三齿钩、铁耙什么的，捣粪的捣粪，装车的装车。

刘老迫拉了朱老嗡走到大槽上看牲口；刘作谦家六个大骡子大马，个个膘肥体壮：一个野鸡红大辕马，一个黑乌头大辕骡，四个一色的大青骡子，另外一头白肚皮、粉白眼圈的大叫驴。李福云家五个大牲口：一冒首高的黑乌头大辕马，两个菊花青大骡子，还有一匹野鸡红大骡子，这是两挂车。王健仲这人有点古怪脾气，养着"四大鸳鸯"：海龙马、红骡子、黑犍子牛、粉白大叫驴。如今这些牲口到了贫雇农手里，喂得膘肥体壮，今后归贫

417

雇农配套使用了。刘老迫、朱老喻、李固大嫂掂对了半天，牲口还是不够用。王二合为这个上了愁。刘老迫说："依我说，咱们贫雇农那些小牛、小驴子的，也能拉犁拉车。再说，两条腿的人是活的，拉车的拉车，拉犁的拉犁，一齐上阵！"朱老喻看完了牲口，心上多了一件事；近日以来，他觉得那匹黑乌头大辕马改了样子，过去总是把头抬得高高的，眼睛亮亮的。现在慢慢瘦下来，毛也长了，老是低着脑袋出神，慑慑邪邪地不想吃草。

刘老堆说："老年里人们穷，拉犁拉车不怎么的。如今贫雇农翻了身，人不能当牲口了！"

朱老喻、刘老迫听刘老堆这么说，都没言语。王二合接过来说："这话还得另说，在旧社会里，贫雇农当牛做马，是受地主富农的剥削。今日个咱拉犁拉车是为革命种田。将来到了社会主义，咱就使汽车和拖拉机了。没有今天的辛苦，哪有将来的幸福日子？"王二合这么一说，人们一齐扭过头来，露出笑脸。刘老迫说："嘿！咱二合的思想真是黑白分明，真是快刀劈竹筒，一破两开！"

当王二合、朱老喻、刘老迫跟贫雇农们收拾车、犁、绳、套的时候，王黑炭也召集民兵班开会，分配李二虎带王老碜、李开泰、胡来、刘龙看守地主，别的人都游动放哨，看守粮仓，监视地主家属的活动。

忙活了半天，一切安排停当，火热的春耕大生产运动就开始了。

在这个地区，贫雇农组织起来合伙生产，还是一件新事物，人们稀罕得不行。吃过午饭也不休息，就动起手来。王二合把大辕马和大青骡子从凉槽上牵过来，抖抖缰绳，拉到井台上饮水。饮着水，用手拍着大辕马高大的脊背，心里是那么滋润。饮了水,把缰绳递给刘老堆去套车,又走过去摸摸黑乌头的脖颈,黑乌头点点头,表示亲近。自从三槽牲口归了贫农团,二合心里不知多么喜欢。那边刘老迫、刘冬和王振山也拉出牲口饮水套车,等人们齐大伙儿装满了粪,刘老迫抓起扯拢,把鞭子一摇"嘚儿"了一声,大车队出了大院了。后头就是朱老嗡、刘登华、刘二青他们几辆犁车、拖车。再后头是拉粪的牛车、驴车。贫雇农们背着秸子,牵着牛驴,三人一组五人一伙在后头跟着。前头一杆大红旗,大字写着"官渡口村贫雇农合伙互助组"几个大字。后面是背锨的、拿镐的、推车的、担担的,浩浩荡荡的生产大军,灌满了一街筒子。一个个酱色的脸上笑笑嘻嘻,扬眉吐气。你一言,我一语,说着、笑着、蹦着、跳着、打闹着。真是人多势众,意气风发,好不威势!

一面走着,王二合从刘老堆手里接过鞭子,啪地剪了一个响鞭儿,大辕马从耳朵根底下瞄着王二合的架势,拨拉了一下耳朵,梗起头来,睁大了眼睛,四条腿有力地蹬踏着。王二合看着这热气腾腾的队伍,心上由不得高兴,赶着车一出村,敞开响亮的嗓子唱着:"王二合赶大车出了官渡口啊……"他使用丹田的气力,嗓音又洪亮又圆润,再加河北梆子那种高亢的调门,使人听了,由不得精神振奋,斗志昂扬,一齐鼓掌叫好。接着《我们在太行山上》开始了,《二月里好风光》开始了,此起彼落,一个接着一个,歌声嘹亮,传遍了春天的原野。

刘老堆说:"你就听咱二合这嗓子有多么亮?"

贫雇农使上大牲口,成群结伙下地干活,确实使人心振奋。大车队和犁车、拖车来到东洼,刘老迫问王二合在哪块地施粪?哪块地插犁?王二合仰起身子哈哈大笑了。说:"这还用问!一出东洼,原来都是刘作谦、李福云的田地,归咱贫农团所有,挨着块儿施粪,挨着块儿插犁,也出不了咱的地边儿。"到了地头上,王二合把鞭子交给刘老堆,叫他们把车赶进地里,转身又从别人手里接过撒绳。

朱老嗡把牲口扯住,从犁车上搬下犁杖,摽上铧子,抬起头来望着二合说:"二合同志!你是领导,你打墒吧。常说:'人无头不走,鸟无头不飞。'你在头里一走,全村贫雇农就跟上来了。"

王二合笑笑说:"这是劳动,谁身上本事大谁领导,你是行家儿,你打墒吧!"

人们一齐笑着说:"还是王头儿给咱开墒!开张发市头一遭,取个吉利儿,你走到哪里,我们跟到哪里!"

王二合推辞不开,倒背着手儿在地头上步量了步量。不知怎么,猛地从心上升起一个念头:劳动一辈子了,都是在地主的土地上,今天才摸到在贫雇农的土地上耕种了。想起几十年来,因为没有土地,给地主做短工、当长工所受的苦难,由于毛主席、共产党的领导,自此以后才算有土地了,不受剥削了,由不得鼻子发酸,眼泪渗了出来。于是他双脚一跳,两只手在大腿上一拍,大喊了一声,说:"来呀!开墒了!"由不得两眼里噗噜噜落下泪来,像大河决口一样。他左手拿起撒绳,把绳头搭在肩膀上,右手拎起犁头,吆喝了一声"嘚儿!"两个牲口伸开脖子,蹬开四蹄,大踏步向前走。犁头翻开潮湿的土地,涌起一股股浪花,骡马挺起胸膛、伸直膀子、煞下腰,打着响鼻哺啊哺地拉起来。它们觉察到今天劳动的人群不同了,改换了把式,不知有多么高兴!

王二合开墒,惊动得许多人来看。见王二合流下眼泪,大家生活的遭遇相同,感情相同,一个个都流下眼泪来:过去劳动都是为地主，今天劳动才是为国家，为自己。难家不会，会家不难。王二合流着眼泪，一手扶犁，一手扯起缰绳，扬起头看着前方，随着两个驯服的牲口，不偏不倚向前挺进。后边留下一条笔直的墒沟，越来越长。看的人不住地点头叫好。一去一回，墒沟开好，后边几张犁、几张耢子，一前一后，像雁翅一样，斜里摆开。再后边就是老头、老婆、半桩小子、半桩闺女们拉着犁、拉着耢子的大队人马。黑红色的泥土从犁头下面翻卷上来，在春天的阳光下闪烁着鱼鳞般的光亮，喷放出泥土的芳香。人们又是流泪，又是高兴。牲口多日不做活了，浑身的肌肉几乎滚起疙瘩。今天干活特别卖力，一个个把头一低一扬，前腿一弓，后腿一蹬，使出全身的力气，为贫雇农干活，不住地"嘿儿""嘿儿"地叫唤；小牛儿都瞪着眼，伸长脖子，也不示弱，噗噗地出着长气才干呢！

路南里是朱老嗡开墒，一伙子人使着各式各样的牲口。朱老嗡犁上套着两个大骡子，王健仲的"四大鸳鸯"跟着，再后头是王振山使的大杠子牛拉着耢子，刘登华使的小黄牛和大草驴拉犁杖；再后头就是人们拉着犁、拉着耢子，这时的耕作方式还和小农经济时候手法一样。这么多的犁头，一去一回就耕出一大片土地。

送粪的车队又赶上来了；刘老迫打头车，他左手举着鞭子，右手拉紧扯拨，清脆地剪了声鞭子，来到地头上。他巴睃巴睃耕地的人们，看看翻新的耕地和一挺四直溜的墒沟，远远地朝王二合喊："瞧！墒沟儿有多么直！真是把式活儿到了家了！"

王二合说："你算了吧！论耕地，还得数朱老嗡啊！"

刘老迫又说："官渡口村就你们俩呀！"

王二合一面在地头上回着犁，说："你看咱的生产大军有多

421

么火爆？"

刘老迫说："干吧！老伙计！毛主席叫咱组织起来，就为的人多、势众、干劲大！"

是谁开玩笑地嚷嚷："刘老迫这一辈子没白活了，也算鸟枪换炮，使上大骡子大马了！"

说着，刘老迫兴致起来了，把扯捋松开，换右手端起鞭子，小跑蹓丢儿说："这是咱贫雇农的牲口啊！瞧这大辕马，脑门上白玉顶多亮！"刘老迫使的大辕马足有七尺多高，浑身墨锭儿般黑，四蹄踏雪，脑门上一片白毛确是好看。拉梢的是匹刚扎牙①的黑乌头大骡子，全身无一根杂毛，毛色像缎子一样闪亮。刘老迫第一次轰这么醒脾的大车，甭提心里有多么乐了。还有几辆拉粪的大车，是牛驴拉着。再往后就是独轮小车，担子担的、抬筐抬的，送粪的队伍多老长。队伍后头，是李固大嫂推着小车，罗慧在前头拉着。小车上推着八个粪筐。一路上赶车的剪着响鞭，嘴里哼着小曲子，装粪卸粪的扛着锨、耙，唱着《延安颂》《王秀鸾》。天气热了，小伙子们脱了光膀子，露着褐色的脊梁和宽厚的胸膛。在初夏的阳光下，脑门上、脊梁上的大汗珠子闪着光亮。

罗慧虽然累得满身大汗，却特别兴奋，她说："城里人们光会说'劳动神圣'，哪里知道劳动的沉重啊！哪里见过这劳动神圣的场景啊！"

李固大嫂说："这咱城里人们都是为吃饭给资本家劳动，咱们合伙春耕，是为革命种田，支援前线。性质可不一样！"

看得出来，人们的情绪是多么高涨。一辆虎头小车装上八筐粪，推起来也够沉的了，李固大嫂把车绊搭在肩上，学着男人的

---

① 长牙。

步伐保持本身的平衡，罗慧向前倾斜着身子，甩开膀子，用尽全身的力气拉着。到了地头上，李固大嫂放下车，扯起褂子襟扇着汗，走进地里踏着，说："道上还好说，一进地可就费劲了。"罗慧用手巾擦擦汗，说："经过冬冻春化，土地松泛，拉吧！越练越有劲，要练成金刚一样身架！"李固大嫂听着罗慧说，心里也挺高兴。

送粪的大车小辆，一齐赶到地里，使车的呐着喊摇动鞭子，牲口匍匐着身子出着粗气，打着响鼻趴着四蹄向前拉。小牛车小驴车陷住了，人们一齐拥上去，推的推拉的拉，连车带牲口一齐拖进田里。挑粪的，抬粪的，唱着小曲，喊着号子，迈开大步颤着担儿朝前走，春耕大军一个个精神抖擞，官渡口村里村外一片紧张劳动景象。这时他们还不理解，土地制度的改革，不只是消灭地主阶级，消灭封建势力；而且意味着农村合作化、集体化、社会主义改革，为改变农民的生产方式，发展生产力打下基础。他们喊着唱着，说着笑着，这一场劳动说不出人们怎样的兴高采烈。

李固大嫂喊："罗慧！来！咱们也推进去！"她说着把车绊搭在肩上，两腿向下一蹲，伸手抄起车把；罗慧也拿起纤绳背在肩上，身子向前奔着。李固大嫂"唔"地叫了一声，两个人使齐劲一拉，小车兀地推进田里，车载沉重，车轮轧进漫地成一条深沟。八筐粪卸成两堆，比条小牛儿拉得还不少呢。

当人们正在快乐地劳动，村头上出现一辆大车，忽忽悠悠地走了来。李固大嫂把手遮在眉毛上，望了半天，说："这是哪挂大车？"罗慧手搭凉棚一看，大车越走越近，看得出来装载很重。是周大钟驾着辕，小李、冯文光、李乔、金缨儿、红缨儿拉着梢，李蔚在后头推着。蹬齐脚步倾斜着身子才往前推呢。身上的衣服全汗湿透了，汗珠砸在脚面上。李蔚见人们都在看着，忙走过去换下周大钟，使劲架着辕，周大钟不叫他架他还不干。李固大嫂把手一挥，打了下招呼，二合嫂、杨花儿、罗慧……齐大伙儿赶上去，帮辕的帮辕，帮套的帮套，推着，拉着，拽着，一股劲到了地头上。车停下来，李蔚把车梯放稳。周大钟脱下小褂，用手一拧，汗水滴溜溜地流在地上，撇起嘴来说："好热的天啊！干柴火烧的！"周大钟拉车，在他这一生来说，并不是第一次，可是当他参加革命工作十几年，当了游击大队长、当了土改工作队长以后，如今的拉车，就不只是劳动效果，而且有政治影响了。当人们一齐喊着"向周队长学习！""向周队长看齐！"的时候，周大钟的心上想的是：他作为一个党员，不只用汗，而且需要流血的时候，他要用血为党在广大人民群众中去起他应有的领导作用。他是从战争中，从枪林弹雨中锻炼过来的。

二合大嫂走到周大钟跟前，伸出一个手指头戳着他，说："你不心疼你自己个儿，我们贫雇农可心疼呢！"

周大钟擦了擦身上的汗，转过头来说："大嫂，你看！"他攥起拳头，弯起胳膊，显出浑身的筋腱。说："吃着人民的小米，壮实得像小牛犊子，不给人民拉车行吗？"

二合大嫂和周大钟一块熟惯了，摸透他的脾气。她说："不管你怎么说，不能叫你们拉车了！去，去扬粪！"

二合也走过来说："老周！你们的任务是领导土改运动，累坏了你们，贫雇农不依我们！"

周大钟笑嘻嘻地说："同吃、同住、同劳动，这是党中央的指示，你逼着我们犯错误？"

# 34

官渡口村贫农团在东洼里送粪耕地的时候，王黑炭手里拿着独一撅，到各地主家里查着。当他走进李福云家梢门，地主家属们见王黑炭走进来，吓得变貌失色，浑身打抖。王黑炭看形迹可疑，把独一撅提在手里，一脚踹开二门，闯进里院，见北房滴水下头一个深坑，根据痕迹，看得出是被提走了一个大瓮。王黑炭顿时身上一热，头上一下子火冒三丈，眼里冒出金星子；又急忙去看夹道，东夹道里滴水下头，同样也亮着一个深坑。非常明显，看脚印是几个人把瓮拔走了，瓮坑原封放着。他不自觉地把牙齿咬得咯吱乱响，骂着："妈的！阶级敌人真是阶级敌人！他们舍命不舍财！"王黑炭气愤地往外走，碰面遇上刘龙和胡来，两个民兵背着枪，挎着手榴弹走进门来。王黑炭一见就火起来，瞪起两只黑眼珠子，气呼呼地说："你俩干什么去来？"

刘龙见王黑炭耷拉下脸来，把黑眼睛瞪得圆圆，两边腮肉直打哆嗦。他说："我们回家吃饭来！"胡来也说："家去来着！"

王黑炭噘起嘴，瞪起眼睛说："就是那么想家！你们昨儿晚上干什么来？"

刘龙说："昨儿晚上，我们在这里看了多半夜，半夜以后没有动静，肚子实在饿了，我跟胡来说：'咱们回家吃点东西，睡一会儿吧！'睡了一会儿觉，鸡叫三遍了，我起来去叫胡来，一块回来的。"最后又说："难道说我们就不能吃点东西？不能睡一会觉吗？"

王黑炭气呼呼地走上去，伸出拳头，照准刘龙前胸就是一捶，嘟囔说："为什么不换着班吃饭睡觉？娘的！都是下膪子！"刘龙不承想王黑炭翻了脸，打起人来，也一下子红了脸，斜起眼睛，狠狠地说："我们人是官的，肚子也是官的？有错误批评行了，你打人骂人违犯政策！谁是下膪子？"

王黑炭扯了他一把，说："你们来看！"他把刘龙和胡来拉进里院一看，北屋滴水下头一个瓮坑，东夹道一个瓮坑，他问："这是什么？"王黑炭说，嘴唇由不得颤动个不停，哭音说："这么执行任务，怎么向上级交代？"说着就流起泪来。

这时，刘龙心里可就嗵嗵地跳起来，不敢犟嘴了，检讨说："我们错了还不行？我们没有看好，让地主把浮财挖跑了。"也哭声说："这是我们的不是，我请求处分！"这时由于他心灵上的内疚的灼痛，由不得流出泪来，从眼角流到鼻子，流到嘴角上，由不得颤抖着嘴唇，浑身打起哆嗦。

胡来也说："我们错了，请求处分吧！"

黑炭噘起嘴来，说："什么处分不处分，你以后把工作做好！放跑了浮财，我们无法对广大贫雇农负责，无法向上级交代。"

自从土改运动以来，民兵班黑天白日执行任务。尤其这几天，捉地主、挖浮财，任务更繁重，眼看一班人干不过来了。有时一天吃一顿饭，有时一天吃两顿饭，摸不着吃饭的时候，就怀里揣上块凉饼子，饿了咬几口。睡觉更谈不上了，不管白天黑夜，也不管是在什么地方，也许是柴火堆里，也许是牲口棚里，得空儿睡一会儿。昨儿晚上，两个人实在熬不住了，肚子咕噜叫，两眼直打架，商量着回家吃了口东西，睡了会儿觉，没想到离开这么一会儿岗位，就出了这么大的事故。刘龙很觉过意不去，噘着嘴嘟哝说："我们粗心大意了，没尽到责任，使工作受了损失……"胡来鼻子上挂了浓涕说:"处分我们吧!"

王黑炭怔住,眯瞪眯瞪眼睛,心里琢磨来琢磨去,半天不说话。

刘龙今年十五岁,胡来十七岁,都是才从儿童团提拔上来的小驹子。虽说当了民兵,总算还是孩子。在儿童团里,站岗放哨,捉汉奸,都挺积极;才当民兵就担当这么重要的任务,小小的年纪,没有经验,身量小力气弱,累得支不住摊了,一时疏忽大意,是可以理解的。这时,王黑炭越想气愤也就消了,他说:"你们知道被偷走的东西是什么?"

刘龙说:"许是两瓮麦子!"

王黑炭说:"你那么说不行!要是两瓮绸缎衣服呢?"

胡来听到这里,心里一激灵,说:"要是两瓮洋钱,我们的错误就更大了!"

王黑炭说:"反正不是陈谷子烂芝麻,要是的话,他就不埋在地下了。"

胡来越想越后怕,急得直跺脚,哭了说:"自从儿童团的时候,向来站岗放哨没出过事故,今日个犯了这么大错误!"

王黑炭说:"你们不能老是说过五关斩六将,艺高人胆大不行,凡事要谨慎小心!"

刘龙说:"我看这地主家人们脸上带着劲,像是知道。"说着走出二门,找到李福云家人们,说:"昨日个晚上,你们听见什么动静没有?"

听得说,李福云的老婆慌手忙脚地走出来,说:"俺可没听见,俺什么也不知道。"一股劲往外推,偷偷给儿媳使眼色,说:"你说呢,他嫂子!"

李福云家儿媳吓得浑身发抖,迎上来说:"昨儿半夜里,听见里院夹道子咕咚一声响,像是跳过人来。"

地主婆一下子黄了脸,说:"就是你耳朵尖!怎么我没听见?"

一句话说了媳妇个大红脸,她说:"睡里梦里,也没听清。"

王黑炭插了一句,两眼睃着地主婆说:"她娘的,没叫你说话!"

地主婆呱嗒一下子耷拉下脸来,说:"我可没听见,出了事不在我!"

不管地主婆怎么遮掩,这两大瓮浮财是被敌人偷走了。有民兵把守,竟敢跳墙过来偷,可以肯定,有坏人盯梢,抓住了民兵的活动的规律,抽空儿下了手。从这一点来看,敌人是有计划、有组织、有预谋的。这不是一个小案子,不是一件简单事情。

三个人说着,走回贫农团部,坐在台阶上。王黑炭说:"你们犯了这么大的错误,我也没脸见人,请主席团解决吧!"

胡来说:"错误犯到这个家业,没有别的,我们请罪吧!"他说着,呆呆地把头低下,抬起两只手紧紧搂住胸膛。胡来个子很小,虽然十七岁,但还没有刘龙高,家里生活困难,使他的身体发育不全,直到现在还是瘦骨棱棱的紧巴个子;一向不爱说话,现在更话少了,老是低着头沉思,他想:能做一件什么事情,立功赎罪!他趔趄着站起身子,在院子里走来走去,不经意地看见墙脚里一个小砖堆,似乎新砌成。他低下头看着,心想:要是这下头有点什么东西才好呢!

他这么一想,就好像看见砖堆底下埋着一瓮洋钱。胡来心里一亮,惊叫一声:"啊!洋钱!"似乎一堆洋钱就在他的眼前发光。他猫下腰搬开那堆砖,把砖搬开了,下头是一层活土。嘿呀!怎么连一个潮虫也没有?他心上咚咚地跳了几下,自言自语:"哈哈！妈的！这砖堆底下有个小原因。"他立刻跑去找了铁锨大镐来，叫了刘龙两人一块刨。刨了几下，听得咔哧一声响，大镐锛在石板上。胡来跳起来，仰起头大笑说："活该咱们立功啊！"

民兵们看他不寻常的表情，一齐跑过来。

刘龙拿起铁锨除去石板上的土，黑炭猫下腰搬开石板，大喊："哟！又是一个大瓮！"他这一喊不要紧，一下子出了浑身大汗，乐得全身的毛孔都张开了。

他从瓮里拽出一个包袱，又一个包袱，大包袱小包袱一连拿出五六个。把包袱解开一看，嘿呀！绵绸袍子，大缎子马褂，坎肩儿，套裤，纱罗单衣，黑纱短裤。可以看出来，这是刘作谦和大荷花儿小荷花儿的衣裳。胡来说："娘的！地主诡计多！"

这时，王老碜、李二虎、刘黑寸、李开泰、王牛牛、王演中、刘娃子……所有的民兵面对着这堆绸缎衣服，又是喜又是怒，喜的是又得了一批浮财，怒的是地主阶级诡计多端，他们不肯交出所有的浮财。王牛牛把脖子一扬，鬼头蛤蟆眼儿说："这好比秋后捅蹦蹦枣儿，不管你找寻多少遍，鱼过千层网，网网还有鱼，稀有的东西更是甜！"

王老碜说："好比摸鱼，手指缝里钻跑的泥鳅是大的。"

刘龙说："要不是被人偷走那两缸东西，还不知道地主的浮财还有这么多呢！这就更见一层天，我们明白过来，过去挖的浮财是大大的不够！"

民兵们坐在台阶上，你一言我一语。晌午错了，耕地的，拉粪的人们都回来了，卸下大车和拖车，叫牲口在场上打个滚儿，又牵到井台上饮了水，拴在凉槽上。王二合见民兵们集合了，像是有什么事情，从腰带上扯下手巾擦着汗走过来。王黑炭说:

"老帅来了，说说吧！"

刘龙和胡来把昨儿晚上回家睡觉，被人挖走了浮财，后来又从院子里挖出了一缸衣服的事说了一遍，又检讨自己的错误，说："我们犯了这么大错误，对不起贫雇农的委托，请求领导上给个处分，我们心上才落实。"

王二合听着两个民兵的报告和检讨，由不得心潮起伏，很受感动。他高兴地看到革命的年轻一代，经过运动的锻炼，茁壮地成长，仰起头哈哈大笑。说："刘龙和胡来疏忽大意，丢了东西当然不好。可是，一个十几岁的青年，担当这么大的任务，也真是难能可贵，一方面接受教训，以后把工作做好；一方面要明白阶级敌人不能自动缴械，不能自动地退出历史舞台，我们作为无产阶级，看肩上的担子有多重啊！"说到这里，他又说："青年人，力气带在身上，不撒播种子，怎么能收获到更多的果实？不拼命斗争，怎么能战胜强敌，消灭封建、得到土地？希望年轻人接受我们的经验，长江后浪推前浪，一代比着一代强，才不辜负毛主席老人家对我们的教导……"说到这里，一手拉过刘龙，一手拉过胡来，眼睛上吊着泪滴说："你们自从孩子时候就跟着我们斗争，都是在红旗下长大，要记住：谁不拿起武器来保卫革命的政权，谁就会被敌人毁灭。谁不拿起武器向敌人进攻，谁就会遭到失败！"

听到这里，刘龙、胡来感动地流出泪来，抽抽咽咽哭个不停。别人也慑着眼儿不说话。

二合大嫂见把一群青年说呆了，笑哈哈地走过来，伸出两只手，拍了一个大巴掌，哈哈笑着，跟王黑炭说："带兵的也得爱兵啊，快叫他们吃饭去吧，小小的年纪，怪可怜见儿。青年人，才有多大？"说着，王黑炭目不转睛看着王二合，等他最后说话。

王二合也笑了说:"允许犯错误,也允许改正错误。这是毛主席的教导。对于年轻一代,要放手叫他们在运动里锻炼,犯点错误不算什么。"

王黑炭一听王二合的口气,下命令说:"王老碴、李开泰去李福云院里值班,刘龙、胡来回家吃饭,下午好好睡一大觉!"

王二合说:"今天下午,李固大嫂、罗慧、金缨儿、炭他娘……你们一起子女将们留在家里,帮着民兵深挖浮财,这浮财的潜力还大着呢!"

王二合解决了民兵班的问题,安排了挖浮财的工作,还是不肯回家。天气热,走到井台上提起筲桶倒了一小铁盆凉水,弯下腰去,用两手捧起冷水来往头上浇,洗了凉水脸!连头带脸洗得干干净净,走到凉槽上去看那匹黑乌头大辕马;大凉槽有几十步长,上头搭上苇箔,凉风习习,喂得大骡子大马又壮又肥。这阵子人们老是嚷嚷这马发慊,不爱吃草,瘦了,毛也大长了。他伸出手去拍了拍它的头顶,结下缰绳拉出来遛了几步,果然是这样,人们没白说了:这匹马,人们都叫它高头大马。过去,人们的手只要一着它的笼头,它的长脖子就抬得高高的,两只大眼睛就像明灯一样亮,可是今天,它老是耷拉着脑袋,用鼻头闻嗅闻嗅地上的树叶,也不想吃。王二合以为它想吃一点清口的东西,又跑到草屋里去抱了一抱干高粱叶子来,它倒是想吃,吃了两个叶子又不吃了。

王二合警惕性高,听到别的村里有的地主卖骡马,有的下毒,把马毒死了,叫它落不到贫雇农手里,他也想到:莫不是李福云给它吃了什么药了?还风言风语说:"……不叫他们解放生产力!"

431

王二合把马拉回大凉槽上，出了一口长气，走回家去。他心里老是结记这匹好马，如果是被地主药死了，使集体财产受到多么大的损失？主要是在政治上，地主养了多少年，还是一匹好马，到了贫雇农手里不几天工夫就弄得不像样子了。这是一个影响问题。

　　王二合为这匹大马的事情，怀着多么大的败兴走回家去。周大钟坐在饭桌一边等着他。见他走进来，说："怎么？活儿又累，天气又热，你不想吃饭？"

　　王二合说："我怎么不想吃饭？我是心疼咱那匹高头大马。有这么一阵子了，人们说它发慁，不爱吃草。我今天看了看，果然这样，看来其中定有原因！"

　　周大钟说："许着，事有说不到的，没有见不到的。就说这李蔚吧，本来县委把官渡口试点工作交给我，可他老是在里头鼓鼓撅撅，我说叫他搞吧，甫说是几天，半天工夫，一见阵仗儿，他就不干了。对这样的人真是没有办法。当然我还是下决心帮助他、改造他。"

　　王二合一听，鼻子不是鼻子脸也不是脸，说："谁说叫他搞？"

　　周大钟说："我说的！"

　　王二合说："你说不行，你说是个人意见，支部通不过！"

　　周大钟说："你看！我算摆弄不了他，他是井里的河蛙、酱里蛆，咱算没法！"

　　王二合说："贫雇农有办法！"

# 35

原来属于地主李福云的那匹黑乌头大辕马有了病，李福云家浮财被盗，给官渡口村贫农团一个深刻的教训：树欲静而风不止，地主阶级的浮财还没挖净，敌人还没有认输，阶级斗争还在继续。主席团决定：春耕期间运动更加一把劲，白天闹生产，晚上搞运动。民兵们立刻割断地主分子刘作谦、李福云、王健仲和外界的联系，不许地主家属们给地主送东西，不叫他们见面。不准地主在场院里活动，上厕所得有人跟着。加强岗哨，严密监视。这样一来，就把他们装进闷葫芦里，坐上了没底的轿了。自从发生了这两件事故，民兵们连着开会检查，加强战斗。贫雇农通过这两个事件，进行了阶级教育，要进一步思想发动。快到手的东西又被敌人拽走，大家心上都憋着一股劲，斗争的热情更加高涨。地主阶级心神不安，预感要有一场更大的事故临头了！

刘作谦看见北院里人来人往，格外地紧张。看见人们一个个交头接耳，比比画画，很是神秘，他心里更是怀疑不安，想知道贫农团的底细，不停地仄起耳朵听听，转着眼珠想想，听到一言半语就心惊肉跳。

过去抗战八年，地主阶级用尽各种手段，公开地或是秘密地对付革命力量。革命群众在共产党的领导下，越斗争越坚强。把日本鬼子打跑，把国民党打败，现在又闹土改运动，来势如波涛汹涌。地主阶级再没有还手的力量，可也不甘心，一有机会就要捣乱。三个地主住在这间小屋里，吃着秫米饭，睡着草铺。只可以隔着门或是隔着小窗户看看蓝色的天空，闹不清哪块云彩是他们的天,连这一块小小的天空也不是他们的了。

小屋里除了犁楼盖耙,权耙绳套占了一大片地方,民兵叫他们把锅灶也搬进屋里,做起饭来,满屋子黑烟白雾,直往小窗户外头冒。小窗户不过一尺见方,烟气好半天出不尽。他们把身子趴在地铺上,用手捂着嘴,呛得咳嗽了又咳嗽,咳嗽得眼泪直流。小屋子北头,搭起一个草铺,三个老地主就睡在这个草铺上。十几天来,麦秸踩了满地,身上、头上沾满了草末。场屋门口放着一个小凳子,民兵们坐在凳子上看班。有时把屋门打开,他们可以借机会看看门外的太阳,屋子里的烟气也可以很快出去,最要紧的是可以窥测大院里的动静。可是把门一锁,他们就什么也看不见了,只是低着头闷着。

刘作谦这几天很觉烦闷,一锅接一锅子地抽着烟,悄悄地扭过脖子往北院看。门只开着一个小缝,离得远,又隔着花墙,也看不出什么。能看到的只是摆了满院子的红油大柜,描金皮箱,八仙桌子,太师椅子和一些家具。不看还好,一看起来更觉得心酸。过去这些东西是属于他们所有,现在归贫雇农了。他们从厅堂大屋里搬出来,只剩下吃饭的碗筷了。

王健仲见刘作谦老是坐在那里往外瞥,以为可以看到什么,也趴过去扭着头看,可是什么也看不见。刘作谦自言自语:"我以为可以留下点东西呢,不承想落得两手空空!"

王健仲说:"莫非咱们就这么着完了?"

李福云老是觉得他是个软蛋。说:"杀不尽势不两立的人,保不住我们子孙万代的安宁!"

刘作谦不耐烦地睁开两只大眼瞪了他一眼,可是并没有说什么。

李福云看见他们两个在那儿钻头张耳瞭望,也躺在草铺上,转着黄眼珠子看,张起耳朵听。好长时间也看不出什么,听不到什么。刘作谦说:"别那么惊惊乍乍的,没听见说吗,是打倒地主,不是打死地主,你怕什么!人不死就有一救,谁知道以后刮什么风下什么雨?"在李福云来说,他不能承认是恶霸,只可说是土棍毛包,他早拿定了主意,对贫农团能顶就顶,能拖就拖,顶不住拖不过去,就只有横下一条心了。从运动一开始,他就不抱什么希望。但是他还是心里不服,觉得一味地驯服不行。他想,也许蒋介石会打过来,会有人怜悯我们这些人,哪怕掉进深潭里也不该灰心丧气。也许我的衣服会挂在悬崖上,正好飞过一对大鹏的翅膀托住我……几天以来,他总是想入非非。

王健仲就不,从一开始就想:他可能不是地主,是地主也是小地主。想着有那么一天,即便土地被贫雇农分了,他还是要领着子孙们努力过日子,贫农、中农、富农,还能过到以前那种火爆日子。他心上有充分的幻想……

这几天他们把屋子打扫干净,搭上草铺,盘上锅台,砌上几块砖,搁上筷子和饭碗。在这小屋里,除了吃饭睡觉,散步也只是这几步,不大的两间小屋,除了农具,还能剩多少空隙地方呢?

不提防王牛牛端着枪,一脚把门踹开,噘着嘴气冲冲地吆喝:"他妈的!看什么?有什么可看的?你们只有老老实实,低头认罪,不许乱说乱动!"

刘作谦一下子耷拉下脑袋,咕哝说:"是……是……"说着,躺在草铺上。李福云听了把眼皮一耷拉,没事人儿似的翻了个身。王健仲自己拿着自己挺当人,脸上笑眯眯的,悄悄说:"牛牛爷!你得看顾我点,如今你在马上,我在马下!"说着,仰起脸儿朝王牛牛笑着。

王牛牛瞪出两个大眼珠子，梗梗着脖子说："谁是你爷？胡说八道，滚开！"

这时王健仲真的一骨碌打了个滚，滚到草铺那边去了。

按王家祠堂的家谱来说，王健仲辈数最高，平时王牛牛想跟他叫声爷都够不上，经过几个月的土改运动，王健仲的威风被贫雇农打下去了，王健仲老是想找机会跟王牛牛说个话儿，近乎近乎，拉拉关系。今天才跟王牛牛叫声爷，说句近情话，不想又碰了一鼻子灰，只得蔫头耷脑地滚回去，跟刘作谦、李福云像鲢子鱼似的顺排着躺在铺上。

王牛牛看晌午歪了，下地做活的人们都回来了。他说："妈的！发晕当不了死，你们还不做饭？"

刘作谦霍地坐起来，说："唔！可不是，该做饭了！"李福云、王健仲也跟着起来，没精打采地抱柴火做饭。

刘作谦、李福云、王健仲，三个地主三种不同的性格。李福云是屎茅坑里的砖，又臭又硬，横下一条心跟革命势力顶到底。刘作谦跟李福云不同，过去是地主当权派，他用尽一切聪明才智跟无产阶级、跟贫雇农明争暗斗。过去，他为了跟革命力量斗争，不惜牺牲一切，甚至亲生的女儿。直到目前，还是该烧香的烧香，该磕头的磕头，一切为了人身的安全。王健仲和他们两个都不一样，他的哲学是"好汉不吃眼前亏"，为了个人利益，为了安全地过去，什么丢人现眼的事都干得出来。今天王牛牛叫他做饭，刘作谦一骨碌从草铺上爬起来去提水，王健仲更表现积极，抢着刷锅、淘米，不笑强笑，乜斜着眼儿对王牛牛请求："再给我们点咸菜吃吧！"

王牛牛瞪了他一眼，说："走！"

王牛牛在前头走，王健仲在后头跟着。这时场院里很静，四

436

月的阳光已经暖烘烘的,椿树上长出紫色的嫩芽,槐树上长出卷曲的绿色小叶。家雀在院里的箱柜上跳来跳去,叽叽喳喳叫着。箱柜后头放着大大小小的缸。王牛牛走到一口大缸跟前站住,王健仲掀开笨重的石板,在膝盖上褪了一下袖子,伸进手去捞出几根腌萝卜,斜起眼睛看周围没有人,悄悄地说:"照顾我一下吧,咱们是一家子呀!"

王牛牛用枪把戳了他一下,睁开眼睛瞪了他两眼,绷起嘴唇,没说什么。王健仲伸起脖子,就过王牛牛耳朵说:"园子里,井桩子底下还有一点东西,你拿回去过日子吧!那也说不定落到谁手里。你拿回去,能用的用了,不能用的,你给我存着。"

王牛牛一听,脸上腾地红了,抬起腿照他的屁股踢了一脚,说:"妈的!闭上你那臭嘴!"

王牛牛脸上发红,表明他心上确实动了一下。牛牛家里是贫农,旧社会给他的苦楚是一辈子说不完的,可是他不是共产党员,只有朴素的阶级观念。面对着王健仲的物质引诱,他的心里就老是七上八下的,他捉摸不透是福是祸。本来,王家大户还在一个坟上埋人,灾荒年头也曾受到王健仲一点点帮补。王牛牛知道:说这话有报恩思想,属于封建思想的范畴,应该在土改运动中进行批判。不过,这种思想在没有消灭之前,还在起着它的反动作用。一个十六岁的孩子,牛牛心里的动摇,并没有丝毫表现出来。他把王健仲带回场屋。

王健仲一手托着咸菜,一手从墙角里扯出一块小案板放在地上,猫下腰把咸萝卜切成薄片。时间不长,高粱米煮熟了,刘作谦用马勺搅了搅锅,说:"来!吃吧!"

于是,各人拿起自己的碗筷,盛饭吃饭。吃饭也很简单,盛一碗稀饭，就着咸菜片吃。晌午过了，肚子早就饿了，虽说稀饭就咸菜，但空着肚子吃起来也挺香甜。要说香甜，也只是在现在的情况下说，在过去地主吃午饭，和这就没法比了：不是烙白饼、摊鸡蛋，就是大米饭。逢集过庙，断不了买个鱼呀肉的。就是吃个咸菜，也搁油搁醋，不像今天吃红高粱饭，就着没油没醋的咸菜片子。可是他们已经被没收了土地、房屋、浮财。被拘留在这个小屋里，贫雇农给他们吃碗饭，就是不小的宽大。

王牛牛看着地主们吃过午饭，已经是起晌了。贫雇农们三三五五走来，套犁车的，套拖车的，装粪车的。一阵子忙忙碌碌，下地去了。

李二虎背着枪来换班，叫王牛牛去休息，吃饭。自从昨儿晚上，直到现在，他还没有睡觉。几个老地主吃过了饭，睡在草铺上，一股劲睡到太阳平西。

黄昏时分，王二合赶着拖车回来，卸了牲口，在场院里打了个滚儿，到井台上饮了水，拴在凉槽上，就回家了。走进小屋，拿了一把扫炕笤帚，扫了扫身上，洗了一把脸，就到周大钟屋里。周大钟今天下午没下地，和李固大嫂、罗慧她们挖了半天浮财，看见二合进来，拍了拍炕沿叫他坐下。二合说："从今天的情况看，地主们转移财产不是一件小事。"

听二合说，周大钟喷地笑了。说："不只不是一件小事，还是一件大事。今天下午在李福云家鸡窝底下挖出一缸洋钱。在王健仲家粪堆底下挖出一大缸麦子。这些东西落不到贫雇农手里，就还在地主手里，他们随时都想偷走。"

二合说："这些东西咱不挖，就是给地主留着。"

周大钟胸有成竹地说："不过，光是满世界乱掘也不是个办法。有时，耍半天大镐也刨不出一点东西。"

438

二合说:"依我看,挖是个办法,再一个办法就是攻心,叫他们自己报出来。"

周大钟把手往炕上一拍说:"对!我们要发动群众揭发,还要叫地主老实交代,把隐藏的浮财吐出来。"

两个人商量了一会儿追浮财的事。吃过晚饭,二合就去叫柏老槐、李固大嫂、刘老迫、刘老堆、王振山、朱老嗡、金缨儿……到贫农团去,王黑炭和民兵在北屋里等着,听说要攻心挖浮财,都挺高兴。他动员民兵,要站稳阶级立场,给地主点颜色看看,说:"应该严厉的时候,温情是错误,温情不能使敌人变成朋友!"

王二合和王黑炭搬了几条板凳摆上,把高脚油灯拨得亮亮的,放在锅台上。民兵们手里拿着枪,枪上上着刺刀,排列在台阶两旁。王二合,朱老嗡、李固大嫂、金缨儿、李蔚、冯文光、罗慧坐在板凳上。王二合扎煞着胡子,两手叉腰站在堂屋当中,多年来的阶级仇恨在他胸膛里鼓荡。为着地主阶级转移浮财,气愤得不行。准备好了,他把胸膛一拍,说:"先带李福云狗日的!"

民兵"赛关羽"王老碜听得一声令下,一下子振起精神,右手把枪一提,小跑着到场屋门口,把门一拉,猛地提高了嗓音大喊:"李福云,出来!"

李福云刚吃完晚饭,四脚拉叉地躺在草铺上抽烟,听王老碜一声叫,由不得浑身打了个愣怔,抖颤了一下,但很快就平静下来,他闹不清这次出去是吉是凶,转着黄眼珠子瞅瞅门外,慢搭搭地坐起来,在屋子地下搒了搒烟灰,靸上鞋子,一步一步走出来。见王老碜提着枪等他,他明白困难的时刻这就来了,但毕竟不知道是干什么。低下头思摸了思摸,跟着王老碜走。刘作谦和王健仲，睁着两只大眼看看，叹声说："死到临头还怕死，死神怎会可怜你？即使你们逃上天，它还一样追上你，咳！"说着，叹声不绝。

李福云一过界墙门，看见堂屋里明灯火仗，摆开阵势，就明白这一堂不好过去。他低下头去，垂着肩，拔起腿一步一步走上台阶，合上眼睛站在门槛前边。屋里鸦默雀静了一刻，王二合说："李福云！你的黑乌头大马是怎么病的！"

李福云这个老土豪是有经验的，多少年来，他进城上县，调词架讼，在衙门口里也是有一份的。一路上，他的口供早就编好了，他下决心不多说一句话。听问到高头大马的病，他嘴头上只动了一下，说："不知道！"

王二合见李福云这个撅巴样子，火气一下子冲上来，说："李福云！你为什么不睁开眼？"又啪地拍了一下肚子，说："叫你睁开眼！你要知道，今天的一切，都是你们的剥削和快乐换来的。你们手上沾着贫雇农的鲜血！"

李福云还是合着眼睛，低着头不说话。

王二合停了一刻又说："你为什么不睁开眼？我们完全明白，你并不是胆落心慌，你的心比石头比铁还硬，还凉！"

李福云猛地抬起头来，瞪圆了黄眼珠子，转来转去，转了半天，说："你们是谁？我不说你们是给你们留下情面，我要说了你们，一辈子不得超生！"

王二合见老恶霸那个凶样子，黧黑的面皮，满脸的横肉，嘴上满下子灰胡碴子，两丛挺硬的花白眉毛耸立老高。他正想发脾气，朱老嗡、李固大嫂、柏老槐、冯文光一齐伸手指着他说："老恶霸，你老实着点！你还记得你们搞维持会的时候？"

关于这件事情，李蔚也是知道的，他满面红光哈哈笑着说：

"那时二合一下子没把你摔死了！"

老槐大伯站起身，两手叉在腰里，捋起长胡子哈哈冷笑，说："是狗改不了吃屎，是狼改不了吃肉，真是一点不错。狼和狗都是地主的替身，阶下的囚徒，还这么高的凶焰！"

罗慧红了脖子脸说："从此，我也知道反动阶级是怎么反动了，一头碰南墙，至死不回头。捉他的时候，他还上房揭瓦地抵抗。今天要追问浮财了，还不好好交代！"

正在这时候，李蔚一下子跑了上去，伸手轻轻打了李福云一个耳光子，笑了说："臭地主！"打完了又笑哈哈地走到一边去了。

王二合耐住心上的火气，说："李福云！你放明白点！睁眼看看这是什么地方！日本鬼子叫我们打败了，国民党叫我们打败了。现在是共产党的天下，无产阶级的天下，再不是你们地主豪绅专政的天下了，你如今犯在贫雇农手里……"王二合心里的怒火实在按捺不住，他向前走了两步，伸出手去，指着李福云说："你有罪，你不老实！"

李福云不跪，扬着脖子冷笑两声，说："哼哼！我要是跪了你们这一帮穷鬼，算我李福云没有骨头！"

王黑炭呐喊一声，蹿过去照准李福云屁股噔的就是一脚，李福云扑通一声扑在地上。正在这刻上，听说要夜审地主，贫雇农们争先恐后地挤进院子，齐声大喊："打倒恶霸地主李福云！""打倒土豪劣绅李福云！"一阵阵的喊声像浪潮一样涌上来，压住李福云的气焰。有人气得要动手，冯文光走上去劝说："有话可以说，不要违犯政策。"场院里一时动乱。民兵把人们拦住，审问继续进行。

主席团得到广大群众的支持，王二合更加奋勇百倍。他坐下来说:"李福云!你在官渡口村横行霸道,多少人被你害得倾家荡产,家败人亡?多少人被你剥削得卖儿卖女,妻离子散?今天到了算总账的时候!你把浮财还给贫雇农,算你得着便宜!"

说到这里,李固大嫂由不得涨红脸,满眼里含着泪花,指着李福云说:"李阎王!你吃人肉,喝人血,断子绝孙的东西!这早晚你还不服气,不交出浮财!"说着,满脸紫胀,泪也住了,她说:"我跟你拼了!"说着,一下子照李福云扑过去,大家拦住。

王黑炭伸出右手捏住李福云的耳朵,提起他的头来,叫他仰着脸看看前后左右的人们。又一下子把他放开,由不得弄了个嘴啃地。

李福云无时无刻不在暗地里想着:何时才能够重振我的权威,洗雪这败亡的耻辱。何时能从泥巴腿手里夺回我的土地,光复我旧日的繁荣。可是往日的权势已经不在他的身边,他的溃败如同风扫残叶。他把共产党的政权比作茫茫的黑夜,蒋介石的兵打不回来,他就只有失去权势,失去房产土地,失去一切。他唯一的希望是蒋介石卷土重来,天色变了,就又是他的天下了。可是经过一年多的解放战争,他也知道,蒋介石反革命集团,无论在军事上还是政治上,都打了败仗。平、津、沪各大城市,工人和学生的正义斗争,风起云涌。蒋介石进犯军,从去年七月被歼九十个师,剩下的军队也陷入解放区广大人民群众的重重包围里。他们已经进入绝境。李福云知道,他的希望成了泡影。想到这里,又听见群众的吼声,铁青色的脸庞,不住地颤抖。

朱老嗡伸手捋了一下胡子,说:"李福云!你甭打哆嗦,你这么下去,不如人的道儿在后头!你不要把我朱老嗡看成傻子,我在你家扛了八年活,你家那厢屋里那厢炕,有几块炕沿砖我都数过。你干的那些拉脓屙血的事我都知道。土改队进村这些日子,你背着人在黑夜里犯了罪!你也知道我们工会是干什么吃的,常言道:要想人不知,除非己莫为,告诉你说,你的浮财怎么掩藏,怎么运变,看是你自己说出来,还是我们说出来。"

这时,李蔚走上去,伸出手指头点着说:"我一进村就知道你是个大恶霸!"说完,又退回原地。

柏老槐、刘老迫、冯文光、李固大嫂、李乔、王黑炭、罗慧、金缨儿都一齐伸出胳膊,气愤地指着李福云大喊:"老恶霸!看看你现在到了什么地步?"

周大钟在王二合身子后头,看着这火热的场面,心里十分高兴。土地改革充分发动了群众,培养了革命的骨干。他笑默默地说:"李福云!顽抗对你没好处!土地改革是一场暴风雨,你一手能遮住太阳?你一个人能挡住历史的车轮前进?要挡,也只有被车轮轧死!"周大钟的几句话,使屋里屋外顿时寂静,李福云也耷拉下脑袋。他又接着说:"共产党对地主阶级的政策是:反动到底,死不悔改的,依法惩办。低头认罪,接受改造的,可以分到一份土地、房屋和生活资料。你自己好好思量吧!"

王二合接过来说:"周队长的话你听见了,你是破罐子破摔,还是争取宽大?你的事全村知道。只要你低头认罪,服从贫雇农的监督改造,把浮财吐出来,你,和你的全家大小都可以分到一份土地、房屋,今后你可以和你的家人在一块劳动吃饭。要是不交出浮财,就没有你的份。送你坐监狱!"

这时,主席团的人,你一言我一语,李固大嫂说:"说也在你,不说也在你,没有不透风的墙!"

李福云在贫雇农的气势之下,在政策的威力下,顽抗到底的思想有了动摇。开始琢磨他隐藏的浮财,是说了上算,还是不说上算。说了吧,金银财宝,上好的衣裳就不归自己了。不说吧,落个不老实,得不到宽大。再说长工们能不知道他那浮财的去向?要是给他抖搂出来,就够他一呛了。东西没了,一败到底。要是主席团撒手把他交给贫雇农,就难以设想了!四外的风声对他也不利:有的村地主扫地出门,罪大恶极的要送官法办。他想到这里,心里发起抖来。目前遍地是共产党、八路军。遍地闹土改,遍地是贫农团掌权。藏也藏不住,躲也躲不开。看来,只有老实接受监督改造。想到这里,他不得不像做戏一样,表演一番,好把今天夜里混过去。想到这里,他两手趴在地上磕起头来,说:"我要老实!我要老实!争取宽大处理!"其实,这只是嘴头上的事,他心里并不想改悔。

王二合说:"那好!你拿实际行动!"

李福云一听,眨巴眨巴眼睛,浑身打了一个冷战,咕嘟着嘴,不说什么。他想:转来转去,转到浮财上来了。

王二合说:"你吐吧!"

周大钟说:"你吐,你吐出来算你老实!"

李福云这时心上又像是沉沉地压上了一块石头,愣着两只眼睛瞅着,把嘴闭得紧紧,只怕失言,怕多说一个字。

王二合说:"用不着犹豫!捣鬼,捣不出官渡口贫雇农的手心去!"

广大群众听到这里,不禁一齐高呼:"李福云不老实,只有死路一条!"

冯文光火性子再也按不住了,伸出大手,连连拍着大腿,说:"早在你肚里钻了几个过儿,甭打算蒙人,打开鼻子说亮话,不说出浮财,你就别打算过去!"

这时,李福云就像个木头人儿,直梆梆地立在地上。他没来贫农团以前，早就拿定主意，要想叫他说出浮财是万万不能的。说出浮财，就得暴露转移浮财的人，暴露了转移浮财的人，他这一局棋就满盘皆输了。这时，他只有闭紧嘴、憋着气，两只黄眼珠子一直转着，有抽袋烟的工夫。

王二合看他不说，拿起烟袋抽烟，站起来跟周大钟说："看来叫地主回心转意，争取宽大是不容易！"

周大钟说："反动成性，所以我们一定要彻底消灭这个阶级！"

人们看审问不下去，会场上情绪也就缓和下来。三个一堆两个一伙，纷纷议论。抽烟的抽烟，说话的说话。

李福云的心上实在为难，他觉得舍点财帛可以，要是招出人来，那就等于失去一颗定时炸弹，今后再也没有还手取胜的一天了。再说，重要东西都给砂锅子转移走了，金银首饰，昨儿晚上包在油布里，沉入屎窖子里了，那就不能再动了。想到这里，他猛地想起一桩浮财，把这桩浮财交出来，可以保存下那颗定时炸弹。他翻来覆去思摸了一会儿，下定决心这样干下去。再说，房子归了贫雇农，这项财帛将来落在谁手里也难预测。

王二合看李福云的黄眼珠子转悠完了，他清了清嗓子说："李福云！你想好了吗？我们不能老是等你！你要是不交代，咱就先谈那大辕马的事！"

李福云听说大辕马的事，浑身打了个曲连，思想上立时转了一个弯，下定决心交代这项浮财，把马的问题遮掩过去。为了下定这个决心，他把牙咬得嘎嘣响，说："不管怎么，我说了吧！我有这么一项浮财，埋在北屋滴水底下；还有一项浮财，埋在东夹道里。"说到这里，他心上在打冷战，那种顽固思想又冲上头脑，他暗暗痛骂自己："唉！我英雄了一辈子，不能当狗熊，不

445

能丢我万岁皇爷的人！"其实末代朝廷连他这个名字都不知道。

人们乍听起来，好像李福云要交代浮财，等李福云说完了，人们仰起头哈哈大笑。王二合说："李福云！你老实吗？"

李福云又低下头说："我老实！"

王二合抿起嘴冷笑一声，说："你好老实，你的眼珠转得比谁都快，脑袋摇得像货浪鼓儿，告诉你说，你说的两项浮财早就落在贫雇农手里了！"

当他交代两项浮财时，人们还在睡里梦里，王二合一说，人们一下子醒过来。柏老槐一时气愤，说："他娘的！你算是拿着贫雇农开心！"跑过去，照着他的脊梁骨就是一拳。"我不看着毛主席政策面上，活该揍死你个老东西！"

冯文光说："好小子！你跟我们转磨磨！"

王二合说："恶霸地主！想叫阶级敌人老实，说句实话，是万万不能的！"他把手一挥，说："去他的！"

王老碴走过去，抬起脚照准李福云的屁股拨拉了一脚说："你不老实，滚出去！"和李二虎把李福云拉起来往外走，扯着他斤斗趔趄。李福云连说："我说！我说！"王老碴照着他脊梁使劲杵了一捶，说："滚你娘的！"

王二合说："带刘作谦！"

李二虎和王老碴把李福云带回场屋，王老碴伸手照李福云脊梁上揉了一把，李福云跟跟跄跄扑在草铺上。李二虎提高了声音喊："刘作谦出来！"

刘作谦听得说，慌忙扔下烟袋走出来。正是夜深人静，刚才审问李福云，他也听到了些，现在轮到他了，由不得浑身发抖。跟着民兵走进里院，一步步迈上台阶，慢慢弯下腰去，哭丧着脸说："罪人……刘作谦……进见！"他迈过门槛，深深地弯下腰。他认为低着头走路总比昂着头容易过得去。

王二合问:"你有什么罪?"

刘作谦又弯腰说:"剥削有罪!"

王黑炭从鼻子里冷笑两声说:"哼哼!学乖了。不管是真是假,他说了回头话了……"王二合一听,一手叉腰,一手把膝盖一拍,着急得红了脸说:"你不能听他那个,他跟我们斗了多少年,这是麻痹群众!"王二合一说,人们心上忽地明白过来,主席团的人们,土改队的人,院子里的贫雇农们,都点头说:"是!"互相谈论起来:"还是咱二合呀!"周大钟在一旁看着,也铭心刻骨地佩服。他在纳闷:"他没有读过多少马列主义,是怎么明白过来的?他的脑子是特种材料做成的?"他起心眼里要把二合高看一眼。周大钟接下去说:"好!既然你知罪,那你就说吧!你把浮财转移到哪里去了?"

这时,刘作谦身上凉下半截,心里想:"哦,我落在真正的敌人手里了!"他说:"现在,我一切都明白了,财帛乃身外之物,多存可以伤身。东西两院已入地三尺,即使有所隐匿,房屋、土地都不是我的了,浮财能值多少!"

王二合说:"你心里明白,我心里明白,说吧!只有你自己可以保护你自己。"

说到这里,刘作谦心上可是打起小鼓儿。他看了这个阵势,又听了审问李福云,他想:这就算碰上了,不说过不去,说了扯出刘登华可不是玩的,他瞪了瞪大眼珠子说:"要说我没藏浮财,我也亏良心,走吧!在东院堂屋北山墙里,有五百块现洋,贡献给贫雇农作为发展生产之用,从今以后,我一家人大小都靠贫雇农赏饭吃了!"

王二合侧起头来,说:"你保证能起出来?"

刘作谦恭恭敬敬说："我敢保证！"

王二合把肚子一拍，走前两步说："好，你领着！"

李二虎、王老碜拽起刘作谦，王老碜抓住他的肩膀摇着说："起不出来，要你的脑袋！"

刘作谦说："绝无差错，我刘作谦过去犯了大罪，今后老老实实听贫雇农的。"

刘作谦在头里走，人们在后头跟着。进了东院，王黑炭从腰里掏出钥匙，开开正房门，说："刘作谦！你说，在什么地方？"

刘作谦指着财神龛说："就在这底下。"

主席团的人们看见黑漆的佛龛，心里觉得有点玄乎，王二合睁眼瞄着他问："真在这儿？别叫费事！"

刘作谦点头说："是！"

王黑炭拿起大镐，照着佛龛下面，啪！啪！啪地几下子，把神龛底下的墙打开，又啪地一镐，镐头锛在一个木箱上。用手扒开木箱，哗啷啷地掉出洋钱来，金缨儿由不得高兴地跳起来，说："这是洋钱？"刘老迫拿了一个簸箕，把掉在地上的捡起来，把木匣子里的洋钱掏出来，数了数，一共五百元整。

王二合走到刘作谦跟前，问："还有？"

刘作谦躬着腰，低头说："没有了！"

王二合说："不能！三顷多地的出产，又有买卖、放账，就这点存项，三岁的小孩子也不会相信！"

刘作谦料到这里，果然是这样。他低下头，弯下膝，说："我这一家，人吃马喂，男婚女嫁，人来客往，多大的开销？"

周大钟冷笑一声，说："他不说实话，叫他回去吧！"

民兵把刘作谦送回场屋，叫出王健仲。也不知是真是假，王健仲一听得叫他，就浑身筛糠，鼻涕眼泪一齐流下来，嘴里不住地说着:"我有罪!我有罪!"一步一步走上石阶,一迈门槛就跪下了,爬到二合脚下,瘫在地上,嘴唇打着哆嗦说:"甭问了,我自动坦白!我还瞒着浮财!"

当审李福云、刘作谦的时候,他已经只言片语地听到一些,主要是李福云回来以后,一五一十对他说了。这时,他想:与其打着骂着逼出来,不如干巴逗脆地说出来,一来少受凌辱,二来表现老实。

王二合一见王健仲这个架势,笑眯眯地说:"你倒像个'面糊人',那你说吧,浮财藏在哪里?"

王健仲说:"在头伏棚里,牲口脚底下!"

王黑炭说:"是真是假,我们没空儿和你磨牙!"

王健仲抬起头来看着王黑炭说:"真!真!"

王二合说:"既然是真,放你先回去。要是起不出来,你可得顶着!"

民兵把王健仲押回场屋。大家一齐到王健仲家头伏棚里。原来王健仲一家人都在这里住着,王黑炭把他们叫到磨棚里。拿了铁锹大镐,就在大槽后头,牲口脚底下刨起来。直累得王黑炭、李二虎汗巴流水的,刨了半晌也没刨见踪影。王黑炭叫周大钟和王二合来看,瞧瞧这里,看看那里,看不出浮财埋在什么地方。王二合闷着头看了半天,生气地把手一挥,说:"带王健仲!"

民兵背起枪小跑着到场屋,吱的一脚把门踢开,怒眉横眼说:"王健仲,滚出来!"

王健仲冷不防地愣怔了一下,从草铺上爬起来。民兵上去就是一脚,说:"妈的!净说瞎话!"

王健仲扭过脸,一面摸着屁股,笑着说:"我不敢说瞎话,哪里?"

民兵用枪筒子一拨拉王健仲，说："走！弄不出浮财，在你脑袋上穿个窟窿！"

王健仲没顾得提鞋，在民兵前边踢里跋拉跑着，走到他家头伏棚里。王二合一见王健仲，红了脸说："娘的！把槽头后边刨了个到！哪儿有啊！"

王健仲猫下腰，用手指头画个圆圈说："这儿要是没有，你劈我的脑袋！"

王黑炭抡起大镐，朝着王健仲指画的地方刨了半天，累得满身白沫子汗，刨到溜腰深，一镐下去，只听得咔嚓一声，大镐刨到一个缸盔上。李固大嫂等不及黑炭再刨，跑上去伸手扒了扒，揭起那个破缸盔，底下是个大口坛子，坛子里都是白花花的洋钱。李固大嫂提着坛子，满脸憋得通红，坛子提不起来。这时，罗慧、金缨儿、老槐大伯大家一起下手，叫了声："一二三。"坛子带着土嘭的一声提起来。罗慧、金缨儿站不稳，一屁股坐个倒墩。坛子提了老高，往地上一蹾，哗啦的一声，坛子碎了，白花花的银圆滚了个满世界。

大家一齐哈哈大笑，说："啊！洋钱！洋钱啊！"

老槐大伯敞开嗓子大声笑了三声，说："洋钱！挖出洋钱来了！"

李蔚捋起袖子伸出拳头大喊："这是贫雇农的胜利！"

王健仲说："说有就有！骗贫雇农不得好死！"说着，倒背起手儿，似哭似笑，自己走回场屋。

今天挖浮财收获不小，大家都很高兴。李固大嫂坐在长工的炕上，反复地数了几遍，整整一千五百元。王二合叫民兵们用筐头背着，回到贫农团，时间已是半夜子时。

王健仲投机装蒜；他认为耍个鬼画符就把人们迷糊住了，就可过去这一关。自觉得意，一步一步走回去，但心上还是惊怔不安，嗵嗵跳着。他在这场斗争里，又失去了一千五百块大洋，对一个僻乡村的土财主来说，积攒一千五百元大洋不是容易，那要花费多少年心血，剥削多少债户、长工、短工、佃户的劳动。现大洋在当时来说，是一种稀有的财宝。已经是半夜了，天很黑，他一步一步走回场院，当他一脚迈进场屋，灯苗就像豆粒那么大，小屋里黑暗阴森得怕人。民兵们咔哧地把门锁了，他一个人站在屋子地上呆了老半天，刘作谦懵懵懂懂醒过来，看见王健仲回来，他悄悄问："怎么样？"

王健仲呆了半天，有气无力地说："我吐了！"

刘作谦点点头，说："你吐了？"呆了一会儿，又转个口气说："吐点吧，不吐过不去呀！"

李福云并没有睡着，他翻了个身趴在草铺上，挺起脖轴子，翻着白眼睛看了看，说："过不去！火焰山也得过去。你们吐，我李福云不吐，看谁敢把我吃了？"说着，忽地坐起来，睁着两只黄眼珠子哺呵哺地出长气。随后又嗵地跳起来，双手拍了下屁股，指手画脚说："好，你们在贫农团面前买好，你们装开明，我李福云顽固！枪毙我，刀剐我，点我的天灯，姓李的不能含糊。我说下话放着，我死也得拉两个垫背的！甭高兴，惹恼了我，掐死你！"李福云说着，扎煞开两只手，像要掐人，朝刘作谦和王健仲出溜去。不知他想要干什么，两个人吓得眼都瞪直了，刘作谦再不敢挨着李福云睡觉，把被子一扯，爬到王健仲那边去，鼻子气儿不敢出。看看李福云把气消了才躺倒。可是睡也睡不着，他们知道这人心狠手黑，吃饭黑心，放屁咬牙，拉屎攥拳头。他有全身的武艺，他能举八十斤的制石，拉十二个劲的硬弓，凭他的功夫，要想弄死个人，像杀个小鸡子一样。特别是王

451

健仲，因为在多少年前，王家大户和李家大户有历史冤仇，打过几场官司，吓得眼睛都不敢合上，直勾勾地盯着，听着动静。

自从抗日战争开始，李福云一直和革命力量顶了十年。他心里的疙瘩无法解开。他知道共产党要实行共产，祖祖辈辈传留下来的家财，说什么也不愿叫贫雇农共了去。抗战期间，民主政府实行减租减息，他反对减租减息。实行统一累进税，他反对统一累进税。他还反对增资增米，为了这事，革命群众不止一次和他进行严重的斗争。李福云和革命力量结下了深刻的冤仇。经过多少年的较量，贫雇农并没有放松他，只是地主、富农尊他怕他。为了他敢于站在地主富农立场说横话。王健仲本来就胆小，他知道他说得出做得出，他心上害怕。可是时间一长就迷糊了，似睡不睡。他似乎看见李福云悄悄地爬过来，这时他想躲开，可是浑身吓得动不了。李福云两只大手掐住他的脖子，越掐越紧。他挣扎着大喊："救命啊！救命啊！"

在寂静的深夜里，王健仲的呼声喊得实在吓人。惊得民兵顾不得开门，王黑炭一脚把门踩开，和王牛牛端着枪冲进来，王健仲直挺挺地站在草铺上发怔。王黑炭用枪筒一拨拉王健仲说："你他妈的嚷什么？"

王健仲说："有人掐我的脖子！"

王黑炭问："谁掐你的脖子？"

王健仲说："似乎是在梦里，他掐我的脖子！"

王黑炭说："他娘的，好好的！诈尸！"

王牛牛说："地主们没个老实，睡着觉还打梦捶，天什么时候了，还扎刺。你老实睡觉！"

王黑炭和王牛牛看着王健仲躺下，刘作谦和李福云连动不动。民兵们把倒下的一扇门安上，重新锁上门。只剩下王牛牛一个人在门外说:"天这早晚了,还不好生睡觉?你们有园子有地的时候,有权有势。这早晚没园子没地了还不老实,有什么好下场!"

王健仲这一惊再也睡不着了。听声音是王牛牛在说话,别人听着还不怎么的,王健仲听着就别有心意了。他呆呆地倒在草铺上,心里还是惊怔不安,害怕贫农团分了他的房产,分了他的土地。他幻想:我,兴许不是地主,是个富农什么的……

# 36

人们费了一天时间抄好了棉籽,眼看着出了芽,扭了嘴儿。

第二天早晨,周大钟早早起了炕,他怕惊醒二合,一个人蹑手蹑脚地打开屋门,伸手握紧栅栏上的铃子,把门提起移开个缝儿挤出来。天刚蒙蒙亮,浅灰色的暗影还未褪尽,远远的东方映出晶莹的白色光带。几颗大银星镶在湛蓝色的天幕上,发出犀利的光芒。他放快了脚步,匆匆走过大街,到贫农团的团部。梢门大开着,走到院里一看,有人在槐树底下守着一堆农具在鼓捣。走近一看,不是别人,正是贫农团主任王二合。他一下子停住腿,把脚一跺,说:"嘿!我以为是谁呢?原来是我们的大主任。我走出门口的时候,直怕把你惊醒,提起两只脚,蹑悄悄地才走呢。"他笑着,走近王二合,又语重心长地说:"你看这几天敌我斗争、内部斗争多么激烈,你够累了,我想叫你多睡一会儿。"

王二合听到这里,喷地笑出来,拍了一下大腿,说:"谁说不是呢!哪个心上闲下来?我也想叫你多睡一会儿,轻手轻脚地走出来。"

　　王二合从黑咕隆咚就起炕了，只怕把周大钟惊醒，猫儿似的一步一步走出来，出了栅栏才拿起腿来跑，像蹬上风火轮，一阵风儿似的跑到贫农团。敲开了门，从家具堆里把耧一张一张搬出来，把耩棉花的耧斗一个个找出来，摆在大槐树底下，一件一件地装配。本来是几家地主的农具，没收的时候，稀里胡噜地弄到一堆，驴唇不对马嘴，哪里好装配呢？直累得满脑袋冒着汗珠子。他说："阶级敌人不叫我们睡，死乞白赖地冲我们进攻，不叫我们按时下种。可是，我就是这个犟脾性，他越是要破坏，我就越是按时下种，像凫水的鱼，硬是戗着上。"他一边说着，捡起一根"黄瓜"①，用铁丝把它摽在耧腿上。

　　周大钟也拿起一副犁角，骑在耧上，用铁丝摽着，说："你还是这个老脾气，吃顺不吃戗，吃软不吃硬，敌人要是和你顶板，管保他一辈子不得安宁。阶级斗争嘛！本质就是这样，要不怎么能把地主阶级搞垮呢！"他把犁角往犁腿上安，可巧碰上那副犁角小，耧腿倒挺粗，合不上辙，他这么按按，那么拧拧，说什么也安不上，累得浑身发热，流下汗来。

　　二合停下手，在一旁眯眯笑着，说："那就不用说了。可是，也看是跟谁，要是跟咱里码的，不是原则问题，凑合着也就算了。要是跟阶级敌人，他顺我也不吃，他软我也不吃。敌人总归是敌人，狗嘴里吐不出象牙来。"说到这里，又嘻嘻笑着，走到那边，捡了一副犁角，说："看看这副怎么样？不是一套活，霸王硬上弓也不行！"他把犁角向耧腿上一安，不大不小，严丝合缝。

---

① 指绑在耧脚后的一根形状有些类似黄瓜的木棍，起荡平耧脚后面泥土的作用。

两人一边说着，一边笑着，又是换耧斗，又是安"黄瓜"，摽犁角，系码罐。这些季节性的农具，有的是新打的，有的不知使了几辈子，用麻绳、铁丝拴着揉着，鼓捣一会儿才装配停当。两个人坐在大槐树底下抽烟说话。王二合说："我们共产党是搞阶级斗争的，敌人不会自行消灭，不怕地主坏人捣蛋……"说着话，天也就大亮了，柏老槐、朱老喻、刘老迫、李固大嫂、王振山、刘老堆、金缨儿、杨花儿……一起子贫雇农们，陆续来到贫农团大院。最后来的是刘轮子、砂锅子、刘二青，来了也不抄活儿，这儿走走，那儿看看。到了柏老槐跟前，刘轮子不走了，丁字步站稳，用鼻子冷笑了两声，说："哎！哎！我说柏老槐！你七十岁的人了，摆了一辈子船，怎么，今天你也来趁这个热闹？"

　　柏老槐一听就愣住了，气得呼扇着下嘴唇，说："看你说的！我柏老槐是不折不扣的老贫农，对于抗日，对于革命，棒打不回头。我来抢种大田，争取今年大丰收，多打粮食支援前线，我为什么不能来？我看你是黄鼬给鸡拜年！"

　　刘轮子不等柏老槐说完，把拳头一伸，抢上一步："什么叫黄鼬给鸡拜年，你柏老槐今天得给我拆讲拆讲！"

　　老槐大伯见刘轮子抢上来，把头一摇，两手叉在腰里，说："拆讲什么，你今天来就是没安着好心！"

　　刘轮子瞪圆两只大眼睛，攥紧拳头喊："你说谁没安好心？"

　　老槐大伯见刘轮子摆开架势，他捋了一下胡子，右手把大腿一拍，抢过一步说："我说的是你刘轮子！刘轮子！说的是你刘轮子！你刘轮子没安好心！"

　　刘轮子一听，把脖子一拧，挽挽袖子，拍了一下膝髁指着柏老槐说："你这个糟老头子，充什么硬骨头？"

刘轮子一句话没有说完，刘老堆、李固大嫂、金缨儿、红缨儿，还有杨花儿一齐发了话："刘轮子！你想干什么？看你敢动老槐大伯一手指头！"刘老堆伸出胳膊出溜上去，一拍膝髁，说："我看你是屎壳郎飞到车道沟里，充硬骨头！"

刘老堆话刚落地，砂锅子、刘二青出溜上来，说："你嘴里干净着点儿！"刘二青长挑个子，一壁说着，拍胸脯子，下嘴唇伸出老长。

刘老迫见砂锅子、刘二青推横车，把两手叉在腰里，嗔起脸来说："干什么呀！我看你们是反动派翻天！成心捣乱！谁是糟老头？你们这么看不起贫雇农不行！"

砂锅子见贫雇农人多势众，胳膊肘碰了一下刘二青，把脚一跺，疯了似的跑进牲口槽上，把那匹大红马牵出来，拉着往外走。人们不知他想干什么，一忽拉赶过去，张开两只手把他截住。这时，王二合横着膀子一步一步走上去，一把搌住缰绳头子，说："李保忠！你想干什么？"砂锅子扬起脑袋觍着脸说："我想使牲口，我要种棉花！"杨花儿走过去说："你房无一间，地无一垄，把棉花种在锅台上？"砂锅子说："我给二青种客家！"这时刘二青远远地搭了话，说："你们伙种伙收，我要单种单收！"

贫雇农们都知道砂锅子的根底，别的不用说，要是一出梢门，把马一骑溜了，你从哪里去找他？于是，无论怎么说，不能让他牵马出门。一个个挤在梢门口里不让他出去。

刘二青家几亩地，歪歪斜斜一长条，正躺在东洼里正当腰，为耕耩方便，派了几次人，好说歹说才把二青他爹说通，不承想今天一开耧又变卦了，故意给贫农团出难题。王二合也着实生气，眉头皱成一个疙瘩，把双手往腰里一叉，说："今天要开耧了，你们就都来捣乱，成心破坏大生产！"

刘轮子翻了个白眼，说："你干吗推这个横车？俺能破坏大生产？"

王二合说："你们无事生非，故意捣乱，明话不用细讲，你们背后有人！"王二合本来是红铜脸儿，一生起气来，脸更红了。面庞上连连抖颤，他纵身站在梢门口大碌碡上，转着圈儿望望这个，看看那个。

这时，老槐大伯走近二合，把大腿一拍，说："好啊！前些日子刀砍小玉的凶手算是找到了！"

王二合紧接着说："黑炭！二虎！王演中！李开泰！快抓凶手！"

王黑炭和民兵们早在一旁气不忿儿，听得一声令下，王黑炭把哨子一吹，跑到场院当中，举起右手，说："民兵集合！"

民兵听得王黑炭的命令，背枪的背枪，拿手榴弹的拿手榴弹，飞快地跑到王黑炭跟前站上队，黑炭说："刘轮子、砂锅子，破坏生产，故意捣乱，来！先抓起他们来！"

李二虎不等黑炭说完，不踏脚儿跑过去，一手抓住刘轮子的胳膊，向后一拧，往地上一摁。摁了个嘴啃地。李开泰也蹿过去，拧过砂锅子的胳膊，盘在脊梁上，把砂锅子摁在刘轮子身上。王演中、刘黑寸从腰里掏出绳子要绑，王黑炭使了个眼色，王演中、刘黑寸一人踢了他们一脚。王黑炭说："滚起来，他妈的！一个个都是地痞流氓，地主的狗腿子！"

王黑炭带着民兵，把刘轮子和砂锅子推推搡搡地弄着走。刘耷拉着脸，嘴里不住地砸姜磨蒜："这是干什么？这是？正在春耕春播，把我们弄起来，这不是窝工？这不是糟蹋劳动力？"

王二合看他们那个不三不四的邋遢样子，斜了一眼，说："没有你们这两块狗肉也得垫碗儿，你们干你们的，我们耩我们的棉花，一天也耽误不了。早播一天，早收十天，上当的不是贫雇农！"

刘轮子还是不服气，挣扎身子，歪过脸来，说："你们拿我当什么人？我是地主吗？政策呀！政策呀！民主政府的政策呀！算叫你们给糟蹋坏了！"他狗鞠着腰，一股劲跺跳着脚，摇头大喊。

这时候，刘登华倒背着手走过来说话了："可也得顾政策呀！"说着又溜溜达达走到秫秸垛后头去了。

贫雇农们不理刘登华，人们都觉得冤枉不了他们：一个个流氓无产者，他们的生活最不稳定，也最没有立场。他们原来也是农民，因为好吃懒做，把房屋土地卖个精光，只得游走四方，打幡砸瓦，偷鸡摸狗混碗饭吃。上无一根房椽，下无立锥之地，成天价大步云飞地，从东走到西，从西走到东。他们参加斗争，可能有时也很勇敢，可是对于革命老是三心二意，到头来常常是当了反动势力的爪牙，成了狗腿子。

刘轮子一面走着，一面偷着在自己脸上划了几道血印子，流着眼泪，哭哭泣泣，咧开大嘴说："我那天爷！真是隔着门缝儿往外瞧，看扁了人了。我怎么成了狗腿子？"说也没法，几个民兵推推搡搡把他们弄走。

这时，蓝色的天空飘着几朵白色的云片，周围天边的远方反射出精白的光亮，远近的村落上响起卖豆腐的梆子和卖油的铜钲。迎着晨露，大杨树上杨花儿盛开，榆树上长出一串串的榆钱。天已经大亮，全村贫雇农齐集在贫农团大院，王二合站在大槐树底下，右手举起烟袋哈哈笑着说："看！土棍毛包又来捣乱，他们的行动就是破坏革命，破坏生产。这是规律，反动的东西，你不打它就不倒。共产党领导的天下，贫雇农不是好惹的！要是敌人胆敢出来练练手脚，管保他们有班房坐！"王二合把拳头攥得紧紧的。他四下望望，又接着说："现在咱不说他们了。咱们说今天的劳动吧！土改运动后第一个春播，能不能夺到丰收，先看这一着。看看我们哪个能拿耧吧！谁会䙌籽儿，谁能傍耧，谁能拉砘子？在共产党的领导下是有民主的，又有民主，又有集中。一共六张耧，先选六个拿耧手。"

不等二合说完，刘老迫接过去说："闹了半天，天道不早了，还选什么？二合是头儿，二合说一下算了。"刘老迫一说，老槐大伯、李固大嫂、刘老堆、王振山、金缨儿……一齐呐喊。老槐大伯说："什么民主，这就是民主：深孚众望就是民主。时候不早了，春光一刻值千金，别耽误时间了，你是领头的，你提个名，大家同意就行了。"老槐大伯这么一说，全体贫雇农一声吼："对呀！"

周大钟也说，时间不早了，不用费那个事了，快该下地了。二合说："那，我可就分配了！"王振山说："你就分配吧！"刘老迫说："民主也不是大事小事都选举，不是原则问题，领导上说句话，人们没意见也就行了。"二合说："好！大家叫我说，我就说了……第一个拿耧手是周队长，他十几年前是长工，现在是咱县游击大队的大队长，又是土改工作队队长。周队长经过抗日战争，他的毛泽东思想可足哩！和咱们同吃、同住、同劳动，眼下还得同耩地。第二把手……"不等二合说下去，金缨儿跄上去说："你就甭提了，二把手就是二合大爹。"这时二合把嘴一抿，说："我那好闺女！你怎么看准我了？这耩地可非同小可，是个关键活儿，能叫我把一二百亩棉花糟蹋了？"金缨儿又说：

459

"那是，自然而自然的就是你，方圆十里，谁不知道我二合大爹是拿耧的好把式呀！"二合说："好！时光不饶人，咱也别磨牙了，咱就说第三把手儿吧！朱老嗡怎么样？四把手刘老迫怎么样？五把手刘老堆，六把手……"二合说到第六把手，他把眼儿转着圈儿找，终于把李固大嫂找到了，他说："六把手李固大嫂怎么样？"不等二合说完，全体贫雇农一齐鼓起掌来。他真正说到人们心坎上了。

李固大嫂脸上一下子红起来，说："放着你们男子汉干什么？偏拉我们这妇女？谁见过妇女拿耧耩棉花的？"

老槐大伯撅了撅胡子，嗔着脸儿说："你说的这都是老话，是封建。如今民主了，男人们能干的事情，妇女一样能干。你能领着妇女打仗，抬担架，也能拿耧耩地。"老槐大伯说到这里，又歪起脑袋说："……我今天光为这个起了个大早，想卖卖老，去拿耧耩地，就是没人提我，既然你不去，就把这六把手让给我吧！"

老槐大伯这么一说，李固大嫂可不干了，非要给妇女们争这口气，怎么能叫一个七十多岁的老人去拿耧耩地呢！两个人争论了会子，冯文光哑着嗓子走过去，说："我看你们两个都不合适，李固大嫂是妇女，老槐大伯已经是七十多岁的人了，拿耧也为难。还是把这六把耧手让给我吧！"

冯文光不说还罢，他这么一说，李固大嫂、罗慧、金缨儿、杨花儿一大群妇女说什么也不干，一定要叫妇女们拿这第六把耧。罗慧说："依我看，咱按李固大嫂的意见办，光说男女平等，解放妇女，在劳动上都解放不了，还谈什么男女平权？"

罗慧这么一说，人们扬起脖子来哗哗大笑，都同意了。

老槐大伯一看人们这个架势，把两手在怀里一盘，笑眯眯地蹲在一边，不再说什么。

议出六个拿耧手，又议出六个傍耧的，通明、火亮哥儿俩，老堆家大龙，老槐大伯的正月几个人。又议出十二个缕籽的——每耧两个，多是缕籽的老手，老有经验的人。最后议定六个拉砘子的。到此为止，这播种大军算是组织起来了。这时，王振山、刘老迫早就套好了大车，带着人把棉花籽装在大车上，把喂牲口的槽子拴在车尾巴上，装上一天的草料。通明、火亮、大龙、正月一个个精神抖擞，从凉槽上牵下老实、听话的骡马。拿耧手周大钟、王二合、朱老喻、刘老迫、刘老堆、李固大嫂，每人扛起一张耧往外走。小伙子们看这六个耧手都是三十开外的人了，一齐跑了过去，争着替他们扛耧，耧手们都不让，老槐大伯两手往腰里一叉，张开胡子大嘴，说："咳！小驹子们年轻力壮，有力气没处使，叫他们把耧扛到地里，拿耧耩地才是你们的活儿！"小伙子们接过耧来，跟上拉砘子的，走出大梢门，人们很自然地排成了队伍。

老槐大伯把播种大军送到村头，停住步，举起手打了个招呼，说："同志们！今年的棉花丰收不丰收可看你们的了！"

王二合回过头来，大笑了说："你放心吧！大伯！给地主扛了半辈子长工，耩过半辈子棉花，也没耩在自己地垄上。今天要耩自己的地了，能不耩好？"大家伙儿说着笑着，迎着清晨的霞光，歌声又涌起来了，先唱《延安颂》，再唱《青年颂》，又唱起各种抗日歌曲来。

已经是清明时节，大清早还是有些凉意。东风吹起来，一群云雀儿在清亮的天空乱飞。霞光开始移动，照在人们的脸上。在官渡口村来说，这是第一个合伙的春天，第一次为贫雇农播种棉花，人们说不出来心眼里有多么高兴。这一带村庄上是产棉区，广大贫雇农下决心完成上级布置的植棉任务,种够、种好。劳动大军一面走着,说说笑笑,嘻嘻哈哈,心上实在高兴。到了地头上,大车停住,傍楼的把牲口拴在大车上。咳呀!在旧社会,哪有这个年头,哪家贫农用过大骡子大马耩地?哪家贫农用大车拉着棉籽去耩地?哪家贫雇农有这么大的地场呀!在毛主席、共产党的领导下,没收了地主的土地,归贫雇农所有,消灭地主阶级,消灭了封建。在地主的土地上解放了贫雇农,解放了生产力,这就预示:大地上的一切作物将要得到空前未有的大面积丰收啊!

通明牵过野鸡红大辕马,抖了一下缰绳,笑了说:"伙计!来吧,你过去是给地主刘作谦服务,今天开始为咱贫雇农服务了。"说着又抖了一下缰绳。那匹大红马好像懂得通明说话一样,扬起头儿,梗起脖子,两只眼睛瞪得精明澈亮,跺跶了两下蹄子,哞儿哞儿地叫了两声。通明说:"你看这马多么通人性,有多么样的高兴呀!"说着,套上骆鞍,拉它到周大钟的楼前,猫腰拾起夹板来,说:"伙计,调过来,调过来!"那匹大红马,慢慢颠着屁股调了过来,通明把夹板搭在骆鞍上,把套股搭在它身上,伸手拍拍大红马的脊梁,捋了捋脖子上的长鬃,大红马回过头来,用嘴亲了亲通明的脸。火亮见通明套好了大红马,就伸手去牵那匹菊花青大走骡,一个不留心,大青骡把头一摆,一下子把火亮带了个侧不楞,差一点没把他摔倒。火亮一下子红了脸,说:"你他妈怎么的?你过去为地主李福云服务,现在为贫雇农服务冤枉是怎么的?"这小伙伸手揪住笼头,抬起右脚照准大青骡的肚皮,嗵嗵就是两脚。踢得大青骡嗵嗵地尥了几个蹶子。大青骡知道火亮要整它,把脖子一梗,睁亮两只大眼睛,嘿儿嘿儿叫了两声,猛地扭过屁股,腾起两条后腿,啪!啪!啪!

弹了三个蹦子。火亮手疾眼快，机灵一下子躲开了，人们看他躲得那么疾乎，一齐哗哗大笑。老堆说："嘴上没毛，办事不牢，光自它不服从你的管教，你笼络它，你不能老是踢它。"王二合见火亮摆弄不了这匹大青骡，不着急也不发慌，一步一步走过去，说："原来使它的是朱荣庆，现在荣庆回家分地去了，它认生人，你得慢慢地拢哄着来。"说着，接过缰绳，伸出右手，轻轻地在骡身上拍了拍，捋了捋脖子上的长鬃，慢慢带上笼鞍，说："来吧！你换了主儿了，放弃地主为咱贫雇农服务了，这是光荣的，一点也不委屈你，来吧！"他左手举起缰绳，拍着骡子的屁股说："调过来吧，调，调！"那匹大青骡跺跶着蹄子，把圆大的屁股调动过来。二合笑了，说："有门！嗨，有门！来，再调，再调……咦！正好。"给它系上夹板，把缰绳送到火亮手里，咯咯笑着说："年轻人！好好学习，庄稼活也得活到老学到老呀。你上来就火性子暴溜的不行，要慢慢摸清它的脾性，它才服你使用。别看事儿小，和掌握大事是一理。"

王二合看着傍耧的一个个把牲口套上，说："老周同志，你先开耧吧！"

周大钟笑了说："老伙计！开什么玩笑？你是有名的耧把式，又是主席团的主任，我怎么能开耧？"

二合说："我的老伙计！我虽然是主任，可你是主任的上级，谁不知道下级服从上级呢？"

周大钟说："咳！十几年不捅耧把儿，不行了。"

二合说："行了，你是老头脱泥钱，虽然摞下的活儿，也好拾掇起来！"

周大钟推辞不过，伸出两只手扶了扶耧把，抬起眼睛看了看这段地块——地头长短，宽窄、弯度。他第一次使这张耧，摸不透这耧的性能，说："咱先试试看，一遭生两遭熟，使惯也就好了。"这时通明右手捽紧了笼头，左手攥紧缰绳，走进新翻耕过的松软的土地上。周大钟"吁！"了一声，大红马停在地头上。周大钟把犁角插进土里放下，倒背起手儿，在地头上走了两趟，抬起右手搭了个凉棚，向远处望望，自言自语说："唔，耩这个地可要人的手艺！这头向西弯，那头向东弯，咱就照着地边上那几棵桑墩来吧！"

王二合笑了笑，说："什么桑棵不桑棵，我看怎么耩着合适就怎么耩吧！"一句话提醒了大家伙，人们都说："对呀！这地都是咱贫雇农的了。怎么耩也出不了地边儿。"

周大钟说："无论怎么说，这咱还没分地，还不到集体化的时候，要耩好地，还得按着地块、地形。"

通明傍着大红马一直往前走，老贫农富荣右胳膊挎着竹篮子，左手撒着籽儿。连升左胳膊挎着篮子，右手撒着籽儿。两人一递一把换替着。棉花籽从手缝里漏出去，落在耧斗上，咚咚地响着。周大钟把白布手巾搭在肩膀上，迈着小俏步儿，两只手抖弄着耧把儿向前走。走了约有三四十步，他"吁！"了一声，通明勒住了牲口，周大钟用布手巾擦擦脸上的汗，单腿跪下，伸出手指在垄沟里瞄着，当他发现棉花籽正落在湿土里，扭着嘴儿，伸着白芽儿，由不得心里笑出来。二合离老远里喊："深浅里怎么样？"

周大钟说："行！稍微深了一点。"说着站起来，走过去把牲口身上的搭腰紧了紧，然后又走回来，两只手拉起耧把儿，说："孩子！来吧。这地耩得直不直，可要看你这傍耧的，你的眼要朝前看，照准一个目标，你就走直了！"通明提起马笼头，挺起胸膛，大踏步地向前走，棉籽落在耧斗里，咚咚响着，好像有规律地敲着小鼓儿。

二合看着周大钟的身材高矮,两只手下垂的长短,牲口搭腰的松紧,心里估摸了估摸,又走过去把大青骡的搭腰绳放了放,说:"来,咱也试试!"喊了声"嚼儿!"火亮拉起笼头,撒籽的紧跟上,走了几十步,二合说了声"吁!"叫傍耧的把牲口停下,他放下耧把,倒背起手,回过头走了几步,单腿跪在地上,伸出手在垄沟里瞄着,用手指头捏出一颗棉籽看了看,又放下去,拨土埋上。这时朱老嗡还没有插耧,他问:"怎么样?深呀浅呀?"二合一下子笑出来说:"你猜怎么样?不深不浅,正合适!"朱老嗡撅动了一下小胡子笑了说:"你俩是染坊铺里的捶布石,经过大家伙的了,要说耩地,是手拿把攥!"他说着,伸手比画了比画,把搭腰绳紧了紧,拿耧手们也都各自料理了一下牲口的搭腰,比画好了籽眼儿,一个跟着一个地开耧了。

李固大嫂虽说是个妇女,个头儿也不高,却身强力壮,心地聪明,又是个好强的人,事事不落人后。在抗日期间,带着妇女自卫队,攻岗楼,拿据点,送军粮,抬担架……从没有心怯过。只是这拿耧耩地在庄稼活里是最吃功夫的。可是自从李固牺牲了这么些年,家里的几亩地,耕、耩、锄、耪从没有求过人,可是从来没有耩过棉花。她想:天下无难事,只怕有心人。自己不会,向人家学呗!李固大嫂眼看着一张张耧都进地了,她还在地头上呆着。傍耧的、撒籽儿的、拉砘子的都在等着她。她体会着前面的人,每个动作的用意,照样整了一下搭腰,她个子比别人矮,必须垂直手,还得挺着一点腰。最后,她提起耧把,说:"来,咱们也试试。嚼儿——"这是最后的一具耧进地。掌耧的,傍耧的,撒籽儿的,拉砘子的,各司其事,浩浩荡荡地跟上去了。

刘老堆心里有数，他知道虽然李固大嫂心盛争强，争得了第六把耧手，可耩棉花这个活儿毕竟是第一遭。想到这里，他停下耧，倒背着两手走回来，走到李固大嫂的稼垄，单腿跪下，伸手瞄着，拿出一粒籽儿看了看，由不得笑了，说："哈哈！不深不浅，籽儿摆得正是地方！"

李固大嫂听得说，停下耧，走到老堆身边，弯下腰把手伸进垄沟里瞄瞄，看棉籽儿正好放在湿土上，抿嘴笑了，说："咳，这真是瞎猫碰上死老鼠。头一次学耩棉花，怎么能耩得好？"

刘老堆站起来，拍了拍手上的泥土，说："能干的人到处显身手！"

他这么一说，李固大嫂脸上腾地红晕起来，说："净瞎说，我哪儿能行？还是个大哥哩！"说着，扭过头去，握紧耧把继续耩地。

在过去的农村里，还没有播种机，都靠木耧播种，能拿耧耩地的人，每个村里也不过有数的那么几个。李固大嫂凭着过去耩高粱谷子的经验，看着别人的行动做态，今天一着手就耩合适，得到人们的赞赏。大家听得说，一齐回过头来看。看得李固大嫂脸上直发烧，心里却挺高兴。脚底下踩着柔软的土地，两手扶着耧把，就好像驾上云头一样。罗慧一边缕着籽儿，一边为李固大嫂高兴。她说："这不能不说是我们妇女们的骄傲！"杨花儿也说："当然是啊，经过土改，我们妇女翻身抬头了。男女平等了，经过大生产，男人们能干的活儿，妇女们也能干了。"

刘老迫听得说，大声笑了，说："孩子们！不能骄傲啊！虚心使人进步，骄傲使人落后，就是你们把大地都绣上花朵儿也不能骄傲！"

杨花儿高兴地笑了说："那，我算没说。"

刘老迫说："你有骄傲的思想就不行啊！"

二青拉着砘子赶上来，心里早憋了一肚子气，他看到杨花儿今天风头出得太足了，高兴得太过分了，老是脸上嘻嘻嘻嘻的。由不得心上产生了嫉妒的心情，恨不得走过去掴她两个耳光子。但是，他在这个场合里还不敢。今天，是个人多的场合，而且全村干部都在这里，他要是当着这些人的面打了媳妇，妇救会一定不依，就算给他家惹下祸患了。心上不高兴，也只有哭丧着脸，怀恨在心里。二青不凉不酸地搭了个腔儿，就弯下腰，甩开两只手，吭吭哧哧地拉砘子。砘子这种农具，一年使不多几回，经过夏季的梅雨天气，轴儿生锈了，转动起来发出迟钝的吱呀声，使人觉得心上急痒难耐。

# 37

周大钟迈着小碎步儿在头里耩着，到了地段中间，王二合又喊他停住。从肩膀上扯下白布手巾，擦了擦脸上的汗，等后头四犋牲口赶上来。人们见周大钟和王二合都停下楼，不约而同地都走拢过来。王二合从南往北走了两趟，手搭凉棚朝东头看看，又朝西头看看。这一洼是官渡口村最好的地，地主人家土地。这块地地头最长，而且斜抹调角，弯曲得像牛犄角。人们都跟这块地叫"牛犄角地"。两头高，中间洼，最难耕种。弯弯曲曲，下起雨来，水向中间流。雨水不匀，墒情也不一样，多么叫人为难？

周大钟说："你说的也不错。"说着把手掌支在眉梢上朝西头看了看，又说："这块地，一定是两头墒情差，中间墒情好。"他又指了指两头说："你看！两头和中间土地的水色就不一样。"这块地两头的土色浅黄,闪着耀眼的金光,很明显是带着砂性。中间土色发黑发红,墒情好,湿度大。

王二合说:"要是这样,耩到这低洼地方,两只手就要往上提着点。耩到两头,两只手要往下摁着点,这样苗儿就出齐了。他一边说着,抿着嘴咂着嘴唇,笑模悠悠。

周大钟又说:"真是老行家!你积了多少年的经验!"几个拿耧的也都点头说是,从心眼里佩服,周大钟走过去提起耧把开始耩地。人们拿耧的拿耧,傍耧的傍耧,拉砘子的拉砘子,大家一起跟上。耩了几遭地,离大远里看见柳荫底下有人送了饭来,三个人挑着担子颤颤巍巍,担杖钩吱扭响着,嘴里唱着革命歌曲:

"向前!向前!向前!
我们的队伍向太阳,
…………"

周大钟耩到地头上,饭担也来到近前,头里走着的就是二合大嫂,挑着两个大花筐。后头跟着黑炭娘和老堆家的。她们一手扶着担杖,一手叉在腰里,挺起腰板才走呢!在耩地农忙季节,妇女们也下地了。周大钟扶着耧把走到跟前,笑了说:"看咱这女同志们,脚底下又不好走,怎么又叫你们来了?"

二合大嫂说:"大忙里,我们不来谁来?担架队也出了几年,送个饭算什么?"

说着,黑炭娘和老堆家里齐声说:"净小看我们妇女不行!"

周大钟说:"二合在这里耩地,通明、火亮在这里傍耧,你又送了饭来。过去人们说你家里是'官铺',今天成了'耩铺'了。"说着,人们由不得哈哈大笑。二合大嫂说:"过去全家抗日,现在全家为多打粮食支援前线,又有什么不好呢?"说着,二合也耩到地头上，哈哈笑了说："老同志！咱贫雇农就是这样，不管是在抗日时期、解放战争时期或是大生产里，全家打头阵。谁要是撒懒儿，就算没出息！"说着，王二合从肩上抽下手巾擦擦手，又擦了一把脸，掖在裤带上。把两只手叉在腰里，在地头上走来走去，解解疲劳。远远看去，顺着地边上的几棵桑墩，一直看到那一头。桑墩经过雨雪的滋润，开春发芽，已经长出翠绿色的小叶。这块三道弯的牛角地，他们耩的地垄，顺着弯曲，行距一样宽，就像用尺子比着画在牛犄角上，人们看了一齐叫好。就是二合闷着嘴儿不吭声了，他又想起旧事，勾起了感情，直使鼻子发酸，可是他努力抑制着心情。当他看到李固大嫂的耩垄，站住不动了。

李固大嫂很敏感，一下子脸红起来，说："头一次耩棉花，你不知道有多么拿捏人！"她这人要强心盛，不论什么事情，不干就是不干，要干就干好。

二合说："一遭生两遭熟嘛！今年能耩成这样就不错，明年再耩，就好多了。说不定到了后年，就成了有名的把式。我们共产党就是注意提拔妇女干部，也要培养妇女劳动英雄。"

说着，傍耧的解开夹板，卸出牲口，打了滚儿，筛草喂上。大家动手吃饭。今天的早饭是黑炭娘做的，本来她在年幼时候给地主做了几年饭，昨儿晚上一说，她就把这个差使应起来了。两个大花筐，一个花筐盛着碗筷，一个花筐盛着一盆蒸咸菜搁上大豆芽。一盆大酱，一掐大葱。两个篮子里盛着满下子玉米面窝窝。两个罐子里盛的是白高粱稀饭。二合一看，笑了说："新官上任三把火，大嫂第一顿饭就做得这么生色！"他动手盛上一碗秫米汤，又拿起一个窝窝头，顺手折了个勅斗儿，说："你看！这窝窝蒸得像不像黄金塔？有一筷子长。"当他夹了一筷子咸菜

469

搁进嘴里，又笑了说："唔！有点儿异味！"

李固大嫂说："跟香油拌咸菜味儿不一样！"

黑炭娘说："是啊！别看我是女人，也给地主扛过长工！有毛主席、共产党的领导，我们盼着分地了。当昨儿晚上接了这个差使，我就想怎么把饭做好，一来报答毛主席他老人家的恩情，二来叫官渡口村贫雇农们看看，我没白给地主做了几年饭，叫贫雇农香香口。你喝着咱做的秫米汤，黏嘟噜地糊嗓子，就像是搁上掺粉一样，这还不能搁碱，单凭这温火的功夫。你吃着这窝窝头，你掰一块搁进嘴里嚼嚼，管保又暄泛又甜糊。你们尝咱这咸菜，蒸熟了吃和生吃绝不一样味儿，搁个黄豆芽儿，你只要吃着一颗，就觉得格外香。咱扛长工，地主不叫吃芝麻香油，我就把这黑油在勺子里熬，直熬得消了沫，搁上几个花椒粒儿爆爆烟，在咸菜上一浇，哧地一响，你就吃吧，直觉得香生香的，真是可口。"黑炭娘是农民妇女，五十多岁人了，身体还结实。听说叫她做饭，把两只手洗得白净白净的，她说："饭是入口的东西，弄得不干不净，这病从口入不用说，叫人看了恶心，怎么吃饭？做饭也有各种不同，做出饭来，总得叫人吃着好吃，看着好看。"黑炭娘在村里也是有数的几个人，谁家办个红白喜事，她会看客。谁家女人生了小孩，她能照顾得舒服。当她给地主做饭的时候，她心里总是为穷伙计们着想。当长工的一年到头见不着两顿白面，她就在这粗粮细做上变换花样，白高粱、红高粱、玉米、黍子、穄子……白高粱秫米稀饭，红高粱面烙饼。别小看了红高粱面饼，春天的小葱，抹上黄酱，用高粱面饼卷着，吃起来甭提有多么嫩生。要是高粱面饼卷上炸蚂蚱，那和吃饺子绝不一样。玉米面蒸窝窝头，黍米面蒸年糕，包粽子，穄子面打茶汤，变着花样吃，叫地主们看起来省细，长工们吃着可不口絮。

再说这各种豆类，你要是把黄豆面搁进玉米面里蒸窝窝，口味别有不同。红小豆搁进高粱米或是搁进小米里煮稀饭，更添生色。人们都说黑豆不是好粮食，尽把它拿来喂牲口，黑炭娘却拿来生豆芽，用黑油炒黑豆芽，就别样地香甜可口。在她扛活的那个村里，人们不跟她叫做饭的，都跟她叫"饭头"老大娘。

黑炭娘做的这顿早饭，人们吃得肚子滚瓜儿圆，吃得盆干碗净才算罢休。二合吃得热了，把小褂子脱了，往脊梁上一搭。他个子虽然不高，却浑身苗壮，古铜色的脸儿。今天早晨本来满心高兴，一来耩地顺利，二来就是这顿饭使人们吃得愉快。其实他的内心里在翻江倒海，古潭里涌起几辈子以前的波澜。

吃完了饭，抽了个地头烟，王二合下命令，叫人们各归各位，各司其事，继续耩棉花。他说："把地主打倒，把生产搞好，多打粮食支援前线。前方打胜仗，后方搞生产。毛主席说：'军队向前进，生产长一寸！'"人们听了，出口长气，套牲口的套牲口，拿耧的拿耧，撒种的撒种，拉砘子的拉砘子，播种大军又开始战斗了！

耩地是忙活，播种大军在东洼战斗了一天，直到太阳下山，夜幕沉沉的时候，人们才卸耧套车，返回村庄。说句老实话，在农业劳动来说，抢种抢收是最累人的。人们拍拍打打身上的尘土，迈开两条腿，一步一步走回家去。一边走着，猛地一看，西山边上一个圆大的太阳喷射出鲜红鲜红的光亮，反照在人们身上，照得脸上红彤彤的，显得格外强壮。天上彩霞乱飞，地上的菜花一片金黄。李固大嫂心上说不出的愉快；不是在共产党的领导下，把妇女的社会地位提高了，哪有女人拿耧耩地的？自此以后，过个家常日子，耕个地耩个地不为难了。想到这里，她的心上更是说不出的愉快。

播种大军回到贫农团大院,王二合一上办公室的台阶,见台阶倒口盘了两口大锅,把马蹄灯放在台阶上做饭。他哈哈笑了说:"看你,又盘上锅台了!"

黑炭娘抬起脑袋看了看,说:"早晨饭是在村公所做的,如今村公所也没人去了,过去过来的人们都到贫农团,这贫农团就成了土改村公所了,一切权力归贫农团嘛!这饭也只可以在这里做,你说是呗?"说着,她抬起脸来,等着二合答复。二合说:"你说得不错!这就是权威!你的责任心很强,一上来就操持。"

黑炭娘说:"我现在才明白这是自己的事了,自家的事情自家干,人们都管这叫'主人翁思想'。过去给地主做活受剥削,这咱给咱贫雇农做活了,要实心实意!"她说着,把筷子碗洗得干干净净,摆在阶台上。

二合说:"好!这才是贫雇农翻身呢!"说着,他敲动碗筷,叫人们来吃饭。

二合吃过晚饭,也不回家,就和周大钟在办公室里坐着,商量明天的工作和活路。正在抽烟说话,听见门前有人推着车子嘚嘚地走进大院。他走出屋门,站在台阶上一看,又是李庆新来了。后头跟着个女孩子,他左巴睃巴睃,右巴睃巴睃,巴睃了半天也看不出是谁。走近了一看,不是别人,是闻小玉。由不得撒开嗓子喊了一声:"小玉回来了!"听得二合一声喊,李固大嫂、二合大嫂、罗慧、杨花儿,一群贫雇农妇女一下子跑过来。李固大嫂伸开胳膊搂住了小玉,把她拉进屋里,站在灯底下,这么看看,那么看看,笑了说:"嘿呀!我以为是谁呢,原来是你,才几天不见,出秀得另一样了!伤全好了吧?"没等小玉说话,罗慧又抢上去,扳着她的脸儿,左看右看,看了一会儿,说:"胖了,白了,叫人不认识了。"二合大嫂说:"咦!个子也长高了！怎么出秀得这么快？"闻小玉看见土改的战友们，像铜铃一样笑出来，说："哈哈！我可见着你们了，我又回到土改前线来了。当我在炕上躺着的时候，腿上上了夹板，一动不能动，只是转着两只眼睛，看着窗格上的太阳，从早到晚，影子由小到大，由大到小。多闷人呀！我老是在想，什么时候才能回到土改前线呀？"

二合也说："可不是，离开才两个月，就长得这么高了！"这并不奇怪，一个贫农家的孩子，成天价吃的粗茶淡饭，战争里生活，哪里能发育好？这咱，住在县大队卫生室里，吃着白白的麦子面，金黄黄的小米，敌人从县城撤退，枪声炮声也远了，指导员每天给伤病员上政治课，一时心宽体胖，发育起来了，脸上也白皙了。

二合大嫂说："什么也甭说，这个瞒不了人，两月以前还是小闺女，如今成了大闺女了。你们看，这不像一枝花！说不定是谁把你脑袋上的银碗揭开了？"

说着，大伙儿咯咯咯咯地笑个不停。

闻小玉尖着嗓子大笑了，说："快别那么说了，叫人脸上怪热的！送到大队卫生室，大夫们一看，砍了一指深的大口子，流了很多血，也感染了。骨头也有点伤动，上上夹板，成天价躺在炕上，吃好的。后来，挂着拐杖在大院里走走。伤口愈合了，回家养了一阵子，老奶奶又是叫吃白面鸡蛋。咱贫苦人家，哪里享受过这个？叫敌人砍伤了，就受优待了，身子骨能不发实？不受风吹日晒，脸上能不变白？"

二合大嫂说："你这是给自个儿说理，反正其中有个小原因儿！"

李庆新说："县委不叫她来，她看我要来送通知，坐在车尾巴上就来了。"

小玉说："可不是！俺主任说：'那村敌人那么凶，那么不顺遂，还是到别村去工作吧！'我就是不，有日本鬼子的时候，我还跟鬼子、汉奸、特务转磨磨呢！官渡口村的地主阶级，我跟他们干到底了！别说砍我个口子，即便砍下我的脑袋，也照样地干下去！"这话一点不假，在抗日中学的时候，她当班长，领着几十个同学，又是领导打游击，又是作辅导，上了几年中学，都是当学生干部。

周大钟笑了说："好！这才是贫雇农的好闺女呢！"转过身去对庆新说："你上次来送信，闹了一场病，这次又送了什么信来了？"

庆新说："县委开了个会，摆了摆各个点上运动的情况，群众基本发动起来了，应该开个会，总结总结经验，该划阶级定成分了。再说，据点里增兵很多，蒋匪军要出来'扫荡'，叫你们都撤回城去，留下一两个人观察情况。"

小玉一听翘起嘴来说："那，我可不回去了！"李庆新说："你不回去，我驮着谁呢！不叫你来，你非要来！这咱又不回去了，我怎么交代！"

周大钟说："好！县委指示得很及时，土地改革这是第一次，我们没经验，拿不准下一步该是怎么走。大家回城，听听形势报告，当面请示些问题也好！"

李庆新说："景同志说，估计敌人要向这方向出发，要大家提高警惕，准备反'扫荡'。叫人们回去汇报工作，首先是发动群众，讲阶级，然后才是划阶级、定成分。"

周大钟说："咱就听县委的吧！"

庆新解开挎包，拿出一封信，周大钟拿在灯下去看了看，

474

说:"这么一来,工作队、贫农团主任都去开会,也得留下人啊!看看谁留在这儿吧!"

李庆新说:"景同志说:一个是开会,一个是躲避敌人'扫荡'。"

正在说着,大家听说李庆新用车子把小玉驮了来,老槐大伯、刘老迫、王振山、王黑炭、李二虎,和一起子贫雇农们都跑来看。大家看见闻小玉,真是说不完的吉祥话,这个问饥,那个问饱,真相是老同志久别重逢。又听说要划阶级定成分,说不出的高兴劲儿。老槐大伯说:"划了阶级,定了成分,阵线分明了,阶级斗争就好办了。要不是,净怕犯错误!"

冯文光一只手里拿起烟袋抽烟,哑着嗓子说:"好是好,这个任务重不用说,村里正在耩地时节,还得进行反'扫荡',看谁留下吧?"

周大钟不等冯文光说完,就说:"那个不要紧,有你老冯留下,老将出马,一个顶俩!"

冯文光说:"可以是可以,耩地是个累活,二合跟着你们去开会,敌人又要出来'扫荡',这么重的担子呀!"

周大钟说:"小玉才来,也不叫她回去了,当你一个帮手。"

王二合听到这里,抿着嘴儿,把手叉在腰里,说:"唉!干!甩开膀子干,打退蒋匪军的进攻,不费吹灰之力。是地主阶级的,一律打倒,毫不留情。村里的事情,老迫和黑炭商量着办吧!"

柏老槐一听,张开没牙大嘴哈哈大笑了,说:"你看咱二合,无论是对同志,无论是对工作,有多大的豪情啊!我一见了他就心里高兴!"

周大钟慢搭搭地说:"当然是啊!雇工出身,做了多少年的基层工作，说句实话，二合在官渡口村工作十来年，贫雇农谁不高兴呢！他和群众的关系，像鱼帮水，水帮鱼。真正从群众里头锻炼出来的，是经过群众抬举出来的。"

一屋子贫雇农在办公室里有说有笑，直到深夜才散去。李固大嫂和罗慧叫小玉去睡觉，叫了半天，从屋里叫到院里，又从院里叫到屋里，还是叫不着，把老槐大伯也急坏了。正是阶级斗争高涨的时候，小玉被敌人砍了一刀才养好，再被敌人暗害了可是怎么办？二合又到场院里去找了半天，还是找不到。后来叫李庆新也不见了。又叫了一会儿，也没人答应，不知往哪儿去了。王二合命令王黑炭带领全体民兵出动，四下里搜寻，寻找闻小玉和李庆新的下落。黑炭把哨子一吹，民兵在场院集合起来，一声命令，枪上膛，刀出鞘，雄赳赳气昂昂。要是找不到闻小玉和李庆新，下决心要和阶级敌人决战一场！

正是清明季节，月色明朗，王黑炭带着全副武装的民兵出去，搜查了三街六巷，寻不见踪影，倒引起全村的狗叫。王黑炭和民兵们立在大庙台上，无计可施，抬起脑袋对着皎洁的月亮。他想：没了闻小玉，又没了李庆新……他又闷着头儿哼了一声，说："走！"王黑炭迈开大步在头里走，民兵们扛着枪在后头跟着。顺着刘家大街一直往北，出了北街口往西一扭，就是学堂北边那一大块果树林子。杏花快要谢了，桃花盛开，梨花正白，月光之下，景色很是迷人。民兵们一边喊着："小玉！庆新！""庆新！小玉！"穿过一片桃树林子，又穿过一片杏树林子。穿过一片杏树林子，又穿过一片柳树林子。走着走着，看见前面有一大棵梨树，开着雪白的花朵，枝干向四下里垂着，这正是刘作谦家那片果林，现在也归贫农团了。黑炭影影绰绰看见有两个人影，在梨树底下转转悠悠，嘴里嘟嘟囔囔地说个不停。他把枪一举，大喊一声："站住！举起手来！"民兵一呼啦散开，各自把身子影在树后头，呱啦啦地把枪栓拉开，子弹上了膛。大喊一声："不许动！……"一个个弯下腰，摆开式子，睁圆眼睛，一步步包围上去。黑炭才想喊出"射击！"对方有人喊出话来："是自己人，不要发生误会！"这声音虽然严峻，却是一个姑娘的声音。听声音知道不是别人，正是闻小玉。李演中和王开泰一个箭步上去一看，不只有闻小玉，还有李庆新。一齐哈哈大笑起来，说："可找到你们了！"

李二虎因为用力过猛，嘴里呼哧着，说："叫人好找啊！正在阶级斗争激烈的时候，要是找不到你们，我们怎么跟上级交差？今天晚上还叫我们睡觉不？"

王演中拿捏着戏台上道白的腔调说："哼！你们一个是青年，一个是少女，半夜三更来在这荒郊野外，说小话儿，成何体统？"

李庆新说："去，去，去！别胡呲！月明如昼，朗朗乾坤，青年和少女说个话儿怎么啦？我们是正大光明，你这个封建脑瓜子！上级有命令，不叫唱封建旧戏，我得牵着你们去见王二合。"

刘黑寸说："明理不用细讲，小玉脑袋上的银碗是你给她揭开了！"

李庆新说："上级的命令，反对封建婚姻，提倡婚姻自主，自由恋爱，这是逢了官的，并不犯私，你们这群顽固疙瘩！要开倒车？"

民兵找到了李庆新和闻小玉，起心眼里高兴，闹闹吵吵地说笑了一阵子。黑炭在月光下，看得出小玉的脸上一片红晕，觉得怪不好意思的，连连对民兵们说："别逗了！别逗了！"

小玉一下子笑出来说:"这可算得了什么？因为他拿车子带了我一道，明天就要回去，我觉得怪不落意的，在这里说个谢称话儿，这可算得了什么？也值得大惊小怪的？再说，我们同学了几年，能没一点儿感情？"

黑炭说:"感情早就有了，这会儿更多了一层意思，甭叨叨了，新社会了，闺女和小子们在一块儿说说话，也没什么关系，要是在旧社会，可不叫人笑掉了大牙！"

正在孟夏，农村的夜晚是那样的静寂，月亮明快得像一面铜钲。照得像白天一样明亮，桃梨花开遍了树林，白皑皑的。一群青年人穿过果树林子回到村庄去，王黑炭带着民兵们回到贫农团部，向王二合去交代任务。

一九七七年九月定稿于北京

# 后记

一九七二年,中国文艺界又酝酿着描写我国的土改运动的问题,使我心上非常激动。那时在"四人帮"的文化专制下,我还没有创作的自由,但是广大工农兵在激情地鼓舞着我拿起笔来,我在秘密的情况下开始了构思和写作。

我们英雄的祖国,土地广大而辽阔,人口众多;百分之八十的贫下中农,只占有百分之二三十的土地,百分之二三十的地主富农却占有百分之七八十的土地,而且都是肥沃的土地。中国农民经受了地主阶级两千多年的经济剥削和政治压迫。因而解决土地问题,使广大农民阶级从封建的剥削关系中获得解放,是中国共产党的一贯主张、一贯政策,是党在新民主主义革命中的主要任务之一。

改革封建的土地制度,解放农民,解放农村生产力,建立工农联盟,是一场伟大的、轰轰烈烈的农民运动。在毛主席老人家号召下,在党的领导下,我在华北以至华中地区,从事六个年头的土改工作及剿匪反霸、减租减息斗争。在长期的农村工作中,我认识到封建的土地制度的改革是有着深远意义和国际意义的重大题材。在土改运动中,广大农民群众翻身解放的尖锐、复杂、激烈的斗争场面在不断地激励着我。于是我下决心保存了一部分土改资料,等工作上闲下手来的时候好来写她。在几十年中,她一直伴随着我，我一直在考虑着她。在过去的一些年中，我遗失了好多书籍，但是我的孩子们千方百计为我保存了这些资料。当我回到家里，孩子们拿来交还我的时候，我由不得笑了，又背过脸偷偷流下几滴眼泪。那时孩子们还小，我想不出他们是怎样体会爸爸的心意。也许他们想到：他们的爸爸将以怎样的坚韧不拔的精神为党写作终生。

我们伟大的党，从第一次国内革命战争到第三次国内革命战争，几十年中一直在广大农民中进行工作，消灭封建半封建的剥削制度，解放农民。伟大领袖和导师毛主席为中国革命制定了一条正确的土改路线和政策，制定了在不同地区、不同情况下执行土地法的策略，在解决土地问题的实际工作中发展了马克思列宁主义。

从全部土改资料看，我们党积蓄了丰富的土改工作经验；批判了王明的地主不分田、富农分坏田、肉体消灭地主的"左"倾路线；批判了右倾的和平土改和恩赐观点，深入地发动广大农民群众起来从地主的土地上解放自己。

我开始考虑结构这部书的时候，心上有些顾虑：这个题材已经有同志写过，而且是有成就的。但我又想到：虽然同一题材，感受不同，社会生活不同，人物不同，反映在文学作品中的典型环境中的典型性格亦各异。这样，我开始了这部书的构思。

在写作的过程中，我想尽可能地在学习运用中国文学的传统手法和传统风格上做出一些新的尝试和探索，但能否得到预期的效果，还等待广大工农兵群众的讨论与批评。

当这部书写完的时候，恰好是"四人帮"被粉碎的时候。我一次又一次地流下欢欣的眼泪。我为我们伟大的党，伟大的人民、伟大的祖国的锦绣前程而欢欣鼓舞。我和我的同伴们也有一点窃窃的私念：这部书也就可以和广大读者见面了。

在这部书的创作之前，曾得到广大工农兵群众的鼓舞。在创作的过程中，温超藩和路一同志为此书付出繁重的劳动。还有更多的同志参与了劳动。方明同志和辛一夫同志曾不止一次地看了原稿。他们都提出很多宝贵的意见。

我再一次说明：这部书的完成，不是我一个人的劳动成果。如果没有广大读者的鼓励，没有很多同志参与劳动，是完不成这部书的著作的。我以诚挚的感情致以同志的谢意。

一九七七年七月二十八日于天津